बाँदी

(उपन्यास)

भैरवप्रसाद गुप्त

जन्म : 7 जुलाई 1918 को सिवानकला गाँव (बलिया, उ.प्र.)।

शिक्षा : इविंग कॉलेज, इलाहाबाद से स्नातक।

अपने शिक्षक की प्रेरणा से कहानी लेखन की ओर रुझान हुआ। जगदीशचन्द्र माथुर, शिवदान सिंह चौहान जैसे लेखकों एवं आलोचकों के सम्पर्क और साहित्यिक-राजनीतिक परिवेश में उनके रचनात्मक संस्कारों को दिशा मिली।

सन् 1940 में मजदूर नेताओं से सम्पर्क। सन् 1944 में माया प्रेस, इलाहाबाद से जुड़े। अपने अन्य समकालीनों की तरह आर्य समाज और गाँधीवादी राजनीति की राह से वामपंथी राजनीति की ओर आये। सन् 1948 में वे कम्युनिस्ट पार्टी के सदस्य बने।

प्रमुख प्रकाशित पुस्तकें : *उपन्यास*—शोले, मशाल, गंगा मैया, जंजीरें और नया आदमी, सत्ती मैया का चौरा, धरती, आशा, कालिन्दी, रम्भा, अंतिम अध्याय, नौजवान, एक जीनियस की प्रेमकथा, भाग्य देवता, अक्षरों के आगे (मास्टर जी), छोटी-सी शुरुआत, *कहानी संग्रह*—मुहब्बत की राहें, फरिश्ता, बिगड़े हुए दिमाग, इंसान, सितार के तार, बलिदान की कहानियाँ, मंजिल, महफिल, सपने का अंत, आँखों का सवाल, मंगली की टिकुली, आप क्या कर रहे हैं? *नाटक और एकांकी*—कसौटी, चंदबरदायी, राजा का बाण। *संपादित पत्रिकाएँ*—माया, मनोहर कहानियाँ, कहानी, उपन्यास, नई कहानियाँ, समारंभ-1, प्रारंभ।

निधन : 5 अप्रैल, 1995

भैरवप्रसाद गुप्त

बाँदी

लोकभारती पेपरबैक्स

पहला पेपरबैक संस्करण : 2018

लोकभारती पेपरबैक : उत्कृष्ट साहित्य के लोकप्रिय संस्करण

लोकभारती प्रकाशन
पहली मंजिल, दरबारी बिल्डिंग, महात्मा गाँधी मार्ग,
इलाहाबाद-211 001

वेबसाइट : www.lokbhartiprakashan.com
ईमेल : info@lokbhartiprakashan.com

शाखाएँ : 1-बी, नेताजी सुभाष मार्ग, दरियागंज, नई दिल्ली-110 002
अशोक राजपथ, साइंस कॉलेज के सामने, पटना-800 006 (बिहार)
36-ए, शेक्सपियर सरणी, कोलकाता-700 017

आस्था पेपर कन्वर्टर
इलाहाबाद द्वारा मुद्रित

मूल्य : ₹ 195

BAANDI
by Bhairav Prasad Gupt

ISBN : 978-93-86863-17-1

(१)

जेठ की शाम थी। आसमान पर गर्म धूल छायी हुई थी। धरती आँवें की तरह तप रही थी और थम-थमकर लू के झोंके ऐसे आ जाते थे कि लगता, जैसे आकाश और धरती के बीच थककर लेटा पड़ा आग का देव रह-रहकर मुँह खोलकर साँस छोड़ देता हो।

दो बड़ी-बड़ी, लाल-लाल, परेशान आँखों ने जँगलो सामने फैले सहन को घूरा और फिर एक भारी, कड़कती आवाज़ गूँज उठी—क्यों बे, अभी छिड़काव ही चल रहा है?

बेंगा के हाथ से भरा गगरा छूट पड़ा। कच की एक आवाज़ हुई और गगरे का पानी ज़मीन पर फैलने लगा।

बेंगा काँपती टाँगों पर खड़ा, दाँत चियारकर बोला—बस, हुआ ही जाता है, बड़े सरकार!

वह आँखें हट गयीं।

ओसारे में कुहनी के बल लेटे-लेटे पंखा खींचनेवाला चौंककर बैठ गया था। ज़ोर-ज़ोर से हाथ मारता हुआ वह बोला—सैकड़ों गगरे तो बहा चुके। अब बस करो, बेंगा भाई।

—बस कैसे करें, भाई? जाने सारा पानी साला कहाँ उड़ जाता है!

—माथे और पलकों का पसीना पोंछकर गगरे उठाता हुआ बेंगा बोला।

—तरी में ज़रा भी कमी रह गयी, तो जानते हो बड़े सरकार का गुस्सा!

—और वह तेज़ क़दमों से इनारे की ओर चल पड़ा।

दो बीघे दूर इनारे पर ढेकुल का बरहा पकड़े हुए चतुरी ने बेंगा के पास आते ही पूछा—का हुआ, काका? बड़े सरकार की बोली कान में पड़ी थी।

—हुआ तेरा सिर!—दाँत दबाकर बेंगा बोला—तू साले, पानी खींचकर खड़ा-खड़ा ताकता रहता है। यह नहीं होता कि दस डग आगे बढ़ जायँ। बड़े सरकार को बाहर निकलने को बेर हो रही है। तेवर चढ़ा हुआ है। जाने किसके सिर उतरे। चल, जल्दी कर।

—"बेर हो रही है! हुं !"—गगरे के गले में फाँस लगाता, मुँह बिगाड़कर चतुरी बोला—"जिस पानी से रात-भर उसे तरी मिलेगी, उसमें कितना हमारा पसीना..."

—चुप!—इधर-उधर देखकर बेंगा बोला—तेरी तो मति मारी गयी है। अबे, हम पैदा ही इसीलिए हुए हैं। तू ज़रा देख-सुनकर मुँह खोल कर। नहीं तो एक दिन..—और उसने दोनों हाथों में भारी-भारी गगरे उठा लिये। देह झुककर कमान हो गयी। पलकों से कुछ बूँदें टप-टप चू पड़ीं। चतुरी को मालूम था कि ये बूँदें पसीने की थीं या...उसकी आँखें भी भर आयीं।

सहन में जब तरी बरसने लगी, तब जाकर बेंगा ने आराम की एक साँस ली। इनारे की जगत पर गोड़-हाथ धोकर, माथे की अँगोछी उतार, ख़ूब रगड़-रगड़कर देह का पानी और पसीना पोंछकर उसने चतुरी से कहा—चल, ज़रा तख़त टेका दे।

—नहीं, काका, अब तो मुझे जाने दो। बड़ी बेर हो गयी है। सब बैठे मेरी राह तक रहे होंगे। आज बिटोर है।

—अबे, यह चलन छोड़ दे। कितना कहा तुझसे...

—देरी हो रही है, काका। किसी और को बुला लो।— कहते हुए चतुरी ने डग बढ़ाया।

—जा, साले। इन बूढ़ी हड्डियों में जब तक खटने की कूबत है, जो मन में आये, कर ले, फिर तो...—एक भारी बद्दुआ बेंगा के दाँतों के बीच कुचलकर रह गयी।

थोड़े फ़ासले पर, भैंस के थान पर खड़ा गोपाल मक्खियाँ हाँक रहा था। हाथी के बच्चे की तरह झूमती जमुनापारी नाँद में कान तक मुँह डुबाकर आराम से भरड़-भरड़ कर रही थी। ऐसी नख़रैल थी यह जमुनापारी कि एक भी मक्खी उसकी देह पर बैठ जाती, तो छान-पगहा तुड़ाकर कूदने-फाँदने लगती। और उस वक़्त एक बूँद भी दूध न देती। बड़े सरकार का हुक्म था कि सुबह-शाम दुहने के वक़्त एक भी मक्खी उसके पास फटकने न पाये। फिर भी बेंगा ने दो छन के लिए गोपाल से चिरौरी की, तो गोपाल उसकी मदद को आ ही गया। शीशम का बड़ा तख़त सीसे की तरह भारी था। ओसारे से सहन तक टेकाने में ही दोनों हाँफने लगे। तभी बें-बें कर जमुनापारी के हँकड़ने की आवाज़ आयी। गोपाल की देह में कुछ सन्न-से कर गया। वह डरे हुए हिरन की तरह छलाँग मारकर भागा कि पीछे से आवाज़ आयी—क्या हुआ, बे? जमुनापारी क्यों हँकड़ रही है?

बड़े सरकार ओसारे में निकल आये थे। वह जान छोड़कर भागते हुए गोपाल की ओर लाल-लाल आँखों से घूर रहे थे।

अपराधी की तरह काँपते हुए बेंगा ने ही सिर झुकाकर कहा—सरकार, वह जमुनापारी को नहलाने के लिए गगरा लेने आया था।

—ओ,—बड़े सरकार ने पंखा खींचनेवाले की ओर, जो कि बड़े सरकार के बाहर आ जाने पर भी खड़े होकर ज़ोर-ज़ोर से पंखा खींचे जा रहा था, मुड़कर कहा—जा, बे, गगरा ले जा।—और वह ओसारे में ही दोनों हाथ कमर के पीछे बाँधे सिर झुकाये टहलने लगे।

बेंगा ने तख़त पर क़ालीन डाला। क़ालीन पर शीतलपाटी और शीतलपाटी पर केवड़े का पानी छिड़ककर सिरहाने गावतकिया लगा दिया। तब बड़े सरकार ओसारे से नीचे उतरे और पाँव लटकाकर तख़त पर बैठ गये। बेंगा ने बैठकर दोनों हाथों से उनके पाँव के जूते उतार दिये। तब उन्होंने पैर ऊपर किये और पीठ गावतकिये पर टेक, दोनों ठेहुनों को बीच से मोड़कर आराम से बैठकर बोले—किसी को पंखा झलने को कह।

बेंगा मुड़ा, तो वह बोले—अबे, तेरा चतुरिया दिखायी नहीं देता?

—वही तो, सरकार, अभी पानी खींच रहा था,—हाथों को उलझाता हुआ बेंगा बोला—तीन दिन से उसे बुख़ार आ रहा है। का बताऊँ सरकार, एक ही तो...

—अच्छा, जा, जल्दी कर,—बड़े सरकार ने दूसरी ओर देखते हुए कहा।

तनख़ाह पर बड़े सरकार के यहाँ एक भी नौकर न था, फिर भी उनका हुक्म बजानेवालों की तादाद अनगिनत थी। सरकार की ज़बान हिली नहीं कि हाज़िर।

ताड़ का बड़ा पंखा हाथों में ले जुमना तख़त से ज़रा दूर खड़ा होकर हाँकने लगा। बेंगा सरकार से मिलनेवालों के बैठने के लिए क़ायदे से आसन लगाने लगा। सरकार से मिलने हर तरह के लोग आते। बड़े भी, मँझोले भी और छोटे भी। दोस्त भी, अपने ख़ास भी और रिआया भी। ब्राह्मण भी, क्षत्री भी, वैश्य भी और शूद्र भी। जो जैसा, उसका आसन वैसा ही और सरकार के तख़त से उतना ही नज़दीक या दूर। देखते-देखते तख़त के चारों ओर आसनों की नुमाइश लग गयी। आरामकुर्सियाँ, बेंत की कुर्सियाँ, लकड़ी की कुर्सियाँ, तिपाइयाँ, बेंचें, मचियाँ, टाट और उसके आगे धरती। सरकार के दरबार में आनेवालों को अपने-अपने आसन का पूरा-पूरा ज्ञान वैसे ही था, जैसे सिनेमा जानेवालों को होता है।

सब ठीक-ठाक करने बेंगा ने लालटेन खोली। शीशे को ख़ूब चमकाया। ख़ज़ाने को साफ़ किया और अच्छी तरह पोंछ-पाँछकर, जलाकर ओरियानी के नीचे लटके हुए अँकुसे में टाँग दी।

बड़े सरकार का हुक्म हुआ—बेंगवा, चल!

बेंगा मिट्टी से ख़ूब मल-मलकर, हाथ साफ़ कर, अँगोछी से पोंछ, हाज़िर हुआ।

सरकार ने पाँव फैला दिये। बेंगा सरकार का हर इशारा समझता है। वह झुककर सरकार की चमचम शान्तिपुरी धोती ठेहुनों तक सरकाकर, पाँव दबाने लगा।

—ज़रा किसी को आवाज़ तो दे,—बड़े सरकार ने कहा।

बेंगा ने वैसे ही आवाज़ दी, जैसे कचहरी में पुकार होती है।

गोपाल दौड़कर आ खड़ा हुआ, तो सरकार बोले—देख तो, बे, ठण्डाई अभी तक क्यों न आयी?

गोपाल हवेली की ओर भागा। लेकिन अभी बीस-पचीस डग ही नापा होगा कि हवेली की सीढ़ियों से मुँदरी को उतरते देखकर थथमकर खड़ा हो गया। जब वह पास आ गयी, तो वह बोला—बड़े सरकार ठण्डाई...

—वही पूछने जा रही हूँ,—चलती हुई ही मुँदरी बोली—तू जा, अपना काम देख। भैंस अभी दुही गयी कि नहीं?

—दुहने ही जा रहे थे कि बड़े सरकार...

—अच्छा चल, जल्दी कर। सुबह का दूध फट गया है।

बड़े सरकार के सामने खड़ी हो मुस्कराती हुई मुँदरी बोली—अभी नहीं आयी, बड़े सरकार।

—अभी बरफ़ नहीं आयी? कौन लेने गया है?—बड़े सरकार ने भौंहें उठाकर पूछा।

—जंगी गया है, बड़े सरकार,—बेंगा ने सिर झुकाये ही कहा—मोटर शायद अभी न आयी हो।

बरफ़ रोज़ शाम को मोटर से क़स्बे में आती थी और क़स्बे से सरकार के यहाँ।

—अच्छा, थोड़ी देर और इन्तज़ार करो। तब तक पान-वान तो भेजवाओ।...अरे, हाँ, रानी जी से बोलो कि लल्लन जी की चिट्ठी आयी है।

ख़ुश होकर मुँदरी बोली—छोटे सरकार अच्छी तरह तो हैं?

—हाँ-हाँ, सब ठीक है। बस, एक ख़ब्त सवार हुआ है। आने को लिखा है। रुपया माँगा है।—मुस्कराकर बड़े सरकार बोले—लेकिन देख, तू रानी जी से ये बातें न कहना।

—काहे ⁄—मुहबोली मुँदरी हँसकर बोली—रानी जी पूछेंगी, तो बताना ही पड़ेगा।

—अच्छा, भाग,—कहकर बड़े सरकार हँस पड़े।

मुँदरी तेज़ क़दमों से चली गयी। इतनी देर बाद बेंगा का झुका हुआ सिर एक बार उठा और एक लम्बी साँस गले तक आकर घुट गयी। मुँदरी की मौजूदगी में उसकी हमेशा यही हालत होती है। सिर झुक जाता है, साँस रुक जाती है।

दूसरे ही छन फिर मुँदरी जैसे सवा पर चढ़ी आ हाज़िर हुई और हाँफती हुई बोली—रानी जी चिट्ठी माँग रही हैं। नाराज़ हो रही हैं कि आते ही उन्हें ख़बर काहे न दी गयी। जल्दी दीजिये।

झलझल करते तनज़ेब के कुरते की जेब से चिट्ठी निकालते हुए बड़े सरकार ने मुस्कराकर कहा—आख़िर तू नहीं ही मानी।

—मैंने कहाँ कुछ कहा?—झमककर मुंदरी बोली और बड़े सरकार के हाथ से चिट्ठी झपटकर भाग खड़ी हुई।

छोटे सरकार के यहाँ से चिट्ठी आयी है, यह ख़बर पहुँचते ही हवेली के बड़े आँगन में पड़े रानी जी के पलँग के चारों ओर औरतों की भीड़ लग गयी। जिसने जहाँ सुना, काम छोड़कर भागी आयी। ऐसे अवसर पर रानी जी की ओर से नौकरानियों को आज़ादी थी, कहीं कुछ ख़राब हो जाय, तो भी कोई बात नहीं। छोटे सरकार की चिन्ता उन्हीं की तरह सबको रहती है, उसकी ख़बर सुनने को उन्हीं की तरह सभी लालायित रहती हैं, यह जानकर वह बहुत ख़ुश होतीं।

मुँदरी चिट्ठी उनके हाथ में थमाकर बतीसी चमकाती हुई सिरहाने खड़ी हो गयी। सुगिया दोनों हाथों से लालटेन थामे हुए झुककर रोशनी दिखाने लगी। बदमिया के हाथ पंखे पर और ज़ोर-ज़ोर से चलने लगे। और सबकी उत्सुक आँखें काग़ज़ पर गड़ गयीं।

रानी जी चुपचाप चिट्ठी पढ़ने लगीं। तभी जाने किधर से आकर सुनरी ने मुँदरी के पीछे खड़ी हो अपनी ठुड्डी उसके कन्धे पर रख दी और रानी जी के होंठों की ख़ामोश हरकतों पर अपनी चमकती हुई आँखों की लम्बी-लम्बी पलकें झपकाने लगी। रानी जी के सूखे चेहरे का रंग जैसे-जैसे बदलता, वैसे-वैसे ही सुनरी के गोरे चेहरे का भी रंग बदलता था। और सब तो चुप कभी काग़ज़ को तक रही थीं और कभी रानी जी का मुँह निहार रही थीं।

आख़िर चिट्ठी ख़तम कर, परेशान-सी हो रानी जी बोल पड़ीं—मुँदरी, बड़े सरकार से कह कि जैसे ही बाहर से छुट्टी मिले, हवेली में आयें।

मुँदरी तुरन्त भागी। सुनरी ने लपककर खम्भे को हाथ से पकड़ लिया। उसके पाँवों में जैसे एक कँपकँपी छूट रही थी। उसका जी वहीं बैठ जाने को कर रहा था। रानी जी का डर न रहता, तो वह वहीं बैठ जाती। रानी जी के हुक्म के बिना बैठने का मतलब वह जानती थी।

अधबूढ़ी महराजिन ने आख़िर बड़ी हिम्मत करके सन्नाटा तोड़ा—छोटे सरकार कुशल से तो हैं?

—हाँ, वैसी कोई बात नहीं है,—फूली हुई रानी जी ने जैसे एक फुफकार छोड़ा।

—तब, रानी जी...

—उसका माथा ख़राब हो गया है,—और रानी जी ने माथा ठोंक लिया।

—माथा?—सबके मुँह से एक साथ ही निकला। सुनरी की देह में जैसे कुछ झन्न-से कर गया। वह रानी जी के पास लपक आयी।

—हाँ, उसे फ़ौज में जाने की सूझी है,—रानी जी चीख़-सी पड़ीं। फिर दोनों मुट्ठियाँ कसकर बोलीं—लेकिन मेरे रहते वह नहीं जा सकता!

तभी मुँदरी झप-से आकर बोली—बड़े सरकार ने जल्दी ही आने को कहा है,—फिर औरतों की ओर मुड़कर बोली—तुम लोग अब काहे खड़ी हो? बड़े सरकार की ठण्डाई अभी तक नहीं गयी। बिगड़ रहे हैं।

सब अपने-अपने काम पर जा लगीं। सुनरी अपने कमरे की ओर जाने लगी, तो जैसे उसके पाँव ही न उठ रहे थे। मुँदरी ने एक छन उसकी ओर देखा। फिर लपककर उसके माथे पर हथेली रखकर पूछा—ऐसे काहे चल रही है, रे? जी तो ठीक है?

—ज़रा सिर भारी है,—डग आगे बढ़ाती हुई भारी आवाज़ में सुनरी बोली।

—अच्छा, जा, ज़रा लेट रह,—कहकर मुँदरी ने उसका ढलका हुआ आँचल सिर पर अच्छी तरह कर दिया।

रानी जी चित लेटी हुई ओंठ चबा रही थीं। बदमिया ऐसे ज़ोर से पंखा झले रही थी, जैसे किसी का गुस्सा पंखे पर ही उतार रही हो।

मुँदरी जब ठण्डाई लेकर पहुँची, तो दरबार लग गया था। सिर झुकाये ही बेंगा ने ठण्डाई का बड़ा चाँदी का लोटा और गिलास उसके हाथों से ले लिया।

बड़े सरकार उठकर पाँव लटकाकर बैठ गये। बेंगा ठण्डा जल उनके हाथ पर गिराने लगा। उन्होंने कुहनी तक हाथ धोकर दस-बारह छींटे मुँह पर दिये। फिर बेंगा के कन्धे से तौलिया खींचकर मुँह-हाथ पोंछने लगे और बेंगा ज़मीन पर उकड़ूँ बैठकर ठेहुनों तक उनके पाँव धोने लगा। बड़े सरकार ने अच्छी तरह रगड़-रगड़कर मुँह-हाथ पोंछा। फिर तौलिया बेंगा के कन्धे पर डाल, अँगुलियों से अपनी घनी, ख़ूबसूरत मूँछों को सँवार, अँगुलियों की इधर-उधर हो गयी हीरों की अँगूठियों को ठीक कर, उन्होंने कहा—ठण्डाई ला।

तब तक बेंगा उनके पाँव पोंछ चुका था। उसने हाथ धोकर, गिलास में ठण्डाई उँड़ेली। फिर दोनों हाथों से सरकार की ओर बढ़ा दिया। सरकार ने दो अँगुलियों से गिलास पकड़कर, बेंत की कुर्सी पर बैठे हुए पुजारी जी की ओर देखकर, होंठों पर एक मुस्कराहट लाकर कहा—पुजारी जी—

—आप पाइये, बड़े सरकार,—दाँत चियारकर पुजारी जी ने कहा।

बड़े सरकार ने उसी तरह गिलास दिखा-दिखाकर काठ की कुर्सी पर बैठे वैद्य जी, तिपाई पर बैठे सौदागर पहलवान और बेंच पर बैठे महाजन के लड़के शम्भू की ओर भी उसी तरह संकेत किया। बाक़ी लोगों के मुँह छूने की ज़रूरत उन्होंने न समझी। और जब सब यथायोग्य जवाब दे चुके, तो एक-एक कर बड़े सरकार तीन

गिलास तीन साँसों में उतार गये। फिर कई लम्बी साँसें लेकर पानी के कुल्ले किये। और फिर हाथ–मुँह पोंछकर मूँछों को सँवारा। और कई बीड़े पान चाँदी की तश्तरी से उठा मुँहमुँहा भरकर, मुँह उठाकर, होंट फैलाकर कहा—बेंगा, इन लोगों को भी पान दे। और फ़र्शी का जल्द इन्तज़ाम कर।

चारों विशेष दरबारी दो–दो पान उठाकर सरकार का मुँह ताकने लगे। सरकार ने मुस्कराकर कुरते की जेब से सोने की छोटी, ख़ूबसूरत नक़्क़ाशीदार डिबिया निकाली। एक अँगुली से उसे ठोंककर खोला। ख़ुशबू की एक तेज़ लपट डिबिया से उठी और चारों ओर फैल गयी। कइयों ने नाक सुड़की। सरकार ने दो अँगुलियों से तम्बाकू निकालकर, मुँह उठाकर डाला। फिर कहा—पुजारी जी...

पुजारी जी उठकर सरकार के पास जा हथेली–पर–हथेली रख खड़े हो गये। सरकार ने उसी तरह दो अँगुलियों से तम्बाकू निकाल प्रसाद की तरह उनकी हथेली पर रख दिया। वैसे ही दूसरे तीनों ने भी तम्बाकू ले मुँह में डाला।

पुजारी जी बोले—आ–हा–हा! क्या तम्बाकू है, मुँह में जाते ही जैसे रोम–रोम सुगन्ध से भर जाता है!

वैद्य जी ने कहा—यह वह चूर्ण है, जिसे बूढ़ा भी खाय तो दो घड़ी को जवान हो जाय!

पहलवान ने रद्दा जमाया—सरकार, मुझे तो ऐसा मालूम देता है, जैसे हमारा बल दूना हो गया हो। इस बखत पचास को भी पावें, तो ऐसा पछाड़ें कि दुनिया तमाशा देखे!

और इसी साल इतिहास से एम.ए. करनेवाले शम्भू ने बघारा—यही वह तम्बाकू है, जिसे नवाब वाजिदअली शाह खाते थे। आप लोगों को मालूम है, उनके महल में कितनी बेगमें थीं?

शम्भू के सवाल का किसी ने जवाब न दिया, जैसे सब समझ गये हों कि शम्भू क्या बताना चाहता है। सब हँस पड़े। पुजारी जी के मुँह से पीक बहकर उनकी लम्बी, खिचड़ी दाढ़ी पर एक काली लकीर खींचने लगी, मगर जैसे उन्हें इसका ज्ञान ही न हो।

बड़े सरकार सिर हिला–हिला मुस्कराते रहे। बाक़ी लोग मुँह बाये टुकुर–टुकुर ताक रहे थे, जैसे उनकी समझ ही में न आ रहा हो कि ये बड़े लोग क्या बातें कर रहे हैं!

बेंगा ने फ़र्शी लाकर रखी और उसका नैचा घुमाकर सरकार के मुँह की ओर कर दिया। चिलम से कोयले की लाल–लाल लपटें निकल रही थीं। और सरकार ने अधलेटे ही निगाली मुँह में डाली और चारों ओर ख़ुशबू–ही–ख़ुशबू फैल गयी।

इतनी देर से एक पाँव पर खड़े सरकार को हवा करनेवाले जुमना ने बेंगा को संकेत से बुलाया। सरकार को ठण्डक पहुँचानेवाले जुमना की नंगी देह पसीने से नहा

उठी थी। उसे देखकर बेंगा को चतुरी की कही बात याद आ गयी, जिस पानी से रात-भर उसे तरी मिलेगी, उसमें कितना हमारा पसीना...वह फुसफुसाकर बोला—का है, बेटा?

—ज़रा किसी और को बुला लेते। दोनों पिण्डलियाँ चढ़ गयी हैं। पंखे जवाब दे रहे हैं।

—अच्छा, अच्छा,—कहकर बेंगा मुड़ा ही था कि बड़े सरकार की आवाज़ आयी—क्या हुआ?

बेंगा और जुमना ने एक ही साथ कहा—कुछ नहीं, सरकार, ज़रा पियास लगी थी। —और जुमना के अकड़े हाथ और भी तेज़ चलने लगे।

शम्भू ने कहा—छोटे सरकार की एक चिट्ठी मेरे पास आज आयी है।

तीनों उत्सुकता दिखाते हुए उसकी ओर देखने लगे। बड़े सरकार ने पूछा—क्या लिखा है? चिट्ठी लाये हो?

—चिट्ठी आपको दिखाना मुनासिब नहीं। उसमें कुछ हमारी प्राइवेट बातें हैं।—मुस्कराकर शम्भू बोला—लेकिन जो बताने की बात है, वह बताये देता हूँ। छोटे सरकार ने कमीशन में जाने की बात तय कर ली है। वह जल्दी ही यहाँ आपसे सलाह-मशविरा लेने आ रहे हैं।

—यह कमीशन क्या होता है, बेटा?—पुजारी जी ने पूछा।

—जिसे किंग्स कमीशन मिल जाता है, वह फ़ौज में लेफ़्टिनेण्ट हो जाता है। लेफ़्टिनेण्ट से तरक़्क़ी कर कैप्टेन, मेजर, लेफ़्टिनेण्ट कर्नल, कर्नल आदि के पद पर पहुँचने का रास्ता खुल जाता है।

—यह तो कोई बहुत बड़ा ओहदा होगा न, बाबू?—पहलवान सौदागर ने पूछा।

—और क्या? यह सबको थोड़े ही मिलता है। बड़े-बड़े राजा-महाराजा, नवाब-ताल्लुक़ेदार, ज़मींदार-रईस के ख़ानदानवालों को मिलता है। बड़ी शान होती है। तनख़ाह भी ख़ूब मिलती है।

—वह रतसड़ से बाबू सहजा सिंह के कोई भाई क्या किसी ऐसे ही ओहदे पर हैं?—वैद्य जी ने जानना चाहा।

—हाँ, वह लेफ़्टिनेण्ट हैं।

—सुना था कि जब वह टीसन पर उतरे, तो कलक्टर साहब, पुलिस सुपरिण्टेण्डेण्ट साहब वग़ैरा उनसे मिलने टीसन पहुँचे थे,—बड़े सरकार ने भौंहें उठाकर कहा।

—क्यों नहीं, वह उनसे कहीं ऊँचा ओहदा है।

—हमारे छोटे सरकार का उनसे कम हैं! भगवान् ने चाहा, तो वह उनसे भी बड़े अफ़सर बनेंगे!—पुजारी जी ने आँखें मूँदकर कहा। आशीर्वाद देते समय हमेशा उनका सिर ऊपर उठ जाता था और पलकें झुक जाती थीं।

—सो तो है,—बड़े सरकार ने ज़रा गम्भीर होकर कहा—लेकिन उसे कहीं भेजने का मन नहीं होता। एक ही तो घराने का चिराग़ है। वह भी फ़ौज की अफ़सरी! कहीं उसे कुछ हो जाय, तो यहाँ तो अँधेरा ही छा जायगा। हम किसी तरह तैयार हो भी जायँ, तो क्या रानी जी मानेंगी।

—का ज़रूरत है, बड़े सरकार, कि छोटे सरकार, कहीं जायँ?—पहलवान ने कहा—यहाँ का राज का किसी अफ़सरी से कम है!

—सो तो है ही,—वैद्य जी ने कहा।

—अरे, कुछ शादी-ब्याह के बारे में भी लिखा है उसने?—बड़े सरकार ने आँखें मलकाकर पूछा।

शम्भू मुस्कराया।

—सहजा सिंह के भाई ने तो, सुना, किसी मेम से सादी की है?—पहलवान ने कहा।

—राम! राम!—पुजारी जी ने दोनों कानों पर हाथ धरकर कहा।

—बड़े-बड़े फ़ौजी अफ़सरों के लिए यह कोई अनहोनी बात नहीं,—शम्भू ने हँसकर कहा—कौन जाने, हमारे छोटे सरकार भी कहीं अफ़सर बनकर मेम बैठाने का ख़ाब न देख रहे हों!

—क्या कहा?—बड़े सरकार चौंककर उठ बैठे।

—यों ही, मुँह से बात निकल गयी,—शम्भू ने ज़रा सहमकर कहा—ऐसी कोई बात छोटे सरकार ने नहीं लिखी है। मैं तो बात की बात कर रहा था।

—हाँ!—बड़े सरकार ने तेवर बदलकर कहा—कहीं ऐसा हुआ, तो काटकर फेंकवा दूँगा। यहाँ रोज़ जाने कितनी बड़ी-बड़ी जगहों से रिश्ता आ रहा है! अबकी आने तो दो उसे!

तभी हलक़े के पटवारी ने आकर सबको यथा-योग्य कहा और एक स्टूल पर बैठ गया। बस्ता जाँघों पर रख लिया।

—कहिये, मुन्शी जी,—बड़े सरकार उसकी ओर मुख़ातिब हुए।

—कहूँगा, ज़रा सुस्ता तो लेने दीजिये,—कहकर उसने टाट पर बैठे चौधरियों के गिरोह की ओर कनखी से देखा। बड़े सरकार कुछ समझकर चुप हो गये।

मुँदरी ने आकर दोनों हाथ एक-दूसरे से उलझाते हुए कहा—बड़े सरकार, रानी जी पूछ रही हैं, अभी कितनी देर है?

—बस-बस, अब आ ही रहे हैं। ज़रा थोड़े पान और तो भेजवा दे।...अरे हाँ,—पटवारी की ओर मुड़कर बोले—मुन्शी जी, कुछ पानी-वानी पीयेंगे।

—हाँ, ज़रा ठण्डा हो लूँ। क्या गर्मी पड़ रही है, बड़े सरकार!—और अँगोछे से वह हवा करने लगा।

उसी समय घोड़े की टापों की आवाज़ आयी। सब आवाज़ की ओर देखने लगे। उत्तर के फाटक से निकलकर घोड़ा दुलकी चाल से चला आ रहा था। पास आ गया, तो बड़े सरकार को छोड़ सभी उठ खड़े हुए और सबके मुँह से एक साथ ही फुसफुसाहट की आवाज़ आयी—दारोग़ा साहब!

बेंगा ने लपककर लगाम पकड़ ली। दारोग़ा नीचे कूदकर बोला—आदाब, हुज़ूर!

—तस्लीम,—बड़े सरकार ने ख़ुशी ज़ाहिर करते हुए कहा—आइये, आइये, दारोग़ा साहब!

सब ओर से सलाम-सलाम की आवाज़ आयी। लेकिन दारोग़ा ने उधर ध्यान देने की कोई ज़रूरत न समझी। वह बड़े सरकार से हाथ मिलाकर, पास ही आरामकुर्सी पर बैठ गया। सब लोग भी बैठ गये।

—कहिये, दारोग़ा साहब, सब कुसल तो है?—पुजारी जी ने दाँत निपोरकर कहा।

—सब आप बुज़ुर्गों और परमात्मा की दुआ है। आप अपनी कहिये।—दारोग़ा ने पुजारी जी की ओर देखकर यों ही कहा।

—चल रहा है।

बड़े सरकार ने तब अब तक मुँह बाँधे हुए बैठे चौधरियों की ओर देखकर इशारा किया। एक ने खड़े होकर कहा—बड़े सरकार, हम यह अरज लेकर आये थे कि सब परती-परास का बन्दोबस्त सरकार कर रहे हैं, तो आख़िर हमारे जानवरों को खड़े होने की जगह कहाँ मिलेगी?

पटवारी उन्हें घूरे जा रहा था। दारोग़ा ने भी तिरछी नज़र से एक बार उनकी ओर देखा।

बड़े सरकार बोले—तुम लोग फिर कभी मिलना। आज फ़ुरसत नहीं है।

—जो हुकुम, बड़े सरकार,—और पूरा-का-पूरा गिरोह एक साथ उठकर, झुककर, बारी-बारी से बड़े सरकार, दारोग़ा साहब और पटवारी को सलाम करके चला गया।

तब बड़े सरकार ने धरती पर बैठे किसानों की ओर मुख़ातिब हो कहा—आज तुम लोग जाओ। कल तुम्हारी अरदास सुनेंगे।

वह लोग भी खड़े हो और वैसे ही सलाम करके चले गये।

—अब कहिये, दारोग़ा साहब, कैसे तक़लीफ़ की आपने?—फिर बेंगा की ओर देखकर उन्होंने कहा—दारोग़ा साहब के लिए नाश्ते का इन्तज़ाम कर।

—नाश्ता क्या, अब तो खाने का ही वक़्त हो गया—हँसकर दारोग़ा ने कहा—आपके यहाँ का खाना मुँह से ऐसा लगा है कि...

—वही सही, इसमें तक़ल्लुफ़ की कोई बात नहीं,—बड़े सरकार ने भी हँसकर कहा—अब बताइये, यों ही निकल आये या...

—यों ही आने-जाने की आजकल कहाँ फुरसत मिलती है? कलक्टर साहब की एक चिट्ठी लेकर आया हूँ।—कहकर उसने पैण्ट की जेब से चिट्ठी निकालकर सरकार की ओर बढ़ा दी।

सरकार चिट्ठी खोलने लगे, तो वह बोला—अभी रहने दीजिये —और उसने वहाँ बाक़ी बैठे हुए लोगों की ओर देखा।

बड़े सरकार ने पुजारी जी से कहा—भगवान् के भोग का समय तो हुआ जान पड़ता है।

—अभी कुछ देर है, लेकिन बड़े सरकार का हुकुम है, तो अभी भोग लगाये देता हूँ।—कहकर वह मन्दिर की ओर चल पड़े।

तभी हाँफती हुई मुँदरी आकर बोली—रानी जी बेहोश हो गयी हैं। दौरा आ गया है।

बड़े सरकार ने वैद्य जी की ओर देखकर कहा—जाइये, वैद्य जी! आप तो कहते थे कि अब दौरा कभी आयेगा ही नहीं। देखते हैं कि अब डॉक्टरी इलाज...

—कोई धक्का लगा होगा, बड़े सरकार,—उठकर पगड़ी ठीक करते हुए वैद्य जी बोले—हम अभी दवा देते हैं।

—बड़े सरकार, आपका चलना ज़रूरी है। रानी जी जब तक आपसे बातें न कर लेंगी...—मुँदरी बोली।

—बस, अब आ ही रहे हैं। तू चलकर सँभाल।

—आप जाइये, हुजूर। बातें फिर होंगी। आज रात मैं यहीं रुक जाऊँगा।—दारोग़ा ने कहा।

—माफ़ कीजियेगा! क्या बताऊँ, यह ऐसा रोग है कि उनका पीछा ही नहीं छोड़ता। पच्चीस साल से ज़्यादा हो गये।—कहकर उन्होंने पैर लटका दिये। बेंगा ने झुककर जूते पहना दिये।

वह चले ही थे कि माली बेले के फूलों की डाली लिये आ पहुँचा। बड़े सरकार ने मुँदरी की ओर संकेत कर दिया।

आँगन में रानी जी पलँग पर बेहोश होकर चित पड़ी थीं। सुनरी और सुगिया उनके दोनों ओर झुकी हुई उनकी पतले, सफ़ेद बाज़ुओं को रूमालों से कसकर बाँध रही थीं। बदमिया पंखे पर गुलाब-जल डाल ज़ोर-ज़ोर से हवा कर रही थी। सभी नौकरानियाँ इकट्ठी हो रानी जी की ओर चिन्ता-भरी आँखों से देख रही थीं।

मुँदरी ने लपककर एक कुर्सी ला रानी जी के सिरहाने रख दी। बड़े सरकार ने बैठकर कहा—गुलाब-जल ला। वैद्य जी के साथ कौन दवा लाने गया है?

—बेंगा गया है, बड़े सरकार,—और लपककर मुँदरी चाँदी के लोटे में गुलाब-जल ला, बड़े सरकार के पास झुककर खड़ी हो गयी।

बड़े सरकार ने अँगुलियों से रानी जी के होंठों के नीचे टटोला। दाँत लगे हुए थे। उन्होंने हाथ धोकर मुँदरी के कन्धे से तौलिया खींचकर पोंछा। फिर रानी जी की पतली, नन्हीं नाक को अँगुलियों से दबा दिया।

थोड़ी देर में रानी जी के गले में एक हरकत हुई और फक-से उनका मुँह वैसे ही खुल गया, जैसे घुण्डी दबाने से खिलौने बत्तख का मुँह खुल जाता है। और लम्बी गरम साँस उनके मुँह से ऐसे निकल पड़ी कि झुके हुए बड़े सरकार की मूँछें फरफरा उठीं। बड़े सरकार मुँह हटाकर, लोटे से अँजुली में पानी ले रानी जी के मुँह पर हौले-हौले बूँदें टपकाने लगे।

थोड़ी देर में रानी जी की पलकें खुल गयीं। उन्होंने पुतलियाँ घुमा-घुमाकर इधर-उधर देखा। फिर ज़ोर से हँस पड़ीं। वह हँसी देखकर सब-के-सब ऐसे सहम गये, जैसे कोई मुर्दा हँसा हो। फिर उनके शरीर में एक हरकत हुई। वह ज़ोर लगाकर अपनी बाँहें छुड़ाने की कोशिश में छटपटाने लगीं।

—ज़ोर से पकड़े रहो, छूटने न पाये!—बड़े सरकार ने कहा।

महराजिन और पटेसरी ने लपककर रानी जी के पैर दबा लिये।

थककर रानी जी ने एक ज़ोर की चीख़ मारी और फिर बेहोश हो गयीं। कट की एक आवाज़ हुई और दाँत बैठ गये।

परेशान होकर बड़े सरकार चीख़-से उठे—बेंगवा अभी नहीं लौटा?

—आ गया, सरकार,—दालान से हाँफते बेंगा की आवाज़ आयी।

दवा रानी जी के कानों में डाली गयी।

और फिर बड़े सरकार ने पहले ही की तरह होंठों के नीचे टटोलकर रानी जी की नाक दबा दी।

एक घण्टे के बाद रानी जी सही तौर पर होश में आकर आह-आह करती उठ बैठीं। बेहोशी में छटपटाने और ज़ोर लगाने के कारण उनकी दुर्बल देह होश में आने पर बड़े ज़ोर से दर्द करने लगती थी।

मुँदरी ने चाँदी के गिलास में गर्म दूध लाकर रानी जी के होंठों से लगा दिया।

—बदमिया, जल्दी छत पर पलँग लगाकर रानी जी को ऊपर ले जा। हम अभी आते हैं। एक मेहमान आये हुए हैं।—कहकर बड़े सरकार उठ खड़े हुए।

—आप इतनी जल्दी चले आये, हुज़ूर?—बड़े सरकार को देखकर कुर्सी से उठता हुआ दारोग़ा बोला।

—क्या करें, दारोग़ा साहब, एक दिन की बात हो तो हो। यह तो ज़िन्दगी-भर का रोग है। कौन कहाँ तक सर दे।—तख़त पर बैठते हुए परेशानी से बड़े सरकार बोले। बेंगा लपककर जूते उतारने लगा।

बैठक की घड़ी ने टन-टन कर दस बजाये।

—आप उन्हें बम्बई क्यों नहीं भेज देते?—दारोग़ा बोला—सुना है, वहाँ इस रोग के बड़े-बड़े डॉक्टर हैं। वे बातचीत करके ही यह रोग ठीक कर देते हैं।

—ऊँह, आप भी क्या ले बैठे!—पाँव ऊपर कर बड़े सरकार बेंगा से बोले—दारोग़ा साहब के खाने का इन्तज़ाम कर, बहुत देर हो गयी।—फिर पटवारी की ओर देखकर बोले—मुन्शी जी को भी खाना खिलाना है।

पटवारी बैठा-बैठा झपकी ले रहा था। चिहुँककर बोला—मुझे कुछ हुकुम हुआ था, बड़े सरकार?

—मुन्शी जी, आप क्यों यहाँ बैठे-बैठे इस गरमी में अपनी साँसत कर रहे हैं? जाइये, मन्दिर में भोजन कर आराम से सोइये। कल सुबह आपसे बातें होंगी।

पटवारी बस्ता सँभालते हुए उठकर चला गया।

—मैं जानता कि आप आज इतने परेशान होंगे, तो...

—कोई परेशानी नहीं, दारोग़ा साहब,—बड़े सरकार आराम से गावतकिये पर पीठ टेकते हुए बोले—परेशानी को तो हवेली में छोड़ आया हूँ। अब आप अपनी बात कहिये।

—बात जो है, कलक्टर साहब ने चिट्ठी में लिख दी है,—दारोग़ा ने बड़े सरकार को जेब से चिट्ठी निकालते देखकर कहा—अब इस वक़्त इसे पढ़ने की आप तक़लीफ़ न करें। मैं सब बातें मुख़्तसर आपको बताये देता हूँ। एक हफ़्ते के बाद रिक्रूटिंग अफ़सर आनेवाला है। एक हज़ार जवान उसे जैसे भी हो इस हलक़े से देना है। सुझाव यह है कि इसी बीच आप जितने किसानों को बेदख़ल कर सकें, कर दें, ताकि बेकार होकर जवान हमारे काँटे में आप-ही-आप आ फँसें। दूसरी बात कलक्टर साहब ने यह फ़रमायी है कि आप छोटे सरकार को कमीशन में भेज दें। उनके देखने में हमारे हलक़े में हुजूर का ही एक ऐसा ख़ानदान है, जिसका कोई आदमी फ़ौज में बड़ा अफ़सर हो सकता है। ऐसा करने से जवानों के दिल का डर भी निकल जायगा। कलक्टर साहब ने यह भी कहा है कि इस साल आपको राय बहादुर का ख़िताब दिलाने की हर कोशिश करेंगे।

हाथों में थाल लिये बेंगा ने पूछा—खाना कहाँ लगेगा, बड़े सरकार?

बड़े सरकार ने कहा—दीवानख़ाने में लगा। और किसी दूसरे को पंखा खींचने को कह। इसे अब छुट्टी दे दे।

दीवानख़ाना काफ़ी बड़ा और ख़ूब सजा हुआ था। पूरब-उत्तर के कोने में एक ख़ूबसूरत छोटी मेज़ पर टेबिल लैम्प जल रहा था। उसके हरे शेड में बहुत ख़ूबसूरत

मोतियों की झालर लगी थी। पूरे फ़र्श पर मोटा ग़ालीचा बिछा था और चारों ओर दीवारों से लगाकर मख़मली सुनहरे कामवाले लम्बे, गोल और चौकोर गावतकिये सजाकर रखे हुए थे। पश्चिम की दीवार से लगाकर बीच में एक मख़मली चाँदनी बिछी थी। चाँदनी के चारों कोनों पर छोटे-छोटे कढ़े हुए सोने के मोर नाच रहे थे और बीच में एक बड़ा पान चमक रहा था। इसी पर बड़े सरकार बैठते थे। इसके ठीक ऊपर बड़े सरकार के पिता का एक बड़ा ही शानदार तैल-चित्र टँगा था। उस चित्र के दाहिने बड़े सरकार का एक बड़ा चित्र था, जिसमें वह शिकारी की पोशाक में ज़मीन पर बन्दूक़ टिकाये अकड़कर खड़े थे और बायीं ओर घोड़े पर सवार छोटे सरकार का चित्र शोभायमान था। दक्खिन की दीवार से लगी गंगा-जमनी चौकी थी। उसके बीच में सोने के दो सुन्दर, बड़े-बड़े गुलाबपाश रखे हुए थे। और उनके आगे इत्र से भरा हुआ इत्रदान रखा हुआ था। पूरब की दीवार में बड़ा दरवाज़ा था। दरवाज़े के दोनों ओर दो बड़ी-बड़ी खिड़कियाँ थीं। दरवाज़े और खिड़कियों के ऊपर की चौखटों से मोती की झालरें लटक रही थीं। पच्छिम-उत्तर के कोने में अन्दर जाने का दरवाज़ा था, जिसके पल्ले अन्दर से बन्द कर दिये जाते, तो मालूम होता कि एक ख़ूबसूरत आलमारी जड़ी है। उत्तर की दीवार पर दो बन्दूक़ें लटक रही थीं। बीच में ऊपर छत से लटके रंग-बिरंगे झाड़-फ़ानूस पर हरी रोशनी कई रंगों में चमक रही थी। पूरी छत लकड़ी की थी और उस पर तरह-तरह के फूल-पत्तों का नक्क़ाशी हुई थी। झाड़ के नीचे छत की आधी लम्बाई में गोटेदार बड़ा पंखा रंगीन डोरियों से लटकाया गया था, जिसके बीच की डोर दरवाज़े के ऊपर एक छेद से ओसारे में जाती थी, जहाँ बैठा कोई उसे खींचता रहता था। दीवानख़ाना हमेशा गम-गम महकता रहता था।

गंगा-जमनी चौकी के पास दस्तरख़ान पर बैठकर दारोग़ा बोला—गला तर करने के लिए भी कुछ है, या...

—इतने बेसब्र क्यों होते हो, यार?—कहकर बड़े सरकार ने बेंगा को आवाज़ लगायी। और उसके आने पर पीछे के गावतकिये के नीचे से चाभियों का गुच्छा निकालकर उसके सामने फेंक दिया। बेंगा अन्दर जाने के दरवाज़े से चला गया।

लुक़मा तोड़ता दारोग़ा बोला—अकेले खाने में कुछ मज़ा नहीं आता। मज़हब कमबख़्त भी क्या चीज़ है!

हँसकर बड़े सरकार बोले—पीने में तो हम साथ देंगे ही!

—हाँ, यही तो एक चीज़ है, जिसके सामने मज़हब-वज़हब की एक नहीं चलती! —कहकर वह ज़ोर से हँस पड़ा।

बेंगा ने सामान ला, दस्तरख़ान के एक ओर क़रीने से रख दिया।

—देखो, थोड़ी बरफ़ हो, तो लाओ, जल्दी!—कहकर बड़े सरकार बोतल खोलने लगे।

—सोडा भी खोलूँ या...

—आग में पानी डालने से तो बस राख ही हाथ लगती है!

कुल-कुल की आवाज़ हुई और दिलों के तार जैसे झनझना उठे। लाल परी से नज़रें मिलीं और आँखों में रंग आ गये।

—बरफ़ का इन्तज़ार करोगे?

—अमा, इसे उठाओ, —कहते हुए दारोग़ा ने गिलास उठाया।

गिलास टकराये और दुनिया झूम उठी।

तीन पेगों के बाद दमकती हुई नज़रें उठाकर दारोग़ा ने कहा—उस रात जो छोकरी आयी थी, क्या नाम था उसका?

हँसकर बड़े सरकार बोले—एक-दो हों, तो नाम याद रखें। यहाँ तो मौसम बदला, और नया फल। कहो तो...

—यार, वह ख़ूब थी! सच पूछो तो उसी का ख़्याल लेकर चला था। ख़ैर, अब जैसा तुम चाहो।

बड़े सरकार ने बेंगा को पुकारा।

(२)

बड़े सरकार जब दीवानख़ाने से हवेली की ओर चले, तो पुरवा झिरझिर बह रहा था।

छत पर रानी जी के पलँग के सिरहाने खड़ी सुनरी पंखा झल रही थी।

—रानी जी सो गयीं?—बड़े सरकार ने बग़ल ही में पड़े अपने पलँग पर धच से बैठते हुए सिरहाने से बेले के हार उठा सूँघते हुए पूछा।

घूँघट नीचे सरकाकर सुनरी ने कहा—जी, बड़े सरकार।

—तो मसहरी गिराकर तू नीचे जा। महराजिन से कह देना, मलाई भेज दे। खाना नहीं खायेंगे और बदमिया को जल्दी भेज।

पंखा सिरहाने के पाये से टिकाकर सुनरी नीचे उतरी।

बदमिया अपने कमरे में बैठी लालटेन की रोशनी में सिंगार-पटार कर रही थी। ज़रा दूर ही खड़ी होकर सुनरी ने कहा—मलाई लेकर जा, बड़े सरकार बुला रहे हैं।

साँप के फन की तरह पलटकर बदमिया ने कहा—और तेरे छोटे सरकार कब आ रहे हैं, पूछा था?

सुनरी ने कोई जवाब न दिया। वह अपने कमरे की ओर चली गयी।

मुँदरी चौके से निबटकर आयी, तो देखा, सुनरी ठेहुने पर ठुड्डी रखे बैठी थी।

—यहाँ कैसे बैठी है? सोयी नहीं?—कथरी उठाते हुए मुँदरी ने कहा—तेरा खयका रख दिया था, खा लिया?

वैसे ही बैठी सुनरी बोली—जी नहीं करता।

—आज साम से ही तुझे का हुआ है? चल, जल्दी दो कौर खा ले। बड़े सरकार आ गये?

—हुँ।

—तो उठ न!

—उठती हूँ।

—अब दिन धरेगी कि जल्दी उठेगी? कितनी रात चली गयी। जो रुचे-पचे जल्दी खा ले।

—खाऊँगी नहीं।

—काहे नहीं खायेगी? चल, उठ जल्दी। तंग न कर। थकान के मारे पोर-पोर दर्द कर रहा है। दो घड़ी आराम से सोऊँगी नहीं, तो कल कैसे खटूँगी।—कहकर उसने सुनरी का कन्धा हिलाया।

—उठती हूँ।

—ला दूँ यहीं?

—नहीं, मैं खाऊँगी नहीं। जी बिलकुल नहीं करता, सच कहती हूँ।

—बड़ी ज़िद्दी है, भाई, यह लड़की! का हुआ है आख़िर तुझे?

—कुछ नहीं।

—तो फिर उठती काहे नहीं?

—छोटे सरकार का सच ही फ़ौज में चले जायेंगे, माई?—इतनी देर से सुनरी के गले में अटका हुआ सवाल आख़िर बाहर आकर ही रहा।

—वह जाय भाड़ में! तुझे का लेना-देना है उससे?—चिढ़कर मुँदरी बोली—उठेगी क़ायदे से कि...

हथेली टेककर सुनरी उठ खड़ी हुई। बोली—खाऊँगी नहीं।

—खायेगी कैसे नहीं?—उसका हाथ पकड़कर बाहर ले जाती हुई मुँदरी बोली—मुँह तो जुठार ले, बिना खाये कहीं सोते हैं! और अब यह आदत छोड़। बच्ची नहीं है, कि तेरे मुँह में ठूँसकर खिलाऊँगी।

बदमिया ने बड़े सरकार के जूते उतार दिये, तो उन्होंने दोनों हाथ उठाकर कहा —कुरता उतार।

बदमिया ने कुरता उतारकर खूँटी पर टाँग दिया। बड़े सरकार ने पाँव ऊपर कर मलाई खायी और तुरन्त पाँव फैला दिये।

बदमिया पैताने बैठकर उनके पाँव दबाने लगी। उसके हाथों की चूड़ियाँ झन-झन बजने लगीं। कई बार उसने चूड़ियों को ऊपर सरकाया, लेकिन चूड़ियाँ फिर-फिर नीचे बह आतीं। आख़िर उसने उन्हें ऊपर चढ़ाना छोड़ दिया और चूड़ियाँ झन-झन बजती रहीं, जैसे लम्बी-लम्बी साँसों में नन्हीं-नन्हीं घण्टियाँ बँधी हुई हों। नीचे सन्नाटा छा गया था।

पुरवा झझकार उठा। बड़े सरकार की नाक बजने लगी, तो बदमिया ने हाथ ढीले कर दिये। अब वह उनके तलवे सहला रही थी और नींद में झूम रही थी। और थोड़ी देर में उनके पाँवों पर हाथ रखे हुए ही वह नींद का झोंका खाकर लुढ़क गयी।

पुरवा के मधुर झकोरों में सारी दुनिया बेसुध होकर सो रही थी। लेकिन तब भी रानी जी की दुखी आत्मा को चैन न था, वह जाग रही थीं और तड़प रही थीं। अचानक नींद में डूबी हुई रानी जी ज़ोर-ज़ोर से रोने लगीं।

बदमिया रात को कुत्ते की नींद सोती थी। पाँच सालों से उसे इसकी आदत पड़ गयी थी। बारह साल की उम्र में वह बड़े सरकार की सेवा में लगायी गयी थी। तब से रोज़ रात में वह इसी तरह बड़े सरकार के पाँव दबाती हुई नींद का झोंका खा, लुढ़ककर सो जाती थी। सोये में ही बड़े सरकार उसे अपनी बग़ल में खींच लेते थे। और उसके जिस अंग के साथ जैसा चाहते थे, करते थे। शुरू-शुरू में नींद खुल जाने पर बदमिया के हाथ मशीन की तरह उठकर विरोध करते थे, उसकी सारी देह कसमसाकर ज़ंजीरों को तोड़ देना चाहती थी। लेकिन ज़ंजीरों की ताक़त से लोहा लेना उस असहाय, अनाथ छोकरी के बस की बात न थी। वह जानती थी कि पलँग की पाटी के पास बिछौने के नीचे एक बन्दूक़ रखी रहती है। वह हारकर पत्थर की तरह पड़ जाती थी। कई बार उसका मन कहीं भाग जाने को हुआ था। लेकिन भागकर वह कहाँ जाती? विधवा माँ के मरने पर बड़े सरकार ने तरस खाकर उसे आसरा दिया था। सो, धीरे-धीरे उसका विरोध मर गया, आत्मा मर गयी। वह एक मशीन बन गयी। और सब-कुछ की अभ्यस्त हो गयी। बड़े सरकार का हुक्म था कि वह सज-सँवरकर उनके पास आया करे। बड़े सरकार उसके कपड़े-लत्ते, साज-सिंगार के सामान ख़ुद मँगाते थे। रात में बड़े सरकार को जब जो ज़रूरत पड़ती, वह तुरन्त उठकर करती। उसे नींद से जगाने के लिए एक आवाज़, पैर की एक हरकत या पलँग का ज़रा भी हिलना काफ़ी था। शुरू में बड़े सरकार के स्पर्श से बदमिया का अंग-अंग गनगना उठता था। लेकिन धीरे-धीरे उसके शरीर की बिजली हमेशा के लिए बुझ गयी। उसको पहले बड़ी शर्म आती थी, लेकिन अब बिलकुल नहीं आती। धीरे-

बाँदी / १७

धीरे उसे मालूम हो गया था कि हवेली में जितनी औरतें थीं, सब-की-सब अपने दिनों में उसी की तरह बड़े सरकार की सेवा में रह चुकी थीं। कोई उस पर हँसनेवाला हवेली में न था, चलनी चलनी पर कैसे हँसे? और अब तो वह बेहद ढीठ हो गयी थी। वह किसी भी नौकरानी को ताव में न लाती। हाँ, वह ज़िच खाती थी, तो सिर्फ़ सुनरी से। सुनरी भी उसकी हमउम्र थी। लेकिन, जाने क्यों, बड़े सरकार उस पर आँख न उठाते थे। इसलिए बदमिया उससे बेहद जलती थी। और सुनरी के भोलेपन की यह हद ही थी कि वह बदमिया को नीची नज़र से देखती थी और कभी-कभी ताने भी मार देती थी। बदमिया जल-भुनकर रह जाती थी। उसकी समझ में न आता था कि सुनरी अब तक कैसे बची रह गयी? वह चाहती थी कि सुनरी भी उसी की पाँत में आ जाय, तब वह उसके तानों का वह जवाब दे, वह जवाब दे कि छट्ठी का दूध याद आ जाय। वह हमेशा सुनरी पर नज़र रखती और किसी भी मौक़े की तलाश में रहती। लेकिन वह देखती कि सुनरी की माँ हमेशा उसे चारों ओर से ऐसे अपने आँचल से ढँके रहती, जैसे कोई मुर्ग़ी अपने अण्डे को। बदमिया रात-दिन मनाती कि मुँदरी मर जाय। लेकिन मुँदरी की तन्दुरुस्ती ऐसी कि माँ-बेटी अगल-बग़ल खड़ी होतीं, तो लगता, जैसे बहनें हों।

लेकिन पिछले साल गर्मी के इन्हीं दिनों बदमिया की मुराद पूरी हो गयी। उसी दिन से जब भी मौक़ा मिलता, वह सुनरी पर ताना मारने से बाज़ न आती। फिर भी उसे वह ख़ुशी न हुई, जो ऐसा मौक़ा मिलने पर उसे होनेवाली थी। जाने क्यों, मन-ही-मन वह अपनी हार मानने लगी थी। जैसे सुनरी में और उसमें बहुत बड़ा फ़र्क़ हो, बहुत बड़ा!

रानी जी के रोने की आवाज़ सुनकर बदमिया उठ बैठी। बड़े सरकार सीने से तकिया दबाये पट पड़े वैसे ही खर्राटे ले रहे थे। बदमिया के जी में आया कि वह भी कान मूँदकर सो जाय। लेकिन रानी जी की सपने की वह रुलाई बड़ी डरावनी होती। बदमिया के रोंगटे खड़े हो गये। वह थोड़ी देर तक सहमी हुई बैठी रही कि बड़े सरकार या नीचे कोई भी जाग जाय, तो वह पलँग से उतरकर रानी जी को जगाये। लेकिन बड़े सरकार कुम्भकर्ण की नींद सोते थे। और नीचे जगकर भी कोई ऊपर न आती। रात में ऐसे मौक़े पहले भी कितनी ही बार आये थे। शुरू में ऐसे मौक़े पर वह डरकर बड़े सरकार के पाँव पकड़े, काँपती हुई पड़ी रहती थी। फिर भी देर तक रानी जी की रुलाई जब न थमती और वह कुछ बड़बड़ाने भी लगतीं, तो बदमिया और अधिक सहने में असमर्थ हो, कुछ ऐसी हरकत करती कि बड़े सरकार चौंककर उठ बैठते और बन्दूक़ पर हाथ रखते हुए पूछते—क्या हुआ?—बदमिया को कुछ बताने की ज़रूरत नहीं पड़ती। रानी जी की रुलाई अब तक बड़े सरकार के कानों में पड़ गयी होती। वह हस पड़ते। कहते—जगा उन्हें।—बदमिया काँपती हुई उठकर, मसहरी उठाती और रानी जी को जगा देती।

लेकिन इधर बड़े सरकार का हुक्म हो गया था कि उन्हें किसी भी हालत में कभी भी न जगाया जाय। बदमिया भी अब बच्ची नहीं रही। उसका डर अब कुछ कम हो गया था। फिर भी रात के सन्नाटे में रानी जी की वह रुलाई उसे ऐसी लगती, जैसे श्मशान में कोई मुर्दा रो रहा हो। रात में नींद में होने पर भी बदमिया की सुप्त चेतना में कहीं-न-कहीं यह भयानक डर हमेशा बना रहता। रानी जी की रुलाई सुनकर कई बार उसने कानों में उँगलियाँ ठूँसकर चुप पड़ी रहने की कोशिश भी की थी। लेकिन ऐसा करने से वह रुलाई जैसे सौगुनी तेज़ और भयानक हो उसके दिमाग़ में गूँज उठती। उसे उठना ही पड़ता।

बदमिया ने उतरकर सहमे हाथों से मसहरी उठायी। पलँग से सटी रानी जी का मांसहीन चेहरा सचमुच ही उसे मुर्दे की तरह लगा। रुलाई के कारण उनका चेहरा ऐसा विकृत हो रहा था, कि देखते ही डर लगे। बदमिया ने अपने काँपते हाथों से उनके छाती पर पड़े हाथों को उठाया और हिलाकर सहमी आवाज़ में बोली—रानी जी, रानी जी! होस कीजिये!

रानी जी ने चौंककर आँखें खोलीं और चीख़ उठीं—रंजन! रंजन!—और दोनों हाथ फैलाये उन्होंने उठने की कोशिश की, लेकिन अगले ही छन गिरकर चुप हो गयीं।

बदमिया ने झुककर उनके होंठ टटोले। दाँत लग गये थे।

ऐसा अक्सर ही होता था। ऐसे मौक़े पर जब भी रानी जी के मुँह से कोई शब्द निकलता, वह बेहोस हो जाती थीं।

बदमिया डरकर नीचे भागी। उसे एक बार मुंदरी ने बताया था कि रोज़ रात में रानी जी के पास एक प्रेतात्मा आती है। रानी जी की नींद खुलने पर जब वह जाने लगती है, तो रानी जी हाथ फैलाकर उसे पकड़ना चाहती हैं। लेकिन वह पकड़ में नहीं आती और तब रानी जी गिरकर बेहोश हो जाती हैं।

बदमिया कई जगह गिरते-गिरते बची। वह ऐसी बदहवास होकर भाग रही थी, जैसे कोई भूत उसका पीछा कर रहा हो। हाँफती हुई वह मुँदरी के बिस्तर के पास पहुँची, तो उसके पास लेटी सुनरी बोल पड़ी—का बात है, बदामो बहन?

बदमिया का सारा डर जाने कहाँ क्षण-भर में ही उड़ गया। वह जलकर बोली—तू जाग रही है का?

—हाँ, नींद नहीं आती,—कसमसाकर सुनरी ने कहा।

—नींद कैसे आये!—झमककर बदमिया ने कहा—तेरा चहेता जो फ़ौज में जा रहा है।

—कोई बात हुई, बदामो बहन? का सच ही छोटे सरकार फ़ौज में चले जायेंगे। रानी जी उन्हें रोकेंगी नहीं?—सुनरी ऐसे बोली, जैसे यह जानने को उसका दिल जाने कब से तड़प रहा हो।

—जाकर तू ही काहे नहीं पूछती?—झिड़ककर बदमिया ने कहा और झुककर वह मुँदरी को उठाने लगी।

मुँदरी उठ बैठी, तो बदमिया ने कहा—रानी जी बेहोस हो गयी हैं, फुआ।

—बड़े सरकार तो हैं वहाँ,—जँभाई लेती हुई मुँदरी बोली।

—वह तो फों-फों सो रहे हैं। चलो जल्दी, फुआ!—उसका हाथ पकड़कर बदमिया बोली।

—तू दूध गरमाकर ले आ। मैं आती हूँ।—उठकर खड़ी हो मुँदरी ने आँचल ठीक करते हुए कहा।

मुँदरी चली गयी, तो सुनरी ने खड़ी हो बदमिया से कहा—बैठो न, बहन, दो छन।

—बैठे मेरी बला! भगवान करे, छोटे सरकार ज़रूर फ़ौज में चले जायँ!—और ज़ोर-ज़ोर से पाँव पटकती हुई वह चली गयी। उसके पाँवों की हर धमक जैसे सुनरी के नाज़ुक दिल पर हथौड़े की चोट कर रही थी।

रानी जी होश में आकर उठ बैठीं।

मुँदरी ने रोएँदार तौलिये से फूल के हाथों उनका मुँह, गला और भींगे बाल पोंछ दिये। फिर रोकर बोली—रानी ज़ी, मुझसे देखा नहीं जाता। आपकी सोने की देह माटी में मिल गयी!—और वह फफक-फफककर रो पड़ी।

रानी जी की भी पलकें मलकने लगीं। उनकी लबालब भरी आँखों को तौलिये से ढँककर मुँदरी भरे गले से बोली—का करूँ, चुप नहीं रहा जाता।—और बग़ल में दूध लिये खड़ी हुई बदमिया के हाथ से गिलास लेकर कहा—यह दूध पी लीजिये।—और तौलिया हटाकर उनके होंठों से गिलास लगा दिया।

दो घूँट पीकर रानी जी ने पलकें उठाकर मुँदरी की आँखों में देखकर कहा—इस तरह तू कब तक मुझे दूध पिलायेगी?

—जब तक ज़िन्दा हूँ,—सिर झुकाकर मुँदरी बोली—पी लीजिये!

—तू ज़िन्दा है?—एक करुण मुस्कान रानी जी के नीले होंठों पर उभरती-उभरती रह गयी।

—हाँ, मैं ज़िन्दा हूँ। हमासुमा हर हालत में ज़िन्दा रहते हैं, रानी जी। गम को हम रोटी-पानी की तरह खा-पीकर पचा लेते हैं। लीजिये, यह दूध तो पी लीजिये। बदमिया खड़ी है—और उसने गिलास फिर उनके होंठों से लगा दिया।

दो घूँट और लेकर, मुँह हटाकर रानी जी ने कहा—बस।

—थोड़ा और पी लीजिये। आज दो-दो बार दौरा आ गया। आप बहुत कमज़ोर हो गयी हैं—और उसने फिर गिलास उनके होंठों से लगा दिया।

एक-दो घूँट और लेकर रानी जी ने मुँह खींच लिया।

मुँदरी ने बदमिया को गिलास थमाते हुए कहा—जा नीचे, सुनरी अकेली है। उसी के पास सो जाना।

बदमिया का मन उनकी बातें सुनने को कर रहा था। बड़े अनमनेपन से वह नीचे गयी। बड़े सरकार और रानी जी के बाद हवेली में मुँदरी का ही हुक्म चलता था।

पुरवा झझकार रहा था। बड़े सरकार पट पड़े हुए छाती से तकिया चिपकाये बेग़म सो रहे थे। उनकी नाक घड़र-घड़र बज रही थी।

रानी जी के उड़ते बालों को उँगलियों से सँवारती हुई मुँदरी बोली—ज़रा उठिये तो बिस्तर बदल दूँ। आपके कपड़े भी तो भींग गये हैं।

—नहीं, इस वक़्त रहने दे। तू ज़रा मेरे पास बैठ। आज बातें करने को बहुत जी कर रहा है। नींद निगोड़ी अब नहीं आने की। और नींद में भी यहाँ किसे चैन मिलता है!—कहकर रानी जी ने उसका हाथ पकड़ लिया।

मुँदरी आज रानी जी की सिर्फ़ लौंडी थी। लेकिन कभी वह उनकी सहेली और राज़दार भी रह चुकी थी, बहन और दूती भी।

मुँदरी पान कुँवरि (पिता के घर रानी जी का यही नाम था) से सिर्फ़ दो साल उम्र में छोटी थी। मुँदरी की माँ पान कुँवरि के पिता के यहाँ लौंडी थी। वह बिहार के एक बहुत बड़े ताल्लुक़ेदार थे।

बचपन से ही पान कुँवरि और मुँदरी में एक तरह का सहलापा क़ायम हो गया था। पान कुँवरि को उसे अपने साथ रखना, उसके साथ खेलना-कूदना बहुत पसन्द था। उसके कोई दूसरी बहन न थी। उसके माता-पिता ने उसकी इस मर्ज़ी में कोई ख़लल न डाला। पान कुँवरि ने होश सँभाला, तो मुँदरी को वह इस तरह रखने लगी, उसे ऐसे कपड़े वग़ैरा पहनाने लगी, जो हमेशा उसके साथ रहनेवाली के योग्य हो। वह जहाँ जाती, उसे साथ ले जाती। सबसे अधिक आश्चर्यजनक बात तो यह थी कि पान कुँवरि और मुँदरी के नाक-नक़्शे कोई ग़ौर से देखता, तो बहुत-सी रेखाएँ समान मिलतीं। हो सकता है कि पान कुँवरि के मुँदरी के साथ इस तरह हिलने-मिलने से न रोकने का एक बड़ा कारण यह भी हो।

कभी-कभी भावावेश में पान कुँवरि मुँदरी को बाँहों में भरकर कहती—तू मेरी छोटी बहन की तरह है। कभी-कभी तो जीजी कहा कर।

और कभी-कभी वह उसके हाथ अपने हाथों में लेकर स्नेह से कहती—तू मेरी सहेली है। तुझे मैं ज़िन्दगी-भर न भूलूँगी। तुझे हमेशा अपने साथ रखूँगी!

फिर भी कुँवरि कुँवरि थी और लौंडी लौंडी। इस बात का दोनों को पूरा-पूरा अहसास था। दोनों अपना-अपना स्थान जानती थीं। मुँदरी सदा पान कुँवरि की सेवा

में तत्पर रहती। वह उसे नहलाती, कपड़े पहनाती, श्रृंगार करती, खिलाती, उसका पलँग ठीक करती, पाँव दबाती, पंखा झलती। वह हमेशा उसका मुँह जोहा करती। पान कुँवरि उसे हुक्म देती। वह बजा लाती। कभी कुछ इसके उलटा न हुआ। फिर भी कुँवरि और लौंडी के बीच एक सूक्ष्म-स्नेह-सम्बन्ध तो था ही। मुँदरी इसे अपने मालकिन की कृपा समझती कि उन्होंने उस लौंडी को मुँहबोली बना लिया था। मालकिन उसे जो चाहे, बना सकती थीं, यह उनकी स्वेच्छा पर निर्भर था। लेकिन लौंडी तो ऐसा न कर सकती थी। वह तो मालकिन को बहन या सहेली न बना सकती थी। सो, वह मालकिन को हमेशा मालकिन ही समझती रही और अपने देखे वह हमेशा उनके हुक्म की बन्दी ही बनी रही। वह अपना भाग्य सराहती कि उसे इतनी अच्छी मालकिन मिलीं।

जब ये दोनों अपनी उम्र पर आयीं, तो ताल्लुक़ेदार और मुँदरी की माँ को एक साथ ही अपनी बेटियों की शादी की चिन्ता हुई। पान कुँवरि के लिए वर की खोज होने लगी।

मुँदरी की माँ ने ताल्लुक़ेदार साहब से एक दिन कहा—मुँदरी भी उम्र पर आयी, उसके लिए भी मेरे जीते जी कहीं ठौर-ठिकाने की सबील बैठ जाती, तो छुट्टी पाती।

ताल्लुक़ेदार कुछ देर तक सिर झुकाये सोचते रहे।

मुँदरी की माँ ही बोली—यह फ़रज़ भी सरकार का ही है। सरकार उसकी ज़िन्दगी किसी राह लगा दें। मैं लौंडी ठहरी, मुँदरी के लायक़ वर पाना मेरे बस की बात नहीं। और सरकार यह कैसे पसन्द करेंगे कि मुँदरी किसी गढ़े में ढकेल दी जाय।

—वही तो सोच रहे हैं,—ताल्लुक़ेदार ने सिर उठाकर कहा—अपने हाथों हम मुँदरी को किसी ऐरे-ग़ैरे के हाथों कैसे सौंप सकते हैं? देखकर मक्खी नहीं निगली जाती।

—सरकार ठीक ही सोच रहे हैं। फिर मुँदरी ऐरे-ग़ैरे के यहाँ खपेगी भी कैसे? आख़िर उसके अन्दर ख़ून किसका है! फिर पान कुँवरि के साथ जिस तरह आज तक उसकी जिनगी बीती है, उसका गुज़र किसी वैसी जगह कैसे हो सकता है?—मुँदरी की माँ ने ऐसे अवसर पर बात ज़रा साफ़-साफ़ कहना ही ठीक समझा।

—वही तो। लेकिन मुसकिल तो यह है कि मुँदरी के लिए कोई लायक़ वर मिलेगा कहाँ? मैं जानता था कि एक दिन यह धर्म-संकट मेरे सामने आयेगा। और मैंने कुछ सोचा भी था, लेकिन अब वह मुमकिन नहीं लगता।—चिन्तित-से ताल्लुक़ेदार बोले।

—का सोचा था सरकार ने?—उत्सुक हो मुँदरी की माँ उनका मुँह निहारती हुई बोली।

—सोचा था कि जब यह दिन आयेगा, मैं तुझे और मुँदरी को लेकर कहीं दूर किसी बड़े शहर में एक शानदार कोठी लेकर कुछ दिनों के लिए जा बसूँगा। वहाँ

मुँदरी को अपनी बेटी बनाकर रखूँगा। उसका नाम बदल दूँगा। उसकी तालीम-तरबीयत के लिए कोई मास्टरनी रखूँगा। तुझे उसकी आया बताऊँगा। उसके कुछ सँवर-सुधर जाने के बाद उसे साथ लेकर वहाँ के क्लबों और रईसों के घर जाऊँगा, उसका परिचय ऊँचे घराने के युवकों से कराऊँगा, और एक दिन उन्हीं में से किसी के हाथों उसे सौंप दूँगा।

—बहुत अच्छा सोचा था सरकार ने!—ख़ुश होकर मुँदरी की माँ बोल पड़ी।

—लेकिन आज यह मुमकिन नहीं दिखायी देता—एक लम्बी साँस लेकर ताल्लुक़ेदार ने कहा—पान कुँवरि उसे एक मिनट के लिए भी छोड़ना नहीं चाहती। पहले इसका ख़्याल ही न हुआ। आख़िर आज जब बात बिगड़ गयी, तो ख़्याल आ रहा है। समझ में नहीं आता कि अब क्या किया जाय।—कहकर उन्होंने फिर सिर झुका लिया।

एक ठण्डी साँस लेकर मुँदरी की माँ ने कहा—सरकार ने पहले ही मुझे यह बता दिया होता, तो आज यह नौबत न आती। मैं तो सोच रही थी कि लौंडी पान कुँवरि के साथ रहकर कुछ सर-सलीका सीख लेगी। मुझे इसका कहाँ पता था कि यही बात उसे ले डूबेगी!

—पहले ही यह बात तुझे कैसे बता देता! यह कोई मामूली राज़ की बात न थी। ख़ैर, जो हुआ, सो हुआ। भगवान एक राह बन्द करता है तो दूसरा खोल देता है। पान कुँवरि उसे इतना चाहती है, यह अच्छा ही हुआ। उसकी ज़िद तो तुझे मालूम ही होगी। वह मुँदरी को अपने साथ अपनी ससुराल ले जाने के लिए कई बार मुझसे कह चुकी है।

—तो इससे का होगा?—मुँदरी की माँ चिन्तित होकर बोली।

—वही जो हमेशा से होता आया है,—ज़रा हँसकर ताल्लुक़ेदार बोले—तू भी तो मेरी ताल्लुक़ेदारिन के साथ ही यहाँ आयी थी। एक दिन तेरी माँ ने भी अपने मालिक से तेरे बारे में यही बातें कही होंगी और उन्होंने भी उसे शायद यही जवाब दिया होगा जो आज मैं तुझे दे रहा हूँ। तू तो ख़ुद ही समझदार है। सब ठीक हो जायगा। चिन्ता की कोई बात नहीं है।—और वह उठकर चले गये।

मुँदरी की माँ कुछ और कहना चाहती थी लेकिन वह कुछ न कह सकी। उसने कभी सोचा था कि उसके ख़ानदान का लौंडीपन का सिलसिला उससे ही ख़तम हो जायगा। वह अपनी बेटी की शादी कहीं कर देगी। उसे उम्मीद थी कि ताल्लुक़ेदार साहब भी यही चाहेंगे और हर तरह उसकी मदद करेंगे। लेकिन आज उसे मालूम हो गया कि शायद यह सिलसिला कभी ख़तम न हो, यह चलता जायगा, चलता जायगा और मुँदरी की माँ ने अपना माथा ठोंक लिया। आज हमेशा-हमेशा के लिए उसने समझ लिया कि वह लौंडी है, सिर्फ़ लौंडी और लौंडी की बेटी भी, चाहे वह किसी से पैदा क्यों न हुई हो, लौंडी ही है, सिर्फ़ लौंडी। और उसकी आँसू-भरी आँखों

के सामने अपनी पूरी ज़िन्दगी घूम गयी। और उसे लगा कि उसकी प्यारी बेटी भी उसी की ज़िन्दगी का पूरा चक्कर काटकर, उसी की स्थिति में उसकी बग़ल में आ बैठी है। उसने दोनों हाथ माथे से लगाकर भगवान से मिनती की कि हे भगवान, चाहे जो करना, लेकिन मुँदरी को बेटी की माँ न बनाना!

और उन्हीं दिनों एक नया गुल खिल गया, जिसके कारण मुँदरी की माँ की रही-सही आशा पर भी पानी फिर गया। वर्ना उसने सोचा था कि वह ख़ुद कुछ ऐसा करेगी कि मुँदरी किसी घाट लग जाय।

पान कुँवरि की मौसेरी बहन की शादी पड़ी। माता जी के साथ पान कुँवरि, मुँदरी और मुँदरी की माँ भी वहाँ गयीं। वहीं शादी के हो-हल्ले में पान कुँवरि और रंजन की आँखें लड़ गयीं। रंजन पान कुँवरि के मौसेरे भाई राजेन्द्र का कॉलेज का पार्टनर और दोस्त था। उसी के विशेष आग्रह पर वह शादी में शामिल हुआ था।

पहली ही नज़र के तीर से दोनों कुछ ऐसे घायल हुए कि बस मर-मिटने को तैयार हो गये। इधर मुँदरी राज़दार बनी, उधर मौसेरा भाई। कुछ सन्देश पहुँचाये गये। कुछ चिट्ठियाँ आयीं-गयीं। कुछ छुप-छुपकर मुलाक़ातें करायी गयीं और देखते-देखते ही उनकी पहली मुहब्बत बरसाती नदी की तरह उमड़ पड़ी।

—सच बता मुँदरी, तुझे पेंगा की बिलकुल याद नहीं आती?—रानी जी ने मुँदरी का हाथ अपने हाथ में लेकर बड़े आग्रह से पूछा।

मुँदरी के होंठों पर एक करुण मुस्कान उभर आयी। वह सिर झुकाकर बोली—कभी-कभी ज़रूर आती है। लेकिन आपकी तरह किसी की याद लेकर मैं तिल-तिल मरने बैठ जाऊँ, तो मुझे कौन पूछे?

—ऐसी बात नहीं है, मुँदरी। मुहब्बत-मुहब्बत में फ़र्क़ होता है।

—जी, रानी जी, आदमी-आदमी में भी फ़र्क़ होता है। आप रानी जी हैं, मैं लौंडी हूँ।

—लेकिन एक बात में हम दोनों एक है।

—कि आप भी औरत हैं और मैं भी!

—नहीं, यह नहीं। वह यह कि हम दोनों के गले एक ही ज़ालिम ने एक ही साथ दबोच दिये। हम दोनों की ज़िन्दगी बरबाद हो गयी।

—आपको इस हालत में देखकर मुझे बड़ा दरद लगता है, रानी जी! रही मेरी, तो वह तो बरबाद होने के लिए थी ही, ऐसे होती, चाहे वैसे। लेकिन सच कहती हूँ, रानी जी, आपकी यह सूखी देह देखकर मुझे ऐसा छोह लगता है कि का बताऊँ!

—लेकिन तेरी देह देखकर तो मुझे अचरज लगता है। समझ में नहीं आता कि तू कैसे सब-कुछ झेलकर भी जैसी-की-तैसी बनी रही! तेरा जी क्या कभी भी पुरानी बातों को याद करके नहीं कूल्हता, मुँदरी?

मुँदरी एक भेद-भरी हँसी-हँसकर बोली—कभी-कभी ज़रूर कूल्हता है, रानी जी! लेकिन आपकी तरह मैं अपने को अपने जी पर कैसे छोड़ सकती हूँ? आप रानी जी हैं, आप जैसे चाहें रह सकती हैं, लेकिन मैं तो वैसा नहीं कर सकती। मैं जानती हूँ, जब तक मेरी यह देह है, तभी तक पूछ है। जिस दिन यह देह बेकार हुई, मैं किसी कोने में सड़ने-गलने के लिए फेंक दी जाऊँगी। यही सोचकर मैंने अपनी देह से कभी कोई दुश्मनी न की। दिल टूट गया, लेकिन देह को टूटने से बचाये रही।

—दिल टूट जाने पर देह कैसे क़ायम रहेगी, पगली?—धीमी हँसी हँसकर रानी जी बोलीं।

—रहती है, रानी जी, रहती है। शुरू-शुरू में ज़रा कलक होती है, फिर सब-कुछ आप ही ठीक हो जाता है। देह एक मसीन बन जाती है, उसे कोयले-तेल के अलावा और किसी चीज़ की ज़रूरत नहीं रह जाती। और जब सुनरी पेट में आयी, मेरी जिनगी ही बदल गयी। मैं अभी मरना नहीं चाहती, रानी जी।

—लेकिन मैं तो चाहकर भी न मर सकी। लेकिन अब, अब मैं ज़रूर मर जाऊँगी, मुँदरी। देखती है, लल्लन का पागलपन! वह फ़ौज में जाने की सोच रहा है। मेरी ज़िन्दगी शायद उसे भी भारी लग रही है । बड़े सरकार तो जाने कब से मुझे मरी हुई समझ...

तभी बड़े सरकार पैताने पाँव हिलाकर बोले—बदमिया!

जाने कब पुरवा रुक गया था। रानी जी और मुँदरी को इसका ख़्याल ही न रहा था।

मुँदरी झट उतरकर बड़े सरकार को पंखा झलने लगी। पसीने से थक-बक बड़े सरकार ने करवट बदली और पंखे की हवा को पहचानकर बोले—कौन?

—मैं मुँदरी, बड़े सरकार।

—बदमिया कहाँ गयी?—चिढ़कर बड़े सरकार बोले।

—रानी जी को फिर दौरा आ गया था, बड़े सरकार। मैं यहाँ आ गयी थी। वह नीचे चली गयी है।

—जा, उसे भेज दे!

—मुझसे सरकार को बहुत नफ़रत होने लगी है का?

—नफ़रत क्यों होने लगी?—धीमे से बड़े सरकार बोले।

—फिर का इसे डर समझूँ?

—क्या बकती है?...रानी जी सो गयी हैं?

—उनका सोना-जागना दोनों बराबर है, बड़े सरकार। आप आराम से सोइये, मैं पंखा झल रही हूँ।—आँखों में मुस्कराकर मुँदरी बोली।

—मुझे नींद नहीं आयेगी। तू रानी जी के पास जा। बदमिया को मेरे पास भेज!—कसमसाकर बड़े सरकार बोले।

मुँदरी बन्द होंठों में मुस्करायी। ज़रा-सा होंठ चबाया। फिर ज़रा रोब से बोली—अब इतनी रात गये सबको परेसान न कीजिये। कहिये तो एक हाथ से पंखा झलती रहूँ और दूसरे से आपके पाँव भी दबा दूँ।

—नहीं, नहीं! तू दूर से ही पंखा झल!—घबराकर बड़े सरकार बोल पड़े।

मुँदरी ज़रा खुलकर हँस पड़ी और ऐसा लगा, जैसे पूरी हवेली में हज़ारों घण्टियों की टुनटुनाहट गूँज उठी हो।

रानी जी ने दूसरी ओर करवट ले आँखें मूँद लीं।

(३)

जेठ बन्दोबस्त का आख़िरी महीना है। असाढ़ बरसते ही खेतों पर हल चढ़ जाते हैं। तब किसी भी किसान का खेत निकालना मुँह का कौर छिनने के बराबर है।

बैसाख के आख़ीर तक खेत कटकर खाली हो जाते हैं। तब खेतों पर ज़मींदारों का अधिकार होता है, अगले साल के लिए वे जैसा चाहें, बन्दोबस्त करें। फ़सल

दाँ-मिस और बेच-खुच लेने के बाद लगान के रुपये ले किसान ज़मींदारों के यहाँ जाते हैं। लगान चुकता कर अगले साल के लिए खेत माँगते हैं। लगान चुका देने के बाद किसान अपने खेत पर अपना नैतिक अधिकार समझते हैं। लेकिन ज़मींदार ऐसा नहीं समझते। उनके लिए मोल-तोल का यही वक़्त होता है, लगान बढ़ाने का यही मौक़ा होता है। वे कहते हैं—अभी क्या जल्दी है? असाढ़ तो लगने दो। देखा जायगा।

किसान गिड़गिड़ाता है, हाथ जोड़ता है, पाँव पकड़ता है, पेट और रोटी की दुहाई देता है। लेकिन ज़मींदार इस वक़्त ज़्यादा बोलने-सुनने की मन:स्थिति में नहीं रहते। वे जानते हैं कि सौदा करने का यह वक़्त नहीं। ज्यों-ज्यों असाढ़ नज़दीक आयेगा, खेतों के दाम बढ़ेंगे, किसान बढ़ा-चढ़ी करेंगे। सिर पर असाढ़ आया देख किसान अन्धे हो जाते हैं, पागल हो जाते हैं। खेत न मिला, तो क्या होगा? सो, ज़मींदार उसी मौक़े के इन्तज़ार में बैठे मुस्कराते रहते हैं। बोलते नहीं।

जब कोई किसान बहुत पीछे पड़ जाता है, तो ज़मींदार कह देते हैं—अच्छी बात है, इसी लगान पर अगर खेत उठाना होगा, तो तुझे ही मिलेगा।

किसान समझ जाता है कि अब इसके आगे क्या बात होगी। लेकिन अभी उसे भी कोई उतनी जल्दी नहीं होती। आगे की बात कौन जाने, बाज़ार-भाव के बारे में कोई क्या कह सकता है। बाज़ार खुलेगा, तो देखा जायगा। जो सब पर पड़ेगी, उस पर भी पड़ेगी। चलते-चलते वह कहता जाता है—किसी और के नाम बन्दोबस्त करने के पहले एक बार सरकार हमें मौक़ा देंगे।

—हाँ-हाँ,—ज़मींदार की बाँछें खिल जाती हैं।

यह तो लगान चुका देनेवालों की बात हुई। आधा-पौना चुकानेवाले तो अपने खेतों का नैतिक अधिकार आप ही खो देते हैं। इस बात को ज़मींदार भी बड़ी ख़ुशी से मानते हैं। ऐसे किसान संख्या में कम नहीं होते। रो-गिड़गिड़ाकर खेत माँगने का अधिकार भी उनसे छिन जाता है। उनसे खेत लेने-देने की बात नहीं होती, सिर्फ़ लगान चुकता करने की बात होती है। और यह बात बहुत आगे तक बढ़ती है। धर-पकड़ होती है, मार पड़ती है, गाय-बैल खोल लिये जाते हैं, घर का सर-सामान लूटा जाता है, कुछ न हुआ, तो ग़ुलाम की तरह नौकरी ली जाती है, जो भी हो, जैसे भी हो, वसूल किया जाता है। इस वसूली की धाक पर ही ज़मींदारी चलती है।

यह कहानी सदियों से चली आ रही है। हर साल दुहरायी जाती है, नयी की जाती है। नयी होकर, नया ख़ून पीकर, नये ज़ोर-ज़ुल्म की ताक़त पाकर यह कहानी एक साल ख़ूब मज़े से चलती है। हर जेठ में इसे नया जीवन मिलता है।

लेकिन यह जेठ पुराने जेठों की तरह साधारण न था। लड़ाई ने इसे असाधारण बना दिया था। इसलिए इस असाधारण जेठ में वह पुरानी कहानी असाधारण ढंग से नयी की जाय, तो इसमें आश्चर्य या अस्वाभाविकता या अन्याय की क्या बात?

महँगी सुरसा की तरह बढ़ती जा रही थी। गल्लों के दाम दुगुने-तिगुने हो रहे थे। सब की नज़र इसी पर जाती कि खेतों की पैदावार की क़ीमत दुगुनी-तिगुनी हो जायगी। साल-भर की तन-तोड़ मेहनत, कलेजा-फाड़ मशक्कत और सूखे-सैलाब की कोई नहीं सोचता; पैदावार से आयी रक़म से ज़रूरत की कितनी चीज़ें ख़रीदी जा सकेंगी, इस पर किसी का ध्यान नहीं जाता। जिसने अब तक खेतों का मुँह भी न देखा, आज इस तरह खेतों के पीछे बावला हो रहा था, जैसे उन्हीं में तोड़ा रखा हो। छोटे-मोटे बनिये भी, जो पुश्त-दर-पुश्त से छोटी-मोटी दुकानदारी करते आये थे, छोटे-मोटे व्यापार नष्ट हो जाने के कारण खेतों के पीछे पड़ गये थे। एक अनार, सौ बीमार का हाल था। खेत उतने ही, लेकिन अब जोतनेवाले सैकड़ों ज़्यादा। ख़ुद ज़मींदार भी अपनी खेती बढ़ाने की तैयारी करने लगे।

आधा जेठ बीत चुका था। बन्दोबस्त का बाज़ार गर्म था। ज़मींदारों की हर कौड़ी चित थी।

बड़े सरकार ने कारिन्दे को हुक्म दिया कि वह लगान तिगुनी कर दे और बीघे पीछे पचास रुपये सलामी लेकर ही बन्दोबस्त करे। यह दर और सलामी बहुत ऊँची

थी। लेकिन पहला बोल ऊँचा ही रखना ठीक होता है। बाद में देखा जायगा। फिर इसके पीछे मसलहत भी थी कि छोटे-मोटे किसान बिलकुल नाउम्मीद होकर फ़ौज में भर्ती हो जायँ।

पाँच दिनों से डुगडुगी पिट रही थी और फ़ौजी नौकरी का बखान चल रहा था। चौपालों में बर-बन्दोबस्त की बतकही के साथ फ़ौजी नौकरी और लड़ाई की बातें भी चलने लगी थीं। ज़माने की लहती से किसान चिन्तित थे। डुगडुगी की डम-डम सुनकर माँओं और बीवियों के दिल धक्-धक् करने लगते।

शम्भू का मुनीम बही खोले बैठा था। उसके सामने किसानों और किसानिनों की भीड़ लगी थी। जिसके पास जो कुछ था, रख रहा था, बेच-खुच रहा था। कोई अनाज तौला रहा था। कोई चाँदी के छोटे-मोटे गहनों का मोल-तोल कर रहा था। कोई सरख़त पर अँगूठे के निशान लगा रहा था। कोई कुछ न होने पर कर्ज़ पाने के लिए गिड़गिड़ा रहा था और साल पर चुका देने की सौगन्धें खा रहा था। लेकिन वैसे लोगों की ओर मुनीम का अभी ध्यान न था।

किसानों के चेहरों पर बदहवासियाँ छा रही थीं। जैसे भी हो, सलामी की रक़म का इन्तज़ाम होना ही चाहिए। गड़ा-गुड़ा सब उखड़ रहा था। किसानिनों के अंग सूने हो रहे थे। काश्तकारी के छोटे-मोटे खेत सरख़त पर चढ़ रहे थे। बचा-खुचा अनाज औने-पौने में जा रहा था।

मुनीम की क़लम तेज़ी से चल रही थी और काग़ज़ पर फन्दे-से बुनते जा रहे थे।

दीवानख़ाने के ओसारे में क़ालीन बिछे तख़त पर बड़े सरकार विराजमान थे। स्टूलों और बेंचों पर पटवारी, फ़ौज में भर्ती करानेवाला एजेण्ट, सौदागर पहलवान और दो कान्स्टेबिल बैठे थे। फ़र्श पर दो-चार ख़ास आसामी पचंगुरों पर बैठे थे। जंघई पंखा झल रहा था। बातें चल रही थीं। जाल बिछाया जा रहा था। सुनने में आया था कि रात चतुरी ने किसानों को इकट्ठा किया था और ख़ूब बरगलाया था।

एजेण्ट ने कहा—बड़े सरकार, एक काम बहुत ज़रूरी है। उधर हमारा ध्यान ही नहीं गया। महाजन के यहाँ लेन-देन ज़ोरों से चल रहा है। उसे अभी रोकवाया न गया, तो किसान रुपये का इन्तज़ाम करके चुपचाप बैठ जायेंगे। फिर तो हमारी सारी मेहनत अकारथ जायगी।

—अभी लो,—कहकर बड़े सरकार ने इधर-उधर देखा।

बेंगा हवेली से भोग का सामान लिये मन्दिर की ओर जा रहा था। बड़े सरकार ने जंघई से उसे पुकारने को कहा।

बेंगा सुबह से ही बड़े सरकार के सामने न पड़ा था। वह इस घड़ी को, जब तक मुमकिन था, बचा जाना चाहता था। अब अचानक पुकार सुनकर काँप उठा।

नाटे, बूढ़े बेंगा का दौड़कर चलना बड़ा अजीब लगता था। लोग अनायास ही हँस पड़ते थे। लेकिन आज किसी के मुँह पर हँसी न आयी। सब गम्भीर थे। वह ज़रा दूर सहन में आकर दोनों टाँगें फैलाकर खड़ा हो गया। उसका इस तरह खड़ा होना भी बड़ा अजीब लगता था। बेंगा बहुत बार तो ऐसा जान-बूझकर करता था, ताकि बड़े सरकार हँस पड़ें। उनका गुस्सा थोड़ा उतर जाय। लेकिन सरकार हँसे नहीं। एक मुस्कान मूँछों में उभरते-उभरते रह गयी। कड़ककर बोले—कहाँ जा रहा है?

—मन्दिर, भोग का समान पहुँचाने जा रहा था, बड़े सरकार—बेंगा ने सिर झुकाये ही ज़बान लटपटाते हुए कहा। इस तरह बोलना उसका तीसरा हथियार था। वह भी आज बेकार गया।

—जा, जल्दी पहुँचाकर आ!—वैसे ही कड़ककर बड़े सरकार बोले—वहाँ से कारिन्दे को भेज देना।

बेंगा मुड़ा और वैसे ही फुदक-फुदककर दौड़ पड़ा। फिर भी कोई हँसा नहीं।

मन्दिर के बड़े आँगन में पीपल के बड़े छतनार पेड़ के नीचे चबूतरे पर दरी बिछे तख़्त पर कारिन्दा खाता खोले हुए बैठा था। उसकी बग़ल में बड़ा लट्ठ लिये चौकीदार बैठा था। सामने ज़मीन पर कुछ किसान बैठे थे और तख़्त पर इधर-उधर कुछ बनिये।

सड़ा हुआ तेली भी एक अधेली होता है। बनिये सलामी दे रहे थे और खेत बन्दोबस्त करा रहे थे। किसान उनकी ओर वैसे ही देख रहे थे, जैसे कोई अपने दुश्मन की ओर देखता है और मन-ही-मन गाली देते हुए सोच रहे थे कि देखेंगे, बेटा लोग कैसे हल की मुठिया पकड़ते हैं, हम तो उनके लिएं कुछ करेंगे नहीं। वे अभी साँस लेने आये थे। अभी न उनके पास रुपये थे और न इस दर पर खेत लेने की हिम्मत।

बेंगा मन-ही-मन सहम गया था। मन्दिर से लड़खड़ाते क़दमों से निकलकर आँगन में आया, तो उसे देखकर सब हँस पड़े। कारिन्दे ने चश्मा उठाकर हँसती हुई आँखों से देखकर कहा—क्या है, मेंढक के चाचा?

एक बार फिर सब लोग हँस पड़े। बेंगा झेंपता नहीं, बुरा न मानता, हँसने-हँसाने में ऐसों के बीच मज़ा ही लेता था। लेकिन आज वह ऐसा न कर सका। वह बोला—बड़े सरकार की बुलाहट है,—और तुरन्त लौट पड़ा।

कारिन्दा उठा, तो कई किसान बोल उठे—हम ग़रीबों पर भी नज़र रखियेगा, कारिन्दा साहब!

कारिन्दे ने बत्तीसों दाँत चमकाकर कहा—नक़द-नज़र का कुछ डौल करो, फिर हमारी नज़र की करामात देखो!—और ही-ही कर बाहर हो गया।

एक किसान बोला—एक ही हरामी है साला!

फिर बनियों पर फब्तियाँ कसी गयीं। एक बोला—का हो, लछिमन साहु, तराजू की डण्डी छोड़कर अब हल की मुठिया पकड़ी जायगी? है इतनी समरथ?

बनिये ने दाँत चियारकर कहा—का किया जाय, भाई। धन्धा सब चौपट हो गया। सोचा ...

—कि अब किसान का भी धन्धा काहे न चौपट कर दें। —एक तुनककर बोला—देखेंगे हम, कौन तुम लोगों के खेत में हल चलाता है!

—भाई, यह तो लेन-देन का मामला है, इसमें बिगड़ने की का बात है, कोई मुफत में थोड़े कुछ करेगा।

—लेकिन तुम लोग जो चलन बिगाड़ रहे हो, वह हमें उजाड़ने की बात है कि ना?

—सब अपने-अपने भाग से उजड़ते-बसते हैं। ज़माने में लहती ना लगी होती, तो तराजू-बटखरा छोड़कर का हम खेतों की ओर आते? हमा-सुमा खेत का मरम का जानें। वह तो बटाई-बखरा पर तुम्हीं लोगों को देंगे। कुछ हमें भी मिल जायगा, कुछ तुम लोगों को भी। इसमें बुरा मानने की का बात है।

—दर बढ़ा दी। इतनी-इतनी सलामी दे रहे हो। फिर कहते हो, बुरा मानने की का बात है! अरे, यही था, तो थोड़ा और इन्तज़ार करते।

—अब तुम लोगों से बहस कौन करे।

. .

बड़े सरकार ने नथुने फुलाकर कहा—तो तेरे क्या इरादे हैं?

—जी, बड़े सरकार?—आँखें मलकाता हुआ, रोएँ गिराकर बेंगा ऐसे बोला, जैसे कुछ समझ ही न रहा हो।

—चतुरिया को तू मना करेगा कि नहीं?—आँखें चढ़ाकर बड़े सरकार बोले—तेरा बेटा है, इसलिए तुझे अपना समझकर एक बार कह देना ज़रूरी समझा, वर्ना जानता है न तू मुझे। ये थाने से चतुरिया के लिए ही आये हैं। मैंने रोक रखा है, नहीं तो अब तक...

—का किया उसने, बड़े सरकार? राम क़सम, मुझे कुछ भी नहीं मालूम बड़े सरकार!—सिर हिला-हिलाकर, दाँत दिखा-दिखाकर बेंगा बोला। मोटी, नाटी देह पर छोटी-छोटी, कुचकुची आँखोंवाला घुटा हुआ छोटा सिर हिलाने का उसका अपना ही ढंग था। उसके तरकश का वह चौथा तीर था। यह भी आज खाली गया।

—क्या बकता है?—कड़ककर बड़े सरकार बोले।

—राम क़सम, बड़े सरकार, तीन दिन से मुझे एक छन की भी फुरसत न मिली कि मैं घर की ओर जाऊँ। बड़े सरकार, जाने कितने पुस्तों से हम सरकार का नमक खा रहे हैं। मैं झूठ नहीं बोलता, बड़े सरकार! झूठ हो, तो मेरी देह की बोटी-बोटी

काट दें, बड़े सरकार!—और वह ज़मीन पर कछुए की तरह हाथ-पाँव निकालकर पट पड़ गया और माथा ज़मीन पर पटकने लगा। यह उसका आख़िरी सबसे ज़्यादा कारगर मन्त्र था, जिसे वह बड़े ही संगीन मौक़ों पर काम में लाता था।

लेकिन यह कोई मामूली संगीन मामला न था। बड़े सरकार पर इसका भी कोई असर न हुआ। वह डाँटकर बोले—जा, जल्दी चतुरिया को पकड़कर ला, जहाँ कहीं भी मिले! अकेले न लौटना।...और हाँ, उधर से शम्भू को भेजते जाना।

बेंगा ने उठकर धूल झाड़ी और सिर लटकाये चल पड़ा।

बेंगा के जीवन में पछतावों की गिनती नहीं थी। फिर भी तीन पछतावे ऐसे थे, जो हमेशा उसके दिल में कचोटते रहते थे। पहला यह कि एक बीघा ज़मीन के मोह में उसने पूरी ज़िन्दगी की ग़ुलामी क्यों लिखा ली? जाने किस ज़माने में बड़े सरकार के घराने से बेंगा के घरवालों को एक बीघा ज़मीन माफ़ी में मिली थी। तभी से बेंगा के घरवाले हमेशा के लिए बड़े सरकार के घराने के ज़र-ख़रीद ग़ुलाम हो गये थे। बेंगा ने दादा को भी देखा था, बाप को भी और अब, जब से होश सँभाला, ख़ुद भी भुगत रहा था। ऐसे भुगतनेवाले बेंगा के और भी दो दर्जन साथी थे। ये सब हमेशा बड़े सरकार की हर तरह की सेवा करने के लिए पचंगुरों पर खड़े रहते थे। यों तो सभी आसामी बड़े सरकार का बेग़ार करते थे। लेकिन ये माफ़ी पानेवाले तो चौबीसों घण्टे के ग़ुलाम थे। बेंगा उनमें मुख़्य था, क्योंकि उसे हमेशा बड़े सरकार की जाती ख़िदमत में रहना पड़ता था। यह एक ख़ास इ़ज़्ज़त की बात थी। शुरू में बेंगा को इस पर गर्व भी हुआ था।

बेंगा के होश सँभालते ही उसके बाप मर गये थे और उत्तराधिकार में यह ग़ुलामी दे गये थे, और कह गये थे कि बेंगा एक लायक़ बेटे की तरह बड़े सरकार के घराने की सेवा-टहल करेगा और ऐसा कुछ भी कभी न करेगा कि बाप-दादों के ज़माने से चली आयी माफ़ी की यह एक बीघा ज़मीन निकल जाय और वे बेखेत के हो जायँ। बेंगा ने सिर झुकाकर बाप की बातें गाँठ में बाँध ली थीं।

बेंगा दो भाई थे। पेंगा उससे तीन साल ही छोटा था। लेकिन इस तीन साल के अन्तर ने ही बेंगा और पेंगा की ज़िन्दगी में एक बहुत बड़ा फ़र्क़ डाल दिया था। पाँच-छह साल की उम्र से ही बेंगा को अपने बाप के कामों में हाथ बँटाना पड़ गया था। वह घर का बड़ा बेटा था। घर की ज़िम्मेदारी उसी के कन्धे पर आनेवाली थी। शुरू से ही मन मारकर उसे वह ज़िम्मेदारी निभाने-लायक़ बनना था, बाप की बनायी लीक पर छोटे-छोटे पाँवों से ही चलना सीखना था। सो, वह बाप का ही बनकर रह गया। बाप उसे हमेशा अपने साथ रखता और हमेशा उसे अपनी ज़िन्दगी के गुर पिलाया करता।

पेंगा पर माँ का अधिकार था। शुरू से ही माँ की ख़्वाहिश थी कि पेंगा बड़े सरकार की ग़ुलामी में नहीं रहेगा। वह अपनी अलग ज़िन्दगी बनायेगा। और जब

बहुत सालों बाद भी उसे और कोई लड़का न हुआ, तो उसने उसे ही पेट-पोंछना समझकर उसी पर अपना सारा मोह-छोह केन्द्रित कर दिया। फिर तो बाप की सारी कोशिशें बेकार गयीं। माँ ने पेंगा को पुरानी लीक पर ले जाने से इनकार कर दिया।

पेंगा जब आठ साल का हुआ, तो एक दिन पड़ोस के बनिये सरूप की औरत ने पेंगा की माँ से कहा—जब यह कुछ करता-धरता नहीं, तो काहे नहीं इसे पाठशाला भेजती। वहाँ कुछ नहीं तो दो अच्छर सीख तो लेगा। आगे जिनगी में काम आयेगा। कमानेवाले तो दो हैं ही तेरे घर।

माँ को यह बात जँच गयी। उसने दूसरे ही दिन पेंगा को सिर से पैर तक तेल से चुपड़ा, आँखों में मोटा काजल लगाया, गले में काले तागे में बँधी तावीज़ डाली, और कमर में अँगोछी लपेटकर उसे पाठशाला ले चली। बनिये की औरत ने मेहरबानी करके उसे अपने यहाँ पड़ी एक पुरानी पटरी दे दी थी। माँ ने राह में लाला की दुकान से एक धेले का भट्ठा भी ख़रीद लिया।

पाठशाला के ओसारे की सीढ़ी के पास पेंगा का एक हाथ पकड़े माँ खड़ी हो मास्टर का इन्तज़ार करने लगी। ओसारे में हर क़िस्म के नंगे-अधनंगे, मैले-कुचैले, बड़े-छोटे लड़के ज़मीन पर टेढ़ी-मेढ़ी क़तार में बैठे शोर मचा रहे थे। मास्टर की कुर्सी खाली पड़ी थी। नये रँगरूट को देखकर लड़कों में उत्सुकता हुई। कइयों ने घेरकर पूछा—यह पढ़ने आया है?

माँ ने ख़ुश होकर हाँ कही और मास्टर के बारे में पूछा। एक लड़का अन्दर जाकर मास्टर को बुला लाया। माँ ने मास्टर के पाँव हाथों में आँचल लेकर छुआ। फिर बोली—इसे पाठसाला में बैठाने आयी हूँ।

मास्टर ने ग़ौर कर लड़के की ओर देखकर कहा—यह ढढूक का पाड़ा क्या पढ़ेगा?

—भाग में होगा, तो कुछ सीख लेगा। आप इसे बैठाइये।—और वह आँचल के कोने की गाँठ खोलने लगी।

मास्टर उसकी गाँठ की तरफ़ देखता चुप खड़ा रहा। माँ ने एक दुअन्नी उसकी ओर बढ़ाते हुए कहा—यह सुरूकराई है। कल-परसों तक सीधा भी भेजूँगी। ग़रीब मनई हूँ। कुछ पढ़ जायगा, तो जिनगी भर आपका जस गाऊँगी।

मास्टर ने दुअन्नी लेकर पेंगा से कहा—आ, बे!

पेंगा अब छरिया गया। वह ख़ुश-ख़ुश और ही कुछ समझकर माँ के साथ आ गया था। यहाँ मास्टर का चेहरा देखते ही भड़क गया। वह माँ की फुफुती पकड़कर रोने लगा।

मास्टर अपनी कुर्सी पर जा बैठा। माँ पेंगा को समझाने-बुझाने लगी। लेकिन वह क्यों मानने लगा।

मास्टर ने माँ से कहा—तू लेकर इसे बैठ। शायद दो-चार दिन में मान जाय।

—हमा-सुमा का बैठने से काम चलेगा?—माँ ने कहा। फिर भी उसे गोद में उठा वह ओसारे में आकर बैठ गयी।

पेंगा उससे सटा-सटा, उसका हाथ पकड़े बैठ गया। थोड़ी देर बाद वह चुप हो गया और वैसे ही बैठा-बैठा मुलुक-मुलुक लड़कों की ओर देखने लगा।

जब भी वह उठने को करती, वह भी उठ पड़ता। आख़िर थोड़ी देर बाद मास्टर बोला—यहाँ इसकी जान-पहचान का कोई लड़का नहीं है? हो तो उसके पास बैठाकर देखो।

माँ ने इधर-उधर देखा। फिर परेशान-सी होकर उसने सिर हिला दिया और आख़िर किसी तरह पेंगा जब न माना, तो उसकी पीठ पर ज़ोर से दो धौल लगाकर उसे लिये-दिये चल पड़ी।

मास्टर ने कहा—दो-चार दिन आयेगा, तो परच जायगा।

शाम को माँ ने बेंगा और उसके बाप से यह बात बतायी, तो बाप ने हँसकर कहा—कौआ चले हंस की चाल!

इस पर बेंगा ने चिढ़कर कहा—ऐसी बात काहे कहते हो, काका? आदमी के लड़के ही तो पढ़ते-लिखते हैं!

—वो आदमी हम नहीं, बे। अभी तू इन बातों को क्या समझे!—बाप ने टालते हुए कहा।

—नहीं, माई, नहीं! काका की बात तू छोड़। पेंगा ज़रूर पढ़ेगा। उसके बिना अभी कौन काम रुका पड़ा है। हम दो तो कमाते ही हैं। कुछ नहीं तो रमायन बाँचने लायक़ तो पढ़ जाय।—बेंगा ने ज़ोर देकर कहा।

—लेकिन यह तो पाठसाला में बैठता ही नहीं,—माँ ने कहा।

—बैठेगा काहे नहीं, कल मैं इसे लेकर जाऊँगा। दो-चार दिन में सब ठीक हो जायगा।

लेकिन सच तो यह है कि माँ ने शुरू से ही पेंगा की रहन बिगाड़ दी थी। फिर वह उस पर कोई सख़्ती न ख़ुद कर सकती थी और न बेंगा को करने देती थी। सो, बेंगा की साध मन में ही रह गयी। पेंगा एक हरफ़ भी न पढ़ सका।

अब बाप की बन आयी। वह बिगड़कर बेंगा की माँ से बोला—तू इसे ख़राब करके ही दम लेगी। मैं कहता हूँ, अब भी अपनी छोड़, नहीं तो बाद में रोने को आँख न मिलेगी।

—अभी तो बच्चा है...

बीच ही में उसकी बात काटकर बाप बोला—अभी से इसके हाथ-पाँव सीधे नहीं हुए, देह न टूटी, तो बाद में पके बाँस को तू नवा लेना! अरे, तू इसे कुछ काम-

धन्धा तो सीखने दे। फिर बड़े सरकार से पोत पर कुछ ज़मीन लेंगे। सब मिलकर करेंगे। तू बात काहे नहीं समझती?

माँ हार गयी। बड़े सरकार के यहाँ एक ग़ुलाम की और बढ़ती हो गयी। बड़े सरकार के यहाँ हज़ारों काम थे। कोई तर-तनख़ाह तो देनी पड़ती न थी। बहुत हुआ, तो खाने को साग-सत्तू दे दिया गया। यों कुछ बेकार भी पड़े रहें, तो कोई बात नहीं। बड़े घर की बात ठहरी। यह-सब तो चलता ही रहता है।

बेंगा ने सोचा था कि बड़े होने पर दोनों भाई अपनी अलग किसानी करेंगे। बाप बड़े सरकार के यहाँ रहेगा।

लेकिन बेंगा की योजना पूरी न हुई। बाप ऐन मौक़े पर चल बसा। सब गोटी ही बिखर गयी। अब एक को तो बड़े सरकार की ग़ुलामी में रहना ही पड़ता। पेंगा के लिए बड़े सरकार से उसने कहा, तो उन्होंने कहा—तेरी परवरिश तो मेरे यहाँ हो ही जायगी। माफ़ी की ज़मीन पेंगा के लिए काफ़ी होगी।

बाप से बेंगा ने सीखा था कि मालिक से बहुत बात नहीं करनी चाहिए। सो बेंगा चुप रह गया। गाड़ी पुरानी लीक पर ही चलने लगी। बेंगा में हिम्मत न थी, कि वह कोई दूसरी राह निकाले। एक बीघा माफ़ी की ज़मीन हमेशा उसकी गर्दन पर तलवार की तरह लटकती रहती। उसे हमेशा यह डर बना रहता, कि कहीं बड़े सरकार ख़फ़ा होकर उसे निकाल न दें।

बेंगा नाटा, मज़बूत, चुस्त, हाज़िरबाश और काफ़ी समझदार था। बड़े सरकार ने उसे अपनी ख़ास ख़िदमत में जगह दी। ज़ंजीर दुहरी हो गयी। बेंगा हमेशा के लिए बँध गया।

दूसरी बड़ी पछतावे की बात पेंगा को लेकर थी। पेंगा को बेंगा से कहीं ज़्यादा आज़ादी और सहूलियत मिली थी। उस पर तीन-तीन जान देनेवाले थे। उसकी देह जवानी का पानी पाकर ऐसी हरी हुई कि देखकर आँखें निहाल हो जायँ। शुरू से ही साफ़ रहने की उसकी कुछ आदत पड़ गयी थी।

बेंगा के पास अपना हल-बैल न था। उसका बाप सरकार के हल-बैल से ही अपना खेत भी जोत लेता था। यह बात पेंगा को पसन्द न आयी। वह अपनी अलग गिरस्ती जमाना चाहता था। उसने बेंगा से एक हल-बैल कर देने को कहा। बेंगा के पास पैसा न था। उसने बड़े सरकार से यह बात कहकर कुछ रुपया माँगा, तो बड़े सरकार ने कहा—इसकी क्या ज़रूरत है? पेंगा से कह दो कि वह भी हमारे हलवाहों में शामिल हो जाय। हमारे ही हल-बैल से अपना खेत भी जोत-बो लिया करे। तुझे जाने मालूम है कि नहीं, तेरे बाप ने तेरी शादी में सौ रुपये मुझसे लिये थे। वह अभी तक तुम लोगों ने अदा न किया। जाने सूद मिलाकर अब तक कितना हो गया हो।

बड़े सरकार की निजी खेती भी दस हलों की होती थी। हलवाहे-चरवाहे मिलाकर क़रीब पचीस आदमी उनका यह काम करते थे। इनमें ज़्यादातर माफ़ी ज़मीन पाने ही वाले थे। उनकी मज़दूरी वह माफ़ी ज़मीन ही थी और बड़े सरकार की यह मेहरबानी थी कि वह अपने ही हल-बैल से उन्हें भी अपना खेत जोत-बो लेने देते थे।

पेंगा ने यह बात सुनी, तो उसका मन मुरझा गया। वह बोला—तब तुम्हीं यह करो। मैं कहीं बाहर जाकर कुछ कमाऊँगा।

सुनकर माँ रोने-धोने लगी। बेंगा ने भाई को समझाया-बुझाया कि साल-छह महीने जैसे भी हो ग़ुज़ारा करे। फिर वह किसी तरह पैसों का बन्दोबस्त करेगा और उसके लिए एक हल-बैल कर देगा। माँ के मोह ने पेंगा को हरा दिया। क्या करता?

बेंगा ने सच्चे मन से ही वह बात कही थी। उसे अभी शायद यह पूरे तौर पर मालूम नहीं था कि यह वह जाल नहीं, जिसमें एक बार फँसकर आदमी अपनी जान छुड़ा ले।

मन्दिर के पीछे कलमी आम का बहुत बड़ा बाग़ था। बाग़ के बीच में शादी या किसी ख़ास मौक़े पर शामियाना लगाने के लिए एक चौकोर बड़ा चबूतरा बना हुआ था। इसी बाग़ में एक ओर गोशाला थी, जिसमें एक क़तार में पचीस नाँदें जुड़ी हुई थीं। दस जोड़ी ख़ूबसूरत बैल और तीन गायें यहाँ रहती थीं। दो नाँदें और ज़र-ज़रूरत के लिए पड़ी रहती थीं। जमुनापारी भी जब आयी थी, तो तीन-चार दिन यहीं बाँधी गयी थी। लेकिन ग़ैर जातिवालों के साथ रहने की उसकी आदत न थी। तीन-चार दिनों के अन्दर ही उसने दस खूँटे तोड़ दिये, एक गाय को पटक दिया, एक बैल से भिड़ गयी और सबके ऊपर उसने मन्दिर के आँगन में घुसकर फूलों की क्यारियाँ तहस-नहस कर दीं। तब पुजारी जी के कहने से उसके लिए मन्दिर के बाहर इनारे से हटकर पच्छिम के हाथीखाने के सामने जगह बनायी गयी और गोपाल को चौबीसों घण्टे उसकी सेवा के लिए रख छोड़ा गया।

गोशाला से लगकर भूसा रखने का एक बहुत बड़ा ऊँचा मिट्टी का कोठार था। उसी के एक कोने में कुट्टी काटने की जगह थी, जहाँ दिनभर बैठा कोई-न-कोई चरवाह कुट्टी किया करता। दूसरे कोने में छत तक भूसा भरा रहता, तीसरे में हल, जुआठ, कुदाल, हेंगा वग़ैरा खेती के हरबे-हथियार और चौथे में खली, ख़ुद्दी, भूसी रखी रहती और बरसात में रात को यहीं ज़मीन पर चरवाहे सो भी रहते।

हलवाहे सुबह ही आकर हल काँधे पर रखते और अपनी-अपनी बैलों की जोड़ी के कन्धों पर जुआठ रखकर आगे-आगे उन्हें हाँकते खेतों की ओर चल देते। फिर दोपहर को, और कभी-कभी तीसरे पहर को भी, खेतों से वापस लौटते और अपना-अपना सत्तू लेकर घर लौट जाते। बाक़ी सभी काम चरवाहे करते। घास लाते, कुट्टी काटते, नाँद भरते, बैलों को खिलाते, गोबर निकालते, खेतों में खाद पहुँचाते, पानी

चलाते, गायों के दूध दुहते और कभी ऊपर का कोई काम आ पड़ता, तो उसे भी करते। एक तरह से ये चौबीसों घण्टे के आदमी थे। ये हमेशा वहीं बने रहते। इनकी वजह से बाग़ में बड़ी रौनक़ रहती। कभी-कभी चाँदनी रात में वहाँ बिरहे की वह तान उठती कि पेड़ झूम उठते। बरसात के दिनों में, जब ज़रा फ़ुरसत मिलती, वहाँ 'आल्हा', 'विजय मल' और 'सोरठी' जमती और किसानों का बड़ा जमावड़ा होता। खैनी फटकी जाती, नारियल गुड़गुड़ाये जाते, ठहाके लगते और ख़ूब आनन्द मनाया जाता।

यह जगह दीवानख़ाने और हवेली से काफ़ी दूर थी और चारों ओर ऊँची चहारदीवारी से घिरी हुई थी, जिसमें दो फाटक थे, एक मन्दिर के आँगन में खुलता था और दूसरा खेतों की ओर। यहाँ की आवाज़ दीवानख़ाने या हवेली तक नहीं पहुँच सकती थी। इसी कारण चरवाहे और हरवाहे यहाँ काफ़ी आज़ादी महसूस करते थे।

इन्हीं चरवाहों में पेंगा की भर्ती हुई। खेती में काम करनेवाले नौज़वानों की शिक्षा यहीं से शुरू होती थी। कुछ दिनों तक वह बहुत उदास रहा। फिर धीरे-धीरे मन मारकर काम में दिल लगाने लगा। और थोड़े ही दिनों में वह भी उन्हीं में से एक होकर रह गया।

उन्हीं दिनों चरवाहों और हलवाहों की दुनिया में एक नयी बहार आ गयी।

पिछली शाम को वे बड़े सरकार की बारात से लौटे थे। बारात में बड़े लोगों के साथ सैकड़ों नौकर-चाकर और अर-अ़सामी भी काम सँभालने, सेवा-टहल करने और साज-सामान, अल्लम-बल्लम उठाने के लिए गये थे। लौटानी पर भी ख़ूब बड़ा और शानदार भोज हुआ। रातभर पाँच-पाँच पतुरियाँ नाचती रहीं। बाग़ में ही चौंसठ खम्भों का तम्बू लगा था। रातभर किसानों ने तम्बू के चारों ओर खड़े-खड़े नाच देखा था। बहुत-से तो देखते-देखते वहीं ज़मीन पर लुढ़ककर सो गये थे।

सूरज निकले काफ़ी देर हो गयी थी। फिर भी चारों ओर एक सन्नाटा छाया था। बाग़ में, मन्दिर के आँगन में, इनारे पर कितने ही किसान-मज़दूर सोये पड़े थे। सबके मुँह पर मक्खियाँ भिनभिना रही थीं। खाली नाँद पर बैल और गायें खड़े-खड़े मुँह ताक रही थीं और रह-रहकर हुँकड़ और रँभा उठती थीं और खुरों से ज़मीन खोद रही थीं। आरती का वक़्त कब का गुज़र चुका था। पुजारी जी भी होशो-हवास खोकर सोये पड़े थे। जैसे किसी को किसी बात का होश न हो, जैसे आज सबकी छुट्टी हो। दीवानख़ाने में, हवेली में, सब ओर यही आलम था।

तभी हवेली से छम-छम करती, सन्नाटे में जीवन की रागिनी छेड़ती, हरिन-सी चकित, चंचल आँखों से इधर-उधर देखती, एक सोलह साल की शोख़ लड़की निकली। चम-चम पायल की छम-छम ध्वनि में उसके नन्हें-नन्हें नृत्य-से करते पाँव बता रहे थे, कि वह एक अजनबी जगह में क़दम रख रही है, हरिन-सी चंचल

आँखों से बिजली की तरह रह-रहकर चमक उठनेवाली चितवनें कह रही थीं कि वह एक नये जंगल से गुज़र रही है।

इनारे की जगत पर सोये पड़े एक किसान नौज़वान के पास खड़ी हो उसने दाँतों से अपना होंठ काटा और उसके कान के पास अपना एक पाँव उठाकर पटक दिया। पायल ऐसे छनक उठी, जैसे कोई बड़ा चाँदी का तश्त पक्के फ़र्श पर गिर पड़ा हो। चौंककर नौज़वान ने आँखें खोलीं और ऐसे उठकर खड़ा हो पीछे को पाँव रखने लगा, जैसे कोई परी उसके सामने अचानक प्रकट हो गयी हो।

लड़की ने एक शान से लम्बी-लम्बी पलकें उठाकर पूछा—मन्दिर किधर है?

गूँगे की तरह लड़की को घूरते, ओ-ओ करते नौज़वान ने मन्दिर की ओर हाथ उठा दिया।

—सबको उठाकर भगाओ! रानी जी पूजा करने आ रही हैं!—और लड़की वैसे ही छम-छम करती आगे बढ़ गयी।

मन्दिर का दरवाज़ा खुला पड़ा था। वह अन्दर जा मन्दिर की सीढ़ियों पर छम-छम करती चढ़ गयी। एक नज़र इधर-उधर देखा। फिर वह ओसारे में खड़ी महाबीर की बड़ी मूरत के चरणों के पास मृगछाला पर सोये युवक के पास गयी। उसे ध्यान से देखा। फिर झुककर ज़रा ज़ोर से बोली—आप ही पुजारी हैं?

पुजारी की भी वही हालत हुई, जो नौज़वान किसान की हुई थी। वह हकबकाये पीछे हटने लगे, तो वह मुस्कराकर बोली—आप ही पुजारी हैं?

गूँगे की तरह आँखें फाड़कर देखते हुए पुजारी ने सिर हिला दिया।

—मैं मुँदरी हूँ। रानी जी के साथ आयी हूँ। आप अभी तक सो ही रहे हैं?

—उसकी बात में सवाल से ज़्यादा रोब था। वह कहती गयी—जल्दी पूजा की तैयारी कीजिये। आज रानी जी पूजा करने आयेंगी। रानी माँ का हुक्म है और मुझे फुलडलिया दे दीजिये। फूल लोढ़ लूँ।

पुजारी अब तक सँभल गये थे। फिर भी उनके मुँह से लकार न निकल रही थी।

—इस तरह मुँह बाये काहे खड़े हैं? आप-जैसे लड़के को पुजारी किसने बना दिया? जल्दी फुलडलिया दीजिये!

पुजारी ने चुपचाप फुलडलिया लाकर उसके सामने रख दी।

फुलडलिया उठाकर मुँदरी बोली—यह तो बिलकुल छोटा मन्दिर है। हमारे यहाँ का मन्दिर आपने देखा होता!

—आ...आ...—हकलाकर पुजारी बोले—तुम्हारा राजघराना ठहरा, हमारा तो...

लेकिन मुँदरी उनकी पूरी बात सुनने को वहाँ रुकी नहीं। वह छम-छम करती हुई सीढ़ियाँ उतर गयी।

आँगन में सोये पड़े किसानों-मज़दूरों को पुजारी ने जगाया। वे सब मुँदरी को घूरते भाग गये।

मुँदरी फूल लोढ़ने लगी।

पुजारी ने बाग़ के दरवाज़े पर जाकर पेंगा को पुकारा। पेंगा जब से वहाँ आया था, वही मन्दिर में झाड़ू लगाता था। पुजारी डोल और साफ़ी हाथ में लटकाये बाहर निकल गये।

पेंगा जँभाई लेता हुआ दरवाज़े से अन्दर आया, तो उसकी ओर देखकर मुँदरी बोली—ए-ए!

पेंगा ने उधर आँखें घुमायीं, तो उसकी आँखें झपक गयीं। उसके क़दम पीछे हटने ही वाले थे कि मुँदरी बोली—उधर कहाँ से आ रहा है?

—बा-बा-बा...—पेंगा बोल न सका।

फिर तो मुँदरी ने वह ठहाका लगाया कि बाग़ के पेड़ों से चौंककर झुण्ड-की-झुण्ड चिड़ियाँ चीख़ उठीं। वह बोली—गूँगा है का?

पेंगा भागकर बाग़ में घुस गया। वहाँ सोये पड़े सबलोग ठहाके की आवाज़ से उठ पड़े थे। पेंगा को भागते हुए देखकर कवलू ने कहा—कहाँ से भागा आ रहा है? यह कौन हँसा था, मालूम हुआ कि ज़ोरों से मन्दिर का घड़ियाल बज उठा हो!

—जाने कौन है,—हाँफता हुआ पेंगा बोला—बिलकुल बिजली मालूम पड़ती है।

—तो वह कोई लड़की है!—कई साथ ही बोल पड़े—चलो, ज़रा देखें, ऐसी हँसी तो कोई पट्ठा भी नहीं हँस सकता!

और कितनी ही झपकती आँखें दरवाज़े से झाँककर मुँदरी को देखने लगीं।

कुछ ही दिन बीतते-बीतते मुँदरी चरवाहों और हलवाहों की दिलजानी बन गयी। वह मन्दिर में जब भी आती, बाग़ के दरवाज़े पर खड़ी होकर उन्हें कुछ मीठी मुस्कानें दे जाती, कुछ ज़ोरदार ठहाके लगा जाती, कुछ मज़ाक कर जाती। उन्हें जैसे एक ज़िन्दगी मिल जाती। वे उसके आने का इन्तज़ार करते। उन्हें उसके आने का हर वक़्त मालूम हो गया था।

एक दिन कवलू ने ज़रा आगे बढ़कर कहा—तुम्हारे यहाँ की सब जवान लड़कियाँ हमारे यहाँ के सब जवान लड़कों की साली होती हैं!

—ज़रा गढ़े के पानी से मुँह तो धो आओ!—मुँदरी ने हाथ मटकाकर कहा—यही होती हैं जवानों की सूरतें! कोई मक्खी लात मार दे, तो तीन ढिमलिया खा जाव!

—वाह!—गर्व से सीना तानकर हरी बोला—ज़रा देख तो इस पेंगा की ओर, किस गबरू से यह कम है?

हँसकर मुँदरी बोली—वह तो गूँगा है। मुझे देखते ही बा-बा करने लगता है।

—तो तू इसे बोलना सिखा दे!—गनेस ने चट कहा।

—ज़रा देखो, अपने गबरू का मुँह व्यंग्य से मुँदरी ने कहा।

सिर झुकाये खड़े पेंगा को कवलू ने कुहनी से धक्का देकर कहा—दुत पानीमार!

और सब हँस पड़े।

सच ही सोलह साल की मुँदरी ने वह हाथ-पैर निकाले थे कि लोग तमाशा देखते। और उसकी हँसी और ठहाके तो दूर-दूर तक मशहूर हो गये थे। जाने उसके गले में कितने पर्दे थे, और जाने वह उन पर्दों को किन-किन स्वरों में बजाना जानती थी। पायल के नन्हें-नन्हें घुँघुरूओं की रुन-झुन से लेकर घड़ियालों की टनटनाहट तक उसकी हँसी और ठहाकों के स्वर पहुँचते। कानों में वे मधु और मिसरी भी घोलते और कानों के पर्दों को फाड़ भी सकते थे। वह मुस्कराती, तो कलियाँ चिटखने लगतीं, वह हँसती, तो फूल झरने लगते; लेकिन जब वह ठहाके लगाती, तो फूलों की पँखुरियाँ थर्राकर सूख जातीं। उसे कोई छेड़े बिना भी न रह सकता था और उसे छेड़ते हुए किसी का ऐसा कलेजा न था, जो काँप न उठे। वह अपनी मुस्कान की ही तरह कोमल भी थी और मधुर भी और अपने ठहाके की ही तरह कठोर भी और कँपा देनेवाली भी। वह साधारण भी थी और असाधारण भी। उसे समझना मुश्किल था।

रानी जी पर सिर्फ़ बड़े सरकार का हक़ था। लेकिन मुँदरी पर सब अपना हक़ जताते, जैसे ससुराल से आये हुए पाहुरों में एक वह भी हो। शुरू-शुरू में कितनों ने ही उसकी ओर हाथ लपकाये, लेकिन जब कइयों के हाथ जल गये, तो सहमकर सब ऐसे पीछे हट गये, जैसे वह आग की पुतली हो।

मुँदरी रोज़ सुबह रानी जी की पूजा के लिए मन्दिर की फुलवारी से फूल लोढ़ने आती। पुजारी और बाग़ में सोनेवालों की नींद जैसे उसकी पायलों की छम-छम का ही इन्तज़ार करती रहती। पुजारी उठकर, डोल-साफ़ी उठा, पेंगा को आवाज़ दे बाहर निकल जाते। पेंगा झाड़ू-बुहारी लगाता। हलवाहे और चरवाहे दरवाज़े पर खड़े हो, मुँदरी की ओर देखने लगते। मुँदरी फूल लोढ़कर दरवाज़े के पास आती और चन्द मिनट हँस-बोलकर छम-छम करती चली जाती।

एक दिन जाने पुजारी को क्या हुआ कि उन्होंने पेंगा को पुकारने के पहले ही मुँदरी के पास आकर सूखते गले से कहा—मुँदरी!

मुँदरी ने ऐसे मुँह घुमाया कि उसकी नागिन-सी लम्बी चोटी पीठ पर से उछलकर छाती पर आ गयी। उसने एक छन पुजारी की ओर देखकर कहा—मुझसे कुछ कह रहे थे?

पुजारी का सारा शरीर काँप उठा। उन्होंने सिर हिलाया।

—का कहना चाहते थे?—पलकें उठाकर मुँदरी बोली।

लटपटाते स्वर में पुजारी बोले—बिना कहे का तू नहीं समझ सकती?

—ओह!—मटककर मुँदरी बोली—बियाह करके घर काहे नाहीं बसा लेते, पुजारी जी?

—तुम्हारी ही तरह मैं भी ग़ुलाम हूँ,—पुजारी की अब भटक खुली—हमारे घर के सबसे बड़े लड़के को इस मन्दिर का पुजारी बनना पड़ता है। जाने कब से यह बात चली आ रही है। लेकिन जब से तुम्हें देखा है, मेरी आत्मा मुक्त होने के लिए छटपटा रही है।

—वह कैसे?—आँखें झपकाकर मुँदरी ने पूछा।

—तू चाहे, तो हम दोनों मुक्त हो सकते हैं। मैं तुम्हारे साथ कहीं भी भाग चलने को तैयार हूँ।—कहकर पुजारी ने अपना हाथ बढ़ाया।

—रुको, चाम का हाथ न लगाओ।...मैंने अपना आदमी चुन लिया है। तुम किसी दूसरे की तलास करो!—कहकर उसने काँटा बचाकर एक गुलाब की ओर हाथ बढ़ा दिया।

—कौन है वह?

—कोई भी हो, वह मुझसे भागने को न कहेगा।

—तो चाहो, तो मैं भी भागने को न कहूँ।

—फिर?—फूलों की ओर मुँह किये ही मुँदरी मुस्करायी।

—फिर तुम जो कहो।

—वह मुझसे बियाह करेगा, यहीं सबके सामने। और यहीं हम साथ-साथ रहेंगे।

—बियाह तो मैं भी करने को तैयार हूँ, लेकिन यहाँ नहीं, कहीं दूर चलकर।

—यहाँ काहे नहीं?—मन्द हँसी के घुँघरू बज उठे।

—मैं पुजारी हूँ। ब्राह्मण हूँ। लोग...

—अच्छा आप बाम्हन हैं!—मुँदरी ने ऐसे मुँह घुमाया कि उसकी काली नागिन-सी लम्बी चोटी लहराकर पीठ पर जा बैठी, और फिर ठहाके के घड़ियाल टनटना उठे!

पुजारी के पाँव उखड़ गये। वह बाहर की ओर ऐसे भागे, जैसे उस ठहाके ने उनके सारे कपड़े उतार दिये हों।

तभी बाग़ के दरवाज़े से चिड़ियों की चीख़ों के साथ कई ठहाकों की आवाज़ें आयीं। छम-छम करती हुई मुँदरी दरवाज़े पर पहुँची, तो कवलू बोला—साला भगत बना फिरता है! थू:!

—ऐसे कितने ही भगतों को मैं नंगा कर चुकी!

—डर है कि साला बड़े सरकार से कहीं लाई न लगाये,—हरी ने कहा।

—उँह, तुमसब इसकी चिन्ता न करो। मुँदरी किसी से डरती नहीं। बड़े सरकार का खा जायेंगे?

सब उसकी ओर अवाक् देखने लगे। कैसी परकाला है यह लड़की!

—अच्छा, अब मैं चली,—कहकर मुँदरी मुड़ी।

—सुनो!—गनेस ने कहा—एक बात तो बताती जाव।

पेंगा उसकी बग़ल से निकलकर मन्दिर की ओर जाने लगा। मुँदरी उसकी ओर देखकर मुस्करायी, फिर बोली—इस गूँगे की लकार खुली?

सब हँस पड़े। फलाँग लगाता पेंगा भाग गया।

—हाँ, का पूछ रहा था तू?—मुँदरी बोली।

—यही कि सचमुच में तूने अपना आदमी चुन लिया है?

—और नहीं तो का मैं झूठ बोलती हूँ?—मुस्कराकर मुँदरी बोली।

—कौन है वह?

—पुजारी!—हँसकर मुँदरी बोली।

—दुत!—सब हँस पड़े।

—सच बता! मेरा मन धुकुर-पुकर कर रहा है।

—काहे?

—मेरा भी बियाह अभी नहीं हुआ है।

सब हँस पड़े।

—इतने सारे हैं, किसी की बहन से कर ले!

—उन सबों को तो तेरे ननदोई ले गये!

—कह तो एक को दिला दूँ?

—तेरे यहाँ की लड़कियाँ यही करती हैं का?

—मेरे यहाँ की लड़कियाँ जो करती हैं, उसे अभी तूने नहीं देखा का?—कहकर मुँदरी हँस पड़ी और छम-छम कर भाग खड़ी हुई।

पुजारी अब मुँदरी के आने के पहले ही पेंगा को आवाज़ दे, बाहर चले जाते।

एक दिन पंजे उठाकर भी मुँदरी कठबेइल की ऊपर की टहनी के फूल लोढ़ने में असफल हो रही थी। नीचे की टहनियों में फूल बिलकुल न थे। कई बार कोशिश करके हार गयी, तो छमसे पाँव बजाकर, बुहारी करते पेंगा को देखकर उसने होंठ दाँतों से दबाया, फिर बोली—ए गूँगे!

पेंगा का कलेजा धक-धक कर उठा। उसने खड़े होकर उसकी ओर देखा।

—ज़रा ये फूल तो लोढ़ दे,—मुँदरी ने ऊपर की टहनी की ओर हाथ उठाकर कहा।

काँपते स्वर में पेंगा ने कहा—मेरे हाथ साफ़ नहीं हैं।

—तो ज़रा टहनी ही झुका दे। चल, जल्दी कर! आँखों में मुस्कराकर मुँदरी बोली।

झाड़ू रखकर, धोती में हाथ पोंछता हुआ, सिर झुकाये और धक-धक करता कलेजा लिये पेंगा उधर बढ़ गया।

कनखियों से देखती मुँदरी ज़रा हट गयी। पेंगा ने उचककर टहनी पकड़ी और अभी झुका ही रहा था कि मुँदरी दोनों होंठ अन्दर को मोड़े हुए बिल्ली की तरह चलकर, पेंगा के पीछे गयी और हाथ उठाकर उसका कान ज़ोर से मरोड़कर छमछमाहट की एक ज़ंजीर-सी खींचती हुई भाग खड़ी हुई।

पेंगा ने उधर नज़र घुमायी कि बाग़ के दरवाज़े से ठहाकों की आवाज़ें सुनायी पड़ीं। शरम से सिर गाड़े हुए वह मन्दिर की ओर चल दिया।

उस दिन उसके साथियों ने उसे बहुत परेशान किया। पेंगा कभी मन-ही-मन मुस्कराया, कभी हँसा और कभी काँप उठा।

अब वे मुँदरी के इन्तज़ार में न रहते। अब वे दरवाज़े पर न जाते। अब मुँदरी सबकी न रहकर एक की हो गयी थी। अब जैसे उसके साथ मज़ाक का सारा रिश्ता ही ख़तम हो गया हो, जैसे अब यह दिल्लगी की बात न रहकर गम्भीर बात हो गयी हो। वे चाहते थे कि उन दोनों के बीच उनकी आँखें रुकावट न बनें। वे मन-ही-मन भगवान से मिनती करते कि जैसे भी हो, वे पार लग जायँ।

बेंगा का ब्याह बाप कर गया था। उसकी औरत की गोद में पाँच साल का चतुरी था। अब पेंगा के ब्याह की बात चली, तो एक दिन बेंगा को अबगे में ले जाकर पेंगा ने कहा—मुँदरी ने मुझसे वचन ले लिया है। मैं उसी से बियाह करूँगा।

बेंगा अवाक् हो उसका मुँह देखने लगा।

पेंगा ने ही कहा—मुँदरी ने कहा है कि वह रानी जी से कहकर सब ठीक करा लेगी। हमें कोई चिन्ता करने की ज़रूरत नहीं।

उसी तरह अवाक् बेंगा देखता रहा।

पेंगा कहता गया—बात यह है, भैया, कि हमें मोहब्बत हो गयी है। अब हम एक-दूसरे के बिना ज़िन्दा नहीं रह सकते। एक ही साथ जियेंगे और एक ही साथ मरेंगे। उसका भी यही कौल है और मेरा भी।

बेंगा की देह काँपी। उसकी आँखों से लुत्तियाँ छिटकीं। उसकी मुट्ठियाँ बँधी और उठीं।

पेंगा ने सिर झुका लिया।

बेंगा की मुट्ठियाँ झुक गयीं। न वह उसे मार सका, न कुछ कह सका। वह उसे बहुत मारना चाहता था, वह बहुत-कुछ कहना चाहता था। बड़े सरकार की ज़ाती ख़िदमत में रहकर उसने बहुत-कुछ देखा था और बहुत-कुछ समझा था। वह सब-

कुछ उसे बताना चाहता था। वह बताना चाहता था कि यह शेर की माँद में गीदड़ का घुसकर उसके शिकार पर मुँह मारना है, कि यह कभी हो ही नहीं सकता, कि बड़े सरकार ने यह सुन लिया, तो उसे कच्चे चबा जायेंगे। और भी बहुत-कुछ बिरादरी की बात, लौंडी की बात, वग़ैरा-वग़ैरा...लेकिन उससे कुछ कहा न गया। निरीह पेंगा का झुका हुआ मुँह देखकर यह-सब कहना आसान न था। वह उठकर चला गया।

और नतीजा उसके सामने आया। बेंगा को ज़िन्दगी भर इसका पछतावा रहेगा कि क्यों नहीं उसने उसी दिन...

तीसरी पछतावे की बात ख़ुद बेंगा की अपनी करनी से सम्बन्ध रखती थी। पहली दो बातें बेंगा की बेबसी या संयोग से हुई थीं। उन पर उसका कोई बस न था। लेकिन यह तीसरी बात तो कुछ वैसी ही थी, जैसे कोई अपने पाँवों में ख़ुद ही कुल्हाड़ी मार ले।

बहुत चाहने पर भी वह पेंगा को पढ़ा न सका था। अपने घर में किसी को थोड़ा-बहुत पढ़ाने की साध उसके मन में ही रह गयी थी। अब चतुरी जब स्कूल जाने की उम्र का हुआ, तो बेंगा की उस साध ने फिर ज़ोर मारा। चतुरी की दादी, माँ, चाचा, सबने इस बात में बेंगा का साथ दिया और मज़ाक-मज़ाक में ही चतुरी दर्जा चार पास कर गया।

चतुरी को पढ़ने में दिलचस्पी हो गयी थी। पढ़ने में वह तेज़ था। इम्तहानों में वह अपने स्कूल के सभी लड़कों को पछाड़ देता था। दर्जा चार पास करने के बाद वह अड़ गया कि उसे और आगे पढ़ाया जाय। मगर बेंगा के बस की यह बात न थी। क़स्बे के मिडिल स्कूल का ख़र्चा वह न चला सकता था। फिर उसकी साध भी पूरी हो चुकी थी। वह तो यही चाहता था कि चतुरी चिट्ठी-पत्री पढ़ने लायक़, रमायन बाँचने लायक़ पढ़ जाय। चतुरी किसी की भी चिट्ठी फरफर पढ़ देता था। उसकी लिखी चिट्ठी कलकत्ते तक पहुँच जाती थी। शाम को चौपाल में रमायन भी गाकर सुना देता था। बेंगा निहाल हो गया था। अब इससे ज़्यादा उसे कुछ नहीं चाहिए था।

चतुरी आगे पढ़ने न जा सका। लेकिन वह थोड़ी पढ़ाई ही उसकी ज़िन्दगी में विष बो गयी थी। उसका मन घर के काम-धन्धे में न लगता था। वह रेह, राख या सोडे से रोज़ अपने कपड़े साफ़ करता था। वह महाजनों के हम-उम्र लड़कों के साथ रहना, खेलना-कूदना ज़्यादा पसन्द करता था। किसानों और मज़दूरों के गन्दे लड़कों के साथ वह अपना मेल न बैठा पाता था। वह अपने को उनसे कहीं ऊँचा समझने

लगा था। वह महाभारत, हरिश्चन्द्र, नल-दमयन्ती, प्रह्लाद, ध्रुव, सिंहासन बत्तीसी, तोता-मैना, सोरठी, विजयमल, भारत-भारती आदि किताबें इधर-उधर से माँगकर पढ़ा करता। फिर स्कूल के मास्टर की राय से वह घर बैठे-बैठे ही मिडिल के इम्तहान की तैयारी करने लगा।

बेंगा उसे बहुत समझाता कि ऐसा करने से हमा-सुमा का गुज़ारा नहीं हो सकता। उसे कुछ करना-धरना चाहिए। चाहे तो बड़े सरकार के यहाँ काम करे, या कुछ अलग से खेती करे, या कहीं कुछ मेहनत-मजूरी करे। लेकिन चतुरी की समझ में कुछ न आता। उसका मन कुछ काम करने को होता ही नहीं था। वह सबकी बात अनसुनी कर जाता।

अब वह गाली भी सुनता, मार भी खाता। फिर भी अपनी रहन न छोड़ता। बाप के लेखे वह बेहया हो गया था। अब सब उससे हाथ धो चुके थे।

और एक दिन उस पर शम्भू के चाचा शिवप्रसाद की निगाह हो गयी। शिवप्रसाद जवार के मशहूर कांग्रेसिया थे। उन्होंने जाने चतुरी पर कौन-सा मन्त्र फूँक दिया कि वह उनका चेला हो गया, उनके पीछे-पीछे झण्डा लेकर घूमने लगा। और एक बार तो उनके साथ जेल भी हो आया। जेल में वह उनके लिए खाना बनाता, उनके कपड़े साफ़ करता, उनका बिस्तर लगाता और पाँव दबाता। शिवप्रसाद कभी-कभी रंग में आते, तो कहते कि एक दिन वह उनके साथ रहते-रहते बड़ा आदमी हो जायगा। जब कांग्रेस का राज आयेगा, तो उसे भी इन क़ुरबानियों का फल मिलेगा। चाहे वह जिस बड़े पद पर पहुँच जायँ, वह उसे कभी भी छोड़ेंगे नहीं, हमेशा उसे साथ रखेंगे।

यह साथ बहुत दिनों तक रहा। शिवप्रसाद डिस्ट्रिक्ट बोर्ड के मेम्बर हुए, जिला कांग्रेस के मेम्बर हुए, फिर प्रान्तीय कांग्रेस में पहुँचे और फिर एम. एल. ए. हो गये। लेकिन चतुरी जहाँ था, वहीं रह गया। उस बेचारे की समझ में ही न आता था कि ऐसा क्यों हो रहा है। शिवप्रसाद भी कोई बहुत पढ़े-लिखे न थे। हाँ, लेक्चर वे अच्छा दे लेते थे। लेकिन चतुरी भी तो मौक़े-महल पर कोई ख़राब न बोलता था। यह दूसरी बात है कि शिवप्रसाद उसे ज़्यादा बोलने का मौक़ा न देते थे। लेकिन यह बात ठीक है कि शिवप्रसाद अपने वचन से न फिरे। उन्होंने चतुरी को हमेशा अपनी सेवा में रखा।

अब चतुरी उदास रहने लगा। सालों से वह शिवप्रसाद का झोला ढोता, सेवा करता आ रहा था। वह उनसे कोई तनख़्वाह न लेता था। बेदाम का ग़ुलाम था। बहुत ख़ुश होते, तो शिवप्रसाद साल में उसके लिए दो गाढ़े के कुरते और पाजामे बनवा देते। और कुछ नहीं। पहले शिवप्रसाद सिर्फ़ नेतागिरी करते थे, लेकिन अब वह अफ़सर भी हो गये, पैसे भी कमाने लगे। लेकिन चतुरी ख़िदमतगार-का-ख़िदमतगार ही रह गया। उसकी हालत में कोई तब्दीली न हुई। यह बात अब उसे खलने लगी।

एक दिन उसने कहा—शिव बाबू, आप तो कहते थे कि आपके साथ रहते-रहते एक दिन मैं भी कुछ हो जाऊँगा। लेकिन...

शिवप्रसाद हो-हो कर ज़ोर से हँस पड़े। बोले—मैं अब भी देश की सेवा ही कर रहा हूँ। जनता ने अपनी सेवा के लिए मुझे यह ज़िम्मेदारी का पद दिया है। मैं जनता की सेवा कर रहा हूँ। तुम मेरी सेवा कर रहे हो। देश और जनता के सेवक की सेवा करना भी कम सौभाग्य की बात नहीं। तुम्हें तो ख़ुश होना चाहिए कि...

—लेकिन शिव बाबू, देश और जनता की सेवा तो मैंने भी कुछ-कुछ की है। आख़िर मुझे...

शिवप्रसाद फिर हँस पड़े। बोले—यह तो देश और जनता से पूछने की बात है। लेकिन तुम्हें इतना तो समझना चाहिए कि मुझे कभी कोई कमी न थी, मैं चाहता, तो अपने घर के दूसरे लोगों की ही तरह आराम से जीवन बिताता। लेकिन नहीं, मैंने देश-सेवा में सब-कुछ क़ुरबान कर दिया। जेल की हवा खायी। कितनी ही तक़लीफ़ें झेलीं। यह बात तुम्हारे बारे में तो नहीं कही जा सकती। जनता सब देखती है।

इसका जवाब भी चतुरी के पास था। उससे कुछ छुपा न था। जब शिवप्रसाद डिस्ट्रिक्ट बोर्ड के मेम्बर हुए थे, तो हज़ारों के ठेके उनके घरवालों को आप ही नहीं मिल गये थे। अब जब से वह एम. एल. ए. हुए थे, उनके घर का व्यापार दिन-दूना-रात-चौगुना यों ही नहीं बढ़ता जा रहा था। क़स्बे में जो नयी कोठी अभी हाल ही में उन्होंने ख़ास अपने लिये बनवायी थी, उसका भी इतिहास उसे मालूम था। उसे और भी कितनी ही बातों की जानकारी थी। लेकिन यह-सब कहकर वह बहस न कर सकता था। शिवप्रसाद और चतुरी के बीच बहस हो ही नहीं सकती थी। शिवप्रसाद का पलड़ा इतना भारी था कि चतुरी का पलड़ा हमेशा ऊपर-ही-ऊपर टँगा रहता था। वह बेचारा क्या खाकर बहस करता? वह चुप हो गया।

लेकिन बात उसके मन को कुरेदती रही। और एक साल बीतते-बीतते जाने क्या बात उसके मन में आयी कि उसने शिवप्रसाद का साथ छोड़ दिया। अब वह क़स्बे के लाल झण्डेवाले महाबीर चमार के साथ रहने लगा। वह क़स्बे के बाज़ार में अख़बार बेचने लगा और किसानों में काम करने लगा।

बेंगा ने जब यह सुना, तो उसके कान खड़े हो गये। अब तक कुछ नहीं, तो इत्ना तो था ही कि चतुरी एक बड़े आदमी के साथ रहता था। बड़े आदमियों के जूठन से भी कितनों का गुज़र-बसर हो जाता है। यह भर-चमार का साथ क्या? और वह भी महाजनों और ज़मींदारों के ख़िलाफ़? नदी में रहकर मगर से बैर!

और एक दिन बड़े सरकार ने उसे बुलाकर जब डाँटा और कहा कि चतुरी को वह बरजे, वर्ना एक दिन हमेशा के लिए उससे हाथ धो लेगा, तो बेंगा के होश उड़ गये। बेंगा उस दिन चतुरी को दिखा-दिखाकर अपना माथा पीटता रहा और बार-

बार चीख़ता रहा कि यह साला हमें निरबंस करके ही दम लेगा। इसे किसी बात की चिन्ता नहीं। ख़ुद तो मरेगा ही, हम-सब को भी उजाड़ जायगा। जिमींदार और महाजन से बैर बेसहने चला है। अपनी अर-अवकात नहीं देखता। मुसरी करे साँप से घर्रा! और वह रोने लगा।

चतुरी कुछ बोला नहीं। वह उठकर बाहर चला गया।

(४)

चार दिन से चौबीसों घण्टा पुरवा बह रहा था। सुबह में झिहिर-झिहिर ऐसा सुहाना लगता, कि मुर्दे को भी छू जाय, तो जी उठे। लेकिन जैसे-जैसे दिन चढ़ता, ऐसे गरमसने लगता, कि मालूम होता, जैसे सारी देह उसिनकर ही रहेगा। और जब दुपहरी ढलते वक़्त खर्राता, तब तो ख़ुदा की पनाह! ऐसा लगता, जैसे आदमी गरम भाप के अन्दर पड़ गया हो। न लेटे चैन, न बैठे, न खड़े, न टहले। पंखा झलते-झलते हाथ टूट जाय, लेकिन पसीने का तार न टूटे। मुँह खोल-खोलकर आदमी साँस लेते और परेशान हो-हो कहते, इससे तो लू ही भली। इस तरह जान तो साँसत में नहीं पड़ती। बहुत-से तो पोखर में जा पड़ते। लेकिन वहाँ भी चैन कहाँ? पानी अदहन की तरह गरम और मुँह पानी से ऊपर निकाला नहीं कि पसीने की धारें बह चलें। धूप ऐसी तेज़ जैसे आग बरसे। चारों ओर दुपहरिया ऐसे नाचती कि आँखों में छाले पड़ जायँ। नालियों में पड़े कुत्ते बित्ता-बित्ता-भर जीभ निकाले हँफर-हँफर हाँफते और उनकी जीभ से पसीने की धारा बहती। चरना छोड़कर भैंसें पोखर में बेजान-सी होकर थूथुन ऊपर किये पड़ी रहतीं और गायें किसी बाग़ में आँख मूँदकर और मक्खियाँ उनके थूथुनों पर मरी-सी चिपकी रहतीं। कहीं कोई चिड़िया-चुरुंग दिखायी न देता। कहीं जलते खेतों में एकाध सियार इधर-उधर नज़र आते। खेतों के नंगे हो ज़ाने से उन्हें कहीं पनाह और थोड़े साये की खोज होती। लेकिन वे भी ऐसे धीमे-धीमे, बिना इधर-उधर देखे भागते, जैसे उन्हें आदमियों की लाठियों या कुत्तों के जबड़ों का डर न रह गया हो। हाँ, इनारों और कुओं पर ज़रूर दो-दो प्राणी ढेंकुल चलाते नज़र आते। पसीने से भींगा अँगोछा सिर पर और कमर में खुँसी धोती। सारी देह पसीने से नहाती। घड़ी-घड़ी ढेंकुल रोककर हकर-हकर पानी पीना। और प्याज़, चेन, बोरो और ऊख के खेतों में क्यारियाँ बरानेवाली किसानिनें किसी पेड़-तले बैठी या खड़ी क्यारी भरने का इन्तज़ार करतीं और भर जाने पर दूसरी क्यारी में पानी फेरकर फिर पेड़-तले भाग जातीं।

दिन ढलता, तो ज़रा जान-में-जान आती। आदमी ज़रा आराम की साँस लेता, बाहर निकलता, और इधर-उधर ज़रा ज़िन्दगी नज़र आने लगती। लेकिन जैसे-जैसे शाम होने लगती, फिर उमस बढ़ने लगती। लोग पोखर की ओर भागते, घाटों, कुओं और इनारों पर मेला लग जाता।

खाते-पीते पुरवा फिर सिहरने लगता। लोग बिस्तर पर करवटें बदलते। एक करवट हवा लगती, दूसरी करवट पसीने से भींगती रहती। रात बीतती, तो पुरवा झझकारने लगता। लगता, जैसे नींद की परियाँ अपने पंखों को नशे में डुबोकर हवा कर रही हों। व्याकुल प्राणी बेहोशी की नींद सो जाते और रात ढलती, तो पुरवा बेहोश पड़े हुए जले प्राणियों के रोम-रोम पर मरहम लगाना शुरू कर देता। यह इतना सुखद लगता कि आदमी का उठने को जी न करता। वह हवा ऐसी लगती, जैसे शराब और अमृत के सागर से होकर आयी हो।

दुपहरिया ढल चुकी थी। ऊपर तिनदरे में रानी जी पलँग पर कुम्हलाये फूल की तरह पड़ी थीं। पलँग पर सफ़ेद झालरदार चादर बिछी थी। रानी जी के चारों ओर सफ़ेद गिलाफ़वाले पतले-पतले रेशमी रूईवाले मखमली तक़िये रखे हुए थे। वह ख़ुद भी सफ़ेद तंजेबी साड़ी और सफ़ेद ही ढीली ब्लाउज़ पहने हुए थीं। खुले हुए बड़े-बड़े काले केश तकिये पर बिखरे हुए थे। जाने कैसे अब तक उनके बालों में जवानी क़ायम थी। उन बालों के बीच उनका सूखा चेहरा ऐसा लगता, जैसे हरी-हरी पत्तियों के बीच कोई फूल अचानक किसी कारण मुरझा गया हो। उन्हें अपने तन की सुध न रहती थी। लेकिन बालों से वह कभी लापरवाह न होतीं, जैसे वे बाल उनके पास धरोहर हों। रंजन सबसे ज़्यादा इन्हीं बालों को प्यार करता था। वह कहा करता था—पान कुँवरि, इन बालों में ही मेरे प्राण बसते हैं, ये बाल नहीं, मेरे दिल की रगें हैं। इन्हें सँभालकर रखना!—वह इन बालों को मुट्ठियों में भरकर आँखों से लगाता, गालों से छुलाता, चूमता और बार-बार सूँघकर कहता—यह जवानी के फूल की ख़ुशबू है!—जब तक पान कुँवरि उसकी गोद में रहती, वह अपने होंठ उन बालों पर ही रखे रहता और ज़ोर-ज़ोर से सूँघता रहता।

मुँदरी बाल सँवारने बैठती, तो पान कुँवरि ताक़ीद करती—एक भी बाल न टूटे! —मुँदरी फूल की तरह उनके बाल हाथों में लेती। उँगलियों की जानदार कँघी से एक-एक बाल को वैसे ही सुलझाती, जैसे बनारसी साड़ियों का कोई बूढ़ा कारीगर उलझे हुए सोने के बारीक़ तारों को सुलझाता है। घण्टों में बाल सुलझाने के बाद वह कंघी उठाती और आगे-आगे उँगलियाँ चलतीं और पीछे-पीछे कंघी। फिर भी हाथ ही तो ठहरे। दो-चार बाल टूट ही जाते। पान कुँवरि तब बिगड़कर उसकी ओर देखती। और मुँदरी एक कत्ल के अपराधी की तरह वे टूटे बाल उसकी फैली हथेली पर रख देती। पान कुँवरि जब रंजन से मिलती, तो ये बाल उसे भेंट करती। रंजन आँखों में आँसू भरकर कहता—तो इतनी रगें और तोड़ डालीं। बड़ी ज़ालिम हो!

और पान कुँवरि मुस्कराकर कहती—गोजर का एक गोड़ टूट जाने से क्या होता है!

और रंजन कहता—यह तुम नहीं समझ सकती, पान। तुम आशिक़ जो नहीं हो!—और वह ठण्डी साँस लेकर उन बालों को आँखों से लगाता और जेब में रख लेता।

रानी जी ने एक करवट बदली। उनके लम्बे-लम्बे केश तकिया फाँदकर नीचे लटक गये। सिरहाने खड़ी सुनरी पंखा झल रही थी। उसने देखा, तो झट पंखा रखकर, दोनों हाथों से वह उन केशों को वैसे ही उठाने लगी, जैसे कोई माँ अपने सोये बच्चे को उठाती है। लेकिन जाने क्या हुआ कि रानी जी चौंककर उठ बैठीं। वह इधर-उधर चकित आँखों से देखकर बोलीं—मेरे बाल अभी किसी ने छुए थे?

अपराधी की तरह दोनों हाथ बाँधे खड़ी सुनरी ने कहा—जी, रानी जी, नीचे लटक गये थे।

रानी जी के मुँह से निकला—ओह!

पैताने खड़ी पंखा झलती बदमिया मुँह फेरकर मुस्करायी।

—तुम लोग जाव। मुँदरी को भेजो।—रानी जी ने कहा।

बदमिया चली गयी। सुनरी उनकी अस्त-व्यस्त साड़ी को ठीक करते हुए बोली—माई आ जाती है, तो चली जाऊँगी।

पसीने से भींगकर रानी जी बोलीं—उस खिड़की का पर्दा उठा दे।

सुनरी ने रेशमी सफ़ेद पर्दा उठाकर कहा—पुरवा अभी नहीं लौटा, बड़ा गरमासा है।—और लौटकर ज़ोर-ज़ोर से पंखा झलने लगी।

रानी जी तकिये का सहारा ले उठँग गयीं।

•

यह हवेली बहुत पुरानी और बड़ी थी। पहले यह बिलकुल क़िले की तरह थी। जिस तरह क़िले की दीवारों में बन्दूक़ें छोड़ने के लिए सिर्फ़ छोटे-छोटे छेद रहते हैं, उसी तरह इस हवेली की दीवारों में भी बाहर को छोटी-छोटी सुराहियाँ-भर कटी थीं। कहीं कोई जँगला या खिड़की न थी। लेकिन जब बड़े सरकार ने अपने पिता के मरने के बाद बागडोर सँभाली, तो उन्होंने पूरी हवेली को इधर-उधर से तोड़वा-फोड़वाकर उसे आधुनिक ढाँचे में ढाला। रोशनदान, खिड़कियाँ और जँगले लगवाये। हर तरह से आरामदेह बनवाया।

बीच में बड़ा पक्का आँगन, उसके चारों ओर ऊँचे, कुशादा, ओसारे, ओसारों के चारों ओर पाँच-पाँच बड़े कमरे। दक्खिन की ओर बीच के कमरों के बीच से एक गलियारा बाहर जाता था। बाहर बड़ा हाता था। हाते में पूरब की ओर तीन पैखाने और नहाने के तीन कमरे बने हुए थे। उनके सामने पक्के चबूतरे से घिरा हाथ से

चलनेवाला एक पानी-कल था। इधर जवार में यह पहला पानी-कल लगा था। दक्खिन की ओर छह छोटी-छोटी कोठरियाँ नौकरानियों के लिए थीं और पच्छिम की ओर बहुत बड़ा ओसारेदार पक्का रसोई-घर था।

ओसारे के ऊपर छत थी। छत के चारों ओर नीचे ही की तरह बड़े-बड़े कमरे थे। इन कमरों में छत की ओर तीन-तीन दरवाज़े और बाहर की ओर तीन-तीन खिड़कियाँ थीं। इसीलिए इनको तिनदरा कहा जाता था। पूरब की ओर के तिनदरे में रानी जी रहती थीं। उसकी खिड़कियाँ बाहर के खेतों में खुलती थीं। उत्तर के बीच के तिनदरे में लल्लन रहता था। बड़े सरकार बहुत चाहते थे कि लल्लन दीवानख़ाने में रहा करे, अब वह कोई बच्चा नहीं कि माँ के आँचल के नीचे पड़ा रहे। लेकिन रानी जी इसके लिए कभी तैयार न हुईं। लल्लन जब तक घर पर रहता, उसी तिनदरे में रहता। रानी जी उसे हमेशा अपनी आँखों के ही सामने रखना चाहती थीं। जाने क्यों, उन्हें डर बना रहता कि कहीं उसे कुछ हो न जाय। वह हमेशा उसे अपने सामने खाना खिलातीं। इस तिनदरे की खिड़कियाँ हाते के बाहर बाग़ में खुलतीं। पच्छिम के बीच का तिनदरा बड़े सरकार का रात में सोने का कमरा था। इसके पीछे भी तीन दरवाज़े थे जो हवेली के सामने की बड़ी छत पर खुलते थे। गर्मी के दिनों में बड़े सरकार इसी छत पर सोते थे। इस छत के चारों ओर ऊँची झरोखेदार दीवारों की रेलिंगें थीं। रेलिंगों पर तरह-तरह के फूलों के गमले क़रीने से सजे हुए थे।

बाक़ी सब कमरे सामानों से अटे पड़े थे। ये सामान पुश्त-दर-पुश्त इकट्ठे हुए थे। इनमें ज़्यादातर शान-शौकत के सामान थे। शादी-बारात के सामान, जलसों और जशनों के सामान। जवार में यह बात मशहूर थी कि बड़े सरकार के यहाँ शादी-बारात का पूरा सामान है। बड़े घरानों में शादियाँ होतीं, तो यहाँ से सामान माँगकर ले जाये जाते। बड़ी दरियाँ और ग़ालीचे, सुनहरी और रुपहली चाँदनियाँ, अलबेलों का जोड़ा, सोने की फर्शियाँ, सोने-चाँदी के बल्लम, कामदार जाज़िमें, गंगा-जमनी ख़ासदान और थाल, सोने के सिंहासन, झाड़-फ़ानूस, हण्डे और गैस बत्तियाँ वग़ैरा-वग़ैरा। बड़े सरकार के यहाँ जब कोई शादी होती या मन्दिर में जन्माष्टमी या रामनवमी का त्योहार मनाया जाता, तो इन सामानों का प्रदर्शन देखकर लोग चकित हो जाते।

नीचे उत्तर की ओर के बीच का कमरा मूल्यवान् वस्तुओं, ख़ज़ाने और ज़ेवर आदि के लिए सुरक्षित था। इस कमरे के एक कोने में एक लोहे की बहुत बड़ी सन्दूक थी। इस सन्दूक के बारे में यह बात मशहूर थी कि अगर किसी चोर के हाथ इसकी सब चाभियाँ भी लग जायँ और सिर्फ़ एक चाभी मालिक के पास रह जाय, तो भी चोर के पल्ले कुछ भी न पड़े। लोगों का कहना था कि वह एक चाभी बड़े सरकार कहाँ रखते हैं, इसका किसी को पता नहीं। सन्दूक के दरवाज़ों पर एक ओर लक्ष्मी जी की और दूसरी ओर गणेश जी की मूर्ति ख़ुदी थीं। सन्दूक के ऊपर धूपदान में

चौबीसों घण्टे एक बड़ी धूपदानी में धूप और अग़ल-बग़ल घी के बड़े-बड़े दीये जलते रहते थे। टाँगनेवाले सामान कमरे में दीवारों पर चारों ओर टँगे थे और फ़र्श पर रखे जानेवाले सामान लकड़ी के तख़्तों पर। इस कमरे में हर-दिन एक बार बड़े सरकार ज़रूर आते थे। धूपदानी में धूप और दीपों में घी वह अपने सामने डलवाते और सफ़ाई भी वह स्वयं अपने सामने ही करवाते थे। इस कमरे की दीवारों के बारे में लोगों का कहना था कि उनके बीच में लोहे की मोटी-मोटी चद्दरें डाली गयी हैं। कोई चोर उनमें सेंध नहीं लगा सकता। इस कमरे में एक ही बहुत मज़बूत दरवाज़ा था, जिसमें नीचे, बीच में और ऊपर तीन-तीन बड़े ही मज़बूत ताले लगाये जाते थे। ताले लगने के बाद बड़े सरकार उन्हें ज़ोरों से झिंझोड़-झिंझोड़कर देखना कभी भी न भूलते थे।

मुँदरी के आते ही सुनरी सिरहाने से पंखा टिकाकर चली गयी। कई दिनों से वह अकेले में रानी जी से कुछ बातें करना चाहती थी, लेकिन ऐसा कोई मौक़ा मिलता ही न था। आज थोड़ी देर के लिए मिला भी था, तो ऐसे में कि रानी जी का मन कहीं और लगा था।

मुँदरी के आते ही रानी जी ने डबडबायी आँखों से उसकी ओर देखकर कहा—ज़रा बक्से से वह डिबिया तो निकालना।

मुँदरी के चेहरे पर झुँझलाहट का रंग उभरते-उभरते रह गया। वह बोली—तो आज फिर...

—मुँदरी, तुझे भी मुझ पर तरस नहीं आता?—रानी जी ने ऐसी नज़र से मुँदरी की ओर देखकर कहा, जो पत्थर को भी पानी कर दे।

—तरस की मैं का जानूँ—मुँदरी ने एक विकृत मुस्कान के साथ कहा—आपकी आँखें रोती हैं और मेरा मन। आपके आँसू सबको नज़र आ जाते हैं, मेरा नहीं। आप पर तरस आ सकता है, लेकिन मुझ पर? और रानी जी, सच कहूँ, तो मैं चाहती ही नहीं कि कोई मुझ पर तरस खाये। इसीलिए मैं आँखों से कभी रोती ही नहीं।

—पगली! यह भी क्या कोई अपने बस की बात है? मन रोयेगा, तो आँखें कैसे चुप बनी रहेंगी?

—वह आदमी का, रानी जी, जो अपने पर बस न रख सके—रानी जी के सिरहाने से चाभियों का गुच्छा निकालते हुए मुँदरी ने कहा।

—तू तो पत्थर है, पत्थर!—मुँह बनाकर रानी जी ने कहा।

बक्से का ताला खोलते हुए मुँदरी ने सिर घुमाकर एक नज़र रानी जी की ओर देखा और उसके गले के तार झींकार उठे।

—मुँदरी! —रानी जी ने घबराकर कहा—अगर तू इस वक़्त हँसी, तो मैं तेरी जान ले लूँगी! तुझे, अब देखती हूँ, मेरी तबीयत की भी परवाह नहीं रह गयी है!

बक्से का पल्ला ऊपर उठाती हुई मुँदरी ने ज़ोर लगाकर अपनी हँसी रोकी। फिर धीरे-धीरे बोली—जी तो बहुत हो रहा था, लेकिन अब न हँसूँगी। रानी जी, आप जानती हैं न, कि गदहा अगर दिन में एक-दो बार न लोटे, तो उसकी तन्दुरुस्ती ख़राब हो जाती है। मेरा भी अब कुछ वैसा ही हाल है। ख़ैर, माफ़ी माँगती हूँ। एक बात, अगर आप जान बख़्सें तो, कहूँ, रानी जी?

—अरे, तू क्या सच ही ले बैठी कि मैं तेरी जान ले लूँगी?—नरम होकर रानी जी ने कहा।

—का ठिकाना, रानी जी? राजा-रानी का मन ही तो है!

—दुत्! तू ही तो मेरा एक सहारा है। तू न रहेगी, तो क्या मैं ज़िन्दा रहूँगी।...कह, तू क्या कहना चाहती है?

बड़े बक्से का ढेर-सारा सामान निकालकर अपनी गोद में रखती हुई मुँदरी बोली —रानी जी, आप तो जानती हैं, मैं कैसी थी? अगर आज मैं पत्थर बन गयी हूँ, तो इसकी ज़िम्मेदारी किस पर है, यह आप नहीं जानतीं?

—जानती हूँ। लेकिन मुझ पर भी तो वही पड़ा है, जो तुझ पर। मैं क्यों न पत्थर बन गयी? यह दिल-दिल की बात है, मुँदरी।

मुँदरी का जी फिर हँस पड़ने को हुआ। लेकिन अपने को दबाकर वह बोली—सो तो हई है, रानी जी। कहाँ एक रानी का दिल और कहाँ एक लौंडी का। फरक तो होगा ही। लेकिन मैं तो जानूँ, आदमी-आदमी का अपना-अपना पानी होता है। किसी का पानी आँसू बनकर बह जाता है और किसी का मन में जमकर पत्थर बन जाता है! फरक तो हई है, रानी जी। आप रो-रोकर एक दिन आँसुओं में ही बह जायेंगी, लेकिन मैं...मैं...जाने दीजिये। यह रही आपकी डिबिया।—गोद में सारे सामानों को बायें हाथ से सँभाले हुए उठकर मुँदरी ने दाहिने हाथ से डिबिया रानी जी को थमा दी और फिर सामान बक्से में धरने लगी।

रानी जी बैठकर वह ख़ूबसूरत सन्दल की डिबिया खोलने लगीं। उनके हाथ काँप रहे थे और उनकी भरी आँखों के आगे यादों का हुजूम तेज़ी से गुज़र रहा था।

कमज़ोर, काँपते हाथ डिबिया न खोल सके। कोई पेंच कहीं बैठ गया था। उन्होंने मुँदरी की ओर देखा। उनके सुफ़ेद माथे पर पसीने की बूँदें झलक रही थीं।

बक्सा बन्द करके मुँदरी ने उनके हाथ से डिबिया ले, खोलकर उन्हें थमा दी।

रानी जी काँपते बायें हाथ में डिबिया ले उसे देखने लगीं। डिबिया में बालों के लच्छे नन्हें-नन्हें फनों की तरह उठ गये थे। उन्होंने दाहिने हाथ की उँगलियाँ उन पर वैसे ही फेरीं, जैसे कोई ज़ख़्म पर हाथ फेरे। और उनकी आँखों से टप-टप आँसू की बूँदें चूने लगीं। और पानी के झिलमलाते पर्दे के पीछे वह दृश्य उभर आया!

आँखों में लबालब आँसू भरे, सिर झुकाये, रंजन उनके सामने खड़ा था। उसने काँपते हाथ से वह डिबिया जेब से निकालकर उनकी ओर बढ़ाते हुए कहा था—यह अपनी चीज़ तुम ले लो। इस पर अब मेरा कोई हक़ न रहा। और तुम्हारी कुछ चिट्ठियाँ भी लाया हूँ। उन्हें भी मुँदरी के हाथ भेजवा दूँगा।—और वह फफक-फफककर रो पड़ा था। और सुहागरात की दुलहिन की तरह सजी हुई पान कुँवरि ने उसकी छाती पर सिर रख दिया था।

यह शादी के पाँच महीने के बाद की बात थी। पान कुँवरि ने रंजन को अपनी ससुराल ज़रूर-ज़रूर आने के लिए लिखा था। उसने अपनी जान की क़सम दिलायी थी। उसने लिखा था कि आख़िरी बार वह उससे मिलना चाहती है।

रंजन इतने ही दिनों के अन्दर मुहब्बत की हर मंजिल से गुज़र चुका था। उसने छककर अमृत भी पिया था और अब जहर के घूँट भी पी रहा था। उन्नीस-बीस साल के रंजन के साफ़ और मासूम दिल-दिमाग़ पर पहला नशा कुछ इस तरह आ छाया था, कि वह बेख़ुद हो गया था। उसके संसार में पान कुँवरि के सिवा कुछ भी न रह गया था। खुमार-भरी उसकी आँखों के सामने हमेशा पान कुँवरि की मोहनी मूरत नाचा करती, उसका दिमाग़ खोया-खोया-सा चौबीसों घण्टे पान कुँवरि के बारे में सोचा करता और मुहब्बत के नशे में चूर उसके दिल से हरदम 'पान कुँवरि-पान कुँवरि' की पुकार उठा करती। उसकी ज़बान दूसरी हर बात के लिए ख़ामोश हो चुकी थी। उसके मुँह से जब भी कोई बात निकलती, वह पान कुँवरि की होती। वह उदास, ख़ामोश, अधखुली आँखों से एकटक सामने देखता, खोया हुआ पड़ा रहता। उसका दोस्त हैरान था कि यह उसे क्या हो गया। वह उसे टोकता और पूछता, तो रंजन कहता—न पूछो, यह कहने की नहीं, बस महसूस करने की है। यह गूँगे के गुड़ की बात है।

अपने दोस्त के यहाँ रंजन पन्द्रह दिन रहा था और पन्द्रह दिनों में ही वह इस तरह बदल गया था कि पहचानना मुश्किल। वह दीवानख़ाने में अपने दोस्त के कमरे में ही रात-दिन पड़ा रहता। उसे खाने-पीने की भी सुध न रहती। दोस्त बहुत इसरार करता, तो दो लुक़में मुँह में डाल लेता। वह बहुत ज़ोर देकर, हाथ पकड़कर उठाता, तो ज़रा देर शाम को कहीं से घूम आता। वह कोई बात छेड़ता, तो वह पान कुँवरि की ले बैठता। उस वक़्त उसकी उदास आँखों में एक नशीली चमक आ जाती, उसके होंठों पर एक प्यासी स्निग्धता दिखायी देती, उसका चेहरा फूल की तरह खिल उठता और उसकी आवाज़ ऐसी लगती, जैसे ज़बान नहीं, दिल बोल रहा हो। यही हालत उसकी उस वक़्त भी होती, जब मुँदरी पान कुँवरि का कोई सन्देशा या चिट्ठी लेकर आती या जब पान कुँवरि ख़ुद उसके पास होती। पान कुँवरि की बात वह अपने दोस्त

से घण्टों लगातार कर सकता था। उसके दोस्त की समझ में यह न आता था कि इतनी छोटी-सी पहचान इतनी लम्बी दास्तान कैसे बन गयी? वह मज़ा न लेता हो, ऐसी बात न थी, मगर लगातार बहुत देर तक वह न सुन सकता था। वह उकता जाता था। वह उससे पाँच साल बड़ा था। सात साल पहले सत्रह साल की उम्र में ही उसकी शादी हो चुकी थी। वह कभी इस गली से न गुज़रा था, होश सँभालते ही उसे सड़क से लगा दिया गया था, उसे त्रिलोक का अनुभव करा दिया गया था। उसे रंजन की बातें सुनकर उससे ईर्ष्या होती, उसे अफ़सोस होता कि इस तरह की मुहब्बत उसके लिए कहानी ही रह गयी।

हर रात खाना-पीना हो जाने के बाद वह अपनी मौसी (पान कुँवरि की माता जी) से कहकर पान कुँवरि और मुँदरी को अपने कमरे में ताश खेलने के लिए ले आता या मौसी हवेली में ही खेलने को कहतीं, तो रंजन को ही वह हवेली में पान कुँवरि के कमरे में बुला लेता। थोड़ी देर तक ताश होता। थोड़ी देर तक हा-हा, हू-हू होता। और जब किसी की डाँट पड़ती, तो सन्नाटा छा जाता। और थोड़ी देर के बाद, जब सब सो जाते, तब राजेन्द्र और मुँदरी कमरे से बाहर आ जाते। ओसारे में खड़ा राजेन्द्र बार-बार अपनी कलाई-घड़ी देखता, बेआवाज़ क़दमों से चौकन्ना हुआ टहलता और खम्भे से पीठ टिकाये मुँदरी नींद में झूमती रहती और अन्दर दरवाज़ा उठँगाकर पान कुँवरि और रंजन साँसों की आवाज़ में प्रेमालाप करते रहते।

बहुत देर के बाद राजेन्द्र दरवाज़े के पास जाकर धीमे से कहता—अरे यार, एक बज गये। अब आज बस करो।

रंजन और पान कुँवरि को हैरत होती, कि इतनी जल्दी एक कैसे बज गये। अभी तो मुश्किल से दो-चार मिनट बीते होंगे। तब अन्दर जाकर दोस्त उन्हें घड़ी दिखाता। वे देखकर अचरज में पड़ते। रंजन सूखे गले से कहता—जब भी इनसे मिलता हूँ, मेरी घड़ी तो चलना ही बन्द कर देती है।—और फिर वे पाँच मिनट के लिए और मिन्नत करते। राजेन्द्र बाहर आ जाता।

तन से प्राण एक क्षण में ही बिछुड़ता होगा। लेकिन बिछुड़ने के पहले की वह कशमकश! पान कुँवरि और रंजन रोज़ एक मौत मरते और एक ज़िन्दगी जीते। मुहब्बत उनके लिए ज़िन्दगी और मौत बन चुकी थी। साथ रहें, तो ज़िन्दगी और बिछुड़ें, तो मौत! रोज़ एक उम्मीद कि यह बिछुड़न मिलन के लिए है, और रोज़ एक आशंका कि यह मिलन बिछुड़न के लिए है। फिर भी वे मिलते और बिछुड़ते रहते, जीते और मरते रहते।

दस दिन की छुट्टी ख़तम हो गयी। लेकिन रंजन टलने का नाम न लेता। दोस्त परेशान, उसे लाकर क्या आफ़त मोल ले ली!

पान कुँवरि की माता जी बहुत दिनों के बाद अपनी बहन से मिली थीं। उनका कम-से-कम दो महीने ठहरने का विचार था। लेकिन अभी पन्द्रह दिन ही बीते थे,

कि एक रात, जाने उन्होंने क्या देखा, कि सुबह होते ही उन्होंने चलने की तैयारी कर ली। सबने समझाया, मनाया, मिन्नतें कीं। लेकिन सब बेसूद। उन्हें तो जैसे बिच्छू ने काट खाया था। एक क्षण भी वह रुकने के लिए राज़ी न हुईं।

पान कुँवरि ने सुना, तो बेपानी की मछली की तरह तड़पकर रह गयी। रंजन ने सुना, तो जैसे जान ही निकल गयी। कई मिनट तक तो वह सिर ही न उठा सका। फिर तड़पकर बोला—यार, कुछ ऐसा करो, कि हम भी उसके साथ जा सकें। वर्ना मैं तो मर जाऊँगा।

राजेन्द्र ने एक क्षण ग़ौर से उसकी हालत देखी। वह हँसना चाहता था, डाँटना चाहता था, समझाना चाहता था, लेकिन उसकी समझ में ही न आ रहा था कि क्या करे। खेल-खेल में ही मामला इतना संगीन हो जायगा, उसे मालूम न था। आख़िर उसने रंजन की पीठ सहलाते हुए कहा—ऐसा काम करना इस वक़्त ठीक नहीं। पान की माता जी को शायद सब-कुछ मालूम हो गया है। मेरी बात मानो और सब्र से काम लो। मैं तुम लोगों की शादी कराने की हर कोशिश करूँगा। अपनी माता जी से कहूँगा, पिता जी से कहूँगा, मुझे उम्मीद है कि कामयाबी ज़रूर मिलेगी। लेकिन इसके लिए ज़रूरी है कि तुम कुछ दिनों तक अपने पर क़ाबू रखो। पागलपन में पड़कर कुछ ऐसा न कर डालो, कि बात हमेशा के लिए बिगड़ जाय और तुम्हें ज़िन्दगी-भर पछताना पड़े।

—क्या कहूँ, सहा नहीं जाता, दोस्त! जैसे दिल में एक आग जल रही हो। ओफ़!—और बिलख-बिलखकर रो पड़ा।

उस घड़ी से रोना, तड़पना और आहें भरना ही रंजन की ज़िन्दगी बन गया। रास्ते-भर ट्रेन में फ़र्स्ट क्लास के डिब्बे की ऊपर की एक बर्थ पर वह कुहनियों में मुँह छिपाये, आँखें मूँदे उदास लेटा रहा। रह-रहकर उसके सामने पान की वह डबडबायी आँखें आ जातीं। दिन के दो बजे पान वहाँ से विदा हुई थी। आगे उसकी माता जी की और पीछे पान की झालरदार परदेवाली पालकी थी। पान की पालकी के साथ-साथ मुँदरी चल रही थी। दीवानख़ाने के सामने भरी-भरी आँखें लिये रंजन और गम्भीर बना राजेन्द्र खड़े थे। हवेली से निकलकर पालकियाँ जब दीवानख़ाने के सामने से गुज़रने लगीं, तो अचानक पान की पालकी का पर्दा एक छन को ज़रा-सा हटा और रंजन की आँखें दो बड़ी-बड़ी डबडबायी आँखों से मिल गयीं। रंजन के लिए जानेवाली का यह ऐसा उपहार था, जो दिल में ज़िन्दगी-भर के लिए सुरक्षित हो गया।

राजेन्द्र का ख़्याल था कि कॉलेज पहुँचने पर रंजन की तबीयत धीरे-धीरे बहल जायगी। लेकिन ऐसा न हुआ। रंजन की हालत और भी ख़राब होती गयी। वह हॉस्टल

के अपने कमरे में पड़ा रहता। कभी रोता, कभी आहें भरता, कभी पान की चिट्ठियाँ पढ़ता, कभी पान को चिट्ठियाँ लिखता। दोस्त ज़बरदस्ती उसे सिनेमा दिखाने ले जाता, तो वह कहता—पर्दे पर पान की तस्वीरों के सिवा कुछ भी दिखायी नहीं देता।—ज़बरदस्ती वह उसे क्लास में घसीट ले जाता, तो वह कहता—बोर्ड पर बस पान की ही तस्वीर दिखायी देती है।—कोई किताब खोलकर वह उसके सामने रखता, तो वह कहता—इसके हर पन्ने पर पान की तस्वीर है।—उसके हाथ में क़लम रहती, तो किसी भी काग़ज़ पर वह 'पान-पान' लिखा करता, या खानेवाले पान की शकल बनाया करता। उसके बाल बढ़ गये थे, नाख़ून बढ़ गये थे और ज़रा-सा मुँह निकल आया था। उसे न कपड़े-लत्ते की चिन्ता थी, न खाने-पीने की।

पान उसे बराबर चिट्ठी लिखती, लेकिन उसने अपनी पहली ही चिट्ठी में अपने को चिट्ठी न लिखने की उसे ताक़ीद कर दी थी। उसने समझाकर लिखा था कि उसकी चिट्ठी उसे किसी भी हालत में नहीं मिल सकती और वह नहीं चाहती कि उसकी कोई चिट्ठी किसी दूसरे के हाथ पड़ जाय। फिर भी रंजन उसकी हर चिट्ठी का जवाब लिखता, बल्कि एक-एक चिट्ठी के कई-कई जवाब लिखता और कमरा बन्द कर, वह कई बार पूरे आवेश, हाव-भाव, आँसू और आहों के साथ अपने मन की पान को अपने पास बैठाकर सुनाता और बातें पूछता और हाथ जोड़ता, विनती करता और उसके पाँव पकड़ता। और फिर जब पान की चिट्ठी आती, तो उसे लगता कि उसकी हर बात का उसमें जवाब आया है। वह ख़ुश होकर भी रोता और व्यथित होकर भी रोता, वह हर हालत में रोता और रो-रोकर हवा में खड़ी पान से फ़रियादें करता।

राजेन्द्र ने अपने माता-पिता जी को उनकी शादी के बारे में कई बार लिखा, लेकिन उसकी बात की ओर किसी ने ध्यान न दिया। फिर मजबूर होकर रंजन के बहुत ज़िद करने पर उसने अपने मौसी-मौसा को भी इसके बारे में लिखा। और यही बात पान कुँवरि के माता-पिता जी के लिए ज़हर हो गयी।

पान कुँवरि की माता जी ने सब-कुछ देख लिया था। उन्होंने घर आकर अपने पति को सब-कुछ बताया और शंकित होकर कहा कि पान की शादी में अब ज़रा भी देर करना ख़तरे से खाली नहीं।

यह जानकर ताल्लुक़ेदार के तो बस आग ही लग गयी। उन्होंने मुँदरी को बुलाकर कहा—क्या यह सब सच है?

गो-हत्या की अपराधिनी-सी मुँदरी खड़ी थी। डर के मारे उसकी एक साँस ऊपर जा रही थी और दूसरी नीचे। उसका मुँह सूख रहा था। होश फ़ाख़्ता हो रहा था।

ताल्लुक़ेदार सब समझ गये। गुस्से के मारे उनके मुँह से झाग निकलने लगा। उन्होंने ऐसा थप्पड़ मुँदरी की कनपटी में मारा कि वह चीख़कर धड़ाम से गिर पड़ी।

चीख़ की आवाज़ सुनकर मुँदरी की माँ भागी-भागी आयी। बेटी को उस हालत में देखकर वह तड़प उठी। उसे अपनी गोद में उठाती बोली—का हुआ? काहे मार दिया मेरी बेटी को? ऐसा कोई क़सूर करनेवाली तो यह नहीं।

ताल्लुक़ेदार मंज़िल मारे घोड़े की तरह हाँफ रहे थे। उन्होंने कहा—क़सूर तो इसने वह किया है कि इसका गला काट देना चाहिए! हटा यहाँ से इसे!

सहमी हुई मुँदरी की माँ उसे हटा ले गयी। उसका कलेजा कट रहा था। ताल्लुक़ेदारिन वहाँ न होतीं, तो जाने क्या-क्या उसके मुँह से निकल जाता। वह अपने कमरे में मुँदरी की कनपटी सहलाती रोती रही, और मुँदरी उसकी छाती में सिर डाले साँस खींच-खींचकर सुबकती रही।

बहुत देर बाद मुँदरी बोली—मेरा इसमें कौन दोष है, माई? मैं कुँवरि जी का हुकुम कैसे टाल सकती थी? उन्होंने जो कहा, वही तो मैंने किया।

—ऐसा ही होता है, मेरी बेटी, इस राज में ऐसा ही होता है। मज़ा मारें गाजी मियाँ मार खाय डफाली!—उसके आँसू अपने आँचल से पोंछती हुई माँ बोली—राछस ने मेरी फूल-जैसी बेटी को ऐसा थप्पड़ मार दिया, कि पाँचों उँगलियाँ उखड़ आयी हैं! च-च! —और उसका मुँह आँचल से पोंछने लगी।

मुँदरी ने मचलकर कहा—मैं अब कुँवरि जी के साथ नहीं रहूँगी, माई। चल, यह हवेली छोड़कर हम कहीं और रहें। कहीं किसी का कूट-पीसकर ज़िन्दा रहना यहाँ की ग़ुलामी से कहीं अच्छा रहेगा।

—यहाँ से निकल भागना आसान नहीं, बेटी,—माँ ने मन मसोसकर कहा—और किसी तरह निकल भी भागें, तो अपनी जवान बेटी की हिफ़ाजत मैं कैसे कर सकूँगी! तू दुनिया को अभी क्या जाने। यह राछसों की बस्ती है। किसी ग़रीब के पास जवान बेटी का होना और खुले में भेली रखना दोनों बराबर है। ज़रा भी पलखत पड़ो कि वह काले-काले चींटे चिमट पड़ते हैं, कि छुओ तो काट खायें। मैं हर तरह मजबूर हूँ, बेटी। तेरी शादी के लिए ताल्लुक़ेदार से कई बार कह चुकी हूँ। लेकिन वह तुझे कुँवरि के साथ दहेज में भेजना चाहता है। मालिक के लिए लौंडी भी तो एक चीज-बस्त ही है, बेटी।

—मैं तुझे छोड़कर कहीं भी नहीं जाऊँगी!—माँ के गले से लिपटकर मुँदरी बोली।

—ऐसी बात मुँह से न निकालना। वह तुझे गोली मार देगा।—सहमकर माँ बोली।

—गोली काहे मार देगा?—डरकर मुँदरी बोली।

—अब तुझे वह बात कैसे समझाऊँ?...जाने दे, बेटी, जो क़िस्मत में लिखा है, उससे पिण्ड कैसे छुड़ाया जा सकता है।

—नहीं, माई, मैं नहीं जाऊँगी, नहीं जाऊँगी!—सिर हिलाकर हठपूर्वक मुँदरी ने कहा।

—पान कुँवरि फिर भी अच्छी है, बेटी। वह तुझे बहुत मानती भी है। उसके साथ तू सुख से रहेगी।—माँ ने बात बदलनी चाही।

—नहीं, माई, नहीं! मैं तुझे छोड़कर कहीं नहीं जाऊँगी! भले ही ताल्लुक़ेदार मुझे गोली मार दे।—माँ के ठेहुने पर अपना सिर पटककर मुँदरी बोली।

—तब का मैं ज़िन्दा रहूँगी? वह मुझे भी तो मार डालेगा।—सामने शून्य में देखती माँ बोली।

—काहे?—सिर उठाकर उसकी ओर आँखें फैलाकर देखती हुई मुँदरी बोली।

—बड़ी ज़िद्दी है, भाई! —उसका सिर उठाती हुई माँ बोली।

—नहीं-नहीं, माई, बताओ!—उसके बाज़ू पकड़कर झकझोरती हुईं मुँदरी बोली।

—नहीं मानेगी?—गम्भीर स्वर में माँ बोली।

—नहीं, नहीं! आख़िर वह हमें काहे मार डालेगा? बोल, बोल, माई, बता न! —और भी ज़ोर से उसके कन्धे झकझोरती हुई मुँदरी बोली।

थोड़ी देर तक माँ ख़ामोश रही। कई रंग उसके चेहरे पर आये-गये। आख़िर उसने होंठ चबाकर कहा—अच्छा सुन! एक दिन तुझे मैं बताने ही वाली थी। ताल्लुक़ेदार अपने रहते तुझे यहाँ किसी के साथ घर बसाते नहीं देख सकता।

—काहे?—चकित होकर मुँदरी बोली।

—तू उसी की बेटी है!

—माई!—मुँदरी उसके बाज़ू छोड़कर चीख़ पड़ी।

—हाँ, अगर तू उसकी बेटी न होती, तो आज तुझे भी वह उसी तरह रखता, जैसे मुझे रख चुका है।...यह सब बातें अभी तुझसे कहनी नहीं चाहिए थीं, लेकिन कह दीं, अच्छा ही हुआ। जाने फिर कभी मौक़ा मिलता, न मिलता।...बेटी, मैं तुझसे का-का बताऊँ। भगवान राह का भिखारी बनाये, लेकिन किसी को किसी की लौंडी न बनाये। तू कुँवरि के साथ चली जाना, बेटी। और वहाँ किसी के साथ भी कुँवरि से कहकर घर बसा लेना। और हो सके, तो ग़ुलामी से गला छुड़ा लेना। मैं कुँवरि से भी अरजी-मिनती करूँगी। नहीं तो तेरी भी वही हालत होगी, जो मेरी हुई है। और तेरे भी अगर कोई बेटी हुई...

—माई!—एक चीख़ मारकर मुँदरी माँ की गोद में सिर पटककर रो पड़ी।

—रो मत, मेरी बेटी। हिम्मत से काम लेगी, तो तेरी जिनगी सुधर जायगी। तेरी माँ बड़ी अभागिन है। वह तेरे लिये दुआ के सिवा कुछ नहीं कर सकती। इस ताल्लुक़ेदार की आँखों के सामने से हमेशा के लिए तेरा हट जाना ही अच्छा है। तू होशियारी से काम लेगी, तो सब बिगड़ी बन जायगी? तू सुन्दर है, कोई भी तुझसे

बियाह करने को तुरन्त तैयार हो जायगा। कुँवरि की ससुराल में कितने ही नौकर-चाकर होंगे। देख-सुनकर किसी भी जवान के साथ तू ज़रूर बियाह कर लेना। बेटी, यह बात हमेसा याद रखना कि लौंडी से एक बेसवा की भी जिनगी कहीं अच्छी होती है और बड़ी-से-बड़ी बेसवा भी एक अदना ब्याहता औरत को देखकर सरम से गड़ जाती है। तू किसी के साथ बियाह कर लेना, जो भी दुख पड़े झेलना, लेकिन लौंडी की जिनगी हरगिज न जीना!

और तभी से मुँदरी ने एक ख़ोल उतार फेंका। ताल्लुक़ेदार का सोया पड़ा ख़ून लौंडी की देह में ज़हर बनकर जाग उठा। मुँदरी का जैसे सारा डर उड़ गया। हमेशा ख़ामोश रहनेवाली मुँदरी अब बार-बार आईने में अपना मुँह देखती और पान कुँवरि के मुँह से मिलान करती और खिलखिलाकर ऐसे हँस पड़ती कि हवेली चौंक जाती।

(५)

जवार में तहलक़ा मचा हुआ था। लड़ाई के कामों में दख़ल देने के अपराध में महाबीर, चतुरी और उनके छह साथियों को गिरफ़्तार करके ज़िले को चालान कर दिया गया था। चारों ओर पुलिस गश्त लगा रही थी। पुलिस के साथ-साथ एजेण्ट और पटवारी भी घूम रहे थे। पटवारी बताता जाता था कि इस घर में इतने जवान हैं, इस घर में इतने। जवान दिखायी पड़ जाते, तो उन्हें तुरन्त पकड़कर कान्स्टेबिलों की निगरानी में थाने भेज दिया जाता। हाज़िर न होते, तो उनके बूढ़े माँ-बापों से उनके बारे में पूछा जाता और तुरन्त ज़मींदार के यहाँ हाज़िर करने को कहा जाता। वे ज़रा भी ना-नुकर करते या बहाना बनाते, तो उन्हें ख़ूब पीटा जाता, उनके घरों में घुसकर ख़ानातलाशी ली जाती। बहू-बेटियाँ डरकर घरों से बाहर आ जातीं और जिस कान्स्टेबिल के हाथ जो लगता, उठा लेता। बूढ़े चीख़ते-चिल्लाते रहते, औरतें रोती-पीटती रहतीं।

कितने घरों में ताला पड़ गया था। कितने ही नौज़वान जान ले-ले इधर-उधर छुप गये थे, जैसे पकड़े गये, तो फाँसी पर लटका दिये जायेंगे। बूढ़े माँ-बापों के दिल धक-धक कर रहे थे कि कहीं उनके सहारे न छिन जायँ, कहीं उनके लाड़लों को पकड़कर लड़ाई में कटने के लिए न भेज दिया जाय। जवान औरतों के कलेजे मुँह को आ रहे थे कि कहीं उनके आदमी हमेशा के लिए उनसे जुदा न कर दिये जायँ। और बच्चे खेल-कूद भूलकर सहमे-सहमे बड़े-बूढ़ों की गोद में चिपके उनके उदास मुँहों को तक रहे थे और सोच रहे थे कि ये लाल पगड़ीवाले यहाँ से कब जायेंगे।

पुलिस जवानों की तलाश ऐसे कर रही थी, जैसे वे डाकू या क़ातिल हों। और ख़ुद जवानों को भी आज ऐसा लग रहा था, जैसे जवान होना ही कोई संगीन जुर्म हो। भोले-भाले गाँवों के किसान जवान, जिन्होंने परदेश का कभी मुँह न देखा था, जिनके लिए अपने घर, खेत, क़स्बे के बाज़ार, गंगा के मेले और बहुत हुआ तो तहसीली और ज़िले की कचहरी तक ही दुनिया सीमित थी, कहीं दूर-दराज़ लड़ाई के मैदानों में कटने के लिए भेजे जाने की बात सुनकर वैसे ही भड़क उठे थे, जैसे शिकारियों को देखकर जंगल के हिरन।

जिस दिन चौकीदारों ने गाँवों में फ़ौज में भरती होने के लिए डुगडुगी पर ऐलान किया था, उसी दिन से बड़े-बूढ़ों के चेहरों पर ऐसी उदासी, ऐसी बेकली आ छायी थी, जो आनेवाले बुरे दिनों की बातों के आसार देखकर आ जाती है। एक लड़ाई वे देख चुके थे। उस ज़माने की महँगी, क़हत, क़िल्लत और लहती की कहानियाँ आज तक वे न भूले थे और जब कभी ज़माने के रंग-ढंग या भाव-ताव की बात चलती, वे उस आफ़त के ज़माने की बात ज़रूर कहते थे। आज फिर उसी लड़ाई की ख़बर सुनकर उनकी जान सूख गयी। हे भगवान्, अब कैसे दिन आनेवाले हैं!

किसानों को यह ठीक मालूम न था कि ज़मींदार खेतों का बन्दोबस्त करने में क्यों देर लगा रहा है? ज़्यादे-से-ज़्यादे उनका यही ख़्याल था कि लगान बढ़ाने की ही ग़रज़ से वह वैसा कर रहा है। लेकिन जो दर उसने चलायी थी, उस पर लेने की किसी की हिम्मत न थी। उस दर पर लेने से, साल अच्छी तरह सूखे-सैलाब से बच भी जाता, तब भी कोई फ़ायदा न था। इसीलिए सब इन्तज़ाम करके भी चतुरी वग़ैरा की राय से वे दम साधे बैठे थे। सब सोच रहे थे, जो सब पंचों का हाल होगा, वही हमारा। देखा जायगा। ज़मींदार आख़िर कब तक रोके रहेगा। ख़ुद तो इतने खेतों को जोत-बो सकता नहीं। और अगर ऐसा करने पर भी उतारू हो जाय, तो जोताई-बोआई वह किनसे करायेगा? ख़ुद हल की मुठिया थामने की सकत उसमें कहाँ है? उसकी ताक़त तो हमीं हैं। हमारी ही ताक़त तो उसकी है। हम उसके खेत न जोतें, लगान न दें, बेगार न करें, सभी ओर से अपने हाथ खींच लें, तो...और एक अनजान ताक़त महसूस करते हुए वे कहते—यह चतुरिया कैसी गियान की बातें करता है। कहाँ से ऐसी समझ आ गयी है उसमें! कहता है, जैसे ताक़तवर होते हुए भी हनुमान जी हमेसा अपनी ताक़त भूले रहते थे, और उन्हें इसकी याद दिलानी पड़ती थी, वैसे ही किसान-मजूर भी दुनिया की सबसे बड़ी ताक़त होकर भी अपनी ताक़त भूले हुए हैं। उन्हें इसकी याद दिलानी है। फिर तो जैसे हनुमान जी समुन्दर लाँघकर रावन की लंका जला आये थे, उसी तरह जालिम ज़िमीदारों की हवेलियाँ छन-भर में किसान जला दें और अपनी मेहनत का फल ख़ुद भोगें!...कैसी साधारन बात थी, फिर भी

हमारी समझ में न आती थी। गुसाईं जी ने ठीक ही कहा है, बिनु गुरु होहि न ग्यान! हम नाहक़ कारिन्दे की बात में फँसकर परती लिखाने जाकर चौधरियों से रार बेसह रहे थे। चतुरिया ने कैसे समझा दिया कि यह किसानों और चौधरियों के बीच फूट डालने और पटवारी और क़ानूनगो और कारिन्दे की मुट्ठियाँ गर्म करने और ख़ुद भी रुपया ऐंठने की ज़िमीदार की चाल है। किसानों को आपस में सनमत हो करके ज़िमीदार के जुलुमों के ख़िलाफ़ लड़ना चाहिए।

तीन दिनों से क़ानूनगो, दारोग़ा, पटवारी और एजेण्ट गाँवों में चक्कर लगा रहे थे और फ़ौजी नौकरी और ज़िन्दगी का बखान कर रहे थे। कई जगह उन्होंने सभाएँ भी कीं। ज़मींदारों की ओर से किसानों को उन सभाओं में शामिल होने का हुकुम दिया गया था। हाकिमों और ज़मींदारों के डर से किसान उनमें शामिल भी हुए थे और चुपचाप बैठकर उनकी लम्बी-चौड़ी, चिकनी-चुपड़ी बातें भी सुनी थीं। लेकिन जब नाम माँगा गया था, तो सोच-विचार के लिए मोहलत लेकर एक-एक कर सब खिसक गये थे। सबके मुँह में एक ही बात थी—परदेस की हलुआ-पूड़ी से घर का साग-सत्तू भला। ऐसी किसी की जिनगी बेकार नहीं हुई है, कि जान-बूझकर लड़ाई में जान गँवाये!

इतनी दौड़-धूप, सर-सभा और ज़मींदारों की सख़्ती का नतीजा जब कुछ भी हाथ न लगा, तो हाकिमों को चिन्ता हुई कि यहाँ का कोटा कैसे पूरा होगा? डिप्टी साहब की सख़्त ताक़ीद थी कि जैसे भी हो, उस थाने से एक हज़ार जवान मिलने ही चाहिए। कलेक्टर साहब का हुकुम है। कोटा पूरा न होने पर पेशी तक हो सकती है और ज़ाहिर है कि उसका नतीजा मुक़ामी अफ़सरों के लिए बुरा होगा। इसके ख़िलाफ़ अगर कोटे से ज़्यादा जवान भेजे गये, तो उनकी तरक़्क़ी हो सकती है। लड़ाई का ज़माना है, घण्टे-घण्टे में अच्छा काम करनेवालों को तरक़्क़ी मिलती है और सरकार को मदद देनेवाले ज़मींदारों और रईसों को ख़िताब मिलते हैं।

आख़िर जब देख लिया गया, कि किसी तरह सीधी अँगुली घी नहीं निकलने का, तो एक रात बड़े सरकार के दीवानख़ाने में दारोग़ा, नायब दारोग़ा, क़ानूनगो, पटवारियों और ज़मींदारों की मीटिंग हुई। बड़े सरकार हलक़े के सबसे बड़े ज़मींदार थे। दो सौ गाँवों में उनकी अमलदारी थी। सबसे ज़्यादा ज़िम्मेदारी उन्हीं पर पड़ती थी।

एक मत से सबने यह बात मानी कि महाबीर, रमेसर, चतुरी और उनके साथी ही सबसे बड़े अड़ंगे हैं। उन्होंने ही किसानों का दिमाग़ ख़राब कर दिया है। जब तक मैदान उनसे साफ़ न कर दिया जायगा, काम बनना मुश्किल है। वक़्त कम है। जो करना हो, चटपट करना चाहिए।

तय हुआ कि कल ही महाबीर और रमेसर और चतुरी और जितने भी उनके साथी मिलें, सब पकड़कर ज़िले को चालान कर दिये जायँ। और फिर जैसे भी हो हलक़े के जवानों को पकड़-पकड़कर, थाने में इकट्ठा करना शुरू कर दिया जाय। डिप्टी साहब के आने के पहले ही कोटा पूरा कर देना ज़रूरी है। कोई भी यह काम पूरा करने के लिए कुछ उठा न रखे। ज़रूरत पड़ेगी, तो दारोग़ा और भी कान्स्टेबिल ज़िले से बुला लेगा।

दूसरे दिन क़स्बे का बाज़ार था। क़स्बे के पूरब ओर बड़े मैदान में हफ़्ते में दो दिन, रविवार और बुधवार को, यह बाज़ार लगता था। चार-चार कोस तक के लोग इस बाज़ार में सौदा-सुलुफ़ करने आते थे। काफ़ी बड़ा बाज़ार लगता हर ज़रूरत की चीज़ की छोटी-बड़ी कितनी ही दुकानें लगतीं। बड़े दुकानदारों ने ईंटों या मिट्टी की दुकानें बना रखी थीं, जो बाज़ार के दिन ही खुलती थीं, बाक़ी दिन उन पर ताला पड़ा रहता था। छोटे-छोटे दुकानदार अपनी चीज़ें ज़मीन पर ही लगाते थे। दौरी में थोड़ा-थोड़ा अनाज या गुड़ या तेलहन या तरकारी बेचनेवाले किसान, ग़ल्ला, नमक, सुर्ती, तम्बाकू बेचनेवाले बनिये, कपड़े बेचनेवाले बज़ाज़, जूते बेचनेवाले चमार, कम्बल बेचनेवाले भेड़िहार, मसाले बेचनेवाले पूंसारी, चूड़ियाँ बेचनेवाले चूड़िहार, आईना, कंघी, बटन, चाकू, कैंची, क़लम, खिलौने, सिन्दूर वग़ैरा बेचनेवाले मनिहार, खली और तेल बेचनेवाले तेली, ग़रज़े कि समाज के सब तबके के लोगों का यहाँ मेला-सा लगता था। बड़ी भीड़ होती। अंग-से-अंग छिलता। आसमान में जितनी धूल उड़ती, उतना ही शोर उठता।

कभी-कभी मदारी और जादूगर भी अपना खेल दिखाने आ पहुँचते। ज़िले की मिशनरी का पादरी तो अक्सर इस बाज़ार में आता, किताबों की दुकान छानता, हारमोनियम पर गाने सुनाता और लेक्चर देता। इक्के-दुक्के लोग वहाँ भी एकाध छन के लिए खड़े हो जाते। क़स्बे के आर्यसमाजियों ने एक बार उसके ख़िलाफ़ आवाज़ उठायी थी, लेकिन कलेक्टर ने उनका मुँह बन्द कर दिया था।

महाबीर और उसके दूसरे साथी इस बाज़ार में कन्धे पर झण्डा लटकाये, आवाज़ लगाकर बराबर अख़बार बेचते थे। यहाँ वे जवार से आये सैकड़ों किसानों से मिलते, उनके सुख-दुख की सुनते, दुनिया का हाल-चाल सुनाते, सभा-सोसाइटी का प्रोग्राम बनाते।

इधर एक हफ़्ते से बाज़ार के पास ही टाउन एरिया के दफ़्तर में लड़ाई का भी एक दफ़्तर खुल गया था। दीवारों पर बड़े ही भड़कीले पोस्टर टँगे हुए थे, जिनमें सैनिकों और सैनिक-जीवन के बड़े ही आकर्षक चित्र और लुभावने वर्णन छपे थे।

यहाँ एक एजेण्ट सैनिक-जीवन के बखान में धुआँधार भाषण दे रहा था। बाज़ार में कई एजेण्ट घूम-घूमकर नोटिसें बाँट रहे थे और भोंपे पर भर्ती का ऐलान कर रहे थे और जवानों को फँसा रहे थे। कोई फँस जाता, तो उसे वे दफ़्तर में लाते और उसका नाम-पता लिखाकर थाने में पहुँचा देते।

पुलिसवालों ने सलाह-मशविरा कर, ख़ूब सोच-समझकर महाबीर वग़ैरा को फँसाने के लिए आज दुहरा जाल बिछाया था। बाज़ार में ही यह जाल उन्होंने इसलिए बिछाया था कि महाबीर वग़ैरा के पकड़े जाने की ख़बर तुरन्त चारों ओर फैल जाय, लोग अपनी आँखों से उन्हें पकड़े जाते देख लें और समझ लें कि पुलीस की ताक़त के आगे उनकी बिसात क्या है। यों वे चाहते, तो कहीं भी उन्हें पकड़ सकते थे, लेकिन वैसा करने से वह तमाशा कैसे खड़ा होता, जिसे वे आम लोगों को दिखाना चाहते थे और उसके ज़रिये यह बताना चाहते थे कि किसान जिनके बल पर इतना कूदते हैं, उन्हें वे यों चुटकी से मसल सकते हैं, किसान किसी भ्रम में न रहें।

पहला जाल ज़मींदारों की ओर से बिछाया गया था। और दूसरा एजेण्टों की ओर से।

बात यह थी कि जिस ज़मीन पर बाज़ार लगता था, उसमें सात-आठ ज़मींदारों का हिस्सा था, और चूँकि ज़मीन ज़मींदारों में बँटी न थी, इसलिए हर ज़मींदार पूरी ज़मीन पर अपना हक़ जताता और दुकानदारों से कौड़ी (कर) वसूल करता। यह कौड़ी एक पैसे से लगाकर आठ आने तक प्रति दुकान होती। दुकानदारों पर यह बहुत बड़ा ज़ुल्म था कि उन्हें हर ज़मींदार को कौड़ी चुकानी पड़ती। लेकिन यह धाँधली बहुत दिनों तक न चली। दुकानदारों ने आपस में सलाह-मशविरा किया और एक बाज़ार के दिन हड़ताल कर दी। ज़मींदारों ने सुना, तो हक्का-बक्का हो गये। बाज़ार से उन्हें बहुत फ़ायदा होता था, तम्बाकू, सुर्ती, तरकारी और नक़द पैसा काफ़ी मिल जाता था। उन्होंने दुकानदारों के नुमाइन्दों को बुलाया। नुमाइन्दों ने माँग रखी कि इस तरह कौड़ी वसूलना ज़मींदार बन्द करें। वे या तो अपने में बाज़ार के हिस्से बाँट लें, या एक-एक बाज़ार की कौड़ी एक-एक ज़मींदार ले ले, या कोई भी एक आदमी वसूल कर ले और ज़मींदार आपस में बाँट लें। दुकानदार हर ज़मींदार को हर बाज़ार कौड़ी नहीं दे सकता। सोचने की बात है कि आठ आने-एक रुपये की तरकारी बेचनेवाले दो आने कौड़ी के दे देंगे, या चार-पाँच रुपये के नमक-सुर्ती बेचनेवालों से आठ आने कौड़ी के वसूल कर लिये जायेंगे, तो उन्हें क्या मिलेगा? अगर ज़मींदार न मानें, तो दुकानदार और कहीं बाज़ार लगा लेंगे। दुकानदारी वे दो पैसे कमाने के लिए करते हैं, घर से भी गँवाने के लिए नहीं।

कोई चारा न था। ऐसा तो था नहीं कि ज़मींदार ज़बरदस्ती करके दुकानदारों को बाज़ार में ला बैठाते। ऐसा सम्भव होता, तब तो वे कर ही गुजरते। लेकिन यह असम्भव था। दुकानदारों की बात मजबूरन उन्हें माननी ही पड़ी। तय हुआ कि अब

बाज़ार में एक ही आदमी कौड़ी वसूल करेगा। ज़मींदार आपस में बाँटने का कोई इन्तज़ाम कर लेंगे।

कई साल इसी तरह बाज़ार चलता रहा। फिर अचानक एक दिन टाउन एरिया की ओर से डुगडुगी पर यह मुनादी करायी गयी कि बाज़ार टाउन एरिया के अन्दर है। कोई भी दुकानदार किसी भी ज़मींदार को कौड़ी न दे। अब टाउन एरिया की ओर से हर दुकानदार पर उसकी दुकानदारी की हैसियत के मुताबिक़ सालाना टिकस लगेगा। हर दुकानदार को यह इत्तिला दी जाती है कि वह एक हफ़्ते के अन्दर टाउन एरिया के दफ़्तर में अपना नाम लिखाकर, सालाना टिकस जमाकर रसीद हासिल कर ले। उसके बाद जो भी दुकानदार बिना रसीद का पाया जायगा, उसका चालान हो जायगा।

यह दो मूज़ियों की आपसी खटपट थी। दुकानदारों के नुमाइन्दे दोनों से मिले और कहा कि अब वे किसी को भी तब तक कोई कौड़ी न देंगे, जब तक कि टाउन एरिया और ज़मींदारों में से किसी एक को 'कौड़ी' वसूल करने का हक़ कचहरी से न मिल जाय। और अगर दोनों फ़रीक़ैन में से किसी ने दुकानदारों को तंग किया, तो वे बाज़ार ही तोड़ देंगे। उन्हें 'कौड़ी' देने से कोई इनकार नहीं, लेकिन किसको दें, यह बात पहले तय हो जानी चाहिए।

अब टाउन एरिया और ज़मींदारों के बीच झगड़ा चला। पहले सर-समझौते की कोशिश हुई। टाउन एरिया के कई मेम्बरों ने बीच-बचाव किया, उन्होंने कहा कि अगर ज़मींदार ख़ुद बाज़ार की आमदनी से सालाना कम-से-कम आधा हिस्सा टाउन एरिया को दे दें, तो टाउन एरिया बाज़ार से अपना हक़ वापस ले लेगा। आख़िर जब बाज़ार की ज़मीन क़स्बे के अन्दर है, तो टाउन एरिया का हक़ उस पर है ही। कोई खेत की ज़मीन होती, तो ज़मीदारों का उस पर हक़ होता, जिसकी लगान वे सरकार को देते। लेकिन वह तो डीह की ज़मीन है। उस पर टाउन एरिया का ही क़ानूनी हक़ है। अब तक ज़मींदार धाँधली से अपना क़ब्जा जमाये रहे। लेकिन ज़मींदार इतनी आसानी से माननेवाले कहाँ थे? सालों से चली आयी अपनी आमदनी और हुकूमत वे कैसे छोड़ सकते थे? उन्होंने टाउन एरिया पर मुक़द्दमा दायर कर दिया।

क़ानून का रास्ता जितना लम्बा है, उतना ही पेचीदा भी। शतरंज के बत्तीस मोहरे, लेकिन उनकी चालें अनगिनत। तहसील से लेकर हाईकोर्ट तक और फिर विलायत तक बिसातें बिछी हैं। एक-से-एक बढ़कर भाड़े के खिलाड़ी हैं। जैसा रुपया लगाओ, वैसा खिलाड़ी मिलेगा। वह तुम्हारे लिये खेल खेल देगा। जीत-हार का नफ़ा-नुक़सान तुम्हारा। एक पर मात खाओ, तो दूसरी बिसात पर फिर खेल शुरू कराओ। खेलते जाओ, खेलते जाओ। उम्मीद का दामन न छोड़ो। खेल है, खेल की चालें हैं, कहीं जीत और कहीं हार।

मुक़द्दमा ज़मींदारी का सिंगार है। एक मुक़द्दमा और सही। हुकूमत है, तो ज़मींदारी है, ज़मींदारी है, तो रुपया है। रुपया का मोह ज़मींदारों की शान कैसे बनाये रख सकता है? और शान ही नहीं, तो कुछ नहीं, बेशान की ज़मींदारी बेताज की बादशाहत के बराबर है, हुकूमत ताज की चलती है, बादशाहत की नहीं। जिसके सिर ताज, वही बादशाह। जिसकी शान उसी की ज़मींदारी।

और कौन टाउन एरिया के पदाधिकारियों के बाप का पैसा ख़र्च हो रहा था!

सो मुक़द्दमा चला, तो चलता रहा। कहीं एक हारता, तो कहीं दूसरा? नुक़्ते पर नुक़्ते निकलते गये। संसार का कोई वकील हारकर भी कहीं अपने को हारा हुआ मानता है! उसकी हार तो अफ़सर की नासमझी, पक्षपात या बदमाशी होती है।

लेकिन इस बीच भी ज़मींदार कौड़ी के बारे में सचेत रहे। थोड़े ही दिनों बाद फिर ज़मींदारों के आदमी बाज़ार में घूमने लगे। अब पहले का इन्तज़ाम रद्द हो गया था। अब ज़मींदार धाँधली पर उतर आये थे। सब ज़मींदारों के आदमी जिस दुकान से मौक़ा देखते, कौड़ी माँगते। दुकानदार कमज़ोर होता, तो कुछ देकर पिण्ड छुड़ा लेता। बिक्री के वक़्त झायँ-झायँ कर कौन अपनी दुकानदारी ख़राब करे? लेकिन जो दुकानदार दबंग होता, वह अड़ जाता। बात बढ़ती। शोर मचता। भीड़ इकट्ठी हो जाती। तब ख़बर पाकर जहाँ कहीं भी महाबीर, चतुरी, रमेसर वग़ैरा होते, भागे-भागे आ जाते और दुकानदार की तरफ़दारी कर ज़मींदार के आदमी को भगा देते। न्याय उनके पक्ष में होता। सब थू-थू करते ज़मींदारों के आदमी पर। इस तरह की एक-न-एक वारदात हर बाज़ार में ज़रूर होती।

इसी बात को पहले जाल का आधार बनाया गया था। तय हुआ था कि ज़मींदार का एक आदमी किसी दबंग दुकानदार से उलझेगा। जब महाबीर वग़ैरा उसकी तरफ़दारी करने आयेंगे, तो वह उनसे उलझ जायगा और एकाध को एकाध थप्पड़ भी लगा देगा। ज़ाहिर है, तब बात आप ही बढ़ जायगी। बाज़ार में तहलक़ा मच जायगा। तभी कहीं पास ही तैयार खड़ी पुलीस पहुँचेगी और महाबीर वग़ैरा को पकड़कर मारते हुए घसीट ले जायगी। इससे बाज़ार टूट जाने का ख़तरा था। लेकिन अब बाज़ार रहने ही से ज़मींदारों को क्या फ़ायदा था?

यह योजना अगर किसी कारण असफल हो जाय, तो दूसरा जाल उपयोग में लाया जानेवाला था। वह सीधा और अचूक था। एजेण्टों को ताक़ीद कर दी गयी थी कि बेबात के भी वे महाबीर वग़ैरा से झगड़ा मोल ले लें।

लेकिन दूसरे जाल की ज़रूरत न पड़ी। पहले ही जाल में चिड़ियाँ फँस गयीं। दारोग़ा, नायब और पचीस कान्स्टेबिल महाबीर, चतुरी और उनके छह साथियों को डण्डों से सूअर की तरह पीटते हुए सरे बाज़ार घसीट ले गये। दुकानदार डर के

मारे अपनी-अपनी दुकान बढ़ाकर भाग खड़े हुए। और लोग आँखें फाड़-फाड़कर देखते रह गये।

चतुरी की माँ को जब यह ख़बर मिली, वह छाती पीटती बेंगा के पास पहुँची।

दरबार लगा था। बेंगा बड़े सरकार के पाँव दबा रहा था। चतुरी की माँ चीख़ती हुई सीधे बड़े सरकार के पाँवों पर सिर पटककर बिलखती हुई बोली—मेरे बेटे को सिपाही पकड़ ले गये! दुहाई है बड़े सरकार की! हम मर जायेंगे! एक ही तो मेरा बेटा है। आप उसे छुड़वा दीजिये, बड़े सरकार...—और वह ऐसे फूट-फूटकर रोने लगी, जैसे उसका कलेजा ही कटा जा रहा हो।

बड़े सरकार ने पाँव खींचकर बेंगा से कहा—हटा इसे! क्या हुआ, कुछ मालूम भी तो हो। जैसी करनी, वैसी भरनी। कन्धे पर झण्डा झुलाते जब वह गाँव-गाँव घूमकर किसानों को भड़काता फिरता था, तब तो यह मेरे पास न आयी!

वैद्य जी बोले—हमने कितनी बार इन्हें समझाया था, मना करो उसे। मगर सुनता कौन है? अब सिर पर आ पड़ी, तो कैसे पुक्का फाड़-फाड़कर रो रही है!

पुजारी जी ने कहा—भगवान के यहाँ देर है अन्धेर नहीं। एक दिन हमसे भी वह उलझ गया था, बड़े सरकार। कहता था, यह धरम-करम सब ढोंग है। मैं तो जानूँ, यह ठाकुर जी के कोप का ही नतीजा है।

—मुसरी करे साँप से घर्रा!—पहलवान सौदागर ने मुँह बिचकाकर कहा—अपनी बिसात देखकर काम न करनेवाले का यही नतीजा होता है।

—अब कैसा मज़ा मिल रहा है!—शम्भू बोला—चाचा जी का सालों नमक खाकर अब उन्हीं के ख़िलाफ़ प्रचार करता फिरता था, बड़े सरकार!

बेंगा के जले पर ये बातें नमक की तरह छन-छन कर रही थीं। एक छन को उसके जी में तो आया कि वह भी कुछ सुना दे। लेकिन ग़म खाकर वह सिर झुकाये ही अपनी औरत को उठाने लगा। बड़े सरकार के पाँव वह छोड़ ही न रही थी। वह गिड़गिड़ाये जा रही थी। धरती पर बैठे कई किसान उठकर उसके पास आ पूछने लगे —कैसे पकड़ा गया? का हुआ था, चाची?...

बड़े सरकार ने घुड़ककर कहा—यहाँ शोर न मचाओ! हटाओ इसे!

किसान चतुरी की चीख़ती-चिल्लाती बेहाल माँ के हाथ छुड़ाकर उसे सँभाले हुए ले जाने लगे। बेंगा एक छन सिर झुकाये चुप खड़ा रहा। फिर अचानक बड़े सरकार के पाँवों पर गिरकर गिड़गिड़ा पड़ा—दुहाई है सरकार की! जिनगी-भर सरकार की ग़ुलामी की है। ईमान-धरम सब छोड़कर सरकार की ताबेदारी की है। सरकार के जूते उठाते-उठाते ही यह उमर हो गयी। कभी सरकार के सामने किसी

बात के लिए ज़बान न हिलायी। आज पहली बार सरकार से मिनती कर रहा हूँ! चतुरिया को छोड़ा दीजिये, बड़े सरकार! आपके पाँव पड़ता हूँ। बस, एक बार छोड़ा दीजिये, एक बार!...फिर कभी आपसे किसी बात के लिए कहूँ, तो मेरे मुँह पर जूता मारियेगा। बड़े सरकार! बड़े सरकार!...

बड़े सरकार ने पाँव खींचते हुए कहा—सौदागर, इसे फाटक से बाहर कर आ!

सौदागर उठकर बेंगा के हाथ छुड़ाने लगा, लेकिन उसके हाथ चमगादड़ के पंखों की तरह चिमटे हुए थे। वह गिड़गिड़ाकर दुहाई दिये जा रहा था। आख़िर ज़ोर लगाकर सौदागर उसके हाथ छुड़ाकर, उसे टाँगकर फाटक की ओर ले जाने लगा। बेंगा मछली की तरह छटपटाता 'बड़े सरकार-बड़े सरकार' चीख़ता जा रहा था।

मुँदरी हाथ में पान की तश्तरी लिये मुँह फुलाये खड़ी-खड़ी ख़ामोश निगाहों से सब देख रही थी और होंठ चबाये जा रही थी। सौदागर बेंगा को टाँगे-टाँगे फाटक के बाहर हो गया, तो झमककर मुँदरी ने तख़त पर तश्तरी पटक-सी दी और झम्म से पलटकर तेज़ क़दमों से चली गयी।

बड़े सरकार ने पंखा झलनेवाले से कहा —ज़रा गोपलवा को तो पुकार!

बेंगा की झोंपड़ी के सामने भीड़ लगी थी। चतुरी की माँ ऐसी छाती कूट-कूटकर विलाप कर रही थी, जैसे उसका बेटा मर गया हो। पास खड़े औरत-मर्द उसे समझा-बुझा रहे थे।

—कोई चोरी-डकैती में गया है कि तू इस तरह जान छोड़ रही है!

—अरे, दो-चार दिन हवालात में रखकर आप ही छोड़ देंगे।

—उसे कुछ न होगा, काकी, तू नाहक़ परेसान न हो।

—वह हम-सबका पियारा है, उसे कुछ होगा, तो का हम चुप बैठे रहेंगे?

—अरे, सबुर कर, भौजी, सबुर कर। चतुरिया कोई अकेले नहीं गया है कि पुलिसवाले उसे खा जायेंगे।

—अरे, उसको खा जाना कोई ठट्ठा है! हमारे बड़े सरकार भी उससे मन-ही-मन डरते हैं।

—मैं तो जानूँ, बड़े सरकार की भी इसमें साठ-गाँठ ज़रूर होगी। अभी तक हमने उनके खेत नहीं लिये चतुरिया के समझाने से ही तो। बड़े सरकार को ज़रूर इसकी भनक मिल गयी होगी।

—और तभी तो, अभी देखा नहीं, कैसा फटकार दिया! कोई दरवाज़े पर आये कुत्ते को भी इस तरह नहीं दुतकारता। काका-काकी ने तो जिनगी-भर उनकी ख़िदमत की है।

—आरे, ई ज़मींदार-रईस किसी के नहीं होते रे! बख्त पड़े पर तोते की तरह आँख चुरा लेते हैं।

—आरे, चुप रहऽ, बहिनी, चुप रहऽ। कपार बथे लागो।

—चुप कइसे रहसु? माई के जीउआ गाई अइसन, पुतवा के जीउआ कसाई अइसन।

—ऐसी का बात है रे? जो दुनिया-जहान के लिए जान हथेली पर लिये काम करता है, वह अपने माँ-बाप को ही दुख देगा?

—अरे भाई, ई सब काम ही ऐसा है। भगतसिंह कैसे हँसते-हँसते फाँसी पर झूल गये!

—और चतुरी के लिए ई कोई नयी बात है। पहले भी तो कई बार सिव बाबू के साथ थाना-जेहल देख चुका है।

—तब की बात और थी, भइया। कंगरेसियों के लिए तो जेहल में ससुराल का मज़ा था। कितना मोटाके आते थे सिव बाबू जेहल से!

सिर लटकाये हुए बेंगा पहुँचा, तो चतुरी की माँ और भी धाड़े मार-मारकर रोती हुई बोली—मेरे बेटे को छोड़ा लाओ, जैसे भी हो, छोड़ा लाओ!

औरतें उसे समझाती रहीं।

मर्दों में राय-बात होने लगी, क्या करना चाहिए। पड़ोस का बनिया सरूप बोला—अब इस रात को थाने जाना ठीक नहीं।

—अरे सरूप भाई, तुम तो बाज़ार गये थे न। कैसे का हुआ, तुमने कुछ देखा?

—देखने की कहते हो, हमारी दुकान के पास ही से तो सिपाही उसे पकड़कर ले गये।

—लेकिन हुआ का?

—अब का बताऊँ। कुछ भी कहा होता चतुरी ने या उसके किसी साथी ने तो कोई बात होती। लेकिन वहाँ तो जैसे पहले ही से सब मामिला ठीक-ठाक करके रखा गया था। हमारी दुकान के पास ही एक बूढ़ा किसान तरकारी लेकर बैठता है। आज- कल कौड़ी के बारे में जो धाँधली चल रही है, वह तो तुम लोग जानते ही हो। एक ज़मींदार का आदमी गोजी लिये उसके सामने खड़ा हो बोला, निकालो कौड़ी! बेचारे ने भरी दौरी दिखाकर कहा, अभी तो बोहनी भी नहीं हुई, कौड़ी कहाँ से दें? अकड़कर ज़मींदार का आदमी बोला, यहसब हम कुछ न सुनेंगे! कौड़ी निकालो नहीं तो दौरी उलट देंगे! और वह गोजी दौरी की ओर बढ़ाने लगा। बूढ़ा दोनों हाथों से दौरी को छेंकता हुआ बोला, ऐसी कोई रहजनी नहीं आयी है। बस, इसी पर तो उसने बूढ़े को एक झापड़ जमा ही दिया। हमसब उठकर बोले, यह का किया, ठाकुर? कि वह ज़ोर-ज़ोर से चिल्लाकर हमसब को गाली देने लगा। इस पर चारों ओर शोर मच गया। भीड़ के साथ चतुरी वग़ैरा भी आ पहुँचे। अभी वहसब

पूछ ही रहे थे कि का हुआ कि वह गोजी चलाने लगा। और फिर आँख झपकते ही जिधर देखो, लाल पगड़ी! जाने किस बिल से सिपाही-ही-सिपाही चारों ओर से चूहों की तरह निकल आये और बिना कुछ पूछे-पाछे महाबीर, चतुरी और उनके छह साथियों को मारते-पीटते घसीट ले गये। बेचारों के अख़बारों और झण्डों को भी फाड़ डाला।

—हूँ! ई तो साफ़ कारसाज़ी मालूम होती है, ज़मींदारों और सिपाहियों की।

—ज़रूर दाल में कुछ काला है।

—बात गम्हीर मालूम देती है। जाने उनके मन में का है।

—सरूप भाई, रमेसर भी पकड़ा गया का?

—रमेसर, कौन चौधरियों के टोलेवाला?

—हाँ, हाँ, वह भी उनके साथ था न?

—वह तो सायद...नहीं, वह नहीं था।

—तो सायद उससे कुछ पता लग सके। राय हो, तो चला जाय उसके पास।

—चलना चाहिए। जाने का होनेवाला है। चतुरी के सिर से ही यह बात ख़तम होनेवाली नहीं मालूम देती।

—कौन-कौन जायगा?

चार-पाँच जवान आगे आये।

—लाठी लेकर जाना। और लौटते ही ख़बर देना। खयका खाकर जाव तो अच्छा। जाने कितनी बेर लगे।

बेंगा को धीरज बँधाकर सब अलग हो गये।

चतुरी की माँ सुसुक रही थी। रोते-रोते गला जवाब दे चुका था। लस्त हो चुकी थी। ठेहुनों पर सिर डाले, आँखें मूँद निर्जीव-सी पड़ी थी। हिचकी आती, तो पूरी देह काँप जाती।

बेंगा झोंपड़ी में जा, टटोलकर ताक से तेल की कुप्पी ले पड़ोस से जला लाया और ओसारे के ताक पर रख दिया। पास ही मिट्टी की गगरी रखी थी। हिलाकर देखा, तो खाली थी। उठाकर कुएँ से पानी भर लाया। पीतल का लोटा साफ़ किया। और उसमें पानी लेकर चतुरी की माँ के पास जाकर बोला —ले, हाथ-मुँह धो ले।

—रख दऽ, —वैसे ही बैठी चतुरी की माँ बोली।

—धो ले, जी हलका हो जायगा,—उसका हाथ पकड़कर बेंगा बोला।

—तू रख दऽ,—हाथ छुड़ाती चतुरी की माँ बोली।

बेंगा ने तब वहीं बैठकर अपना हाथ-मुँह धोया और फिर लोटा भरकर उसके पास रखकर बोला—खाने-वाने को कुछ बनेगा?

ठुनककर वह बोली—पेट में राकस समाया है, तो जा ज़मींदार के पास। काहे को यहाँ आ गये? कोई मरे या जिये तुमसे का मतलब?

बेंगा के ओंठ बिचक गये। बोला—तेरे ही लिये कह रहा हूँ। मुझे तो बिलकुल भूख नहीं।

—तुम मेरी फिकिर न करो!

—अब तू मुझ पर तो नाहक़ ही बिगड़ रही है न। मैंने भला का किया? कितनी बार मैंने मना किया, लेकिन तेरे सामने मेरा बस चले, तब तो। सच कहूँ, तो तेरे लाड़ ने ही उसका मन इस तरह बढ़ा दिया।...

तभी पड़ोस के नगेसर की औरत आँचल के नीचे कुछ ढँके हुए आ गयी। खड़ी-खड़ी ही बोली—अरे, चाची अभी बैठी ही है!

बेंगा बोला—पानी लाकर कब से रखा है। यह किसी की सुनती है!

नगेसर की औरत आँचल के नीचे से छिपुली निकालकर, बैठकर बोली—उठो, चाची। जीव है तो जहान है। यह चने की लीटी नमक लगाके पकायी है। मुँह-हाथ धोकर खा लो। सोचा, अब इस हालत में तुम रोटी का बनाओगी।—और लोटा उसके हाथ में थमा दिया।

चतुरी की माँ लोटा हाथ में लेकर बोली —का करूँ, बेटी, सबुर नहीं होता। जाने किस हालत में हो। एक ही तो बेटा है।

—असमान में चाँद-सूरज भी एक-एक ही है, चाची। चतुरी देवर से एक दिन तुम देखना, मैं कहती हूँ, हमारे गाँव में उजाला फैलेगा। तुम उसकी नाहक़ चिन्ता न करो। सिपाही-जेहल से वह घबरानेवाला नहीं।...तुम अब खाकर आराम करो। उन्हें चौके में बैठाकर आयी हूँ। रमेसर से मिलने जाना है न।—और उठकर वह चली गयी।

गाँव के पूरब ओर की इस बस्ती 'भटोलिया' (भरों की टोलिया) को दस-बारह बीघे खेत गाँव से अलग करते हैं। यहाँ क़रीब अस्सी भरों, पाँच बनियों और दो रंगवों के घर हैं। भर खेती और भर-मज़दूरी करते हैं, बनिये दाल दलते हैं और क़स्बे के बाज़ार में बेचते हैं और रंगवे मिल का सूत बाज़ार से ख़रीदकर थान बुनते और बेचते हैं और इन घरों में बनियों के घर कुछ अच्छे हैं। सुबह चार बजे से ही उनके घरों से चक्कियों की आवाज़ आने लगती है। मर्द-औरत मिलकर चक्की चलाते हैं, धूप में पथार डालते हैं, ख़ुद्दी-भूसी छानते हैं, फटकते-छाँटते हैं, तब कहीं दिन-भर में एक बोरी दाल तैयार कर पाते हैं। दाल ही का पेशा ये कई पुश्तों से करते आ रहे हैं। इनके जीवन में, रहन-सहन में आज तक कोई फ़र्क़ नहीं आया। ये अपने लड़कों को हिसाब-किताब रखनेलायक़ ज़रूर पढ़ाते हैं। रंगवों और भरों के घरों में

कोई फ़र्क़ नहीं। एक-आध मिट्टी की कोठरी और एक ओसारे से ज़्यादा नहीं। सुबह मर्द बाग़ में ताना करने निकल जाते हैं। औरतें घर में बैठी चरखे पर नलियाँ भरती हैं। ओसारे में लगी मशीन पर मर्द दिन-भर ढकर-पेंच लगाये रहते हैं। चार दिन में कहीं जाकर ये मोटिये का एक थान तैयार कर पाते हैं। भर ज़मींदार से लगान पर खेत लेकर खेती करते हैं, ज़मींदार या महाजनों के यहाँ बेगारी और मज़दूरी करते हैं और क़स्बे में मज़दूरी और बाज़ार में मोटिहाई करने जाते हैं। रोज़ कमाने-खाने की बात सब पर लागू है। जाति-बिरादरी सबकी अलग-अलग है, लेकिन सामाजिक ज़िन्दगी सबकी एक है। सब एक-दूसरे को दादा-दादी, काका-काकी, भैया-भौजी कहते हैं। एक-दूसरे के सुख-दुःख में शामिल होते हैं। यहाँ औरत-मर्द में कोई फ़र्क़ नहीं, सभी काम करते हैं, सभी का कमाई में बराबर का हिस्सा रहता है। इसीलिए कभी किसी बात पर मर्द अगर औरत को डाँटता है, तो कभी औरत भी मर्द को डाँटती दिखायी पड़ जाती है। यहाँ घर में कोई किसी के ताबे नहीं रहता। गिरस्ती की चक्की में रात-दिन जुटे रहना ही उनका काम होता है, इसी चक्की का ही उनका सम्बन्ध होता है, इसी चक्की के इर्द-गिर्द जीवन का संगीत फूटता है, मुहब्बतें नर्म-गर्म साँसें लेती हैं, सुख-चैन मुस्कराते हैं, दुःख-विपदा रोते हैं, लड़ाई-झगड़े तेवर दिखाते हैं। वे खुलकर जिस तरह हँसते हैं, उसी तरह खुलकर रोते भी हैं। कहीं कोई दुराव-छिपाव, शर्म-लिहाज़ नहीं। सब सबको जानते हैं। किसी का कोई ऐसा छेद नहीं, जो सबको न मालूम हो। एकाध छेद हो, तो ढँका या छिपाया जाय, यहाँ तो छेद-ही-छेद हैं। अक्सर बच्चों को या कोई साधारण बात को भी लेकर यहाँ झगड़े उठ खड़े होते हैं। उस वक़्त पूरी बस्ती का उघटा-पुरान सुन लीजिये। औरतों का कूद-कूदकर लड़ना, गला फाड़-फाड़कर चिल्लाना, हाथ मटकाना, आँखें नचाना, बित्ता-बित्ता-भर जीभ निकालकर चिढ़ाना और कभी-कभी हाथापायी पर भी आ जाना यहाँ का एक साधारण दृश्य होता है। यह सब होता है, अक्सर होता है, लेकिन कोई बात है कि किसी के मन पर मैल आ जाय। दो घड़ी के बाद फिर एक, तालाब के पानी की तरह सब शान्त।

इनके घर, घर के सामने के चबूतरे हमेशा साफ़-सुथरे और लिपे-पुते होते हैं, लेकिन पास की गली को गन्दा करने, उसमें कूड़े-कचरे का ढेर लगाने में सबका बराबर का हिस्सा होता है, इन गलियों की सफ़ाई सिर्फ़ आँधियाँ करती हैं और बरसात का पानी ही उन्हें धोता है।

इस बस्ती से क़रीब बीस बीघे पर, गाँव के दक्खिन ओर चमारों, दुसाधों और बँसफोरों की बस्ती चमरवटिया है। दो छवरें इसे गाँव से जोड़ती हैं। ये छवरें काफ़ी नीची हैं। इनके दोनों किनारों पर घूरों की क़तारें चली गयी हैं और बीच में पड़ा कूड़ा-कचरा बराबर सड़ता रहता है और हमेशा बदबू का वह भभका

उठता रहता है कि नाक नहीं दी जाती। आँधी और बारिश भी इन छवँरों को साफ़ करने में असमर्थ रहती हैं, बल्कि बरसात-भर तो उनमें पानी भी जमा होकर सड़ता रहता है।

इधर चमरवटिया हर गाँव के दक्खिन ओर ही होती है। इधर दक्खिनी हवा नहीं के बराबर बहती है। इसीलिए समाज के अछूतों और उनकी बस्ती की गन्दी हवा से गाँव की ऊँची जातियों की रक्षा के लिए चमरवटिया हर गाँव में दक्खिन की ओर ही बसायी जाती है।

चमरवटिया के एक कोने में एक ताड़ीख़ाना है, जहाँ ताड़ों के पत्तों और धंसों की झोंपड़ी में पासी का कुटुम्ब रहता है। ज़रूरत पड़ने पर पासी ऊँची जातिवालों के घर ख़ुद ही ताड़ी पहुँचा देता है, लेकिन नीच जातिवाले वहीं आकर ताड़ी पीते हैं। एक ग़रीब बनिये ने वहाँ एक चिखने की छोटी-सी दुकान खोल रखी है, जिसमें चने की कुछ चरपरी चीज़ें बिकती हैं। यहाँ शाम को रोज़ पीनेवालों में ज़रूर कोई-न-कोई टण्टा उठ खड़ा होता है। पैसा पास हो, तो चमरवटिया के सब औरत-मर्द ताड़ी पियें। लेकिन पासी से पूछा जाय, तो वह बतायेगा कि दुकान चमरवटियावालों से नहीं, गाँव के महाजनों के जवान लड़कों और उस राह जानेवाले राहगीरों से चलती है।

चमार और दुसाध अपने ख़ानदानी पेशे, मरे जानवरों की खाल से चमरौधे जूते बनाने और सूअर पालने के साथ ज़मींदार से लगान पर खेत लेकर थोड़ी-बहुत खेती भी करते हैं। चमारों की औरतें बच्चा जनाने और सौर कमाने का काम करती हैं। ब्राह्मणों की तरह गाँव के घरों की जजमानी इनमें भी बँटी हुई है। पुश्तों से यह जजमानी चली आ रही है। जिस चमार के हिस्से जो घर पड़ा है, उसका मरा जानवर उसे ही मिलता है और उस घर की सौर उसी चमार की औरत कमाती है। इस सेवा के बदले साल में एक बार उसे जौरा मिलता है। इस जौरे की क़ीमत पैसों में आँकी जाय, तो आठ आने से अधिक न होगी। तर-त्योहारी और शादी-ब्याह पर नेग भी मिलता है। बँसफोर बाँस की दौरी, बेना, झपोंला आदि बनाकर गाँव में या बाज़ार में बेचते हैं और गदहे पालते हैं। इन गदहों पर वे किराये पर घूरों की खाद खेतों में पहुँचाते हैं। ये ज़मींदार और बड़े महाजनों की टट्टियाँ भी कमाते हैं। ज़रूरत पड़ने पर ये सब ज़मींदार के यहाँ बेग़ार भी करते हैं।

ख़ास गाँव में क्षत्रिय, बनिये, कोइरी, तेली, ब्राह्मण और आठ-दस मुसलमानों के घर हैं। क्षत्रिय, कोइरी और मुसलमान खेती करते हैं। इनमें कुछ के पास अपनी काश्तकारी है, अधिकतर लगान पर ही खेत लेते हैं और इनकी हालत भी भरों की ही तरह है। बनिये और तेली दुकानदारी और लेन-देन का काम करते हैं। तीन घर ब्राह्मणों के हैं। ये सिर्फ़ जजमानी करते हैं। गाँव में बड़े सरकार की हवेली और

शिवप्रसाद की कोठी दूर से ही नज़र आती हैं, और ऐसी लगती हैं, जैसे मिट्टी की टूटी-फूटी सैकड़ों क़ब्रों के बीच दो पत्थर के ऊँचे स्मारक खड़े हों!

जेठ में किसानों के घर में कुछ अनाज होता है। एक-दो बजे दिन तक जोताई करने के बाद उन्हें फ़ुरसत मिल जाती है। इसीलिए हर टोले में शाम होते ही अखाड़े जाग उठते हैं। चमरवटिया का अखाड़ा अलग, भटोलिया का अखाड़ा अलग, और गाँव के तीन अखाड़े अलग। गाँव के सभी जवान किसान और लड़के अखाड़ों में पहुँच जाते हैं और लँगोट कसकर कसरत करते हैं और कुश्ती लड़ते हैं। अखाड़ों में जोड़ छूटते हैं, तो गाँव के चारों ओर ताल ठोंकने की आवाज़ें गूँजने लगती हैं। अखाड़ों पर टिमकी बजती है, और फर्री (मर्दों का करताल के साथ नाच) और बिरहे की तानें लहराती हैं। बरसात शुरू होने तक, जब तक किसानों के घर में अनाज रहता है, और फ़ुरसत होती है, शाम के ये मनोरंजन, खेल-तमाशे चलते रहते हैं।

लेकिन आज शाम से ही सन्नाटा छाया हुआ था। अचानक का यह सन्नाटा बड़ा ही ख़ौफ़नाक था, लगता था, जैसे किसी राक्षस ने अचानक गाँव का गला ही दबा दिया हो। न अखाड़ों का शोर, न तालों की आवाज़, न टिमकी की टिम-टिम, न करतालों की झनकार, न बिरहों की तानें। एक दहशत की चादर ओढ़े जैसे सारा गाँव ख़ामोश पड़ा हो।

चतुरी की माँ ने जो रुचा-पचा, खाकर दो लोटा पानी पिया। बेंगा ने खटोली लाकर सहन में बिछाकर कहा —अब लेट रह।

चतुरी की माँ बिलकुल लस्त हो गयी थी। वह लेट गयी। पास ही बेंगा बैठा रहा। बड़ी देर तक दोनों ख़ामोश रहे, जाने क्या-क्या सोचते रहे।

नगेसर की औरत हुक्की लाकर बेंगा के हाथ में थमाती हुई बोली—खाया कुछ काकी ने?

—हाँ। वह तुम्हारी छिपुली रखी है, लेती जाओ। नगेसर गया?

—हाँ,—और वह छिपुली उठाकर चली गयी।

बेंगा ठेहुने पर नारियल रख, सिर झुकाकर, हुक्की पुड़पुड़ाने लगा। देर-देर तक वह छेद पर यों ही मुँह रखे रहता और फिर ऐसे पुड़ कर देता, जैसे रह-रहकर उसे होश आ जाता हो, कि उसके हाथ में हुक्की भी है।

बहुत देर के बाद हुक्की से मुँह हटाकर वह बोला—चतुरी की माई।

—का हऽ?—धीमे से वह बोली।

हुक्की पर पुड़ करके उसने कहा—चतुरी की माई, सारी जिनगी बेकार चली गयी।—और उसने एक लम्बी साँस छोड़ दी।

वह कुछ न बोली।

—पेंगा ठीक कहता था,—वह डूबा-डूबा-सा बोलता गया—मगर मैंने उसकी बात न मानी।...मेरे ही सबब से पेंगा की जिनगी ख़राब हुई।...मेरी अपनी भी जिनगी ख़राब हुई।...और चतुरिया को भी मैं ही ले डूबा।...वह अब कभी मुझसे आँख मिलाकर बात नहीं करता। कभी पियार से काका नहीं कहता। हमेशा जैसे एक गुस्से, एक नफ़रत में भुनता रहता है।...

—ऐसे तो मैंने नहीं देखा,—चतुरी की माँ बोली।

—लेकिन मुझे तो ऐसा ही लगता है,—हुक्की में पुड़ करके सिर झुकाये ही बेंगा बोला—सायद मेरे दिल में ही एक चोर बस गया है।...मैं ही उससे आँख नहीं मिला पाता। जब-तब उसे डाँट देता हूँ, गाली बक देता हूँ।...फिर भी वह कुछ कहता नहीं, चतुरी की माई। आँखें झुकाकर सामने से हट जाता है और मुझे ही दोसी बनाकर छोड़ देता है।...मुझे लालसा ही रह गयी, चतुरी की माई, कि कभी वह भी मुझसे लड़ता-झगड़ता, जैसे एक जवान बेटा अपने बूढ़े बाप से लड़ता-झगड़ता है, कभी वह भी मुझे डाँटता-फटकारता कि यह ज़मींदार की ग़ुलामी मैं किसलिए कर रहा हूँ, कभी वह भी मुझे समझाता-बुझाता कि मैं का करूँ, कैसे रहूँ? आख़िर वह पढ़ा-लिखा है, समझदार है। लोग उसकी समझ-बूझ की तारीफ़ करते हैं, तो मुझे कितनी खुसी होती है। वह सारी दुनिया को समझाता फिरता है, मुझे कुछ काहे नहीं समझाता, चतुरी की माई, काहे?—और उसकी आवाज़ भर्रा गयी।

—तुमसे वह डरता है, चतुरी के काका,—चतुरी की माँ बोली।

—मुझ-जैसे नालायक बूढ़े से डरता है वह? तुम भी मुझसे मनचरचा कर रही हो, चतुरी की माई?—रोनी-सी आवाज़ में बेंगा बोला।

—मनचरचा नहीं करती। उसकी कही बात ही कह रही हूँ। सच, चतुरी के काका, वह तुमसे बहुत डरता है। तुम उसके बाप हो न!

—जो ज़मींदारों, महाजनों और सिपाहियों को सरेआम गाली देता चलता है, मुझ बूढ़े बाप से डरता है? मुझे नरक में न डालो, चतुरी की माई!

—तुम ही तो उसे डाँटते-फटकारते रहते हो।

—मुँह की ही बात तू देख रही है न। मेरे दिल की भी तू अगर कुछ जानती! साम को चरकर जैसे गाय अपने बछड़े के लिए हुँकड़ती आती है न, उसी तरह मेरा दिल चौबीसों घण्टा हुँकड़ता रहता है। कभी तो जी में आता है, चतुरी की माई, कि उसे पकड़कर कलेजे से लगा लूँ और गाय की तरह ही उसे चूमूँ, चाटूँ...लेकिन हिम्मत नहीं पड़ती, चतुरी की माई, मुझे डर लगता है।

—काहे?

कई बार बेंगा ने हुक्की से पुड़-पुड़ की। फिर जैसे तड़पकर बोला —मैं उसका बाप होने लायक नहीं, चतुरी की माई!—और ज़ोर-ज़ोर से वह हुक्की पुड़पुड़ाने लगा, जैसे उसे लगा हो कि यह कैसी बात उसके मुँह से निकल गयी।

फिर बड़ी देर तक ख़ामोशी छायी रही। बीच-बीच में कभी हुक्की पुड़ से बज उठती।

—इस ग़ुलामी ने मुझे बाप भी न रहने दिया, चतुरी की माई,—आख़िर बेंगा बोलने पर मजबूर हुआ —मुझे हर छन ऐसा ही लगता है कि मैं चतुरी का बाप नहीं।...ओह, इस ग़ुलामी के सबब से मुझे ज़मींदार का कैसा-कैसा काम नहीं करना पड़ता! चतुरी की माई, मेरा दोनों लोक नसा गया।...चतुरिया को जब मालूम होगा कि उसका बाप ज़मींदार के लिए...नहीं, चतुरी की माई, मेरा मर जाना अच्छा...लेकिन अब...अब...चतुरी की माई, मैं अपने बेटे का बाप नहीं, दुसमन हूँ...जो कुछ भी उसे पियारा है, उस सबका मैं दुसमन हूँ।...मेरा मर जाना ही...

—ई सब का बकने लगे?...ज़रा जाकर देखो, रमेसर के यहाँ से अभी कोई लौटा कि नहीं।

—तू नहीं समझेगी, चतुरी की माई, नहीं समझेगी!—और उसने हुक्की से चिलम उतार उलट दी और उसी पर हुक्की टिकाकर उठने ही वाला था कि पीछे एक गोजी धरती पर धप से बज उठी। इस गोजी की आवाज़ बेंगा पहचानता था। वह सहमकर पलटा।

सौदागर कह रहा था—चल, बड़े सरकार ने बुलाया है।

—चतुरी की माई की तबीयत ख़राब है, पहलवान। मैं सुबह...

—मैं कुछ नहीं जानता, चलकर जो़ कहना है, बड़े सरकार से कह! मैं तो बड़े सरकार के हुकुम का बन्दा हूँ।—और उसने गोजी के सिर पर अपनी ठुड्डी टिका दी!

—चतुरी की माई,—बेंगा बोला।

लेकिन चतुरी की माँ ने करवट बदल ली।

—पहलवान, तुम चाहो, तो...—गिड़गिड़ाकर बेंगा बोला।

—मैंने कहा न, मैं बड़े सरकार के हुकुम का बन्दा हूँ!

बेंगा उठकर बोला—अच्छा, चलो।—और उसने आगे बढ़कर नगेसर की औरत को पुकारकर कहा—ज़रा ख़ियाल रखना। सरकार ने बुला भेजा है।

—ऐसा भी का, काका,—लेकिन तभी सौदागर को देखकर नगेसर की औरत बोली—अच्छा, जाव।

उस वक़्त बेंगा वैसे ही सौदागर के पीछे-पीछे जा रहा था, जैसे किसी बैल को क़साई खींचता ले जाता है।

सुबह ने अभी आँखें भी न खोली थीं कि गाँव की गलियों में बूटों की आवाज़ें गूँज उठीं। आँखें खुलीं, तो रात की आशंका सामने थी।

बेंगा रात-भर सोया न था। सुबह थाने जाने की बात थी। लेकिन इस वक़्त तो सबको अपनी-अपनी पड़ी थी। कोई साथ जानेवाला न मिला। दो घड़ी की छुट्टी लेकर बेंगा अकेले चल पड़ा। चतुरी की माँ ने उसकी अँगौछी में थोड़ा चबेना और एक पिड़िया गुड़ बाँध दिया। और ताक़ीद कर दी कि चतुरी को वह अपने सामने खिला दे। जाने उसके लाला को रात कुछ खाने का मिला या नहीं।

थाने के क़रीब बाग़ के पास बेंगा पहुँचा, तो उसे पुलिसवालों ने रोक दिया। बूढ़ों को आगे जाने की मनाही थी। वहाँ बेंगा की ही तरह सैकड़ों बूढ़े-बूढ़ियाँ खड़े थे। बात होने पर मालूम हुआ कि वे सब एक ही विपत्ति के मारे थे। सबके लड़कों को सिपाही पकड़ लाये थे। सब उदास थे और उनकी मलिन आँखें बाग़ में अपने लालों को ढूँढ़ रही थीं। बेंगा का माथा ठनका कि कहीं चतुरी को भी तो भरती के लिए उन्होंने नहीं पकड़ा है?

बाग़ में तीन रावटियाँ पड़ी थीं। चारों ओर लाल और नीली पगड़ियाँ दिखायी पड़ रही थीं। पुलिसवाले चारों ओर से भेड़ों की तरह घेरे हुए जवानों को लाते थे, उन्हें क़तार में खड़ा करते थे और नाम-पता लिखकर ट्रक में भर देते थे। ट्रक बाग़ के बाहर आती, तो उसके अन्दर से झाँकती हुई डरी आँखें दिखायी पड़तीं और काका, चाचा, माई, भैया के करुण चीत्कार सुनायी पड़ते। कई बूढ़े-बूढ़ियाँ ट्रक के पीछे नाम ले-लेकर चीख़ते हुए दौड़ पड़ते, लेकिन ट्रक उनकी आँखों में धूल झोंककर आगे निकल जाती।

मेले में खोये हुए बच्चे की तरह मन-ही-मन बिलबिलाता हुआ बेंगा बाग़ के बाहर चक्कर लगाता हुआ अन्दर अपने चतुरी को वैसे ही ढूँढ़ रहा था, जैसे बच्चा अपने माँ-बाप को। जो भी जान-पहचान का मिल जाता, उसी से पूछता—चतुरी कहीं दिखायी पड़ा?—चतुरी को पहचाननेवाली वहाँ सैकड़ों आँखें थीं। जब किसी ने भी हाँ में जवाब न दिया, तो उसे पूरा शक हो गया कि चतुरी को भी ट्रक में भरकर कहीं भेज दिया गया।

जिधर से रावटियाँ बिलकुल नज़दीक पड़ती थीं, बेंगा खिसकता-खिसकता उधर ही जाकर खड़ा हो देखने लगा। उसे अचानक नीली पगड़ी बाँधे अपने गाँव का चौकीदार नज़र आ गया। बेंगा खड़ा-खड़ा इन्तज़ार करने लगा कि वह आये, तो उससे पूछे। उसे तो सब मालूम होगा।

रावटी के पास ही तीन कढ़ाइयाँ चढ़ी हुई थीं और दन-दन पूड़ियाँ उतर रही थीं। और थोड़ी ही दूर पर खड़ी भीड़ में चंग की थाप पर ऊँची आवाज़ में क़स्बे का मशहूर गवैया गा रहा था—

बन जा रे रँगरूट
याँ तू पहने फटी लीथड़ी

वाँ पहनेगा बूट
याँ तू पहने फटे चीथड़े
वाँ पहनेगा सूट
बन जा रे रँगरूट...

बड़ी देर के बाद एक बार चौकीदार से बेंगा की आँखें मिलीं, तो उसने इशारा करके बुलाया। चौकीदार इधर-उधर से कतराता, आँखें बचाता, बड़ी देर में बेंगा के पास आया और चलता हुआ ही, बिना बेंगा को कुछ पूछने का मौक़ा दिये, बता गया कि चतुरी वग़ैरा का तो रात ही ज़िले को चालान हो गया।

(६)

मुँदरी का माथा चतुरी के बारे में सुनकर रात से ही गरम था। वैसी कोई बात होती है, तो उसे दुख कम और गुस्सा ज़्यादा आता है, उसकी आँखों से आँसू नहीं झरते, लुत्तियाँ छिटकती हैं। यह कमज़ोर आदमियों के अन्धे गुस्से या पुआल की तरह भक से जलकर राख हो जानेवाला नहीं होता, ख़ुद का ख़ून जलानेवाला, दौरे की तरह बेक़ाबू और बेबस करनेवाला नहीं होता। वह गुस्सा उस आग की तरह होता है, जो भूसे के ढेर में अन्दर-ही-अन्दर बिना धुआँ दिये जलती रहती है, जिसे उटकेरने से ही पता चलता है कि कितनी आग जाने कब से बनी पड़ी है। मुँदरी के दिल और दिमाग़ को उटकेरनेवाली कोई बात हो जाती, तभी पता चलता कि उसके अन्दर कितनी आग ढँकी हुई पड़ी थी। अन्दर-ही-अन्दर हमेशा जलती रहनेवाली इस आग को हवा उस नफ़रत से मिलती थी, जो मुँदरी के अन्दर शुरू से ही पैदा हुई थी और जो उसकी उम्र के साथ-साथ ही गर्भ के बच्चे की तरह उसका ख़ून पीकर पली थी, बढ़ी थी।

ऐसे अवसरों पर वह ख़ामोश हो अपने कमरे में जा बैठती और रेल की पटरियों की तरह सीधे उसका दिमाग़ अपने जीवन के छोड़े हुए स्टेशनों की तरफ़ चल पड़ता। वह एक-एक स्टेशन पर रुकती, वहाँ के अपने क़याम के बारे में सोचती और एक-एक बात वैसे ही याद करती, जैसे कोई लड़का अपने सबक़ दुहराया करता है। वह एक सबक़ भी भूलना न चाहती थी। ये सबक़ ही उसकी नफ़रत की जान थे। उसके गुस्से की ताक़त थे। और यह नफ़रत, यह गुस्सा ही उसकी ज़िन्दगी थे, जैसे माँ के लिए उसका बच्चा होता है। यह नफ़रत, यह गुस्सा न होते, तो मुँदरी मुँदरी न होती।

मुँदरी को अच्छी तरह याद था कि होश सँभालने के बाद वह कितनी बार रोयी थी। पहली बार ताल्लुक़ेदार का थप्पड़ खाकर, दूसरी बार अपनी माँ से बिछुड़कर और तीसरी बार...

बड़े सरकार के यहाँ आने के क़रीब चार महीने बाद की बात है। एक दिन सुबह एक हाथ में जलपान की तश्तरी और दूसरे में दूध का गिलास लिये मुँदरी दीवानख़ाने पहुँची, तो रोज़ की जगह बड़े सरकार को न देख, दरवाज़े पर सिर झुकाये, अनमने-से खड़े बेंगा से पूछा—बड़े सरकार कहाँ हैं?

सिर झुकाये ही बेंगा का शरीर काँप-सा गया। उसके मुँह से कोई लकार न निकली।

मुँदरी ने आँखें मलकाकर कहा—बोलते काहे नहीं? उनके लिए जलपान लायी हूँ।

बेंगा ने काँपते हुए स्वर से कहा—अ-अन-दर हैं। तुम्हें वहीं...

अन्दर तो नहीं हैं,—मुँदरी ने कहा।

बेंगा की जीभ ऐंठ-सी रही थी। बड़े सरकार ने उससे जो कहने को कहा था, जहाँ उसे पहुँचा देने को कहा था, उससे कहते या करते न बन रहा था। और मुँदरी को आज तक यह न मालूम था कि जिस दीवानख़ाने से वह परिचित है, उसके अन्दर भी एक दुनिया बसी है। एक दिन मुँदरी को उस दुनिया से परिचित कराने का काम बेंगा को ही करना पड़ेगा, उसे कहाँ मालूम था? इस वक़्त बेंगा की हालत 'भई गति साँप छछूँदर केरी', वाली हो रही थी। वह मन-ही-मन मना रहा था कि मुँदरी बिना उससे कुछ पूछे ही वापस चली जाय, तो कितना अच्छा हो।

लेकिन भोली मुँदरी यहसब क्या जाने? वह फिर बोल पड़ी—का हुआ है तुम्हें? बताते काहे नाहीं?

बेंगा के काँपते पाँव उठे, तो उसकी कौन-सी रग चिटख गयी, किसी को क्या मालूम? आँख मूँदे-सा ही उसने बढ़कर काँपते हाथ से आलमारी की तरह दिखायी देनेवाले दरवाज़े को खोल दिया।

मुँदरी ने झाँककर कहा—अरे, इसके अन्दर भी कोठी है! मुझे तो मालूम ही न था!

लेकिन तब तक बेंगा उसकी बात सुनने के लिए वहाँ खड़ा न था।

चकित हिरनी की तरह मुँदरी ने पाँव बढ़ाया। संगमरमर के चिकने फ़र्श पर उसके पाँव थमे। सामने ख़ूब बड़ा हरी-हरी दूबों का आँगन था। आँगन के चारों ओर ओसारों से लगकर चौड़ी-चौड़ी फूलों की क्यारियों की कतारें थीं। रंग-बिरंग के ख़ूबसूरत फूल सूरज की पहली किरणों को मुँह उठाकर चूम रहे थे। आँगन के बीच

में एक गोल संगमरमर का चंबूतरा था। उसके चारों ओर भी पतली-पतली फूलों की क्यारियाँ थीं। उसी चबूतरे से चारों ओर ओसारों तक लाल-लाल, पतली-पतली रविशें गयी थीं, जिनके दोनों ओर फूलों के गमले सजे थे। ओसारों के किनारे-किनारे फूलों की क्यारियों के गोट बनाते-से गमलों की क़तार थी। आँगन से ओसारों पर चढ़ने की चारों सीढ़ियों पर भी दोनों ओर गमले रखे हुए थे। आँगन के पच्छिम और उत्तर के कोने में हवेली के हाते की ही तरह का एक हाथ-पानी-कल लगा हुआ था। दीवानख़ाने की ओर सिर्फ़ ओसारा था, लेकिन बाक़ी तीन ओर कमरे थे। दीवारों पर बराबर-बराबर दूरी पर लटकी हुई छोटी-बड़ी हरी-हरी चिकें बता रही थीं कि उनके पीछे दरवाज़े और खिड़कियाँ हैं।

मुँदरी को ताज़्जुब हो रहा था कि ऐसी ख़ूबसूरत जगह पर भी ऐसा सन्नाटा क्यों छाया हुआ है? एक चिड़िया भी यहाँ कहीं इस सुहाने वक़्त क्यों नहीं बोलती है? वह सोचने लगी, दो महीने यहाँ आने को हुए, मुझे तो इस जगह का पता ही नहीं था, यहाँ इतने सारे कमरे हैं, मैं किस कमरे में बड़े सरकार को ढूँढ़ूँ?

उसने एक बार इधर-उधर देखा। फिर हलके क़दमों से ज़रा सहमी-सहमी बायीं तरफ़ के बरामदे की ओर बढ़ी। न चाहते हुए भी उसकी पायलें झुन्न-झुन्न बज उठीं। तभी आवाज़ आयी—मुँदरी! इधर-इधर!

मुँदरी ने आँखें उठाकर देखा। पच्छिम के बीच की एक बड़ी चिक उठी थी और उसके पीछे बड़े सरकार हाथ उठाये खड़े थे। मुँदरी उधर ही तेज़ी से बढ़ी।

बड़े सरकार एक बड़ी किश्तीनुमा आरामकुर्सी पर टाँग लटकाये ज़रा झूलते-झूलते-से बैठे मुस्कराये जा रहे थे। उनके सामने की छोटी मेज़ पर जलपान की तश्तरी और दूध का गिलास रखकर, ज़रा हटकर खड़ी हो, मुस्कराती हुई सोने की नन्हीं-नन्हीं घण्टियों के-से स्वर में मुँदरी बोली—यह जगह तो मैंने देखी ही न थी!—और उसने एक उड़ती-सी नज़र चारों ओर डाली। कमरा बहुत बड़ा था और ख़ूब सजा हुआ था।

—यह जगह देखना सबको नसीब नहीं होता, मुँदरी,—मानीख़ेज़ नज़रों से उसकी ओर देखते हुए बड़े सरकार ने कहा।

—काहे?—फैली हुई आँखों से अपने दायीं ओर ज़रा दूर एक झालरदार चाँदनी के नीचे पड़े हुए बड़े पलँग की ओर, जिस पर रेशमी चादर पड़ी थी और कितने ही गोल, चौकोर, लम्बे मखमली तकिये सजाकर रखे हुए थे, देखते हुए मुँदरी ने कहा।

—मेरा वह पलँग तुझे कुछ नहीं बता रहा है?—भेद-भरी मुस्कराहट के साथ बड़े सरकार बोले।

मुँदरी का सिर 'ना' में हिलने ही वाला था कि उसकी निगाहें छत के नीचे दीवारों पर क़तार में टँगी बड़ी-बड़ी तस्वीरों पर जा पड़ीं और सिर बीच में ही झुक गया।

वह नंगी तस्वीरें देखकर उसका मन घिन से भर गया और दिमाग़ में इस जगह की असलियत उभर आयी। वह अपने पर क़ाबूपा धीमे से हँस पड़ी। लगा, जैसे चाँदी की लटकी एक मोटी ज़ंजीर पर किसी ने एक हलकी चोट की हो।

—तो समझ में आ गया! यह मेरा ऐशगाह है। यहाँ उसी की रसाई होती है, जिसे मैं उस पलँग की ज़ीनत बनाना चाहता हूँ। आज तुझे दिखा देना ज़रूरी हो गया। क़रीब एक महीना हुआ, पुजारी ने तेरे बारे नें एक बात बतायी थी। उस वक़्त, तो मैं टाल गया। सोचा, तू तो घर की है, जल्दी क्या है। लेकिन रानी जी ने रात तेरे बारे में जो बात कही, उसे सुनकर अब देर करना ठीक नहीं लगा। तूने उनसे कुछ कहने के लिए कहा था?—आँखें उठाकर बड़े सरकार बोले।

—जी,—सिर झुकाकर मुँदरी बोली।

—यह क्या पागलपन सूझी है तुझे? मेरे रहते तेरी नज़र उस पर उठी ही कैसे?

—मैं अपनी अवकात समझती हूँ, बड़े सरकार।

—तू कुछ नहीं समझती! तू मेरी ससुराल की तोहफ़ा है। इसके पहले कि तुझ पर किसी की आँखें उठें, उन आँखों को मैं फोड़वा दूँगा! तेरी जगह यह है, मेरे नौकर-चाकरों की झोंपड़ी नहीं। ऐसी बात फिर कभी ज़बान पर न लाना, वर्ना किसी को भी गोली से उड़ाते मुझे ज़रा भी देर नहीं लगती।...तुझे ही देखकर तो ज़रा सब्र होता है, वर्ना तेरी उन सुखण्डी रानी जी में क्या रखा है। हड्डी न चिंचोड़ना, उनके पास सोना। क्यों री, यह बेहोशी की बीमारी उन्हें वहाँ भी होती थी?

धक धक करते कलेजे पर क़ाबूपा किसी तरह मुँदरी बोली—जी, नहीं।

—यह मैं नहीं मान सकता! मुझे धोखा दिया गया है! ठीक बता!

—ठीक ही कह रही हूँ, बड़े सरकार। वहाँ तो वह बिलकुल ही अच्छी थीं। यहाँ आते ही उन पर इस तरह का दौरा पड़ने लगा। जान बख़्सें, तो एक बात कहूँ?

—कह!

—मैं तो जानूँ कि सरकार ही ने कुछ कर दिया है,—कहकर मुँदरी ने होंठ काटा।

बड़े सरकार हँस पड़े। बोले—आज जाकर तूने मज़े की एक बात की है। तेरे रिश्ते की मैं क़दर करता हूँ। आख़िर तू मेरी साली ही तो लगेगी। लेकिन तुझे तो सब मालूम है। सच कहता हूँ, जैसे ही मैं तेरी रानी जी की ओर हाथ बढ़ाता हूँ, जाने उन्हें क्या हो जाता है कि वह काँपने लगती हैं और दूसरे ही छन उनके दाँत लग जाते हैं, बदन बर्फ़ की तरह ठण्डा हो जाता है। तू तो सब जानती ही है। मैं तो भर पाया।...अब वे सारे अरमान मैं तुझसे ही पूरा करूँगा।...उधर के बकसे देख रही है न। उनमें तरह-तरह की पोशाकें रखी हैं, दिन को तू लौंडी भले ही रहे, रात को तो मैं तुझे रानी बनाकर ही छोड़ूँगा। भगवान् ने तुझे सूरत भी क्या दी है! सच कहता हूँ, तू ज़रा अच्छे कपड़े पहनकर, बन-ठनकर रहे, तो तेरी रानी जी भी तेरे सामने

पानी भरें।—कहकर बड़े सरकार उठकर मुँदरी की ओर बढ़े, तो मुँदरी भय से काँप उठी। ऐसा भय उसने जीवन में पहले कभी भी अनुभव न किया था। उसका शरीर सीधा खड़ा था, पर उसके अन्दर मौत की सनसनाहट दौड़ रही थी। ऐसे मौक़े उसके जीवन में पहले भी कई बार आये थे, और उन्हें उसने जैसे मुँह से फूँक मारकर उड़ा दिया था। लेकिन आज...आज उसे लगा कि एक भयंकर राक्षस अपने खूँखार पंजे उसकी ओर बढ़ाये आ रहा है और उन पंजों को मोड़ने की ताक़त उसमें नहीं है। मुँदरी की आँखें काँपकर मुँद गयीं। बड़े सरकार की उँगलियाँ उसके हाथ पर पड़ीं, कि तभी जाने कैसे बिजली कौंधी कि मुँदरी ज़ोर से ठहाका लगा उठी। लगा, जैसे किसी मदमस्त हथिनी ने ज़ोर लगाकर अपने पाँवों में बँधी हुई लोहे की मोटी-मोटी कई ज़ंजीरों को एक झटके में तोड़ दिया हो।

बड़े सरकार ने सहमकर अपना हाथ ऐसे हटा लिया, जैसे वह बिच्छू के डंक पर पड़ गया हो। आँखें झपकाते हुए वह बोले—तू इस तरह क्यों हँसती है?

सँभलकर मुँदरी बोली—मेरा यह सुभाव हो गया है।...आप जलपान कर लीजिये। रानी माँ और रानी जी की पूजा को देर हो रही है।

बड़े सरकार ने एक बार आँखें उठाकर उसकी अंगारों की तरह लाल आँखों और अलावों की तरह गालों की ओर देखा और चुपचाप बैठकर तर हलुए में चम्मच घुसेड़ दिया।

थोड़ी देर तक ख़ामोशी छायी रही। लेकिन वह ख़ामोशी भी जैसे दो ज़बानों से कहीं ज़्यादा बोल रही थी। उसे बड़े सरकार भी कई कानों से सुन रहे थे और मुँदरी भी।

बड़े सरकार ने जब दूध का गिलास उठाया, तो मुँदरी ने सिर झुकाकर कहा—जान बख़्सें, तो एक बात और कहूँ?

बड़े सरकार ने होंठों से गिलास लगाये हुए ही कहा—कह।

—मैं तो सरकार की जिनगी-भर की लौंडी हूँ ही। सरकार के हुकुम के बाहर कैसे जा सकती हूँ?—मुँदरी ने एक बार पलकें उठाकर बड़े सरकार को देखा, फिर झुकाकर आगे कहा—पेंगा से सादी हो जाने के बाद भी तो मैं आपकी ही रहूँगी। आप उससे मेरी शादी करा दीजिये! बड़ी मेहरबानी होगी!

जादू का असर सहसा टूट गया। बड़े सरकार ने रोब में आकर कहा—दूसरे के मारे शिकार पर शेर मुँह नहीं मारता!

सेर के लिए सिकारों की का कमी है? वह तो राजा होता है। एक सिकार छोड़ भी दे, तो...

—कहीं राजा की तबीयत उसी पर आ जाय, तो?—हँसकर बड़े सरकार बोले—चल, बरतन उठा।

मुँदरी झुककर बरतन उठाने लगी, तो बड़े सरकार ने धीमे से कहा—आज रात को मैं हवेली में नहीं सोऊँगा। तुझे भी मेरे साथ यहीं सोना होगा।

बरतन उठाकर, मुँह सुखाकर मुँदरी बोली—अभी नहीं, सरकार से बड़ा डर लगता है।

—काहे?—ख़ुश होकर बड़े सरकार बोले।

—सरकार के छूते ही रानी जी जो बेहोस हो जाती हैं। उन्हें सँभालने तो मैं आ जाती हूँ। यहाँ मुझे सँभालने कौन आयेगा? मैं अभी कितनी छोटी हूँ!

बड़े सरकार विजयी की तरह हँस पड़े। दाँतों में होंठ लिये मुँदरी छम-छम करती दरवाज़े के बाहर हो गयी।

मुँदरी सब काम बदस्तूर किये जा रही थी, लेकिन उसके दिमाग़ में एक तूफ़ान चल रहा था। माँ की वह कही हुई बातें आज उसके कानों में गूँज रही थीं—देख-सुनकर किसी भी जवान से ज़रूर बियाह कर लेना। बेटी, यह बात हमेसा याद रखना कि लौंडी से एक बेसवा की जिनगी कहीं अच्छी होती है...मैं वही तो करने जा रही हूँ। यह ख़ुसनसीबी ही तो है कि मेरे मनलायक़ एक जवान मिल गया है। माई ने ही तो कहा था कि कुँवरि से कहकर मैं जिससे मन चाहे बियाह कर लूँ। लेकिन रानी जी से कहकर मैं कैसी ग़लती कर बैठी! ओफ़! नाहक़ मैंने रानी ज़ी से यह बात कही। क्यों न ख़ुद ही कोई तरकीब निकाली? अब तो बात बिलकुल बिगड़ गयी। यह जालिम हरगिज नहीं मानेगा। अब का होगा? मैं भी का अपनी माई की ही तरह...नहीं, नहीं! अभी बखत है। मैं अब भी कुछ कर सकती हूँ, अब मुझे ही सब करना होगा। किसी से भी किसी मदद की उम्मीद रखन बेकार है। माँद में घिरकर खूँखार भेड़िये से हमदर्दी की उम्मीद करने से बढ़कर पागलपन और का हो सकता है!

मुँदरी को आज रानी जी पर भी बड़ा गुस्सा आया। वह काहे सुखण्डी हो गयी? काहे नहीं तन्दुरुस्त रहकर उसने बड़े सरकार का मन मोह लिया? बड़ा सरकार उस पर लट्टू हो जाता, तो उसकी नज़र काहे को मुझ पर उठती? या फिर वह रानी जी की बात ही काहे टालता? तब तो वह तुरन्त मेरा बियाह करा देता।

भोली मुँदरी! उसे क्या मालूम कि भेड़िया मुहब्बत करने के लिए शिकार को अपनी माँद में नहीं लाता, भूख मिटाने के लिए लाता है, और यह भूख उसे रोज़ लगती है, और उसे रोज़ एक नया शिकार चाहिए।

मुँदरी फूल लोढ़कर फूलडाली भर चुकी, तो हाथ में झाड़ू लिये मन्दिर के ओसारे में खड़े पेंगा के पास आयी। पेंगा ने रोज़ की तरह मुस्कराकर मुँदरी की ओर देखा,

लेकिन मुँदरी आज कोशिश करके भी मुस्करा न सकी। वह आँखें झुकाये हुए पाँवों को देख रही थी और अँगूठे से पासवाली उँगलियों को रगड़ रही थी।

मुँह लटकाकर पेंगा बोला—आज तेरा मुखड़ा कुम्हलाया लगता है। कोई बात हुई का?

—हाँ,—वैसे ही आँख नीचे किये मुँदरी बोली—आज रात को बग़ीचे में मैं आऊँगी। तुमसे बहुत ज़रूरी बातें करनी हैं। इन्तिज़ार करना।—कहकर वह जाने के लिए मुड़ गयी।

—सुनो तो,—शंकित होकर आँखें झपकाता हुआ पेंगा बोला—अभी कुछ नहीं बता सकती? मेरा मन धक-धक कर रहा है।...मेरी ओर से कोई अड़चन नहीं है। मैंने भैया से पूछ लिया है। तुमने रानी जी से कहा था?

—हाँ, उसी के बारे में तो बताना है। रात को मेरा इन्तिज़ार करना। पूजा को देर हो रही है।—और वह चल पड़ी।

पेंगा देखता रहा। पायलों के घुँघरू में आज जैसे ज़ंग लग गया हो। कोई कह सकता है कि यह मुँदरी जा रही है। पेंगा चिन्तित हो उठा। ऐसी का बात हो गयी? कोई गम्हीर बात ही मालूम होती है। नहीं तो इस तरह उदास होनेवाली मुँदरी नहीं। आज पहली ही बार तो वह उदास दिखायी दी है। हमेसा हँसते रहनेवाले मुखड़े को भला कोई मामूली पीड़ा उदास कर सकती है?...और आज, कैसी अजीब बात है! रात में वह मुझसे मिलने बग़ीचे में आयेगी! आज तक कभी भी तो वह बग़ीचे में नहीं आयी है और...अभी उसी दिन की तो बात है, ज़रा-सा मैंने हाथ बढ़ाया, तो किस तरह छिटककर दूर जा खड़ी हुई और बोली—हैं-हैं! यह का करते हो? देवता के सामने ही एक कुँवारी लड़की को हाथ लगाते डर नहीं लगता?—और कैसे आँख नचाती हुई और गुनगुनाती हुई भाग खड़ी हुई—एक दिन होइबे तोहार, बलमु, तनि धीरज धरऽ...लेकिन वह बग़ीचे में आयेगी कैसे? मन्दिर के सहन में रात को कितने लोग सोते हैं और वह पुजारी...वह तो खार खाये हुए बैठा ही है। कहीं कुछ...

—अरे, तू ऐसे क्यों खड़ा है? अभी तक बुहारी भी नहीं हुई?

पेंगा सुनकर चौंक उठा। सामने खड़े पुजारी को देखकर कहा—हुई जाती है। बस सीढ़ी ही बाक़ी है।—और ज़ोर-ज़ोर से वह झाड़ू चलाने लगा।

टोकरी में बुहारी और सूखे हुए फूल-पत्ते भरकर पेंगा बग़ीचे में चला गया और दरवाज़ा अन्दर से बन्द कर लिया, तो पुजारी ने डोल का पानी पाँवों पर उँडेलकर, सीढ़ी पर रखी हुई खड़ाऊँ पहनी और खट-खट करते मन्दिर में जा, शिवलिंग के ऊपर लटके घण्टे का लोढ़ा पकड़कर ज़ोर-ज़ोर से बजाने लगे।

जिस तरह साइरन की आवाज़ सुनकर लोग भाग-भागकर छिप जाते हैं, उसी तरह मन्दिर के इस घण्टे की आवाज़ सुनकर नौकर-चाकर भाग-भागकर फाटक से बाहर हो जाते हैं। चौकीदार यह देखकर कि मैदान खाली हो गया है, पुराने बड़े

फाटक को ठेलकर बाहर से बन्द कर लेता है। तब आगे-आगे मुँदरी दोनों हाथों में पूजा का सामान लिये और उसके पीछे-पीछे रानी माँ और रानी जी हवेली से निकलकर धीरे-धीरे चलकर मन्दिर में प्रवेश करती हैं।

पुजारी ओसारे में बैठकर रानी माँ के इच्छानुसार पाठ करते रहते हैं और रानी माँ और रानी जी घूम-घूमकर सभी देवी-देवताओं पर मुँदरी के हाथों से फल-फूल, दूध-अक्षत् ले-लेकर चढ़ाती हैं। आख़िर में जब पूजा समाप्त कर वे ओसारे में आती हैं, तो पुजारी उठकर पहले रानी माँ को, फिर रानी जी को और मुँदरी को चरणामृत आचमनी से पाँच-पाँच बार निकालकर देते हैं। रानी माँ और रानी जी चरणामृत को होंठों से छूकर माथे से लगाती हैं। मुँदरी भी पहले वैसा ही करती थी, लेकिन जिस दिन उसे पुजारी के पुजारीपन की असलियत मालूम हो गयी, उस दिन से उसे पुजारी के साथ-साथ उसके हाथ से मिले चरणामृत से भी नफ़रत हो गयी। इसलिए वह दिखाने को चरणामृत ले तो लेती थी, मगर उसे पीती न थी, वह उसे आँख बचाकर फेंक देती थी। पुजारी देखकर भी अनदेखा कर जाते थे। उन्हें मुँदरी से आँख मिलाने की फिर कभी हिम्मत न हुई। ऐसा कोई आवरण अभी तक उन्हें न मिला था, जिससे वह अपना नंगापन या मुँदरी की आँखें ढँक देते।

लेकिन आज मुँदरी ने वैसा न किया। आज उसने पुजारी को जान-बूझकर दिखाकर, बड़ी भक्ति से चरणामृत पान किया और माथे से भी लगाया। आज उसने बचे-खुचे पूजा के सामानों से स्वयं पूजा भी की और जाने क्या-क्या विनती भी देवी-देवताओं से की। आज सचमुच वह बहुत ही बदली-सी लगी। आज वह बड़ी ही धर्म-भीरु हो गयी थी। कौन जाने, देवी-देवताओं के प्रताप से सचमुच ही उसकी मनोकामना पूरी हो जाय।

चलने के पहले रानी माँ और रानी जी पुजारी के पाँव छू चुकीं, और वह आशीर्वाद दे चुके, तो आज मुँदरी ने भी उनके पाँव छुए। पुजारी को आश्चर्य हुआ कि आज सूरज पच्छिम में कैसे उग गया! लेकिन दूसरे ही क्षण उनकी गर्दन शर्म से झुक गयी। वह किस मुँह से उसे आशीर्वाद देते? वह झट पाठ पर जा बैठे।

—पुजारी जी, आपने मुँदरी को आशीर्वाद नहीं दिये? आज कितने दिनों बाद तो इसने आपके पाँव छुए, जाने इसके मन में क्या आया।—रानी माँ ने कहा।

घूँघट के नीचे रानी जी की ठुड्डी छिपी मुस्कराहट से ज़रा चौड़ी हो गयी। मुँदरी ने मुँह घुमा लिया।

पुजारी ने सूखे गले से बड़े प्रयास के बाद कहा —रानी माँ को जो आशीर्वाद मैंने दिये, उनमें क्या प्रजा के लिए शामिल नहीं? रानी माँ के सुख से ही तो सबके सुख बँधे हैं।—और वह फिर पाठ पर झुक गये।

रानी माँ मुस्कराकर आगे बढ़ गयीं। मुँदरी लपककर उनके आगे हो गयी।

मुँदरी आज गहरे सोच में पड़ी थी। क्या करे, क्या न करे? वह तो सोच रही थी कि जैसा माँ ने कहा था, सब ठीक-ठीक हो जायगा। उसे क्या मालूम था कि उसकी क़िस्मत का फ़ैसला उसकी क़िस्मत का मालिक कभी का कर चुका था। बकरे की माँ के ख़ैर मनाने से क्या होता है? कसाई तो माल के तैयार होने की ताक में बैठा रहता है। शायद अब वे दिन आ गये, अब उसके गले पर भी छुरी फिर जायगी। वह माँ-माँ चीख़ने के सिवा कर ही क्या सकती है?...आज उसे क्षोभ हो रहा था कि वह माँ का कहा मानकर कुँवरि के साथ क्यों यहाँ आ गयी? क्यों न वह माँ के साथ ही रही? कुछ नहीं तो वहाँ माँ का सहारा तो होता। यहाँ तो कोई अपना नहीं। कुँवरि को भी यहाँ कौन पूछता है? जब उसी का यह हाल है, तो मुँदरी को कौन पूछे? और मुँदरी को लगता कि आज इस हवेली में उसकी वही हालत है, जो बिल में बैठी उस चुहिया की होती है, जिसके मुँह पर एक बिल्ला बैठा हो।

आहट पाकर मुँदरी ने ठेहुनों पर से मुँह उठाकर, एक आह भरकर, खुले दरवाज़े की ओर देखा। महराजिन खड़ी कह रही थी—रानी जी का जलपान तैयार है।—फिर उसे उस तरह उदास बैठी देखकर उसने कहा—जी तो अच्छा है? माँ याद आ रही है का?

उठती हुई मुँदरी बोली—हाँ। सोच रही थी कि वह दुसमन मुझे पैदा करने के पहले ही काहे नहीं मर गयी?

—च-च, ऐसा नहीं कहते, बहिन। माँ-बाप जनम के ही साथी होते हैं, करम के नहीं। करम की रेखा ख़ींचनेवाला तो कोई और होता है। तू नाहक़ माँ को दोस दे रही है। अरे, माँ के बस की यह बात होती, तो हर माँ अपनी बेटी के भाग में एक-एक राज लिख देती!

—खाक लिख देती!...अच्छा, बहिन, यह तो बता कि तेरी उमर इतनी हो गयी, तू भला बियाह काहे नहीं कर लेती?

—बियाह!—हँसकर, आँचल अपने मुँह पर रखकर महराजिन बोली—मेरा बियाह तो हुआ है।

—दुत! मुझी से झूठ बोलती है!

—नहीं, सच कहती हूँ।

—तो तेरा दूल्हा तो कभी दिखायी नहीं दिया?

—वाह, चौबीसों घण्टे तो मैं उसके साथ रहती हूँ! तू देखकर भी न देखे, तो इसमें मेरा का दोस?

महराजिन का व्यंग्य मुँदरी अब कुछ-कुछ समझ गयी। फिर भी बोली—ज़रा मुझे भी तो दिखा!

—आओ,—कहकर महराजिन ने चौके के अन्दर जाकर चूल्हे की ओर हाथ उठाकर कहा—यह रहा मेरा दूल्हा!—कहकर वह हँस पड़ी। फिर दूसरे ही क्षण

जाने उसे क्या हुआ कि बड़े-बड़े लोर टपकाती वह बोली—बहिन, इतने दिन तुझे आये हो गये, फिर भी यहाँ का रंग-ढंग तूने नहीं जाना?...जब मैं सतरह साल की थी, एक दिन मेरा ग़रीब बाप मुझे यहाँ छोड़ गया। बड़े सरकार को रसोई में मदद करने के लिए एक की ज़रूरत थी। उस समय एक अधेड़ औरत चौके का काम सँभाल रही थी। दो साल हुए, वह गंगा नहाने गयी और फिर नहीं लौटी। बड़े सरकार ने मेरे ग़रीब बाप से कहा था कि वह मेरा बियाह अपने खरचे से करा देंगे। लेकिन, बहिन, वह सब तो कहने की बात थी। एक रात बड़े सरकार ने मुझे दीवानख़ाने में बुलाया और ज़बरन मुझे नास दिया। मैं का करती? उस दिन मेरे मुँह से भी अपने माँ-बाप के लिए वही बातें निकली थीं, जो आज तेरे मुँह से मैंने सुनी हैं। लेकिन, बहिन, इसमें उनका का दोस था। दोस तो उस ग़रीबी का था, जिसके कारण वह मुझे यहाँ छोड़ने पर मज़बूर हुए थे। दो साल के बाद बहुत दौड़-धूप करके मेरे लिये एक वर खोजकर मेरा बाप बड़े सरकार से बताने आया। लेकिन उस समय मेरे पेट में बच्चा था। बड़े सरकार ने कुछ रुपया देकर मेरे बाप से मुझे ख़रीद लिया। तब से यही चूल्हा है और मैं हूँ।

—और तेरा बच्चा?

—मेरा बच्चा! यहाँ सब ऐस के दोस्त हैं, बच्चे के नहीं। मुझे दारू और दवाइयाँ पिला-खिलाकर मेरा गरभ गिरा दिया गया।

—फिर?

—फिर का? एक कहानी ख़तम हो गयी, एक जिनगी ख़तम हो गयी। पुराने सामान की तरह मुझे कबाड़खाने में फेंक दिया गया। अब करूँ, तो खाऊँ, नहीं तो अपना रास्ता देखूँ, वह रास्ता, जिसके आगे-पीछे, बायें-दायें ऊँची-ऊँची, काली-काली दीवारें खड़ी हैं, किसी भी तरफ़ बढ़ूँ तो सिर टकराकर जान दे देने के सिवा कोई चारा नहीं। यहाँ जितनी औरतों को तू देख रही है...बहिन, सच बताना, तू भी दीवानख़ाना देख आयी का? आज इस तरह तुझे उदास देखकर, मुझे उस दिन की अपनी उदासी याद आ गयी।—कहकर वह आँचल से लोर पोंछने लगी।

मुँदरी के रोंगटे खड़े हो गये। वह हाथों से तश्तरियाँ उठाती हुई बोली—हाँ, बहिन, देख तो आयी आज, लेकिन अभी वह नौबत नहीं आयी। वैसा कुछ हुआ होता, तो अपना काला मुँह दिखाने के लिए तेरे सामने खड़ी न रहती।

महराजिन विवशता की हँसी, हँसकर बोली—ऐसा ही मैंने भी सोचा था, बहिन। सायद सभी ऐसा ही सोचती हों। लेकिन जब मुँह काला हो जाता है,...अच्छा, एक बात और बतायेगी?

—जलपान दे आऊँ,—मुँदरी अब उसकी एक बात भी न सुनना चाहती थी, जैसे उसकी हर बात से उसे डर लग रहा हो। वह जाने लगी।

उसके सामने आकर खड़ी हो महराजिन बोली—सच बताना, पेंगा से का सच ही तुम्हारी राह-रसम है?

मुँदरी चीख़-सी पड़ी—तुझे कैसे मालूम?

महराजिन सर्वज्ञ की तरह हँसकर बोली—बड़े घरों में ऐसी कोई बात छिपी नहीं रहती, बहिन। पुजारी ने एक दिन मुझसे तेरे और पेंगा के बारे में बताया था।

—पुजारी?—आँखें फैलाकर मुँदरी बोली।

—हाँ, पुजारी से इधर मेरी भी राह-रसम हो गयी है। यहाँ हमारी हालत सीढ़ियों से गिरने की तरह है, ऊपर की सीढ़ी से नीचे की सीढ़ी तक, सीढ़ी-दर-सीढ़ी। सबसे ऊपर बड़े सरकार और सबसे नीचे नौकर-चाकर। अचरज है कि तू शुरू में ही सबसे नीचे की सीढ़ी पर कैसे जा गिरी!

—चुप रह!—मुँदरी का सिर घिन के मारे भन्ना-सा गया। वह डाँटती हुई-सी बोली—तूने किसी और को तो नहीं बताया?

—न भी बताऊँ, तो का तू समझती है कि यह बात छिपी रह जायगी? पगली, यहाँ किसी का भी कोई छेद किसी से छिपा नहीं रहता। यहाँ तो सब खुले-खजाने चलता है। तू अभी नयी-नयी आयी...

मुँदरी ज़्यादा न सुन सकी। वह लपककर हवेली में घुस गयी और सीढ़ियाँ फाँदकर रानी जी के कमरे में ही जाकर उसने साँस ली।

—इस तरह हाँफ क्यों रही है?—रानी जी ने पलँग पर लेटे-लेटे ही कहा।

तिपाई पर तश्तरियाँ रखती हुई मुँदरी बोली—सीढ़ी पर एक बिल्ला बैठा था!

—अरी, तो तू एक बिल्ला से डर गयी?—रानी जी ने आँखें झपकाकर कहा।

—चुहिया जो हूँ।—कहकर वह सुराही से पानी ढालने लगी।

—चुहिया तो मैं हूँ। कैसे चुपचाप चूहेदानी में फँसकर यहाँ आ गयी। तू तो पूरी शेरनी है, शेरनी! यहाँ सबके मुँह से मैं यही तो सुन रही हूँ। और सच, मुँदरी, तुझे देखकर मुझे भी बड़ा ढारस होता है। कभी वक़्त पड़ने पर तू ज़रूर मेरे काम आयेगी। मेरी देह में तो जैसे जान ही नहीं रह गयी।—फिर आवाज़ धीमी करके वह बोलीं—इस रूप में मुझे कही रंजन देखे, तो...

मुँदरी सिर झुकाये चुप खड़ी रही।

—ऐसे क्यों खड़ी है? बोलती क्यों नहीं?—उसकी ओर देखकर रानी जी बोलीं—यह क्या मुँह बना रखा है? कुछ हुआ क्या?

—मुँदरी फूली हुई खड़ी रही। जैसे न बोलने की उसने क़सम खा रखी हो।

—ओह, नाराज़ मालूम देती है।...लेकिन मैंने तो तेरी बात रात बड़े सरकार से कह दी थी।...तेरा ब्याह मैं करा दूँगी, मुँदरी।

—ख़ाक करा देगी!—अब जाकर तुनककर मुँदरी बोली।

—क्यों, ऐसा क्यों कहती है? इसमें भला क्या अड़चन हो सकती है? तू किसी बड़े बाप की बेटी नहीं कि तुझे ख़ानदान की इज़्ज़त के नाम पर क़ुरबान होना पड़े। तू तो लौंडी है, चाहे तू जिससे शादी करे, इसमें भला किसी को क्या दिलचस्पी या उज्र हो सकता है?

—हो सकता है कह रही हैं? आप रानी जी हैं, लौंडी का हाल क्या जानें? नाक चढ़ाकर मुँदरी बोली—आप जलपान कीजिये, देर हो रही है। कहीं खराई-वराई न हो जाय।

—तू उसकी फ़िक्र न कर, रोज़ तो मेरा खाना-पीना तू देख ही रही है। इस देह से मुझे अब कोई ममता न रही। एक बार रंजन से मिलने-भर के लिए जी रही हूँ। उसके बाद मरना ही तो बाक़ी रह जायगा। मुँदरी, रंजन आयेगा न?—आँखों में लालसा भरकर रानी जी बोलीं।

—मैं का जानूँ? मेरी मोहब्बत तो ख़ुद ही आज जल रही है। मुझे आज किसी बात का होस नहीं है, रानी जी!—निढाल होकर मुँदरी बोली।

—ऐसा क्यों कह रही है? मैंने कहा न, मैं तेरा ब्याह ज़रूर करा दूँगी। तू चिन्ता मत कर।

—आप कुछ नहीं समझतीं, रानी जी!—सिर हिलाकर भरे दिल से मुँदरी ने कहा—आज मैं किसी बाप की बेटी होती, और वह अपना इज्जत के लिए मुझे क़ुरबान कर देता, तो भी मुझे उतना दुःख न होता, जितना आज अपने इस लौंडीपन पर होता है। मैं ग़ुलाम हूँ, रानी जी और एक ग़ुलाम को तो उसका मालिक अपने मज़े के लिए एक बकरे की तरह हलाल कर देता है। अब मेरे भी हलाल होने का समय आ गया है। छुरी पजाया जा रही है!—कहकर मुँदरी ने आँखें फेर लीं।

—रानी जी सन्नाटे में आ गयीं। वह आवेश में आकर बोलीं—नहीं, ऐसा मैं नहीं होने दूँगी! तू मेरी लौंडी है, तेरी मालकिन मैं हूँ! मेरे रहते तुझे कोई हाथ भी नहीं लगा सकता! मैं तेरा ब्याह कराके रहूँगी! मैं जानती हूँ कि मोहब्बत की पीर क्या होती है। नहीं, नहीं, मुँदरी, किसी और का तेरे ऊपर कोई हक़ नहीं! तू मेरी है, मैं तेरी मालकिन हूँ और तेरे बारे में जो मैं चाहूँगी, वही होगा ...

—लेकिन आपका भी तो कोई मालिक है!—विवशता-भरी आँखों से जैसे दूर कुछ देखती हुई मुँदरी बोली।

आवेश में कुछ न समझकर रानी जी बोलीं—क्या मतलब?

—मालिक का अपनी दासी की लौंडी पर भी वही हक़ पहुँचता है। सब चीज़ों के साथ ससुराल की मैं भी एक तोहफ़ा हूँ, अभी यह बड़े सरकार के मुँह से सुन चुकी हूँ। आप बहुत भोली हैं, रानी जी। आप कुछ नहीं समझतीं। यहाँ आपकी हालत जो है, मैं समझ चुकी हूँ। आप कुछ भी अपने मन का न कर सकती हैं, न करा सकती हैं। मुझे माफ़ कर दें। आप बड़े सरकार से अब कुछ भी मेरे बारे में न कहें, नहीं

तो बात और भी बिगड़ जायगी। मुझे तो यह बात आपसे भी कहने का अफसोस हो रहा है। आप मेरी चिन्ता न करें। मैं उतनी भोली नहीं। मैं ख़ुद अब कोई राह निकालूँगी। आप चुप ही रहें।...लाइये, रंजन बाबू की चिट्ठी तैयार हो, तो डाकखाने भेजवा दूँ। और आप जलपान कर लीजिये।

निर्जीव-से हाथों से रानी जी ने तकिये के नीचे से लिफ़ाफ़ा निकालकर मुँदरी के हाथ में थमा दिया।

मुँदरी दिन-भर व्याकुल रही। यह सही है कि वह मिस्कार के कम्पे की ज़द में आ गयी थी, लेकिन यह भी सही है कि उसने उस कम्पे को देख लिया था। अब यह उस पर मुनहसर था कि चट उड़कर जान बचा ले, या ज़रा भी देर करके फँस जाय और हमेशा के लिए पंख नुचवा ले। मुँदरी किसी भी हालत में फँसना न चाहती थी, वह बचना चाहती थी और बचने के लिए पर तौल रही थी और अपने डैनों में ताक़त भर रही थी। वह अपनी माँ की बातें सुन चुकी थी, महराजिन की कहानी सुन चुकी थी। वह उनकी ज़िन्दगी हरगिज़-हरगिज़ जीना न चाहती थी और उस ज़िन्दगी से बचने की हर मुमकिन कोशिश कर गुज़रना चाहती थी।

उसने कई बार उदासी की चादर उतार फेंकी, कई बार पहले ही की तरह मुस्कराने और हँसने की कोशिश की, लेकिन मन था कि गहरे सोच में डूब-डूब जाता। इसी सोच के डर से वह एक छन को भी अपने कमरे में न बैठी। वह बदस्तूर काम करती रही, बल्कि दूसरों के कामों में हाथ भी बँटाती रही, उनसे बात करती रही, हँसी-दिल्लगी करती रही, जैसे न कोई बात ही हुई हो, न होनेवाली हो।

शाम हुई और ज्यों-ज्यों रात बीतती गयी, उसके दिल की धड़कन बढ़ती गयी। और जब अपने को सँभालना मुश्किल हो गया, तो वह रानी जी के पास सिर दर्द का बहाना करके जा बैठी।

रानी जी ने जनकिया और जलेसरी को बुलाकर बताया कि मुँदरी का सिर दर्द कर रहा है, आज उसका भी काम तुम्हीं लोगों को करना पड़ेगा।

वक़्त पर बड़े सरकार को अपने कमरे की ओर जाते देखकर मुँदरी की जान-में- जान आयी। बड़ी बला तो टल गयी।

रानी जी ने कहा—आज मैं यही सोऊँगी। तू भी यहीं सो रहना।

—नहीं, रानी जी,—घबराकर मुँदरी बोली—मेरा सिर तो अब ठीक होता लग रहा है। आप मेहरबानी करके बड़े सरकार के पास ही सोयें। नहीं तो वह सोचेंगे कि मालकिन और लौंडी की तबीयत एक ही साथ ख़राब हुई, का बात है?

—मैं तो तंग आ गयी हूँ, मुँदरी। रोज़-रोज की यह साँसत नहीं सही जाती। इससे तो अच्छा है कि मैं मर ही जाऊँ।

—ऐसा नहीं कहते। मुझे पक्का बिसवास है, एक दिन रंजन बाबू ज़रूर आयेंगे।...मैं आपकी थाली ला दूँ।—कहकर वह उठने लगी।

—नहीं, तू बैठ, जनकिया ला रही होगी। तू भी आज यहीं खा ले न।—रानी जी ने स्नेह से कहा।

—नहीं, मेरा जी बिलकुल नहीं करता,—मुँह बिगाड़कर मुँदरी बोली।

—तो मुझे कौन भूख लगती है?

जनकिया ने थाली ला तिपाई पर रख दी। मुँदरी चिलमची लाकर हाथ धोने के लिए पानी गिराने लगी।

हाथ धोते हुए रानी जी ने कहा—महराजिन रानी माँ को भोजन करा चुकी?

—हाँ।

—बड़े सरकार की थाली अभी नहीं गयी?

—जलेसरी लेकर आ रही है।

—बादल घिरे हैं क्या?

—हाँ। रात-बिरात बरसेगा।

तभी जलेसरी थाली लिये जाती हुई दिखायी दी।

बड़े सरकार ने उसे देखते ही पूछा—मुँदरी क्या कर रही है कि...

—उसका सिर पिरा रहा है, बड़े सरकार,—तिपाई पर थाली रखती हुई जलेसरी बोली—कभी-कभी हमारे हाथ का लाया खा लेने में कोई हर्ज़ है, बड़े सरकार?—और वह होंठ दबाकर मुस्करायी।

—नहीं, नहीं। तुम लोग तो धराऊँ कपड़े की तरह हो। धराऊँ कपड़े ही तो वक़्त-बेवक़्त काम आते हैं।—कहकर बड़े सरकार भी मुस्कराये।

—अरे, अब हमें कौन पूछता है? नइयों के आगे हमारी का क़दर है?—हाथ धुलाती हुई मटककर जलेसरी बोली।

—कहाँ है वह?—सरकार अपनी बात पर आये।

—रानी जी के पास बैठी है और कहाँ जायेगी? दोनों हर घड़ी तो सटकर खुसुर-पुसुर किया करती हैं।—लापरवाही से जलेसरी ने कहा।

—मैके के कुत्ते-बिल्ली भी प्यारे होते हैं। सच ही उसके सिर में दर्द है या...

—यह तो आप ही जाकर पूछें!

—तुमसब किस मर्ज़ की दवा हो? उसे अब तैयार करो।—कौर उठाते हुए बड़े सरकार बोले।

—रानी जी से डर लगता है। वह उसे बहुत मानती हैं।

—तो क्या हुआ? उनसे डरने की कोई ज़रूरत नहीं। यहाँ मेरी हुकूमत चलती है कि उनकी?...मुँदरी पर तुम लोग ज़रा नज़र रखो। अब वह पाँव निकालने लगी है। कहीं बेहाथ हुई, तो शामत तुम्हीं लोगों की आयेगी।

बड़ा घर ठहरा। नौकर-चाकरों के खाते-पीते बेरात हो जाती है।

अपने कमरे में चिराग़ गुल कर खटोले पर चुपचाप पड़ी मुँदरी सबके सो जाने का इन्तज़ार कर रही थी। बड़ी मुश्किल और बेकली से एक-एक छन कट रहा था। और सबके ऊपर इस बात की दहशत थी कि जाने क्या हो। उसे हर हालत में हर बात के लिए तैयार रहना था। अब वक़्त आ गया था, कि वह दिन-भर के मन में उठे विचारों, योजनाओं, चालों और सम्भावनाओं को समेटे और एक रास्ता तय कर ले, जिस पर चलने में कम-से-कम ख़तरा हो और ज़्यादा-से-ज़्यादा कामयाबी की उम्मीद हो। वह एक-एक बात को निकिया-निकियाकर जाँच रही थी।

बूँदा-बाँदी शुरू हो गयी थी। सामने का आँगन भींगकर और भी काला दिखायी दे रहा था। सब नौकरानियाँ अपने-अपने कमरे में चली गयी थीं। यह भी अच्छा ही हुआ। बूँदा-बाँदी पर मुँदरी मन-ही-मन ख़ुश हुई।

धीरे-धीरे सन्नाटा छा गया। बस, हलकी-हलकी बूँदों की टिपिर-टिपिर आवाज़ आ रही थी। मुँदरी का मन अब रास्ते की जाँच करने लगा, आँगन, गलियारा, हवेली का ओसारा, दालान...लेकिन दालान की बग़ल में ओसारे में सोयी पड़ी वह बुढ़िया...यह रानी माँ वहीं चौबीसों घण्टे काहे पड़ी रहती है? कभी देखो तो चौकी पर बैठी माला जपती रहती है और कभी पलँग पर लेटकर जाने का-का सोचती रहती है। ऊपर-नीचे इतने सारे कमरे हैं, वह किसी कमरे में काहे नहीं रहती? ख़ामख़ाह के लिए रास्ता घेरे पड़ी रहती है, जैसे चौबीसों घण्टे चौकीदारी करती रहती हो। और यह कैसी अजीब आदत है उसकी, ज़रा भी किसी के आने-जाने की आहट मिली की चट टोक देती है, कौन? जाने रात में भी उसे नींद आती है या नहीं? वह इतनी चुप और उदास काहे रहती है? सायद जिनगी से उदास हो जाने पर आदमी का यही हाल होता है, इस दुनिया की सारी दिलचस्पी खतम हो जाती है, उसे बस आकबत की चिन्ता रह जाती है, वह पूजा-पाठ में लवलीन हो जाता है कि दुनिया में जो हुआ, सो तो हुआ, अब आकबत तो बन जाय, सरग तो मिल जाय। दालान के पास अड्डा जमाने के पीछे भी सायद यही भेद हो कि अब हमें हवेली से का मतलब, हवेली का सारा मोह, ममता छोड़कर हवेली से बिदा लेकर अब हम दालान में आ बैठे हैं और अब हमें हवेली के भीतर की ज़िनगी से कोई मतलब नहीं, अब हमें दालान के बाहर का जिनगी की फिकिर है, जहाँ मौत के बाद हमें चले जाना है।...रानी माँ सायद इसी चिन्ता में रात-दिन घुलती रहती है। उसे इस हालत में

देखकर कितनी दया उमड़ पड़ती है!...एक दिन वह इस हवेली की रानी होगी, इसकी हुकूमत चलती होगी। और आज? आज जैसे अपनी जगह उसने समझ ली है। फिर भी, इस हालत में भी वह कितनी भली, सुन्दर और दयालु लगती है! सफ़ेद साड़ी और सफ़ेद झूले में उसकी गोरी, पतली, लम्बी देह कैसी देवी की तरह ख़ूबसूरत लगती है कि उसके सामने सरधा से आप सिर झुक जाता है। उसकी पतली-पतली कलाइयों में मोटे-मोटे सोने के कंगन कितने ढीले हो गये हैं! फिर भी वह उन्हें पहने रहती है, जैसे वही अब उसके रानी रहने की सनद रह गये हों।...अरे, वह सब मैं का सोचने लगी? हाँ, कहीं वह मुझे टोक दे, तो? तो...तो देखा जायगा, वह बहुत भली है। फिर बाहर का दरवाज़ा बहुत धीरे-धीरे खोलना होगा। फिर सहन पार करके...सहन में तो कोई न होगा न? इस बूँदा-बाँदी में? बेंगा दीवानख़ाने के ओसारे में थककर गहरी नींद सो गया होगा। मन्दिर का दरवाज़ा तो खुला ही रहता है। इस बूँदा-बाँदी में कोई आँगन में न होगा। सब मन्दिर के ओसारे में सो रहे होंगे। और वह पुजारी, वह बड़ा हरामी है, दाल न गली, तो बड़े सरकार से लाई लगा दी और महराजिन से...और मैंने आज उसके पाँव छुए...छिः! का सोचता होगा? सोचता होगा कि अब चढ़ी रन पर, खुसामद करने आयी है; माफी माँग रही है। बड़ा खुस होगा पापी। जाय जहन्नम में...हाँ, महराजिन को देखते जाना होगा, कहीं आज रात वह भी न गयी हो...फिर, फिर बगीचे का दरवाज़ा, वहाँ पेंगा खड़ा होगा।

सब ओर से सुनिश्चित होकर मुँदरी धीरे से उठी। फिर भी उसकी पायलें छक्म से बज उठीं। वह पायलें खोलने लगी। उन्हें खोलते वक़्त उसे वैसे ही दुख हो रहा था, जैसे कोई अपने सगे को अलग कर रहा हो। उसकी हँसी के साथ-साथ उसकी ये पायलें भी उसकी साथिन और रक्षक थीं। इन पायलों के रहते वह कभी भी अपने को अकेली महसूस न करती थी, जब भी उसे अकेलापन महसूस होता, ये पायलें छुक्म-से बोलकर कहतीं, हम जो हैं तुम्हारे साथ। और जहाँ कहीं भी वह जाती, वह उसके साथ रहतीं, मुँदरी की ही तरह वे र्भ मशहूर हो गयी थीं। उनकी आवाज़ें सुनकर ही लोग समझ जाते थे कि मुँदरी आ रही है। और जब उसे अकेलपा कोई छेड़ता, तो विरोध की पहली आवाज़ ये पायलें ही उठाती थीं। और इनके छूम-छनन से भी लोग वैसे ही घबराते, जैसे उसकी हँसी से। उसकी हँसी की ही तरह ये पायलें भी सातों पर्दों के स्वर निकाल सकती थीं। रानी जी की ससुराल आते समय कुछ गहनों के साथ ये पायलें भी उसे मिली थीं।

पायलों को उतारकर मुँदरी ने आँचल में लपेटा और कमर में अच्छी तरह खोंस लिया। एक बार फिर उसने आहट ली। और धीरे-से उठकर दरवाज़े से एक-दो बार झाँककर सहन में निकल आयी। महराजिन के कमरे का दरवाज़ा भिड़ा हुआ था और किवाड़ों की दरार से रोशनी झाँक रही थी। वह बिल्ली के क़दमों से उधर बढ़ गयी। साँस रोककर, झाँककर देखा, तो महराजिन चोटी गूँथ रही थी। मुँदरी का कलेजा

धक-से कर गया। अब? लेकिन ज़्यादा सोचने-समझने का वक़्त न था। पाँव उठ चुके थे। पेंगा उसका इन्तिज़ार कर रहा होगा। अब इतना डर भी किस काम का? ठठेरे-ठठेर बदलई नहीं होती। और कुछ हुआ भी, तो देखा जायगा। ओखली में सिर दिया, तो मूसलों का क्या डर?

वह गलियारा पार करके, ओसारे-ओसारे दालान में पहुँच आहट लेने लगी कि रानी माँ जग तो नहीं रही कि तभी आवाज़ आयी—कौन?

मुँदरी चौंककर पीछे हटी, लेकिन दूसरे क्षण सँभलकर उनके पास जाती धीमे से बोली—मैं मुँदरी हूँ। पाँव दबा दूँ?

रानी माँ ने कहरते हुए, राम-राम का उच्चारण करते हुए कहा—आज तू ऊपर नहीं गयी?

—आज मेरी छुट्टी है, रानी माँ,—पैताने बैठकर उनके पाँवों पर हाथ रखकर मुँदरी साँसों की आवाज़ में बोली—सोचा, आपके पाँव दाब दूँ। ज़रा पैर तो सीधा कीजिये।

पाँव फैलाकर रानी माँ जम्हुआई लेकर बोलीं—आदत बड़ी बुरी चीज़ है, मुँदरी। जब तक कोई पाँव न दबाये, आँख ही नहीं लगती। घर में इतनी सारी नौकरानियाँ हैं, लेकिन मेरी चिन्ता अब किसी को नहीं रहती।

—मुझे तो फुरसत ही नहीं मिलती, रानी माँ, —पाँव दबाती मुँदरी बोली।

—अब किसी को मेरा डर नहीं रहा। मेरे ज़माने की जितनी लौडियाँ थीं, जाने कहाँ सब मर-बिला गयीं। राजा साहब के साथ ही मेरी हुकूमत भी चली गयी। एक बहू भी आयी, तो रात-दिन बीमार ही पड़ी रहती है। उससे ज़रा कहना, मुँदरी, लौंडियों को डाँट दे। बेटे से इसलिए नहीं कहती कि कहीं वह किसी को मार न बैठे। —कहकर आह-उह करते उन्होंने करवट बदली।

मुँदरी ने जान-बूझकर साँस खींच ली। रानी माँ भी सोने की कोशिश करने लगीं।

मुँदरी के हाथ पाँव दबा रहे थे और उसकी आँख गलियारे की ओर लगी थी। उसे डर था कि कहीं महराजिन उससे पहले ही न चली जाये और पुजारी मन्दिर का दरवाज़ा अन्दर से बन्द न कर ले।

थोड़ी ही देर में रानी माँ खर्राटे लेने लगीं। तब मुँदरी धीरे से उतरी। गलियारे की ओर एक बार फिर देखकर वह दालान में घुस गयी और किल्ले को धीरे-धीरे सरकाकर, दरवाजा खोलकर, बाहर आ गयी। तब अचानक ही उसे ख़याल आ गया कि क्यों न वह बाहर से दरवाजे की सिकड़ी चढ़ा दे। पेट में एक धुकधुकी क्यों रखे? उसने चौखट पर चढ़कर, उचककर ऊपर की सिकड़ी चढ़ा दी।

बाहर काला अँधेरा छाया हुआ था। ज़मीन चिपिर-चिपिर कर रही थी। फिर भी मुँदरी के पाँव इस तरह आगे बढ़ रहे थे, जैसे कोई पहाड़ी धारा छोटे-बड़े पत्थर के टुकड़ों और ढोंकों पर होकर या उन्हें ढकेलकर राह बनाती है।

मन्दिर का दरवाज़ा खुला हुआ था। मुँदरी ने झाँककर अन्दर देखा। फिर फुफुती को बायें हाथ से उठाकर, साँस रोककर, मन्दिर के ओसारे में हनुमान जी की मूर्ति की बग़ल में ताक पर जलते दीप की ओर देखती हुई बग़ीचे के दरवाज़े की ओर बढ़ गयी।

पेंगा ने दरवाज़ा बन्द करते हुए सूखे गले से साँसों की ही आवाज़ में कहा—मुझे तो बड़ा डर लग रहा है। पुजारी अभी थोड़ी देर पहले तक ओसारे में टहल रहा था।

—उसे भी किसी का इन्तिज़ार है।...यहाँ और तो कोई नहीं है?

—नहीं, सब मन्दिर के ओसारे में सोने चले गये हैं। यहाँ बहुत मच्छर लगते हैं। इधर आओ।

कोठार के दरवाज़े पर ही पत्तलों की चटाई पेंगा ने बिछा रखी थी। उसी पर बैठने को कहकर वह बोला—जल्दी बतलाओ, का बात है? आज दिन-भर मेरा मन धुकुर-पुकुर करता रहा है।—और उसी के पास वह बैठ गया।

मुँदरी सिर झुकाकर सब बातें बता गयी।

थोड़ी देर के लिए दोनों सिर झुकाये ख़ामोश बैठे रहे और चिन्ता-भरी साँसें लेते रहे।

आख़िर मुँदरी ने सिर उठा, उसका हाथ अपने हाथ में लेकर कहा—बोलो, अब का होगा?

सिर झुकाये ही पेंगा ने कहा —का बोलें, हम तो समझते थे कि तेरी रानी जी...

—मैं भी यही समझती थी। लेकिन अब किसी से कोई उम्मीद नहीं। अब हमें ही कुछ करना होगा।

—का किया जाय, तूने कुछ सोचा है? मेरी तो अकिल कुछ काम नहीं करती।

—आज किसी तरह कन्नी काटकर मैं बच गयी। लेकिन वह छोड़ेगा नहीं। हमें जल्दी, बलुक आज ही, अभी ही कुछ तै कर लेना है।

—का बताऊँ। भाग चलने के लिए तुझसे कहने की तो मेरी हिम्मत नहीं। उस दिन पुजारी...

—लेकिन अब उसके सिवा कोई चारा नहीं है। मैं तो तैयार होकर आयी हूँ।

—ओह! तो तुमने सुबह ही काहे नहीं बताया? मैं भी तैयार रहता।

—तुम्हारे तैयार होने की का बात है? मेरे पास कुछ गहने हैं।

—लेकिन भागेंगे किधर से?

—खेतवाला दरवाजा तो है।

उसे तो चौकीदार रात को बाहर से बन्द कर देता है। पहिले से मालूम होता, तो उससे चाभी माँग लेता।...दीवार बहुत ऊँची है और उसके ऊपर सटा-सटाकर भाले गड़े हुए हैं। ज़रा भी लग जाय, तो हाथ साफ़।

—मुझे का मालूम था कि खेतवाला दरवाजा भी बन्द हो जाता है अब का करें?

—अब कल पर छोड़ो। मैं इन्तज़ाम कर रखूँगा। एक ही दिन की तो बात है।

—लेकिन मुझे तो एक छन पर भी बिसवास नहीं है। जाने...

—अब ऐसे घबराने से काम न चलेगा।

—मुझे बड़ा डर लगता है। कहीं उसने पकड़ लिया, तो? तुम नहीं जानते वह कैसा है। वह तो आज ही...

—एक दिन और बचा लो। तुम बहुत होसियार हो...

—नहीं, नहीं, नहीं! मुझे बड़ा डर लगता है। आखिर औरत हूँ।

—तो फिर का किया जाय? तूने ही तो मुझे पहले नहीं बताया।

—चौकीदार फाटक नहीं खोल देगा?

—अरे, बाप रे! यह का कहती है? वह फाटक खोलेगा? उसकी बन्दूक़ की घोड़ी रात-भर चढ़ी रहती है। चाभी तो मैं बहाना करके माँगूँगा। कोई बैल बाहर खेत में छोड़ दूँगा। जब वह ताला बन्द करने आयेगा, तो बैल की बात बताके चाभी उससे माँग लूँगा और कह दूँगा, बैल पकड़कर ताला बन्द करके चाभी दे दूँगा। अक्सर हम लोग ऐसा करते हैं। अब आज तू जा।—कहकर वह उठने लगा।

उसका हाथ पकड़कर बैठाती हुई मुँदरी बोली—कल पर मुझे भरोसा नहीं। मेरा मन कह रहा है, जाने का हो।

—तो फिर का करें? तू ही बता न!

थोड़ी देर तक मुँदरी ख़ामोश रही। फिर अचानक उसका हाथ ज़ोर से पकड़कर बोली—हम अभी बियाह करेंगे।

—अभी? का कहती है?

—हाँ!—और दूसरे क्षण मुँदरी ने उसे अपनी बाँहों में पागल की तरह जकड़कर, किचकिचाकर अपने होंठ उसके होंठों पर दबाकर कहा—जाने कल का हो। अब एक छन भी इन्तिज़ार मैं नहीं कर सकती। यह अरमान मन में लिये अब मैं न जी सकती हूँ, न मर सकती हूँ!

और वे एक-दूसरे की मज़बूत बाँहों में वैसे ही बँध गये, जैसे ब्याह के समय गठबन्धन की गाँठ।

दूसरे दिन सचमुच वही हुआ, जिसका मुँदरी को डर था।

पेंगा की आँख रात एक छन को भी न लगी, वह इतना ख़ुश था कि लगता था, जैसे सुहानी सुबह के आसमान में उड़ रहा हो। उसे अपने में एक ऐसी ताक़त का अहसास हो रहा था, कि पहाड़ को भी मुट्ठी में पकड़कर मसल दे।

वह पड़ा-पड़ा मुस्कराता रहा, जाने क्या-क्या सोचता रहा और अहसास करता रहा। कभी-कभी उसे लगता था कि वह इतना पी गया है कि होश ही न रहे। और कभी-कभी उसे ऐसा लगता, जैसे आज पहली बार उसने अपने को जाना है, अपनी ताक़तों को पहचाना है, अपनी आँखें खोली हैं। और कभी-कभी उसके जी में आता कि वह कृतज्ञता के चुम्बनों से मुँदरी के दोनों पाँवों को भर दे, जिसने अपना सब-कुछ उस जैसे नाचीज पर न्योछावर करके उसे इस तरह बेदार कर दिया है। और कभी-कभी उसे अनुभव होता कि उसमें काम करने की अब ऐसी अद्भुत शक्ति आ गयी है कि मुँदरी को कभी कोई दुख न झेलना पड़ेगा। और कभी-कभी वह सीधे सोचता कि अपना जीवन वह मुँदरी पर कैसे न्योछावर कर दे। और कभी-कभी वह सपने बुनने में लग जाता, जब वह और मुँदरी कल यहाँ से कहीं दूर जा बसेंगे, तो वह क्या-क्या करेगा, कैसे मुँदरी को रखेगा...

और मुँदरी की रात भी क़रीब-क़रीब उसी तरह सपने बुनते कटी। उसने रात ही को वह लुग्गा जला दिया था और सुबह नहा-धोकर अपने वक़्त पर टैट हो गयी थी। फुलडलिया लेकर वह अपने कमरे से निकली ही थी कि हाथ में चुनियाया हुआ लुग्गा लिये पानी-कल की ओर जाती हुई महराजिन मिल गयी। मटककर ज़रा तैश में वह बोली—रात तो तूने ख़ूब छकाया न?

मुँदरी ने तिरछी नज़र से उसकी ओर देखा। बोली नहीं।

—बाहर से सिकड़ी काहे लगा गयी थी?

—मुझे का मालूम था?—तेवर चढ़ाकर मुँदरी बोली।

—अण्डा सिखावे बच्चा के, बच्चा करे चें-चें!—हाथ चमकाकर महराजिन बोली —और कहीं मैं अन्दर से किल्ला ठोंक देती, तो?

—तो का? मुझे किसी का डर लगा है?—झमककर मुँदरी बोली और आगे बढ़ गयी।

—सो तो आगे ही आयेगा। जा, पुजारी तेरी राह तक रहा होगा।

पलटकर आँखें गिरोरकर मुँदरी बोली —का मतलब?

—मुझे काहे को आँख दिखा रही है? मैंने तो अपनी ओर से कुछ किया नहीं?

—तूने ही उससे कहा होगा!

—का करती? उसने अभी पूछा, रात काहे नहीं आयी, तो मैंने बता दिया। यह का किसी से छिपा है?—और वह पानी-कल की ओर बढ़ गयी।

—अच्छा!—मुँदरी भी उसे धिराकर गलियारे में घुस गयी।

मन्दिर के ओसारे में पेंगा को न देख मुँदरी सकपका गयी। बग़ीचे के दरवाज़े के पास जाकर एक चरवाहे से उसने पूछा—ऊ कहाँ है? अभी तक सोया पड़ा है का?

—नाहीं, दिसा-मैदान गया होगा।

मुँदरी कुछ समझकर बोली—तो तू ही जरा मन्दिर बुहार दे न।

—अरे, बिला झाड़ू लगाये ही चला गया, रोज़ तो झाड़ू लगा के जाता था। हाथ-पाँव धोकर आता हूँ।

मुँदरी फूल लोढ़ने लगी। तभी खटर-पटर की आवाज़ सुनायी पड़ी। मुँदरी ने देखा, दरवाज़े से आता हुआ पुजारी उसकी ओर देखकर मुस्करा रहा था। मुँदरी एक झटके से ऐसे घूमी कि पीठ की चोटी छाती पर आ पट से बोल उठी और दाहिने पाँव की पायल ज़ोर से छनक उठी।

पुजारी जी उसके पास आकर बोले—जाने के पहले ज़रा मुझसे मिल लेना।

पलटकर मुँदरी बोली—हम दोनों को यहीं रहना है, पुजारी जी! किसी से लाई लगाना अच्छा नहीं। आपको कुछ मालूम है, तो मुझे भी कुछ मालूम है। अच्छा यही है कि आप अपनी राह चलिये और मुझे अपनी राह चलने दीजिये!

हँसकर पुजारी जी बोले—तू तो नाहक़ बिगड़ रही है।...मैं तो यह कहना चाहता था कि मुझी से तुझे क्या बैर है? मैंने तो तेरा कुछ बिगाड़ा नहीं?

—जो आपने बिगाड़ा है, वह भगवान देखेगा। मुझे सब-कुछ मालूम हो गया है। सब धान बाईस पसेरी ही नहीं तुलता, पुजारी जी। आपको तनिको भगवान से डर हो, तो मुझ पर तो मेहरबानी कीजिये ही। जाइये यहाँ से, कोई आ रहा है।

पुजारी जी हट गये।

फूल लोढ़कर मुँदरी चलने को हुई, तो जाने उसके मन में क्या आया कि वह मन्दिर की सीढ़ी के पास जा खड़ी हुई और मुस्कराकर सामने खड़े पुजारी से बोली—आज आपके भोग के लिए का लाऊँ?

पुजारी जी ने झाड़ू देते हुए चरवाहे की ओर कनखी से देखकर कहा—आज तो तेरे ही मन का भोग करने की इच्छा हो रही है!

बादलों की वजह से सरेशाम ही घना अन्धकार छा गया था। दीवानख़ाने के पीछे के ओसारे में बड़े सरकार टहल रहे थे। ओरियानी से लटकी लालटेन पर झुण्ड-के-झुण्ड पतंगे गिर रहे थे। बड़े सरकार का मुँह कुछ-कुछ तमतमाया हुआ था।

थोड़ी देर में सौदागर पेंगा को आगे-आगे लिये दाख़िल होकर बोला—आ गया, बड़े सरकार।—और गोजी ठुड्डी से टिकाकर दरवाज़े पर खड़ा हो गया।

पेंगा ने झुककर सलाम किया।

बड़े सरकार कड़ककर बोले—क्यों बे, तेरी शामत आयी है?

पेंगा सब समझ गया। बोला कुछ नहीं।

—हमारे घर की लौंडियों पर नज़र उठाता है!—और बड़े सरकार ने बढ़कर ज़ोर का एक थप्पड़ पेंगा की कनपटी पर जमा दिया। फिर तेवर बदलकर कहा—साले! आँख निकलवा लूँगा!

पेंगा सिर झुकाये, कनपटी सहलाता हुआ जैसे अदब से दो क़दम पीछे हटा, पर दूसरे ही क्षण जैसे वहाँ अन्धकार में बिजली-सी चमक उठी। पेंगा ने पाँव से सौदागर की गोजी को ठोकर मारी और वह झुककर सँभले-सँभले कि पेंगा फलाँग लगाकर यह जा-वह जा।

पीछे से एक आवाज़ आयी—पकड़ो साले को!—लेकिन आज पेंगा को पकड़ लेना आसान न था। सौदागर की मुग्दर की तरह मोटी-मोटी जाँघें दौड़ने के लिए न बनी थीं। उसने फाटक के पास चौकीदार को हाँक दी, लेकिन तब तक पेंगा बाहर होकर जाने अँधेरे में किधर ग़ायब हो चुका था।

एक क्षण के लिए चारों ओर से आवाज़ उठी—क्या हुआ, क्या हुआ?—लेकिन दूसरे ही क्षण दीवानख़ाने के ओसारे में बड़े सरकार को खड़े देखकर सब शान्त हो गये। बड़े सरकार वहीं से चीख़े—जहाँ भी मिले, पकड़ लाओ हरामख़ोर को!—उनकी भौंहें मारे गुस्से के फड़क रही थीं।

बेंगा सरकार की चिट्ठी लेकर थाने गया था। लौटकर सुना, तो सिर थामकर बैठ गया।

मुँदरी को मालूम हुआ, तो वह रानी जी के पलँग की पाटी पर सिर पटक-पटक रोने लगी—रानी जी, उसे बचा लीजिये! मैं मर जाऊँगी, रानी जी, मैं मर जाऊँगी!

. .

(७)

दरबार लगा हुआ था। क़हक़हे गूँज रहे थे। राजा भी ख़ुश थे, दरबारी भी ख़ुश थे। शिमला से लल्लन जी की चिट्ठी आयी थी। उसने लिखा था कि वह कमीशन में ले लिया गया। मसूरी जिस होटल में वह ठहरा था, उसी में एक कैप्टन भी ठहरे थे। उन्हीं के कहने से लल्लन जी तैयार हुआ था और उन्होंने ही अपने साथ उसे शिमला ले जाकर चटपट सब करा दिया। उसने अगले इतवार को आने को लिखा था। क़स्बे में मोटर के वक़्त सवारी भेजने की ताक़ीद की थी। कल सनीचर है, परसों इतवार ।

शम्भू कह रहा था—दोहरी ख़ुशी की बात है, बड़े सरकार! लल्लन जी ने एम. ए. किया, फिर ऐसी शानदार नौकरी भी मिल गयी। जलसा तो ज़रूर होना चाहिए।

पुजारी जी हुलसकर बोले—ठाकुर जी का छप्पनों प्रकार का भोग भी ज़रूर लगना चाहिए।

सौदागर बोला—और नाच भी ज़रूर होना चाहिए। बिना नाच के कोई मज़ा नहीं आता।

वैद्य जी ने कहा—और कंगलों को भोज भी देना चाहिए। परजा भी तो समझे कि राजा के यहाँ कोई ख़ुशी की बात हुई है।

—सब होगा, भाई, सब होगा। लेकिन वक़्त कम है।—बड़े सरकार पलथी मारकर बैठ गये और जाँघों पर हाथ रखकर बोले—जाने कितने दिन वह यहाँ ठहरेगा।

—आप इसकी फ़िक्र बिलकुल न कीजिये, बड़े सरकार, हम सब यों कर लेंगे।—शम्भू ने चुटकी बजाते हुए कहा।

—तो अगर नाच करना है, तो लाडली को ही आना चाहिए। बड़े सरकार बोले।

—लाडली ही आयेगी, बड़े सरकार। मैं कल सुबह ही जाकर पक्का कर आऊँगा। हाँ, जलसा रखा किस दिन जाय?—शम्भू बोला।

—मंगल का दिन ठीक रहेगा। महाबीर जी का दिन है।—पुजारी जी बोले।

—ठीक। लेकिन तब तक सब इन्तज़ाम हो जाना चाहिए। झण्डी-पताका, सर-शामियाना, बाजा-गाजा, खाना-पीना...हाँ, कंगलों को अगर भोज देना हो, तो एक दिन आगे-पीछे दिया जाय।—बड़े सरकार बोले।

—आगे नहीं, पीछे ही ठीक होगा। इसका इन्तज़ाम वैद्य जी को सौंप दिया जाय।—शम्भू बोला।

सब हँस पड़े।

. .

—हाथी और बेगार लेकर तुम वक़्त के पहले ही लल्लन जी को लाने चले जाना—बड़े सरकार ने सौदागर की ओर देखकर कहा।

—ऐसे मौक़े पर कार का न होना खल जाता है। एक ले क्यों नहीं लेते, बड़े सरकार?—शम्भू ने कहा।

—कार के लिए सड़क चाहिए न। कितनी बार तो शिवप्रसाद बाबू से कहा, कि क़स्बे से गाँव तक एक सड़क निकलवा दो, नाम रहेगा। लेकिन उन्हें अब गाँव से क्या मतलब? क़स्बे में कोठी क्या बनवा ली, गाँव से हमेशा के लिए छुट्टी ही ले ली—बड़े सरकार ने कहा।

—और क्या, वो चाहते तो क्या न बनवा सकते थे? रतसड़ के बाबू जब डिस्ट्रिक्ट बोर्ड के मेम्बर हुए, तो पहला काम उन्होंने अपने गाँव तक सड़क निकलवाने का किया था। शिवप्रसाद बाबू तो लखनऊ तक पहुँच गये हैं। वो क्या नहीं कर सकते। अरे, उनके एक इशारे-भर की तो देर थी। गाँववाले उनका जस गाते। लेकिन वह भलेमानस तो सब भूल गये। उन्होंने चुनाव के वक़्त सड़क निकलवाने का वादा किया था, बड़े सरकार, याद है न?—वैद्य जी ने कहा।

—वादे तो करने के लिए होते ही हैं,—सौदागर ने कहा—उन्होंने तो और भी जाने कितने वादे किये थे।

—बड़े सरकार, अबकी चुनाव आये, तो आप भी ज़रूर उठियेगा!—पुजारी जी ने कहा।

—उठने को तो मैं पहले ही उठ सकता था,—बड़े सरकार ने लापरवाही से कहा—लेकिन अकेला आदमी ठहरा, क्या करूँ। सोचा था, लल्लन जी यहसब काम-धाम सँभाल लेंगे, तो ज़रा इधर-उधर का भी रंग देखूँगा। लेकिन अब वह कहाँ होने का?

—का ज़रूरत है, बड़े सरकार। यह कांग्रेसवाले तो धोबी-चमार को भी उठाने लगे हैं। जिगिड़सर के राय साहब सरजू प्रसाद के ख़िलाफ़ पिछली बार एक धोबी को उठाया था कि नहीं? अब इसमें कोई इज़्ज़त की बात थोड़े ही रह गयी है। हमारे बड़े सरकार चाहें, तो अपने खर्चे से भी सड़क निकलवा सकते हैं।—सौदागर ने कहा।

—हाँ, यह भी ठीक ही है,—बड़े सरकार ने सिर हिलाकर कहा—लेकिन इसकी वैसे ज़रूरत ही क्या है? लल्लन जी यहाँ रहते और उन्हें मोटर का शौक़ होता, तो यह क्या मुश्किल थी?

—और क्या, हमारे सरकार को तो हाथी ही शोभा देता है। सच कहता हूँ, सरकार, यह कार-मोटर भी कोई सवारी है! सवारी तो वह, जिससे द्वार की शोभा बढ़े।—पुजारी जी ने कहा।

—आप लोग क्या समझें इन बातों को! यह साइन्स का ज़माना है। इतना वक़्त किसी के पास कहाँ कि हाथी पर चढ़कर छह मील प्रति घण्टा सफर करे...

शम्भू की बात बीच में ही काटकर वैद्य जी बोल उठे—अरे भैया, यहाँ वक़्त की किसे कमी है? यहाँ तो वक़्त काटना मुश्किल होता है। तुम क्या जानो, हाथी की सवारी को? ज़रा सोने-चाँदी के हौदे पर चढ़ो और झूमता हुआ हाथी चले और टन-टन घण्टे बजें, तो फिर देखो, इसकी शान! उसके आगे तुम्हारी कार-मोटर तो बस पों-पों करके रह जाय। और भागती भी कैसे है, जैसे पकड़े जाने के डर से चोर। और धूल और बदबू की आँधी जो उड़ाती है, सो अलग। और कहीं रास्ते में कोई कल-पुर्ज़ा ढीला हो गया, तो बोल सियावर रामचन्द्र की जय!

सब लोग ज़ोर से हँस पड़े।

शम्भू का मुँह इतना-सा निकल आया। फिर भी अपनी बात रखने के लिए उसने कहा—बात, भाई, सड़क न होने की है। वर्ना आप लोग देखते, बड़े सरकार कार ज़रूर लाते।

—हाँ, हाँ!—बड़े सरकार बोले—एक कार भी ज़रूर लाकर छोड़ देते, तुम लोगों के लिए। लेकिन, भाई, मैं तो हाथी ही पर चढ़ना पसन्द करता हूँ। तुम लोग नयी रोशनी के नौज़वान ठहरे, जो जी में आये करो, लेकिन हम लोग जब तक ज़िन्दा हैं, अपनी चलन कैसे छोड़ेंगे!

—सो तो है ही,—शम्भू ने कहकर सिर झुका लिया।

—बड़े सरकार, आज पान का एक दौर ही चलकर रह गया,—हें-हें करके पुजारी जी बोले।

—ओह! अरे, बेंगवा!—बड़े सरकार ने आवाज़ दी—पान तो ला।

मरियल कुत्ते की तरह काँपता-डोलता बेंगा तश्तरी उठाकर चला, तो बड़े सरकार कड़ककर बोले—तेरे पैर में जान नहीं है क्या, बे? दौड़कर जा!

—यह बिलकुल बूढ़ा हो गया। इसे अब बदल डालिये, बड़े सरकार।—शम्भू ने कहा।

—बूढ़ा कुछ नहीं हुआ, पीठ मोटा गयी है। चतुरिया के सबब से इसकी यह हालत हो गयी है, वर्ना यह बड़े-बड़े जवानों का अब भी कान काट सकता है और दूसरी बात यह है कि हमारे यहाँ ख़ास नौकरों को कभी निकाला नहीं जाता। जाने इसके ख़ानदान के कितनों की मिट्टी यहीं लग गयी। और एक बात यह भी है कि नये सिरे से किसी नौकर को काम सिखाना भी मामूली मुश्किल नहीं। पुराना नौकर पुराने चावल की तरह होता है। इसकी क़दर तुम नौज़वान लोग क्या जानो। पुराने ज़माने के नौकरों की बात ही और होती है। इस ज़माने के लोगों में वह पानी नहीं रहा।—बड़े सरकार बोले।

—आप बिलकुल ठीक कहते हैं, बड़े सरकार,—पुजारी जी ने कहा—इस ज़माने के लोगों में अब वह सरधा-भक्ति भी नहीं रही। और तभी तो लोग अपनी दसा देखते हैं। रात-दिन खटते हैं, फिर भी कमायी में बरक्कत नहीं होती। बरक्कत हो कैसे? न धरम, न करम, न पूजा, न पाठ, न गऊ, न ब्राह्मण...यह गाँव तो कभी का उलट गया होता। वह तो बड़े सरकार के पुण्य की महिमा है कि ठहरा हुआ है।

—हमारा हर साल हज़ारों का मारा पड़ जाता है। अब लोगों में वह ईमानदारी भी नहीं रही।—शम्भू ने कहा—बाबू जी कहते हैं कि एक ज़माना था, जब न बही थी, न रसीद। लोग क़र्ज़ा ले जाते थे, और आप ही मयसूद के अदा कर जाते थे। जब तक बाबू जी पीठ न ठोंक देते थे, लोग अपने को नरक में समझते थे। और अब यह ज़माना है कि लोग पक्के काग़ज़ पर लेन-देन करते हैं; फिर भी लोग हड़प जाने की चिन्ता में रहते हैं। कचहरी में लोग झूठा हलफ़ उठाते हैं। और तो और, अब महाबीर और चतुरिया-जैसे लोग भी पैदा हो गये हैं, जो किसानों को बरगलाते फिरते हैं कि महाजन का क़र्ज़ा मत अदा करो, असल से ज़्यादा तो वे सूद ले लेते

हैं। और यहाँ हाल यह है कि सूद तो दरकिनार, असल भी गप्प। अब तो जितना क़र्ज़ दो, उतना कचहरी के लिए रख छोड़ो, तब लेन-देन करो। बाबू जी तो कहते थे कि अब लेन-देन का काम बिलकुल बन्द कर देंगे। अब वह भी कुछ ज़मींदारी ख़रीदने की सोच रहे हैं।

—ज़मींदारी चलाना तुम-जैसों का काम नहीं,—बड़े सरकार बोले—इसके लिए बड़ा कलेजा चाहिए। बनिया का जीव धनिया बराबर...

सब हँस पड़े।

बड़े सरकार बोले—बुरा न मानना, बेटा, जो जिसका सिंगार होता है, उसे ही सोहता है।...हाँ, जलसे में अफ़सरों को भी बुलाया जायगा। थाने से मैं सबको नवेद भेजवा दूँगा। सब इन्तज़ाम पक्का हो जाना चाहिए। किसी को भी किसी बात की शिकायत का मौक़ा न मिले।

—नहीं, बड़े सरकार, ऐसा कैसे हो सकता है? आप कोई फिकिर न कीजिये। जैसा हमेसा होता आया है, उसी सान से सब होगा। लोग याद रखेंगे कि बड़े सरकार के यहाँ कभी ऐसे सानदार जलसे का इन्तज़ाम सिरफ़ दो दिन में हुआ था।—सौदागर ने मूँछों पर ताव देते हुए कहा।

बेंगा ने तख़त पर पान की तश्तरी रखते हुए कहा—अन्दर से बुलावा है, बड़े सरकार।

बड़े सरकार ने चार बीड़े पान मुँह में डालकर, ज़र्दे की डिबिया ठोंकते हुए, पाँव तख़त के नीचे लटका दिये। बेंगा झुककर जूते पहनाने लगा। तभी धरती पर बैठे हुए किसानों में से एक उठकर बोला—बड़े सरकार, हमारी भी एक अरज है। बड़े सरकार के यहाँ खुसी की बात हुई है। जलसा होने जा रहा है। भगवान करे, जलसा बड़े सरकार के यहाँ रोज-रोज हो। अब हमें भी कुछ हुकुम हो जाय, खेत तड़क रहे हैं। जोताई न हुई तो साल ख़राब जायगा।...

बड़े सरकार बोले—बस करो।—फिर सौदागर का नाम लेकर बोले—कारिन्दे से कहो, कल सब खेतों का बन्दोबस्त करा दे। साल में जो बाज़ार-भाव होगा, उसी के मुताबिक़ लगान लगाया जायगा। इस वक़्त कुछ तै करने की ज़रूरत नहीं।—कहकर वह उठने लगे।

तभी एक चौधरी खड़ा होकर बोला—और परती के बारे में भी कोई हुकुम हो जाय, बड़े सरकार। बरसात में ढोरों के खड़े होने को कहीं ज़मीन नहीं रह जायगी।

—फ़िलहाल उसे भी रोकवा दो। फिर देखा जायगा।—बड़े सरकार ने सौदागर से कहा और चल पड़े।

सौदागर बोला—राजा हो तो ऐसा! मनसे, तो राज लुटा दे।...

लेकिन उसकी बात सुनने को वहाँ कोई न रुका। बड़े सरकार के उठते ही सब उठ गये।

हवेली में स्यापा-सा पड़ा था।

रानी जी नीचे न उतरी थीं। ऊपर की छत पर भी न निकली थीं। अपने कमरे में ही चुपचाप चित लेटी पड़ी थीं। उनकी बन्द आँखों से आँसुओं के धार बहे जा रहे थे। सभी नौकरानियाँ चुपचाप मुँह लटकाये चारों ओर से उन्हें घेरे हुए खड़ी थीं। किसी को कुछ बोलने की हिम्मत न हो रही थी। सुगिया और पटेसरी सिरहाने और पैताने सिर झुकाये खड़ी धीरे-धीरे पंखा झल रही थीं। सुनरी दरवाज़े के पल्ले का सहारा लिये पलकें झुकाये खड़ी थी। बदमिया रह-रहकर ख़ामोश निगाहों से उसकी ओर देख लेती थी। मुँदरी को मालूम था कि अब क्या होनेवाला है, इसलिए वह नीचे गुलाब-जल तैयार कर रही थी।

बड़े सरकार कमरे में आये, तो एक कुर्सी उठाकर बदमिया ने रानी जी के सिरहाने रख दी। बड़े सरकार गम्भीर बने-से बैठ गये। तभी हाथ में लोटा लटकाये मुँदरी आकर बोली—जाओ, तुम लोग अपना काम देखो।—और उसने लोटा एक ओर रखकर सुगिया के हाथ से पंखा ले लिया।

सब-की-सब चली गयीं, तो बड़े सरकार ने रानी जी के बाज़ू पर हाथ रखकर कहा—इस तरह रोने से अब क्या फ़ायदा?

रानी जी ने दाँतों से होंठ काटे और फफक-फफककर रो पड़ीं।

रूमाल से माथे का पसीना पोंछकर बड़े सरकार बोले—मुँदरी, छत पर छिड़काव हो गया हो, तो इन्हें बाहर ले चल। यहाँ तो बड़ी फफस है।—और वह उठकर खड़े हो गये।

—आप चलिये, मैं इन्हें लेकर आती हूँ। छत पर पलँग लग गये हैं।—मुँदरी ने कहा।

बड़े सरकार बाहर हो गये, तो मुँदरी झुककर रानी जी का मुँह तौलिये से पोंछती हुई बोली—अन्धे के आगे रोये, अपना दीदा खोये! यह आप का कर रही हैं, रानी जी? उठिये, जो बात करनी हो, साफ़-साफ़ कीजिये।

—क्या करूँ, मुँदरी!—रुँधे गले से रानी जी बोलीं—बड़े सरकार से कह दे कि वह बाहर जायँ। इस वक़्त मेरी तबीयत ठीक नहीं। मैं उनसे कोई बात न कर सकूँगी।

—अच्छा, अच्छा।

मुँदरी लपककर बड़े सरकार से कह आयी और फिर बोली —ज़रा मुँह तो धो दूँ न आपका? इन आँसुओं को रोकिये, रानी जी। मुझसे देखा नहीं जाता।—और

उसने रानी जी को उठाकर बैठा दिया और एक हाथ के चुल्लू में लोटे से पानी ले-ले उनका मुँह धोते हुए कहा—बचपन में माई एक कहानी सुनाया करती थी। उसमें एक रानी जंगल में घिरकर जब रोती थी, तो जंगल के पेड़ों के सब पत्ते झड़ जाते थे, चिड़िया-चुरुंग सब रोने लगते थे। आप जब भी रोती हैं, मुझे उसी रानी की याद आ जाती है।

—मैं भी तो एक जंगल में ही घिरी हूँ, मुँदरी। भला वह रानी जंगल में क्योंकर पड़ गयी थी?

तौलिये से उनका मुँह पोंछती हुई मुँदरी बोली—उसे उसके राजा ने महल से निकाल दिया था। उसने अपने आदमियों को हुकुम दिया था कि वे उसे ले जाकर जंगल में छोड़ आयें।

—ऐसा क्यों? रानी से कोई बहुत बड़ा अपराध हुआ था क्या?

—हाँ, वह एक दरबारी से मोहब्बत करती थी। एक दिन राजा को यह बात मालूम हो गयी।

—ओह! तब तो वह रानी मेरी ही तरह थी।

—एक फरक तो है ही, बड़े सरकार ने आपको जंगल में नहीं भेजा।

—बल्कि महल को ही मेरे लिये जंगल बना दिया।

—वह भी इसलिए कि आपके नाम आपके पिता जी के दिये हुए इक्यावन गाँव हैं। और आपके लल्लन जी भी तो जल्दी ही पैदा हो गये।

—कहीं ऐसा न होता, तो क्या मुझे भी बड़े सरकार निकाल देते?

हँसकर मुँदरी बोली—यह समझना का इतना मुसकिल है?

—मुँदरी! कितनी बार कहा कि मेरे सामने तू इस तरह न हँसा कर!

—माफ कीजिये, रानी जी। आप कभी-कभी ऐसी भोलेपन की बात करती हैं कि मुझे हँसी आ ही जाती है...छत पर चलेंगी? कपड़े बदलना हो, तो निकालूँ।

—नहीं, लैम्प की बत्ती ज़रा मद्धिम कर दे। मुँदरी, आज तक मुझे एक बात मालूम न हुई। तुझसे भी कितनी ही बार पूछा, लेकिन तूने भी न बताया। आज बतायेगी?—कहकर रानी जी लेट गयीं।

सिरहाने खड़ी हो, पंखा झलती हुई मुँदरी बोली—मालूम होगा, तो बताऊँगी काहे नहीं।

—मुझे लगता है कि लल्लन जी को मुझसे दूर करने में बड़े सरकार का भी हाथ है। वह जानते हैं कि लल्लन जी में ही मेरे प्राण बसते हैं। फिर भी उन्होंने उसे रोका नहीं। मैं सालों से देखती हूँ कि जितनी ही मैं लल्लन जी को पास खींचने की कोशिश करती हूँ, बड़े सरकार उतना ही उसे मुझसे दूर करने की कोशिश करते हैं। छुट्टियों में मैं कितना चाहती हूँ कि वह मेरे पास ही रहे, लेकिन बड़े सरकार कोई-न-कोई बहाना करके उसे यहाँ से टरका देते हैं, कभी पहाड़, तो कभी किसी

रिश्तेदारी में, और कभी यों ही किसी सैर करने को। पढ़ाई ख़तम हुई, तो मैं सोचती थी कि अब वह मेरे ही पास रहेगा। लेकिन देखा तूने न, उसे लड़ाई पर भेज रहे हैं।...और तूने ही तो बताया था कि इस ख़ुशी में जलसा भी होने जा रहा है।...मुँदरी, बड़े सरकार के मन में ज़रूर कोई बात है। उन्होंने मुझसे आज तक कुछ कहा नहीं, फिर भी मुझे कोई सन्देह नहीं कि वह यह जो कर रहे हैं, उसके पीछे ज़रूर कोई-न-कोई साज़िश है। मुँदरी, सच बताना, कभी जाने या अनजाने में तेरे मुँह से कोई बात तो नहीं निकल गयी थी? तेरे सिवा किसी को भी कोई बात मालूम नहीं।

—रानी जी, ऐसी ग़लती या धोखेबाजी करनेवाली मुँदरी नहीं। मेरी जीभ कटकर गिर जाय, जो ऐसी बात कभी मेरे मुँह से निकली हो!—अपने कान छूकर मुँदरी बोली।

—सो तो तुझ पर मेरा विश्वास है। फिर तू कुछ सोचती-समझती है कि बड़े सरकार के मन में क्या है? मुझे अपनी चिन्ता बिलकुल नहीं, मुँदरी। मुझे तो वह ज़हर भी दे दें, तो ख़ुश-ख़ुश पी जाऊँ। लेकिन मेरे लाल को कहीं कुछ हुआ, तो मैं तो भुभुर में पड़ी मछली की तरह तपड़कर मर जाऊँगी।—रानी जी फिर रो पड़ीं।

—इस तरह रो-रोकर आप जान भी दे देंगी, तो का होगा? छोटे सरकार आ रहे हैं न, उन्हें आप रोक लीजियेगा। आप न चाहें, तो वह कैसे जा सकते हैं?

—वह ऐसा ही मेरे हाथ का होता, तो क्या कहना था। बिना मुझसे कुछ पूछे-पाछे तब क्या वह फौज में भर्ती हो जाता? मैं तो जानूँ, उसके भी कान बड़े सरकार ने भर दिये हैं।—तूने मेरी बात का जवाब नहीं दिया?

—एक ही बात की संका मुझे सुरू से ही है। उस दिन रंजन बाबू का अचके में ग़ायब हो जाना मेरी समझ में आज तक नहीं आया। आपसे कितना कहा था कि राजेन्दर बाबू को एक चिट्ठी लिख दीजिये, मैं किसी तरह उसे भेजवा दूँगी, लेकिन आपने लिखी ही नहीं।

—मैंने लिखना मुनासिब न समझा, मुँदरी। उस दिन बड़े सरकार की बदली नज़रों को मैंने समझ लिया था। हाँ, तू भी तो कुछ पता न लगा सकी।

—मैंने सब कोसिस की थी, रानी जी। लेकिन कुछ पता चले, तब तो। ले-दे के एक बेंगा ही से तो मैं कुछ पूछ सकती थी। उस बेचारे को मालूम होता, तो मुझे वह ज़रूर बता देता। लेकिन मुझे तो पूरा सक है कि...

मुँदरी का शक सोलहो आने सही था।

कातिक का महीना था। इस साल बड़े सरकार पुराना हाथी बेचने और नया ख़रीदने सोनपुर के मेले जानेवाले थे। हर चौथे-पाँचवें साल बड़े सरकार हाथी बदलने के लिए सोनपुर के मेले जाते थे। दर्जनों नौकर-चाकर साथ जाते, बोरियों खाने-पीने

का सामान होता, अल्लम-बल्लम और लांव-लश्कर के साथ बड़ी शान से बड़े सरकार मेले को प्रयाण करते। हफ़्तों पहले से हाथी को झाँवें से रगड़-रगड़कर साफ़ किया जाता, ख़ूब खिलाया-पिलाया जाता, फिर सिंगार किया जाता। गहनों, साजों और रंग-बिरंगे टीकों से हाथी दुलहिन की तरह सजाया जाता। पाँवों में मोटी-मोटी चाँदी की पायलें, गले में मोटी तिलड़ी, माथे पर बड़ी टिकलियों से बनाया गया बड़ा स्वस्तिक चिह्न, सिर पर मुकुट, कानों में बड़े-बड़े बाले, माथे के नीचे सूँड़ पर रंगीन टीकों से बनाया गया लम्बा पान, दोनों पुट्ठें पर बड़े-बड़े चाँद, रेशम की मोटी-मोटी डोरी से लटके कमर के पास चमचमाते चाँदी के बड़े घण्टे, पीठ से पेट को ढँककर नीचे तक लटकता लाल मखमली कामदार झूल, झूल के ऊपर सोने-चाँदी का हौदा और हौदे पर पक्के काम की छतरी। ज़र्क-बर्क वर्दी में पीलवान आगे बैठता और राजसी पोशाक में बड़े सरकार हौदे पर। पीछे-पीछे अल्लम-बल्लम लिये एक पूरी लश्कर। बड़े सरकार जब प्रयाण करते, तो लोग खड़े-खड़े तमाशा देखते।

मेले में ख़ूब बड़ी छोलदारी लगती। घर की तरह ही शान-शौक़त और ऐश-आराम के सामान होते। हफ़्तों में हाथी बिकता और हफ़्तों में नया हाथी ख़रीदा जाता। फिर मेले की सैर होती। कुछ और भी शान-शौक़त की चीज़ों की ख़रीद होती। तब जाकर लौटानी होती।

रानी जी को जब मालूम हुआ कि बड़े सरकार मेले जा रहे हैं, तो उन्होंने इसे अच्छा मौक़ा जान रंजन को चिट्ठी दी कि वह तुरन्त उनसे मिलने आये। उन्होंने चिट्ठी में सब समझाकर लिख दिया कि मौक़ा अच्छा है, यहाँ कोई भी न होगा और वह उससे आसानी से मिल सकेंगी। हो सके, तो राजेन्द्र भैया को भी वह साथ लायें।

रंजन इस चिट्ठी के इन्तज़ार में ही ज़िन्दा था।

राजेन्द्र ने कई चिट्ठियाँ अपनी माता जी और पिता जी को रंजन और पान की शादी के बारे में लिखी थी। उसने रंजन की हालत से भी उन्हें आगाह किया था और लिखा था कि यह शादी न हुई, तो नाहक़ उसके दोस्त की जान चली जायगी। वह पान के पीछे पागल है और जहाँ तक उसे मालूम है, पान भी उस पर जान देती है। रंजन ख़ासे अच्छे ज़मींदार का लड़का है। पान को उसके साथ कोई तक़लीफ़ न होगी। वे भरसक कोशिश करके यह शादी करवा दें।

राजेन्द्र के माता-पिता ने भी ताल्लुक़ेदारिन को चिट्ठी लिखी थी और समझाया कि अपनी लड़की कोई ग़लती कर जाय, तो उसे माफ़ कर देना चाहिए। अपना कोई अंग ऐबदार हो जाय, तो उसे काटकर कोई फेंकता है? यह उम्र ही ग़लतियों की होती है। वे ज़रा ठण्डे दिल से विचार करें और लड़की के सुख के लिए ही रंजन से उसका ब्याह कर दें। आख़िर पान के लिए वर तो खोजना ही है। रंजन आप ही मिल गया है। बिरादरी का लड़का है। ख़ासे अच्छे ज़मींदार का घराना है। आदि, आदि।

लेकिन ताल्लुक़ेदार को तो यह बात जड़ से ही असह्य थी कि कोई उनकी लड़की से या उनकी लड़की किसी से मोहब्बत करने की हिम्मत करे। यह मोहब्बत करनेवाला कोई राजकुमार भी होता, तो भी ताल्लुक़ेदार साहब वही करते, जो उन्होंने इस मामले में किया। यह बात ही उनकी समझ के बाहर और शान के ख़िलाफ़ थी कि कैसे उनकी लड़की ने किसी से आँख मिलायी या किसी ने उनकी लड़की की ओर देखा।

उन्होंने बड़े ही सख़्त लफ़्ज़ों में राजेन्द्र के माता-पिता को लिखा कि वे इस तरह की बात दुबारा न लिखें, वर्ना वे सभी रिश्ते क़िता कर लेंगे। और वह बड़े ज़ोर-शोर से पान की शादी जल्द-से-जल्द कहीं कर देने की कोशिश में लग गये।

यों वह इस सिद्धान्त को माननेवाले थे कि लड़का हमेशा अपने से छोटे घर में ब्याहो और लड़की अपने से बड़े घर में, क्योंकि ऐसा करने से ही बहू और बेटी अपने से अच्छा घर पाकर अधिक सुखी होती हैं। लेकिन पान की शादी की उन्हें ऐसी जल्दी पड़ी थी कि उन्होंने इस सिद्धान्त को ताक पर रख दिया। पहले ही खेवे में पुरोहित और नाऊ जब वरों को देखकर लौटे, तो उन्होंने पुरोहित से कहा—जो सबसे ज़्यादा जँचा हो, उसी के बारे में बताइये।

पुरोहित जी काफ़ी दूर-दूर का चक्कर लगाकर आये थे। पहले छोटे-बड़े रजवाड़ों, फिर ताल्लुक़ेदारों और फिर बड़े-बड़े ज़मींदारों के दरवाज़ों की ख़ाक छानी थी। वह पूरा विवरण देकर यह जताना चाहते थे, कि उन्होंने कितनी मेहनत की है। लेकिन अब ताल्लुक़ेदार की बात सुनकर उनका उत्साह ठण्डा हो गया। फिर भी वह बोले—सरकार के ख़ानदान का मुझे ख़्याल था। जोड़ के घरानों में ही देखना-खोजना मैंने मुनासिब समझा। जहाँ भी गया, आपके यहाँ सम्बन्ध करने को लोगों को मुँह बाये खड़ा देखा। लेकिन संजोग की बात कि पिछले लगन में ही बहुत-सारे लड़के उठ गये। जो बचे भी हैं, वे हमारी कुँवरि के जोड़-जुगत के नहीं जँचे। आपने ताक़ीद की थी कि जैसे भी हो, हमें लड़का खोजना ही है, इसलिए हम ऊपर से ज़रा नीचे उतरने को मजबूर हुए। सरकार के बराबर के तो नहीं हैं, फिर भी वैसे कोई छोटे भी नहीं हैं। द्वार पर हाथी झूमता है। सैकड़ों गाँवों की ज़मींदारी है। बड़ा दबदबा है। अपने कुल के अकेले ही दीपक हैं। आयु यही कोई चौबीस-पच्चीस, शरीर से सुन्दर और स्वस्थ। बड़ा ही रोबीला चेहरा है। सब ठीक-ठाक है। बस ज़रा सरकार से दबकर हैं। लेकिन आप चाहें, तो कोई हरज भी नहीं। वैसे कुँवरि को कोई कष्ट न होगा। इतना तो मैं कह सकता हूँ। आगे आपकी ख़ुशी। कुँवरि के ब्याह की बात है। सोच समझकर ही कुछ करना चाहिए। पसन्द न हो, तो मैं तो हाज़िर हूँ ही। बड़े घरानों में शादी-ब्याह यों चटपट कहीं नहीं होता। हज़ारों बातों का ध्यान रखना पड़ता है। यो आपकी मर्ज़ी।

ताल्लुक़ेदार साहब कुछ सोच में पड़ गये। फिर ताल्लुक़ेदारिन से राय-बात कर देख लेने को तैयार हो गये। देख लेने में हर्ज ही क्या है?

सो देखने गये, तो तय-तपाड़ा करके ही लौटे। बड़े सरकार उन्हें पसन्द आ गये। लगे हाथों टीके की रस्म भी कर दी और तिलक का दिन भी रोप आये।

रंजन रोज़ राजेन्द्र से पूछता था कि उसके माता-पिता के यहाँ से कोई जवाब आया कि नहीं। और राजेन्द्र रोज़ कह देता कि अभी नहीं। शादी-ब्याह का मामला है। इतनी जल्दी कैसे कुछ हो सकता है। उसे सब्र से काम लेना चाहिए। राजेन्द्र के पास कब का जवाब आ गया था, लेकिन बताना वह ठीक न समझता था। उसका अब भी ख़्याल था कि ज्यों-ज्यों वक़्त गुज़रता जायगा, रंजन की तबीयत सँभलती जायगी। यों अचानक निराश हो जाने पर कहीं कुछ कर बैठना उसके लिए मुश्किल न होता।

आख़िर पान की एक बड़ी लम्बी, आँसुओं और आहों से भींगी चिट्ठी आयी। उसमें उसने अपनी शादी हो जाने की बात लिखी थी, और उससे जो कुछ उसके दिल पर गुज़रा था, उसका बड़े ही मार्मिक शब्दों में वर्णन किया था। लेकिन अन्त में उसने लिखा था कि चाहे जो हो, एक बार उससे मिलने के पहले वह हरगिज़ न मरेगी। मौक़ा देखकर वह उसे ज़रूर बुलायेगी। उसने ताक़ीद की थी कि रंजन भी और कुछ के लिए नहीं तो उससे एक बार मिलने के लिए ज़रूर ज़िन्दा रहे। वह उसे बराबर चिट्ठी लिखेगी।

यह चिट्ठी पढ़कर रंजन की जो हालत हुई, वह बयान के बाहर है। उसका जैसे ख़ून ही सूख गया, होश ही ग़ायब हो गये, दिल की धड़कन ही बन्द हो गयी। राजेन्द्र को अपनी माता जी की चिट्ठी से पहले ही यहसब मालूम हो गया था। वह जानता था कि रंजन को जब पता चलेगा, तो उसकी क्या हालत होगी। उसने तो यह भी कोशिश की थी कि उसके नाम आयी चिट्ठी भी उड़ा दे। लेकिन रंजन डाकमुन्शी का घण्टों पहले ही से हॉस्टल के फाटक पर खड़े-खड़े इन्तज़ार करता रहता था। पान की चिट्ठी ही तो उसके जीवन का सहारा थी।

राजेन्द्र कमरे में आया। रंजन की ओर देखा, तो उसे लगा, जैसे बिलकुल एक खण्डित मूर्ति की तरह वह सदियों से बैठा हो और सदियों तक बैठा रहेगा। खण्डित मूर्ति को कौन सँवार सकता है।

राजेन्द्र ने पूछा—पान की चिट्ठी आयी है?

रंजन चुप।

—बोलते काहे नहीं? क्या लिखा है?

रंजन चुप। उदास आँखों में गहरा सन्नाटा लिये जैसे वह सामने देख रहा हो, लेकिन उसे जैसे कुछ भी दिखायी न दे रहा हो।

—मुझे भी अब न बताओगे?—उसके कन्धे पर हाथ रखकर राजेन्द्र बोला।

रंजन चुप। जैसे अन्दर की आँधी के शोर में उसे कुछ भी सुनायी न दे रहा हो।

—अरे, कुछ तो बोलो!— उसके कन्धे हिलाकर सहमा-सा राजेन्द्र बोला।

रंजन चुप। जैसे, हम वहाँ हैं, जहाँ से हमको भी कुछ अपनी ख़बर नहीं होती।

—मै पढ़कर देखूँ?—कहकर राजेन्द्र ने चिट्ठी छुई, तो वह उसके हाथ में ऐसे आ गयी, जैसे वह यों ही रंजन की अँगुलियों में अटकी हुई हो, पकड़ी न गयी हो।

राजेन्द्र ने सरसरी नज़र से पढ़कर एक ठण्डी साँस ली।

थोड़ी देर तक ख़ामोशी छायी रही।

आख़िर राजेन्द्र बोला—मेरा ख़्याल है, तुम्हें पान से मिलने का इन्तज़ार करना चाहिए। उसने लिखा है, तो वह एक-न-एक दिन ज़रूर मिलेगी। मिलने पर शायद कोई राह निकल आये।

इतनी देर बाद रंजन में एक हरकत हुई। धीरे से उसका सिर उठा और वह मुस्करा दिया।

वह मुस्कराहट देखकर राजेन्द्र का कलेजा धक-से कर गया। यह ऐसी मुस्कराहट थी, जो ऊपर से बिलकुल मुर्दा थी, लेकिन जिसके पीछे जैसे कोई दृढ़, भीषण संकल्प हो, ऐसा संकल्प, जिसके अस्तित्व में आते ही जैसे सारी विषम परिस्थितियाँ ऐसे घुलकर, पिघलकर हमवार हो गयी हों, कि अब उन पर सिर्फ़ मुस्कराया ही जा सकता हो।

राजेन्द्र चीख़-सा पड़ा—रंजन!

लेकिन रंजन मुस्कराहट कुछ और भी प्रकट कर, अप्रभावित-सा, मेज़ पर रखी हुई घड़ी की ओर देखकर बोला—दस बजने में दस ही मिनट रह गये हैं। कॉलेज चलना है न? आज केमिस्ट्री का प्रैक्टिकल है।—और वह उठकर कपड़े बदलने लगा।

सहमा हुआ राजेन्द्र बोला—खाना नहीं खाना है?

—अब बखत कहाँ है, लेज़र में देखा जायगा।

राजेन्द्र ने भी कपड़े बदले। दोनों ने किताबें उठायीं और अग़ल-बग़ल चुपचाप चल पड़े।

रास्ते में रंजन ने कहा—आज रात की गाड़ी से थोड़े दिन के लिए मैं घर चला जाऊँ, तो कैसा?

उसकी ओर चोरी से देखते हुए होंठों में ही राजेन्द्र ने कहा—बहुत अच्छा। शायद वहाँ जाने से तबीयत बहल जाय।

—हाँ।

आज अजीब बात हो गयी है, रंजन राजेन्द्र बन गया है और राजेन्द्र रंजन।

—पान की शादी में तुम जाओगे न?— रंजन बोला ।

— नहीं।

—नहीं क्यों? ज़रूर जाना, और मौक़ा मिले तो उससे कहना कि मैं उससे मिलने का इन्तज़ार जीवन के आख़िरी क्षण तक करूँगा। अच्छा?

—हाँ।

—अरे, तुम इस तरह हाँ-ना में क्यों बात कर रहे हो? क्या हुआ है तुम्हें?

—मुझे क्या होना है?

—अम्म्याँ, रोज़ तो तुम मुझे कितना समझाते-बुझाते थे। आज ऐसे मौक़े पर भी तुम कैसे इतने ख़ामोश हो?

—दर्द के ज़बान नहीं होती!

—ओ, तो आज तुम मेरा पार्ट अदा कर रहे हो!

—इश्क़ में हर शै उलटी नज़र आती है!

—अच्छा, अब जो तुमने क़ायदे से बात न की, तो मार बैठूँगा!

—काश, तुम मार बैठते! काश, तुम कुछ भी अपनी तरह की करते रोते, चीख़ते, बाल नोचते, सिर पटकते!

रंजन ज़ोर से हँस पड़ा—अम्म्याँ, वह रंजन कोई और होगा!...वह किसी ने कहा है न, दर्द का हद से गुज़रना है दवा हो जाना, सो अब मैं बिलकुल ठीक हो गया हूँ। मुझे कोई ग़म नहीं, कोई भी नहीं!...रात को मेरी गाड़ी एक बजे जाती है। चाहो, तो शाम को साथ-साथ सिनेमा देखेंगे। फिर किसी होटल में ठाटदार खाना ख़ायेंगे। और फिर...फिर एड्यू, एड्यू, एड्यू! रेमेम्बर मी!

राजेन्द्र कुछ न बोला। उसे रंजन के एक-एक शब्द से डर लग रहा था।

प्रैक्टिकल के कमरे में दोनों की मेज़ें अग़ल-बग़ल थीं। रंजन जैसे बड़े मनोयोग से काम कर रहा था। लेकिन राजेन्द्र बहुत ही व्याकुल था। वह रंजन की हर हरकत को छिपे-छिपे देख रहा था। इस हालत में वह उससे एक क्षण को भी लापरवाह होना न चाहता था।

क़रीब बीस मिनट बाद राजेन्द्र ने देखा कि रंजन ने बड़ी सफ़ाई से पोटैशियम साइनाइड का एक टुकड़ा काग़ज़ में लपेटकर कोट की जेब में डाल लिया। राजेन्द्र ने अब जाकर आराम की एक साँस ली। अब उसे निश्चित रूप से मालूम हो गया कि रंजन किस संकल्प के कारण इस तरह अभिनय कर रहा था।

थोड़ी देर के बाद रंजन ने राजेन्द्र के पास आकर कहा—ज़रा तुम मेरी मदद करो। मैं तो सब भूल चुका हूँ।

—और भी इश्क़ करो,—हँसकर राजेन्द्र बोला—अपने साथ-साथ तुमने मेरा भी यह साल चौपट किया।

—मुझे बड़ा अफ़सोस है, दोस्त। अगर मुमकिन होता तो अपनी बाक़ी सारी उम्र तुम्हें देकर तुम्हारा नुक़सान पूरा कर देता।

—आज बड़ी दरियादिली दिखा रहे हो...

—हाँ, मैं राजा होता, तो आज अपना सारा राज तुम पर न्योछावर कर देता!...अच्छा, अब मैं चल रहा हूँ। धोबी के यहाँ से कपड़े मँगाने हैं।

—वाह! राज लुटानेवाले को धोबी के यहाँ पड़े कपड़ों की फ़िक्र! आज बड़ी अजीब-अजीब बातें तुम्हारे मुँह से सुन रहा हूँ!

—कुछ न समझे ख़ुदा करे कोई। ख़ैर, मैं तो चला।

—मैं भी चल रहा हूँ।

—क्यों? तुम अपना प्रैक्टिकल करो न।

—अब कल से ही इतमीनान से मन लगाऊँगा। चलो।

कमरे में आकर रंजन बोला—एक बजे रात तक का प्रोग्राम बनाओ।

—तुम्हीं बनाओ—कोट उतारकर खूँटी पर टाँगते हुए राजेन्द्र बोला—आज के शाहेवक़्त तो तुम हो।

—लेकिन मैं चाहता हूँ कि तुम बनाओ।

—नहीं।

—तो एक टैक्सी मँगाओ। जहाँ चाहे, आज पटना में छह बजे तक घूमेंगे, फिर सिनेमा देखेंगे, फिर किसी शानदार होटल में खाना खायेंगे।

—उसके बाद?

—उसके बाद वापस आयेंगे और सामान लेकर स्टेशन चल देंगे। वहाँ प्लेटफ़ार्म पर घूमेंगे, गप्पें लड़ायेंगे और फिर एड्यू, एड्यू, एड्यू! रेमेम्बर मी।

—ठीक है,—और राजेन्द्र ने नौकर को पुकारा।

नौकर आ गया, तो टैक्सी लाने को कहकर, राजेन्द्र ने रंजन से पूछा—उधर ही से धोबी के यहाँ भी जाने को कह दूँ?

रंजन ने ख़ुद ही कह दिया।

—कौन-से कपड़े पहनें?—राजेन्द्र ने पूछा।

—जो चाहो।

—तुम क्या पहनोगे?

—जो कहो।

—पैण्ट, प्रिन्स कोट और साफ़ा।

—बिलकुल ठीक।

कपड़े पहने गये। साफ़ा बाँधने में एक ने दूसरे की मदद की।

ग्यारह बजे हॉस्टल के फाटक पर टैक्सी रुकी, तो राजेन्द्र ने कहा—यार, मैं तो बड़ा थक गया। अभी दो घण्टे बाक़ी हैं। थोड़ा आराम करके स्टेशन चला जाय, तो कैसा?

—तो फिर तुम आराम करो। मैं चला जाऊँगा।

—ऐसा भी हो सकता है?—फिर ड्राइवर से राजेन्द्र ने कहा—साढ़े बारह बजे आ जाना। रूम नं. इकतीस। स्टेशन चलना है।

—बहुत अच्छा, सरकार।

—रंजन, तुम माइलेज ज़रा नोट कर लो। तब तक मैं ताला खोलता हूँ। —और राजेन्द्र ने लपककर जल्दी-जल्दी में ताला खोला और अन्दर जा रंजन के कोट की जेब से पुड़िया निकाल खिड़की के बाहर फेंक दी। रंजन कमरे में दाख़िल हुआ, तो राजेन्द्र अपने कोट के बटन खोल रहा था।

इन्तज़ार में नौकर धोबी के यहाँ से लाया हुआ कपड़ा लिये बरामदे में बैठा था। इजाज़त ले, अन्दर आ बोला—कपड़े कहाँ रख दूँ?

राजेन्द्र ने मेज़ की ओर इशारा करके कहा—बिस्तर ठीक कर दो।

राजेन्द्र का बिस्तर ठीक कर जब नौकर रंजन का बिस्तर लगाने लगा, तो वह बोला—मेरा बिस्तर होलडाल में बाँधना है।

—अभी लगा लेने दो। फिर मैं ठीक कर दूँगा। ज़रा तुम भी आराम कर लो। रात-भर जागना है।—राजेन्द्र बोला।

—जैसा चाहो।

बिस्तर लगाकर नौकर ने पूछा—और कोई हुकुम?

—नहीं। अब तुम जाओ!—राजेन्द्र ने कहा।

नौकर जाने लगा, तो रंजन ने उसकी ओर एक पाँच रुपये का नोट बढ़ाकर कहा—आज मैं घर जा रहा हूँ। एक बजे की गाड़ी से।

नोट सिर से छुलाकर नौकर ने कहा—सलाम, हुजूर। जाते समय मुझे पुकार लीजियेगा। मैं सामान चढ़ा दूँगा। टेकसी लानी होगी न?

—टैक्सीवाले को कह दिया है! तुम जाओ।—राजेन्द्र ने कहा।

सोने के कपड़े पहन, घड़ी में अलार्म लगाकर, बिस्तर पर लम्बा होता राजेन्द्र बोला—तुम भी थोड़ा आराम कर लो।

—नहीं, लेटूँगा, तो नींद आ जायगी।

—तो क्या हुआ? अलार्म लगा दिया है। फिर ड्राइवर तो आयेगा ही। लेट जाओ। लेटे-लेटे ही बातें करेंगे।

पैण्ट पहने ही कमर का बटन खोलता रंजन जूते के साथ ही बिस्तर पर पड़ गया।

यह कमरा हॉस्टल के बिलकुल एक सिरे पर था। चार सीटवाले इस कमरे में विशेष अनुमति लेकर ये दो ही रहते थे और चार की फ़ीस देते थे। इनका रोब कॉलेज के अध्यापकों, वार्डन और विद्यार्थियों सब पर था। कोई भी किसी तरह का दख़ल

इनके कामों में न देता था और न कोई ख़ास सरोकार ही रखता था। दूसरे विद्यार्थियों को ये कोई भी लिफ़्ट न देते थे। विद्यार्थियों को भी इनमें कोई दिलचस्पी न रह गयी थी, कुछ आत्मसम्मान के कारण, कुछ डाह के कारण। इन दो की दुनिया ही अलग-थलग थी। ये हाईस्कूल से ही गहरे दोस्त हो गये थे। रंजन का राजेन्द्र की परिस्थिति से कोई मेल न था, फिर भी राजेन्द्र कभी भी यह बात दूसरों पर प्रकट न होने देता था। वह जितना चाहता, घर से रुपये मँगा सकता था। लोग यही समझते थे कि दोनों ही बड़े घरानों के हैं। ये दोनों साधारण तौर पर एक ही तरह के कपड़े पहनते थे। हमेशा साथ ही रहते थे। इनका नौकर और मेस भी अलग था।

राजेन्द्र ने जँभाई लेते हुए कहा—तो कब तक लौटोगे?

—तुम जब कहो।

—मुझे ही कहना होता, तो मैं जाने ही न देता। अकेले बहुत बुरा लगेगा। कहो तो मैं भी चलूँ?

—मैं बहुत जल्द आ जाऊँगा, तुम क्यों वक़्त ख़राब करोगे।

—यह साल तो गया ही। मैं अकेले थोड़े ही इम्तहान में बैठूँगा। पार होंगे तो साथ, डूबेंगे तो साथ।

—मुझे बड़ा अफ़सोस है।

—तुम क्या कर सकते थे! ग़लती मेरी है। मैं क्या जानता था।

—जो हो गया, सोचना बेकार है। मैं तो कहूँगा कि तुम चाहो, तो अब भी तैयारी कर सकते हो।

जँभाई लेकर राजेन्द्र ने कहा—मुझे तो नींद आने लगी।

—तो तुम सो जाओ। मसहरी गिरा दूँ?

—नहीं, रहने दो। थोड़ी ही देर में तो जागना है।

—लाइट बुझा दूँ?

—नहीं, लैम्प को दूसरी ओर कर दो। क्या बताऊँ, बहुत थक गया हूँ।

—तुम थोड़ी देर आराम कर लो। चाहो तो मैं चला जाऊँगा। क्यों रात को तकलीफ़ उठाओगे।—रंजन ने लैम्प दीवार की ओर करते हुए कहा।

राजेन्द्र ने कोई जवाब न दिया। गहरी साँस लेने लगा।

—राजेन्द्र,—रंजन धीमे से बोला।

कोई जवाब न मिला।

कमरे में ख़ामोशी छा गयी। बस, घड़ी की टिक-टिक और राजेन्द्र की साँसों की आवाज़ आ रही थी।

थोड़ी देर तक सन्नाटा काछे रहने के बाद रंजन धीरे-धीरे होंठों से सीटी बजाने लगा, जैसे बड़ी मौज में हो। लेकिन यह बहुत देर तक न चला। अचानक उसे लगा कि जो नशा आज उस पर छाया हुआ था, वह टूटने पर आ गया है। मौक़ा पाकर उसका दिमाग़ जैसे आप ही कुछ और सोचने लगा हो—यह कमरा...राजेन्द्र...यह ज़िन्दगी...पान...वह चट उठकर टहलने लगा। जी में आया कि राजेन्द्र को जगा दे, लेकिन उसे देखकर वह ठिठक गया।...यह सो रहा है...इसे क्या मालूम कि...एड्यू, एड्यू, एड्यू! रेमेम्बर मी!...उसके जी में आया कि झुककर वह राजेन्द्र का मुख चूम ले और उसे सोता हुआ छोड़कर ही...अभी...तुरन्त...

उसने खूँटी पर टँगे अपने कोट की जेब में हाथ डालकर टटोला। कुछ न पाकर वह परेशान होकर सब जेबें देख गया। कहीं भी पुड़िया न मिली, तो उसकी देह सन्न-से कर गयी।...शायद राजेन्द्र को...वह दरवाज़े की ओर लपका कि राजेन्द्र ने कूदकर हाँफते हुए उसका हाथ पकड़ लिया और बोला—यह नहीं हो सकता! मेरे रहते यह नहीं हो सकता! बाप रे! यह तुम क्या करने जा रहे थे!—और उसने दरवाज़ा बन्द करके सिटकिनी लगा दी और रंजन को खींचकर बिस्तर पर बैठा दिया।

रंजन सूखी आँखों से एकटक बुत की तरह सामने देख रहा था। उसके दिल की धड़कन जैसे रुकी जा रही थी। वह ऐसे हाँफ रहा था, जैसे कमरे में हवा ही न हो। कानों में जैसे मौत की सनसनाहट दौड़ रही हो।

—मुझे मालूम हो गया था, सब मालूम हो गया था!—रंजन का हाथ ज़ोर से दबाता हुआ सूखे गले से, टूटे हुए शब्दों में राजेन्द्र बोला—लेबोरेटरी में मैंने देख लिया था। बाप रे! मेरे साथ भी तुम इस तरह नाटक कर सकते हो! अगर कहीं मैंने भाँप न लिया होता...

रंजन का हाथ हिला। उसने काँपता हुआ सिर राजेन्द्र की ओर मोड़ा। दाँतों को किचकिचाकर भींचा और ज़ोर-ज़ोर से सिर हिलाकर, सारे शरीर को ऐंठकर दाँतों से ही बोला—राजेन्द्र! अब मैं क्या करूँ?

अपने को बहुत वश में रखने के बावज़ूद राजेन्द्र की आत्मा काँप उठी। रंजन के उन शब्दों में ही जैसे एक पूरी ज़िन्दगी की तड़प चीख़ उठी हो। राजेन्द्र के मुँह से कुछ भी न निकल सका। उसने अपनी पूरी ताक़त और मोहब्बत से उसका हाथ दबाया।

रंजन तड़पकर उसकी गोद में सिर डाल बच्चे की तरह फूटकर रो पड़ा।

वह घड़ी एक बार टली, तो हमेशा के लिए टल गयी।

राजेन्द्र थोड़े दिन तक सावधान रहा, फिर धीरे-धीरे उसे विश्वास हो गया कि रंजन दुबारा वह हरकत न करेगा।

अब रंजन के लिए सिर्फ़ एक ही काम रह गया, इन्तज़ार, उस घड़ी का इन्तज़ार, जब पान उसे बुलायेगी, जब पान से वह मिलेगा। वह रात-दिन उस घड़ी के नक़्शे खींचता, वह कैसे मिलेगा, क्या कहेगा, क्या करेगा और फिर कैसे उससे विदा होगा और फिर...फिर...और रंजन गहन अन्धकार में पड़कर एक लुटे मुसाफ़िर की तरह रो पड़ता। वह कई दीवान ख़रीद लाया। फ़ाल निकालने लगा। और शेर गुनगुनाने लगा। शेरों की संगत में उसे एक राहत मिलती।

राजेन्द्र की समझ में न आता कि पान उससे कैसे मिलेगी। कभी-कभी वह सोचता कि पान ने दिलासे के लिए ही यह बात रंजन को लिख दी होगी। जो तुम्हें प्यार करता है, उसे बेवकूफ़ बनाना कितना आसान है! वह मन-ही-मन मनाता भी कि ऐसा ही हो, पान हमेशा उसे दिलासा देती रहे, लेकिन बुलाये कभी नहीं। रंजन को एक सहारा तो रहेगा। और फिर अगर पान उससे एक बार मिल भी ले, तो उसके बाद क्या होगा? यह मिलने-जुलने का सिलसिला हमेशा तो क़ायम रखा नहीं जा सकता।

वह गाहे-ब-गाहे रंजन को समझाता—छोड़ो अब यह पागलपन। समझ लो कि ज़िन्दगी का एक बाब ख़तम हो गया। अब फिर-फिरकर उन्हीं वरक़ों को पलटने से क्या फ़ायदा? उनमें अब एक लफ़्ज भी जोड़ने की कोशिश करना बेकार है, यह मुमकिन ही नहीं। पान की शादी हो रही है। वह अपने नये घर जायगी। उसे अब आज़ाद कर देना ही बेहतर है। अब ऐसा करना चाहिए कि तुम्हें भूलकर वह अपना घर बसाये और सुख से रहे।—फिर वह बड़े घरों की बात चलाकर कहता—नाहक़ उसकी ससुरालवालों को कोई बात मालूम हो गयी, तो उसकी ज़िन्दगी भी तल्ख़ हो जायगी। मैं तो यहाँ तक कहूँगा कि वह अगर तुम्हें बुलाने की बेवकूफ़ी भी करे, तो भी तुम्हें उसकी ख़ातिर नहीं जाना चाहिए। तुम्हें अब और चीज़ों की ओर मन बँटाना चाहिए। रंजन, इस दुनिया में आदमी की ज़िन्दगी में, हर हालत में कोई-न-कोई चीज़ ऐसी ज़रूर होती है, जिसके लिए वह ज़िन्दा रह सकता है। सिर्फ़ उसे देखने, समझने और पकड़ने की ख़्वाहिश आदमी में होनी चाहिए। यह दुनिया बहुत बड़ी है और ज़िन्दगी ऐसी कोई नाचीज़ नहीं कि उसे यों बरबाद कर दिया जाय...

लेकिन रंजन यहसब समझने की परिस्थिति में न था। जो तीर उसके दिल में चुभा था, उसे निकाल लेना उतना आसान न था। वह कहता—ज़िन्दगी का एक बाब नहीं, पूरी ज़िन्दगी ही मेरी ख़तम हो गयी।—और आँखों में आँसू भरकर वह बार-बार यह शेर पढ़ता :

उम्रे दराज़ माँगकर लाये थे चार दिन,
दो आरजू में कट गये, दो इन्तज़ार में।

और आह भरकर कहता—अब तो एक ही तमन्ना रह गयी, एक बार उससे मिलने की और फिर क़िस्मत में जो हो...

यह उम्र भी क्या होती है! इस उम्र की मोहब्बत भी क्या होती है! जैसे चाक पर नया-नया तैयार हुआ बर्तन धूप में रखने के लिए उतारते समय कहीं अनजान में ठेंस खा जाय।

पान की शादी में राजेन्द्र की माता जी ने उसे बुलाया था। लेकिन रंजन के बहुत ज़िद करने के बावजूद वह न गया। उसे डर था कि उसकी ग़ैरहाज़िरी में रंजन कुछ कर न बैठे। उसका डर ग़लत न था। शादी के दिन रंजन बहुत रोया, बहुत तड़पा।

पान की चिट्ठियाँ बराबर आती रहीं। हर चिट्ठी आहों और आँसुओं से भींगी रहती। हर चिट्ठी में बड़े विस्तार से वह लिखती कि उस पर क्या गुज़रती है और अन्त में लिखती कि वह उससे कम-से-कम एक बार मिले बिना हरगिज़ नहीं मरने की। देखो, वह घड़ी कब आती है।

दशहरे और दीवाली की छुट्टियों में राजेन्द्र ने बहुत कहा कि चलो, कहीं चला जाय, मेरे यहाँ या तुम्हारे यहाँ, या कहीं भी घूम-घाम आया जाय। लेकिन रंजन तैयार न हुआ। वह एक दिन के लिए भी वहाँ से हटने को तैयार न था। जाने कब पान का बुलावा आ जाय।

दिन यों हीं इन्तज़ार में कटते गये।

(८)

बड़ी रात गये बड़े सरकार ऊपर आये।

शाम से ही जो उमस छायी थी, दो घड़ी रात जाते-जाते ऐसी ज़ोर की आँधी आयी कि आसमान हिल गया। खिड़की, दरवाज़े सब बन्द कर अन्दर बैठे रहनेवालों के भी दाँतों में धूल के कण किरकिरा रहे थे और उनके नाक-मुँह जैसे धूल से भर गये थे। चौपालों में किसान आँखें मूँदे गुटमुटाकर बैठे धूल में नहा रहे थे। उनके कानों में चारों ओर से सूँ-सूँ की और दूर के बाग़ों में पेड़ों की डालियों के चररा-चरराकर टूटने की आवाज़ें आ रही थीं। कुओं पर लगे ढेकुलों के बाँसों में घुस-घुसकर हवा ज़ोर-ज़ोर की सीटियाँ बजा रही थी।

उस आँधी में भी माथे पर दौरी या डलिया या चंगेर लिये किसानों, मज़दूरों और ग़रीबों के लड़के और लड़कियाँ बाग़ों की ओर टिकोरे बीनने भागे जा रहे थे। किसी बूढ़े को उनके जाने की आहट मिलती, तो वह टोकता—इस आँधी में जान देने कहाँ जा रहा है?—लेकिन कोई भी उसका जवाब न देता। आँधी-पानी से डरनेवाले ये लड़के-लड़कियाँ नहीं होते। जितने ही ज़्यादा टिकोरे बीनकर ये लायेंगे, उतनी ही

शाबाशी अपने माँ-बाप से इन्हें मिलेगी। टिकोरों के दो-दो फाँक करके घाम में सुखाकर खटाई बनायी जायगी, जो सालभर ख़रच होगी। पके आम पर बाग़ के मालिक और अगोरिये का ही हक़ होता है, लेकिन आँधी-पानी में गिरे टिकोरों को जा चाहे, बीन ले जाय। इसीलिए ऐसे मौक़े पर बाग़ों में लूट मच जाती है। भारी ख़तरा मोल लेकर ये लड़के-लड़कियाँ किस तरह टिकोरे बीनते हैं, यह देखने की ही चीज़ है। कभी-कभी तो एक ही टिकोरे पर दो-दो हाथ एक ही साथ पड़ जाते हैं। फिर छीना-झपटी भी होती है और लड़ाई-झगड़ा भी।

आँधी जब काफ़ी देर तक रुकने में न आयी, तो हर चौपाल में क़रीब-क़रीब यही बात चलने लगी।

—आम की फ़सल बरबाद हो गयी।

—यह तो होता ही है। जिस साल कोई फ़सल हुमककर आती है, कोई-न-कोई गरहन ज़रूर लगता है। यह मैं हमेशा से देखता आ रहा हूँ।

—इस साल आम बच जाता, तो खाये खाया न जाता। घर-घर गन्धा उठता।

—वह नौबत नहीं आने की, दादा। देखो, पकने के दिन आते-आते कितने डाल पर रह जाते हैं।

जिस साल कोई भी फ़सल अच्छी आती है, सब लोग ख़ुश होते हैं, जिनके होती है, वह भी, जिनके नहीं होती, वह भी। लेकिन मन-ही-मन सब डरते भी रहते हैं, कि जाने कौन-कौन आफ़त आये इस साल। आम की अच्छी फ़सल आयी देखकर कोई भी यह भविष्यवाणी कर सकता है कि इस साल ख़ूब आँधी-तूफ़ान आयेंगे। अच्छी रब्बी आयी, तो पाले-पत्थर का डर सभी को लगा रहता है। गन्ने की अच्छी फ़सल पर लाही का हमला न होगा, यह कोई नहीं कह सकता। इसी तरह हर फ़सल के साथ कोई-न-कोई आफ़त जुड़ी रहती है और देखने में आता है कि अधिकतर यह बात सच होती है।

उसी तरह फ़सल बरबाद जाने पर सबको दुःख होता है। फ़सल से सीधे या टेढ़े तौर पर सबका सम्बन्ध होता है। गाँवों का आर्थिक ढाँचा बहुत कर फ़सलों पर ही निर्भर करता है। भिखारी भी कहता है—किसान के घर होगा, तभी तो हमें भीख मिलेगी।

एक घड़ी के बाद आँधी थमी, तो रुकी हुई ज़िन्दगी में फिर गति आयी। लोग धोती और गमछा झाड़ते हुए उठे और कुओं और पोखरे की ओर चल पड़े। किनकिनाते मुँह से बार-बार थूक रहे थे और आँधी और धूल को मोटी-मोटी गालियाँ भी दे रहे थे और रह-रहकर बातें करते और गमछे से देह भी झाड़ लेते थे। हर पगडण्डी पर बातें चल रही थीं :

—भाई, भाव-दर का टूट जाना अच्छा होता है। अपने को मालूम तो रहता है, का लेना-देना है।

—सो तो है, दादा। बाक़ी ए हालत में और का किया जा सकता था। वो मान गया, यही बहुत है। साल ख़राब हुआ जा रहा था।

—लड़ाई का जमाना है, भाव तो बढ़ेग ही। फिर जाने फ़सल कैसी हो। ई सब तो देखेगा नहीं। वो तो भाव देखेगा और उसी हिसाब से लगान बढ़ा देगा। उसका कोई का बिगाड़ सकता है।

—ऐसी रहजनी नहीं आयी है। पैदावार का ख़ियाल तो हर हालत में करना ही होगा। दस आदमी हैं न, सबका मुँह कोई थोड़े सी ही सकता है।

—उस समय तुम चलकर बहस करना, मैं देखूँगा! बेकार की बात है। वो ज़िद पर उतर आयेगा, तो देना ही पड़ेगा। जिसकी लाठी, उसकी भैंस। नियाव-अनियाव कौन देखता है?

—दादा, ज़माना कुछ-न-कुछ तो बदला ही है। ज़मींदार भी अब जैसा चाहे, नहीं कर सकता। उसको भी अब कुछ सोचना-समझना पड़ता है। इसी बात की देखो, काहे न अपनी बात पर अड़ा रहा? काहे खेत देने का हुकुम निकाल दिया।

—हमें तो उसमें भी उसकी कोई चाल ही नज़र आती है।

—हो सकता है। लेकिन यह भी तो देखने ही की बात है। पहले वो जो चाहता था, अपनी ताक़त से करा लेता था। अब उसे चाल चलनी पड़ती है। नहीं, दादा, अब वैसा ज़ोर-ज़ुलुम नहीं चलने का।

—का कहता है तू! एक चतुरिया ने ज़रा-सी आवाज़ उठायी, तो देखा न। भाई, अपने मतलब की बात समझाने पर आदमी तुरन्त समझ लेता है, बाक़ी समझ लेना एक बात है, और समझ के मुताबिक़ काम करना दूसरी। कितने हैं, जो चतुरिया की तरह हिम्मत से काम ले सकते हैं। सबको अपनी-अपनी पड़ी रहती है, भैया। मौका पड़ने पर सब दुम दबाकर भाग खड़े होते हैं। नहीं तो, का सरे बाज़ार चतुरिया को पुलिस पकड़ ले जाती और लोग मुँह ताकते रहते? कल देखना तुम, कारिन्दा के यहाँ जब भीड़ लगेगी। हमीं में से कितने उसकी मुट्ठी गरम करके चढ़ा-ऊपरी करेंगे। बड़े सरकार का हुकुम हो जाने से ही मामिला ख़तम न समझो। अभी दो मगरमच्छ और भी तो हैं, पटवारी और कारिन्दा।

—काहे न आज रात को बिटोर करके हम लोग सलाह-मसवरा कर लें। इस तरह चढ़ा-ऊपरी करने से नुक़सान हमारा और हमारे भाइयों का ही तो होगा।

—यह कोई नहीं समझता, भैया। अपने-अपने ग़रज़ के लोग बावला होते हैं। आज चतुरिया होता, तो कोई तरकीब जरूर निकालता।

—कहो, तो रमेसर को बुला लाऊँ। वह भी तो कुछ समझता-बूझता है। दादा, बात आयी है, तो चुप नहीं बैठना चाहिए।

—रमेसर पर भी तो सुना है, वरण्ट है। उससे भेंट होगी?

—देखो, उसके फिराक में मैं जा रहा हूँ। मिल गया तो ले आऊँगा। तुम इधर तैयारी कराओ।

पोखरे पर बड़ी भीड़ लगी थी। पानी मुश्किल से कमर-भर रह गया था। हर साल गर्मी में इस पोखरे की हालत ख़राब हो जाती है। पानी इतना कम हो जाता है, कि बड़ी-बड़ी पुराठ मछलियाँ पानी गरम हो जाने के कारण मर-मरकर उतराने लगती हैं। पानी बदबू करने लगता है। फिर भी लोग क्या करें, कुएँ-इनार पर नहाने से तसल्ली नहीं होती।

यह पोखरा और इसके पास का मन्दिर बड़े सरकार के परदादा ने बनवाये थे। उनका नाम आज भी लोग बड़े आदर से लेते हैं। उनके बनवाये कई इनार भी खेतों में हैं।

नगेसर कह रहा था—तबके जमींदार-महाजन गरीबपरवर होते थे। सान-सौकत, ऐस-आराम में पैसा उड़ाते थे, तो कुछ कीरत का काम भी कर जाते थे। और अबके हैं कि परजा के लिए नया कुछ का बनवायेंगे, बाप-दादा जो बनवा गये हैं, उसकी मरम्मत तक नहीं कराते। इसी पोखरे को देखो, घाट टूट गये, मिट्टी भर गयी, गरमी में सूखने-सूखने को हो जाता है। यह नहीं होता कि हजार-पाच सौ खरच करके घाट ठीक करा दें, मिट्टी निकलवा दें। लोगों को नहाने-धोने का आराम हो और बाप-दादा की कीरत कायम रहे, नाम चले।

इस पर बूढ़े खेलावन ने कहा—वह जमाना गया। अब तो जो आये धर गोलक में। न धरम-करम की फिकिर, न भगवान का डर। पहले ऐसा नहीं था, भैया। भगवान किसी को देता था, तो वह कुछ धरम-कीरत जरूर कर जाता था। लोग उसका जस गाते थे। लेकिन अब तो जिसके पास जितना ही जियादा आता जाता है, वह उतना ही पिसाच होता जाता है और यही चाहता है कि सबका नोच-खसोटकर अपना ही घर भर ले।...बड़े सरकार को ही देखो, तीन तो खानेवाले परानी हैं, फिर भी जो मिलता है, उससे सबुर नहीं, लगान तिगुना करने जा रहे थे।

—लेकिन आज तो बड़े सरकार ने हुकुम दे दिया है।

—हाँ, हाँ, हुकुम दे दिया! अरे, किसी को तरसाकर, तड़पाकर दिया ही, तो का दिया? और फिर उसमें एक पख भी तो लगा दिया है। भैया, हमें तो बड़े आदमियों के ईमान पर, बात पर बिसवास नहीं रहा। जाने साल में का सिर पर पड़े। इससे तो अच्छा कि कोई दर-भाव ही टूट जाता। मन में एक संका तो न बनी रहती।

नगेसर ने कहा—कहीं बिटुरकर राय-बात कर ली जाय, तो कैसा?

खेलवान ने कहा—तुम लोगों का खून जवान है। आगे बढ़कर कुछ करो। हम बूढ़ों से का पूछते हो। भुगतना तो तुम्हीं लोगों को है। हम लोग तो जिनगी का नरम-गरम देख चुके।

जहाँ देखो, कोई भी बात शुरू होकर इसी बात पर आकर टूट रही थी।

खाने-पीने के बाद आधी रात के क़रीब गाँव के बाहर पूरब के बाग़ में बिटोर हुआ। सब सहमे हुए थे। फिर भी रमेसर के आने की ख़बर पाकर आ गये थे। वरण्ट रहते भी वह आ रहा है, तो वह कैसे न आयें?

गिरी हुई डालें हटाकर लोग पत्ती पर बैठे हुए थे। ज़रा भी हिलने से सूखे पत्ते चरमरा उठते थे। कइयों के मुँह से लगी हुई बीड़ियाँ जुगनुओं की तरह अँधेरे में रह-रहकर जल-बुझ रही थीं। हुक्के-चिलम का इन्तिज़ाम न होने के कारण बूढ़े भी माँग-माँगकर बीड़ी का ही कश ले रहे थे और खाँस रहे थे और शिकायत कर रहे थे कि तुम लोग बीड़ी कैसे पीते हो, हुक्के की बात ही और है। कुछ लोग फुसफुसाकर बातें कर रहे थे। जितने मुँह उतनी बातें। सब अपनी-अपनी अकल लड़ा रहे थे।

रमेसर के आने में देर होने लगी, तो सभी रामपती से पूछने लगे—वह आयेगा भी कि यों ही बिटोर कर लिया?

रामपती ने कहा—देर-सबेर से आयेगा ज़रूर। उसने अपने मुँह से कहा है।

—कहीं न आये, तो?

—कोई अड़चन पड़ने से वह न भी आ सका, तो हमें ख़ुद राय-बात कर लेनी चाहिए, उसने यह भी कहा है।

—कोई भी काम पाँच आदमियों की राय-बात से करना अच्छा होता है।—नगेसर ने कहा है।

—तो बात शुरू करो। अब तो बड़ी बेर हो गयी।

—थोड़ी देर तक और इन्तिज़ार कर लेना चाहिए।

तभी दक्खिन की ओर से कुछ लोगों के आने की आहट मिली और नगीना ने दौड़ते हुए आकर कहा—वो लोग आ गये हैं।

सब उठकर खड़े हो गये। रामपती और नगेसर आगे बढ़ आये। आगे-आगे दुबला-पतला, नाटा, साँवला, गाढ़े का कुरता-पाजामा पहने बीस साल का रमेसर और उसके पीछे-पीछे दस जवान कन्धे पर लट्ठ लिये आ पहुँचे। जुहार-उहार के बाद काम शुरू हुआ।

रमेसर ने कहा—रामपती से हमको यहाँ का सब हाल मालूम हो गया है। आप लोगों ने यह बिटोर करके बहुत अच्छा किया, दूसरे गाँवों में भी ऐसा ही हो रहा है। काम करने का यही सही तरीका है। जब भी गाँवदारी का कोई सवाल उठे, या किसी पर भी कोई ज़ोर-जुलुम हो, तो हमें चाहिए कि हम मिल-जुलकर बैठें, उस सवाल पर बातें करें, बहस करें और खूब सोच-समझकर कोई कदम उठायें। गाँवदारी के मामिले से सबका बराबर का सम्बन्ध होता है, उसका बुरा-भला नतीजा सबको

भुगतना पड़ता है। गाँवदारी या बिरादरी के मामिले पर हम लोग आसानी से इकट्ठा हो जाते हैं और मिल-जुलकर कोई-कोई काम भी करते हैं। यह बहुत अच्छा है। लेकिन किसी अपने भाई पर जब कोई मुसीबत आ पड़ती है, उस पर ज़मींदार, महाजन, पटवारी, क़ानूनगो या पुलिसवाले कोई जुलुम करते हैं, तो उसकी कोई मदद हम नहीं करते, उसके पच्छ में हम एकजुट होकर नहीं उठते। बलुक, मैं तो यहाँ तक भी कहना चाहता हूँ कि हममें से बहुत से ऐसे हैं, जो अपने भाई का भी गला दबाने के लिए तैयार रहते हैं, खेतों पर चढ़ा-ऊपरी करते हैं, कारिन्दे, पटवारी और कानूनगो की मुट्ठी गरम करके, सलामी देकर अपने भाई का भी खेत हथिया लेते हैं, पुलिस के डर से भाग खड़े होते हैं, डाँड़-मेंड़ के लिए आपस में सिर-फुड़ौवल करते हैं, अपने ही भाई का खेत काट लेने, उसके खेत में गोरू छोड़ देने में भी नहीं हिचकते।...ये सब बहुत ही बुरी बातें हैं। ऐसा करते समय हम नहीं सोचते कि एक दिन वही मुसीबतें हम पर भी आ सकती हैं, बल्कि ज़रूर आती हैं। ऐसा कोई है यहाँ, जो खड़ा होकर कह सकता है कि एक-न-एक दिन उस पर कोई ऐसी मुसीबत न पड़ी हो, जिस पर जमींदार या कारिन्दा या पटवारी या क़ानूनगो या पुलिस ने जुलुम न तोड़ा हो, जिसका खेत किसी अपने भाई ने चढ़ा-ऊपरी करके न हथिया लिया हो? यह तो, भइया, जुलुम का पहिया है, जो हमेशा घूमता रहता है, कभी हम चपेट में आ गये, तो कभी तुम। इससे का कोई कभी बच सकता है? हाँ, बचने का तरीका बस एक है। वो यह कि जितने मज़लूम हैं, सब एकजुट होकर उठ खड़े हों और अपनी पूरी ताक़त से उस पहिये को ही पकड़कर तोड़ डालें।

—भाइयो! तो पहली बात मैं यही कहना चाहता हूँ कि आप लोग आपस में एका क़ायम करें। अपने भाई का दुख-दर्द अपना दुख-दर्द समझें। किसी पर किसी भी तरह की मुसीबत पड़े, तो आप में से हर एक उसे अपनी ही मुसीबत समझकर उसकी पीठ पर हो जायँ। दस-पाँच की लाठी एक आदमी का बोझ। फिर इतने आदमी किसी जालिम का मुकाबिला करने के लिए तैयार हो जायँ, तो कौन हमारा बाल बाँका कर सकता है? लेकिन यह कोई आसान काम नहीं है। इसके लिए हममें से हर एक को कुछ-न-कुछ कुरबानी करनी पड़ेगी, तकलीफ उठानी पड़ेगी, स्वारथ छोड़ना पड़ेगा, दिल को बड़ा करना पड़ेगा,खतरा मोल लेना पड़ेगा। लेकिन मैं सच कहता हूँ कि अगर आप पूरी गहराई से एके का मतलब समझ लें, उसकी ताक़त को समझ लें, उससे होनेवाले फायदों को समझ लें, तो कोई भी खतरा आप हँसते-हँसते उठा सकते हैं। यह याद रखिये कि दुनिया में कोई बड़ा काम खतरा उठाये बिना नहीं होता और मैं कहना चाहता हूँ कि हमारी एका आज हमारा सबसे बड़ा काम है, क्योंकि इसी एके से हम अपने दुसमनों को हरा सकते हैं, सभी जुलुम ख़तम कर सकते हैं। इसलिए भाइयो, आप इस पर दिल से गौर करें और जिससे जितना बन सके, इस एके के लिए करे।

—मुझे यह जानकर खुसी हुई कि आप लोगों को कल खेत मिल जायँगे। मुझे यह भी मालूम है कि किस सर्त पर खेत मिल रहे हैं। फिर भी इसके बारे में जियादा सोचने-समझने का समय हमारे पास अब नहीं है। असाढ़ आ गया। अब जरा भी देर करना ठीक नहीं। आप खुशी से कल अपने-अपने खेतों पर हल चलाइये। समय आयेगा, तो लगान के बारे में भी सोचा जायगा। उस समय भी अगर आप लोगों में एका रहेगा, तो मैं देखूँगा कि ज़मींदार कैसे बेमुनासिब लगान वसूल कर लेता है।

—मैं ये कह रहा हूँ, फिर भी आप ही लोगों की तरह मेरे मन में भी संका है कि साल पर जमींदार जरूर कोई-न-कोई तीन-पाँच करेगा। अब जमाना ही ऐसा आ गया है कि हर बड़े आदमी का सुभाव अजीब हो गया है। वह अजीब तरह सोचता है, अजीब-अजीब विचार रखता है, अजीब-अजीब तिकड़मों से अपना काम निकालता है। उसके लिए झूठ बोलना, धोखा देना, मक्कारी करना जरा भी मुसकिल नहीं। उसके लिए झूठ-झूठ नहीं रह गया है। वह समझता है कि कुछ भी हो, उसका कोई का बिगाड़ सकता है। वह झूठ को भी सच और सच को झूठ कर सकता है।...लेकिन, भाइयो! यही बात ये भी बताती है कि उसके गिरने का समय आ गया है। झूठ की गाड़ी बहुत दिनों तक नहीं चलती। सचाई और नियाव के आगे उसे झुकना ही पड़ता है। सचाई और नियाव हमारे पच्छ में है।...हमें तो उसका मुनासिब लगान देने से कोई इनकार नहीं।

—हाँ, एक बात का हमें धियान रखना होगा। कारिन्दा और पटवारी अपनी तिकड़म से बाज न आयेंगे। वो हर तरह अपना उल्लू सीधा करने और हमें बेवकूफ बनाने की कोसिस करेंगे। वो आपस में हमें एक-दूसरे के खिलाफ खड़ा करेंगे। एक से लेकर दूसरे का गला काटेंगे, और दूसरे से लेकर तीसरे का। इसलिए आप लोगों से मैं कहना चाहता हूँ कि आप लोगों के नाम जो खेत हैं, उन्हीं से आप सबुर करें, सलामी या घूस देकर दूसरे भाई के खेत पर चढ़ा-ऊपरी न करें। आखिर आप सबकी रोटी का सहारा तो खेत ही है। अगर आप सनमत होकर काम करेंगे, तो यह गैरवाजिब सलामी और घूस तो आप तुरन्त ही खतम कर सकते हैं।

बालदेव खड़ा होकर बोला—बहुत-से खेत तो बनियों के नाम पहले ही बन्दोबस्त कर दिये गये हैं। हमारा, जोखू का, बड़ाई का और भी कई के खेत इसी तरह निकल गये हैं।

—हाँ, हाँ, हम का करें?—बड़ाई बोला।

—यह हमको नहीं मालूम था। ऐसा अगर हुआ है, तब तो बुरा हुआ है। बनिये खेत का करेंगे?

—जहाँ मच्छर लगेंगे, धुआँ करेंगे।—झुँझलाकर जोखू बोला।

—दादा, तुमको गुस्सा कोई बेमुनासिब नहीं आ रहा है। मैं भी किसान ही हूँ, जानता हूँ कि धरती निकल जाने से किसान का का हाल होता है। मगर एक बात तो बताओ। यह खेत उनके नाम कैसे बन्दोबस्त हो गये?

—लम्बी-लम्बी सलामी देकर, और कैसे?—महँगू बोला।

—ये बनिये बहुत पैसेवाले हैं का, काका?

—आरे, बहुत पैसेवाले न हों, तो भी हम उनका मुकाबिला का खाके कर सकते हैं। सड़लो तेली तो एक अधेली।

—मुकाबिला करने लायक होते, तो करते न, काका?

—काहे न करता? जीते-जी खेत हाथ से निकल जाते और मैं मुँह ताकता रहता?

—और तुम्हारे पास कुछ और पैसे होते, तो और भी खेत रिसवत देकर लेते न, काका?

—काहे न लेता? किसान को का खेत से भी कभी सबुर होता है!

—तब उन बनियों को दोस देने का मुँह हमारे पास कहाँ है?

थोड़ी देर के लिए खामोशी छा गयी। सब सिर झुकाये बैठे हुए खुर्राट महँगू की ओर देख रहे थे।

अब अधेड़ बड़ाई बोला—दोस देने की बात यह है कि जिसका जो काम हो, वो करे। हम तो दुकानदारी लगाने नहीं जाते!

—हाँ। तुम ठीक कहते हो, चाचा। लेकिन एक बात और बताओ। अपने पैसे के बल पर जिस गरीब किसान का खेत चढ़ा-ऊपरी करके तुम ले लेते, जब वह किसान तुमसे यही बात, जो तुमने अभी बनिये के बारे में कही है, कहता, तो तुम का जवाब देते?

फिर खामोशी छा गयी।

अब बूढ़े जोखू ने कहा—तुमसे बहस में हम पार नहीं पा सकते, बेटा। हममें इतनी अकल होती, तो काहे को तुम्हें यहाँ बुलाते? अब तुम हमारे लिये कोई रास्ता निकालो। यह महँगू तो पागल हो गया है। खेत निकल गये, दो-दो बेटे पकड़कर लड़ाई पर भेज दिये गये, घर में दो-दो बहुएँ हैं, मेहरी बीमार पड़ी है।...

महँगू अचानक फूट-फूटकर रोने लगा। आस-पास बैठे हुए लोग उसे चुप कराने लगे, सहानुभूतिपूर्ण शब्दों में धीरज बँधाने लगे—चुप रहो, काका, कोई अकेले तुम ही पर यह बिपदा थोड़े पड़ी है।...मेरे भाई को भी तो पकड़ ले गये...मत रोओ भैया, रोने से का होगा? हम लोग हैं न।...आरे, हाँ, बिपदा पड़ी है, तो कटेगी न!...

महँगू आँखें पोंछकर सिसकने लगा।

रमेसर बोला—हमको बड़ा अफसोस है, काका। लेकिन का किया जाय और कहा जाय। अकेले तुम्हारी ही हालत तो ऐसी नहीं है। इसी गाँव में तुम्हारे ही जैसे अनेक होंगे। हर गाँव का यही हाल है। सबको गुस्सा है, सबको दुख है। लेकिन रोने से तो कोई फायदा नहीं होगा। जो आ पड़ा है, उसे हिम्मत के साथ काटना है। तुम मेरे बाप के बराबर हो, मैं तुम्हें समझाऊँ भी, तो कैसे?

—लेकिन एक बात ज़रूर कहूँगा। तुम्हें ठीक-ठीक समझना चाहिए कि इस दुख का कारन का है, किसने तुम्हें इस बिपदा में डाल दिया है? इसके जवाब में मैं कहूँगा कि ये ज़मींदार हैं, ये लड़ाई है, जिनके कारन आज हजारों पर इस तरह की बिपदा आ पड़ी है, वो बनिये नहीं, जिन पर तुम्हें गुस्सा है। काका, जरा गौर तो करो कि आज का हाल हो रहा है। क़स्बे का वह बाजार, जिसमें बनियों की छोटी-बड़ी सैकड़ों दुकानें चलती थीं, जिसमें चारों ओर गल्ला और दूसरे सामान भरे-भरे रहते थे, जहाँ हजारों की भीड़ होती थी, अब उसकी का हालत है। तुमने भी तो देखा होगा, काका, जैसे ताऊन आने पर गाँव उजड़ जाते हैं, वैसे ही बाजार उजड़ गया है। दुकानदारों की दुकानें खाली हो गयी हैं। यह लड़ाई भी एक भयंकर ताऊन ही है, काका। यह लड़ाई न होती, तो तुम्हारे बेटे लड़ाई पर काहे भेज दिये जाते; उन बनियों की दुकानदारी बनी रहती, तो वो खेतों पर काहे को टूटते? इस समय उनके पास कुछ पैसा है, अगले साल देखोगे कि वो भी तुम्हारी ही पाँत में आ जायेंगे। लोगों का यह खियाल है कि खेतों की पैदावार की कीमत बढ़ जायगी, इसलिए सब लोग खेती पर टूट रहे हैं। और हर जमींदार सलामी और लगान बढ़ाने की फिकिर में है। लोगों को यह मालूम नहीं कि जो रुपया पैदावार बेचकर मिलेगा, उससे वो कितना सामान खरीद सकेंगे, उसकी खरीदने की ताकत कितनी घट जायगी। यह लड़ाई चलती रही, काका, तो तुम देखोगे कि कैसी लहती, कहत और भुखमरी पड़ती है।

—तो, काका, बनियों पर का गुस्सा थूक दो। मैं जानता हूँ कि वो हल की मुठियाँ नहीं पकड़ सकते। वो तुम्हीं में से किसी-न-किसी को आधा-बटाई पर देंगे। अब मुझे कहना यह है कि जिनके खेत बनियों ने लिये हैं, उन्हें ही उन खेतों को बटाई पर लेने दिया जाय। कोई दूसरा किसान उन पर चढ़ा-ऊपरी न करे। इस साल इसी तरह चलने दिया जाय। आगे देखा जायगा।

—और किसी को कुछ पूछना है?

नगेसर ने कहा—हाँ, भाई, सब लोग इसी समय समझ-बूझ लो। आगे कोई गड़बड़ी नहीं होनी चाहिए।

फिर भी कोई कुछ न बोला, तो रमेसर ने सीधे सवाल किया—आप में से कोई चढ़ा-ऊपरी अब नहीं करेगा न?

'नहीं' की आवाज आयी।

—कारिन्दे को कोई घूस नहीं देगा न?

—नहीं।

—तो अब मैं आगे बढ़ता हूँ। एक-दो बात मुझे अपनी भी कहनी है। मैंने पहले ही बताया था कि अपने किसी भाई पर कोई मुसीबत आ पड़े, तो हम-सबको जो बन सके, उसकी मदद करनी चाहिए। चतुरी और हमारे एकइस साथी और जेल में डाल दिये गये हैं। छै बाजार में गिरफ्तार हुए थे, बाकी अलग-अलग। सरकार बिना कोई मुकद्दमा चलाये उन्हें जब तक के लिए चाहे बन्द रखना चाहती है। आप जानते हैं, यह लड़ाई का जमाना है। सरकार ने वो-वो कानून बना लिये हैं, कि जिनके मातहत वो जो चाहे कर सकती है, छुट्टे साँढ़ का हाल है और पुलिस को तो आप जानते ही हैं। पुलिस को किसी भी जुर्म या मुजरिम के बारे में सचाई मालूम करने की चिन्ता उतनी नहीं होती, जितनी कि तुरन्त किसी-न-किसी को पकड़कर उस पर झूठ-सच जुर्म आयद कर अपनी कारगुजारी दिखाने की होती है। जमींदारों के साथ साजिश कर पुलिस ने वही बात हमारे साथियों के साथ की है। वे हमारे जाँबाज बेहतरीन साथी हैं, इन कठिन दिनों में उनका हमारे बीच रहना जरूरी है तो उनके लिए हमारा भी तो कोई फरज होता है। हम उनकी ओर से कचहरी में अरजी देना चाहते हैं। इसमें कुछ खर्च होगा। हमें इस खर्च का इन्तज़ाम करना है। हम जानते हैं कि हम गरीब हैं, हमारे पास कुछ भी नहीं है। फिर भी अपने भाइयों के लिए हमें हर तकलीफ उठाकर जो भी बन पड़े, करना है। हम चाहते हैं कि इस काम को आप-सब अपने खाने-पीने की ही तरह जरूरी समझें और जिससे जितना बन पड़े, सेर-आध सेर अनाज, गुड़ या जो भी हो जरूर दे। यहाँ नगेसर, रामपती, नगीना वग़ैरा इस काम का बीड़ा उठायें।

—और हाँ, चतुरी का काम भी यहाँ सँभालने के लिए किसी-न-किसी को आगे आना चाहिए। चतुरी की जगह खाली नहीं रहनी चाहिए। आप लोगों को अखबार सुनना चाहिए। फिलहाल एक आदमी यहाँ हफ्ते में दो-तीन बार आयेगा। नगेसर को उससे काम सीखना चाहिए। नगेसर को पढ़ने का अभ्यास बढ़ाना चाहिए। मैं जानता हूँ कि नगेसर बहुत ही जहीन है। वो कोसिस करे, तो कोई भी बात मुसकिल नहीं। और हाँ, बेंगा चाचा का भी खियाल आप लोग रखें। हो सकता है कि उसकी नौकरी जल्दी ही खतम हो जाय। उस बेचारे के पास तो किसी तरह की जमीन भी नहीं है।

—अब मैं आप लोगों से क्षमा चाहूँगा। मुझे रामपुर भी अभी जाना है। आप लोग मेरी बातों का खियाल रखें।

सब लोग उठ खड़े हुए। रमेसर ने सबसे बिदा लेकर महँगू के दोनों हाथ अपने हाथों में लेकर कहा—काका, कोई बात हो, तो नगेसर से मेरे पास खबर भेजना।

हम सबकी जिनगी-मरन एक है, काका। तुम नाहक ई बात खियाल में न लाओ कि तुम अकेले हो। हम सब तुम्हारे दुख में सामिल हैं।

महँगू ने उसके दोनों हाथ सिर से लगाकर कहा—मेरा कहा-सुना माफ करना, बेटा, मेरी अकल ठिकाने नहीं।

—ई का कहते हो, काका!—महँगू के पाँव छूकर रमेसर ने कहा और सबको उसके बारे में ताकीद करके अपने जवानों के साथ चल पड़ा।

आँधी हलकी होने की आहट पा दीवानख़ाने के बन्द दरवाज़े के पास से बड़े सरकार ने आवाज़ दी—बेंगवा!

—जी, बड़े सरकार!—ओसारे में गुटमुटाकर ठेहुनों में सिर दिये किसी चिन्ता में खोये बैठे हुए और धूल से भूत बने हुए बेंगा ने चट खड़े होकर जवाब दिया।

—आँधी रुक गयी, बे?

—जी, बड़े सरकार।

—तो चल, जल्दी खिड़कियाँ, खोल।

बेंगा दरवाजा खोलकर, अन्दर जा खिड़कियाँ खोलने लगा।

बड़े सरकार ऐशगाह की ओर जाते कहते गये—जल्दी नहाने का इन्तज़ाम कर।

लैम्प की मद्धिम हरी रोशनी में हर चीज पर जमी हुई गर्द की परत देखकर बेंगा होंठों में ही बुदबुदाया, बैठे-बैठाये एक काम और बढ़ गया। अब खिड़की-दरवाजे तो बन्द थे, ई इतनी गर्द साली यहाँ कैसे आ गयी!

वह झाड़न उठाने ही वाला था कि अन्दर से आवाज़ आयी—अबे, कहाँ रह गया?

बेंगा दरवाज़ा भेंड़कर अन्दर भागा। ओरियानी से लटकी बड़ी लालटेन का शीशा गर्द और धुएँ से धुँधला हो गया था। बेंगा उसे साफ़ करने के लिए उतारने लगा, तो बड़े सरकार कड़ककर बोले—पहले नहाने का इन्तज़ाम कर!—और वह खाँसने लगे।

बेंगा दौड़कर उग़ालदान लाकर, उनके सामने खड़ा हो गया। बड़े सरकार ने ज़ोर से खँखारा, गला धूल से जकड़ गया था। उन्होंने वहीं स्टूल पर उग़ालदान रखने का इशारा कर दिया।

—नहानघर में इन्तजाम करें, बड़े सरकार?—जाते हुए बेंगा ने पूछा।

—नहीं, चबूतरे पर।

बेंगा ने छोटी चौकी ओसारे में से उठाकर आँगन के चबूतरे पर ला रखी। उसे अँगोछे से ख़ूब झाड़-झाड़कर साफ़ किया। फिर दो बाल्टों में कल से पानी भरकर चौकी के पास रखा और तेल, साबुन, तौलिया और लोटा हाथों में लिये बड़े सरकार से कहा—तैयार है, बड़े सरकार।

बड़े सरकार पैर लटकाकर चौकी पर बैठ गये। बेंगा ने जूते निकाल दूर चबूतरे के किनारे और खड़ाऊँ लाकर चौकी के नीचे रख दी। बड़े सरकार तब पलथी मारकर बैठ गये और दोनों हाथ ऊपर कर दिये। बेंगा कुरता, फिर बनियाइन निकालकर कमरे में रख आया और लौटकर बाल्टे से लोटे-लोटे पानी निकाल बड़े सरकार के सिर पर उँड़ेलकर उनकी देह मलने लगा।

—ज़रा ज़ोर लगाकर मल। तेरा तो ज़ोर ही न जाने कहाँ चला गया है।—हाथ फैलाते हुए बड़े सरकार बोले—अबे, आजकल खाता नहीं क्या?

—खाता काहे नहीं, बड़े सरकार—ज़ोर लगाते हुए बेंगा बोला।

—तो फिर सब कहाँ चला जाता है?

—अब का बताऊँ, बड़े सरकार।

—काम में भी, देखता हूँ, आज-कल तेरी तबीयत नहीं लगती?

बेंगा चुप रहा।

—बोलता काहे नहीं, बे?

—का बताऊँ, बड़े सरकार, जब से चतुरिया...

बड़े सरकार हँस पड़े। बोले—वही तो मेरा भी ख़याल था। लेकिन उसके लिए कोई क्या कर सकता है? आदमी जैसा करता है, सामने आता है। तुझसे मैंने कहा था कि नहीं?

—कहा था, बड़े सरकार।

—तो फिर तुमने उसे क्यों न रोका? क्यों वह किसानों को बरगलाता फिरता था?

—अब का बताऊँ, बड़े सरकार। मैंने तो उसे बहुत मना किया था। वह किसी के बहकावे में आ गया होगा, बड़े सरकार। अबकी सरकार उसे माफ कर देते, तो मैं जिनगी-भर सरकार का गुन गाता। पाँच में यही तो एक बचा है, बड़े सरकार। कितने बड़े-बड़े होकर मेरे तीन बेटे और एक बेटी मर गये। ले-दे के एक यही तो रह गया है। जब से वह जेहल भेज दिया गया है, चतुरिया की माई ने दाना-पानी नहीं छुआ।

—अरे, तो इसमें हम क्या कर सकते हैं? पुलीस का मामला है।

—हम पुलीस को का जानें, बड़े सरकार। हमारे माई-बाप तो सरकार हैं। सब लोग यही कह रहे हैं कि अगर बड़े सरकार चाहें, तो चतुरिया आज छूटकर आ जाय। अबकी मेहरबानी कर दीजिये, माई-बाप।

—और भी तो कुछ लोग कहते होंगे?

—और लोग कुछ नहीं कहते, बड़े सरकार। सब यही कहते हैं, बड़े सरकार की मेल-मुलाकात बड़े-बड़े अफसरों के साथ है। एक बार भी बड़े सरकार जबान हिला दें, तो कोई भी नाहीं नहीं कर सकता। बड़े सरकार के हाथ में बड़ा पावर है।

—लोग यह नहीं कहते कि हमने ही उसे पकड़वाया है?

—नाहीं, बड़े सरकार, झूठ काहे को कहूँ, यह बात कोई कैसे जबान पर ला सकता है? लोग जानते नहीं कि मैं किस दरबार का नौकर हूँ। पुस्तों से जिस दरबार का नामक हम खाते आये हैं, हम किसी की ऐसी बातों पर बिसवास कर सकते हैं? और अगर कोई कहे भी, तो का हुआ, हम तो बड़े सरकार को जानते हैं।

—ज़रा सिर में अच्छी तरह साबुन लगा। बहुत गर्द भर गयी है।

—बहुत अच्छा, बड़े सरकार।...छोटे सरकार की कामियाबी की खुसी में जलसा होने जा रहा है। बड़े सरकार कह रहे थे कि इसमें सभी अफसर भी आयेंगे। इसी मौके पर बड़े सरकार किसी से जरा कह देने की तकलीफ उठाते। हमारा और कौन है, बड़े सरकार!

—क्यों, शिवप्रसाद बाबू के यहाँ तो तुम गये थे!

—लोगों के कहने से गया था। बिपदा के मारे को होस नहीं रहता, बड़े सरकार। जो भी कुछ कह देता है, वही वह करने के लिए दौड़ता है। झूठ काहे को बोलूँ, बड़े सरकार से, गया था उनके पास। लेकिन सरकार तो जानते ही हैं, वो चतुरिया के जानलेवा दुसमन हो गये हैं। बिगड़कर वोले, जो चारों ओर मुझे बदनाम करता फिरता है, उसके लिए मैं कुछ नहीं कर सकता। बहुत हाथ-पाँव पकड़ा, बरसों की चतुरिया की सेवा का हवाला दिया, तो वो बोले, मैं चाहूँ भी तो कुछ नहीं कर सकता हूँ? कांग्रेस का अब राज नहीं रहा। मैं तो ख़ुद ही जेल जाने की अब तैयारी कर रहा हूँ।... यह सब बहाना था, बड़े सरकार। मुझे बहुत अफसोस हुआ कि काहे मैं उनके पास गया। गैर कोई का मदद करेगा, बड़े सरकार? जो भी हो, सरकार अपने हैं, गुस्सा हों तो, खुस हों तो, सरकार ही तो हमारे माई-बाप हैं। बड़े सरकार, मैं आपके पाँव छूकर कहता हूँ, सरकार उसे छोड़वा दें, तो जिस दिन वह आयेगा, उसी दिन मैं उसका हाथ पकड़कर सरकार के पाँवों नें उसे लाकर पटक दूँगा। सरकार की मरजी में जो आये, उसके साथ करें, जो चाहें अपने हाथ से उसे दण्ड दें। चाहें तो उसकी तिक्का-बोटी कर डालें। मैं कुछ न कहूँगा, बड़े सरकार। सरकार हमारे माई-बाप हैं, हम गलती करें, तो सरकार न सजा देंगे, तो कौन देगा? अबकी बार उसे छुड़ा दें, माई-बाप!

—तेल नहीं लगेगा। देह पोंछ।

बड़े सरकार का सिर, गर्दन, पीठ, पेट और बाँहें पुँछ गयीं, तो वह खड़े हो गये। बेंगा झुककर उनके पैर पोंछने लगा।

—एक बात कर, तो शायद वह छूट जाय।

—हुकुम करें, बड़े सरकार।

—उससे लिखकर, माफ़ी मँगा दे।

—यह मैं उससे कैसे करा सकता हूँ, बड़े सरकार? उससे मेरी भेंट कैसे हो सकती है? जिला जाऊँगा, तो कई दिन लग जायेंगे। सरकार की खिदमत कौन करेगा? फिर वहाँ उससे भेंट हो, न हो।

—मैं इसके बारे में सोचूँगा।...कपड़े निकाला है?

—अभी निकालता हूँ, सरकार।

—वही तो कहा था, आजकल तेरा मन जाने कहाँ रहता है। चल, जल्दी कर!

बड़े सरकार धोती बाँध चुके, तो बेंगा ने उन्हें बनियाइन और कुरता पहनाया। बाल ठीक कर, मूँछ सँवारकर, बड़े सरकार कुर्सी पर बैठ गये, तो बेंगा ने इत्र की शीशी खोल, फाया बनाया और सरकार के कान में खोंस दिया। फिर रगड़-रगड़कर उनके पाँव पोंछ जूते ला पहना दिये। तब बड़े सरकार बाहर निकलते हुए बोले— पान ला।

—बाहर बैठने का इन्तिज़ाम कर दूँ?

—नहीं। पान जल्दी ला।

बड़े सरकार बाहर आ सहन में टहलने लगे।

थोड़ी देर के बाद कारिन्दा और पटवारी आ पहुँचे। अदब से सलाम करके वे एक ओर खड़े हो गये।

टहलते हुए ही बड़े सरकार ने कहा—मंगल को जलसा है। सब इन्तज़ाम ठीक-ठीक होना चाहिए। सब आदमियों को कल ही हल्दी भेजवा दो, कुर्बजवार के रऊसान के लिए कल दावतनामा छपकर आ जायगा। उन्हें भी तुरन्त भेजने का इन्तिज़ाम हो जाना चाहिए।

—सब हो जायगा, बड़े सरकार। इस वक़्त हम एक अरज लेकर आये थे।—कारिन्दे ने कहा।

—कहो।

—सुना है, बड़े सरकार ने खेतों के बारे में हुकुम दे दिया।

—हाँ, सब कारकुनान को हुक्म दे दो। पार साल जिसकी जोत में जो खेत था, उसे मिल जाय।

—बड़े सरकार ने यह क्या किया! थोड़े दिन और बड़े सरकार चुप रहते...

—अब यह सब बातें बेकार हैं। जो कह दिया कह दिया।

—हज़ारों की सलामी...

—मेरे बेटे पर न्योछावर है। मालूम है, छोटे सरकार लड़ाई पर जा रहे हैं। इस वक़्त मैं किसी की भी बददुआ लेना नहीं चाहता। मेरे हुक्म की तामील हो!

—अब सरकार से मैं क्या कहूँ? हर साल खेतों की अदला-बदली ज़रूरी होती है।

—इसके बारे में अब मैं कुछ भी सुनना नहीं चाहता। मेरे ज़िस्म में अभी पुरखों के ख़ून का कुछ असर बाक़ी है। बात मुँह से निकल गयी।

—बड़े सरकार,—पटवारी बोला—हम ग़रीबों का भी कुछ ख़याल है। यही बर-बन्दोबस्त का वक़्त होता है, जब सरकार के तुफ़ैल में हमें भी चार पैसे मिल जाते हैं। आख़िर हमारे भी बाल-बच्चे हैं। हमारा गुज़र कैसे होगा। तनख़ाह तो, सरकार जानते ही हैं, हमें क्या मिलती है। शुरू साल ही खाली चला जायगा, तो हम बेचारे ही मर जायेंगे।

—अब तो मज़बूरी है, मुंसी जी। आपकी आमदनी के हज़ार रास्ते हैं। गोजर का एक गोड़ टूट जाने से क्या होता है?

—अब सरकार से मैं क्या दलील करूँ, सुना है, परती का बन्दोबस्त भी सरकार ने रुकवा दिया।

—हाँ, फ़िलहाल।

—लेकिन उसके लिए तो कितने हमारे पास रोज़ दौड़ रहे हैं, कई असामी क़ानूनगो साहब को सलामी भी दे चुके हैं।

—क़ानूनगो साहब से मैं बातें कर लूँगा।

—बड़े सरकार,—कारिन्दा बोला—एक बात और है।

—कहो।

—कुछ खेत बनियों के नाम बन्दोबस्त हो चुके हैं, उनका क्या होगा?

—जो हो गये, हो गये।...मुन्शी जी आप रात को ठहरेंगे?

—कोई काम हो, बड़े सरकार, तो क्यों न ठहरूँगा? क्या बतायें, इस साल हमें ख़ासी अच्छी रक़म की उम्मीद थी सरकार के इलाक़े में।

—मुन्शी जी, किसी ज़माने में हमारे पुरखे किसी मौक़े पर साल-साल भर का लगान माफ़ कर देते थे। हमने तो महज़ सलामी ही माफ की है। छोड़िये उस बात को। कुछ तहसीली की कहिये।

—कोई ख़ास बात नहीं है। बस, लड़ाई की गर्मागर्मी है। रोज़ नये-नये हुक्म जारी हो रहे हैं। सुना है, डिप्टी साहब दौरे पर आनेवाले हैं। हर इलाक़े में लड़ाई में मदद पहुँचाने के लिए मातबर लोगों की कमिटियाँ बनायी जायेंगी।

—हम जलसे में सब अफ़सरों को बुला रहे हैं।

—तब तो सब बातें मालूम ही हो जायेंगी।

—अब भोजन करके यहीं सो रहिये।...बेंगवा!

बेंगा पान की तश्तरी लिये एक ओर खड़ा था। सामने आ उसने तश्तरी बढ़ा दी। बड़े सरकार पान के बीड़े उठाते हुए बोले —पुजारी जी से कह आ, मुन्शी जी भी भोजन करेंगे।

—खटाई के लिए थोड़े आम...—पटवारी ने कहा।

—हाँ, हाँ, कल भेजवा देंगे। क़ानूनगो साहब के यहाँ भी अचार के लिए आम भेजवाने हैं, अच्छी याद दिलायी आपने।

आँधी के बाद सबने मिलकर पूरी हवेली की सफ़ाई की।

बदमिया जितनी ख़ुश थी, सुनरी उतनी ही उदास। बदमिया की छोटी-छोटी, तेज़ आँखों में दबायी हुई ख़ुशी खेल रही थी और सुनरी की बड़ी-बड़ी, स्याह आँखों में दबायी हुई व्यथा चुपके-चुपके रो रही थी।

सबको सफ़ाई करने का हुक्म देकर, मुँदरी जब रानी जी के साथ नहानघर में चली गयी, तो बदमिया हाथ में झाड़ू लिये मटकती हुई सुनरी के कमरे में पहुँची। सुनरी अँधेरे में ठेहुने पर ठुड्डी रखे हुए बैठी बिसूर रही थी। उसे आज सब बातें याद आ रही थीं। भोली सुनरी ने सबकी आँखें बचाकर अपना एक महल उठाया था। पिछले साल अचानक लल्लन ने सुनरी के अनजान में ही इस महल की नींव डाली थी। सुनरी उस वक़्त सहम गयी थी, उसकी समझ में ही कुछ न आया था। लेकिन लल्लन जब चला गया, तो सुनरी के दिल को कुछ ऐसा हुआ कि उसकी समझ में सब आ गया। वह बार-बार आईने में अपने होंठ देखने लगी। ऐसा करते वक़्त उसे एक अजीब-सा सुख मिलता, उसे हमेशा लगता कि अचानक पीछे से आकर लल्लन ने उसे दबोच लिया है और उसके सहमे होंठों पर अपने अंगारे की तरह दहकते लाल होंठ रख दिये हैं और उसके होंठ छन्न-से जल गये हैं। उस दिन होंठ बड़ी देर तक भँभाते रहे थे, वह बार-बार उन्हें दाँतों से काटती रही थी। और जीभ से तर करती रही थी। उसे डर लगा था कि कहीं फफोले न पड़ जायँ, कहीं जलने के दाग न पड़ जायँ।

एक दिन सुबह सुनरी तिपाई पर जलपान रख रही थी, कि अचानक लल्लन ने पीछे से आकर उसे दबोच लिया था और उसके होंठ चूम लिये थे।

और उसके बाद जब देखो, लल्लन सुनरी को आवाज़ दे रहा है। सुनरी के कान में जब भी लल्लन की आवाज़ पहुँचती, उसका कलेजा धक-से कर जाता, जान सूख जाती। लेकिन छोटे सरकार की आवाज़ को अनसुनी करने की हिम्मत किसमें थी? उसे जाना ही पड़ता। दरवाजे पर खड़ी हो, घूँघट ज़रा खींच, वह सूखे स्वर में कहती —का हुकुम है, छोटे सरकार?

लल्लन मुस्कराता हुआ उसकी ओर देखता। फिर ज़रा रोब से कहता —अन्दर आओ, वहाँ खड़ी-खड़ी क्या पूछ रही हो?

सुनरी के पाँव जैसे धरती में ठुँक गये हों। लेकिन छोटे सरकार का कोई भी हुक्म न मानने की हिम्मत किसमें थी? डरती हुई सुनरी दरवाज़े के अन्दर होती। सिर झुकाये लटपटाती जीभ से कहती —का हुकुम है?

—ज़रा इधर देखो, —हाथ की किताब बन्द कर लल्लन कहता।

सुनरी की गर्दन जैसे टूटकर लटक गयी हो। लेकिन फिर वही, छोटे सरकार का हुक्म! वह बड़ी कोशिश करके धीरे-धीरे गर्दन उधर घुमाती, भारी-भारी, बड़ी-बड़ी पलकें फ़र्श की ओर झुकाये, जैसे डर के मारे उनमें कोई जान न रह गयी हो, जैसे एक पत्थर का बुत हो, जिसकी गढ़ी हुई झुकी पलकें कभी भी न उठ सकेंगी।

—आँखें खोलकर मेरी ओर देखो! —बन्द होंठों में मुस्कराता हुआ लल्लन बोलता।

नाच, बँदरिया, नाच! ज़रा मटकी मारके तो दिखा दे!...और बँदरिया सिर पर उठी मदारी की छड़ी की ओर सहमी हुई देखती है, और पट से मटकी मार के दिखा देती है। दर्शक हँस पड़ते हैं। अद्‌भुत मनोरंजन!

वह अदृश्य तलवार सुनरी के सिर पर कहाँ लटक रही कि चट वह पलकें उठा देती। सुनरी ने जब से होश सँभाला था, लल्लन को देख रही थी। लेकिन इस परिस्थिति में जब उसकी पलकें उठतीं और एक नज़र लल्लन पर पड़ती, तो डर के मारे उसकी जान ही निकल जाती।...पलँग पर अधलेटा वह लल्लन कहाँ?...यह तो कोई दैत्य के डील-डौलवाला आदमी है, परोसे-भर का क़द, बाघ के बराबर चेहरा, भेड़िये की तरह आँखें, ऊँट के पावों की तरह बड़े-बड़े हाथ-पाँव!

उसका पीला पड़ा, गड़ा हुआ, निर्जीव-सा चेहरा देखकर लल्लन सौ मन का एक मन हो जाता। फिर भी वह हुक्म देता —ज़रा वो पीलीवाली किताब तो उठाना।

पलँग के सिरहाने ही ऊँची आलमारी है। वहीं खड़े होकर किताब निकालनी पड़ेगी। कहीं छोटे सरकार हाथ बढ़ाकर पकड़ लें, तो? यह 'तो' उठने को तो उठ ही सकता है। मन के अन्दर सब स्वतन्त्र होते हैं। और कहीं जगह न पाकर ग़ुलाम के मन में ही स्वतन्त्रता चुपके-चुपके सिमटी-सिकुड़ी बैठी रहती है और बाहर निकलने के अवसर की ताक में सिर धुना करती है। लेकिन इस 'तो' का जवाब तो बाहर की चीज़ है, इसके लिए हाथ-पाँव हिलाना पड़ता है, मुँह खोलना पड़ता है। ऐसा करने की शक्ति सुनरी ने तो यहाँ किसी में नहीं देखी। सो, उसे आगे बढ़ना ही पड़ता। मन तभी दूसरा सवाल करता, यह सब बहाना, लिहाज़ किसलिये? मालिक का सीधे उसे अपने पास आने का हुकुम नहीं दे सकता, उसके साथ चाहे जैसा व्यवहार नहीं कर सकता? फिर...

सुनरी बदन चुराकर सहमी-सहमी आगे बढ़ती। हाथ उठाकर किताब उतारती। और बिना लल्लन की ओर देखे ही किताब उसकी ओर बढ़ा देती।

लल्लन किताब के बदले उसका हाथ पकड़कर खींचता। मन की स्वतन्त्रता हाथ में आकर जैसे कमज़ोर पड़ जाती। फिर भी अपने को रोकने का असर कुछ तो पड़ता ही। हाथ लल्लन के पास होता, ठेहुने पाटी से टिके और शरीर पीछे को झुका हुआ, दबा हुआ विद्रोह दिखाता और मुड़ा हुआ मुँह और भी पीछे को, जैसे शरीर का वही भाग सबसे अधिक मूल्यवान् हो।

लल्लन का ध्यान भी सबसे पहले उसी भाग पर जाता, जैसे वह मिल जाय, तो सब मिल जाय। वह सिरहाने की ओर खिसककर दूसरा हाथ बढ़ाता, लेकिन तभी जाने क्या होता कि सुनरी का भय-विह्वल पीला, सूखा हुआ चेहरा, और छुरी के नीचे पड़े हुए कबूतर की आँखों की तरह वह आँखें और हलाल होते वक़्त 'बे' करके चीख़नेवाले बकरे की तरह वह चीख़ पड़ने को रक्तहीन-से फड़फड़ाते होंठ देखकर, उसका हाथ ढीला पड़ जाता, पारा बिलकुल नीचे ढलक जाता, सारा उत्साह, सारी उत्तेजना ही अचानक ठण्डी पड़ जाती। वह उसे छोड़ देता।

सुनरी जाल से छुटे हिरनी की तरह भाग जाती।

यह कई बार हुआ। बहाना जब बहाने के लिए ही हो, तो इसकी क्या कमी? वही हरकतें, बार-बार दुहरायी जातीं और फिर-फिर वही नतीजा भी होता। कबूतर की वह आँखें लल्लन का सारा मज़ा ही किरकिरा कर देतीं, वह आगे न बढ़ पाता।

एक दिन बदमिया ने सुनरी से पूछा—आजकल तेरी बुलाहट बहुत बढ़ गयी है। का बात है, रे?

—बात का है,—सुनरी यों ही बोली।

किसी भी स्त्री के लिए स्त्री की आँखों को धोखा देना मुश्किल है। सुनरी की कच्ची, भोली आँखें, भला क्या खाके बदमिया की तेज़, अनुभवी आँखों को पढ़ा पातीं? बदमिया ने एक छन उसकी ओर देखा, फिर बोली—हूँ! पहले तो मुझे भी कभी-कभी बुलाते थे। इधर कई दिनों से मेरा नाम भी नहीं लेते। जब देखो, सुनरी!

—तो मैं का करूँ?

—मुझी से छछन...

—बदामो बहन, इस तरह की बात मुझसे न करो। छछन-वछन अपने ही लिये रहने दो!—और सुनरी उठकर चल दी।

बदमिया होंठ दबाये उसकी ओर देखती हुई सिर हिलाती रही।

अब बदमिया ज़रा आँख खोलके रहने लगी। उसे छोटे सरकार में काफ़ी दिनों से दिलचस्पी थी। डोरे डालने की तो ख़ैर उसमें हिम्मत ही क्या होती, लेकिन अपनी ओर आकर्षित करने की वह ज़रूर कोशिश करती थी। डर के मारे वह खुलकर अपने हाथ न दिखा पाती। सुनरी की अवस्था में होती, तो शायद वह यह भी कर गुज़रती।

लेकिन वह अपनी स्थिति बख़ूबी जानती थी। उस स्थिति में खुल-खेलना बड़ा ही ख़तरनाक था। हाँ, अगर लल्लन पहल करता, तो वह ज़रूर उससे चार क़दम आगे बढ़ने में ख़ुश होती। समरथ को नहिं दोस गुसाईं...लेकिन बदमिया तो बिना छोटे सरकार की मन्शा जाने वैसा न कर सकती थी। वह जो कर सकती थी, जिसका मतलब कुछ हो भी सकता था और नहीं भी, समझनेवाले को समझना हो, तो समझे; काम बननेवाला होगा, तो इतने ही से बनेगा, न बननेवाला होगा, तो नहीं बनेगा। इसके आगे बदमिया कर ही क्या सकती थी।

वह दिलचस्पी जो थी, सो तो थी ही, अब एक दूसरी आग भी जलने लगी। पहले इस आग की लपटों को देखकर उसकी आँखें ख़ुशी से चमक उठीं। लेकिन बाद में इसी आग की जलन को बरदाश्त कर सकना उसके लिए असम्भव हो गया।

बात यों हुई। कई बार लल्लन ने जब बदमिया को अपने कमरे के सामने चक्कर लगाते और चोरी से ताड़ते हुए देखा, तो वह उसकी मन्शा समझ गया। वह उसे अच्छी तरह समझे हुए था। उसकी हर हरकत का मतलब भी उसे मालूम था। यों कभी-कभी उस पर उसे दया भी आती थी और सहानुभूति भी होती थी। लेकिन अब उसे गुस्सा आने लगा।

एक दिन लल्लन ने सुनरी से पूछा—यह बदमिया क्यों घुरियाये रहती है? जब भी तुम मेरे पास आती हो, उसे बार-बार इधर से आते-जाते देखता हूँ।

सुनरी यह जानती थी। बदमिया के बार-बार उधर से आने-जाने के कारण ही उसका डर आजकल कुछ कम हो गया था। वह जानती थी कि छोटे सरकार ऐसे में कुछ करेंगे नहीं। वह सिर झुकाये हुए ही बोली—मुझसे भी वो पूछती थी कि छोटे सरकार बार-बार तुझे काहे को बुलाते हैं।

—हूँ!—कहकर लल्लन पलँग से उठ खड़ा हुआ। सुनरी सहमकर एक ओर हो गयी। लल्लन दरवाज़े पर खड़ा हो इन्तज़ार करने लगा।

बदमिया कुछ गुनती हुई-सी उधर आ रही थी कि दरवाज़े पर छोटे सरकार को देखकर पलटी। तभी लल्लन बोला—ए अम्माँ! ज़रा इधर तो सुनो!

छत फट जाती, तो बदमिया ख़ुशी से पागल हो जाती। लेकिन वैसा क्या उसके चाहने से हो जाता। वह बहुत चाहकर भी वहीं गिरकर बेहोश होने की नक़ल भी न पसार सकी। बेहोशी का एक झोंका-सा आता ज़रूर नज़र आया, लेकिन तभी फिर उसे सुनायी पड़ा—आती है कि मैं आऊँ?

बदमिया ऐसे आगे बढ़ी, जैसे बड़े-बड़े ठोरोंवाली काली-काली असंख्य चिड़ियाँ उसे घेरकर ठोर-पर-ठोर मारे जा रही हों, किसी भी तरह उनके प्रहारों से बचा न जा सकता हो।

लाल-लाल आँखें निकालकर लल्लन बोला—तेरे मुँह से एक भी लफ़्ज़ सुनरी के बारे में निकला, तो ज़बान काटकर फेंक दूँगा, समझी? जा!

बदमिया भागी, तो सीढ़ी से लुढ़क पड़ी। कई दिन उसे हल्दी–गुड़ पीना पड़ा।

अब लल्लन अपने हाथों को रोक कुछ–कुछ बोलने लगा। उसने सोचा कि शायद बोलने, बातचीत करने से वह खुल जाय, परच जाय, और धीरे–धीरे उसके मन का डर निकल जाय। तब शायद उसे अपने मनसूबे में आसानी से क़ामयाबी मिल सके। कभी वह पूछता, तू इस तरह डरती क्यों है? कभी कहता, इसमें डरने की क्या बात है? कभी पूछता, तुझे अच्छा नहीं लगता क्या?

लेकिन सुनरी कोई जवाब न देती। हाँ, कभी–कभी वह उसकी ओर उसके कहने से देख ज़रूर लेती। तब उसे वही दैत्य पलँग पर दिखायी पड़ता और वह सहम–सहम जाती।

लेकिन गर्मी की छुट्टियाँ ख़तम होते–होते उस दैत्य का डील–डौल घटने लगा और क़रीब था कि वह देखे-पहचाने छोटे सरकार के रूप-आकार में आ जाता, कि छुट्टियाँ ही ख़तम हो गयीं।

जाने के दिन लल्लन ने कहा—पूजा में आऊँगा। तब तक तू अपने मन का डर निकाल डालना। एँ?...तू मुझे बहुत याद आयेगी। तू मुझे बहुत–बहुत अच्छी लगती है। बोल, तेरे लिये इलाहाबाद से क्या लाऊँगा?

सुनरी ने 'कुछ नहीं' में सिर हिला दिया।

—आज भी नहीं बोलेगी?—कहकर जाने किस तरह उसने देखा।

फिर भी वह कुछ न बोली, तो वह उसकी ओर हाथ बढ़ा, उसकी ठुड्डी में उँगली लगा, चाहा कि चूम ले, लेकिन फिर वही भय-विह्वल, पीला पड़ा चेहरा, रक्तहीन होंठ और कबूतर की तरह आँखें देखकर रह गया और कमरे से बाहर जाते–जाते कह गया, बड़ी ज़ालिम हो!

काफ़ी खेला–खाया युवक लल्लन भेड़िये की तरह शिकार पर मौक़ा मिलते ही झपट पड़ने का क़ायल न था। बिल्ली की तरह ख़ूब खेलकर, जी बहलाकर शिकार मारने में उसे मज़ा आता था और फिर सुनरी तो उसके घर की मुर्ग़ी है, कोई जंगल का परिन्दा थोड़े ही है कि पलखत पड़ते ही फुर्र–से ग़ायब। कोई जल्दी की बात नहीं।

और धार के दूध की तरह इस दुनिया के हवा–पानी, आग–आँच से अनभिज्ञ मासूम, कच्ची सुनरी! बिल्ली के खेल को चूहे के बच्चे की तरह मौत का खेल न समझ मोहब्बत का खेल समझ बैठे, और उसमें मज़ा भी लेने लगे और अपनी ख़ुशक़िस्मती भी समझने लगे, तो क्या आश्चर्य!

बदमिया ने झाड़ू सुनरी की बग़ल में रखकर कहा—छोटे सरकार का कमरा तो तू ही साफ़ करेगी न?

सुनरी ने सिर उठाया।

बादल कहीं छाये और बिजली कहीं चमके!

सुनरी ने बदमिया को एक छन देखकर कहा—बदामो बहन, मैंने तुम्हारा का बिगाड़ा है?

—इसका हिसाब-किताब तो कभी-न-कभी होगा ही! तुझे किसी पर घमण्ड है, तो मुझे भी किसी पर है। यह मालूम है न कि किसके चाहनेवाले की यहाँ हुकूमत चलती है?—बदमिया ने झमककर कहा।

—मुझ बदनसीब को भला किस पर घमण्ड हो सकता है, बदामो बहन?—भरे गले से सुनरी ने कहा—मेरा कोई चाहनेवाला नहीं। मेरी तक़दीर फूट गयी कि ऐसे बेदर्दी से मैं दिल लगा बैठी। वो बड़ा झूठा है, बदामो बहन!

—काहे?—भौहें सिकोड़कर बदमिया बोली।

—बड़े दिन की छुट्टी में उसने कहा था कि गर्मी की छुट्टी में आयेगा और फिर कहीं न जायगा और फिर मुझसे बियाह...

बदमिया को ज़ोर से हँसी आ गयी। लेकिन फिर जो उसने सुनरी की ओर देखा और उसकी उठी हुई आँसुओं से लबालब दर्द-भरी आँखों पर नज़र पड़ी, तो एक छन को वह सन्नाटे में आ गयी। उसकी आँखें फैल गयीं, माथे पर बल पड़ गये और फिर अचानक जाने क्या हुआ कि वह उसके पास बैठ गयी और अपने आँचल से उसकी आँखें पोंछती हुई सहानुभूति-भरे स्वर में बोली—मुझे माफ कर देना, सुनरी!...मैं का जानती थी कि तू ऐसी बेवकूफ और पागल है—और वह उठकर जाने लगी।

—बदामो बहन!—सुनरी ने बड़े ही दर्द-भरे स्वर में पुकारा—ज़रा मेरे पास बैठो, कुछ बातें करो। मेरा मन जाने कैसा हो रहा है। मैं मर जाऊँगी, बदामो बहन!

—मरें तेरे दुसमन!—बदमिया उससे सटकर बैठ गयी और उसकी पीठ पर हाथ रखकर बोली—तूने पहले मुझे यह काहे नहीं बताया? ओह!

—तू मुझ पर इतना गुस्सा रहती थी कि कुछ कहने को मेरी हिम्मत ही न पड़ती थी।

—मैं तो समझती थी कि तू मुझसे चढ़ा-ऊपरी करके उसे फाँस रही है। मुझे का मालूम था कि वह इस तरह सबुज़ बाग दिखाकर तुझे बेवकूफ बना रहा है।

—तो का सच ही वह झूठा है, बदामो बहन?—जैसे सुनरी को अब भी विश्वास ही न हो रहा हो।

—वो आ रहा है, उसी से पूछना! पागल!...और किसी से तो तूने यह बात नहीं कही है न?

—ना। तुम्हारे सिवा किसी को यह मालूम ही कहाँ है?

—किसी से न कहना। सब हँसेंगी और तुझे पागल बतायेंगी और कहीं मुँदरी फुआ को यह बात मालूम हो गयी, तब तो समझो, परलय ही मच जायगा। अरे, बाप रे, कैसी भोली है तू! ई लोग हमा-सुमा से बियाह करेंगे! ई लोग तो हमा-सुमा की जिनगी खराब करने के लिए पैदा होते हैं, पगली। और तू उससे दिल लगा बैठी!

—का करती, बदामो बहन। वो ऐसी मीठी-मीठी बातें करता है कि मेरा मन पानी-पानी हो जाता है। और धीरे-धीरे जाने मुझे का हो गया कि मैं उसके लिए तड़पने लगी। उसके बिना अब मुझे चैन ही नहीं। अब वो फौज में जा रहा है, मेरा का होगा?

—वही, जो हम सबों का हुआ। ई लोगन के बदले पेड़-रूख से दिल लगाया जाय, तो अच्छा। तू यह पागलपन छोड़ दे। ये वो तिल नहीं, जिससे तेल निकले!

—एक बात पूछूँ, बदामो बहन?

—पूछ।

—यह बताओ कि तुम उसके पीछे काहे घुरियाये रहती थी?

बदमिया हँस पड़ी। फिर बड़े ही मर्माहत स्वर में बोली—ई सब अभी तुम नहीं समझोगी। एक बूढ़े ने मेरी जिनगी नास दी, पाँव-से-पाँव बाँधकर डाल रखा है। मेरे मन में का ई अरमान नहीं, कि किसी जवान से दो बातें करती? जे बखत उसने मुझे अम्माँ कहा, जानती है, मेरे दिल पर क्या गुज़री...जाने दे, सुनरी, ई सब अभी तू नहीं समझेगी।—और फिर अचानक गुस्से से सुर्ख होकर फट-सी पड़ी—मुझे वह अम्माँ कहता है और उसे यह मालूम हो जाय कि जिसे वह जाल में फँसा रहा है, वो उसकी कौन होती है, तो?

—का?—मुँह फाड़कर सुनरी बोली।

तभी नहानघर का दरवाज़ा खुला।

बदमिया जल्दी में उठती हुई बोली—मुँदरी फुआ कुछ सुन लेगी, तो जान ले लेगी। चल, तू भी कुछ काम कर।—और उसका हाथ पकड़कर उठाने लगी।

जब रात काफ़ी बीत गयी और बड़े सरकार ने पक्के तौर पर यह समझ लिया कि अब रानी जी सो गयी होंगी, ते वह हवेली की ओर चले। खाना उन्होंने मना कर दिया था। उन्हें ताज़्जुब था कि आज रानी जी को दौरा नहीं आया। मालूम होता है कि किसी और चिन्ता में उनका मन बहक गया। बड़े सरकार ऊपर पहुँचे, तो रानी जी के सिरहाने बैठी पंखा हाँक रही मुँदरी उठ खड़ी हुई। बड़े सरकार अपने पलँग की ओर बढ़े। पाँवपोश पर सिर धरे फ़र्श पर ही बदमिया सो गयी थी। बड़े सरकार ने हलके-से उसकी कमर में जूते से एक ठोकर मारी। बदमिया झट साँप की तरह सजग होकर उठ खड़ी हुई, उसकी चूड़ियाँ झन्न-से बज उठीं।

आँखें मूँदे ही रानी जी थकी हुई आवाज़ में बोलीं—बड़े सरकार आ गये?

—मुँदरी ने जवाब दिया—जी, हाँ।

रानी जी उठ बैठीं। बड़े सरकार के जूते उतर गये-तो वह झट पलँग पर मसलहतन लम्बे हो गये और साँस खींच ली। बदमिया पाँव दबाने लगी।

—बड़े सरकार,—रानी जी बोलीं।

—अभी तक आप सोयी नहीं?—जम्हुआई लेते हुए बड़े सरकार बोले।

—नींद नहीं आती। आप ही का इन्तज़ार करती रही। कुछ बातें करनी हैं।

—मैं तो बेहद थक गया हूँ। आँखें ढँपी पड़ती हैं। आप भी सो जाइये। रात काफ़ी गुज़र चुकी है। कल बातें करेंगे। आपकी तबीयत ख़राब हो जायगी।

—मेरी तबीयत की भली चलायी।...मैं यह जानना चाहती थी कि आपने लल्लन जी को फ़ौज में जाने की राय दी थी?

—यह आप क्या कहती हैं?—चौंकते हुए बड़े सरकार बोले—नहीं, नहीं, उसने ख़ुद ही जो चाहा, किया है। उसने पहले लिखा था कि राय लेने आ रहा है। फिर जाने क्या हुआ कि कमीशन में आप ही शामिल हो गया। नहीं, नहीं, मुझसे वह राय लेता, तो क्या मैं उसे जाने देता। ऐसा शक आपको नहीं होना चाहिए।

—अब भी आप उसे रोक नहीं सकते?

—क्यों नहीं, ज़रूर रोकूँगा, ज़रूर रोकूँगा! उसे आ तो जाने दीजिये। आप भी कोशिश कीजियेगा। मेरा ख़याल है, वह रुक जायगा। आप परेशान न हों। आराम से सो जाइये।

—फिर यह जलसा क्यों रचाया जा रहा है?

—वह...वह...—ज़रा हँसकर बड़े सरकार बोले—लल्लन जी ने एम. ए. पास किया है न, उसी की ख़ुशी में, लोगों की राय हुई और उनके दोस्त शम्भू ने भी कहा तो मैं तैयार हो गया। इसमें क्या बात है। एक ही तो लड़का है। अब आप आराम कीजिये। बदमिया, मलाई तो ले आ।

बदमिया ने तिपाई उठाकर उनके पास रख दी और मलाई की तश्तरी का ढक्कन उठाकर, गिलास का पानी उनके हाथ में थमा दिया।

कुल्ला करके वह चम्मच से मलाई खाने लगे, तो रानी जी बोलीं—आप मुझसे कोई बात छिपा तो नहीं रहे हैं?

—अरे, राम-राम! आप यह क्या कर रही हैं? आपकी क़सम, भला ऐसी क्या बात हो सकती है?

—मेरी क़सम तो आपके लिए दाल-भात का कौर है। मेरी क़सम आप न खाया करें, मुझे बड़ी चिढ़ होती है इस बात से!

बड़े सरकार धीमे से हँस पड़े।

—मुझे लगता है कि आप ही लल्लन जी को दूर करना चाहते हैं। आप नहीं चाहते कि वह मेरे पास रहे!

—नहीं, नहीं, ऐसा कैसे हो सकता है?...बदमिया, पानी तो दे।

पानी पीकर वह लेट गये। बदमिया पाँव दबाने लगी।

—मेरी बात का आपने जवाब नहीं दिया? आप जानते हैं कि लल्लन जी ही मेरी ज़िन्दगी का सहारा है। आप उसे मुझसे दूर करके मुझे मार डालना चाहते हैं।

—वहम की कोई दवा नहीं है।

—यह वहम नहीं है, सही बात है, मेरा मन कहता है।

—क्यों? आख़िर इसकी कोई वजह भी तो होनी चाहिए? मेरे देखने में तो...

—वह तो आप जानें...

—आपकी क़स...माफ़ करें, मैं यह कैसे चाह सकता हूँ, कि वह कहीं भी जाय, फ़ौज में जाने देने की बात तो दूर है। आख़िर वह अकेले ही तो हमारे ख़ानदान का चिराग़ है। जाने उसे यह क्या सूझी! ज़रा उसे आ जाने तो दीजिये। लेकिन आप मुझे रोकिये-टोकियेगा नहीं। आख़िर मैं उसका बाप हूँ। मुझसे बिना कुछ पूछे-आछे जो जी में आये कर बैठने की उसे हिम्मत कैसे हुई, मैं देखूँगा! आप आराम से अब सो जाइये। कोई चिन्ता की बात नहीं। —और उन्होंने पीछे को करवट बदल ली।

आसमान हलका और साफ़ हो गया। जैसे उसका बुख़ार उतर गया हो। हलकी-हलकी साफ़ हवा चल रही थी। ताक पर रखी लालटेन ख़ामोश जल रही थी।

रानी जी यों ही बोलीं—लेकिन मुझे सकून नहीं। लल्लन जी को भी मेरी कोई परवाह नहीं रही। वर्ना वह इस तरह मुँह मोड़ने की न सोचता। जाने उसके मन में क्या है? हाय, मैं कैसे जीऊँगी? गर्मी की छुट्टियों में वह बिना यहाँ आये पहाड़ चला गया। तभी मुझे खटका था...

जाने कोई भी उनकी बात सुन रहा था कि नहीं, बस, मुंदरी और बदमिया की चूड़ियाँ अलग-अलग स्वरों में झन्न-झन्न बज रही थीं।

रानी जी आप ही बड़बड़ाती-बड़बड़ाती ख़ामोश चिन्तन में डूब गयीं। अन्तहीन, ख़ामोश चिन्तन से बढ़कर नींद का कोई और दुश्मन नहीं।

(९)

बड़े सरकार की पूरी फ़ौज मोर्चे पर भिड़ गयी थी। सिपहसालार अपने-अपने मोर्चे पर भिड़े हुए फ़ौजियों को हुक्म दे रहे थे और बड़े सरकार दीवानख़ाने के ओसारे में तख़त पर बैठे ज़ोरों से पान चबा रहे थे और फ़र्शी गुड़गुड़ा रहे थे। उनकी चौड़ी

पेशानी पर परेशानी की कुछ रेखाएँ दिखायी पड़ रही थीं, रह-रहकर किसी-न-किसी को बुलाकर वह पूछ लेते कि कितना काम हो गया, कितना बाक़ी है।

मन्दिर हेडक्वार्टर बना हुआ था। पीपल के पेड़-तले चबूतरे पर बादामी काग़ज़ की नेवतेवाली पुरानी बही खोले हुए कारिन्दा बैठा था। इस बही में उन सबके नाम दर्ज थे, जिनसे किसी भी तरह की राह-रस्म बड़े सरकार की थी। हर नाम के आगे वह चीज़-बस्त भी दर्ज थी, जो बड़े सरकार के यहाँ कुछ पड़ने पर नेवते के रूप में उसके यहाँ से आयी थी। नाम नेवते का था, लेकिन बड़ी सख़्ती से यह बँधी हुई चीज़-बस्त असामियों से वसूल की जाती थी। उससे ज़्यादा हो जाय, तो शाबाश, लेकिन कम हो तो आफ़त। वह बँधेज एक तरह से इस्तमरारी बन्दोबस्त की तरह था। इसमें कमी किसी प्रकार भी न हो सकती थी। हाँ, महाजनों और ज़मीदारों और रईसों की बात और थी। वो जितना चाहें, नेवते में भेजते थे और साथ ही यह उम्मीद भी रखते थे कि उनके यहाँ भी कुछ पड़ने पर बड़े सरकार के यहाँ से नेवते में उतना ही लौटेगा। असामियों के सामने तो लौटने का कोई सवाल ही न था।

नेवता देनेवालों का ताँता बँधा हुआ था। कारिन्दा नाम देखता, नेवते की चीज़-बस्त देखता, फिर लाये हुए नेवते को देखकर मिलान करता। ठीक होने पर मन्दिर की ओर भेज देता। कम होने पर डाँटकर कहता—तुम्हारे यहाँ से हमेशा इतना मिलता आया है। अबकी इतना ही क्यों? जाओ, जल्दी पूरा करके लाओ, वर्ना समझोगे!

इस समझने का मतलब हर असामी जानता था। यह बात बड़े सरकार तक पहुँचती थी, खेत तक निकाला जा सकता था, पिटाई भी हो सकती थी, गाली-गलौज की बात तो साधारण। सो भरसक असामी यह नौबत न आने देते। जैसे भी होता, किसी से माँग-चुटकर, क़र्ज़-उधार लेकर भी इसे पूरा करते।

मन्दिर में कई कमरे नेवतों के सामान रखने के लिए ख़ाली कर दिये गये थे। हर कमरे पर एक आदमी तैनात था। वह सामान लेकर अन्दर रख देता।

घी, दूध, दही के लिए एक कमरा, तरकारियों के लिए दूसरा, अनाज के लिए तीसरा, मर-मसालों के लिए चौथा, पत्तल-पुरवों के लिए पाँचवाँ आदि-आदि।

सबसे ज़्यादा शोर दूध-दहीवाले कमरे के सामने था। सब ताक़ीद कर रहे थे कि उनकी कहतरी कहीं टूट या ग़ायब न हो जाय, जैसे दूध दही से कहतरी ही ज़्यादा क़ीमती हो। या शायद इसलिए हो कि दूध-दही तो गया ही, कहतरी तो वापस मिलनी है। या यह भी तो मशहूर है कि ग्वाला दूध-दही से भले ही बाज़ आये, लेकिन अपनी दूध-पिलाई कहतरी को वह जान के पीछे रखता है। हर कहतरी पर पहचान के लिए तरह-तरह के रंग-बिरंगे निशान बने हुए थे और जिन पर निशान नहीं थे, उनकी गरदन में तरह-तरह की रस्सियाँ बँधी हुई थीं। फिर भी उन्हें डर था कि कहतरी कहीं खो न जाय, अदला-बदली न हो जाय।

यह मोर्चा पुजारी जी सँभाले हुए थे।

बाग़ में वैद्य जी डटे हुए थे। सफ़ाई हो चुकी थी। क़स्बे से शामियाना अभी नहीं आया था। पच्छिम और उत्तर के कोने में बड़े-बड़े चूल्हे बन रहे थे। क़स्बे से हलवाई आ गये थे। ज़रूरत के मुताबिक़ वे चूल्हे बनवा रहे थे और सर-सामान का इन्तज़ाम कर रहे थे। मिठाइयाँ और नमकीन वगैरह अभी से बनना शुरू हो जायगा।

इनारे की जगत पर सौदागर पहलवान अपनी टुकड़ी को लिये बरतनों की सफ़ाई पर जुटा था। छोटे-बड़े सैकड़ों क़िस्म के बरतनों का ढेर लगा हुआ था।

दीवानख़ाने और ऐशगाह की सफ़ाई-सजावट बेंगा करा रहा था। यहाँ बड़े ही नाजुक और टुनुक चीज़ें थीं, चुने हुए होशियार आदमी इसलिए उसे मिले थे।

पटवारी कुछ जवानों के साथ सामान ख़रीदने क़स्बे गया हुआ था।

सहन में बीसियों जवान और लड़के झण्डी-पताका बनाने में लगे हुए थे।

शम्भू एक टुकड़ी लेकर ज़िले पर गया था। उसे ख़ास-ख़ास चीज़ें लानी थीं। उसे लाडली रण्डी को भी पक्का करना था, अफ़सरों से मिलना था और स्टेशन पर लल्लन जी का स्वागत भी करना था और मुमकिन हो, तो उसी के साथ लौट आना भी था। शम्भू को हर काम में पूरी दिलचस्पी थी। लेकिन सच पूछा जाय, तो वह लल्लन जी से जल्द-से-जल्द मिलने को बेचैन था। वह उससे मिलते ही शकुन्तला माथुर के बारे में पूछना चाहता था, जिसके पीछे-पीछे लल्लन जी यूनिवर्सिटी से सीधे मसूरी गया था और वहाँ से एक बार के अलावा किसी चिट्ठी में उसका, बार-बार शम्भू के ताक़ीद करने पर भी, कोई जिक्र न किया था। लल्लन जी ने अचानक जो कमीशन में जाने की तय कर ली थी, उसके पीछे शायद, शम्भू को पूरा शक था, शकुन्तला का भी कोई हाथ हो। हो सकता है कि उस आफ़त की परकाला ने उसे जुल दे दिया हो और वह बेटा एक सच्चे निराश प्रेमी की तरह शहादत का जाम उठा लेने को तैयार हो गये हों। जो भी हो, शम्भू सब बातें जानने को उतावला हो रहा था।

गोरी-चिट्टी, हर अंग से साँचे में ढली शकुन्तला माथुर की वह चमकीली, चंचल आँखें! वह आँखें क्या थीं, मानो उनमें लबालब पारा भरा हो, जो एक क्षण को भी स्थिर होना ही न जानती थीं। अव्वलन तो उनसे कोई आँख मिलाने की हिम्मत न करता और कहीं कोई जाने या अनजाने उनकी ज़द में आ गया, तो समझ लो गया! कितनों को उन्होंने शहीद बनाकर छोड़ा, यह किसी से भी मालूम हो सकता था।

शकुन्तला एक बहुत बड़े अफ़सर की लड़की थी। वह कार में यूनिवर्सिटी आती थी। उसकी राह से विद्यार्थियों की भीड़ छँट जाती थी, जैसे वह कोई रानी हो। हुस्न

की शान किसी को देखनी हो, तो वह शकुन्तला को चलते हुए देखे। वह एक बिजली थी, चमके तो आँखें चौंधिया जायँ और चौंध से आदमी सँभले कि ग़ायब!

आँखें मिलाने की भले ही किसी में हिम्मत न हो, वह आँखें इतनी मशहूर हो चुकी थीं, कि उन्हें कम-से-कम एक बार देखे बिना कोई भी न रह सकता था। जैसे आगरा जाकर कोई ताज न देखे, वैसे ही यूनिवर्सिटी में आकर कोई उसकी आँखें न देखे, यह कैसे मुमकिन था।

शम्भू और लल्लन जी ने भी वह आँखें कई बार देखी थीं। दो साल का उनका साथ रहा था। वह अपने पिता के लखनऊ से तबदला होने पर यहाँ आयी थी और एम. ए. के पहले साल में नाम लिखाया था। कितने ही विद्यार्थी तो उसी के कारण अपना विषय बदलकर इतिहास के दर्जे में आ गये थे। उनमें किसी की भी आशा पूरी न हुई थी, यह सच है। लेकिन एक आध्यात्मिक सुख और सन्तोष और गर्व तो उसके दर्जे में बैठने या उसके दर्जे के होने या छुपे-लुके आँख सेंकने में उन्हें मिलता ही था।

शम्भू बनिया था। हर चीज़ को सोच-समझकर, नाप-जोखकर ही ग्रहण करने की उसकी आदत बन गयी थी। कम-से-कम ऐसा ही वह कहता था। लेकिन बात जो दरअसल थी, वह उसके ठिगने क़द और छोटे-छोटे बालों और ऐसे छोटे-से चेहरे की थी, जिसे विधाता ने कहीं से इस तरह एक हलकी-सी ऐंठ दे दी थी कि कभी वह भौंहों पर दिखायी दे जाती, तो कभी आँखों पर और कभी नाक पर, तो कभी होंठों पर और कभी ठुड्डी पर और कभी-कभी तो पूरे चेहरे पर वह इस तरह प्रकट हो जाती कि देखनेवाले आँख मूँद लें। उसके बाप बड़े ही दानिशमन्द आदमी थे। उन्होंने शुरू-शुरू में ही ज़िन्दगी के कुछ बहुत ही नायाब और बेशक़ीमत नुस्खे शम्भू की घुट्टी में पिला दिये थे। मसलन, उन्होंने शम्भू से कहा था कि बेटा, अव्वलन तो बनिये के लड़के को जियादा पढ़ने की ज़रूरत ही नहीं। फिर भी अगर तुम पढ़ना ही चाहते हो, तो ज़रूर पढ़ो। लेकिन इस बात का धियान तुम्हें बराबर रखना पड़ेगा कि पढ़ना ख़ास काम है और सब बातें नहीं! रहो-सहो सादगी से, सादा खाओ और सादा पहनो। जैसे भी हो, कम-से-कम खर्च करो। कपड़े कम रखो, ताकि धुलाई का खर्च जियादा न हो। ठीक बात तो यह होगी कि तुम खुद अपने हाथ से अपने कपड़े साफ़ करो। धोबी का झंझट ही क्यों पाला जाय। अपने हाथ से काम करने की बात ही कुछ और होती है। इससे तबीयत साफ रहती है, सफाई की आदत पड़ती है और देह में फुर्ती आती है। और हाँ, इन बालों को कभी भी बढ़ने न देना। यही सभी ख़ुराफात की जड़ हैं। इन्हीं से सौक़ सुरू होता है और फिर ऐसे बढ़ता जाता है, जिसका कहीं अन्त नहीं और फिर छोटे-छोटे बाल रखने के फायदे भी बहुत हैं, सिर हलका रहता है, दिमाग पर बोझ नहीं पड़ता, तेल का खर्च कम होता है और कंघी करने में वक़्त जाया नहीं होता। सामान अपने पास कम-से-कम रखो।

इससे चोरी जाने का कोई डर नहीं रहता। सफर में इतना ही सामान लेकर चलो कि कुली की जरूरत न पड़े। सिनेमा देखने से आँखें खराब हो जाती हैं और होटल में खाने से पेट। आदि-आदि।

और सबसे महत्त्वपूर्ण काम जो उन्होंने किया था, वह यह कि शम्भू का ब्याह तेरह साल की उम्र में ही ख़ूब धूमधाम से कर दिया था। उसमें उन्हें इतना दहेज मिला था कि जवार में शोर मच गया था। शम्भू की पत्नी, लक्ष्मी, बहुत बड़े घर की बेटी थी, जवान थी और बहुत ही सुन्दर थी। यह कुछ वैसा ही था, जैसे कौवे के गले में सुहारी। लक्ष्मी इतनी सलीकेदार थी कि अपना सारा सौन्दर्य और यौवन सदा भारी-भरकम, सुनहले ज़ेवरों और क़ीमती कपड़ों और लम्बे घूँघट से ढाँके रहती थी। सब उसके शील की प्रशंसा करते। उसने आते ही शम्भू को कुछ इस तरह दबोच लिया कि वह बेचारा ज़िन्दगी-भर के लिए पिस-पिसाकर रह गया और सबसे अधिक प्रशंसा की बात जो उसने की, वह यह कि दो साल गुज़रते-गुज़रते ही एक बेटा अपनी सास की गोद में डाल दिया। सब निहाल हो उठे।

सो, समझदार शम्भू को आफ़त की परकाला शकुन्तला माथुर में कोई ख़ास दिलचस्पी न हो, तो इसमें आश्चर्य की कोई बात नहीं। फिर भी उसे लल्लन जी में तो दिलचस्पी थी। वह चाहता था कि कुँवारा, बड़े बाप का बेटा और रूप-गुण में लाखों में एक लल्लन जी ज़रूर शकुन्तला माथुर में दिलचस्पी ले। आप अगर पूछें कि इससे शम्भू को क्या लेना-देना था? तो ज़वाब में फिर वही आध्यात्मिक सुख, सन्तोष और गर्व की बात दुहरानी पड़ेगी।

लेकिन लल्लन जी का भी अपना एक जीवन-दर्शन था। गुलशन के फूलों में ही सैर करना उसे अच्छा लगता था, आसमान के चाँद-सितारों की ओर हाथ लपकाना उसके वसूलों के ख़िलाफ़ था। वह ऐसे फूलों को पसन्द करता था, जिन्हें जब चाहे देखे, जब चाहे तोड़कर सूँघे या कोट में लगा ले और जब मुरझा जायँ, फेंक दे। वह कोई ऐसी इल्लत पालने के सख़्त ख़िलाफ़ था, जो उसके गले पड़ जाय और ज़िन्दगी मुश्किल कर दे।

शम्भू ने जब उसे बहुत उकसाया, तो आख़िर उसने कहा —तुम तो जानते ही हो, मैं ऐसे पचड़ों में नहीं पड़ता। पता नहीं, क्या समझती है वह अपने को!

—भाई, अपने को वह कुछ समझती है, तो इसमें कोई ग़लती नहीं करती। भगवान ने उसे वह चीज़ दी है कि अगर वह अपने को कुछ न समझती, तभी ताज़्ज़ुब होता।

—तो आख़िर मैं भी तो कुछ हूँ?

—क्यों नहीं, क्यों नहीं! तभी तो कहता हूँ। लोहा ही लोहे को काटता है। सच कहता हूँ, यार, मुझसे उसकी अकड़ नहीं देखी जाती। अगर तुमने उसे सीधा न किया, तो समझ लो कुछ न किया।

—मुझे भर्रे पर न चढ़ाओ, ऐसी गोलियाँ मैं नहीं खेलता। ऐसी अकड़-फूँ को दूर ही से सलाम करता हूँ।

—अब मैं तुमसे क्या कहूँ।...लेकिन, यार, तुम्हें एक बात शायद मालूम नहीं।

—उसे भी बता डालो।

—क्या फ़ायदा? जाने ही दो। जब तुम्हें ज़रा भी दिलचस्पी नहीं, तो बात करना ही बेकार है।

—लेकिन तुम्हारी यह बात ग़लत है। तुम यह जानते हो, कि मैं हर हसीन चीज़ में दिलचस्पी रखता हूँ।

—दिलचस्पियाँ भी कई तरह की होती हैं।

—गिना डालो।

—गिनाना क्या है। मैं तो तुम्हारी दिलचस्पी के बारे में कह रहा था। तुम्हारी दिलचस्पी बेहद आसानपसन्द है।

—सो तो है।

—फिर इसमें तारीफ़ की क्या बात है।

—मैंने तारीफ़ चाही ही कब?

—लेकिन मैं तो चाहता हूँ कि मेरा दोस्त कम-से-कम एक तो तारीफ़ का काम कर डाले। सच कहता हूँ, हीरो बन जाओगे! और फिर यह उतनी मुश्किल नहीं, जितनी तुम समझते हो।

—यह तुमसे किसने कहा कि मैं इसे मुश्किल समझता हूँ?

—तुमसे तो, यार, बात करना ही मुश्किल है। आ भी हूँ, जा भी हूँ!

—यही तो मेरी फ़िलासफ़ी है—

गुलशन परस्त हूँ, मगर गुल ही नहीं अज़ीज़
काँटों से भी निबाह किये जा रहा हूँ मैं।

—ख़ूब, बहुत ख़ूब!

—हाँ, तुमने वह बात नहीं बतायी?

—कौन-सी?

—वही, जो शायद मुझे मालूम नहीं।

—शम्भू हँस पड़ा। बोला—यार, तुम्हें समझना बहुत मुश्किल है। इतने दिनों से तुम्हारे साथ रहकर भी जब मैं न समझ सका, तो दूसरा क्या ख़ाक समझेगा!

—बिलकुल ग़लत! मैं किसी के लिए कुछ समझने को रखता ही नहीं, मैं तो आईने की तरह हूँ!

—जिसमें जो चाहे अपना चेहरा देख ले और इस ग़लतफ़हमी में भी रहे कि वह आईने को देख रहा है!

—इतनी गहरी बातें न करो, वर्ना मेरे सिर में चक्कर आ जायगा।

तभी बग़ल के कमरे से राजेश की गलाफाड़ आवाज़ सुनायी दी :

जीने को जी रहे हैं हम तेरे बग़ैर भी मगर
ज़िन्दगी जिसको कह सकें वैसी तो ज़िन्दगी नहीं।

और पैर से ठोकर मार उसने भड़ाम से दरवाज़ा खोल दिया। शम्भू भी उसी की तरह गलाफाड़ आवाज़ में चीख़ा—किसके बग़ैर, भई, किसके बग़ैर?

—वाह, बेटा! इसकी भी ख़बर आपको नहीं—और वह उसी आवाज़ में गा उठा :

तेरी प्रतिमा मन-मन्दिर में, तेरी माला युग कर में है...

—बस! बस करो!—लल्लन बोल पड़ा।

—तो समझ गये?

—बिल्लकुल, बिल्लकुल, दुष्यन्त महाराज!

—तो फिर लाओ एक सिगरेट, उसी ज़ालिम के नाम पर!—स्लीपिंग पैजामा को दोनों घुटनों पर हाथों से उठाता हुआ राजेश पलँग पर बैठ गया और सिगरेट का एक कश ख़ूब ज़ोर से खींचकर धुआँ निकालता हुआ बोला—भाई, माफ़ करना, तुम लोग दरवाज़ा बन्द करके कोई प्राइवेट बात तो नहीं कर रहे थे?

—जाओ, माफ़ किया!

—फिर तो मैं कुछ देर तक बैठ ही सकता हूँ?

—देखो, पार्टनर, यह ग़लत बात है।

—जैसा नवाब साहब का हुक्म! अच्छा, एक सिगरेट और करम फ़रमाइये। इंग्लैण्ड ही तब तक हो आऊँ।

लल्लन ने डिब्बा बढ़ाया, तो एक के बदले दो सिगरेट निकालकर राजेश फिर उसी आवाज़ में वह शेर गाता हुआ, दरवाज़ा बन्द करके चला गया।

—मर साले सब रहे हैं, लेकिन किसी में भी उसे छेड़ने की हिम्मत नहीं। एक तुम हो भी तो...—शम्भू ने कहा।

—फिर वही बात? हो साले तुम पूरे बनिये। सीधी बात करना तो तुम्हारी क़ौम ने जाना ही नहीं!

—क्यों नहीं। तभी तो कहा जाता है :

सबसे चतुर बनिया, ओहू से चतुर सोनार;
लासा-लुसी लगाय के ठगै जात भूमिहार।

—ज़रा बताओ, तो बेटा, हमने तुम्हें क्या ठगा है?

—मैंने तुम्हारी बात थोड़े ही कही है। वह तो जब तुमने क़ौम की बात चलायी, तो...

—नहीं, नहीं, यह सब तुम्हें मुँह लगाने का नतीजा है!

—इसमें भी तो आपका बड़प्पन ही है, छोटे सरकार। मैं तो आपकी प्रजा हूँ।

—अबे, तू सीधी तरह से वह बात क्यों नहीं बताता?

—हुक्म है, तो बताना ही पड़ेगा—शम्भू ने गम्भीर होकर कहा—उसे मैंने कई बार चोरी-छुप्पे तुम्हारी ओर देखते हुए देखा है।

लल्लन ज़ोर से हँस पड़ा। फिर उसके सिर पर एक चपत लगाकर कहा—मेरे ही खेलाये और मुझे ही हाथ दिखा रहे हो, बेटे!

—नहीं, बिलकुल सच कह रहा हूँ! तुम्हारी क़सम!

—क़सम तुम अपने खूसट बाप की खाव, जो सौ माँगते हो, तो पचास भेजता है। वह मर जाय तो तुम राहत की साँस लो!

—अब तुम न मानो, तो इसका कोई इलाज नहीं। लेकिन तुम ज़रा ख़्याल रखो, तो ख़ुद ही देख सकते हो कि मैं ठीक कह रहा हूँ कि नहीं।

तभी मेस के महाराज ने दरवाज़े पर आकर कहा—बाबू साहब, आज आपके कितने मेहमान इस्पीसल खायेंगे?

लल्लन जी मना ही करनेवाला था कि शम्भू बोला—यार, आज तो मुझे तुम ज़रूर खिलाओ, कई इतवार बीत गये।

—तुम्हारे मेस में आज स्पेशल नहीं है क्या?

—आरे, हमारे मेस में तो रोज़ ही स्पेशल होता है! कभी-कभी मुँह का ज़ायका भी तो बदलना चाहिए।

लल्लन सचमुच ही अब ध्यान रखने लगा, हो सकता है, शम्भू ने सच ही कहा हो। अंगूर खट्टे हैं, कहकर जिसे वह टाल चुका था, अगर वह आप ही उसके मुँह में आ टपके तो क्या मुज़ायका!

लेकिन ऐसा हुआ नहीं। शम्भू की बात महीनों में एक बार भी सच साबित न हुई, तो अंगूर और भी खट्टे हो गये। तब उसके जी में आया कि शम्भू को इतना पीटे, इतना पीटे कि बच्चू ज़िन्दगी-भर याद करें। लेकिन फिर यह सोचकर वह मन को दबा गया कि यह तो और भी बेइज़्ज़ती की बात हो जायगी।

और फिर इम्तहान क्या आये, सब इश्क़-विश्क का बुख़ार ही उतर गया। पढ़ाई, पढ़ाई और पढ़ाई! इम्तहान में फ़ेल होने से बढ़कर कोई बेइज़्ज़ती की बात विद्यार्थियों के लिए नहीं होती। आवारे-से-आवारे विद्यार्थी भी, बल्कि सबसे ज़्यादा वही, इस

वक़्त पढ़ाई में जुट जाते हैं। वे चाहते हैं कि जैसे भी हो, पास हो जायँ और शान बघारें कि सालभर मज़े किये, फिर भी तो पास हो गये। कहीं दूसरों की तरह साल-भर पढ़े होते, तब तो रिकार्ड ब्रेक कर देते। यह एक ऐसी शान है, जो आवारा विद्यार्थियों के सिवा कोई दूसरा समझ नहीं सकता। इस वक़्त सभी जोंक की तरह किताबों से चिपट जाते हैं। किसी और बात के लिए जैसे उन्हें फ़ुरसत ही नहीं रहती। बाथरूम के गाने बन्द हो जाते हैं। खाने-पीने में भी वक़्त ख़राब करना अच्छा नहीं लगता। दूध, दही और फलवालों के लिए यह बेहतरीन मौसम होता है। दिमाग़ के टानिक भी आजकल ख़ूब बिकते हैं। बिजली के पंखों की तो क़हत ही पड़ जाती है। दरवाज़ों और खिड़कियों पर पर्दे पड़ जाते हैं और हमेशा बन्द रहते हैं। सब-के-सब एक ऐसी तनहाई अख़्तियार कर लेते हैं, जैसे किसी को किसी से कोई मतलब ही न हो। शाम के पिक्चरों की जगहें पार्क ले लेते हैं। पार्कों में, मेस में, जहाँकहीं भी शाम को किसी से मिलो, बात चलती है, कैसी चल रही है? कितना पढ़ चुके? बहुत-से हाँकते हैं, मैं तो आजकल बीस-बीस घण्टा पढ़ता हूँ। यह तीसरी बार दुहरा रहा हूँ। बहुत-से कहते हैं, कहाँ भाई, अभी तो मेरा मन ही नहीं जम रहा है। अभी तो पहले ही गियर में गाड़ी चल रही है। बहुत-से गम्भीर होकर ख़ामोश रहना ही ठीक समझते हैं। और आवारे उदास होकर कहते हैं, यह बेड़ा तो भगवान ही लगायें, तो पार लगेगा और वे फिर हर साथी से मदद माँगते हैं। रात-दिन एक किये रहने पर भी उन्हें विश्वास नहीं होता कि पास होंगे। फ़ेल हो जाने की ही बात वे सबसे कहते हैं। डींग वे नहीं हाँकते। फ़ेल की सम्भावना का सामना करने की वे अभी से तैयारी करने लगते हैं, ताकि सचमुच ही फ़ेल हो जाने पर कोई यह तो न कहे कि इतनी मेहनत की, इतनी हाँकी, फिर भी साला फेल हो गया। हाँ, अगर कहीं बटेर हाथ लग गयी, तब क्या कहने! हाँकने का वही अवसर ठीक रहेगा और इसी अवसर को प्राप्त करने का प्रयत्न वे चोरी-चोरी, ख़ूब मेहनत से, पूरी ताक़त लगाकर करते हैं। जो भी हो, इस वक़्त न पढ़ने से बढ़कर शर्म, पाप और अपराध की कोई बात विद्यार्थियों के लिए नहीं होती। बिजली के मीटर को एक मिनट का भी आराम नहीं। घड़ियाँ सदा आँखों के सामने।

छन-छन में दिन कटते हैं। अभी सुबह, अभी शाम। अरे, भाई, अब तो थोड़ा दिमाग़ को रेस्ट दो। फिर कितनी कहानियाँ कही जाती हैं : एक बड़ा ही घोंटू लड़का था। कमबख़्त रात-दिन पढ़ता था। कल इम्तहान, लेकिन उल्लू का पट्ठा आज भी रात को नहीं सोया। फिर जानते हो, एक्ज़ामिनेशन-हाल में वह गया, तो क्या हुआ? बेचारे को चक्कर आ गया। सब काग़ज़ कोरा ही रह गया।...और एक था बलियाटिक। इन्हें तो तुम जानते ही हो। साले साल-भर एक रफ़्तार से पढ़ते हैं,

किताबों की चटनी बनाकर चाट जाते हैं। फिर भी सब्र नहीं। इम्तहान की रात पर भी रहम नहीं करते। इसका नतीजा? सब लड़के तो इम्तहान देने जा रहे हैं, और वो बेटा पड़ गये हैं १०५ डिग्री का बुख़ार लेकर।...सो, भाई, जो साल-भर की पढ़ाई से न होगा, वह कुछ घण्टों की पढ़ाई से क्या होगा? वक़्त नाज़ुक है। ज़रा बच-बचाकर रहो। कहीं कुछ हो गया, तो पूरा साल बरबाद।

अब डिवीज़न की बातें चलती हैं।...बस, सतीश और राकेश का मुक़ाबिला है। देखो, कौन टॉप करता है।...भई, तुम्हारा तो फ़र्स्ट क्लास रखा हुआ है।...पार्टनर, मेरा तो रायल डिवीज़न भी आ जाय, तो धन्य मनाऊँ।...सुना, उस साले सर्वदा का? कहता है, फ़र्स्ट डिवीज़न की तैयारी न हुई, तो इम्तहान में ही नहीं बैठेगा।...

और अब क़लमें साफ़ हो रही हैं, दो-दो, तीन-तीन। अच्छी-से-अच्छी स्याही। कपड़े दुरुस्त। सुबह का नाश्ता? दही और बुँदियाँ। दही से दिमाग़ ठण्डा रहता है। कपड़े निकालकर रख लिये गये। टूथ-ब्रश और क्रीम अपनी जगह पर। थोड़ा इधर-उधर नोट के पन्ने उलट लिये जायँ। फिर कील-काँटे से हर तरह दुरुस्त हो, ढेर-सा ठण्डा, बढ़िया, ख़ुशबूदार तेल सिर में चुपड़कर, मिलाते हुए थोड़ी देर चहलक़दमी। ...अरे, भाई चन्दर, अब सो रहो। घड़ी में अलार्म लगाना न भूलना। तकिये के पास आईना तो रख लिया है न?

सुबह एक ख़ामोश भाग-दौड़। नहा-धोकर कपड़े पहन लिये। नोट फिर उलटे-पलटे। दरवाज़ा बन्द कर कुछ नाख़ूनों और हथेलियों पर और कुछ काग़ज़ के टुकड़े भी जेब में रहे तो हर्ज नहीं।

इम्तहान का दौर। एक भारी बोझ रोज़ सिर पर लिये इम्तहान को जाना और उतारना, और फिर एक बोझ लिये लौटना। कैसे जल्दी यह बोझ हटे!

आज आख़िरी पर्चा था। लड़के निकले, तो आज जैसे उन्हें भागने की जल्दी न हो। एम. ए. का फ़ाइनल ख़तम। यूनिवर्सिटी छूट रही है। साथी छूट रहे हैं। भर आँख देख लिया जाय। मिल लिया जाय। इन आख़िरी क्षणों में आँखें भरी-भरी-सी हैं, दिल भरे-भरे से हैं। अचानक ही यह क्या हो गया? इस बिछुड़न का ख़्याल ही किसे था?

सबसे मिल लो, सबसे दो बातें कर लो। जाने कौन कहाँ जा पड़ेगा। फिर मिलना हो, न हो। आज कोई डर नहीं, कोई झिझक नहीं, कोई दुराव नहीं। सब अपने स्नेही हैं, साथी हैं। दिल पिघल रहे हैं, मन रो रहे हैं। सब मिल रहे हैं। लड़कियाँ भी, लड़के भी। आँखों में पानी की चमक है, होंठों पर उदास मुस्कानें हैं। कोई लड़का चाहता

है, तो लड़की हाथ भी मिला लेती है। आख़िरी बेलौस अरमान है। किसी का दिल इस अवसर पर तोड़ना मुश्किल है।

—हलो!

दो हाथ मिलते हैं।

—भई, आगे क्या इरादे हैं। एल-एल. बी. करोगे?

—कुछ कह नहीं सकता। जी तो ज़रूर करता है कि दो साल और यह गोल्डेन लाइफ गुज़ारा जाय, लेकिन...

—माफ़ करना, कामरेड, मैंने तुम्हें बहुत गालियाँ सुनायी हैं।

—अरे, यार तो मैंने ही तुम्हें कब छोड़ा।...

—कब जाओगे, पार्टनर?

—अभी रुपया नहीं आया। शायद दो-एक दिन रुकना पड़े।...

—पिक्चर चलोगे? रेवा ने मेरी दावत क़बूल कर ली है।...

—दोस्त, हम तुम्हें स्टेशन पर सी-ऑफ़ करने आयेंगे। दस बजे ट्रेन है न?

—हाँ, थैंक्स।...

—मैं तो आई. सी. एस. की तैयारी करूँगा। यहीं हॉस्टल में रहूँगा?...

—मेरा पता लिख लो। यार, चिट्ठी ज़रूर लिखना!...

—अपना रोल नम्बर ज़रा लिखा दो।...

—भाई, तुम तो यहीं रहोगे न, नतीजा निकलते ही मुझे तार देना। मेरे यहाँ तीन दिन के बाद अख़बार पहुँचता है।...

—शादी में मुझे ज़रूर बुलाना।

—कोई नौकरी मिलने के पहले मैं शादी नहीं करने का।...

—मिस चटर्जी, भई, मुझे माफ़ कर देना। मैंने बड़ी बदतमीजियाँ कीं तुम्हारे साथ।

—कोई बात नहीं।

सब भारी क़दमों से चल रहे हैं। जो जहाँ तक जिसका साथ दे सकता है, देता है। फिर हाथ जुड़ते हैं, हाथ मिलते हैं। चियर यू, चियर यू!...गॉड ब्लेस यू!...रेमेम्बर मी!...प्लीज़ डू राइट...विश यू आल सक्सेस!...

लल्लन जी और शम्भू सबसे विदा लेकर मुँह लटकाये अपने हॉस्टल की ओर चले जा रहे थे कि अचानक एक सुरीली आवाज़ पीछे से आयी—मिस्टर लल्लन!

दोनों साथ ही मुड़े। दोनों की आँखें जैसे ख़ुशी से पागल हो गयीं। यह शकुन्तला माथुर आ रही थी।

उसने कहा—मिस्टर लल्लन, ए फ्यू, मिनिट्स प्लीज़! एक्सक्यूज़ मी, मिस्टर शम्भू!

शम्भू ज़रा हट गया। शकुन्तला पास आकर लल्लन की ओर मुस्कराती हुई आँखों से देखकर बोली—आप गर्मियाँ कहाँ बितायेंगे?

—लल्लन जी तो कुछ क्षणों के लिए अवाक् हो गया। बादलों का कलेजा चीर देनेवाली बिजली क्या फूल की तरह मुस्करा भी सकती है?

शकुन्तला ने ही दुपट्टे में हाथ उलझाकर कहा—मेरा हाथ तो दर्द करने लगा।...हम मसूरी जा रहे हैं। कल ही। आप भी वहीं आइये न! बड़ा मज़ा आयेगा। डैडी आपसे मिलकर बहुत ख़ुश होंगे।

आसमान का चाँद किसी के दामन में आ जाय, तो उसका क्या हाल होगा? बड़ी मुश्किल से, बिलकुल सूखे गले से लल्लन जी बस इतना ही कह पाया—आऊँगा।

—यू मस्ट! और अगर कोई ख़ास अड़चन न हो, तो साथ ही चलिये! कल रात की लखनऊवाली गाड़ी से हम जा रहे हैं।

—मैं कोशिश करूँगा।

—थैंक्यू! नमस्ते!—और भागती हुई शकुन्तला ज़रा दूर खड़ी अपनी कार की ओर चली गयी।

तो शकुन्तला एक साधारण लड़की की तरह मुस्कराना भी जानती है!...और वह दुपट्टे में हाथ भी उलझाती है!...और दौड़-भाग भी कर सकती है!...लल्लन जी जैसे वहीं-का-वहीं गड़ा रह गया।

शम्भू ने होंठों पर ज़बान फेरते, लपककर पूछा—क्या कहा उसने?

जवाब देने का होश अभी लल्लन जी को नहीं था।

उसका हाथ पकड़कर शम्भू बोला —बताओ न, यार?

कार चली गयी।

—मालूम होता है, देयर इज़ समथिंग ऐट द बाटम!

—क्या कहा?

—अमाँ, तुम तो, मालूम होता है, पहले ही तीर से...

—तेरे तीर नीमकश को...

—कोई मेरे दिल से पूछे...अच्छा तो, फिर कहानी ख़तम हो गयी, क्या?

—अभी तो शुरू ही नहीं हुई।

—बता यार, क्या बातें हुईं?

—बताऊँ?—पूरे होश में आकर लल्लन जी बोला। अब ख़ूब ज़ोर से हँस पड़ने को उसका जी कर रहा था।

—बताओ!

—वह पूछ रही थी कि क्या मिस्टर शम्भू की शादी हो गयी है?

—सच!—शम्भू ने मुँह बा दिया।

—बिलकुल!

—तो तुमने क्या कहा?—उमड़ती हुई ख़ुशी की आभा से उसका ऐंठा-सा चेहरा भी कितना भला लग रहा था!

—मैंने कहा, वह आप ही का इन्तज़ार कर रहे हैं।—गम्भीर होकर लल्लन जी ने कहा।

यह वह ठौर है, जहाँ हर आदमी को अपने बारे में ग़लतफ़हमी ज़रूर रहती है। मजनूँ की 'आँखों' और लैला के 'सौन्दर्य' का असर मानव-जाति पर शायद उनके पहले भी था और शायद प्रलय तक रहेगा।

—तो वह मुझसे क्यों न मिली?—पूरे चेहरे की ऐंठ अब उसके फड़कते हुए होंठों पर आ जमी।

अब लल्लन जी के लिए और सँभालना मुश्किल हो गया। वह बोला—कहा है कि मुँह धोकर मिलने आयेगी।

शम्भू की हालत वही हुई, जो कोई ख़ुशी का तराना गाते हुए रिकार्ड की अचानक उसमें सूई चुभ जाने पर हो। उसे गुस्सा भी न आया।

लल्लन एक ठहाका लगाकर बोला—मेढकी रा जुकाम पैदा अस्त!

शम्भू मुर्दे की तरह चुप। हवाई जहाज़ से कोई किसी को मज़ाक में गिरा दे, तो वह क्या करे?

लल्लन जी और शम्भू ने प्रोग्राम बनाया था कि आज वे तीनों शो सिनेमा देखेंगे, किसी होटल में खायेंगे, और दूसरे दिन शाम की ट्रेन से गाँव को रवाना हो जायेंगे। लेकिन कमरे में पहुँचकर शम्भू तुरन्त नौकर को बुलाकर सामान बँधवाने लगा।

लल्लन जी ने उसे बहुत मनाने की कोशिश की, लेकिन वह न माना। ऐसा भी मज़ाक क्या? दोस्त का मतलब यह थोड़े ही होता है!

आख़िर शाम को प्लेटफ़ार्म पर लल्लन जी ने उसे सब बता दिया। और कहा—बेटा, गाँव जाकर तुमने किसी से भी कुछ कहा, तो समझ लेना!

ट्रेन छूटी, तो आख़िर शम्भू से मुस्कराये बिना न रहा गया। उस वक़्त वह ऐंठ उसकी आँखों में आ गयी थी।

सब सामान ख़रीदकर, अच्छी तरह बँधवाकर शम्भू ने मोटर पर रखा दिया और आदमियों को सहेजकर बैठा दिया। ड्राइवर को ताक़ीद कर दी कि छोटे सरकार आनेवाले हैं। शाम की गाड़ी से आयेंगे। आगे की दो सीटें वह रिज़र्व रखे।

तब वह लाडली के यहाँ चला। दो बजे थे। लाडली अपने आरामगाह में थी। अम्मी ने उसे जगाकर बताया, तो उसने शम्भू को वहीं बुला लिया। आदाब के बाद उसने कहा—कुर्सी पर क्यों बैठ रहे हैं? यहाँ पलँग पर ही तशरीफ़ लाइये न!— और वह कपड़े ठीक करती हुई एक ओर हो गयी।

—शम्भू पलँग पर बैठ गया।

—यह बदहवासी क्यों छायी हुई है जनाब के चेहरे पर? ख़ैरियत तो है?

—इस धूप-गर्द में किसके मिज़ाज ठिकाने रहते हैं?

—ऐसी क्या ज़रूरत आ पड़ी कि ऐसे में निकल पड़े?

—पहले शर्बत पिलवाओ। ज़रा ठण्डा हो लूँ, तो बातें करूँ। ओफ़, मेरी तो जान ही निकल गयी!

—शरबत पियेंगे कि शरबत?—लाडली के लहज़े से ही एक लफ़्ज़ के दो मानी साफ़ थे।

—नहीं, शरबत ही। बर्फ़ ज़रा ज़्यादा हो।

—मुँह धो डालिये न।

—यह 'मुँह' की बात हमेशा शम्भू को परेशान कर देती है। उसका वश चलता तो वह इस शब्द को ही कोश से निकाल फेंकता!

रूमाल से मुँह पोंछता हुआ शम्भू बोला—नहीं, बड़ी जल्दी है। अभी कलक्टर साहब और दूसरे अफ़सरों से मिलने भी जाना है। शाम को लौटना भी है।

—तो मुँह धोने में क्या ऐसी देर हो जायगी?

—फिर वही मुँह! जैसे लाडली भी शम्भू के इस राज़ को जानती हो और फिर यह दो लफ़्ज़ों का मुहावरा भी कमबख़्त क्या है!

—नहीं, बस ठीक है।

—जनाब की मर्ज़ी,—और उसने शरबत लाने का हुक्म दिया।

—छोटे सरकार नहीं आये?

यह छोटे सरकार भी मुँह से कुछ कम नहीं! सुन्दर दोस्त पर आपको गर्व हो, तो ठीक है। लेकिन किसी और के सामने आप उसके साथ जायँ, तब पता चले कि आपकी पूछ कितनी है! फिर वह कमबख़्त उससे बड़ा आदमी भी तो है!

—आज शाम की गाड़ी से वह पहाड़ से आ रहा है,—आज जान-बूझकर उसने 'रहा है' कहा, क्योंकि किसी भी तीसरे के सामने इस ज़िले में वह छोटे सरकार को इस तरह कहने की हिम्मत नहीं कर सकता।

—ओह!...तो पहाड़ गये थे। तभी कहूँ, इधर को बहुत दिनों से रुख़ क्यों न किया।

छोटे सरकार जायँ भाड़ में! सब बातें यहीं ख़त्म कर उसने कहा।

—बड़े सरकार ने मंगल को तुम्हें बुलाया है।

—क्या बात है? कोई तक़रीब है या यों ही तफ़रीहन?

—कोई जलसा है।

—उनका हुक्म भला मैं कैसे टाल सकती हूँ? मगर उनसे पालकी भेजने को कह दीजियेगा। मोटर से जाने की इस गर्मी में बन्दी की हिम्मत नहीं।

—अगर किसी अफ़सर से तुम्हें अपनी कार में ले जाने को कह दूँ, तो?

—तब ठीक है। लेकिन क़स्बे के आगे सड़क नहीं है। वहाँ पालकी भेजवा दें।

—अफ़सरों की गाड़ी के लिए हर जगह रास्ता बन जाता है!

दोनों हँस पड़े।

नौकर शरबत दे गया। शम्भू पी चुका, तो लाडली ने कहा —पान बनाऊँ?

—बनाओ, इसमें क्या पूछना है?...अब जाकर तबीयत कुछ ठण्डी हुई। बर्फ़ भी एक न्यामत है, लाडली। देहात में तो तरस जाता हूँ।

—यहाँ भी एक कोठी क्यों नहीं बनवा लेते? —सुपारी काटती वह बोली।

—बनवायेंगे, ज़रूर बनवायेंगे! ज़रा अपने पर तो आने दो। सोचा था, एल-एल. बी. करके यहीं प्रैक्टिस के बहाने रहूँगा, लेकिन बुड्ढा साफ़ मुकर रहा है।

—खुदा करे, हर जवान बेटों के दौलतमन्द बाप मर जायँ!

दोनों फिर हँस पड़े।

चार बीड़े पान बनाकर उसने तश्तरी बढ़ायी।

शम्भू ने मुँह बढ़ाकर कहा—खिला दो—गोकि मन-ही-मन डर रहा था कि फिर कहीं 'मुँह' बीच में न आ जाय।

लाडली ने डालते हुए कहा—उँगली न काट खाइयेगा!

दोनों फिर हँस पड़े।

पान चबाते हुए शम्भू ने मनीबेग निकाला और एक सौ पाँच रुपये के नोट निकालकर तश्तरी में डालते हुए कहा —सौ रुपये साई के और पाँच रुपये पान के। अब मैं चलूँ?

—बैठिये थोड़ी देर और। ऐसी भी क्या जल्दी? कोई अफ़सर थोड़े ही इस वक़्त मिलेगा।

—और भी बहुत-से काम डाल रखे हैं बड़े सरकार ने मेरे सिर। फिर कभी इतमीनान से आऊँगा।

—ज़रूर आइयेगा, आपका घर है। लेकिन इस वक़्त तो इस धूप में आपको न जाने दूँगी। थोड़ी देर आराम कर लीजिये, फिर चले जाइयेगा।

—तुम्हारे यहाँ आकर जाने की तबीयत किसकी करती है! मजबूरी न होती, तो आज ज़रूर ठहरता। बड़े सरकार का हुक्म है कि छोटे सरकार के साथ ही लौट आऊँ। सब इन्तज़ाम कराना-धराना है।

—बहुत बड़ा जलसा होगा क्या?

अब बताने में शम्भू ने कोई हर्ज़ न देखा। 'मुँह' और 'छोटे सरकार' दोनों ही इस वक़्त पृष्ठभूमि में चले गये थे। मनीबेग अभी उसके हाथ में ही था।

—हाँ, काफ़ी बड़ा। और दिन अब कुल एक रह गया। अचानक बड़े सरकार ने जलसा रोप दिया।

—आख़िर ख़ुशी की कोई वजह तो होगी ही?

—छोटे सरकार ने एम. ए. पास किया है और साथ ही फ़ौज में एक बड़े अफ़सर के ओहदे पर जा रहे हैं।

—खुदा रहम करे! यह कैसी ख़बर सुनायी आपने! भला छोटे सरकार को इसकी क्या ज़रूरत थी? एक उन्हीं से तो ख़ानदान रौशन है। बड़े सरकार ने उन्हें कैसे जाने दिया?

शम्भू फिर चिढ़ गया —अब यहसब तुम उन्हीं से पूछना!

—बाप से बेटे के बारे में और बेटे से बाप के बारे में मैं कैसे कुछ पूछ सकती हूँ? और फिर छोटे सरकार से तो वहाँ मैं निल भी नहीं सकती। बड़े सरकार हैं, इतने अफ़सर जा रहे हैं, कहाँ मौक़ा मिलेगा? आप छोटे सरकार को थोड़ी देर के लिए आज लाइये न। कहियेगा, मैंने बहुत मिन्नत की है।

शम्भू ने मनीबेग जेब में डाल लिया। बोला —कह दूँगा।

—कह दूँगा नहीं, लाने का वायदा कीजिये! वर्ना मैं स्टेशन पर अपना आदमी भेजूँगी।

—मोटर छूट जाने का डर रहेगा।

—छोटे सरकार को छोड़कर मोटर चली जायगी?

—मुसाफ़िर गाली देंगे।

—आप तो ख़ामख़ाह के लिए यहसब सोच रहे हैं। पक्का वादा कीजिये!

—अच्छा, भई, करता हूँ। कहो तो उसे ही अकेले भेज दूँगा। लेकिन ज़्यादा वक़्त न लेना।

—नहीं, नहीं, आप भी आइयेगा। आपको नाहक़ ग़लतफ़हमी हो जाती है। मेरे लिये तो आप दोनों दोस्त बराबर हैं। पान और बनाऊँ?

—नहीं, अब चलूँगा।

—मैं नहीं जाने दूँगी, जनाब—और वह पान बनाने लगी।

पाँच रुपये और आ गये।

—अच्छा, अब तो इजाज़त दो। शाम को भी तो आना पड़ेगा।

—बड़ी ज़हमत होगी न?—लाडली ने मटककर कहा और इस तरह उसकी ओर देखा कि बस वह फ़ना हो गया।

मुग्ध होकर शम्भू ने कहा —ऐन राहत! —और उसने उसके मुँह की ओर अपना मुँह बढ़ा दिया। मुस्कराती हुई लाडली ने स्वागत किया। एक यही वह जगह है जहाँ 'मुँह' का कोई सवाल नहीं उठता। शम्भू नाहक़ झेंपता और परेशान होता है।

दस रुपये और आ गये।

और...बड़े सरकार के रुपये हैं। कोई चिन्ता नहीं।

(१०)

सब बेचैनी से इन्तज़ार कर रहे थे। छोटे सरकार की सवारी अभी तक नहीं आयी। जाने क्या बात हुई। पाँच-पाँच, दस-दस मिनट पर आदमी दौड़ाये जा रहे हैं, जाओ, देखो, क्या बात है? पाँच-पाँच, दस-दस मिनट में आदमी क़स्बे से भागे आ रहे हैं...मोटर अभी तक नहीं आयी। क्या बात है, मोटर अभी तक क्यों नहीं आयी?

सौदागर मय लाव-लश्कर दोपहर से ही क़स्बे में जमा था। अंग्रेजी बाजेवाले बजाते-बजाते थक गये थे। उनके चारों ओर भीड़ इकट्ठी हो गयी थी। लोग पूछ रहे थे, क्या बात है, और लोग बता रहे थे, छोटे सरकार आ रहे हैं। मंगल को बहुत बड़ा जलसा होगा। पतुरिया का नाच भी होगा।

सजे हुए हाथी के आगे चारा डाल दिया गया था। पीलवान उसकी गर्दन पर बैठा सिर पीछे को डाले ऊँघ रहा था। अँकुसी हाथी के कान में लटक रही थी। लड़के चारों ओर दूर-दूर से ही खड़े देख रहे थे।

अल्लम-बल्लम मोटे नीम के तने से टिकाकर खड़ा कर दिये गये थे और उसी की घनी छाया में अपनी अँगोछी बिछा-बिछाकर आदमी लेटे हुए थे। उन्हें मक्खियाँ तंग कर रही थीं। वे मक्खियों को जितनी गालियाँ दे रहे थे, उतनी ही छोटे सरकार को, मोटरवाले को और सौदागर को भी। सब अपना हरज करके आये थे। बेगार में पकड़ लिये गये थे। बड़े सरकार के यहाँ जितने भी काम थे या हो सकते थे, उनके लिए पुश्तों से आदमी बँधे हुए थे। बही पर सबका नाम दर्ज था। कारिन्दे की ज़बान पर हर आदमी का नाम था। आदमी भी जानते थे कि बड़े सरकार के यहाँ कौन काम पड़ेगा, तो बेग़ार में कौन-कौन जायगा। भाग्य की रेखा की तरह यह राजा-प्रजा का सम्बन्ध अटल और अमिट था। इसमें कभी कोई फ़र्क़ आ ही न सकता था। फ़र्क़ आया, तो समझ लो, किसी की शामत आ गयी। जब तक ख़ानदान में एक भी आदमी है, इस विधान से वह बच नहीं सकता। ठाले के दिनों में यह बेग़ार उतना नहीं खलता, लेकिन काम के दिनों में, जुताई, बोआई, सिंचाई, कटाई, दवाई आदि के दिनों में तो बेचारों की जान ही निकल जाती है और ऐसे में तो और भी, जब एक घड़ी के काम के लिए उन्हें पूरा दिन ख़राब करना पड़ जाता है। सब कुड़बुड़ा रहे थे।

आँखें मूँदे पड़े थे, सो जाने की कोशिश भी कर रहे थे। लेकिन नींद कहाँ? सबका मन खेतों पर टँगा था। किसानों और मज़दूरों के लिए सबसे बड़ा दण्ड यह बेकार बैठा देना है। सब जानते हैं कि मोटर शाम को आती है, फिर इस बदमाश सौदागर ने उन्हें दोपहर से ही क्यों यहाँ पकड़कर बैठा दिया? बहुतों ने तो दोपहर का सत्तू भी न खाया था। साले ने ऐसी जल्दी मचा दी, जैसे मोटर आकर लग गयी हो!

लेकिन सौदागर भी क्या करता। बड़े सरकार का जो हुक्म हो, वही तो करे। बड़े सरकार को बड़ी जल्दी मची थी। जाने कब मोटर आ जाय। फिर, यह भी कोई बात हुई कि गये और ले आये, किसी को मालूम हुआ, किसी को मालूम भी न हुआ कि कौन आया, कौन गया। जंगल में मोर नाचने की बात हुई। इसलिए ज़रा जल्दी जाओ, लोग देखें-सुनें, समझें-बूझें। आख़िर छोटे सरकार अफ़सर बनकर आ रहे हैं कि कोई मज़ाक है!

रास्ते में कई जगह फाटक लगे हैं। 'स्वागतम्' और 'छोटे सरकार चिरंजीवी हों' सुनहरी और रुपहली अक्षरों में चमक रहे हैं। गाँव के पोखरे से हवेली के फाटक तक दोनों ओर झण्डियाँ टँगी हैं। फाटक केलों, अशोक के पत्तों और झण्डियों से ख़ूब सजाया गया है। ऊपर बहुत बड़े लाल कपड़े पर रुपहले काग़ज़ से लिखा 'स्वागतम्' बड़े-बड़े अक्षरों में, टँगा है। फाटक के बाहर चौकी पर शहनाईवाले सुबह से ही पें-पें लगाये हुए हैं। चौकीदार ने भी क्या रंग बदला है! और अन्दर का दृश्य तो चौबीस घण्टों में ही ऐसा बदल गया है कि कोई देखे, तो आश्चर्य करे कि किस जादूगर ने इतनी ही देर में यहसब खड़ा कर दिया! हवेली, दीवानख़ाना, मन्दिर सब सज-सजाकर छोटे सरकार के स्वागत में खड़े हैं। फाटक, मन्दिर, दीवानख़ाने और हवेली के द्वारों पर मंगल-घट सजाय हुए रखे हैं।...बड़ी तेज़ी से तरह-तरह की मिठाइयाँ और नमकीनें बन रही हैं। घी की सुगन्ध चारों ओर फैल रही है।

हवेली के अन्दर दो प्राणियों को छोड़कर सब ख़ुश नज़र आ रहे हैं। नज़र आ रहे हैं, इसलिए लिखा जा रहा है कि उनके मन की बात कौन जाने? उन दो दुखी प्राणियों में भी एक ऐसी है, जिसे अपने दिल का ग़म कोशिश करके छुपाना पड़ रहा है। वह नहीं चाहती कि उसका राज़ सब पर ज़ाहिर हो जाय। मन में ही ग़म को दबाये रखना कितना मुश्किल होता है, यह कोई सुनरी से पूछे। लेकिन वह बेचारी करे भी तो क्या? हाँ, दूसरी ज़रूर ऐसी है, जो कुछ कह-सुन सकती है। आख़िर वह रानी है।

रानी जी बिस्तर पर पड़ी हुई हैं। जब जी में आता है, रोने लगती हैं, जब जी में आता है, चुप हो जाती हैं। मुँदरी को उनके पास से हटने का हुक्म नहीं। सुनरी, जो हो सकता है, कर रही है। बदमिया उसके मन की बात जानती है। इधर उसने बहुत कोशिश की है कि सुनरी का मन छोटे सरकार की ओर से हट जाय। लेकिन

सुनरी है कि हर बात पर बस रो देती है। कुछ कहती नहीं, कुछ सुनती नहीं। हो सकता, तो वह सुनरी को कुछ दिनों के लिए बाहर भेजवा देती। लेकिन मुश्किल तो यह है कि मुँदरी फुआ से कैसे कुछ कहा जाय। मुँदरी फुआ को वह जैसा जानती-समझती है, उसे डर ही नहीं, पूरा विश्वास है कि जैसे ही उसे कुछ मालूम होगा, वह सुनरी को जान से मार डालेगी और उसकी ख़ुद जो फ़ज़ीहत करेगी, उसको सोचकर ही उसका कलेजा काँप-काँप जाता है।

हर पहलू पर बहुत सोचने-समझने के बाद बदमिया ने कहा था—अच्छा, कम-से-कम एक काम तो तू करना ही।

आँचल से आँसू पोंछकर सुनरी बोली थी—का?

—तू उसके पास जाना ही नहीं,—बदमिया को पूरा डर इस बात का था कि अगर इस बार वह छोटे सरकार से मिली, तो फिर गयी। परदेश से वह आ रहा है और फिर परदेश ही उसे जाना है। बेचारी सुनरी!

सुनरी ने ज़रा देर बाद कहा था—और अगर वह बुलाये, तो?

इस 'तो' का जवाब किसके पास था? बदमिया चुप हो गयी थी। उसे बड़ा दुःख हुआ था।

दीवानख़ाने के सामने दरबार लगा हुआ था। दरबार के चारों ओर भीड़ लगी हुई थी। पूरे सहन में ऐसा छिड़काव हुआ था कि तरी बरस रही थी। आज लालटेन नहीं, गैस जल रहे थे और चारों ओर जैसे दिन का प्रकाश छाया हो।

जमुना ने भागते हुए आकर ख़बर दी कि सवारी चल पड़ी है। दरबार आप ही बरख़ास्त हो गया। भीड़ में खलबली मच गयी। सब-के-सब फाटक की ओर भागे। बस, बड़े सरकार तख़त पर रह गये। ख़ुशी से आँखें मलकाते हुए उन्होंने निगाली मुँह में डाल, ज़ोर का एक कश खींचा, लेकिन जब कुछ भी हाथ न आया, तो चिलम की ओर एक नज़र डाल वह चीख़ पड़े—बेंगवा!

इमरती से भरी थाल तख़त के पैताने रखते हुए बेंगा बोला—जी, बड़े सरकार।

—अबे, बुझी चिलम फ़र्शी पर रख छोड़ी है?

—अभी-अभी तो भरी थी, बड़े सरकार—चिलम उतारते हुए बेंगा बोला। आज शाम से जाने वह कितनी चिलमें भर चुका था। उसे ताज़्जुब हो रहा था, कि यह चिलम ससुरी इतनी जल्दी-जल्दी कैसे बुझ जाती है? उसे क्या मालूम था कि बड़े सरकार को आज कश लेने का होश न था। दम न पा आग बुझे न, तो क्या करे?

—रहने दे। पान उठा!

तश्तरी उठाकर बेंगा ने बढ़ा दी। गावतकिये पर लेटे-लेटे ही बड़े सरकार ने बीड़े मुँह में डाले, फिर डिबिये से ज़र्दा निकाल, खाते हुए बोले—पुजारी जी से पूछ, तिलक का सामान तैयार है न?

बेंगा मन्दिर की ओर भागा।

बाजे के ऊपर हाथी के घण्टों की टन्न-टन्न की आवाज़ आने लगी। आदमियों का शोर साफ़ सुनायी देने लगा। बड़े सरकार उठकर बैठने लगे, तो ढेर-सारी पीक मुँह से उछलकर कुरते को रंग गयी। लेकिन उन्होंने उधर कोई ध्यान न दिया, जैसे वह ख़ुशी का रंग हो।

शहनाई ज़ोर से बज उठी। हर ओर एक शोर बरपा हो गया। हवेली की, रानी जी, मुँदरी और सुनरी को छोड़कर, सब औरतें हाथ का काम छोड़-छोड़कर बाहर भाग आयीं। हलवाई और दूसरे नौकर-चाकर भी मन्दिर के दरवाज़े पर आ खड़े हुए। वहाँ पुजारी जी तिलक की सुनहरी थाल सजाये गैस के पास खड़े थे। न आ सका, तो बेचारा गोपाल। वह लट्ठ लिये जमुनापारी के पास अन्दर गोशाला में खड़ा था। जमुनापारी ज़मीन खोन खा रही थी और पगहा पेर-पेरकर बाँ-बाँ चिल्ला रही थी। बैल भी कनौतियाँ खड़ी कर, आँखें फाड़-फाड़कर शोर की दिशा में देख रहे थे।

सुनरी का कलेजा धक-धक कर रहा था और रानी जी को लग रहा था, जैसे एक जुलूस उन्हें रौंदता हुआ चला जा रहा हो। और मुँदरी ऐसी अनमनी हो रही थी, जैसे इस सबसे कुछ मतलब हो भी और नहीं भी।

आगे-आगे बाजा, उसके पीछे हाथी, फिर अल्लम-बल्लम और फिर भीड़ फाटक में दाख़िल हुई। हाथी मन्दिर के सामने आगे के पैर आगे और पीछे के पैर पीछे फैलाकर बैठ गया। पुजारी जी ने ख़ुशी के मारे काँपती अँगुलियों से जल्दी-जल्दी दही, हल्दी, चन्दन और अक्षत को मिलाकर लल्लन जी के आगे बढ़े हुए ललाट की ओर उठाया कि तभी जाने उन्होंने क्या देखा कि उनकी आँखें झपक गयीं और हाथ का थाल जैसे गिरने-गिरने को हो गया।

मुस्कराकर लल्लन जी ने कहा—प्रणाम, पुजारी जी! तिलक लगाइये न।

आवाज़ पहचानकर पुजारी जी ने खींसें निपोरकर कहा—हाँ-हाँ! छोटे सरकार तो इसी बीच इतना बदल गये हैं कि मैं तो हक्का-बक्का हो गया।—और उन्होंने मन्त्र पढ़ते हुए पाँच बार तिलक लगा दिये।

हाथी उठा। घण्टे टन्न-टन्न कर फिर टन्न-टन्न बज उठे। बड़े सरकार के तख़त के पास जाकर हाथी फिर वैसे ही बैठ गया। लल्लन जी उतरे। लपककर पिता के पाँव छुए।

लेकिन उसे देखकर पिता की भी वही हालत हुई, जो पुजारी जी की हुई थी या मोटर से उतरते समय सौदागर की हुई थी।

लल्लन ने मुस्कराकर कहा—आपने आशीर्वाद नहीं दिये, नाराज़ हैं क्या?

—नहीं-नहीं,—बड़े सरकार ने आँखें झपकाते हुए कहा—जिओ, जिओ! मैं देख रहा था कि महीनों में ही तू क्या-से-क्या हो गया! इस पोशाक में तो तू...अच्छा, चल, तू हाथ-पाँव धो। बेंगवा...

—माता जी के पाँव छूकर अभी आता हूँ,—कहकर लल्लन जी हवेली की ओर लपका।

—अरे, कपड़े तो बदल लो!—बड़े सरकार ने कहा।

—अभी आया,—मुड़कर लल्लन जी ने कहा और आगे बढ़ गया।

हाथी खड़ा-खड़ा बार-बार बड़े सरकार की ओर सूँड़ बढ़ा रहा था। लल्लन जी के हट जाने पर उसने सूँड़ से बड़े सरकार के पाँव छुए, तब जाकर जैसे उन्हें होश आया। उन्होंने इमरती का थाल उठाकर सामने कर दिया। हाथी ने एक बार में ही सब समेटके मुँह में डाल लिया। फिर चिंग्घाड़कर और सूँड़ उठाकर, सलाम की रस्म अदा कर, ऐसे मुड़कर हाथीख़ाने की ओर भागा, जैसे एक मज़दूर ड्यूटी ख़तम होने पर घर की ओर भागता है।

—सलाम, छोटे सरकार!—हवेली के सामने खड़ी सब औरतों ने एक ही साथ कहा। और उसके पीछे लग गयीं।

अन्दर जाकर लल्लन जी ने कहा—तुम लोगों में कोई ऊपर नहीं आयेगी। जाओ, अपना काम देखो!—और लपककर सीढ़ियों पर जा रहा।

दरवाज़े पर इन्तज़ार में खड़ी मुँदरी ने उसे देखा, तो चिहाकर मुँह बाये रह गयी, सलाम करने की भी सुध न रही।

—ऐसे क्या देख रही है?—माता जी की तबीयत कैसी है?—और मुस्कराता हुआ वह अन्दर हो गया।

पलँग पर दूसरी ओर मुँह किये लेटी माता जी के पाँव छूकर उसने कहा—माता जी, मैं आ गया।

रानी जी ने करवट बदली और अचानक पलँग पर झुके हुए व्यक्ति के चेहरे पर जो उनकी नज़र पड़ी, तो वह बिजली की तरह तड़प उठीं और दोनों बाँहें फैलाकर, अपनी पूरी ताक़त से उससे लिपटकर वह चीख़ पड़ीं—रंजन!

लल्लन जी को इससे तनिक भी आश्चर्य या परेशानी नहीं हुई। दूसरे ही क्षण रानी जी की बाँहें आप ही ढीली हो गयीं और वह निर्जीव-सी होकर लुढ़क गयीं।

पास खड़ी मुँदरी अब तक सँभल गयी थी। उसने कहा—दौरा पड़ गया,—और दरवाज़े से बाहर आ ज़ोर से पुकारने लगी—महराजिन! बदमिया! पटेसरी!

सुगिया! जल्दी दौड़ो! रानी जी को दौरा पड़ा है!—और चट अन्दर आ रानी जी की सँभार करने लगी।

चुप खड़े लल्लन जी ने पूछा—मुँदरी, यह रंजन कौन है?

मुँदरी का कलेजा धक-धक करने लगा। सिर झुकाये ही बोली—कौन रंजन?

—वही, जिसका नाम अभी माता जी ने लिया था?

—ओह, आप इनकी बात कर रहे हैं, छोटे सरकार?...इनकी आपने भली चलायी। इनका दिमाग़ का ठिकाने है।...एक तो यह आप ही राम की सँवारी थीं और दूसरे जब से इन्होंने आपके लड़ाई में जाने की बात सुनी है, दाना-पानी ही छोड़ दिया है।...देख रहे हैं न, कैसी पाटी से सट गयी हैं। इनमें का अब जान है। यों ही जाने का-का बड़बड़ाती रहती हैं।

—इनके होश में आने पर तू ज़रा मेरे कमरे में आना,—चलते हुए लल्लन जी बोला।

—मुझे यहाँ से टलने का हुकुम नहीं है। और, छोटे सरकार, यह क्या पोशाक आपने पहन रखी है, देखकर डर लगता है।

—यह मेरा हुक्म है। ज़रूर आना! बहुत ज़रूरी बातें करनी हैं।—और वह बाहर होकर अपने कमरे की ओर चल पड़ा।

• •

टेबिल लैम्प की बत्ती मद्धिम कर लल्लन जी कटे पेड़ की तरह भहराकर पलँग पर गिर पड़ा। उसकी सारी मुस्कराहट ग़ायब हो चुकी थी। मसूरी से चलते समय उसने सोचा था कि वह पहले मुस्करायेगा, फिर मुस्करायेगा, फिर-फिर मुस्करायेगा और अन्त में ऐसे ठट्ठा मारकर हँसेगा कि...कि...

लेकिन जब माँ से वास्ता पड़ा, तो सब सोचा धरा रह गया।

तो यह सच है, अक्षर-अक्षर सच है। लल्लन जी का तालू सूख रहा था। साँस घुट-सी रही थी। कलेजा कटा-सा जा रहा था। दिल में जैसे कुछ खौल रहा था और दिमाग़ पर ऐसा पागलपन छाया जा रहा था कि उसके छटपटाते जी में आ रहा था कि सिर के सारे बाल नोच डाले। आह! आह!

कई करवटें लेने के बाद आख़िर उसने सिर से साफ़ा उतारा। उसे घूरकर एक क्षण देखा और फिर मन में आया कि उसे तार-तार करके फेंक दे, पर जाने फिर क्या आया कि उसने उसे सँभालकर मेज़ पर रख दिया। ललाट से पसीने के धार बह रहे थे। उसने पोंछना चाहा, तो उसे लगा कि सारी देह से पसीना छूट रहा है। उसने प्रिन्स कोट के सारे बटन खोल डाले। पैण्ट का बेल्ट खोलकर मेज़ पर फेंक

दिया। फिर भी चैन कहाँ? ओफ़, यह ख़ौफ़नाक नाटक उसने क्यों रचा? इसकी क्या ज़रूरत थी, क्या ज़रूरत थी? उसे क्या मालूम था कि सबसे ज़्यादा नायक पर ही बीतती है। वह यहाँ आया ही क्यों? क्यों नहीं बाहर-ही-बाहर चला गया?...वह मसूरी ही क्यों गया? वहाँ सेवाय में ही क्यों ठहरा? उस प्रोफ़ेसर से भेट ही क्यों हुई?...यह 'क्यों' कहाँ से शुरू होता है, इसका सिलसिला कहाँ तक है? नहीं, यह सब सोचना बेकार है। इस 'क्यों' का कोई जवाब नहीं। यह होना था, यही होना था।...अब क्या होगा? ओफ़, ओफ़! यह पर्दा उसने क्यों उठाया, क्यों?—सौदागर, पुजारी जी, पिता जी, मुँदरी, माता जी...नहीं, नहीं, यह पर्दा सिर्फ़ उसी के लिए था! और उसी ने अपने हाथों से उठाकर सबके सामने अपने को नंगा कर लिया!...उसके जी में आया कि वह अपने सब कपड़े नोचकर फेंक दे और पागलों की तरह नंगा होकर चिल्लाये—जानते हो, मैं किसका बेटा हूँ? हा-हा-हा!

—छोटे सरकार।

लल्लन ने कोट का एक बटन लगाते हुए, सिर उठाकर सहमी हुई नज़र से देखा, दरवाज़े पर उससे भी कहीं ज़्यादा सहमी हुई मुँदरी खड़ी थी। लेकिन एक क्षण को उसे लगा कि मुँदरी के अट्टहास से पूरी हवेली हिल रही है।

—आपने बुलाया था, छोटे सरकार।

लल्लन ने सँभलकर फिर उसे देखा और जैसे कोई उसके क़ानों में चुपके-से कह गया, पागल! बड़ा आदमी कभी भी किसी के सामने नंगा नहीं होता! उसका बड़प्पन उसके सारे नंगेपन को ढँके रहता है। किसकी हिम्मत जो उसकी ओर अँगुली उठा सके, आँख उठा सके?

उसने पलँग से उठकर, कोट निकालकर पलँग पर फेंक दिया और पैण्ट उतारते हुए कहा—मैं नहाऊँगा।

—सब तैयार है, छोटे सरकार।

—मेरे कपड़े निकालकर ला। मैं नहानघर में जा रहा हूँ।—और वह तुरन्त वहाँ से भाग खड़ा हुआ।

मुँदरी के जी में आया कि एक बार खुलकर हँस पड़े। लेकिन फिर...दुत, अभी कैसी भींगी बिल्ली बनी थी!...और सूटकेस खोलती हुई वह मुस्करा पड़ी, यह मुक़द्दमा किसी इजलास में जाय, तो सबसे पहले किसका गला दबाया जायगा? फिर भी मैं का किसी से डरती हूँ! मैं चिल्ला-चिल्लाकर कहूँगी, हाँ-हाँ, मैंने ही किया! बोलो, मेरा का कर लोगे? मैं एक-एक की बखिया उधेड़कर रख दूँगी! इन बड़े सरकार को कठहरे में खड़ा करो! फिर सुनो। महराजिन! जलेसरी! जनकिया! सुगिया! पटेसरी! बदमिया! और ओ! तुमसब भी आओ, जो भाग गयीं या मर-बिला

गयीं। बोलो, तुम सब बोलो! नोच डालो, इस पापी के सिर के एक-एक बाल को! नोच डालो!

क़हर, क़हर! जैसे भूचाल आ गया हो। लेकिन सब चुप, शान्त, सहमे-सहमे! लल्लन ने लोटे से सिर फोड़ लिया। सिर्फ़ रानी जी की क्षीण पुकार सुनायी दी—मुँदरी।

—आयी, रानी जी!...हुँह! कौन इजलास में जायगा? छोटे सरकार? हुँह! बेज़बानों के साथ चाहे जो कर लो, मुझे न छेड़ो! मैं जानती हूँ...सब समझ गयी हूँ! हमारी एक बात और सौ घड़े पानी! तुम्हारी सब सान इसलिए है कि हम चुप हैं, हम डरते हैं। नहीं तो, नहीं तो...मैं जानती हूँ...तुम भी डरते हो, हमारी एक बात और तुम्हारी सारी शान, सारी इज़्ज़त...कहीं मुँह छुपाने को भी जगह न मिले...सब रोब दाब, गोली-बनूक़ धरी-की-धरी रह जायगी।...

और मुँदरी झल्लाये हाथों से कपड़े समेटकर रानी जी के कमरे में आ खड़ी हुई। उसकी भवें चढ़ी हुई थी, नथुने फूले हुए थे।

—तू क्या चाहती है, मुँदरी?

—कुछ नहीं।

—नहीं, तू मुझे मार डालना चाहती है! तुझे कितनी बार कहा कि इस तरह मत हँसा कर, लेकिन तू सुनती नहीं। आज मेरा बेटा आनेवाला है! और तू...

—वो आ गये हैं।

—आ गया है? कहाँ है वो? मेरे पास अभी तक नहीं आया?...सब बाजे क्यों बन्द हो गये?

—बहुत देर हुई, छोटे सरकार यहाँ आये थे, आपके चरन छुए थे। लेकिन आप बेहोस हो गयी थीं।—मुँदरी की भवें धीरे-धीरे अपनी जगह पर आ गयीं, साँस भी ठीक तरह चलने लगी। रानी जी के सामने वह बेबस हो जाती है, जैसे बीमार के सामने तीमारदार।

—मैं बेहोश हो गयी थी?...नहीं-नहीं,—ज़रा-सा मुस्कराकर रानी जी ने आँखें मूँदकर कहा—तुझे बताऊँ...देख न, पड़े-पड़े सरेशाम ही मुझे कैसी नींद आ गयी! फिर क्या सपना देखती हूँ। देखती हूँ कि रंजन आया है और मेरे पैर हिलाकर कहता है, पान, पान! और मैं उठकर उससे लिपट गयी। और...और...फिर लगा कि मैं मर रही हूँ और तुम लोग मुझे घेरकर खड़ी हो। देख न...लेकिन तू तो कहती है...

मुँदरी को हुआ कि बता दे। लेकिन उसने दाँतों से जीभ दबा ली, एक माँ के लिए क्या इससे बढ़कर कोई लज्जा की बात हो सकती है। उसने कहा—तो फिर ऐसा ही हुआ होगा। मुझसे कपड़े लाने को कहके छोटे सरकार नहानघर चले गये। मैं समझी, वो यहाँ आये होंगे।

—तो वह नहा रहा है?

—हाँ, ये कपड़े उन्हीं के तो लिये जा रही हूँ।

—तो उससे कह कि जल्दी मेरे पास आये। उसका नाश्ता यहीं भेज दे।

मुँदरी को इससे ख़ुशी ही हुई। लेकिन कहीं लल्लन छेड़ बैठे, तो? वह बड़ी पसोपेश में पड़ गयी। कैसे लल्लन को यह बता दे कि रानी जी को कुछ नहीं मालूम।

लल्लन जी नहाकर खड़ा हुआ सिर का गुम्मड़ टटोल रहा था। मुँदरी ने तौलिया देते हुए कहा—सिर में चोट लगी है का?

—हाँ, मोटर से उतरते वक़्त लग गयी।

वह देह पोंछने लगा, तो मुँदरी बोली—छोटे सरकार, आप मुझसे कोई बात करनेवाले थे?

—हाँ, तेरी सुनरी कैसी है?

—आपकी दुआ से अच्छी है।

—बनियाइन दे।

उसके हाथ से कपड़े लेकर वह चुपचाप पहनने लगा। आख़िर मुँदरी ही बोली। वह यह अवसर खोना नहीं चाहती थी। एक माँ के सबसे नाज़ुक पहलू का सवाल था। फिर जिससे पर्दा उठा गया, उससे पर्देदारी क्या?

—रानी जी को मालूम नहीं कि आप उनके चरन छूने गये थे।

—क्या?—कमीज़ गले में डालता हुआ सकपकाकर बात टालने के लिए लल्लन बोला। उसकी हालत वही थी, जो मिट्टी के ढेले पर पानी पड़ जाने पर होती है।

—देखिये! दाई से ढीढ़ छुपाने से कोई फ़ायदा नहीं। आपको सब मालूम हो गया है, यह मैं जान गयी हूँ। मुझसे छुपाने की कोसिस न कीजिये। मेरी बात सुनिये! रानी जी को यह मालूम नहीं कि आपको सब मालूम हो गया है या वो रंजन का नाम लेकर...आप उनसे कुछ न कहियेगा। जैसे हमेसा उनसे मिलते थे, वैसे ही मिलियेगा। नहीं तो वो मर जायेंगी। और वो पोसाक दबाकर कहीं रख दें। उस पोसाक में आप बिलकुल रंजन बाबू की तरह दिखायी देते हैं। और आपकी सूरत-सकल भी उनसे हू-ब-हू मिलती है, जैसे आप दोनों एक ही साँचे में ढले हों। हाँ, ज़रा अपनी मूँछ भी आप और तरह की कर लेते, तो अच्छा होता। रंजन बाबू की मूँछें भी बिलकुल इसी तरह की थीं। समझे आप? अपनी माता जी पर रहम करें। इसमें उनका कोई दोस नहीं। वह रंजन बाबू पर जान देती थीं...

—तू मुझे उनके बारे में सब बातें बतायेगी?—आख़िर लल्लन जी खुल गया।

—हाँ, जो भी मालूम है, बताऊँगी। लेकिन मेरी बात का ख़ियाल रखें। माता जी पर रहम करें। करेंगे न?

—हाँ।

—और आप भी बतायेंगे न कि आपको कैसे मालूम हुआ?

—हाँ। रात को सब के सोने पर मेरे कमरे में आना।

लल्लन जी ने तैयार होकर आईने में मुँह देखा और दिल कड़ा करके माता जी के कमरे में जा उनके चरण हुए। माँ ने उसे चूमा, चाटा और इस तरह अपनी गोद में भर लिया, जैसे वह चार-पाँच साल का बच्चा हो। और फिर उसके मुँह को अपनी हथेलियों में भरकर, आँखों से आँसू चुलाती, अवरुद्ध कण्ठ से बोलीं—मेरा बेटा कितना दुबला हो गया है! अरी मुँदरी, ज़रा रोशनी तो तेज़ कर, मैं अपने लाड़ले का मुँह तो अच्छी तरह देखूँ।

मुँदरी ने बत्ती उकसा दी।

लल्लन ने कहा—कहाँ, माता जी? मैं तो बहुत मोटा हो गया हूँ। पहाड़ पर ऐसी भूख लगती थी कि क्या बताऊँ!—और उनके मुँह पर अपने हाथ फेरता हुआ बोला—माता जी, आपने यह क्या अपना हाल बना रखा है! कितनी दुबली हो गयी हैं आप!—और कमीज़ की जेब से रूमाल निकालकर वह उनके आँसू पोंछने लगा।

मुँदरी ज़ोर-ज़ोर से पंखा झल रही थी। बोली—यह तो जान देने पर तुली हुई हैं, छोटे सरकार। जब से सुना है कि आप लड़ाई पर जा रहे हैं, इन्होंने अन्न-पानी छोड़ रखा है। इन्हें समझाइये, छोटे सरकार।

—यह मुझे क्या समझायेगा? इसको भी मेरा दर्द नहीं!—फफककर रानी जी बोलीं।

—यह क्या कहती हैं, माता जी? मुझे आपका दर्द नहीं?

—और नहीं तो क्या, रे? दर्द होता, तो तू मुझे छोड़कर लड़ाई पर जाता?

—रानी जी, इन्हें जलपान कराइये, जाने कब के भूखे-प्यासे होंगे, अभी तक कुछ भी मुँह में न डाला। —मुँदरी ने मसलहतन कहा।

आँचल से आँखें पोंछकर, उसे वैसे ही गोद में बैठाये, रानी जी ने एक लड्डू तिपाई पर रखी तश्तरी से उठाकर, उसके मुँह में डालकर कहा—सच ही तू हमें छोड़कर जायगा, रे?

—नहीं, माता जी, ऐसा कैसे हो सकता है? ज़रा घूमने-फिरने की तबीयत हुई, सोचा, साल-छह महीने इसी बहाने सैर हो जायगी, दुनिया देख लूँगा।

—लड़ाई का मैदान कोई सैर-सपाटे की जगह होती है? नहीं, बेटा, मैं न जाने दूँगी!

अफ़सरों के लिए सैर-सपाटे की जगह तो होती ही है। मुझे कोई ख़तरा नहीं, माता जी।

एक इमरती उसके मुँह में डालकर वह बोलीं—मैं यह नहीं मानने की। मैं हर्गिज़ तुझे न जाने दूँगी।

—तो इसी तरह गोद में बैठाकर रखेंगी? कोई देखेगा, तो क्या कहेगा? —हँसकर लल्लन बोला।

—तू गोद की बात करता है? मेरा वश चले तो तुझे पुतलियों में छिपाये रखूँ। तू माँ का दिल क्या जाने?

—हुँ! और लोग जो मुझे चिढ़ाते हैं। कहते हैं, इतना बड़ा हुआ, ज़नाने में सोता है, माँ के आँचल में मुँह छुपाये रखता है, लड़की है!

—कौन कहता है, रे?

—नाम बताकर उसकी शामत मैं क्यों बुलाऊँ?...माता जी, मैं मर्द-बच्चा हूँ। अब जवान हो गया हूँ। पढ़ाई-लिखाई ख़तम हो गयी। अब मुझे कुछ करना चाहिए कि नहीं?—पानी का गिलास उठाते हुए लल्लन जी ने कहा।

—थोड़ी नमकीन तो खा ले—उसके हाथ से गिलास लेते हुए रानी जी ने कहा।

—बस, माता जी। ज़्यादा खा लूँगा, तो खाना नहीं खाया जायगा।

—अभी तो कह रहा था कि बड़ी भूख लगती है। यही ज़्यादा हो जायगा? —और उन्होंने हाथ में उठायी नमकीन उसकें मुँह में ठूँस दी। बोलीं—हाँ, तो क्या कहता था?

—ऊँ! इतनी-सारी नमकीन लेकर ठूँस दी। कैसे बोलूँ?

रानी जी हँस पड़ीं। मुँदरी जान-बूझकर न हँसी।

पानी पीकर लल्लन जी बोला —कह रहा था, मुझे अब कुछ करना चाहिए कि नहीं?

—करना क्यों न चाहिए। पहले तो तुझे शादी करनी चाहिए।

हँसकर लल्लन जी बोला —फिर बच्चे पैदा करना चाहिए!

—और नहीं तो क्या?

—और फिर?

—और फिर तुझे कुछ करने की क्या ज़रूरत है? तू मज़े से मेरी आँखों के सामने रह।

—वाह, माता जी! आप भी यही सिखा रही हैं?

—क्यों, इतनी जगह-ज़मींदारी है, धन-सम्पदा है, इसे भोगनेवाला दूसरा कौन है? नहीं, तुझे कुछ करने की ज़रूरत नहीं है!

—है, माता जी, है! —तनिक उदास-सा होकर लल्लन बोला—जाने क्यों, मेरा मन कहता है कि पिता जी मेरे लिये कुछ छोड़ नहीं जायेंगे, सब स्वाहा करके दम लेंगे।

मुँदरी ने शंकित हो होंठ काटा। कुछ कहकर बात बदलनी भी चाही, लेकिन तुरन्त कोई बात नहीं आयी। उसके होंठ फड़ककर रह गये।

—क्यों, ऐसा तेरे मन में क्यों आया? —भौंहें उठाकर रानी जी बोलीं।

—यह तो नहीं जानता, लेकिन मेरा मन कह रहा है।

—वहम है। अव्वलन तो ऐसा होगा नहीं। फिर हुआ भी, तो मेरे पिता जी का दिया हुआ मेरे नाम इतना है कि तू सारी ज़िन्दगी आराम से बैठकर खा सकता है। तुझे चिन्ता करने की ज़रूरत नहीं।

—नहीं, माता जी, मैं नकारा रहकर ज़िन्दगी बिताना नहीं चाहता। मुझे कुछ-न-कुछ करना ही चाहिए। मुझसे यहाँ बेकार न रहा जायगा।

—क्या—व्याकुल होकर रानी जी बोलीं—मेरी बात नहीं मानेगा? मुझे छोड़कर चला जायगा?

—नहीं, माता जी...

तभी दरवाज़े के बाहर से पटेसरी की आवाज़ आयी—बेंगा आया है। कह रहा है, शम्भू बाबू छोटे सरकार को बुला रहे हैं। का कह दूँ?

—कह दे, अभी नहीं जायगा! —ज़ोर से रानी जी बोलीं। वह इतने ही में हाँफने लगी थीं। उत्तेजित होकर बोलीं —मैं कुछ नहीं सुनूँगी, कुछ नहीं! एक बार कहती हूँ, हज़ार बार कहती हूँ, तुझे मैं कहीं नहीं जाने दूँगी!

—अच्छा, माता जी, जो आप कहेंगी, वही होगा। आप शान्त तो रहिये।

—देखा, मुँदरी! —हँसती हुई आँखों से उसकी ओर देखती हुई रानी जी बोलीं —मैं कहती थी न, मेरा बेटा मुझे छोड़कर कहीं नहीं जा सकता!

मुँदरी ने कृत्रिम मुस्कान होठों पर ला सिर हिला दिया।

•

वैद्य जी को क्या मालूम था कि क्या हो गया। मन्दिर के दरवाज़े पर खड़े वह लड्डू बाँट रहे थे। कवलू लड्डुओं से भरा थाल ला-लाकर उनके हाथ में थमाता जा रहा था और वह सामने खड़ी भीड़ को लड्डू बाँटे जा रहे थे। उनका हाथ एक और लड्डू लेनेवाले हाथ अनेक। बड़ी गड़बड़ी हो रही थी, बड़ी छीना-झपटी चल रही थी। वैद्य जी बार-बार डाँट रहे थे, चिल्ला-चिल्लाकर कह रहे थे—पारी-पारी से लो, सबको मिलेगा, खातिर रखो।—लेकिन कोई असर नहीं। एक लड्डू के लिए उठे हुए कई-कई हाथ और शोर कि पहले मुझे, पहले मुझे! हमारा देश कितना बेसब्री है!

भीड़ देखकर पुजारी जी ने कहा —वैद्य जी, मैं भी बाँटूँ?

वैद्य जी ने बिना उनकी ओर देखे ही कहा —नहीं जी, यह भी कोई भीड़ है। इससे बड़ी-बड़ी भीड़ को मैं अकेले सँभाल चुका हूँ।

वैद्य जी का विश्वास था कि इस जन्म में जितना वह अपने हाथ से कंगलों को बाँटेंगे, उतना ही उन्हें अगले जन्म में मिलेगा। चीज़ जिसकी भी हो, असल बात बाँटनेवाले हाथ की है। इसीलिए ऐसे सुअवसरों पर वह किसी के साथ हिस्सा-बाँट लगाना पसन्द नहीं करते।

दरबार कई बार जमने-जमने को होकर भी उखड़ा-ही-उखड़ा रहा। जब राजा का मन ही उखड़ा हो, तो दरबार क्या जमे? अभी-अभी जो ख़ुशी का शोर उठा था, अब ऐसे शान्त हो गया था, जैसे लहलहाती फ़सल को अचानक पाला मार जाय। शम्भू, सौदागर और पटवारी के आसनों को छोड़कर सब खाली थे। बड़े सरकार को लग रहा था कि सब नमकहराम उनका साथ छोड़ गये। वह रह-रहकर खाँसे जाते थे। मन बड़ा ही व्याकुल था। लेकिन कोशिश करके मन के भाव को चेहरे पर न आने देते थे। लगातार निगाली मुँह में डाले गड़र-गड़र बजाये जा रहे थे। बोलने को ज़रा भी जी न कर रहा था। फिर भी शम्भू की बातों पर हूँ-हूँ कर देते थे।

सौदागर बिलकुल ख़ामोश था। रह-रहकर वह सामने ऐसी डरी निगाहों से देखने लगता था, जैसे हवा में कोई भूत नाच रहा हो और फिर जब ख़याल आता कि वह यह क्या कर रहा है, तो सँभल जाता और आँखें झपकाकर स्वाभाविक ढंग से देखने की कोशिश करने लगता।

शम्भू भी कुछ खोया-खोया ही-सा था। उसकी समझ में न आता था कि यह लल्लन जी का बच्चा इतने ही अर्से में कैसे इतना बदल गया! सबसे ज़्यादा चिढ़ उसको उसकी पोशाक से हो रही थी, जिसमें वह बिलकुल एक राजकुमार की तरह लगता था। कमबख़्त पहले से भी ज़्यादा चुस्त और ख़ूबसूरत दिखायी देता है। वह मन-ही-मन जल रहा था कि उसने मुझसे कोई बात क्यों न की। कितनी बार मैंने छेड़ा लेकिन जैसे वह रोब का मारा मुँह ही न लगाना चाहता हो। तोबा, तोबा! लाडली के यहाँ न गया, यह तो अच्छा ही हुआ। ट्रेन लेट आयी, यह भी ख़ूब रहा। उसे डर था कि लल्लन जी मुझे हाथी पर चढ़ायेगा कि नहीं, और उसे आश्चर्य हुआ, जब लल्लन जी ने ख़ुद उसका हाथ पकड़कर चढ़ने को कहा। लेकिन वह ऐसे चुप क्यों रहा? अभी-अभी बुलाया, तो भी नहीं आया...वह शकुन्तला के बारे में जल्द-से-जल्द सब-कुछ जानने को बेचैन हो रहा था।...मालूम देता है, हज़रत बुरी तरह लटक गये। सुना है, प्रेम करनेवाले गूँगे हो जाते हैं। लेकिन कुछ मालूम भी तो हो।

यह भी तो सुना है कि प्रेम असफल होने पर प्रेमी निराशा से भी मूक हो जाते हैं।...वह बैठा-बैठा इन्तज़ार कर रहा था कि शायद लल्लन जी बाहर आये। वह लाडली और अफ़सरों के बारे में अपनी रिपोर्ट दे चुका था।

और मुन्शी जी सिर्फ़ इसलिए बैठे हुए थे कि कब उनका मिठाई का दोना मिले और वह चम्पत हों। सरकार का मिज़ाज माफ़िक न हो, तो उनके पास बैठना वह नीति के विरुद्ध समझते थे। एक क़याफ़ाशिनास आदमी थे वह।

आयु जन्म-दिन से जो चित्र बनाना शुरू करती है, उस पर लगातार वह ब्रश चलाती जाती है, कभी कोई रेखा मिटाती है, कभी कोई नयी रेखा खींचती है, कभी कोई रंग दबाती है, कोई रंग उभारती है, कभी कोई शेड हलका करती है, कोई मद्धिम और कोई तेज़ और बराबर बनाती जाती है और आख़िर जवानी में आकर चित्र पूरा करके, हर नोक-पलक सँवारकर, हर रंग सजाकर, हर शेड ठीक कर और फिनिशिंग टच देकर वह उसे दुनिया के सामने रख देती है और कहती है —लो देखो, चित्र पूरा हो गया!

बड़े सरकार को शुरू से ही शक था। वह छुपे-छुपे शुरू से ही लल्लन जी का मुखड़ा बड़े ध्यान से एक पारखी की तरह देखा करते थे और उसके हर परिवर्तन को नोट किया करते थे। उनके सामने हमेशा तीन चेहरे नाचा करते थे—रानी जी का, अपना और रंजन का। और वह हमेशा मिलान किया करते थे कि लल्लन जी के मुखड़े की रेखाएँ किसकी रेखाओं की ओर जा रही हैं। और आज जो पूर्ण हुआ चित्र उनके सामने आया, तो उनका दिल धक-से हो गया। आज शक सच हो गया था। सब-कुछ वही, हत्ताकि पोशाक भी। और आज उन्हें लगा कि यह जो सच हुआ है, अचानक ही नहीं हुआ है। यह एक रहस्यपूर्ण ढंग से शुरू से ही सच था, उन्होंने सब-कुछ देख-समझकर भी न देखा-सनझा, गोल किये रहे बहुत-सी बातें सोचकर। रंजन को अच्छी तरह उन्होंने कुछ ही मिनटों के लिए देखा था, देर तक उन दोनों के लिए आँखें मिलाये रहना असम्भव था। फिर भी मसलहतन बड़े सरकार ने उसे एक बार गौर से देखा था, ठीक आँखें मिलाकर। उनका ख़याल था कि रंजन का मुखड़ा उन्हें बहुत दिनों तक याद नहीं रहेगा। उनका ख़याल ग़लत न था। लेकिन वह ऐसा कर न सके। उन्होंने जान-बूझकर ही उस चेहरे को याद रखा, रोज़ कई-कई बार उसे सामने ला ताज़ा रखा। वह करते भी क्या? उनके रग-रग में जो ख़ून दौड़ रहा था, यह उसी का दोष था। यह ख़ून इस तरह की बात ज़िन्दगी भर भूलनेवाला न था। हज़ारों की इज़्ज़त लूटनेवाले को यह कैसे सह्य होता कि कोई उसकी इज़्ज़त पर आँख उठाये? डाकू के घर में डाका पड़ने-जैसी यह बात थी।

अब?

अंकुर को मसल देना आसान है, लेकिन पेड़ को काट गिराना मुश्किल, वह भी जब रखवाले की नज़र उस पर चौबीसों घण्टे बनी रहे।

उनके जी में कई बार आया कि जलसा मुल्तवी करा दें, ये झण्डी-पताका सब नुचवाकर फेंकवा दें, मंगल-घटों और गैसों को ईंटों से मार-मारकर फोड़ डालें और बन्दूक़ लेकर सीधे हवेली जायँ और रानी जी और लल्लन जी को एक साथ ही गोली से उड़ा दें।...लेकिन ऐसा कर सकना सम्भव न था। अब जवानी का वह जोश न रहा, ख़ून ठण्डा-सा हो गया है। फिर?

भीड़ से निबटकर वैद्य जी ख़ुश-ख़ुश अपनी जगह पर आ बैठे। मुन्शी जी ने उनकी ओर अर्थपूर्ण दृष्टि से देखा।

वैद्य जी हँसकर बोले—क्यों साँस फूल रही है? आपकी मिठाई आ रही है।

सौदागर ने भी जब उसी दृष्टि से वैद्य जी की ओर देखा, तो उन्होंने कहा—तुमको क्या जल्दी पड़ी है? जाने लगना, तो पुजारी जी से ले लेना।

—घर में ज़रा तबीयत ख़राब है, जाने का हाल है। सुबह का निकला अभी तक नहीं गया।—सौदागर ने कहा। सौदागर को वहाँ बैठना काट रहा था। वह जल्द-से-जल्द वहाँ से भाग जाना चाहता था। शरीर से जितना मोटा और मज़बूत वह दिखायी देता था, दिल का वह उतना ही कमज़ोर था। रात-दिन शरीर के ही चक्कर में पड़े रहनेवाले दिल की दौलत गवाँ बैठते हैं। उसे जाने क्यों रह-रहकर लगता था कि छोटे सरकार बन्दूक़ लेकर उसे मारने चले आ रहे हैं। वह अन्दर-ही-अन्दर बहुत भयभीत था।

वैद्य जी ने हँसकर कहा—बड़े सरकार, सब अच्छी तरह हो गया न?

बड़े सरकार ने सिर हिलाकर कहा—हाँ।

वैद्य जी—जलसा हमारा बहुत शानदार होगा। तेरह-तेरह मिठाइयाँ, चार छेने की, चार खोये की और दो मेवे और तीन मैदे की तैयार हो गयीं। चार क़िस्म की नमकीनें भी बन गयीं। कल शाही टुकड़े और बन जायेंगे। और जो हुकुम हो सरकार का।

बड़े सरकार—हाँ।

वैद्य जी ज़रा चिन्तित दृष्टि से देखते हुए बोले—आपकी तबीयत।...

बड़े सरकार—नहीं, नहीं।

वैद्य जी—नहीं, कोई बात हो तो बतायें। आज दिन-भर आप बहुत परेशान रहे हैं। दोपहर को आराम भी नहीं किया। सिर में शायद दर्द हो, कहें, तो कोई गोली दूँ, दर्द तुरन्त जाता रहेगा।

बड़े सरकार—थक गया हूँ। शरीर में अब वह ताक़त न रही।...हाँ, सौदागर, शेखपुरे के बावर्ची नहीं आये?

सौदागर चौंककर बोला—कल सबेरे आयेंगे।

बड़े सरकार—और खस्सियों का क्या हुआ?

सौदागर—लुट्टू ख़रीदने गया है। लौटता ही होगा।

वैद्य जी ने कानों पर हाथ रखते हुए कहा—राम-राम! बड़े सरकार, मुझे यही बात अच्छी नहीं लगती है।

बड़े सरकार—कई अफ़सर मुसलमान हैं। जैसा देवता, वैसा भोग।

वैद्य जी—मैं क्या कहूँ, लेकिन मन्दिर के बाग़...

सौदागर—मालूम होता है, पहली बार हो रहा है! आप हमेसा भूल जाते हैं कि यहसब हाथीखाने के पासवाले कमरे में होता है।

वैद्य जी—हाँ भाई, भूल जाता हूँ। मुझे हमेशा डर बना रहता है कि कहीं तुम लोग मेरा धर्म भ्रष्ट न कर दो।

दूसरा कोई अवसर होता, तो इस पर सब हँस पड़ते। लेकिन आज केवल वैद्य जी ही अपनी बात पर हँसनेवाले थे और उन्हें भी ऐसा लगा, जैसे उल्लू बन गये हों। एक बार उन्होंने सब चेहरे देखे और ख़ामोश हो गये।

बातचीत आगे न बढ़ी।

पुजारी जी हरी को पीछे-पीछे लिये आ पहुँचे। हरी दाहिने हाथ से एक थाल कन्धे तक उठाये हुए था। थाल में तीन बड़े-बड़े दोने थे।

बड़े सरकार ने पुजारी जी की ओर देखा और पुजारी ने बड़े सरकार की ओर। दोनों ने, जो देखना चाहते थे, देख लिया और दोनों के चेहरों पर एक ही तरह के भाव आये-गये।

पुजारी जी ने काँपते हाथों से एक दोना उठाकर मुन्शी जी को दिया। मुन्शी जी ने एक नज़र देखा और अँगोछे में बाँधते हुए उठ खड़े हुए।

दूसरा दोना शम्भू ने लेकर बग़ल के खाली आसन पर रख दिया।

मुन्शी जी ने इजाज़त लेकर सलाम किया और चलते बने।

तीसरा दोना लेता हुआ सौदागर उठ खड़ा हुआ।

बड़े सरकार ने कहा—सौदागर, जल्दी लौटना।

सौदागर ने 'बहुत अच्छा' कहकर सबको सलाम किया। और जाने लगा, तो वैद्य जी बोले—कथा बिसरजन होत है, सुनो वीर हनुमान...

शम्भू ज़ोर से हँस पड़ा और कोई न हँसा। बल्कि बड़े सरकार को उसका हँसना बेवक़्त की शहनाई की तरह लगा। पर उन्होंने कुछ कहा नहीं।

पुजारी जी ने देखा कि कोई उनसे बैठने को नहीं कहता है, तो उन्होंने चलते हुए कहा—वैद्य जी, आपका हिस्सा आपके घर भेजवा दिया है।

—बेंगवा!—बड़े सरकार ज़ोर से बोले।

—जी, बड़े सरकार।

—कह आ, खाना नहीं खायेंगे और यहीं आराम करेंगे।...और हाँ, लुटुआ के घर देख आ, आया हो, तो पकड़ ला। तेल बर्फ़ में ठण्डा होने को रख दे।—और वह उठ खड़े हुए।

(११)

माँ ने बेटे को अपने हाथ से खिलाया और बेटे ने अपने हाथ से माँ को।

लल्लन ने कहा —माता जी, अब आराम कीजिये। आप बहुत थक गयी हैं।

—नहीं, आज रात-भर मैं बातें करूँगी। तू नहीं जानता, बेटे, तेरे बग़ैर मुझे एक छन को भी चैन नहीं मिलता।...मुँदरी, पान बनाकर दे मेरे बेटे को।

लल्लन ने मुँदरी की ओर देखा। मुँदरी ने पान बनाते हुए कुछ सोचकर कहा—रानी जी, छोटे सरकार सफ़र से आये हैं। थके होंगे। देखिये न, कैसे जम्हुआई ले रहे हैं।

—क्यों, रे, तुझे नींद आ रही है?—रानी जी ने उसकी ठुड्डी उठाकर कहा।

—दो रात से एक मिनट को भी नहीं सोया। फिर भी आपको छोड़कर नहीं जाऊँगा। जब तक आप सो न जायेंगी, मैं आपके ही पास रहूँगा।

—मुझे नींद कहाँ आती है। मैं तो रात-रात-भर जाने क्या-क्या सोचती रहती हूँ।

—आज आपको ज़रूर नींद आयेगी। मैं थपकी देकर आपको सुला दूँगा।—और लल्लन उनकी पीठ पर हाथ फेरने लगा।

रानी जी हँसकर बोलीं —सुनती है, मुँदरी? याद है इसके बचपन की बात? सोने में कितना तंग करता था...माता जी, आप भी सोइये..पिता जी, थपकी दीजिये...माता जी, कहानी कहिये...लोरी सुनाइये...और कैसे नक़ल कर आँखें मूँद लेता था और मैं इसे सोया समझकर, बच-बचाकर उठती थी, तो कैसे पट से आँखें खोलकर ठुनक उठता था!—और वह ज़ोर से हँस पड़ीं।

लल्लन ने शरमाकर सिर झुका लिया और होंठ आगे बढ़ाकर ठुनककर बोला—कहाँ, माता जी? आप तो कहती थीं, मैं बहुत अच्छा लड़का था!

—देखा, मुँदरी, ठुनकने की आदत इसकी अब भी नहीं गयी। अरे, मैं यह कब कहती हूँ कि तू अच्छा लड़का नहीं था!...

मुँदरी ने पान की तश्तरी बढ़ाकर कहा—पान लीजिये।

—ला, मैं अपने हाथ से अपने बेटे को पान खिलाऊँ,—और उन्होंने दो पान लेकर उसे खिला दिये और अपने लिये उठाने लगीं, तो लल्लन ने कहा—नहीं, मैं खिलाऊँगा।

रानी जी को लग रहा कि उनका बेटा इतना प्यारा पहले कभी नहीं था। शायद मैं बीमार होकर ही इतना प्यार पाने की हक़दार हो गयी हूँ। या...कहीं यह विदा के पहले का तो प्यार नहीं? वह फिर व्याकुल होकर बोलीं—अब तो तू मुझे छोड़कर कहीं नहीं जायगा?

लल्लन ज़रा घबराकर बोला—नहीं, माता जी,—फिर सँभलकर बोला—आपकी आज्ञा पाये बिना मैं कुछ नहीं करूँगा।—फिर मुँदरी से कहा—मुँदरी, ला पंखा मुझे दे। तू खाना खाकर जल्दी आ जा।

—किसी को पंखा झलने के लिए भेज दूँ?—मुँदरी ने कहा।

लल्लन ने आँख मारकर कहा—नहीं, तू पंखा मुझे दे दे। तब तक मैं ही माता जी को पंखा झलूँगा।

—क्यों, बेटे, तू क्यों पंखा झलेगा? इतनी सारी लौंडियाँ हैं।

—नहीं, माता जी, आज तो मैं ही झलूँगा! मैं नहीं चाहता कि माँ बेटे के बीच इस वक़्त कोई दूसरी आकर यहाँ खड़ी रहे। और वह पंखा झलने लगा।

—तो ला, मुझे ही दे,—रानी जी ने हाथ बढ़ाकर कहा।

—ऊँह, आप आँखें मूँदकर सोइये!

एक माँ के लिए इस सुख से बढ़कर क्या और कोई सुख हो सकता है?...यह बेटे के हाथ की हवा नहीं, मुहब्बत की नर्म-गर्म राहतबख़्श साँसें थीं, जिनकी छाँव में रानी जी की दु:खी आत्मा चैन पाकर वैसे ही सो गयी, जैसे आँचल ओढ़े बीमार बच्चा रोते-रोते माँ की छाती पर मुँह रखे सो जाय।

दाहिने हाथ से लल्लन पंखा झल रहा था और बायें हाथ से माँ का सिर सहला रहा था। और उसकी आँखें बड़े ग़ौर से उनका मुखड़ा निरख रही थीं। मुखड़े पर व्यथा की छाप नींद की स्थिरता में स्पष्ट हो गयी थी। लल्लन जी के जी में आया कि वह चूम-चूमकर व्यथा का सारा विष अपने होंठों से खींच ले। ओह, माता जी ने कितना कष्ट झेला है!...आज उसे माता जी बहुत प्यारी लग रही थीं, ऐसी प्यारी वह पहले कभी भी नहीं लगी थीं। लल्लन को हो रहा था कि वह क्या-कुछ न कर डाले माता जी को सुखी बनाने के लिए!

आज जो व्यवहार उसने अपनी माँ के साथ किया था, वह माँ के लिए भले ही नया न हो, उसके लिए नया था। ऐसा व्यवहार वह पहले भी करता था, लेकिन आज भाव में अन्तर था। पहले वह माता जी का मन रखने के लिए, उन्हें ख़ुश करके पैसे ऐंठने के लिए करता था। लेकिन आज वैसी बात न थी। आज उसके व्यवहार और भाव का अन्तर समाप्त हो गया था। अपनी माँ से आज-जैसा सच्चा प्यार और सच्ची हमदर्दी उसे पहले कभी भी न हुई थी। आज पहले की कोई उसे याद दिलाता, तो इस परिवर्तन पर आश्चर्य से अधिक उसे लज्जा होती।

इस परिवर्तन के लिए लल्लन शकुन्तला माथुर का हृदय से कृतज्ञ था। शकुन्तला माथुर ने सचमुच उसे हैवान से इन्सान बना दिया था। जिस खेल, मज़े और रोमांस के ख़्याल से वह शकुन्तला के साथ-साथ मसूरी गया था, वह कैसे उसकी ज़िन्दगी और मौत का सवाल बन गया, वह यह नहीं जानता।

साधारणत: दूर से आकर्षक और सुन्दर लगनेवाला व्यक्ति नज़दीक आने पर आकर्षण खो बैठता है और उसके सौन्दर्य में छुपे हुए नुक्स उभर आते हैं; एक नज़र देखने से जो सुन्दर लगता है, बार-बार देखने पर वह उतना सुन्दर नहीं रह जाता, दबी-छुपी रेखाओं के सामने आ जाने पर एक सूरत क्या-से-क्या हो जाती है! लल्लन जी का अभी तक का यही अनुभव था। लेकिन अब जो शकुन्तला से पाला पड़ा, तो उसके अनुभवों की जड़ें ही जैसे हिल गयीं। वह जितना ही उसके नज़दीक पहुँचने और उसे ध्यान से देखने लगा, उस पर मुग्ध होता गया। हर बार जैसे कुछ-न-कुछ नया उसे दिखायी देने लगा, सौन्दर्य की नयी रेखाएँ और नये शेड उभरते गये। जैसे शकुन्तला वह फूल हो, जिसे जितना नज़दीक से देखो, जितनी बार देखो, जितने ध्यान से देखो, उसका सौन्दर्य उभरता जाय, बढ़ता जाय, उसकी बारीक़ रेखाएँ, नाज़ुक शेड जैसे धीरे-धीरे एक रहस्यमय ढंग से अपना सौन्दर्य खोलते जायँ और कहते जायँ—और नज़दीक से देखो, और ध्यान से देखो, अभी तुमने क्या देखा, यहाँ वह सौन्दर्य है, जिसे आदमी आदिकाल से देखता आया है और अन्तकाल तक देखता रहेगा और फिर भी पूरा न देख पायेगा!

आदमी दूर-दूर से देख-सुनकर किसी के बारे में जाने क्या-क्या धारणाएँ बना लेता है। शकुन्तला के रोब और अक्खड़पन को कुचलने की एक हैवानी ख़ुशी हासिल करने लल्लन जी उसके साथ आया था। लेकिन यहाँ नज़दीक आने पर उसने पाया कि शकुन्तला तो निहायत ही सीधी और भोली लड़की है। वह इतनी कम बोलती और इतनी सादगी से रहती है, कि लल्लन जी दंग रह गया। पहले अपनी आदत के अनुसार उसने बहुत बोलने और लम्बी-चौड़ी हाँकने की कोशिश की। लेकिन जब उसने देखा कि शकुन्तला 'हूँ-हाँ' से अधिक कुछ नहीं कहती, चुपचाप मुँह लटकाये बैठी रहती है, तो उसे बड़ी झुंझलाहट होती और वह कह देता—क्या चुपचाप बैठने के लिए साथ लायी हो?

शकुन्तला कुछ न कहती। वह जाने कैसी एक मुस्कान होंठों पर लिये वहाँ से हट जाती।

और ऐसे ही एक दिन जब लल्लन ने उकताकर कहा कि वह कल चला जायगा, वह नहीं जानता था कि वह इतनी मनहूस है, वर्ना वह आता ही नहीं, तो अचानक शकुन्तला ने सिर उठाया और लबालब भरी हुई आँखों से उसकी ओर देखने लगी और कहा—क्या सचमुच आप चले जायेंगे।

उस दिन पहली बार लल्लन जी ने उसे ध्यान से देखा और उसे लगा कि जैसे कहीं जल-भरे बादलों में बिजली चमकी हो, उसकी आँखें चौंधिया गयी हों, दिल धक-से कर गया हो। वह आँखें और यह आँखें! और लल्लन को जैसे पसीना आ गया। वह वहाँ से उठकर अपने होटल की ओर भाग खड़ा हुआ, जैसे वह आँखें उसका पीछा कर रही हों और उसका मन चीख़-चीख़कर कह रहा हो—नहीं-नहीं, मुझे यह नहीं चाहिए!

लल्लन जी अपने कमरे का दरवाज़ा बन्द कर बड़ी बेचैनी की हालत में बड़ी देर तक पड़ा रहा। उसे लग रहा था, जैसे उसके गले में फँसरी डालकर कोई उसे बाँध रहा हो और वह एक जंगली जानवर की तरह कूद-फाँदकर, फँसरी तोड़कर भाग जाना चाहता हो।

लेकिन वह फँसरी कोई साधारण फँसरी न थी। जंगली जानवर जितना ही कूदा-फाँदा, वह उतना ही कसता गया, जकड़ता गया।

लल्लन तीन दिन तक शकुन्तला के यहाँ न गया। वह उस वक़्त तक लड़ता रहा, जब तक कि लस्त न हो गया। कई बार उसने सामान बाँधे और खोलवा डाले। जाने कहाँ-कहाँ का चक्कर लगाता रहा और जाने क्या-क्या सोचता रहा। यह सूरज की एक किरण और अन्धकार का संघर्ष था, यह इन्सान के एक लतीफ़ जज़्बे और हैवान की पूरी हैवानियत का द्वन्द्व था, जिसे दो लबालब भरी हुई आँखें कहीं से देख रही थीं। किरण की ताक़त वह दो आँखें थीं।

चौथे दिन हारा-थका लल्लन जब गया, तो उदास बैठी शकुन्तला ने आँखें उठाकर देखा और पलकें झुकाकर कहा—आप गये नहीं?

लल्लन कुछ न बोल सका। वह चुपचाप बैठ गया। दोनों बड़ी देर तक चुपचाप बैठे रहे, जैसे वे सब-कुछ कह चुके हों, अब कुछ भी कहने को न रह गया हो।

और फिर शकुन्तला ही वह फूल थी या लल्लन की आँखों की ही यह मुग्धता थी, या क्या था, इस रहस्य को समझने का उन्हें होश न रहा, वह एक-दूसरे के लिए दिन-दिन अधिक आकर्षक और सुन्दर होते गये, याने प्रेम करने लगे।

और लल्लन बिलकुल बदल गया। जैसे एक खोल उतर गया हो। कभी-कभी इस परिवर्तन के बारे में सोचता, तो उसे आश्चर्य न होता, अपने पिछले जीवन पर लज्जा आती।

और फिर जब धीरे-धीरे खुले, तो इतनी बातें करने लगे, इतनी दूर-दूर तक सैर करने लगे कि समय कम पड़ने लगा और दिन-रात छोटे होने लगे। वे हज़ारों बातें करते, फिर भी हज़ारों बातें रह जातीं। जैसे एक झरना हो, जिसका स्रोत कभी भी न सूखे। इस समय का उनका चिन्तन और व्यस्तता विधाता की सृष्टि-रचना के समय से कम न थी। एक नयी दुनिया उन्हें भी तो बनानी थी।

इन हज़ारों बातों में दो बातें ऐसी थीं, जो बार-बार कही जातीं।

एक बात शकुन्तला की थी। वह कहती—दो साल की मतवातिर कोशिशों के बाद मैं एक बार तुमसे बोलने की हिम्मत कर सकी। सोचती हूँ, वह मौक़ा खो देती, तो क्या होता!

दूसरी बात लल्लन जी की थी। वह कहता—मैं बहुत बुरा, बदमाश और हद दर्जे का शैतान था। शकुन्तला, तुमने मुझे इन्सान बना दिया! मुझे बड़ी शर्म आती है तुम्हारे सामने!

प्रेम आदमी को क्या-से-क्या बना देता है!

एक दिन यों ही लल्लन जी ने कहा —शकुन, एक बात पूछूँ!

—कहो।

—बताओगी?

—हाँ।

—तुमने अपने...के बारे में कोई सपना देखा है?

—क्या मतलब?

—यह कि उसे किस रूप में देखा है? वह क्या हो, जिसे तुम...

—दुत, तुम जो होओ, मुझे सन्तोष रहेगा।

—नहीं, बताओ! मैं वही बनूँगा।

शकुन्तला हँस पड़ी।

—बताओ!

—सुनकर तुम्हें बहुत हँसी आयेगी।

—नहीं, मुझे हँसी नहीं आयेगी। तुम बताओ!

हँसती हुई शकुन्तला बोली —बड़ी अजीब बात है।

—कहो!

—कैप्टेन!—और वह एक बच्ची की तरह खिलखिलाकर हँस पड़ी।

—कैप्टेन—चकित होकर लल्लन जी बोला।

—है न अजीब बात? क्या बताऊँ!...बहुत पहले की बात है। उस वक़्त मैं बहुत छोटी थी। मेरे मामा के यहाँ एक कैप्टेन आया करते थे। न जाने क्यों, वे मुझे बहुत अच्छे लगते थे। तभी से...—और वह फिर हँस पड़ी।

अजीब बात! और लल्लन जी के सामने एक गुलाब का पौधा झूम उठा, जिसकी टहनी में एक खिला हुआ फूल था। वह गम्भीर हो उठा!

—अरे, यह तुम्हें क्या हो गया!

—कुछ नहीं, मैं कैप्टेन बनूँगा!...ख़ुद भी मैं यही सोचता था, कहता नहीं था कि कहीं तुम न चाहो।

शकुन्तला को बहुत अफ़सोस हुआ कि वह यह क्या कह बैठी। उसने बहुत मना किया, समझाया भी कि आजकल फ़ौज में जाने का मतलब अपने को ख़तरे में

डालना है, क्योंकि लड़ाई चल रही है। और हठ भी बहुत किया, मचली और झगड़ी भी। लेकिन लल्लन जी ने एक न सुनी। उसके दिल में यह बात बैठ गयी थी कि अगर वह कैप्टेन न हुआ, तो कुछ न हुआ। दिल में हमेशा के लिए एक क़लक़ क्यों रह जाय।

आपको उस ज़माने में किसी भर्ती के दफ़्तर या किसी कमीशन में जाने का मौक़ा मिला हो, तो आपने देखा होगा कि अफ़सरों की निगाह आप पर ठीक वैसे ही पड़ी होगी, जैसे किसी माल पर क़साई की। और आप अगर ज़रा तगड़े और जवान हुए तो आपने उन्हें यह भी कहते सुना होगा —येस, वी वाण्ट यंग मेन लाइक यू!

लल्लन जी जैसे हर ओर से दुरुस्त जवान को क्या दिक़्क़त होनी थी।

और फिर माथुर साहब ने उसकी मदद की।

और फिर...

मुँदरी आँचल में हाथ पोंछती हुई आकर बोली—रानी जी सो गयीं?

लल्लन जी ने मुँह में उँगली डालकर कहा—शुः!—फिर धीरे से फुसफुसाया —मेरा बिस्तर ठीक करा देता हूँ। और हाँ, यहाँ कौन रहेगा?

—सुगिया को बुला देती हूँ।...ठण्डी हवा चल रही है। कहीं पानी बरसा है। यह आज घोड़ा बेचकर सोयेंगी। कई रात की जगी हैं।

लल्लन ने पाँव फैलाकर तकिये पर कुहनी और हथेली पर गाल रखकर कहा — तो सुनाओ।

सिरहाने, लल्लन जी के सामने, तिपायी पर बैठी मुँदरी पंखा झल रही थी। बोली—पहले आप बताइये। आपको कैसे मालूम हुआ?—मुँदरी को कोई सन्देह न रह गया था, फिर भी पूरी बात जाने बिना कुछ भी बताना वह ठीक न समझती थी। रानी जी का भेद आज तक उसने धरम के पीछे रखा था और अब भी वह हिचक रही थी और सोच रही थी कि अगर लल्लन जी ने कहीं ऊपर-झपके से कुछ सुन-सुनाकर यह नतीजा निकाल लिया है, तो वह गोल कर जायगी।

—नहीं, पहले तुम बताओ और ज़रा वह सिगरेट का टिन उठा दो।

—छोटे सरकार, पहले आप बताइये। तब तक मैं याद कर रही हूँ। कितनी पुरानी बात है। मैं तो बहुत-कुछ भूल भी गयी हूँ।

सिगरेट जलाकर लल्लन जी बोला—अच्छा, तो पहले मुझसे ही सुन लो। वहाँ पहाड़ पर मैं एक होटल में कमरा लेकर ठहरा था। मेरे पड़ोस के कमरे में पिता जी की उम्र के एक आदमी ठहरे थे। पहले तो मैंने उनकी ओर कोई ध्यान न दिया, लेकिन कुछ दिनों बाद मुझे ऐसा लगने लगा कि वह आदमी जैसे हमेशा मेरी ताक में रहता हो। जब भी मैं अपने कमरे से निकलता या बाहर से आता, वह आदमी

अपने दरवाज़े पर खड़ा जैसे मेरा इन्तज़ार करता रहता। फिर मुझे ऐसा लगा कि वह मुझे बड़े ग़ौर से देखता है, जैसे कुछ पहचानने की कोशिश में हो। कई बार वह मुझे बाज़ार में भी मिला और हर बार लगा कि वह मेरा मुँह निरखा करता है। लेकिन जब भी मैं उससे आँख मिलाने की कोशिश करता, वह झट से आँख फेर लेता और हट जाता। दो महीने तक लगातार ऐसा ही होता रहा, तो मुझे उससे डर लगने लगा, जाने क्या है उसके मन में कि इस तरह रोज़ मुझे घूरा करता है। मैंने एक दिन मैनेजर से पूछा, तो मालूम हुआ कि वह एक शरीफ़ आदमी है। पटना यूनिवर्सिटी में प्रोफ़ेसर है। कई बार इस होटल में ठहर चुका है। उससे डरने की कोई बात नहीं। उसने यह भी बताया कि वह आदमी भी मेरे बारे में उससे पूछ चुका है। उसने यह राय दी कि क्यों नहीं हम आपस में परिचय कर लेते, ताकि कोई ग़लतफ़हमी न हो।

—लेकिन मुझे उस आदमी से बात करते भी डर लगता। फिर मेरे पास ख़राब करने के लिए वक़्त न था। मैं उससे चौकन्ना रहने लगा।

—एक दिन बड़ी रात गये मैं होटल लौटा। मैं सोचता था कि इस वक़्त तक वह मेरे इन्तज़ार में न होगा, लेकिन वह अपने दरवाज़े पर खड़ा था। उस वक़्त सन्नाटे में उसे देखकर मैं डर के मारे काँप गया। फिर मुझे गुस्सा आ गया। मैंने अपने कमरे का दरवाज़ा खोलते हुए कहा, क्यों, जनाब, आप मुझे इस तरह क्यों हमेशा घूरा करते हैं? यह कोई शरीफ़ों का तो काम नहीं!

—वह घबराकर अन्दर चला गया, तो मैं ज़ोर से बोला, कल से आपकी यह हरकत बन्द न हुई, तो मैं आपकी आँखें फोड़ दूँगा! यह भी कोई बात है!

—अन्दर जा, मैं दरवाज़ा बन्द ही कर रहा था कि उसने आकर काँपती हुई आवाज़ में कहा, माफ़ कीजियेगा, मुझसे ग़लती हुई।

—मैंने झुँझलाकर कहा, ग़लती एक बार होती है, जनाब! आप तो रोज़ ही मुझे घूरा करते हैं। आख़िर आपकी मन्शा क्या है?

—उसने कहा,मन्शा तो ज़रूर है मेरी कुछ, लेकिन आप इस क़दर गुस्सा हैं कि कहने की हिम्मत नहीं होती। आज्ञा हो, तो कमरे में आ जाऊँ?

—नहीं, कोई ज़रूरत नहीं। आपको बात करनी हो, तो सुबह आयें। यह भी क्या कोई बात करने का वक़्त है?

—वह चला गया।

—इतनी बातचीत करते वक़्त भी मैंने ग़ौर किया था कि वह बराबर मेरे मुँह की ओर ही देखता रहा। इतने पास-पास हम पहले कभी खड़े नहीं हुए थे। उसकी कोई मन्शा है, यह सोचकर मैं थोड़ी देर तक तो चिन्तित रहा, लेकिन फिर उधर से निश्चिन्त होकर...

—मैं अपढ़-गँवार हूँ, छोटे सरकार। ऐसी मुसकिल जबान आप बोलेंगे, तो मैं कैसे समझूँगी। यह इन्त-विन्त का है?—मुँदरी ठुड्डी पर उँगली रखकर बोली।

—ओह! ख़ैर, जाने दो। वह तुम्हारे समझने की बात भी नहीं। आगे इस तरह की शिकायत का मौक़ा तुम्हें नहीं मिलेगा। हाँ, तो मैं क्या कह रहा था?

—वह तो आप जानें!

—हाँ, सुबह देर से नींद खुली। चाय पी रहा था, तो वह पूछकर अन्दर आया। वह बहुत परेशान दिखायी देता था। उसके चेहरे की झुर्रियाँ गहरी हो गयी थीं। आँखें बोझल और सुर्ख़ थीं। रात वह शायद सो न पाया था।

—मैंने उसे कुर्सी पर बैठने को कहा। बैठकर वह बोला, मैं कई बार आपको देख गया।

—मैं अभी उठा हूँ। आप अपनी बात कहिये, मैंने कहा।

—उसने मेरे पिता जी का नाव-गाँव पूछा। मैंने बताया ही था कि उसका चेहरा ख़ुशी से खिल गया। आँखों से ख़ुशी की किरणें फूट पड़ीं। वह मुझे घूर-घूरकर ऐसे देखने लगा, जैसे वह तय कर ही न पाता हो कि ख़ुशी मनाये या ताज़्जुब करे।

—मैं अनबूझ की तरह बोला, बात क्या है? आप साफ़-साफ़ क्यों नहीं कहते?

—थोड़ी देर तक तो उसकी लकार ही न खुली। फिर बोला, आपकी सूरत-शकल मेरे एक दोस्त से बिलकुल मिलती है ...

—मैंने हँसकर कहा, आपको अपनी उम्र का ख़याल नहीं? भला मेरी उम्र का कोई आपका दोस्त कैसे हो सकता है?

—यह आज की बात नहीं है। उस वक़्त मेरी भी उम्र आप ही के बराबर होगी। मेरा वह दोस्त...देखेंगे आप उसकी तस्वीर? कहकर उसने अपने कोट के बटन खोले और छाती के पास से एक तस्वीर निकालकर मेरे हाथ में थमा दी।

—तस्वीर देखकर मैं चकित रह गया। तस्वीर बिलकुल मेरी ही मालूम पड़ती थी। मैं बोला, यह कैसे मुमकिन है? चेहरा बिलकुल मेरा है। हाँ, यह पोशाक मैंने कभी नहीं पहनी, वर्ना समझता कि आपने किसी फ़ोटोग्राफ़र से मेरी तस्वीर ले ली है।

—किससे?—मुँदरी बोली।

—अरे, जो तस्वीर खींचते हैं न, उन्हें फ़ोटोग्राफ़र कहते हैं।

—वैसे कहिये!...इस पर उसने का कहा?

—कहा, मेरे पास यह पोशाक है। आप उसे पहनकर एक तस्वीर खिंचवायेंगे?

—मैंने कहा, उसकी ज़रूरत नहीं। मेरी समझ में नहीं आता कि आप...

—आपकी माता जी का नाम पान कुँवरि है न?

—हाँ।

—उनके साथ एक लौंडी थी। उसका नाम मुँदरी था। ज़िन्दा है अभी?

—मरे वो!—मुँदरी ने नाक सिंकोड़कर कहा।

—तुम उसे बददुआ क्यों देती हो? उसे क्या मालूम था?...हाँ, तो मैंने जब बताया कि मुँदरी ज़िन्दा है, तो उसने कहा, तब तो मेरा अन्दाज़ा बिलकुल ठीक है। फिर पूछा, आपकी उम्र क्या है?

—मैंने बताया, तो उसने हिसाब जोड़कर कहा, बिलकुल ठीक।

—मैं अनबूझ-सा उसका मुँह तक रहा था और उसकी ख़ुशी का वारापार न था।

—आख़िर मैंने झुँझलाकर कहा, इस तरह पहेली क्यों बुझा रहे हैं? क्या मतलब है आपका?

—लेकिन तस्वीर लेकर वह उठ खड़ा हुआ। अब डोर उसके हाथ में थी और बँधा मैं था। मैंने उसका हाथ पकड़कर कहा, इस तरह आप नहीं जा सकते! आपको अब सब-कुछ बताना होगा। क्या बात है? आप हमारे कोई रिश्तेदार हैं क्या? आपको मेरी माता जी का नाम कैसे मालूम है? मैंने तो कभी भी आपको अपने यहाँ आते-जाते नहीं देखा। आप मुझे यों असमंजस में डालकर नहीं जा सकते!

—इस पर उसके चेहरे की झुर्रियाँ सहसा थरथरा उठीं और आँखें सजल हो उठीं। वह भरे गले से बोला, क्या आप अपनी माता जी को एक चिट्ठी लिखकर पूछ सकते हैं कि रंजन का क्या हुआ?

—कौन रंजन? मैंने चिढ़कर कहा, आप साफ़-साफ़ बातें क्यों नहीं करते?

—उसने कहा, यही मेरे उस दोस्त का नाम था, जिसकी तस्वीर आपने अभी देखी है।

—लेकिन वह था कौन? मैं क़रीब-क़रीब चीख़ पड़ा। और ज़्यादा बरदाश्त करना मेरे लिये मुश्किल हो रहा था।

—उसने कहा, आप चाहेंगे, तो मैं आपको सब बता दूँगा, लेकिन एक शर्त पर।

—कैसी शर्त?

—कि आप यह जानने में मेरी मदद करेंगे कि मेरे दोस्त का क्या हुआ, और आप इस राज़ की हिफ़ाज़त करेंगे। इसी में आपकी और आपकी माता जी की भलाई है।...रंजन मेरा सबसे प्यारा दोस्त था, हम एक जान दो क़ालिब थे। जब से वह लापता हुआ, मेरी ज़िन्दगी ही बदल गयी। मैं उसकी खोज में आपके यहाँ बहुत चाहकर भी न जा सका और न आपकी माता जी को ही कोई चिट्ठी लिख सका। इसमें ख़तरा था, मेरे लिये भी और आपकी माता जी के लिए भी। आपकी माता जी मेरी मौसेरी बहन हैं। मैंने बहुत कोशिश की कि वह एक बार भी अपने पिता जी के यहाँ आ जायँ, लेकिन शादी के बाद आपके पिता जी ने उन्हें कभी भी न आने दिया।

—मैं सब-कुछ जानने को उतावला हो रहा था। मैंने उसकी शर्तें मान लीं। तब उसने सब बता दिया। जानकर मेरी क्या दशा हुई, लफ़्ज़ों में नहीं बता सकता। वह कहता जाता था और रोता जाता था और मेरी समझ में न आता था कि मैं क्या करूँ,

अपना गला घोंट लूँ, या उसका गला घोंट दूँ। आख़िर उसने बड़ी मिन्नत से गिड़गिड़ाकर कहा, आप उसका पता लगा दें, मैं आपका ज़िन्दगी-भर अहसान मानूँगा...आख़िरी बार मैं उसे छोड़कर अपने घर गया था। माता जी की बीमारी का तार आया था। मैंने बहुत चाहा था कि वह भी मेरे साथ चले, लेकिन वह जा न सकता था। पान की चिट्ठियाँ ही उसकी ज़िन्दगी का सहारा थीं, वह उन्हीं के इन्तज़ार में जीता और मरता था। मैं किसी भी हालत में उसे अकेला न छोड़ सकता था, लेकिन उसने ख़ुद यह विश्वास दिलाकर मुझे विदा किया कि वह अपने को कुछ न करेगा, मेरी जान की क़सम खाकर उसने कहा था कि हम फिर मिलेंगे। लेकिन फिर वह न मिला। मैं बीस दिन के बाद घर से वापस आया, तो नौकर ने कमरे की चाभी दी। उसी ने बताया कि पन्द्रह दिन हुए रंजन बाबू कहीं चले गये, अभी तक नहीं लौटे। मेरा कलेजा धक से कर गया था। रंजन ने इस बीच मुझे एक भी चिट्ठी न लिखी थी। मैंने हर दिन उसे एक चिट्ठी दी थी, लेकिन एक का भी जवाब मुझे न मिला था। मेरा माथा पहले ही ठनका था। मैं पहले ही आ भी जाना चाहता था, लेकिन माता जी की तबीयत बहुत ख़राब थी। वह एक मिनट के लिए भी मुझे छोड़ने को तैयार न थीं।

—कमरा खोलकर मैंने बहुत ढूँढ़ा कि शायद कोई चिट्ठी मेरे लिये छोड़कर गया हो। लेकिन वहाँ कोई न थी। वह अपना सूटकेस ले गया था। बिस्तर पलँग पर पड़ा था। किताबें आलमारी में पड़ी थीं। जूते और कपड़े भी कई पड़े थे। उसका बड़ा बकस भी खोलकर मैंने देखा, लेकिन उसमें भी कोई चिट्ठी न मिली। पान की भी सभी चिट्ठियाँ वह लेता गया था।

—मैंने उसके घर पर तार दिया, तो जवाब के बदले उसके पिता जी तीसरे दिन आ पहुँचे। वह रो-रोकर मुझसे पूछते रहे और मैं चुपचाप आँसू बहाता रहा। क्या उनसे बताता? वह यूनिवर्सिटी के अधिकारियों से मिले, रंजन का हुलिया कोतवाली में लिखाया, अख़बारों में फ़ोटो छपवाया और एक हफ़्ते तक इन्तज़ार करके, रोते-पीटते घर चले गये। मुझसे वह बार-बार पूछते रहे कि मुझे कुछ भी मालूम हो, तो बताऊँ। लेकिन मैं कैसे अपना मुँह खोलकर तुम्हारी माता जी को बदनाम करता। फिर ठीक-ठीक मुझे उसके ग़ायब होने की बात भी तो मालूम न थी। आत्महत्या पर मुझे विश्वास न था, क्योंकि उसने क़सम खाकर मुझसे फिर मिलने का वादा किया था। मेरी क़सम कभी भी वह झूठ न खा सकता था।...लेकिन आज तुम्हें देखकर मुझे पक्का विश्वास हो गया कि वह आख़िरी बार तुम्हारी माता जी से मिला था। फिर उसका क्या हुआ, यह जानने के लिए मैं आज तक तड़प रहा हूँ।

—मुँदरी, मैंने तब से बहुत सोचा, उस बूढ़े प्रोफ़ेसर के बारे में, रंजन के बारे में और माता जी के बारे में और मेरी समझ में यह पहली बार आया कि माता जी

इस तरह हमेशा बीमार क्यों पड़ी रहती हैं। यह मोहब्बत ऐसी चीज़ ही है, मुँदरी, जो ज़िन्दगी में आती है, तो जैसे सब-कुछ मिल जाता है, और जाती है, तो...माता जी की ज़िन्दगी में अब क्या रह गया है। एक मैं हूँ। मुझे भी तो वह इतना प्यार इसी कारण करती हैं कि मैं...अपने जी से जानिये पराये जी का हाल...मुझे उस बूढ़े प्रोफ़ेसर से बहुत हमदर्दी हो गयी है। माता जी पर मैं जान दे सकता हूँ। मुझे भी इधर कुछ तजुर्बा...—और लल्लन ने दाँतों से जीभ काट ली।

—हाँ, छोटे सरकार, आप ठीक कहते हैं,—और मुँदरी भी किसी सोच में पड़ गयी।

थोड़ी देर तक दोनों ख़ामोश रहे।

फिर लल्लन जी बोला—मुँदरी, अब तू बता कि रंजन बाबू का क्या हुआ?

मुँदरी ने आँचल से आँखें पोंछकर, नाक सुड़ककर कहा—उस आदमी का नाम राजेन्दर बाबू था न?

—हाँ, वह पटना यूनिवर्सिटी में प्रोफ़ेसरी करते हैं। ताल्लुक़ेदारी उनके छोटे भाई सँभालते हैं। मैंने सोचा, तुम समझ गयी होगी, इसीलिए नाम न लिया।

—आपने जो नाटक आज किया, उसकी का ज़रूरत थी? आप सीधे भी मुझसे पूछते, तो बता देती। कहीं माता जी को उस समय होस होता तो?

—क्या बताऊँ, मेरा लड़कपन अभी नहीं गया। सच पूछो, तो मेरे विश्वास में कुछ कसर रह गयी थी। उसे पूरा करने के लिए ही मैंने राजेन्द्र बाबू से आते वक़्त वह तस्वीरवाली पोशाक माँग ली। उन्होंने बड़े दुःख के साथ बताया कि वे हमेशा एक ही कपड़े की दो-दो पोशाकें बनवाते थे और हमेशा एक ही पोशाक में दोनों बाहर निकलते थे। उनकी नाप भी क़रीब-क़रीब बराबर थी और मुझे भी फ़िट बैठ गयी। उन्होंने मेरी भी एक तस्वीर उस पोशाक में खिंचवाकर अपने पास रख ली। तुमने जो मूँछों का फ़र्क़ बताया था, उस ओर उन्होंने भी मेरा ध्यान दिलाया था।...ख़ैर, छोड़ो, अब तुम बताओ कि रंजन बाबू का क्या हुआ? मुझे राजेन्द्र बाबू को लिखना है। मैंने वादा किया है—और उसने एक सिगरेट जलायी।

—यह तो मुझे भी नहीं मालूम है। जो मालूम है, बता रही हूँ।

एक पाँव तिपाई पर रखकर, सलसन्त से बैठकर मुँदरी ने कहना शुरू किया—कुँवरि जी की सादी के सात महीने बाद की बात है। बड़े सरकार मय लाव-लस्कर सोनपुर के कातिक के मेले चले गये, तो रानी जी ने रंजन बाबू को चिट्ठी लिखकर बुलाया। यहाँ उस बखत मर्दों में बस पुजारी जी और थोड़े चरवाहे-हलवाहे रह गये थे। रब्बी की बोआई हो चुकी थी। पुजारी जी ने भी बहुत कोसिस की कि पूजा करने के लिए

कोई एवज मिल जाय, लेकिन कोई न मिला, तो उन्हें मजबूरी से रुकना पड़ा। रानी जी ने सोचा, यह मौक़ा बहुत अच्छा है।

—चार दिन हम इन्तिज़ार करते रहे। रानी जी मुझे बार-बार बाहर देख आने को कहतीं। मैं समझाती कि चिट्ठी जाने में कुछ दिन लगेंगे, कुछ दिन उनके आने में, लेकिन रानी जी को सबुर कहाँ? तीसरे ही दिन से आदमी कस्बे भेजा जाने लगा।

—आखिर पाँचवें दिन साँझ को रंजन बाबू आ पहुँचे। उनके आने की ख़बर पाकर रानी जी का चेहरा ऐसे खिल गया, जैसे बरसात का चाँद। उनका वैसा ख़ुस चेहरा मैंने अपनी जिनगी में फिर न देखा। लेकिन मेरा कलेजा धक-धक कर रहा था। मुझे बिसवास न था कि रंजन बाबू सचमुच आ जायेंगे। यह रानी जी की ससुराल की बात थी। और बड़े सरकार कैसे जालिम आदमी हैं, मैं जान गयी थी। लेकिन हाय रे मोहब्बत! बेचारे रंजन बाबू जादू के डोरे में बँधे की तरह चले आये।

—रानी जी ने खुसी से पागल होकर कहा, जा, ज़रा तू अपनी आँख से तो देख आ! और दीवानख़ाने की चाभी लेती जा।

—मैं दीवानख़ाने गयी। सहन में रंजन बाबू खड़े थे। पहले तो मैं पहचान न पायी। वो कितने पीले और लागर हो गये थे, उन्होंने ही पहले कहा, मुँदरी!

—मैंने सलाम करके कुसल-समाचार पूछा, और कहा, तबीयत ख़राब थी का? आप इतने दुबले हो गये हैं कि पहचाने नहीं जाते।

—उन्होंने कहा, ज़िन्दा हूँ, यही बहुत है। क़िस्मत में मुलाक़ात बाक़ी थी। पान कैसी है?

—पास ही खड़े पुजारी जी और हलवाहों को देखकर मैंने कुछ कहना मुनासिब न समझा। मैंने आगे बढ़कर दीवानख़ाने का ताला खोला और हलवाहे से उनका सूटकेस अन्दर रखवाया। फिर उनके नहाने-धोने का इन्तिज़ाम कर हवेली में आ गयी।

—रानी जी के पाँव धरती पर न पड़ते थे। जाने कहाँ से अचानक उनमें दौड़ने की ताक़त आ गयी थी। जिस रानी जी ने आज तक चौके का मुँह न देखा था, वही आज दौड़-दौड़कर महराजिन और लौंडिया को सहेज रही हैं : मेहमान आये हैं, नास्ता बनाओ।...यह-वह खाना बनाओ।

—ऊपर आकर वो मुझसे लिपट गयीं और मेरे मुँह को चुम्मों से भर दिया। फिर बियाह का जोड़ा बकस से निकालकर बोलीं, मुँदरी, आज मेरी सुहागरात है। मेरा ऐसा सिंगार करो, ऐसा सिंगार करो कि कातिक का चाँद भी सरमा जाय। उनके लफज-लफज से ऐसी खुसी बरस रही थी कि का बताऊँ।

—मैं मुहब्बत की खुसी और मुहब्बत की पीर जानती थी। और, छोटे सरकार, आप बुरा मानें या भला, मैं सच कह दूँ, बड़े सरकार से मुझे इतना गुस्सा और इतनी नफ़रत हो गयी थी कि मेरा बस चलता, तो मैं यह हवेली फूँक देती। यह तो अदना-

सी बात थी। लेकिन यह रानी जी ही मेरी सबसे बड़ी कमज़ोरी रही हैं। इन पर जितना मैंने गुस्सा किया है उतना ही प्यार भी लुटाया है। इनका ख़ियाल न होता, तो जाने मैं का कर गुज़री होती। ये न होतीं, तो आप मुझे यहाँ न पाते, और रानी जी भी कहती हैं कि मैं न होती, तो जाने वो कब की मर गयी होतीं।

—बिना एक लफज बोले मैंने उन्हें नहलाया-धुलाया। फिर लम्प की रोसनी में मैं उनका सिंगार करने बैठी। कंघी से एक बाल टूट गया, तो रानी जी ने हाथ फैलाकर, बिगड़कर कहा, तोड़ दिया न!

—कंघी से बाल निकालकर मैंने उनके हाथ पर रखा, तो मेरी आँख से आँसू टपक पड़े। ये बाल उन्हें बहुत प्यारे हैं। रंजन बाबू इन बालों पर जान देते हैं। रानी जी ने मुझे बताया था कि वो टूटे हुए बालों को माँग लेते हैं और लेते बखत कहते हैं, ये बाल नहीं, मेरे दिल की रगें हैं। अपने बालों को रानी जी अब भी अपनी जान के पीछे रखती हैं। आपने देखा होगा, उनके बाल आज भी जवान हैं।

—हाँ, तो मैंने उन्हें दुलहिन की तरह सजाया। सोलहों सिंगार किया और उनके हुकुम से सेज सजाया। फिर उसपर बैठाकर उनसे पूछा, खाना ला दूँ?

—उन्होंने जैसे नसे में कहा, नहीं, सखी, भूख-पियास सब बिसर गयी है। भय लग रहा है। रास्ता बड़ा बीहड़ है। पाँव काँप रहे हैं।

—तो लौंडी को का हुकुम है? मैंने कहा।

—रानी जी उठकर मुझसे लिपट गयीं और सिसककर रोने लगीं और बोलीं, लौंडी नहीं, तू मेरी सखी है, मेरी बहन है, मेरी माँ है। और उन्होंने झुककर मेरे पाँव पकड़ लिये। मैंने ज़बरदस्ती उठाकर कहा, यह आप का कर रही हैं? आप पलँग पर बैठिये। मुझ पर भरोसा रखिये।

—वह मुझसे फिर लिपट गयीं। बोलीं, नहीं, मुँदरी, यहाँ तेरे सिवा मेरा कौन है? यहाँ तू ही मेरी सब-कुछ है, तू ही अकेली मेरी जिनगी का सहारा है। आज तुझसे मैं एक भीख माँगना चाहती हूँ। आज तक मैं तेरे लिये कुछ न कर सकी, उलटे तुझसे कुछ माँग रही हूँ। मगर का करूँ, कोई चारा नहीं। बोल, देगी?

—मैं घबराकर बोली, यह आप का कहती हैं, मुँदरी जो कुछ भी है, आपकी ही है। इसके पास जो कुछ है, वह भी आपका ही है। आपको माँगने की क्या जरूरत है। आप जो चाहें, ले लीजिये।

—नहीं, मुँदरी, मेरा मतलब वो नहीं है। पहले तू बचन दे, तब कहूँगी।

—मैंने निढाल होकर बचन दे दिया। उन्होंने कई बार सँकरवाया। फिर बोलीं, यहाँ का रंग-ढंग देखकर मुझे हमेसा यह डर बना रहता है कि किसी दिन तू मुझे छोड़कर चली जायगी। तू बचन दे कि चाहे जो हो, तू मुझे नहीं छोड़ेगी। तेरे बिना मैं यहाँ एक छन भी ज़िन्दा नहीं रह सकती, मुँदरी!

—इससे बड़ा जुलुम मेरे साथ कोई नहीं हो सकता था। यह मेरी पूरी जिनगी का सवाल था। इस नरक में एक-एक दिन पहाड़ था।...लेकिन मैं का करती? उस क़ुरबानी के लिए मुझे आज तक पछतावा है, और ताजिनगी रहेगा। मैं बचन हार चुकी थी। बचन देते बखत मेरी वही हालत थी, जो एक कैदी की जिनगी-भर की सजा सुनकर होती है। मैं अपना दाँव हमेसा के लिए हार चुकी थी।

—वह पलँग पर बैठकर बोलीं, अब मुझे कोई भय नहीं। मैं कोई पाप करने नहीं जा रही हूँ और अगर यह कोई पाप है, तो कम-से-कम बड़े सरकार-जैसे जज के सामने मुझे सिर न झुकाना पड़ेगा।...तू जा, रंजन बाबू को खाना खिला और सोता पड़ जाने पर...और हाँ, इधर मैंने तेरे हँसने पर भी पाबन्दी लगा रखी है, लेकिन इस बखत तू चाहे, तो अपनी पूरी ताकत से हँस सकती है। हँस, मुँदरी, कम-से-कम एक बार हँस कि मेरा रहा-सहा भय भी झड़ जाय!

—मुझ पर यह कितना बड़ा जुलुम था! मेरी प्यारी हँसी! मैं समझी थी कि उसे लकवा मार गया! लेकिन नहीं। मैं हँसी, अपनी किस्मत पर हँसी, अपने लौंडीपन पर हँसी, कि आह! आज मेरी अपनी हँसी भी परायी हो गयी!...

—मुझे माफ़ करो, मुँदरी! मैंने आज तुम्हारे ज़ख़्मों को छेड़ दिया। माता जी के नाते मैं तुम्हारा बड़ा अहसान मानता हूँ। मुझे अफ़सोस है कि मैंने भी तुम्हारे साथ कोई अच्छा व्यवहार न किया, बल्कि एक ऐसा क़सूर...—लल्लन जी ने दाँतों से अपनी जीभ काट ली।

लेकिन मुँदरी का ध्यान उसकी बातों की ओर न था। मुँदरी अपने में ही खो गयी थी। आँचल से आँखें पोंछकर वह बोली—रंजन बाबू से भी न खाया गया। वो अपनी पान के बारे में बड़े उतावलेपन से मुझसे पूछने लगे। लेकिन उनकी किसी भी बात का जवाब न देकर मैंने कहा, थोड़ी देर बाद मैं आपको हवेली में ले चलूँगी। अपनी आँखों से ही देखियेगा।

—उस बखत उनकी आँखों की वह चमक, जैसे अँधेरे में दो तारे चमक उठे हों। बोले, सच, मुँदरी? जैसे उन्हें विसवास ही न हो रहा हो, जैसे रात में बीच रास्ते थककर सोये हुए मुसाफिर की नींद खुली हो, और उसने देखा हो कि अरे, यह तो मंजिल है।

—सोता पड़ जाने पर मैंने गलियारे का फाटक बन्द कर दिया। जब से बड़े सरकार गये थे, मैं यह फाटक जान-बूझकर हवेली की ओर से बन्द कर देती थी। मैं जानती थी कि यह मोका सायद आये। फिर रानी माँ के पास जा बोली, रानी माँ आज सर्दी कुछ जियादा है। कमरे में बिस्तर लगा दूँ? आज दिन-भर आप खाँसती रही हैं।

—उन्होंने कहा, हाँ रे, मैं कहने ही वाली थी। लेकिन कोई मेरी ओर धियान भी तो दे।

—और उन्हें अच्छी तरह सुलाकर मैं बाहर निकली। मन्दिर का एक चक्कर लगाया और सब ओर से इतमीनान करके रंजन बाबू को लेकर रानी जी के कमरे में पहुँचा दिया और दरवाज़ा बाहर से बन्द करके वहीं बैठ गयी।

—छोटे सरकार, मैं कैसे कहूँ, कि मुझे इसमें कोई खुसी न हुई।...रंजन बाबू यहाँ बीस दिन रहे। वो बीस दिन रानी जी और रंजन बाबू की जिनगी के सबसे जियादा खुसी के दिन थे। रानी जी जैसे फूल की तरह खिल गयीं और रंजन बाबू की वह लागर देह जैसे फूलकर बुलबुल हो गयी। रंजन बाबू का सेवा-सत्कार ससुराल की तरह हुआ, वह भी ऐसी ससुराल, जहाँ के मालिक सास-ससुर न हों, ख़ुद दुलहिन हो, और दुलहिन भी कैसी, जो अपने दुलहे पर जान निछावर करे। उन बीस दिनों सचमुच रानी जी रानी की तरह रहीं।

—उस बीच अपना मन कठोर करके मैंने एकाध बार रंजन बाबू को बिदा कर देने के लिए कहा था। चाहे मैं जितनी होसियारी से काम करूँ, ऐसी बातें, वो भी ऐसे घरों में, बहुत दिनों तक छिपी नहीं रहतीं। लेकिन रानी जी पर तो जैसे सरग-सुख का नसा चढ़ा था, उन्होंने धियान न दिया। रंजन बाबू से भी कहा, लेकिन उन्हें भी होस न था। उन्हें जैसे इस बात का खियाल ही न रह गया हो कि उनकी गरदनों के ऊपर तलवारें लटक रही हैं, लेकिन मुझे था। ज्यों-ज्यों दिन बीतते जाते थे, मेरी घबराहट बढ़ती जाती थी। बलुक बीसवें दिन घबराकर मैंने रानी जी से कह दिया कि अगर ऐसा है, तो वे लोग कहीं भाग क्यों नहीं जाते?

—रानी जी ने मुस्कराकर कहा, हमारे मन में भी यह बात थी। तू इन्तिज़ाम कर सकती है?

—मैंने कहा, कोसिस करूँगी।

—लेकिन होनी तो कुछ और थी। पुरानी लौंडियों से मालूम हुआ था कि बड़े सरकार को एक महीने से ज़ियादा ही मेले में लग जाते हैं। उनको गये छब्बीस दिन हो गये थे। और सत्ताईसवें दिन बिना किसी सान-गुमान के वो धमक पड़े। अब काटो, तो ख़ून नहीं। रानी जी की हालत चन्द घण्टों में ही ऐसी हो गयी, जैसे वो सालों से बीमार हों, जैसे अचानक लू की लपट आये और खिला हुआ फूल मुरझाकर टहनी से लटक जाय।

—बिजली की मारी रानी जी बेजान होकर पलँग पर पड़ गयीं। रह-रहकर वो मेरा मुँह ऐसे निरखतीं, जैसे छुरे के नीचे पड़ी गाय। लेकिन मैं भी का कर सकती थी। कई बार मैं दीवानख़ाने की ओर गयी, लेकिन वहाँ तो मेला लगा था।

—बड़ी रात गये बड़े सरकार हवेली में आये। हम कला काछके पड़े थे। वो नसे में बुत थे। आते ही बड़बड़ाये, रानी जी, वो कैसे मेहमान थे? मेरे आते ही भाग खड़े हुए। मैंने कितना कहा कि रानी जी से मिलकर जाइये, लेकिन वो तो बकटुट भाग खड़े हुए।

—हममें से कोई न बोला। फिर वो लड़खड़ाकर रानी जी के पलँग पर ऐसे गिर पड़े, जैसे कोई पहाड़ का टुकड़ा गिरा हो। रानी जी चीख़ पड़ीं तो वो हँसकर बोले, रानी जी, आप सो गयी थीं क्या?...मैं आपके उस मेहमान के बारे में कह रहा था। वो चले गये। लाख कहा, रुको, वो रुके ही नहीं। कौन थे वो?

—मैं उठकर खड़ी हो गयी। बोली, रानी जी की तबीयत आपके जाते ही बहुत ख़राब हो गयी थी। उनके घर से कोई देखने आये थे। मैं मलाई लाऊँ?

—नईं, वो बोले, और हँस पड़े, थोड़ी जियादा पी गया हूँ। मेरा सिर ज़रा धो दे।

—मैं उनका सिर धोने लगी, तो वो ओ-ओ करके उठे और दूसरे छन फ़र्स पर कै का पनाला बह उठा। मारे बदबू के दिमाग़ भन्ना गया। मैंने कुल्ला कराया और सिर पर पानी का धार छोड़ा। वो थिराकर लेटे, तो सबेरे ही उठे।

—सुबह रानी जी ने रंजन बाबू को चिट्ठी लिखी। डाक के बखत मैं चिट्ठी लेकर गयी। फाटक के बाहर ही डाकखाना है। मुन्सी जी के हाथ में ही मैं चिट्ठी दे देती थी। देने लगी, तो वो बोले, न बाबा, मैं न लूँगा, अभी बड़े सरकार ने बुलाकर तुम्हारी चिट्ठियों के बारे में पूछा था और कहा कि अब कोई आये, तो मुझे लाकर दें। राजा-रानी के पचड़े में पड़कर मैं अपनी नौकरी नहीं खोना चाहता। तू इसे ले जा, नहीं तो नाहक़ मुझे बड़े सरकार के हाथ इसे देना होगा।

—मैं चली आयी। रानी जी को बताया, तो जैसे कटे पर नमक पड़ गया हो। वह बोलीं, अब का होगा, मुँदरी?

—मैंने कहा, जो होगा, होगा! ओखली में सिर दिया है, तो मूसलों की फिकिर करने से क्या फायदा? हम भी कोई तिनके नहीं, जो कोई फूँक मार दे, तो उड़ जायें।

—उन्होंने कहा, तू तो मेरा साथ कभी नहीं छोड़ेगी?

—मैंने कहा, लौंडी हुई तो का बचन दिया है, तो निभाऊँगी!

—फिर मैंने पता लगाने की बहुत कोसिस की, लेकिन कुछ मालूम न हुआ। जाने बेचारे रंजन बाबू का का हुआ! मुझे पूरा सक है कि बड़े सरकार ने उन्हें मार डाला। लेकिन रानी जी से यह बात कभी नहीं कही। वो सोचती हैं कि अब भी रंजन बाबू ज़िन्दा हैं। और सायद ऐसा सोचना उनके लिए अच्छा ही है। फिर इस बात की ताईद भी नहीं हो सकी। अब आप कोसिस करके देखें। मेरा खियाल है कि सौदागर को ज़रूर कुछ मालूम होगा।

—तुझे और कुछ नहीं मालूम? —लल्लन जी बोला।

—नहीं। मैंने सब बता दिया।

दोनों थोड़ी देर तक ख़ामोश रहे। फिर मुँदरी बोली —ज़रा रानी जी को देख आऊँ। सुगिया बड़ी बेख़बर सोती है।

—जाओ, अब तुम भी आराम करो।...हाँ, एक काम तुम चाहे जैसे हो ज़रूर कर दो। माता जी तुम्हारी बात मानती हैं, तुम होशियार भी बहुत हो। चाहोगी तो ज़रूर काम बन जायगा।...मुझे ज़रूर-ज़रूर अपनी नौकरी पर जाना है। समझ लो, यह मेरी ज़िन्दगी और मौत का सवाल है। लेकिन मैं माता जी की रज़ामन्दी के बिना भी नहीं जाना चाहता। तुम उन्हें जैसे भी हो राज़ी करो।

—बहुत मुसकिल है।

—फिर भी तुम्हें यह करना है, चाहे जैसे भी हो।

—कोसिस करूँगी।

(१२)

पाँव दबाते-दबाते लुट्टू के पंखे चढ़ गये, बाँहों की नसें फूल गयीं, अँगुलियाँ कड़ी पड़ गयीं और बैठे-बैठे कमर अकड़ गयी। रह-रहकर उसे ऐसे नींद के झोंके आते कि हाथ शिथिल पड़ जात और सिर बड़े सरकार के ठहुनों से टकरा-टकरा जाता था। लेकिन बड़े सरकार को न नींद आनी थी, न आयी। लुट्टू झोंका खाकर गिरता, तो वह उसे डाँटते, गाली देते और कभी-कभी पाँव से मार भी देते। पर लुट्टू क्या करता? उसका शरीर जवाब दे चुका था। नींद उसके बस की न थी।

बड़े सरकार को किसी पहलू भी चैन न था। अलसा-अलसाकर कभी इस करवट होते, कभी उस करवट, कभी पट पड़कर तकिये का कचूमर निकालते और कभी चित होकर आसमान के तारे गिनते। और जब इस सबसे उकता जाते, तो कुहनी के बल ज़रा-सा उठते, हाथ तिपाई की ओर बढ़ाकर गिलास में शराब उँड़ेलते और पी जाते। वह इस वक़्त तक काफ़ी पी चुके थे, लेकिन आज जाने कमबख़्त शराब को क्या हो गया था कि उसमें कोई असर ही न रह गया था, दो मिनट में फुक से उड़ जाता, जैसे शराब क्या पानी हुआ!

ऐशगाह के आँगन के चबूतरे पर उनका पलँग पड़ा था। दाहिनी ओर तिपाई पर बोतल और गिलास था, बायीं ओर तिपाई पर लालटेन मद्धिम-मद्धिम जल रही थी। दाहिनी ओर ज़रा हटकर धुले हुए निखहरे फ़र्श पर सौदागर अँगोछे का बिट्ठा-सा बनाकर, सिर के नीचे लगाये लेटा था। गोजी उसकी पूरी लम्बाई में पड़ी थी। वह आँखें मूँदे था। लेकिन पता नहीं, वह सो रहा था या यों ही गहरी साँसें ले रहा था। उसके पास ही एक तिपाई पर सुराही और चाँदी का गिलास रखा था। साधारणत: वह दीवानख़ाने के बाहर ओसारे में या सहन में पड़े तख़त पर ही सोता था और बड़े सरकार जब ऐशगाह में सोते थे, तो बेंगा ही उनके साथ रहता था। लेकिन आज इसका उलटा हुआ था। बेंगा बाहर कहीं सो रहा होगा। सौदागर के जीवन में ऐसे

अवसर बहुत कम आये थे, लेकिन जब भी आये थे, कोई-न-कोई संगीन घटना घटी थी। उन घटनाओं को वह आज भी उँगली पर गिन सकता था, वे भूली जानेवाली घटनाएँ न थीं, वे उसके जीवन-इतिहास की सबसे महत्त्वपूर्ण अध्याय थीं। आज शाम को जो कुछ हुआ था, और बड़े सरकार ने जिस लहज़े में उसे जल्दी आने को कहा था, उससे उसका माथा ठनका था कि हो-न-हो आज भी कोई वैसी ही घटना घटनेवाली है। पहले उसे मालूम हो जाता था कि कौन-सा मोर्चा सर करना है और वह उसके लिए अपने को पूरी तरह तैयार कर लेता था। वह वक़्त ही कुछ और था। तब सौदागर जवान पट्ठा था। उसके बल की तूती चारों ओर बोलती थी। अपने बल के साथ-साथ बड़े सरकार का बल था, फिर डर की क्या बात थी। वह छुट्टे साँड़ की तरह पूरी ज़मींदारी में घूमता था और बड़े सरकार का जो भी हुकुम होता, बजा लाता। लोग बड़े सरकार से ज़्यादा उससे डरते थे। बड़े सरकार से तो पाला साल-छह महीने पर कभी-कभी पड़ता था, लेकिन सौदागर से रोज़-रोज़ का सम्बन्ध था। वह बड़े सरकार के नाम पर जो भी जी में आता, कर जाता। वह अपनी करतूतों से जितना स्वयं बदनाम था, उससे ज़्यादा उसने बड़े सरकार को बदनाम किया था। लेकिन गालियों के पुरस्कार का जहाँ तक सम्बन्ध था, बड़े सरकार से ज़्यादा उसे मिलता था, और वह उन्हें वैसे ही स्वीकार करता था, जैसे कोई सैनिक पदक। उसकी यह पक्की धारणा थी कि रिआया जितनी अधिक उसे गालियाँ देगी, बड़े सरकार का वह उतना ही ज़्यादा प्यारा होगा। और यह बात बिलकुल सही थी, ठीक वैसे ही, जैसे शिकारी का कुत्ता जितना ही अधिक खूँख्वार होता जाता है, उसके लिए वह उतना ही ज़्यादा प्यारा और उपयोगी होता जाता था। उसे खाना ज़्यादा और अच्छा मिलता है, उसकी परवाह ज़्यादा की जाती है। सौदागर बड़े सरकार का दाहिना हाथ हो गया था। बड़े सरकार को उस पर पूरा भरोसा था, वह उसे हर मौक़े का साथी समझते थे और इसीलिए उसकी हर ज़रूरत पूरी करते थे।

सौदागर कोई भी धन्धा न करता था। उसे कोई धन्धा करने की ज़रूरत ही न थी, दरबार का चाकर अपना पेट भरने के लिए कोई काम करे, यह दरबार और चाकर दोनों के लिए अपमान की बात थी। जो खेत उसे माफ़ी के मिले थे, उन्हें वह धाँधली करके किसानों से सरकार के हल-बैल से जोतवा-बोवा और कटवा-मिसवा लेता था। पहले उसे अपने शरीर की इतनी फ़िक्र थी कि उसने शादी की बात ही न सोची। सुबह-शाम ख़ूब कसरत और ख़ूब खाना ही उसके जीवन का उद्देश्य था। बड़े सरकार भी बराबर इस बात की ताक़ीद रखते कि उसे किसी चीज़ की कमी न रहे। लेकिन जब उमर ढलने लगी, तो उसे, जैसा कि उसने उस वक़्त लोगों से कहा, वंश चलाने की चिन्ता हुई और बड़े सरकार से हुकुम लेकर, उन्हीं के ख़र्च पर उसने बड़े ठाठ से अपनी शादी की और सौभाग्य से (सौदागर के मन की बात कौन जाने!) उसे औरत बड़ी ही ख़ूबसूरत, बिलकुल जवान और बहुत ही तन्दुरुस्त

मिली। थोड़े दिनों के बाद जब पहलवान की देह हरकने लगी, तो लोगों ने फ़ब्तियाँ कसीं कि वह झुलनी में फँस गया और फिर जाने उसके मन में क्या आया कि उसने कसरत करना छोड़ दिया। और फिर थोड़े ही दिनों में पसरकर उसकी सुडौल काली-भुजंग देह ऐसी मोटी, भद्दी और पलंजर हो गयी, जैसे बूढ़ा हाथी। अब उसका जी बस यही करता कि कहीं ख़ुशफैल जगह में पाँव पसारकर पड़ा रहे, उससे कोई कुछ करने को न कहे। उसका हिलना-डुलना जैसे पहाड़ का हिलना-डुलना हो। और जब कई साल बीत गये, और उसके कोई बाल-बच्चा न हुआ, तो मुहलगी, लगउआ औरतों ने ताना मारा, का हो पहलवान, ई देह खाली दिखावै के ही रहल! और पहलवान शरमा जाता। उसके साथ उसकी औरत ऐसी लगती, जैसे सूअर के कान में इत्र का फ़ाहा।

और फिर उसकी औरत के बारे में तरह-तरह की झूठी-सच्ची कहानियाँ उड़ीं, जिनमें बड़े सरकार के साथ-साथ कई जवानों के, जिनमें ताड़ीखाने का पासी मुख्य था, नाम आये। लेकिन ये कहानियाँ हवा में ही उड़ती रहीं, धरती पर न उतरीं। फिर भी जाने सौदागर को क्या हुआ कि वह अपनी औरत से डरने लगा और फिर तो कँवला (सही नाम था उसकी औरत का) मशहूर हो गयी, बदनाम कोई कैसे कहे, ऐसे में पड़कर कोई जवान औरत बेचारी क्या करे? जाहिल, जपाट, गँवार भी यह समझते हैं।

सौदागर ने बड़े सरकार से कहकर, गाँव के बिलकुल बाहर पूरब तरफ़ ताड़ीखाने से दूर, लेकिन ठीक सामने, एक डीह पर अपने लिये एक छोटा-सा घर बनवाया था। जैसे सब लोगों में छँटकर वह, वैसा ही गाँव से अलग-थलग उसका घर गाँव का, अपने बाप-दादा का, घर उसने छोड़ दिया था, जो ढह-ढिमला गया था। वहीं उसने एक कुआँ खोदवाया और एक अखाड़ा भी जमाया था। अखाड़े के एक कोने में महाबीर जी का चबूतरा था और एक बहुत बड़ा लाल झण्डा, जिस पर सफ़ेद कपड़े से एक बन्दर का आकार बना रहता, लहराता रहता था। शादी के पहले वहाँ कितनी ही बार दंगल हुए थे, पहलवानों का जमावड़ा हुआ था, नगाड़े और टिमकी बजी थी और महाबीर जी का प्रसाद लड्डू और जौ-चने का चबेना और गुड़ की पिड़ियाँ बँटी थीं। हर शाम को वहाँ ख़ासी चहल-पहल रहती थी। लेकिन शादी के बाद अखाड़े में दूब जम गयी थी। अब सौदागर को अफ़सोस होता कि गाँव से दूर इतने निचन्ते में उसने घर क्यों बनवाया?

कँवला उस घर में अकेली रहती थी। बनाने-खाने के सिवा उसके पास कोई काम न था। वह चिकना खाती, चिकना पहनती और चिकनी रहती। वह रोज़ पत्थर पर रगड़-रगड़कर अपनी एड़ियाँ चमकाती और उन पर महावर रचाती। ख़ूब बड़ा सिन्दूर का टीका या ख़ूब बड़ी टिकुली लगाती। आँखों में मोटा काजल लगाती। रंग-

बिरंगे मोतियों से और फुँदनों से सजे बटुए से चोटी करती। सब गहने हमेशा पहने रहती। धोबी के यहाँ से कपड़े धुलवाती और बार-बार धोबी को ताक़ीद करती कि वह नील लगाना न भूले। पान से चौबीसों घण्टे उसके होंठ रचे रहते और इस तरह ख़ूब बन-सँवरकर वह बोरा बिछाकर दरवाज़े पर आ बैठती और घण्टों बैठी रहती और जाने क्या-क्या सोचती रहती। घर के अन्दर एक छन को भी उसका जी न लगता, जैसे घर का सूनापन काटने दौड़ता हो। उसका मन हमेशा उड़ा करता और जाने किन पगडण्डियों और खेतों में भटका करता। वह गाँव में बहुत कम आती। आती, तो हवेली में ज़रूर जाती। रानी जी को प्रनाम करती और और किसी से तो नहीं, जैसे कोई मुँह लगाने के क़ाबिल ही न हो, पर मुँदरी से उसकी ख़ूब पटती। वे घण्टों जाने कहाँ-कहाँ की बातें करतीं।

एक दिन मुँदरी ने कहा—सखी, मेरा एक काम कर देगी?

मुँदरी कँवला से उम्र में बहुत बड़ी धी, लेकिन देह से बराबर पड़ती थी। इसीलिए उनमें सहलापा का सम्बन्ध क़ायम हो गया था।

कँवला ने कहा—हो सकेगा, तो काहे न करूँगी। सखी की बात कैसे टालूँगी।

मुँदरी—बात भेद की है। कहते डर लगता है। बाक़ी सखी पर बिसवास न करूँ, तो धरम नसाय।

कँवला—सखी की बात जान के पीछे। तेरी सौं, कह।

मुँदरी जरा और खिसककर, बिलकुल सटकर, फुसफुसाकर बोली—बहुत दिन पहले की बात है। रानी जी के एक रिश्तेदार यहाँ आये थे। बड़े सरकार और उनमें कुछ अनबन थी। जाने फिर का हुआ, वह लौटकर वापस न गये। ज़रा तू पहलवान से पूछेगी, उसे इसके बारे में कुछ मालूम है?

—ज़रूर पूछूँगी, सखी। यह कौन मुसकिल बात है?

—मुसकिल है। ज़रा होसियारी से काम करना होगा। किसी तरह यह बात निकल आती, तो सखी का मैं जिनगी-भर अहसान मानती।

—अहसान की कोई बात नहीं, मैं जरूर पता लगाऊँगी।

और एक दिन कँवला ने मौक़ा पाकर सौदागर से पूछा, तो वह बिलकुल नकार गया। लेकिन उसकी घबराहट देखकर वह ताड़ गयी कि हो-न-हो, ज़रूर इसे पता है। उसने कोशिश जारी रखी। लेकिन सौदागर कोई साधारण घाघ न था।

आज फ़र्श पर पड़े-पड़े सौदागर को कँवला की वह बात याद आ रही थी और उसे इसमें अब ज़रा भी सन्देह न रह गया था, कि दूसरों के कानों में भी भनक पहुँच गयी है। और उसे लग रहा था कि उसके ख़िलाफ़ कोई बहुत बड़ी साज़िश रची जा रही है, जिसमें ख़ुद उसकी औरत भी शामिल है। आज एक ज़माने के बाद वह रात और उस रात की सारी बातें उसे याद आ रही थीं और रह-रहकर रंजन उसके सामने

आ खड़ा होता था और फिर उसे लगता था कि वह रंजन नहीं, छोटे सरकार हैं...जैसे रंजन छोटे सरकार के रूप में उससे बदला लेने आ पहुँचा है। अब क्या होगा?

तभी बड़े सरकार जैसे डरकर चीख़ उठे। उन्हें अचानक झपकी आ गयी थी, और उन्हें लगा कि रंजन ठट्‌ठा मारता उनकी ओर बन्दूक़ की नली किये सामने खड़ा है।

सौदागर उठकर गोजी पर हाथ रखता बैठता हुआ बोला—का हुआ, बड़े सरकार?

पसीने से थकबक बड़े सरकार भी उठकर बैठ गये थे और पाटी से लगकर बिस्तर के नीचे रखी बन्दूक़ पर हाथ रखे हाँफ रहे थे। पैताने लुट्टू लुढ़ककर सो गया था। बड़े सरकार का गुस्सा उसी पर उतरा। उन्होंने एक लात उसे मारकर कहा—सौदागर, निकाल इस साले को बाहर!

सौदागर उसे बाहर करके आया, तो तौलिये से पसीना पोंछते हुए बड़े सरकार ने कहा—एक गिलास पानी पिला। बड़ी गर्मी है।

हवा ठण्डी चल रही थी। फिर भी सौदागर ने प्रतिवाद न किया, बल्कि उसने गिलास में पानी {लकर बड़े सरकार को थमाते हुए कहा—बेंगा को बुलाऊँ?

एक ही साँस में गिलास खाली करके उन्होंने कहा—नहीं, तू ही ज़रा पंखा झल।

सौदागर के लिए इससे बढ़कर कोई सज़ा न हो सकती थी!

बड़े सरकार लेटकर बोले—तूने आज छोटे सरकार को देखा है?

—जी, बड़े सरकार, ख़ूब तन्दुरुस्त हो गये हैं। पहाड़ का हवा-पानी ख़ूब हक़ लगा है।

—उनकी पोशाक कैसी लगी तुझे?

—बहुत अच्छी, बड़े सरकार। बिलकुल किसी रजवाड़े के युवराज की तरह लग रहे थे।

—ऐसी पोशाक किसी और को पहने यहाँ कभी तूने देखा है?

—यहाँ किसकी समात है ऐसी पोसाक पहनने की? जिसका पहनावा, उसी को जेब देता है।

इस पैंतरेबाज़ी का कोई अन्त न था, यह दोनों पैंतरेबाज़ जानते थे। यह कुछ वैसे ही था, जैसे अलग-अलग पकड़े गये दो चोर-साथियों का अचानक आमना-सामना हो गया हो और वे सब बातें तो करते हों, लेकिन चोरी की बात ज़बान पर लाने की हिम्मत न करते हों, यह जताने के लिए कि हम तो शुबहे में पकड़ गये हैं, सेंध पर थोड़े ही किसी ने देखा है, और यह भी इशारों-इशारों में जानने के लिए कि तुमने तो एक़बाल नहीं कर लिया है न!

सो, इन दोनों में एक़बाल करनेवाला कोई न था। ज़ाहिर है कि इस तरह की बातें देर तक नहीं चल सकती थीं। दोनों ख़ामोश हो गये। लेकिन आज दोनों के गालों पर एक ही तरह का थप्पड़ पड़ा था। चहते, तो एक-दूसरे का सहला सकते थे, लेकिन यहाँ तो यह बात जतलाने की ज़्यादा फ़िक्र थी कि कहाँ, मुझे तो कोई थप्पड़ नहीं लगा, अगर तुम ऐसा सोचते हो, तो यह तुम्हारी ख़ामख़्याली है।

दोनों ने अपने जीवन में सैकड़ों को बरबाद किया था, लेकिन इस तरह का बदला किसी ने भी न लिया था। दोनों के सामने खड़ा आज रंजन अट्टहास कर रहा था और चिल्लाकर कह रहा था, देखा, समझा वह रहस्य, जिसके कारण मैंने अपनी क़ुर्बानी दे दी थी? तुम्हें मालूम न हो, लेकिन मुझे मालूम था, कि अपने पीछे मैं अपना एक अंश छोड़े जा रहा हूँ, जो एक दिन बड़ा होगा, जवान होगा और तुम लोगों से इस ज़ालिमाना क़तल का बदला चुकायेगा! मैं देखूँगा कि उस दिन कैसे बचकर निकल जाते हो! आज वह वक़्त आ गया है। हा: हा: हा:!

—सौदागर!

—जी, बड़े सरकार।

—तू ने...तू ने...तो...कुछ नहीं...नोंद आ रही है। देख तो बोतल में कुछ है?

सौदागर ने ढालकर गिलास थमाया। पीकर बड़े सरकार बोले —कुछ मालूम नहीं होता! शम्भू का बच्चा जाने कैसी लाया है...जलसे की तैयारी तो पूरी हो गयी है न?

—जी, बड़े सरकार।

—ख़्याल रखना, किसी बात की कमी न रह जाय।

—आप चिन्ता न करें, बड़े सरकार!

—पुजारी जी आज कुछ कह रहे थे?

—नहीं तो, बड़े सरकार।

—जाने, आज शाम को मिठाई लेकर जब आये थे न, कैसी नज़रों से मेरी ओर देख रहे थे। तुमने कुछ समझा?

—नहीं तो, बड़े सरकार।

—तुम हो बुद्धू!

—जी, बड़े सरकार।

—इस पुजारी साले की शामत तो नहीं आयी है?

सौदागर का दिमाग़ सन्न-से कर गया। वह हकलाकर बोला—भगवान का भगत है...सरकार के सामने एक पाँव पर खड़ा रहता है...

—हुँ:!

गुस्सा कमज़ोर पर ही उतरता है। वह भेड़िये और मेमने की कहानी है न!...क्यों बे, तू पानी क्यों गँदला कर रहा है?...तू नहीं, तो तेरे बाप ने किया होगा!...बड़े

सरकार भी अपना गुस्सा उतार लेना चाहते थे, लेकिन यह कोई साधारण गुस्सा न था और उसे उतारने के लिए कोई असाधारण बात होनी चाहिए थी। बड़े सरकार को लग रहा था कि जब तक यह गुस्सा किसी के ऊपर उतर न जायगा, उन्हें चैन न मिलेगा। कुछ देवी-देवता ऐसे होते हैं, जो उखड़ जाने पर बिना ख़ून पिये शान्त नहीं होते। बड़े सरकार उन्हीं देवताओं में से थे।

सौदागर मन-ही-मन काँप रहा था। बड़े सरकार के मुँह से इस तरह की बात निकलने का मतलब वह जानता था। पहले ऐसे मौक़ों पर वह पूरी दबंगई के साथ कहा करता था, जो सरकार का हुकुम हो! लेकिन आज वह ऐसा न कह पाया। वह कमज़ोर हो गया है। कितनी बार उसके मन में उठा था कि उस पासी के बच्चे की गर्दन उमेठ दे। उसके चिकने, सुडौल, बने, सँवरे बदन को देखकर उसके मन में आग लग जाती थी। लेकिन उस आग में वह ख़ुद ही जला करता था, उसे बुझाने की ताक़त अब उसमें नहीं रह गयी थी।

बात फिर ठप हो गयी। बड़े सरकार भी जैसे कुछ समझकर ही चुप हो गये। उन्हें अफ़सोस हो रहा था कि इस बूढ़े साँड़ को अब क्यों पाले हुए हैं। इस पर तो दाना-पानी भी ख़राब करना है।...लेकिन अब बहुत देर हो गयी थी। उन्हें बहुत पहले ही यह सोचना चाहिए था। अब तो ज़माना इतना ख़राब हो गया है कि कोई नमक-हलाल आदमी दिखायी नहीं देता। और बड़े सरकार को आज पहली बार चिन्ता हुई कि अब किसी दूसरे को रखना चाहिए, सौदागर क़िसी काम का न रहा।

वह बोले —सौदागर, आजकल किस पहलवान का नाम हो रहा है?

सौदागर का मन फिर एक बार सन्न-से हो गया। ऐसी बात तो बड़े सरकार के मुँह से कभी न निकली थी। कितनी बार ज़िन्दगी निबाह देने का उन्होंने वादा किया था! लेकिन अब मालूम देता है...फिर भी वह सँभलकर बोला —सौदागर के जीते-जी कोई आगे निकल जानेवाला तो पैदा नहीं होने का!

बड़े सरकार उस विषम परिस्थिति में भी मन-ही-मन मुस्कराये। बोले—सो तो तू ठीक ही कह रहा है।...लेकिन इधर तेरी देह बिलकुल ख़राब हो गयी। तुझे शादी नहीं करनी चाहिए थी।

—जी, बड़े सरकार, आपने भी तो मना नहीं किया उस बखत। पहलवानों की दुसमन औरत होती है, लोग कहते थे, तो मुझे बिसवास न होता था, लेकिन देख लिया कि यह सच है।

—कँवला के क्या हाल-चाल हैं?...एक ज़ालिम औरत है, तुझे तो वह खा गयी।

—जी, बड़े सरकार, आपसे का छिपा है। जिस सौदागर से दुनिया हार मानती थी, उससे ही इस औरत ने पानी भरवा दिया। ऐसा पछतावे का काम जिनगी में मैंने दूसरा न किया।

—कितनी बार तुझसे कहा कि वैद्य जी से मदद ले। अब तू बूढ़ा हो गया।

—ऐसी बात तो नहीं है, बड़े सरकार। जब ले मोटका पातर होई, तबले पतरका सेल्ह जाई। बाकी का बताऊँ, मेरा बस उसके सामने नहीं चलता, बड़े सरकार। बड़ी सरम की बात है, लेकिन का बताऊँ...

—बड़ी बदनामी हो रही है...क्या नाम है उस पासी के लौंडे का?

—उसका नाम न लीजिये, बड़े सरकार। जब तक उसका ख़ून न पी लूँ, मुझे चैन न मिलेगा।

—सुना है, अच्छा पहलवान निकला है...

सौदागर को काटो, तो ख़ून नहीं। सकपकाकर बोला —दंगल तो अभी कोई मारा नहीं। हाँ, दीवार फाँदने में ज़रूर तेज़ है, कितने घरों की हँड़िया नास चुका है।

—यह तेरी कँवला मुँदरी से क्या बातें करती है, कुछ मालूम है?

सौदागर जैसे महाजाल में फँस गया हो। एक फन्दे से छूटता है, तो दूसरे में फँस जाता है। परेशान होकर बोला —जाये जहन्नुम में! बहटियाकर आप आराम कीजिये, बड़े सरकार। रात बहुत बीत गयी है। सरकार की तबीयत ख़राब हो जायगी।

—नींद नहीं आती।...तबीयत लाख बहलाता हूँ बहलायी नहीं जाती!

सौदागर के मन में खटक रह गयी थी। बोला—उस पासी के बच्चे का नाम जीतन है।...चतुरिया वग़ैरा से उसकी बहुत पटती है। चुप्पा है, कुछ मालूम नहीं होने देता।

—अच्छा!

—जी, बड़े सरकार।

—तब तो समझना चाहिए कि उनकी पहुँच हमारे...मतलब कि तुम्हारे घर के अन्दर भी हो गयी है। कँवला तुमसे कुछ पूछती-आछती तो नहीं?

—कुल हो गया तो का हुआ, अभी उसकी ऐसी मजाल नहीं कि मुझसे कुछ पूछे!

—हाँ, तुझे बहुत होशियार रहना चाहिए।...घर का भेदी लंका दाह।...तेरे कितने शागिर्द थे, एक भी ऐसा न निकला, जो तेरी जगह ले सके?

यह सीधे मर्म पर चोट थी। सौदागर तिलमिला गया। बोला—यह कोई ठट्ठा नहीं, बड़े सरकार। बड़ी पेसवा से यह देह बनती है। एक भी मेरा नाम चलानेवाला न निकला, इसका मुझे भी अफ़सोस है।

—हुँ।

बात फिर ठप पड़ गयी। खड़े-खड़े सौदागर की तेरहों नौबत हो रही थी। सिर से पैर तक पसीने के धार बहे जा रहे थे। हाथ हिलाना मुश्किल हो रहा था। पाँव जवाब दे रहे थे। घोड़े की तरह कभी इस पैर को आराम देता, तो कभी उस पैर को। मन की बेकली अलग। बड़ी साँसत में जान पड़ी थी बेचारे की। वहाँ उसके बैठने

लायक़ कोई तिपाई भी नहीं थी। उसके लिए ख़ास तौर पर एक मज़बूत तिपाई बनवायी गयी थी, जिस पर वह दरबार में बैठता था।

बड़े सरकार की हालत भी किसी तरह उससे बेहतर न थी। वह नहीं चाहते थे कि सौदागर पड़कर सो जाय और वह अकेले दुश्चिन्ताओं से लड़ने के लिए रह जायँ। वह डर रहे थे कि जाने क्या कर डालें। उनका पारा किसी तरह भी न उतर रहा था। वह चाहते थे कि इसी तरह बात करते-करते सुबह कर लें। लेकिन कोई भी बात दूर तक न चल पाती थी। बात ठप पड़ जाती थी। और फिर वही बातें दिमाग़ में कँटीले पाँववाले कीड़ों की तरह रेंगने लगती थीं। रंजन फिर-फिर सामने आ खड़ा होता था...

मेले से लौटानी पर हाथी मन्दिर के द्वार पर बैठा। पुजारी जी ने पहले बड़े सरकार को, फिर हाथी को टीका किया। बड़े सरकार ने पूछा—सब कुशल तो है न?

—जी, हाँ, बड़े सरकार, ठाकुर जी की कृपा से यहाँ सब ठीक है। अपना कहिये।

—हाथी पसन्द आया?

—बहुत अच्छा है, साक्षात गणेश जी का रूप!

—मेले में सबसे निकलकर था। बड़ी चढ़ा-ऊपरी हुई। लेकिन जब मेरे मन पर चढ़ गया, तो और कौन ले जा सकता था!

—सो तो है ही, बड़े सरकार। अच्छा, अब चलिये, थके-हारे होंगे, आराम कीजिये।

हाथी झूमकर उठा, तो आस पास खड़े तमाशबीन भाग खड़े हुए। हाथी चिहा-चिहाकर चारों ओर देख रहा था कि यह कहाँ पहुँच गया।

दीवानख़ाने के पास हाथी बैठा। बड़े सरकार नीचे उतरे और दो पग ही आगे बढ़े थे कि ओसारे के तख़त से उतरकर एक युवक ने हाथ जोड़कर प्रणाम किया।

बड़े सरकार ने भौंहें सिकोड़कर उसकी ओर एक नज़र देखा और दीवानख़ाने में घुस गये। सौदागर से कहा—पुजारी जी को बुला।

अन्दर ओसारे में बड़े सरकार कुर्सी पर बैठ गये। जूते उतारकर बेंगा उनके पाँव धोने लगा। पुजारी जी हाथ बाँधे सामने आ खड़े हुए, तो वह बोले—पुजारी जी, बाहर तख़त पर कौन है?

—रानी जी के कोई सम्बन्धी मालूम देते हैं।

—मालूम देते हैं के क्या माने? आपको ठीक-ठीक नहीं मालूम?

—मैंने पूछा तो नहीं, बड़े सरकार।

—क्यों, क्यों नहीं पूछा आपने? हमारी ग़ैरहाज़िरी में जो भी चाहे आकर ठहर सकता है क्या?...आख़िर यह कौन है? शादी के वक़्त तो रानी जी के यहाँ हमने इसकी तरह के किसी आदमी को नहीं देखा था।

—कोई रिश्तेदार ही होंगे, बड़े सरकार। मैंने मुँदरी से पूछा था। और कौन यहाँ आकर ठहरने की हिम्मत कर सकता है?

—यह कब से आकर यहाँ ठहरा है?

—यही कोई बीस दिन हुए होंगे।

—कौन इसकी ख़िदमत में था?

—मुँदरी।

—और कोई नहीं?

—जी, नहीं।

—कहाँ सोता-बैठता था?

—पुजारी जी चुप।

बड़े सरकार का माथा ठनका। तेवर चढ़ाकर बोले—बोलते क्यों नहीं?

हाथ जोड़कर पुजारी जी बोले—बड़े सरकार का नमक खाया है, झूठ नहीं बोलूँगा। मुझे मालूम नहीं।

—मालूम नहीं? इसके क्या माने?

—मुझे मालूम नहीं, बड़े सरकार।...जैसा आपका हुकुम था, मैं रोज़ रात को तीन-चार चक्कर दीवानख़ाने का लगाता था। मैं देखता था कि रात को दीवानख़ाने में ताला पड़ा रहता था।

—और वह कहाँ रहता था?

—ठीक नहीं कह सकता, बड़े सरकार। मुँदरी से पूछा था, तो उसने बताया था कि वही बाहर से ताला बन्द कर देती है और वह अन्दर ही रहते हैं।

—यह तो कुछ समझ में आनेवाली बात नहीं लगती?

—अब हम का बतायें, बड़े सरकार। हमारा इसमें कोई दोष नहीं है। रानी जी की मर्ज़ी के खिलाफ मैं कैसे कुछ कर सकता हूँ।

गुस्से से काँपते हुए बड़े सरकार बोले—भाग जाओ यहाँ से! बिलकुल नामाक़ूल आदमी हो तुम!

पुजारी जी वहाँ से खिसक गये, तो बड़े सरकार ने बेंगा से कहा—मुँदरी को बुला और पानी गरम हो गया हो, तो नहाने का इन्तज़ाम कर। और हाँ, सौदागर को भेजता जा।

बेंगा अभी दरवाज़े तक ही गया था कि बड़े सरकार ने फिर कुछ सोचकर उसे पुकारा और कहा कि मुँदरी को बुलाने की ज़रूरत नहीं।

सौदागर आया, तो उन्होंने कहा—वह जो बाहर तख़त पर बैठा है, उसे ले जाकर अन्दर कोनेवाले कमरे में बैठाओ और एक लालटेन जलाकर रख दो।...और सुनो! शादी के वक़्त तुमने मेरी ससुराल में इसे देखा था?

याद-सा करके सौदागर बोला—नहीं, यह तो किसी रजवाड़े के युवराज मालूम पड़ते हैं।

—अच्छा, तो वैसे ही उसकी ख़ातिर होनी चाहिए। तू ले जाकर उसे बैठा। —और बड़े सरकार उठकर अपने कमरे में चले गये।

नहा-धोकर फारिग़ हुए, तो कुछ सोचते हुए ही बड़े सरकार कोने के कमरे की ओर जा निकले। युवक तख़त पर बैठा कोई पत्रिका पढ़ रहा था। बड़े सरकार को देखकर वह उठ खड़ा हुआ। बोला—आपने क्यों कष्ट किया, मुझे ही बुला लेते।

—बैठिये, बैठिये! आप हमारे मेहमान हैं।—कहकर बड़े सरकार कुर्सी पर बैठ गये। युवक भी तख़त पर सिर झुकाये बैठ गया।

—मेरी ग़ैरहाज़िरी में कोई तक़लीफ़ तो नहीं हुई?—बड़े सरकार ने बात शुरू की।

—जी नहीं, तक़लीफ़ क्या होनी थी। आप आ गये, अच्छा हुआ, आपके दर्शन हो गये। मैं तो अब जानेवाला ही था।

कहीं कोई शुबहे की बात नहीं। यह तो बड़ा ही सीधा, शीलवान युवक मालूम पड़ता है। बड़े सरकार बोले—माफ़ कीजियेगा, मैंने आपको पहचाना नहीं। शादी के वक़्त आप...

—जी, मैं शादी में सम्मिलित नहीं हुआ था। मेरी तबीयत उस वक़्त ख़राब थी।

—तो आप...?

—मैं राजेन्द्र बाबू का दोस्त हूँ, मुझे रंजन कहते हैं। राजेन्द्र बाबू को भी शायद आप न जानते होंगे, वह पान कुँवरि के मौसेरे भाई होते हैं।

—ओ!—कुछ सोचकर बड़े सरकार बोले—तभी तो! आप इधर कैसे आ निकले?

अजीब सवाल था। कोई अपने मेहमान से ऐसा भी पूछता है? रंजन सकपका गया। फिर भी बोला—यों ही चला आया। पान कुँवरि को बहुत दिनों से देखा न था, उनकी शादी में भी शामिल न हुआ था। बहुत दिनों से उनकी शिकायत थी। चला आया।

—अच्छा किया,—उठकर बड़े सरकार बोले—आप इसी कमरे में आराम कीजिये। जलपान करेंगे?

खड़े होकर रंजन ने कहा—कर चुका हूँ।

—खाना आप कब खाते हैं?

—कोई ठीक नहीं। और आज तो बिलकुल जी नहीं चाहता।

—ऐसा कैसे हो सकता है, साहब? आज तो मेरे साथ खाना ही होगा!—और वह बाहर हो गये।

कुछ देर तक ओसारे में टहलते रहे। फिर कुछ सोचते हुए ही वह दीवानख़ाने में आ गये। अलबेले की बग़ल में एक बड़ा चमड़े का सूटकेस रखा था। वह उधर बढ़ गये। ताले में लगा चाभी का गुच्छा लटक रहा था। ...बड़ा लापरवाह मालूम होता है। उन्होंने झुककर सूटकेस खोल दिया। कपड़े-ही-कपड़े भरे थे। तभी ढक्कन के रेशमी कपड़े के ख़ाने पर उनकी निगाह पड़ी। रेशमी रूमाल में कुछ बँधा हुआ खुँसा था। चिट्ठियाँ होंगी। उन्होंने उसे निकाला। रूमाल खोलकर देखा, चिट्ठियों की गड्डी थी। एक चिट्ठी के ऊपर देखा, 'प्राण प्यारे' और नीचे देखा, 'तुम्हारी याद में तड़पनेवाली, पान'। छाती के अन्दर जैसे किसी ने तपाकर लाल किया हुआ सूआ पेश दिया हो, बड़े सरकार तिलमिलाते हुए अपने कमरे में आये और दरवाज़ा अन्दर से बन्द कर चिट्ठियाँ पढ़ने लगे। जैसे आग में जल रहे हों, तन-बदन फुँक रहा हो।

—सौदागर!

—जी, बड़े सरकार।

—उसकी शामत आयी है!

—किसकी, बड़े सरकार? हुकुम हो, तो अभी उसकी नटई दबा दूँ!

—नहीं, उसके ख़ून से मैं अपने हाथों को रंगूँगा।...तुम उसके दरवाज़े पर जाकर बैठो।...समझे नहीं?

बड़े सरकार दीवानख़ाने में आ गये और बेंगा को बोतल लाने का हुक्म दिया।

बड़े सरकार को बड़ी जल्दी मची थी। एक-एक क्षण एक-एक युग की तरह बीत रहा था, जैसे भीषण यातना में जकड़ी उनकी आत्मा तड़प रही हो और जल्द-से-जल्द उससे मुक्त हो जाना चाहती हो; जैसे यह ख़्याल भी कि वह बदमाश अभी तक ज़िन्दा है, उन्हें असह्य था। दीवानख़ाने की लम्बाई में वह हाथ पीछे किये पिंजड़े में बन्द बाघ की तरह तेज़ क़दमों से चक्कर लगा रहे थे और रह-रहकर एक चुस्की ले लेते थे। उनके जलते दिमाग़ में बस एक ही बात चक्कर लगा रही थी कि कब उस कुत्ते को दोज़ख़ रसीद करें।...एकाध बार यह भी ख़याल में आया कि क्यों न उस छिनाल को भी उसी के साथ...लेकिन यह बात जम न रही थी।...कल को शोर उठेगा कि बड़े सरकार ने रानी जी को...रानी जी का एक यार था...

बेंगा ने दरवाज़े पर खड़ा होकर कहा—महराजिन पूछ रही हैं कि बड़े सरकार का खाना...

—यहीं लाओ।

—बड़े सरकार, मेहमान का भी खाना...

—मेहमान तो चला गया।...तुम मेरा खाना लाकर यहाँ रख दो और छुट्टी मनाओ।

बेंगा को ताज़्ज़ुब हुआ, लेकिन उसका काम कुछ पूछना-आछना नहीं। उसने खाना लाकर रख दिया और पूछकर चला गया।

रंजन ने कपड़े बदलने की ज़रूरत महसूस की। चिक उठाकर बाहर निकलना ही चाहता था, कि खड़े होकर सौदागर ने कहा—आप कहीं नहीं जा सकते!

—क्यों?—आश्चर्य से रंजन ने पूछा।

—बड़े सरकार का हुकुम है।

रंजन का माथा ठनका। उसे अचानक चिट्ठियों की याद आयी। वह बोला—तो तुम्हीं मेरा सूटकेस ला दो। मुझे कपड़े बदलने हैं।

—मैं भी यहाँ से हिल नहीं सकता।

—क्यों?

—बड़े सरकार का ऐसा ही हुकुम है।

—तो तुम मेरे साथ चलो। मैं कपड़े निकाल लूँ।

—नहीं, आप चुपचाप बैठिये!

—क्या मतलब?

—म़तलब-वतलब मैं कुछ नहीं जानता। बड़े सरकार का हुकुम ब़जाना मेरा काम है। आप चुपचाप बैठिये!—और उसने कोने में टिकायी गोजी सँभाली।

रंजन का चेहरा एक क्षण को फक़ पड़ गया। लेकिन दूसरे ही क्षण उसने मुस्कराकर कहा—हुँ!—और अन्दर चला गया। बैठा, पर बैठे न रहा गया। वह उठकर टहलने लगा और इन्तज़ार करने लगा।...क्या होगा? मौत के आगे भी कोई चीज़ है? और अनायास उसे एक शेर याद आ गया। शेर और इश्क़! ये शेर न होते, तो आशिक़ों के जख़्मी दिलों को कौन सहलाता; ये शेर न होते, तो वीराने में पड़े मुहब्बत के बीमारों से कौन बातें करता, ये शेर न होते तो इश्क़ के मारों का क्या हाल होता; वे कैसे हँसते, कैसे रोते, कैसे जीते, कैसे मरते! रंजन हमेशा उन शेरों का शुक्रगुज़ार रहा, जिन्होंने किसी भी हालत में उसका साथ न छोड़ा था, हमेशा उसे सहारा देते रहे। वह गुनगुनाने लगा—

नज़्अ में आयी नज़र ज़ुल्फ़े-स्याहफ़ाम मुझे
यह भी अच्छा हुआ मंज़िल पे हुई शाम मुझे

रंजन मर रहा है और पान अपने काले केश खोले उस पर झुकी है, वे रेशमी केश, जिन पर रंजन जान देता था! यह जीवन-क्षितिज पर सन्ध्या की कालिमा नहीं, उसकी पान के केश लहरा रहे हैं, उन्हें देखते-देखते आँखें मूँदकर मौत की नींद सो जाने से बढ़कर भी क्या रंजन के लिए कुछ हो सकता है!

वह शेर गुनगुनाता रहा, आँखों में तस्वीरें उतारता रहा, टहलता रहा और जैसे एक नशे में झूमता रहा और इन्तज़ार करता रहा कि नींद आ जाय और वह सो जाय!...एक खटक, हाँ, एक खटक रह गयी, वे ख़त उसकी पान को रुसवा कर देंगे, उसने पान को क्यों न दे दिये।...लेकिन अब चारा क्या है? कुछ नहीं, कुछ नहीं, अब नींद आ जाये, वह सो जाये!...आह! यह कैसी थकन है! राह चलती है और मंज़िल थकती है, पाँव चलते हैं और आराम थकता है!...अब नींद आ जाये, नींद आ जाये!...

पाँचवीं का चाँद डूब गया। रात हिमालय की चोटी पर खड़ी हो अपना आसमानी, सिमसिमा दुपट्टा धीमी-धीमी हवा में उड़ाकर सुखाने लगी। माँओं ने अपने गर्म आँचल फैलाकर बच्चों के सिर ढँक दिये। थिरकती हुई नींद आयी और झूमकर पलकों में समा गयी।

बड़े सरकार ने दरवाज़े से झाँककर बाहर देखा, फिर ओसारे में निकल आये और चारों ओर नज़रें दौड़ायीं। सन्नाटा छा गया था। शबनबी, अँधेरी रात ने सब-कुछ ढँक दिया था। धीमी-धीमी हवा चल रही थी, जैसे कोई बच्चा साँस ले रहा हो। उन्होंने अन्दर आकर दरवाज़ा बन्द किया, फिर जँगलों को बन्द किया, फिर एक बड़ा पेग ढालकर चढ़ाया, ख़ाने की थाल को ठोकर मारी और अन्दर हो गये। अपने कमरे में जा उन्होंने बन्दूक़ उठायी, उसे खोलकर दो एक नम्बर के टोटे भरे और रंजन के कमरे की ओर चले।

सौदागर से पूछा—सो गया कि जगा है?

सौदागर ने चिक उठाकर देखा, रंजन तख़्त के पास खड़ा दरवाज़े की ओर देख रहा था। सौदागर ने संकेत किया।

बड़े सरकार बन्दूक़ सीधी कर अन्दर घुसे और दरवाज़े पर खड़े होकर देखा। सामने नशीली पलकें झुकाये मूरत की तरह रंजन खड़ा था...खंजन नयन रूप-रस माते;

—तुमने अपना नाम रंजन बताया था न?—बादल गरजा।

—जी,—जैसे शान्त अथाह समुद्र के तल से आवाज़ आयी हो।

—पान से तुम्हारा क्या सम्बन्ध है?—बिजली कड़की।

खिंचे हुए नशीले होंठों में एक हरकत हुई और एक अमृत में डूबी मुस्कान फैल गयी, ज़हर का प्याला हाथ में लेते वक़्त शायद सुकरात के होंठों पर यही मुस्कान थिरकी होगी, दार को गले लगाते समय मंसूर शायद ऐसे ही मुस्कराया होगा, यह शहादत की वह मुस्कान थी, जिस पर जीवन न्योछावर होता है और जिसे देखकर मृत्यु काँप जाती है। जीवन उस अमर, स्वर्गिक मुस्कान को दुनिया के ललाट पर चाँद और सूरज की तरह जड़ देता है और मृत्यु को डूब मरने के लिए कहीं चुल्लू भर पानी नसीब नहीं होता।

—बोलो! चुप क्यों हो!

बन्दूक़ के सवाल का जवाब इन्सान क्या दे? दिल की बात गोली को क्या सुनाना? इसका जवाब वह ख़ामोशी है, जिसके हज़ार ज़बानें हैं, जिसकी ख़ामोश आवाज़ भी हर इन्सान के कान तक पहुँचती है, उस दिल तक पहुँचती है, जिसकी मासूम धड़कनों से इसका पवित्रतम सम्बन्ध होता है।

रंजन का झुका सिर हिला, जैसे इधर की दुनिया उधर हो गयी हो।

उस ख़ामोश बुत के सामने जड़ बन्दूक़ भी एक बार काँप गयी, लेकिन ज़ालिम हाथ उठे और दोनों घोड़े दब गये।

गोलियाँ चीख़ीं और हंस भूमि पर गिर पड़ा। सफ़ेद लिबास शहादत के रंग में रंग गया। पंख फदफदाये और शान्त हो गये।

बड़े सरकार ने बाहर आकर कहा—ले जा, दूर तालाब में ख़ूब गहरे दफ़नाना और जल्द लौटना, कमरा साफ़ करना है और सूटकेस जलाना है।

बोरे में कसकर सौदागर ने पीठ पर लाद लिया और बाहर निकला। दूर से ही बोला—रतना, जल्दी फाटक खोल!

रतना ने खड़े होकर कहा—इतनी बेर को कहाँ जाना है, पहलवान? और ई पीठ पर का लादे हो?

—एक पागल सियार घुस आया था, मार डाला। तू जल्दी खोल!

—बग़ीचे के पनरोहे से घुस आया होगा, फाटक से तो नहीं जा सकता।

तभी पीछे से आकर बड़े सरकार बोले—क्या बक-बक लगा रखा है?

—कुछ नहीं, बड़े सरकार, पहलवान से कह रहा था कि दूर ले जाकर फेंकना, नहीं सड़ेगा, तो बड़ी बदबू फैलेगी।—और वह फाटक खोलने लगा।

—सौदागर!

—जी, बड़े सरकार।

—एक गिलास पानी पिला।

पंखा रखकर सौदागर ने पैर बढ़ाया, तो लगा कि भहराकर गिर पड़ेगा।

पानी पीकर बड़े सरकार बोले—हवा बन्द हो गयी है।

—जी, बड़े सरकार।

—बादल आ रहे हैं क्या?

—नहीं तो, बड़े सरकार।

—बादल आयेंगे, बड़ी उमस है।

—जी, बड़े सरकार।

—कल ख़ूब पानी बरसे, तो कैसा?

—नहीं, बड़े सरकार, हमारा जलसा...
—जलसा अच्छी तरह हो जायगा?
—काहे नहीं, बड़े सरकार, सब तैयारी हो गयी है। खूब सान से होगा।
—छोटे सरकार के अफ़सर बनने की ख़ुशी में?
—जी, बड़े सरकार।
—वह लड़ाई पर जा रहे हैं?
—जी, बड़े सरकार।
—उन्हें कहीं कुछ हो गया, तो?
—उन्हें कुछ नहीं होगा, बड़े सरकार। हमसब की दुआएँ उनके साथ रहेंगी।
—तो फिर लौटेंगे?
—जी, बड़े सरकार।
—फिर क्या होगा?
—एक बहुत बड़ा जलसा होगा, बहुत बड़ा!
—सौदागर!
—जी, बड़े सरकार!
—तुम हो बुद्धू!
—जी, बड़े सरकार!
—जलसा नहीं होगा।
—फिर का होगा, बड़े सरकार?
—छोटे सरकार की शादी।
—जी, बड़े सरकार, जी, बड़े सरकार! मैं भूल गया था।
—फिर क्या होगा?
—फिर...एक और सरकार पैदा होंगे।
—नहीं!
—काहे, बड़े सरकार?
—छोटे सरकार अपनी दुलहिन लेकर नौकरी पर चले जायेंगे।
—जी, बड़े सरकार। और वहाँ एक और सरकार पैदा होंगे।
—नहीं, एक अफ़सर पैदा होगा!
—वहीं, बड़े सरकार, वही।
—नहीं, सरकार और अफ़सर में फ़र्क़ है।
—जी, बड़े सरकार!
दिमाग़ सुलझता है, तो क्या बातें निकलती हैं!
—अफ़सर हमारी ज़मींदारी नहीं सँभाल सकता!
—जी, बड़े सरकार!

—फिर?
—जो हुकुम हो, बड़े सरकार।
—न रहे बाँस, न बजे बाँसुरी, कैसा?
—बहुत अच्छा, बड़े सरकार।
—सौदागर!
—जी, बड़े सरकार!
—तुम बहुत होशियार आदमी हो!
—जी, बड़े सरकार।
—बेंगा को बुला और तू सो रह। कितनी रात बाक़ी है?
—भिनसार धप रहा है।
—रात कट गयी?
—जी, बड़े सरकार!

(१३)

बड़े सरकार की तबीयत अचानक ख़राब हो गयी है, यह सुनकर सबका उत्साह ठण्डा हो गया। वैद्य जी को ख़बर मिली, तो वह कोट के बटन उलटा-पलटा लगाते, सिर पर पगड़ी रख भागे-भागे आये। उन्हें बड़े सरकार की तबीयत ख़राब होने की उतनी परेशानी न थी, जितनी जलसा चौपट होने की। उन्होंने जवार के सभी गाँवों के कंगलों और अछूतों को भोज की ख़बर भेजवा दी थी। सच पूछा जाय, तो जलसे की और बातों से उन्हें कोई ख़ास दिलचस्पी न थी, उन्हें चिन्ता अपने भोज की थी। इस तरह के कई भोजों के पुण्य वह लूट चुके थे। जब भी कोई ऐसा अवसर आता, तो दुम की तरह वह इस भोज को ज़रूर लटका देते थे। उनका यह पक्का विश्वास था कि कंगलों, भिखमगों और अछूतों वग़ैरा को खिलाने से जितना पुण्य मिलता है, उतना और किसी को खिलाने से नहीं। जीवन-भर की अतृप्त आत्माएँ एक दिन तृप्ति-भर भोजन कर जो दुआएँ देती हैं, वह सीधे भगवान तक पहुँचती हैं। उनका यह भी दावा था कि वह न होते, तो यह भोज न होते, किसमें वह दम है, जो इन्तिज़ाम कर सके। यह दावा सिर्फ़ उन्हीं का न था, लोग भी ऐसा ही कहते थे और कंगले तो बस उन्हीं की जान को दुआएँ देते थे। वह परसनेवाले हाथ देखते थे, सामान कहाँ से आये, उन्हें देखने की ज़रूरत न थी। आम खाने से मतलब कि पेड़ गिनने से?

वैद्य जी थुलथुले शरीर, गेहुँए रंग और बड़े सरकार के आस-पास की उम्र के थे। धोती और साफ़ा हमेशा किरमिजी रंग में रँगकर पहनते थे। इस रंग के दो फ़ायदे थे, एक तो यह कि कोई रंग मालूम ही नहीं होता था, दूसरे यह कि चाहे जितना मैला

और पुराना हो, हमेशा नया-नया-सा ही लगता था। कोट वह सफ़ेद गाढ़े का बनवाते थे, गले तक बराबर बटन लगाये रहते थे, बड़े जतन से रखते थे, सिर्फ़ बाहर जाते समय पहनते थे। बनियाइन या कुर्ता वह कभी भी न पहनते थे, घर पर सिर्फ़ धोती और जनेऊ में रहते। कभी कोई टोकता, तो वह बड़े गर्व से कोट का इतिहास सुनाते। पहले पूछते, तुम्हारे ख़्याल में यह कोट कितने साल का होगा? आदमी क़यास करता, कोट की हालत देखकर बहुत ढील छोड़कर कहता, तीन साल से कम का क्या होगा। इस पर वैद्य जी हँसते और कहते, छह साल हो गये और कम-से-कम दो साल और चलेगा, इसमें कोट की तारीफ़ की कोई बात नहीं, तारीफ़ उस देह की है, जिस पर यह रहता है। उनके चमरौधे जूते का भी यही हाल था। घर में वह खड़ाऊँ पहनते थे। सिर के बाल वह साल में एक बार, संक्रान्ति के दिन छिलवाते थे। दाढ़ी महीने में एक बार। मूँछों का बहुत ख़्याल रखते थे। उनकी झाबरदार मूँछें बड़ी ख़ूबसूरत लगती थीं। चलते वह हमेशा बहुत तेज़ थे, ऐसे कि जैसे हमेशा बड़ी जल्दी में रहते हों। रास्ते में रुककर किसी से बातें करना उन्हें बहुत नापसन्द था।

ज़िन्दगी के उनके अपने तौर-तरीक़े थे। निस्सन्देह वह धार्मिक प्रवृत्ति के आदमी थे। शिव के वह भक्त थे। बहुत सवेरे उठते, लोटा-धोती ले नंगे पाँव पोखरे जाते। घाट पर पड़े पत्तों और दातून के चिट्ठों को चुनकर साफ़ करते। फिर दोनों हाथों की अँजुली से पानी उदहक़र घाट की सीढ़ियाँ धोते। नहाकर धोती बदल, गीली धोती वैसे ही छोड़, धतूरे या कनैल के फूल तोड़ते और पानी से धोकर हाथ में जल-भरा लोटा ले मन्दिर जाते। बड़े इतमीनान से पूजा करते, बम-बम बोलते, होंठ बजाते, घण्टे बजाते और पेट, बाँहों, बाजुओं, छाती, गरदन, कानों और ललाट पर पाँचों अँगुलियों से विभूति रमाकर बाहर निकलते। उस वक़्त वे बड़े ही गम्भीर दिखायी देते, जैसे पवित्रता और भक्ति के मूर्ति हों। सोमवार को वह प्रसाद भी बाँटते। मलमास में वह बोझों बेल-पत्र चढ़ाते और पाँच पत्तोंवाले बेल-पत्र की तलाश में कभी-कभी दिन-दिन-भर घूमा करते। मिल जाने पर उन्हें ऐसा लगता, जैसे आठों सिद्धि और नवों निधि मिल गयीं। फिर क्या कहने। पाँच हज़ार पाँच बेल-पत्र गिने जा रहे हैं। ढेर-सा चन्दन घिसकर, कटोरे में रख, वह बड़े इतमीनान से नहा-धोकर, पवित्र होकर ओसारे में बैठते और हर पत्ते पर, बेल की डण्ठल की कलम बना, चन्दन से वह 'ओम शिव:' लिखते। फिर बड़े थाल में एक-एक पत्ता सजाते। और सबके ऊपर वह पाँच पत्तोंवाले बेल-पत्र को ऐसे रखते, जैसे वह ताज हो। और धूमधाम से मन्दिर जाते। रास्ते में जो भी मिलता, उससे कहते—मिल गया, शिव जी की कृपा है, ओम शिव:!

ललाट की विभूति की वह चौबीसों घण्टे रक्षा करते। बड़ी शोभा पाती वह विभूति!

कंजूस वह मशहूर थे। लोगों का कहना था कि काफ़ी धन उन्होंने इकट्ठा कर रखा है। कभी कोई चीज़ उन्हें अपने हाथ से ख़रीदते नहीं देखा गया। ग़रीबों को दवा मुफ्त देते थे, लेकिन ग़रीबों का यह कहना था कि दाम से अधिक वह सामान ले लेते थे। जब जिस चीज़ की ज़रूरत उन्हें पड़ती, वह बेखटके माँग लाते थे। कोई उन्हें इनकार न करता था। वह ऐसा अवसर देखकर ही माँगते थे। जैसे मान लीजिये, उन्हें तरकारी की ज़रूरत है। तो वह तरकारी तोड़ते वक़्त सीधे अपने किसी मरीज़ के खेत ही पहुँचते। और उसका हाल-चाल पूछ और अपनी ओर से उसे इतमीनान दिला कहते—तरोई तो बहुत अच्छी मालूम देती है। वैद्याइन कई दिन से तरोई-तरोई की रट लगाये हुई हैं।—और फिर कौन कैसे इनकार करे?

उनके तीन लड़के और दो लड़कियाँ थीं। दोनों लड़कियों की शादी हो चुकी थी। और एक बार की ससुराल गयी बेचारियों ने फिर मैके का मुँह न देखा। वैद्य जी का यह सिद्धान्त था कि न लड़कियों को बुलाओ, न बहुओं को विदा करो। बार-बार यह विदाई की झंझट क्यों की जाय? जो जिसका घर है, वहाँ रहे, बसे-बसाये। यहाँ-वहाँ दो-दो जगहों का सम्बन्ध बनाये रखने से मन दोचित रहता है, यह ठीक नहीं है। वैद्याइन बेचारी लड़कियों से मिलने के लिए तड़पती रहतीं, लेकिन वैद्य जी पर इसका कोई असर न पड़ता। बड़ा लड़का दूर एक प्राइमरी स्कूल में मास्टर था। वहीं वह अपने बाल-बच्चों के साथ रहता था। छुट्टियों में आता, तो घर उसका चूल्हा अलग जलता। मँझला लड़का पटवारी था। उसने क़रीब-क़रीब अपना सम्बन्ध विच्छेद कर लिया था। वह कभी न आता। हाँ, वैद्य जी को, जब कभी वह छोटी बहू से लड़तीं, उसके यहाँ भेज देते। छोटे लड़के को वह अपने पास रखे हुए थे, और उसे ही अपनी विरासत सौंपनेवाले थे। उसे वह वैद्यकी सिखा रहे थे।

वैद्य जी का घर साधारण मिट्टी और खपरैल का था। बाहर का एक छोटा-सा कमरा उनका औषधालय था। ओसारे में हमेशा कोई-न-कोई चीज़ कुटती-पिसती रहती थी। कूटने-पीसनेवाले ज़्यादातर पास-पड़ोस के लड़के या दवा लेने आनेवाले मर्द-औरत होते। वैद्य जी बड़ी आसानी से उनसे यह काम करा लेते। लड़कों में उनके खट्टे-मीठे-नमकीन चूरण का किसी मिठाई से कम मान न था। बाहर सहन में बारहों महीने एक छोटी-सी चौकी पर रंग-बिरंगी बोतलें और क़राबे पड़े रहते। यह चौकी ही वैद्य जी का साइनबोर्ड थी। लोग अचरज से उन बोतलों और क़राबों की ओर देखते, जिनके बारे में वैद्य जी अद्भुत कहानियाँ सुनाया करते।

वैद्य जी जैसे शिवभक्त थे, वैसे ही राजभक्त भी। वह अपना घराना राजवैद्यों के घराने से जोड़ते और यह भी कहते कि बड़े सरकार का घराना राजाओं का घराना

है। ज़माने की गर्दिश को क्या कहिये कि राजा आज बड़े सरकार होकर रह गये हैं, और राजवैद्य वैद्य जी। वह बड़े सरकार के विरुद्ध एक बात भी सुनना बरदाश्त न कर सकते थे, यह लोग अच्छी तरह जानते थे। और इस माने में वह बड़े सरकार का वही काम करते थे, जो उस समय के मिशनरी अस्पताल हमारे अंग्रेज बहादुर के लिए करते थे। उनका कहना था कि बड़े सरकार अन्नदाता हैं, उनके ख़िलाफ़ कुछ करने-कहने से बड़ा कोई अधर्म नहीं।

क़स्बे में जब डिस्ट्रिक्ट बोर्ड का अस्पताल खुलने लगा, तो वैद्य जी ने पूरी सरगाई के वैद्यों और हकीमों को इकट्ठा करके विरोध की आवाज़ उठायी। लेकिन जब उसका कोई नतीजा न हुआ और अस्पताल की शानदार इमारत बन गयी और एक दिन वह खुल भी गया, तो वैद्य जी ने यही कहकर सब्र कर लिया कि जो अस्पताल की दवाई खायगा, उसका धरम नसा जायगा। और थोड़े ही दिनों में जब वह अस्पताल और उसका डॉक्टर बदनाम हो गये कि वहाँ तो सिर्फ़ पैसेवालों की पूछ है, ग़रीबों को तो शीशियों में लाल पानी भरकर देते हैं, तो वैद्य जी ने आराम की साँस ली और कहा—अधरम की नाव दूर तक नहीं चलती। यह विलायत नहीं, हिन्दुस्तान है। वैद्यकी हमारा धर्म है, व्यापार नहीं।

बेंगा ने बड़े सरकार की आज्ञा ले वैद्य जी को अन्दर पहुँचाया।

ओसारे में निखहरे फ़र्श पर सौदागर भैंस की तरह गहरी नींद में सो रहा था। अन्दर के कमरे में पलँग पर बड़े सरकार शान्त पड़े-पड़े छत की कड़ियाँ गिन रहे थे। सिरहाने खड़ा बेंगा पंखा झल रहा था।

वैद्य जी ने देखा, तो सन्न रह गये। एक ही रात में बड़े सरकार क्या-से-क्या हो गये थे। चेहरे की जैसे रौनक़ ही जाती रही थी, झुर्रियाँ इस तरह प्रगट हो गयी थीं, जैसे उन पर से कोई पर्दा उठा दिया गया हो। आँखों के गिर्द हलके बहुत ही स्याह और गहरे हो गये थे और उनकी नज़रों की चमक और रोब ग़ायब होकर एक चिन्ता और सदमा और दबा हुआ-सा गुस्सा साफ़ झलक रहा था और सबके ऊपर वह शान्ति छायी हुई थी, जिसे देखकर ऐसा लगता था कि अभी बड़े सरकार बाघ की तरह उछलकर किसी को फाड़ डालेंगे।

एक कुर्सी खींचकर वैद्य जी ने चिन्ता प्रकट करते हुए, हाथ बढ़ाकर कहा — कैसी तबीयत है? ज़रा हाथ तो दीजिये!

बड़े सरकार ने हाथ देते हुए कहा —रात-भर नींद नहीं आयी। बड़ी बेचैनी रही।

नब्ज पर अँगुलियाँ रखे वैद्य जी ने कहा —सो तो देख ही रहा हूँ।...आपने रात ख़बर क्यों न दी, एक पुड़िया दे देता और बड़े सरकार घोड़ा बेचकर सो जाते।...मालूम होता है, बड़े सरकार ने कुछ ज़्यादा...

—हाँ, मैंने समझा, बेचैनी का इलाज होगा, मगर असर उलटा हुआ।

—सो तो होगा ही। यह वह चीज़ है, जो दवा की तरह पियें, तो अमृत का काम करे, नहीं तो ज़हर है, ज़हर। और, बड़े सरकार, उम्र का भी एक असर होता है,...मतलब कि अब वह ज़माना न रहा कि बड़े सरकार...यानी कि भले ही बड़े सरकार का स्वास्थ्य बहुत ही अच्छा है, फिर भी...फिर भी परहेज़ तो लाज़मी चीज़ है।...यह तो मेरी औषधियों का प्रभाव है कि बड़े सरकार पर आयु का प्रभाव पड़ता ही नहीं। कोई देखकर थोड़े ही बता सकता है कि बड़े सरकार...मैंने कितनी बार बड़े सरकार से कहा, कि हुक्म हो तो मैं ऐसा द्राक्षासव तैयार कर दूँ, कि बड़े सरकार चाहे बोतलों पी जायँ, कोई नुक़सान न हो। यह विलायती चीज़ें, बड़े सरकार चाहे जो कहें, स्वास्थ्य के लिए अच्छी नहीं होतीं।...ख़ैर, कोई बात नहीं है, थकान है। मेरी राय में बड़े सरकार उठें और नहा-धोकर आराम से लेटें। मैं दवा ले आता हूँ, वह आराम की नींद आयेगी कि शाम तक बिलकुल तरोताज़ा हो जायेंगे।...कहीं ऐसा न हो कि जलसा...

बड़े सरकार के स्याह-से पड़े होंठों पर एक फीकी मुस्कान आ गयी। बोले—जलसे को क्या होना है, एक मेरे...

—यह आप क्या कहते हैं, बड़े सरकार! आपका जी अच्छा न हुआ, तो...

तभी पुजारी जी चरणामृत का पात्र लिये आ पहुँचे। आज बहुत सवेरे पूजा हो गयी थी। आज की पूजा विशेष रूप से बड़े सरकार के स्वास्थ्य के लिए हुई थी। अब भी पुजारी जी के होंठों पर बड़े सरकार के स्वास्थ्य के लिए ही प्रार्थना के शब्द थे। उन्होंने आचमनी से चरणामृत निकालकर पाँच बार बड़े सरकार की देह पर छिड़के, फिर तुलसी-दल के साथ पाँच आचमनी बड़े सरकार के मुँह में डालकर कहा —ठाकुर जी की कृपा से आप तुरन्त चंगे हो जायेंगे! —और फिर प्रार्थना करने लगे।

बड़े सरकार उठने को हुए। बेंगा ने उन्हें सहारा देकर उठाया। उन्होंने कहा —मैं आराम करना चाहता हूँ। आप लोग जाइये।

—बहुत अच्छा, बड़े सरकार,—कहकर वैद्य जी और पुजारी जी चले गये।

—बाहर का दरवाज़ा बन्द कर आ,—बड़े सरकार ने बेंगा से कहा।

ओसारे में निकलकर बेंगा ने कहा—पहलवान सो रहे हैं, इन्हें...

—जगाकर बाहर कर। अन्दर कोई न आने पाये।

बड़ी मुश्किल से पहलवान जागा और लड़खड़ाता हुआ बाहर हुआ।

बेंगा दरवाज़ा बन्द करने ही वाला था कि लल्लन आ पहुँचा। बेंगा ने एक ओर हटकर सलाम किया।

लल्लन ने पूछा—बड़े सरकार की तबीयत कैसी है?

—वैद्य जी कहते थे, थकान है। रात में नींद नहीं आयी।

लल्लन ने बड़े सरकार को प्रणाम किया और कुर्सी पर बैठ गया। आँखें छिपाकर बड़े सरकार ने एक नज़र उसकी ओर देखकर कहा—तुमने क्यों तक़लीफ़ की, मेरी तबीयत कुछ वैसी ख़राब नहीं है। तुम ज़रा जलसे का काम-धाम सँभालो।

—इस जलसे की क्या ज़रूरत थी, पिता जी। ख़ामख़ाह के लिए आप सिर-दर्द मोल ले लेते हैं। क्या अब भी इसे रोका नहीं जा सकता?

—नहीं, यह मेरी इज़्ज़त का सवाल है। सबको दावत दे दी गयी है। सब इन्तज़ाम हो गया है।

—लेकिन मुझे अच्छा नहीं लगता। आपकी तबीयत ख़राब है...

—उसकी तुम फ़िक्र न करो।

—डॉक्टर को बुलवाऊँ?

—नहीं। दवा की कोई ज़रूरत नहीं है। होगी तो वैद्य जी हैं। वह मेरे मिज़ाज से वाक़िफ़ हैं। उनकी दवा हमेशा फ़ायदा करती है।...हाँ, तुम कब जाओगे?

—मुझे शुक्रवार को चल देना चाहिए।

—माता जी से बात हुई थी?

—उन्हें मैं मना लूँगा।

—मना लोगे?...मेरा तो ख़्याल था कि वह न जाने देंगी। इस बात को लेकर मुझसे कई बार झगड़ा हो चुका है।

—मान जायेंगी।

—हाँ, उन्हें मनाकर जाना।...अब तुम जाओ, मैं आराम करूँगा।

लल्लन जाने लगा, तो बड़े सरकार ने उसकी पीठ को घूरकर देखा।

बड़े सरकार नहा-धो चुके, तो बेंगा ने बिस्तर बदलकर कहा—जलपान लाऊँ, बड़े सरकार?

पलँग पर बैठते हुए बड़े सरकार बोले —नहीं, बोतल ला।

बेंगा ज़रा ठिठका, तो वह बोले—मुँह क्या ताकता है? जल्दी ला!

कई बड़े पेग जमाकर बड़े सरकार लेटे, तो अचानक उनको एक आध्यात्मिक दौरा पड़ गया। वह राजा भर्तृहरि की तरह एक ही दिशा में सोचने लगे, यह औरत जाति कितनी बेवफ़ा और चालाक होती है!...और उनको अचानक ऐसा लगा कि उनका मन जैसे संसार से भर गया है। और फिर एक ऐसी लहर उठी, कि मन में आया, इस कपटी संसार का त्याग कर देना चाहिए। साधू बनकर जीवन बिताना तो मुश्किल है, आत्महत्या क्यों न कर ली जाय, संसार में अपना कहने को अब कौन रह गया! और उन्हें अपने कुल की आख़िरी कड़ी रानी माँ की याद आ गयी। और वह एक बच्चे की तरह बिलख-बिलखकर रो पड़े।

सिरहाने खड़ा पंखा झलता बेंगा बड़े पसोपेश में पड़ गया, यह बड़े सरकार को क्या हो गया? और फिर उसकी बुद्धि ने अपनी पहुँच के मुताबिक यह सोचकर सन्तोष कर लिया कि मालूम देता है कि जियादे नसे की वजह से बड़े सरकार का भेजा...

बड़े सरकार को रानी माँ की याद पहले कभी आयी हो, नहीं कहा जा सकता। जब से बड़े सरकार का राज हुआ था, विधवा रानी माँ एक बेकार सामान की तरह एक बेकार कोने में डाल दी गयी थीं। लेकिन आज उन आध्यात्मिक क्षणों में वह ऐसे याद आयीं, जैसे वह देवी हों, और मरकर भी अपने आशीर्वादों की वर्षा करती रही हों। बड़े सरकार को उनके प्रति अपनी उपेक्षा ऐसे सालने लगी कि वह रोने लगे। रोते-ही-रोते उन्हें बहुत-सी बातें याद आने लगीं। रानी माँ से वह बिलकुल ही नहीं बोलते थे, जैसे उन्हें फ़ुरसत ही न मिलती हो। लेकिन जब भी वह उनके सामने पड़ जाते, वह एकाध बात ज़रूर पूछ लेतीं। पहले वह पूछा करती थीं, बेटा, तू ब्याह कब करेगा? एक साध तेरी बहू देखने की रह गयी है, देख लेती, तो चैन से मर जाती।...फिर जब बड़े सरकार का ब्याह हो गया, तो कहने लगीं, बेटा, मेरी सब साधें पूरी हो गयीं, बस, अब एक पोते को दिखा दे, अपनी गोद में खेलाकर सुख से मर जाऊँगी।...भगवान ने आख़िर वह दिन भी दिखाया। वह ख़ुशी बरसाती बूढ़ी आँखें और उछाह-भरा पोपला मुँह! गोद में पोता क्या था, जैसे बच्चे के हाथों में उसका मनचाहा खिलौना आ गया हो। बड़े सरकार को जब उस ख़ुशी-भरे मुखड़े की याद आयी, तो जैसे दिल पर साँप लोट गया। उनका जी हुआ कि ज़ोरों से चीख़-चीख़कर कहें, माँ! माँ! वह तेरा पोता न था!...लेकिन उन आध्यात्मिक क्षणों में वह अन्तरमुखी हो गये थे। उनकी आत्मा चीख़ रही थी, लेकिन होंठों पर केवल रुदन का कम्पन था।...और फिर अचानक उनके मन में ऐसा आया कि काश, वह भी रानी माँ की ही तरह जीवन-भर उस सत्य से अनभिज्ञ रहते! एक अपना समझने को तो रहता। और वह मन-ही-मन में बोल पड़े, माँ! तू अपने मन की पक्की थी। अच्छा हुआ कि तू अपनी आख़िरी साध को छाती से चिपकाये, आँखों से देखती, ख़ुश-ख़ुश चली गयी। लेकिन मैं...मैं क्या करूँ, माँ? मेरा तो कोई भी अपना न रह गया। फुलवारी में रहनेवाले की अचानक आज आँख खुली, तो उसे मालूम हुआ वह रेगिस्तान में पड़ा है। माँ! माँ!

और बड़े सरकार और भी ज़ोर से रो पड़े। लल्लन जी के जन्म के छह महीने बाद ही तो रानी माँ चल बसी थीं। एक दिन पूजा करके लल्लन को गोद में लिये वह मन्दिर से निकल रही थीं, कि चौखट से ठोकर लगी और वह उसी क्षण सेल्ह गयीं। जिसने सुना, कहा वाह! वाह! मौत हो तो ऐसी! पुण्य कमाया था रानी माँ ने! सीधे सरग गयी होंगी रानी माँ!...ऐसी शुभ मृत्यु पर शोक मनाना किसी प्रकार भी शोभनीय न था। चारों ओर जो वाह-वाह हो रही थी, जैसे उसमें बेटा होने के नाते

बड़े सरकार का भी हिस्सा था। और बड़े सरकार ने दिल खोलकर उनका ऐसा श्राद्ध किया कि उसकी कहानी आज भी बूढ़ों के मुँह पर है। पूरे चौरासी गाँवों को न्योता खिलाया गया। सात दिनों तक भण्डारा चलता रहा। कोई पकवान या मिठाई ऐसी नहीं, जो न बनी हो। लोगों ने खाया भी और पत्तल बाँध-बाँधकर घर भी ले गये। सभी ब्राह्मणों और महाब्राह्मणों को पूरी-पूरी गिरस्ती के सामान दान दिये गये।...और बड़े सरकार अचानक एक गर्व से मुस्करा पड़े! आध्यात्मिक क्षणों की कुछ ख़ूबी ही ऐसी होती है! खने में रोना, खने में हँसना! ग़म क्या और ख़ुशी क्या? विदेह पर जैसे सब ऊपर-ऊपर ही बह जाय, एक रोआँ भी न भींगे।...और फिर अचानक ही वह रो भी पड़े और बुदबुदाने भी लगे, माँ! मेरे मुँह को कौन आग देगा, कौन मेरा श्राद्ध करेगा?...बड़ी देर तक वह रोते रहे और जवाब ढूँढ़ने की कोशिश करते रहे। कितनों ने ही जवाब में सिर उठाया। अँगुलियों पर वह कहाँ तक गिन सकते थे! और होते-होते उन्हें मुँदरी की याद आयी और फिर सुनरी की! और वह फिर मुस्कराने लगे।

बेचारा बेंगा अजीब संकट में! इतने दिनों की चाकरी में उसने बड़े सरकार को इस रूप में कभी भी न देखा था। उसे लगा कि बड़े सरकार कहीं पागल तो नहीं हो रहे। नशे में तो अनगिनती बार उसने उन्हें देखा था, लेकिन ऐसा हाल तो उनका कभी भी न हुआ था। क्या करे? दरवाज़ा बन्द था और वह हटे कैसे?

बेचारे वैद्य जी दवा हाथ में लिये बाहर ओसारे में तख़त पर बैठे दरवाज़ा खुलने का इन्तज़ार कर रहे थे।

और बड़े सरकार अपने आध्यात्मिक दौरे में पड़े यह नेक इरादा कर रहे थे कि अपना सब-कुछ सुनरी के नाम लिख दें, तो कैसा रहे? दुनिया भी क्या याद रखेगी कि एक था ज़मींदार, जिसने लौंडी को रानी बना दिया! रानी...और बड़े सरकार फिर रो पड़े। नहीं, नहीं, सुनरी की माँ मुँदरी को वह हरगिज़ रानी नहीं बनायेंगे! वह नमकहराम! उसी की तो यह सब कारस्तानी है! और वह ख़ौफ़नाक औरत...और बड़े सरकार को अचानक शक हो आया कि क्या सुनरी उनकी बेटी है भी?...और उनका चेहरा ग़ुस्से से लाल हो उठा। उनके जी में आया कि मुँदरी को कच्चा चबा जायँ। इस कमबख़्त नाचीज़ लौंडी ने क्या-क्या नाच न नचाया।...इन आध्यात्मिक क्षणों में भी कितनी अद्भुत शक्ति होती है! क्षणों में ये वर्षों को नापते हैं, बल्कि सारी ज़िन्दगी को सामने ला रखते हैं, जैसे मृत्यु के चन्द क्षण हों, जो ज़िन्दगी और मौत को साथ-साथ, रू-ब-रू देखते हों! जी हाँ, ये ब्रह्मा के क्षण होते हैं, और जिन पर ये चढ़ते हैं, उन्हें ब्रह्म-ज्ञान प्राप्त हो जाता है!

और बड़े सरकार ने उठकर एक पेग और चढ़ा लिया, जैसे वह दौरा एक बड़े ही ख़तरनाक दौर से गुज़र रहा हो, और उसका मुक़ाबिला करने के लिए अतिरिक्त शक्ति की आवश्यकता हो।

और अचानक बड़े सरकार बड़े ही उदार और गुणग्राही बन गये। पुरखों का राजपूती ख़ून उनकी रगों में हिलोरें लेने लगा। उनके जी में आया कि मुँदरी को माफ़ कर दिया जाय, बल्कि उसकी प्रशंसा की जाय कि उसने, सिर्फ़ उसने मुझे हरा दिया, मुझसे पानी भरवा दिया। वह बहादुर क्या, जो बहादुर दुश्मन की प्रशंसा न करे! उन्हें बड़ा पछतावा हुआ कि यह नेक ख़्याल पहले उनके दिल में क्यों न उठा? और फिर तो प्रायश्चित्तों और आत्मस्वीकृतियों का एक सिलसिला ही उनके दिलोदिमाग़ में बँध गया।...ये आध्यात्मिक क्षण इन्सान को किस प्रकार पिघला देते हैं! जी, हाँ, ये इन्सान के सामने एक जादुई आईना रख देते हैं, जिसमें उसकी सारी ज़िन्दगी का अक्स रहता है, यह दूसरी बात है कि उसे और कोई नहीं देख सकता, और न किसी को दिखाया ही जा सकता है, और एक तीसरी बात भी हो सकती है, वह यह कि अगर उसका कोई अंश कोई दूसरा देखता भी है, तो उतना ही, जितना उसका हिस्सा उसमें होता है, और अंश तो सम्पूर्ण चित्र नहीं होता, और जो किसी ने पूर्ण चित्र न देखा, तो क्या देखा, देखना, न देखना बराबर। सम्पूर्ण चित्र तो आध्यात्मिक क्षणोंवाला ही देख सकता है!

जवानी भी क्या दीवानी होती है! और बड़े सरकार की ज़बान पर वे सब स्वाद ताज़े हो उठे, जिन्हें उन्होंने चखा था। काफ़ी दिनों तक उन्होंने उन्हें गिना था, लेकिन फिर उन्होंने गिनना छोड़ दिया था, आख़िर कोई कहाँ तक गिने! रिकार्ड रखने से फ़ायदा? यह वैसा ही था, जैसे आदमी पहले तो जितनी चिट्ठियाँ आती हैं, इकट्ठा करता जाता है, और कुछ दिनों के बाद जब वह देखता है कि यह तो ढेर लग गया और यह काम जारी रखा गया, तो एक दिन पूरा घूर ही तैयार हो जायगा और फिर वह उन्हें जला देता है।

बड़े सरकार को पश्चात्ताप हुआ कि एक स्वाद रह गया और उन्हें ऐसा लगा कि सब फल खाकर भी एक फल न मिलने से वह अनखाये-से ही रह गये हों। अपने ही हाथों में रहकर, सैकड़ों बार होंठों तक आ-आकर भी वह हट गया।...क्या शै थी मुँदरी भी! जैसे इतराया हुआ चाँद, जैसे भरी हुई शराब की बोतल, जैसे चढ़ी हुई नद्दा, जैसे खिंची हुई कमान! नहीं, नहीं, कमबख़्त अमृत का घड़ा थी, जिसका एक बूँद भी मिल जाय, तो आदमी अमर हो जाय! लेकिन नहीं मिली, सो नहीं मिली!...क्यों नहीं मिली?...और बड़े सरकार को आज पहली बार अपने पर इतना गुस्सा आया, जितना पहले कभी न आया था।...एक आशा कि एक-न-एक दिन...जायगी कहाँ? उन्हें क्या मालूम था कि वह मृगजल है। वर्ना वह...लेकिन डर जो था कि ज़ोर-ज़बरदस्ती करने से वह घड़ा टूट न जाय, अमृत बरबाद न हो जाय।...सौन्दर्य और जवानी में कितनी शक्ति होती है! और फिर उन्होंने वह भी कहाँ उठा रखा।...एक दिन पागल होकर उन्होंने बन्दूक़ उठा ली थी। उन्होंने तय कर लिया था कि वह या तो उसे मार डालेंगे या...लेकिन कमबख़्त ने कैसा ठहाका लगाया

था, जैसे उनके हाथ में एक तिनका भी न हो और बन्दूक़ काँपकर हाथ से गिर गयी थी। और उसी दिन उन्होंने मान लिया था कि वह हार गये। मौत को हथेली में लेकर खड़े रहनेवाले को कौन जीत सकता है!...और उसके उन कमबख़्त ठहाकों ने कैसे छका-छकाकर मुझे पामाल कर दिया, पस्त कर दिया, नामर्द बनाकर छोड़ दिया, और फिर कैसे वह नागिन की तरह लहरा-लहराकर मुझे चिढ़ाने लगी, डराने और धमकाने लगी, जैसे मैं मर्द ही न रह गया होऊँ। ओफ़!—और बड़े सरकार की गर्दन शर्म के मारे झुक गयी।...जी, हाँ, इन आध्यात्मिक क्षणों में सब होता है, आदमी रोता है, हँसता है, गुस्सा होता है, उदार बनता है, माफ़ करता है, माफ़ी मागता है, पश्चात्ताप करता है, प्रायश्चित्त करता है, प्रशंसा करता है, कृतज्ञ होता है, कृतज्ञ करता है, गाली बकता है, आत्मस्वीकृतियाँ करता है, प्रार्थना करता है और गर्व भी करता है और शर्म से सिर भी झुकाता है, वह वह सब करता है, जो साधारण क्षणों में दूसरे के सामने हरगिज़ नहीं करता और सबके ऊपर वह कुछ मन्सूबे भी बाँधता है।

और दस साल बाद उसी मुँदरी ने एक दिन मोहनी मुस्कान होंठों पर लाकर बड़े सरकार को बताया था और हवेली-भर में शोर मचाया था कि उसे बड़े सरकार से गर्भ है। अचरज से बड़े सरकार ने उसे देखा था कि यह कैसे सम्भव है, लाठी-कपारे भेंट नहीं, बाप-बाप चिल्लाय! और फिर जैसे वह ख़ुद भी मुस्करा उठे थे, मुँदरी ने जैसे उनके हाथ में एक ढाल थमा दी थी, जिससे वह सबसे अपनी रक्षा कर सकते थे। सबके सामने नंगा होने से एक के ही सामने नंगा रहना कितना अच्छा होता है! और आज जो सदयता, उदारता और गुणग्राहकता की लहर उनमें उठी थी, वह यों ही न थी। यह दूसरी बात है कि मुँदरी अब भी जब पागल होती है, तो उन्हें परेशान करने आ जाती है। उस वक़्त बड़े सरकार की हालत क़रीब-क़रीब वही होती है, जो एक चूहे की नागिन के फन के पास होने पर!...और बड़े सरकार फिर तिलमिला उठे, नहीं, नहीं, उस हरामज़ादी को हम कभी भी माफ़ न करेंगे!...तो फिर क्या करेंगे? है कुछ करने का मुँह? और उसने जो किया, वह क्या ग़लत किया? उन्होंने उसके साथ जो अन्याय और अनाचार किया, उसका ठीक जवाब क्या यही नहीं था? वह पेंगा से कितना प्रेम करती थी! कहती थी, उससे ब्याह करा दीजिये, नाम से उसकी रहूँगी, काम से आपकी। लेकिन मैं न माना। मान जाता, तो शायद यह नौबत न आती। पेंगा को पीटकर भगा देना नागिन को उसके जोड़े से अलग कर देने की तरह हुआ। उसने मुझे डँस लिया तो क्या अस्वाभाविक या ग़लत हुआ? उसका फन कुचलने की ताक़त मुझमें न थी।...हमारी ताक़त ...हमारी ताक़त महज़ हवा पर टिकी है। उसे इसका राज़ शायद मालूम था...और बड़े सरकार एक बेबसी की हँसी हँस पड़े।...और फिर उनका दिल फैलता-फैलता इतना बड़ा हो गया कि उन्हें लगा कि वह सबको माफ़ कर सकते हैं, मुँदरी को भी, रानी जी को भी, लल्लन को भी, यहाँ तक कि वह रंजन को भी माफ़ करने को तैयार हो गये। (रंजन को

उन्होंने मार ज़रूर डाला था, लेकिन अभी तक उसे माफ़ थोड़े ही किया था!)...बेचारे रंजन का भी इसमें क्या दोष था? वह पान से प्रेम करता था, पान उससे प्रेम करती थी। दोनों मिले, तो उसमें कौन-सा गुनाह हो गया? गुनाह तो मैंने किया, जो उनके बीच मूसलचन्द बनकर आ बैठा। बेचारा कितना प्यारा, कितना मासूम और कितना बहादुर जवान था! छाती खोलकर गोली झेल गया और उफ़ तक न की! वाह! वाह! जवान हो तो ऐसा, प्रेम करे तो ऐसा! उसका तो स्मारक बनना चाहिए, उसकी तो पूजा होनी चाहिए! उस पर तो नाटक और उपन्यास लिखना चाहिए। मजनूँ-फ़रहाद का उसे पद मिलना चाहिए।...और मैंने उसे मार डाला। भगवान मुझे कभी भी माफ़ न करेंगे।...और बड़े सरकार फिर रोने लगे।...ये आध्यात्मिक क्षण आदमी को कैसे-कैसे झूले झुलाते हैं! कभी हिमालय की चोटी पर ले जाकर बैठा देते हैं, तो कभी सागर के तल में डुबो देते हैं। उसके ख़्याल कभी उड़कर आसमान छूते हैं, तो कभी घायल पक्षी की तरह ज़मीन पर पड़े पंख फड़फड़ाते हैं।... और बड़े सरकार की आत्मा अचानक चीख़ उठी, मैंने माफ़ किया! सबको माफ़ किया! अरे, इस ज़िन्दगी में क्या धरा है, माटी का लोना, ज़रा-सा पानी और गल जाय; पानी का बुलबुला छन में ग़ायब। झूठा है रोब, झूठी है इज़्ज़त। क्या धरा है इसमें! दो दिन की ज़िन्दगी और यह तूफ़ान बदतमीज़ी! क्या अहमक़पन है। अरे, बीती ताहि बिसारि दे, आगे की सुधि लेय, जो बन आये सहज में ताही में चित देय।...और बड़े सरकार खीं-खीं हँस पड़े। और फिर उन्हें बड़ी ज़ोर क़ी एक छींक आ गयी। सारी मूँछ पर सफ़ेद-सफ़ेद कण फैल गये।

बेंगा ने तौलिया उठाकर बढ़ाया, तो बड़े सरकार ने उसकी ओर ऐसे देखा, जैसे बीमार बच्चा अपने बाप की ओर देखता है। बेंगा ने ख़ुद पोंछ दिया और कहा—जलपान नहीं किया, शायद खराई हो गयी।

तब वे आध्यात्मिक क्षण अचानक पारे की तरह बिलकुल चोटी पर पहुँच गये। बड़े सरकार विह्वल हो उठे। आँखों में आँसू भरकर, बेंगा का हाथ पकड़कर वह बोले—बेंगा, तुम मेरे माई-बाप हो। मैं तुम्हारा बच्चा हूँ!—और वह फूट-फूटकर रो पड़े।

बेंगा को काटो, तो ख़ून नहीं। वह डर के मारे थर-थर काँपने लगा। हे काली माई! ख़ैरियत से यह दिन काट दो। बड़े सरकार तो सच ही सनक गये मालूम देते हैं। जाने का कर बैठें।

बड़े सरकार उसी भाव में बोले—बेंगा, तुम मुझे माफ़ कर दो!...आज मैंने सबको माफ़ कर दिया है, और तुम मुझे माफ़ कर दो! तुमने अपनी सारी ज़िन्दगी मेरी ख़िदमत में गुज़ार दी और मैंने तुम्हारे साथ क्या सलूक किया! ज़ुल्म, सिर्फ़ ज़ुल्म। बेंगा, मैं बहुत शर्मिन्दा हूँ। मुझे माफ़ कर दो, बेंगा!—और बड़े सरकार ने उसके पैरों की तरफ़ हाथ बढ़ाया।

बेंगा के जी में आया कि वह उछलकर दूर जा खड़ा हो, लेकिन हिम्मत न हुई। वह उनका हाथ पकड़कर गिड़गिड़ाकर बोला—मुझे नरक में न डालिये, बड़े सरकार!

—नरक...नरक में तो मैं जाऊँगा, बेंगा। तू तो सीधे स्वर्ग जायगा। मुझे माफ़ कर दे, बेंगा!—और तभी बड़े सरकार को ज़ोर से एक हिचकी आ गयी, और सारा भाव ही टूटकर रह गया।

बेंगा ने उन्हें ठीक तरह से लेटा दिया। बड़े सरकार अब यह याद करने लगे कि वह क्या सोच रहे थे। दिमाग़ पर बहुत ज़ोर दिया, लेकिन याद ही नहीं आ रहा था। और तब परेशान होकर वह उठे और एक पेग और चढ़ा लिया।

आध्यात्मिक दौरा भी आख़िर दौरा ही होता है। यह दूसरी बात है कि इस दौरे से तक़लीफ़ नहीं, आनन्द मिलता है, आदमी को आत्मा और परमात्मा का साक्षात्कार होता है। वह साधारण इन्सानियत से उठकर फ़रिश्तों की क़तार में पहुँच जाता है। और इसीलिए वह चाहता है कि वह दौरा न टूटे और जब टूटने-सा लगता है, तो वह...

और बड़े सरकार के दिमाग़ पर जो अन्धकार छा रहा था, वह छँट गया और उन्होंने तुरन्त यह सोच निकाला, वह कुछ अपनों के बारे में सोच रहे थे, यानी यह कि मेरा अपना कोई नहीं। और फिर जैसे कोई बिजली चमकी या इलहाम हुआ कि कोई अपना नहीं है, तो क्या हुआ, वह अपना ज़ब चाहें पैदा कर सकते हैं! वाह! बात जब बनने को होती है, तो कैसे बनती चली जाती है! वह कितनी देर से माथापच्ची कर रहे थे, कोई बात निकल ही नहीं रही थी, और बात जब निकलने को हुई, तो कैसे चुहिया की तरह गुब से बिल से निकल आयी! वाह! वाह! नहीं है, तो क्या हुआ? मैं ख़ुद पैदा करूँगा! मैं मर्द हूँ, कोई मज़ाक़ है! और उनका दिल खिल उठा और आत्मा ब्रह्मानन्द में गोता लगा गयी।

आध्यात्मिक क्षणों की बातों के पीछे भले ही कोई तर्क न हो, लेकिन उन बातों का अन्त, ध्यान के अन्त की तरह, हमेशा दर्शन में होता है और बड़े सरकार को जब दर्शन मिल गया, तो वह मुक्त होकर एकात्म हो गये। और उनकी नाक से अनहद के स्वर फूटने लगे।

बेंगा की समस्या बड़ी विकट थी। बेचारा बेखाये-पिये सुबह से खड़ा था, जाने कब बड़े सरकार की नींद खुले।

रात के आठ बजे बड़े सरकार की समाधि टूटी, तो दुनिया बदल चुकी थी। जम्हुआई लेते हुए वह उठ बैठे। सामने तिपाई पर लालटेन जल रही थी। बोले—रात हो गयी?

—जी, बड़े सरकार, —थका हुआ बेंगा सूखा थूक गटककर बोला।

—ख़ूब सोये।...बेंगा, भूख लगी है। जल्दी खाना ला।

पंखा रखने के लिए बेंगा झुकने लगा, तो जैसे कमर ही टूट गयी। पाँव उठते ही न थे। बाहर का दरवाज़ा खोला, तो ओसारे में भीड़ लगी हुई थी। कइयों ने एक ही साथ कहा—बड़े सरकार की तबीयत कैसी है?

—ठीक तो मालूम देती है। भोरे के सोये अभी जागे हैं। खाना माँगा है।

दारोग़ा ने कहा—ज़रा मेरा सलाम बोल दे।

शम्भू ने कहा—मेरा भी।

वैद्य जी ने कहा—मेरा भी।

पुजारी जी ने कहा—हम भी देखना चाहते हैं।

बड़े सरकार ने उन्हें बुला लिया। सब कुर्सी खींच-खींचकर आप ही बैठ गये। बड़े सरकार का जब तक खाना न आ गया, सब ख़ामोश बैठे रहे। पेट में जब काफ़ी जा चुका, तो बड़े सरकार एक गिलास पानी पीकर बोले—तबीयत मेरी बिलकुल ठीक है। रात नींद नहीं आयी थी। ख़ूब सोये!

वैद्य जी ने कहा—बड़े सरकार, मेरे पास कुछ दवाइयाँ ऐसी हैं, जो मरीज़ के नाम पर सीसी से निकाल-भर देने से फ़ायदा कर जाती हैं। आपकी तबीयत सुबह ख़ासी ख़राब थी, इस वक़्त तो आप बिलकुल ठीक लगते हैं।

—उसी का असर हुआ होगा!—बड़े सरकार ने कहा।

सब हँस रहे थे और वैद्य जी अपनी हाँकें जा रहे थे—मैं दवाई लिये दिन-भर ओसारे में बैठा रहा।

—और उसका सत बड़े सरकार के पेट में पहुँचता रहा!—दारोग़ा बोला!

सब फिर हँस पड़े।

वैद्य जी बिगड़कर बोले—आप लोग वैद्यक शास्त्र को क्या जानें! अरे साहब, ओ-ओ ओषधियाँ हैं जिनका नाम ले लेने से रोगी अच्छा हो जाता है! आप लोग मज़ाक उड़ा रहे हैं!

थोड़ी देर के लिए ख़ामोशी छा गयी।

शम्भू बोला—पुजारी जी, आपकी सम्मति क्या है?

पुजारी जी ने गर्व से सिर ऊँचा करके कहा—मैंने तो आज तक कोई ओषधि नहीं खायी। ठाकुर जी का चरणामृत ही हमारे लिये सर्व दुःख-भंजक है। बड़े सरकार को चरणामृत देकर मैं तो निश्चिन्त हो गया था। ठाकुर जी की महिमा अपरम्पार है।

—आपकी बात पर विश्वास किया जा सकता है,—क़ानूनगो बोला—पंगु चढ़े गिरिवर गहन...

सबने सिर हिलाया।

दारोग़ा बोला—ख़बर पाकर हम तो परेशान हो गये। कल जलसा है और आज...मैं तो भागमभाग आ पहुँचा। आपकी तबीयत ठीक है, तसल्ली हुई। मेरे लायक़ कोई ख़िदमत...कलक्टर साहब ने ख़बर भेजवायी है, वह पाँच बजे तक पहुँच जायेंगे।...छोटे सरकार दिखायी नहीं पड़े?

—वह अन्दर का वीर है। बहुत दिनों के बाद आया है और फिर जल्दी ही जानेवाला है। रानी जी ने अपने पास बैठा रखा होगा। यों भी वह बाहर बहुत कम निकलता है।

शम्भू बोला—छोटे सरकार बहुत बदल गये मालूम देते हैं। जाने क्या बात है। जब से आये हैं, मुझसे भी एक बार न मिले। कई बार बुलवाया भी लेकिन न आये। बड़े गम्भीर हो गये हैं, बिलकुल बात नहीं करते।

दारोग़ा बोला—बड़े अफ़सर हो गये हैं, बड़ी ज़िम्मेदारी की जगह है। उनका संजीदा हो जाना बिलकुल वाज़िब है।

सबने सिर हिलाया। लेकिन शम्भू ने कहा—ऐसी भी क्या बात, साहब, कि आदमी अफ़सर हो जाय, तो दोस्तों से बोलना-चालना छोड़ दे? आप छोटे सरकार और हमारा सम्बन्ध नहीं जानते, यूनिवर्सिटी में चौबीस घण्टे साथ-साथ रहते थे। यहाँ भी जब तक एक बार न मिलते थे, छोटे सरकार के पेट का पानी न पचता था। मैं तो जानूँ, ज़रूर कोई गम्भीर बात है, वर्ना इस तरह कोई नहीं बदलता।...

बड़े सरकार उसे टोककर बोले—भाई, यह तुम्हारी और उसकी बात है, तुम लोग समझो-बूझो। हमें इसमें क्या दिलचस्पी हो सकती है, क्यों, साहब?

—बिलकुल ठीक फ़रमाते हैं, बड़े सरकार!—दारोग़ा ने कहा।

हाथ धोते हुए बड़े सरकार ने बेंगा से कहा—चबूतरे पर बैठने का इन्तज़ाम कर और पान ला, और किसी को बुला, पंखा झले। तू तो बहुत थक गया होगा। खाया-पिया भी नहीं न?

—कोई बात नहीं, बड़े सरकार। आप अच्छे हो गये, मेरी सेवा स्वारथ हो गयी। —बेंगा ने कहा।

—बाहर निकलना तो ठीक नहीं, क्यों वैद्य जी?—बड़े सरकार ने कहा।

—यहाँ आँगन में बिलकुल ठीक है। थोड़ी ऐहतियात रखनी हर हालत में ठीक होती है।—वैद्य जी ने कहा।

—और कहिये, दारोग़ा साहब, क्या हालचाल है?

—सब ठीक है,—दारोग़ा ने बेंगा को बाहर जाते हुए देखकर कहा—चतुरिया वग़ैरा के मुक़द्दमे की तारीख़ इक्कीस सितम्बर को पड़ी है। आपको कुछ गवाहों का इन्तज़ाम करना होगा।

—मुक़द्दमा!—बड़े सरकार ने ताज्जुब से पूछा—मुक़द्दमा कैसा? आपने तो कहा था कि बिना मुक़द्दमा चलाये ही जब तक चाहें, उन्हें बन्द रख सकते हैं।

—इस्तग़ासा उधर से दाख़िल हुआ है। हाकिम परगना ने तो ख़ारिज कर दिया था, लेकिन सब-जज साहब ने मंजूर कर लिया है। सुपरिण्टेण्डेण्ट साहब का हुक्म हमारे पास मुक़द्दमे की तैयारी करने का आ गया है।

—तो मुक़द्दमा चलेगा?

—मालूम तो ऐसा ही देता है। ज़िले में कुल मिलाकर तीन सौ के क़रीब गिरफ़्तार हैं। बड़ा शोर मचा रखा है कमबख़्तों ने। कल भी क़स्बे में एक मीटिंग हुई थी। चार-पाँच हज़ार की भीड़ होगी। छह आदमियों को और टीपा गया है। दो-चार रोज़ में गिरफ़्तारी होगी।

—हमारे हलक़े का भी कोई है?

—हाँ, तीन हैं। नाम बताना वाज़िब नहीं।—कहकर दारोग़ा ने दूसरों की ओर देखा। फिर कहा—गिरफ़्तारियों का बाज़ार फिर गर्म होनेवाला है। कांग्रेस ने इस्तीफ़ा तो दे ही दिया है, सुना है, फिर सत्याग्रह शुरू होनेवाला है। कांग्रेसियों की गिरफ़्तारी में कोई तवालत नहीं होती, वे बेचारे बड़े आराम से साथ हो लेते हैं, न कोई हो, न हल्ला। लेकिन ये कम्युनिस्ट, मुट्ठी-भर तो हैं कमबख़्त, लेकिन ज़रा भी कहीं कुछ हुआ नहीं, कि माटे की तरह लूझ पड़ते हैं, और उनको पकड़ना भी कोई आसान नहीं। बड़ी परेशानी होती है।...कल-तो सब लोग आ ही रहे हैं। ऊपर के हलक़े की सब बातें आपको मालूम हो ही जायेंगी, कुछ हमें भी बताइयेगा।

—ज़रूर, ज़रूर!...तो फिर एक नया दौर शुरू होता मालूम देता है।

—जो भी हो, हमें क्या? जब तक लड़ाई चल रही है, हमें कोई फ़िक्र नहीं। लड़ाई के नाम पर हमारा सौ ख़ून माफ़ है। सुना है, ज़िले के रईसों की एक मीटिंग कलक्टर साहब बुलानेवाले हैं, इन्हीं सब बातों पर ग़ौर करने के लिए, क़ानूनगो साहब कह रहे थे।

पान लेकर बेंगा दाख़िल हुआ, तो उठते हुए बड़े सरकार ने कहा—वहीं ले चलो। चलिये...साहब, आँगन में चला जाय।

(१४)

आगे-आगे कलक्टर की कार थी और पीछे तीन जीपों और दो कारों में ज़िले के दूसरे बड़े अफ़सर थे। साधारण कंकड़ की सड़क, धूल की आँधी उड़ रही थी, इसलिए गाड़ियाँ काफ़ी फ़ासले से चल रही थीं। लाडली कलक्टर की बग़ल में थी।

क़स्बे से तीन मील दूर सड़क को घेरे आदमियों की भीड़ दूर से ही देखकर ड्राइवर ने कार धीमी कर, मुड़कर कलक्टर की ओर देखा। कलक्टर भी बग़ल से

सिर निकालकर भीड़ की ओर देख रहा था। किसी नारे की आवाज़ सुनकर उसने कहा—गाड़ी रोको।

भीड़ नारे लगाती आगे बढ़ी। नारे साफ़ हुए—पुलिस जुलुम बन्द हो! हमारे साथी छोड़े जायँ!...

लाडली ने सहमकर, बड़ी-बड़ी आँखें नचाकर कहा—यह क्या?

कलक्टर ने मुस्कराकर कहा—कोई जुलूस होगा।

—वह लोग इधर ही आ रहे हैं, बिलकुल बीच सड़क से। कहीं कुछ...

कलक्टर हँसकर बोला—नहीं, अभी वह वक़्त दूर है।—और सिर बाहर निकालकर पीछे देखने लगा कि और गाड़ियाँ कितनी दूर हैं।

भीड़ सामने आकर खड़ी हो गयी। तीन-चार लाल झण्डे लहरा रहे थे। नारे अपनी बुलन्दी पर पहुँच गये—पुलिस-ज़ुलुम बन्द हो!...हमारे साथी छोड़े जायँ।...और कितनी ही मुट्ठियाँ एक साथ उठ-गिर रही थीं।

लाडली की आँखों में डर काँपने लगा। कलक्टर पत्थर की मूरत की तरह शान्त।

पीछे जीप आकर रुकी। सुपरिण्टेण्डेण्ट उतरकर कलक्टर के पास आकर खड़ा हो गया।

नारों ने और भी ज़ोर पकड़ा।

एक-एक कर गाड़ियाँ पीछे आकर क़तार में खड़ी हो गयीं। और मुन्सिफ़ को छोड़कर सभी कलक्टर की गाड़ी घेरकर खड़े हो गये। सब ख़ामोश, जैसे सौ वक्ता एक चुप हराये।

आख़िर सुपरिण्टेण्डेण्ट ने आगे बढ़कर कहा—रास्ता छोड़ दो!

रमेसर ने दोनों हाथ ऊपर उठाकर शान्त होने का आदेश दिया और आगे बढ़कर कहा—हम कलक्टर साहब से मिलना चाहते हैं।

—यह कोई मिलने की जगह नहीं है, ज़िले पर आओ! रास्ता छोड़ दो!

—आप उनसे कहिये! हम मिलना चाहते हैं। यहाँ के दारोग़ा जो जुलुम तोड़ रहे हैं।

—ज़िले पर आओ! रास्ता छोड़ दो!

—ज़िले पर आने का मतलब हम समझते हैं। हमारे पचासों साथियों पर वरण्ट है। कैसे कोई मिलने जा सकता है? वरण्ट रद्द कराइये। आप कलक्टर साहब से हमारी बात कहें, हम बिना मिले नहीं हटेंगे!

—क्या मतलब?—आँखें उठाकर सुपरिण्टेण्डेण्ट ने कहा। क़रीब तीन सौ जवानों की भीड़ सामने खड़ी थी और वे थे सिर्फ़ पन्द्रह और उनके पास सिर्फ़ एक पिस्तौल थी। पीछे का थाना पाँच मील पर था और आगे का तीन मील पर।

—मतलब यह है कि हम कलक्टर साहब से मिलना चाहते हैं! आप उनसे हमारी बात कहें!

जब अपने कुत्ते पास हों, तो मालिक को ख़ुद भौंकने की क्या ज़रूरत?

सुपरिण्टेण्डेण्ट ने कहा—मेरा काम तुम्हारी ख़बर पहुँचाना नहीं है।

—तो हम ख़ुद उनसे मिल लेंगे, हमें जाने दीजिये।

—यहाँ से तुम आगे नहीं बढ़ सकते!—उसने पिस्तौल पर हाथ रखा।

नारे फिर बुलन्द हो गये—पुलिस जुलुम बन्द हो!...हमारे साथी छोड़े जायँ!...

सुपरिण्टेण्डेण्ट का चेहरा तमतमा गया। वह लपककर अपनी जीप में जा बैठा और ड्राइवर को हुक्म दिया—चलाओ!

चीख़ती हुई जीप कलक्टर की कार की बग़ल से निकलकर आगे बढ़ी और उसके पीछे-पीछे दूसरी गाड़ियाँ।

रमेसर ने भीड़ को एक ओर कर लिया। नारे गरजते रहे।

गाड़ियाँ भाग रही थीं। और नारे उनका पीछा कर रहे थे।

क़स्बे में जहाँ सड़क आकर बाज़ार से मिलती है, वहाँ तीन मिठाई की और चार पान की दुकानें हैं। बाज़ार के दिन तो वह बाज़ार का ही एक हिस्सा हो जाता है, दूसरे दिन भी वहाँ हमेशा चहल-पहल रहती है। वहाँ से गुज़रनेवाले देहाती मुसाफ़िर रुककर मुँह में बताशे डाल पानी पीते हैं, पान खाते हैं और बीड़ी ख़रीदते हैं। सुबह मोटर के छूटने के समय और शाम को मोटर आने के समय यह चहल-पहल और भी बढ़ जाती है। लगन के महीनों में तो यहाँ बराबर मेला-सा लगा रहता है। एक बारात आ रही है, एक बारात जा रही है।

आज यहाँ दोपहर से ही लाल और नीली पगड़ियाँ दिखायी दे रही थीं और बड़े ज़ोर-शोर से सफ़ाई हो रही थी। चार बजते-बजते ख़ासा मजमा लग गया। क़ानूनगो, दारोग़ा, नायब, टाउन एरिया के चेयरमैन, पुलिस, चौकीदार, पटवारी और कितने ही ज़मींदार, रईस और महाजन जमा थे। ज़रा हटकर नीम के पेड़ों के नीचे कई हाथी और घोड़े खड़े थे, जिन पर वे दूर-दूर से आये थे। रामकिसुन हलवाई की दुकान के सामने सहन में ख़ूब छिड़काव हुआ था और नीम की छाया में कुर्सियाँ और बेंचें टाउन एरिया के दफ़्तर और थाने से लाकर लगायी गयी थीं। कुर्सियों पर अफ़सर और कुछ बड़े-बड़े ज़मींदार और रईस बैठे थे और बेंचों पर पटवारी और मुन्शी वग़ैरा। रामकिसुन ने आज के लिए विशेषकर कुछ अच्छी मिठाइयाँ बनवायीं थीं। जो भी ज़मींदार या रईस आता था, तहसीलदार, क़ानूनगो और दारोग़ा और नायब से जलपान करने के लिए पूछता और उनके हाँ-ना करने के पहले ही आर्डर दे देता—रामकिसुन, दिलाना तो अच्छी-सी एक सेर।

दस-दस मिनट में जलपान हो रहा था और मुँहामुँह पान भरा जाता था और फक-फक सिगरेटों का धुआँ उड़ाया जा रहा था। मुन्शी, पटवारी और पुलीस की

हालत बिलकुल भिखारियों-जैसी थी। वे टुकुर-टुकुर देखा करते। उन्हें पूछनेवाला आज कोई न था। चाँदों के सामने सितारों की चमक मन्द पड़ गयी थी। कभी कोई रईस एक लड्डू, एक पान या एक सिगरेट की भी मेहरबानी कर देता, या ख़ुद क़ानूनगो या दारोग़ा अपने हाथ से कुछ इनायत कर देते, तो वे निहाल हो जाते। चौकीदारों को कौन पूछे, उनकी हालत तो जुगुनुओं से भी बदतर थी। रहा न जाता, तो अपने हलक़े के ज़मींदार के सामने हाथ फैलाकर, दाँत चियारकर कहते—सरकार, एक बीड़ी मुझे भी मिल जाती।

पाँच बजते-बजते क़स्बे से बड़े सरकार के गाँव तक रास्ते के दोनों ओर चौकीदारों की तैनाती हो गयी, पुलिस क़तार में खड़ी हो गयी। और दारोग़ा और नायब ने पेटी कस ली। यही अफ़सरों के पहुँचने का वक़्त दिया गया था। रईसों की शेरवानियाँ, टोपियाँ और साफे अभी कुर्सियों की पीठों पर लटक रहे थे। दूर से ही उड़ती हुई धूल दिखायी देगी, तभी वे पहनेंगे। वे कोई किसी के मातहत नहीं कि चारजामा कसकर पहले ही से खड़े रहें। गाहे-बगाहे ये धराऊँ कपड़े निकलते हैं, जब तक शरीर पर रहते हैं, काटते रहते हैं। कई बार-बार अपनी सोने की क़ीमती धराऊँ जेब और कलाई घड़ी देख रहे थे और दिखा रहे थे और एकाध झगड़ भी रहे थे कि उनकी घड़ी का वक़्त एक सेकेण्ड भी इधर-उधर नहीं हो सकता, सीधे विलायत से मँगवायी थी। हर हफ़्ते स्टेशन से मिलवाते हैं, कभी एकाध सेकेण्ड का भी फ़र्क़ नहीं आया।

जब आधा घण्टा बीत गया, तो दारोग़ा ने पेटी ढीली करके कहा—पता नहीं क्या बात है, इतनी देर तो नहीं होनी चाहिए।

—आइये, एक सिगरेट पी लीजिये,—सिगरेट दान का पेंच दबाकर खट-से खोलते हुए बाबू छोटेलाल ने कहा—वक़्त की ऐसी पाबन्दी भी क्या! आते होंगे!

—ये पान भी लीजिये,—बाबू श्यामसुन्दर राय ने पान का डिब्बा आगे बढ़ाते हुए कहा—न हो, किसी को साइकिल से दौड़ाइये, दो-चार मील आगे बढ़कर देख आये।

—कोई बैलगाड़ी से थोड़े ही आ रहे हैं कि साइकिलवाला ख़बर ला सके। —हाजी इलताफ़ हुसेन ने कहा—ठण्डे-ठण्डे आने की सोची होगी उन लोगों ने। नाहक़ हमें धूप में दौड़ाया।

तभी टाउन एरिया के मुन्शी ने आकर दारोग़ा से कहा—सब इन्तज़ाम हो गया है। इक्कीस कुर्सियों का ही इन्तज़ाम हो सका है। आप पहले ही से सहेज दीजिये कि कौन-कौन बैठेंगे।

सुनकर कुछ रईसों को फ़िक्र हुई कि पता नहीं, उन्हें कुर्सी मिले या नहीं। दारोग़ा जेब से काग़ज़-पेन्सिल निकालकर नाम लिखने लगा। सबने उसे चारों ओर से घेर लिया कि तभी एक शोर उठा—मोटर आ रही है!

हड़बड़ाकर दारोग़ा काग़ज़-पेन्सिल जेब में रखकर पेटी कसने लगा। एक क्षण में सब अटेन्शन हो गये।

सुपरिण्टेण्डेण्ट की कार वैसे ही दाख़िल हुई, जैसे लाट की स्पेशल प्लेटफ़ार्म पर। ड्राइवर उतर ही रहा था कि दारोग़ा ने बढ़कर दरवाज़ा खोल दिया और दो क़दम पीछे हटकर, नायब की बग़ल में खड़े होकर साथ ही सलामी ठोंकी। कान्स्टेबिलों के तरह-तरह के जूतों की नालों की खटखट की बेतरतीब आवाज़ें सुनायी दीं और उनके हाथ सलामी में उठ गये और रईस अपनी-अपनी मर्यादा के अनुसार आगे बढ़-बढ़कर सलाम करने और हाथ मिलाने लगे। दारोग़ा परिचय कराता रहा।

सुपरिण्टेण्डेण्ट की भौंहें चढ़ी हुई थीं। वह सिर हिलाकर ही जवाब दे रहा था। मुँह से कुछ बोल नहीं रहा था। दारोग़ा की तरफ़ तो उसने देखा तक नहीं। दारोग़ा सहम गया, जाने क्या बात है।

एक-एक कर सभी गाड़ियाँ आकर खड़ी हो गयीं। सभी अफ़सरों के साथ वही हुआ।

चेयरमैन आगे बढ़कर कलक्टर से बोला—हुजूर! आपके हुक्म के मुताबिक़ हमने सब इन्तज़ाम किया है। क़रीब-क़रीब सभी रईस यहाँ हाज़िर हैं। आप मेहरबानी करके तशरीफ़ ले चलें।

कलक्टर ने सुपरिण्टेण्डेण्ट की ओर देखा। सुपरिण्टेण्डेण्ट ने दारोग़ा की ओर आँखें गिरोरकर देखते हुए कहा—तुम बिलकुल नालायक़ हो!

—क्या ख़ता हुई, हुजूर?—दारोग़ा गिड़गिड़ाया।

—मासूमपुर के पास तुम्हारे दादा सब हमारा स्वागत करने के लिए सड़क रोके खड़े थे और तुम बेख़बर यहाँ पड़े थे? तुम्हारा हलक़ा दिन-पर-दिन बाग़ी होता जा रहा है। समझ में नहीं आता, तुम क्या करते हो, हरामख़ोर!

दारोग़ा कुत्ते की तरह उसकी फटकार पर उसका पाँव चाट लेना चाहता था, अकेले में वैसा होता, तो वह भी यह काम कर चुका होता, लेकिन यह तो जैसे भरी महफ़िल में उसका पानी उतार देना था। बेचारा हाथ जोड़े, सिर झुकाये सुनता रहा। क़सम है कि एक लफ़्ज़ मुँह से निकले।

टाउन एरिया के दफ़्तर में कुर्सियों के लिए वही भाग-दौड़ और चुस्ती दिखायी गयी, जो मुफ़्त के शो में लड़कों में देखने में आती है। बाहर दरवाज़े के एक ओर दारोग़ा और दूसरी ओर नायब और उनके साथ कान्स्टेबिलों की क़तार खड़ी हो गयी।

अन्दर कलक्टर ने पूछा—बड़े सरकार दिखायी नहीं देते?

क़ानूनगो ने खड़े होकर कहा—उनकी तबीयत अचानक ज़रा नासाज़ हो गयी है, हुजूर। उन्होंने माफ़ी माँगी है।

—और उनके साहबज़ादे?

—शायद इन्तज़ाम में बझे हों, हुजूर।

पार्टी ख़तम हुई, तो क़ानूनगो ने खड़े होकर कहा—अब हुजूर कलक्टर साहब कुछ फ़रमायेंगे।

कलक्टर बिलकुल लकड़ी की तरह सीधा खड़ा होकर सीधे देखते हुए होंठों को कम-से-कम तक़लीफ़ देते हुए बोला—

मुअज़्ज़िज़ हाज़रीन!

इस तक़लीफ़देह गर्मी में हमने एक ख़ास मक़सद से आप लोगों को तक़लीफ़ दी है।

हम जल्दी ही ज़िले के सभी बाअसर लोगों की एक मीटिंग बुलाना चाहते हैं। यह बात तो तयशुदा है कि कांग्रेस भी लड़ाई के मामलों में अड़ंगे खड़ी करेगी। यह भी सुनने में आ रहा है कि कांग्रेस किसी क़िस्म का सत्याग्रह छेड़नेवाली है। ख़ैर, उसे तो हम जब आयेगा, समझ लेंगे। इस वक़्त हमें यह सोचना है कि हम किस तरह लड़ाई के मामलों में सरकार की मदद कर सकते हैं। सत्याग्रह छिड़ने पर बदअमनी का भी ख़तरा रहेगा। उस ख़तरे का मुक़ाबिला कैसे किया जाय, इस पर सोच-विचार करना है। ज़िले के कुछ हिस्सों में कम्युनिस्टों का ज़ोर बढ़ता जा रहा है। सबसे बड़ा ख़तरा हमें इन्हीं से है। आपके हलक़े में भी इनका ज़ोर काफ़ी बढ़ गया है। अभी रास्ते में हमें एक जुलूस का मुक़ाबिला करना पड़ा था। हमें ताज़्जुब हुआ कि हमारा रास्ता रोककर आ खड़े होने की हिम्मत उन्हें कैसे पड़ी। ज़ाहिर है कि बात बहुत आगे तक बढ़ गयी है। जल्द ही रोक-थाम न की गयी, तो यह ख़तरा हम सब पर बन आयेगा। इसके बारे में ख़ास तौर पर हमें कोई क़दम उठाना होगा। इसी तरह की हज़ारों बातें हैं, जिन पर हमें ग़ौर करना है। कुछ कमेटियाँ वग़ैरा भी बनानी हैं।

मीटिंग की तारीख़ वग़ैरा की बाकायदा इत्तला आप लोगों को क़ानूनगो साहब के मारफ़त भेज दी जायगी। आप लोग ज़रूर आयें और अपनी बेशक़ीमत राय से हमें मदद पहुँचायें।

कलक्टर के बैठते ही कमरा तालियों की गड़गड़ाहट से गूँज उठा।

पतुरिया के नाच का शोर सुनकर दूर-दूर के गाँवों से लोग आ-आकर इकट्ठे हुए थे। सारा सहन लोगों से भरा हुआ था। अभी बाग़ में घुसने की किसी को इजाज़त न थी। कहा गया था कि जब नाच शुरू हो जायगा, तब लोगों को आने दिया जायगा।

चारों ओर गैस जल रहे थे। कुछ लोग खड़े-खड़े बातें कर रहे थे। कुछ थककर बैठ गये थे और सुर्ती फटक रहे थे या बीड़ी पी रहे थे। सबकी आँखें दीवानख़ाने की ओर लगी थीं। उसी में उनकी चिड़िया बन्द थी। दारोग़ा और नायब बाहर कुर्सियों पर, कान्स्टेबिल बेंचों पर और चौकीदार ज़मीन पर बैठे हुए थे।

दीवाख़ाना बाहर की भीड़ से बिलकुल बेपरवाह अपने रंग में मस्त था। अन्दर चारों ओर बरामदों में चार गैस जल रहे थे। आँगन में चबूतरे के चारों ओर ग़ालीचे बिछे थे और चबूतरे को मंच की तरह सजाया गया था। मंच पर लाडली, अफ़सर और ख़ास-ख़ास लोग बैठे हुए बातचीत कर रहे थे। दस-बारह जवान बड़े-बड़े ताड़ के पंखे हाँक रहे थे। शम्भू और लल्लन जी बड़ी मुस्तैदी से जलपान, सिगरेट आदि के लिए पूछ रहे थे, आदमियों को सामान पहुँचाने की ताक़ीद कर रहे थे।

शराब के दौर ख़त्म हुए, तो खाने का सिलसिला शुरू हुआ। वैद्य जी, पुजारी जी, शम्भू, लल्लन और चार आदमी और परसने पर थे और दस आदमी मन्दिर से दीवानख़ाने सामान लाने पर तैनात थे। जो भी दीवानख़ाने से निकलता, भीड़ के लोग उससे पूछते, अब कितनी देर है? लेकिन उनका जवाब देने की किसी को फ़ुरसत न थी। आज दीवानख़ाने के अन्दर जाने-आनेवालों का महत्त्व बढ़ गया था। बेचारे एक वैद्य जी ही ऐसे थे, जो बता देते थे कि अब जलपान चल रहा है...अब शराब...अब खाना...और अब जल्दी ही नाच शुरू होगा। बाहर ओसारे में साज़िन्दे बैठे हुए थे, लेकिन दारोग़ा के कारण उनके पास जाने की किसी को हिम्मत न थी।

खाने का सिलसिला ही ख़त्म होने पर न आ रहा था। बहुत देर हो गयी और सामान का आना-जाना बन्द न हुआ तो भीड़ में बुदबुदाहट शुरू हुई—साले कितना खाते हैं!

खानेवालों को किसी बात की चिन्ता न थी। वे आराम से लुक़्में तोड़ रहे थे। खाते कम थे, बात ज़्यादा करते थे। जितनी टोलियाँ थीं, उतनी ही तरह की बातें। कहीं ज़माने का गिला था, तो कहीं किसानों की बदमाशियों का ज़िक्र, कहीं कांग्रेस पर कीचड़ उछाला जा रहा था, तो कहीं कम्युनिस्टों को गालियाँ दी जा रही थीं। लेकिन मंच पर लोग अफ़सरों को मक्खन लगाने में ही जुटे थे।

बार-बार शम्भू को चक्कर काटते देखकर कलक्टर ने कहा—ये कौन हैं?

शम्भू ने बड़े सरकार को पहले ही पटा लिया था कि वह उसका परिचय कलक्टर साहब से ज़रूर करा देंगे। शम्भू के ऊपर आजकल बड़ी डाँट पड़ रही थी। बाप का कहना था कि इतना पढ़-लिखकर बैठा है, यह नहीं होता कि दौड़-धूपकर कहीं कुछ करे, लड़ाई का ज़माना है, हज़ारों तरह के काम पैदा हो गये हैं, नौकरी नहीं करनी है, तो कोई काम ही क्यों नहीं करता? बनिया का लड़का कहीं इस तरह बैठकर रोटी तोड़ता है?...शम्भू के दिमाग़ में एक ख़्याल आ गया था।

बड़े सरकार ने कहा—हमारे यहाँ के महाजन के लड़के और बाबू शिवप्रसाद के भतीजे हैं, एम. ए. लल्लन जी के साथ ही किया है। आपसे मिलना चाहते थे, मैंने कहा, कलक्टर साहब यहीं आ रहे हैं, मिला देंगे।

शम्भू के हाथ अभी तक माथे से टिके हुए थे, उसने वैसे ही सिर झुका लिया।

कलक्टर ने कहा—तो आप भी कमीशन में क्यों नहीं चले जाते?

बड़े सरकार ने ही कहा—बनिया का दिल है, बन्दूक़ इनसे क्या उठेगी। चाहते थे कि कोई ठेका-वेका...

—अच्छा-अच्छा, कभी आप मुझसे मिलिये।

—बहुत अच्छा, हुज़ूर!—शम्भू ने और भी सिर झुकाकर कहा।

—साहबज़ादे नहीं दिखायी पड़े?—कलक्टर ने कहा।

—वाह! आते ही आपको सलाम किया था उन्होंने। आपने पहचाना नहीं?—बड़े सरकार ने सिर हिलाकर कहा और पुकारा—लल्लन जी!

लल्लन आया, तो कलक्टर के उठते ही, बड़े सरकार को छोड़कर सभी खड़े हो गये। कलक्टर ने बधाई दी, तो सबने बधाई दी। कलक्टर ने उसे अपने पास बैठा लिया। कुछ देर तक सिर्फ़ उसी से बातें करता रहा। लल्लन हाँ-हूँ में जवाब दे रहा था। लाडली आँखें बचाकर उसकी ओर देख रही थी, लेकिन वह सिर्फ़ नीचे देख रहा था।

बड़े सरकार ने कहा—जो मैंने चाहा, सब हो गया। अब इनकी शादी करनी रह गयी, हो जाय, तो छुट्टी पाऊँ।

—हो ही जायगी, यह क्या मुश्किल बात है। ये जब चाहें...

—आप इनसे पूछिये। ये हाँ कर दें, तो ठीक कर दूँ। जब लौटेंगे, शादी हो जायगी।

—इनको क्या उज्र हो सकता है। हाँ, लड़की इनके लायक़ हो, पढ़ी-लिखी तो ज़रूर हो!

—जैसी ये कहें, मैं ठीक कर दूँ।

—अभी क्या जल्दी है। देखेंगे।—कहकर लल्लन उठ पड़ा, तो सब हँस पड़े। लाडली की शोख़, सुरीली हँसी की आवाज़ सबको लाँघकर गूँज उठी।

लल्लन चला गया, तो कलक्टर बोला—बड़े शर्मीले हैं। बड़े शरीफ़ अफ़सर बनेंगे।

लाडली ने कहा—बिलकुल हुजूर की तरह!

सब हँस पड़े। इस वक़्त सब-के-सब ज़रा रंग में थे। रंग में होने पर छोटे थोड़ी आज़ादी ले लेते हैं और बड़े थोड़ी ढील छोड़ देते हैं। लाडली का ख़ूबसूरत, नन्हा-सा, प्यारा चेहरा कुछ इस तरह लाल हो रहा था, जैसे जिल्द के नीचे आग जल रही हो। उसकी लम्बी-लम्बी पलकें बोझल थीं और उन्हें ज़रा ज़ोर लगाकर, उठाकर देखती, तो जैसे वह क़यामत की नज़र होती। पतले, लाल होंठ शबनम में नहाये गुलाब की पंखुड़ी की तरह हो गये थे, और लगता था, जैसे उनसे शराब की बूँदें टपक रही हों। वह ज़रा-ज़रा-सी बात पर इतनी ज़ोर से हँस उठती थी कि लगता, जैसे आतिशबाज़ी का अनार सुलग उठा हो। सच पूछा जाय, तो महफ़िल की

सारी रौनक़ उसी की ज़ात से थी। वह न होती, तो वहाँ कोई जान न होती, कोई ज़िन्दगी न होती, जैसे एक चाँद के बिना रात का आसमान।

नशा नशा माँगता है। नशा नशे को दुबाला करता है। नशाख़ोरों के लिए औरत एक नशा है, बल्कि नशे की रूह है और वह भी लाडली-जैसी औरत, जो मुजस्सिमा शराब की एक बोतल थी, जिसकी आँखों में, होंठों में, अंग-अंग में जैसे शराब उबल रही थी।

और जाने पचास साल के लखनौआ डिप्टी को लाडली की कौन अदा फ़ना कर गयी कि वह उसकी ओर हाथ उठाकर, तड़पकर यह शेर पढ़ उठा :

ये काली-काली बोतलें ज़ाहिद शराब की,
रातें हैं इनमें बन्द हमारे शबाब की।

—वाह! वाह! डिप्टी साहब! क्या हसरत बरसती है इस शेर से!—कलक्टर बरजस्ता चीख़ उठा।

लाडली एक क्षण को तो ऐसे शरमा गयी, जैसे नातिन बाबा के मज़ाक पर, पर दूसरे ही क्षण वह बोली—मौलाना दाढ़ी में ख़िज़ाब लगाना आज भूल गये शायद!

एक क़हक़हा लगा। लेकिन ख़ुर्राट डिप्टी का एक रोआँ तक न हिला। वह दाढ़ी पर हाथ फेरते हुए बोला—दाढ़ी पर मत जाओ, मेरी जान, दिल है जवाँ हमारा!

—उतरा तेरे किनारे जब कारवाँ हमारा!—जाने क्या समझकर, क्या सोचकर छोटेलाल ने जैसे सब पर पानी डाल दिया। वह ज़रा ज़्यादा पी गया था, और बदमस्त होकर झूम रहा था।

सब-के-सब ने इस बदमज़ाक में भी जाने क्या तुक देखा कि ऐसे ज़ोर से हँसे कि आँगन के दूर के कोनों में बैठे लोग भी चौंक उठे। लाडली तो लोट-पोट हो गयी। उसकी हँसी रुकने पर ही नहीं आती थी।

फिर जाने कलक्टर को क्या याद आ गया कि वह बड़े सरकार से पूछ बैठा —बाबू शिवप्रसाद को आपने मदऊ नहीं किया?

—किया तो था, हुज़ूर, जाने क्यों नहीं आये।

—क़स्बे में भी दिखायी नहीं पड़े। कहीं बाहर गये हैं क्या?

—पता नहीं, शम्भू से पूछें?

—हाँ, ज़रा एक काम था उनसे।

बड़े सरकार ने शम्भू को पुकारा। शम्भू ने बताया कि वह लखनऊ गये हैं, कोई मीटिंग है।

—अब फिर मीटिंग शुरू हो गयी! कोई खटमली आन्दोलन शायद फिर छेड़ेंगे। —श्यामसुन्दर ने आँखें मटकाकर कहा—इतने दिनों तो बड़े शान्त रहे।

—सच पूछिये, तो हमें भी चैन ही था और हम अभी से कहे देते हैं, ख़ुदा न ख़ास्ता, इनकी कभी फिर हुकूमत आयी, तो वह हमारे लिये ऐन राहत की चीज़ होगी।

बाहर रहकर यह बड़ी उछल-कूद मचाते थे। जैसे ही कुर्सी पर बैठे, आटे-दाल का भाव मालूम हो गया। यह कुर्सी बड़ी अजीब चीज़ है, साहब! बड़ों-बड़ों को सर कर देती है। हुकूमत है, कोई मज़ाक नहीं है।

—और क्या,—मुन्सिफ़ बोला—हमारी अँगरेज सरकार ने भी इन्हें कुर्सी पर बैठाकर ख़ूब काम किया। मसल है न, चल गँवार, गोबर पाथ! कमबख़्तों को कोई तमीज़ नहीं और चले थे हम पर हुकूमत करने!

—साहब, नाकों दम कर दिया इन देशभक्तों ने!—दूसरा डिप्टी बोला—यह कर दो, वह कर दो, इसको छोड़ो, उसको पकड़ो, छोटे-छोटे कामों के लिए भी दौड़े चले आ रहे हैं। हुकूमत क्या हुई, घर की लौंडी हुई।

—और कल के छोकरे हम पर रोब ग़ालिब करते थे!—इल्ताफ़ हुसेन बोला—यह चन्दा दो, वह चन्दा दो, वर्ना यह करा देंगे, वह करा देंगे। और नाहक़ हम डर जाते थे।

—डरे तो शुरू में हम भी थे। लेकिन जब देख लिया कि ढोल में पोल-ही-पोल है, तो ख़ुद हमें अपनी समझ पर शर्म आयी।

खाना ख़तम हुआ। बाहर खड़ी भीड़ ने सोचा, अब नाच शुरू होगा। बेचारे इन्तज़ार करते-करते थक गये थे। कितने तो नींद में झूम रहे थे। कितने बार-बार जम्हुआई लेते थे और हर जम्हुआई पर एक मोटी गाली मुँह से निकाल देते थे। कुछ तो अँगौछा बिछा-बिछाकर ज़मीन पर सो भी गये थे।

अन्दर पान के दौर चल रहे थे, सिगरेट के धुएँ उड़ रहे थे।

वैद्य जी ने चबूतरे के पास खड़े हो, हाथ जोड़कर कहा—आप लोगों का हुकुम हो, तो अब नाच शुरू कराया जाय। बाग़ में सब इन्तज़ाम ठीक है। बस, आप लोगों के चलने की देर है।

लाडली नखरे के साथ बोली—अब हमसे नाचा-वाचा न जायगा। बाप रे! इतना खिला-पिलाकर आप किसी की जान लेना चाहते हैं! हमसे तो उठा भी न जायगा।

आलस से मसनद के सहारे लेटा हुआ कलक्टर बोला—ठीक कहती हैं, नाच वाच की ज़हमत अब बेकार है। यहीं कुछ बैठे-बैठे होगा।

—ठीक, ठीक!—सब बोल उठे—यहीं मुजरा होगा।

—लेकिन लोग शाम से इन्तज़ार में बैठे हैं,—वैद्य जी वैसे ही हाथ जोड़े बोले—थोड़ी देर के लिए भी नाच हो जाता, तो लोगों का मन रह जाता।

—तो और किसी को बुला लीजिये, मैं तो नाचने से रही!—लाडली बिगड़कर बोली।

—नाहक़ तुम गुस्सा न होओ,—लखनौआ डिप्टी बोला—यहाँ कौन मरदुआ नाच देखना चाहता है। लोगों को जाने दो जहन्नुम में! हम तो एक फड़कती हुई ग़ज़ल सुनेंगे।

और बड़े सरकार ने हुक्म दिया—वैद्य जी, साज़िन्दों को यहीं भेजिये।

ओसारे से उठकर अपना सर-सामान लिये साज़िन्दे जब दीवानख़ाने में चले गये, तो लोगों की उम्मीद टूट गयी। सब कपड़े झाड़ते हुए उठ पड़े, सोये हुओं को जगाया गया। बौखलाकर सब ऊल-जुलूल बकने लगे, यही करना था, तो ढिंढोरा पीटने की का ज़रूरत थी!...आरे, इनको नाच-गाने से का मतलब, मतलब तो....ख़ामख़ाह के लिए परेसान किया...आराम से सोये होते...रात ख़राब गयी...आरे, ई ससुरे ऐस के बन्दे हैं...पतुरिया को घर में बन्द करके...

एक शोर-सा उठ खड़ा हुआ। कई जवानों ने सलाह की कि शोर क्यों न मचाया जाय, यह भी कोई बात है कि नाच की ख़बर फैलायी और हम आकर इतनी देर बैठे रहे और अब कहते हैं नाच नहीं होगा! कुछ ने शोर उठाया भी, लेकिन दारोग़ा और कान्स्टेबिलों ने जब धमकाया और भाग जाने को कहा, तो वहाँ कोई ठहरा नहीं। हल्ला मचाते हुए सब फाटक के बाहर हो गये। इस शोर में कितनी और कैसी-कैसी गालियाँ थीं, इसका हिसाब फाटक का चौकीदार शायद कुछ बता सके, लेकिन वह बतायेगा नहीं। भीड़ हटते ही फाटक बन्द करा दिया गया।

अन्दर बूढ़ा सारंगिया अपनी सारंगी से कह रहा था —ए सारंगी!

—का, बाबा?—ग़ुलाम सारंगी ने जवाब दिया रोनी-सी आवाज़ में, जैसे उसको मालूम हो कि आगे वही रोज़-रोज़ का उबानेवाला काम शुरू होने जा रहा है।

—यहाँ बड़े-बड़े अफ़सर, ज़मींदार, रईस और बाबू लोग बैठे हैं।

—हाँ, बाबा!—रोकर सारंगी बोली, जैसे बाहर की भीड़ के चले जाने के दुःख से उसका गला भर आया हो, जिनके सामने कभी इस तरह की बातें सारंगिया नहीं करता और ख़ुशी से वह अपना राग छेड़ती है।

—तू इन्हें क्या सुनायेगी?

—सबसे अच्छा गीत!—सिसकियों में बेबसी से सारंगी बोली, उस बेबस बच्ची की तरह, जिसका भिखारी बाप उसका कान उमेठकर उसे भीख के लिए हाथ फैलाकर गाने को मज़बूर करे।

—अफ़सर, रईस लोग ख़ुश होंगे।

—हाँ, बाबा!—निढाल सारंगी बोली, जैसे कोई चारा न हो।

—तुझे क्या मिलेगा?

—इनाम-एकराम!—सारंगी ने आह-भरे स्वर में कहा, जैसे ज़िन्दगी-भर यह सवाल-जवाब करते-करते उसका मन पक गया हो।

लेकिन वहाँ बैठे हुए लोगों का उस बातचीत से ख़ासा मनोरंजन हुआ। सबने तारीफ़ की—वाह, बाबा! सारंगी तो तुम्हारी ग़ुलाम है!

बेचारी सारंगी!

सुर-ताल ठीक हो गया, तो डिप्टी साहब ने फ़रमाइश की—एक फड़कती ग़ज़ल!

कलक्टर ने लल्लन को बुलाकर अपने पास बैठा लिया था। दूसरे बहुत-से लोग भी, जो जगह बना पाये थे, मंच पर आ गये थे। बाक़ी लोग भी मंच के क़रीब आ गये थे। शम्भू मंच के बिलकुल किनारे ज़रा-सी जगह बनाकर, पैर नीचे लटकाकर बैठ गया था, जैसे मालूम हो कि वह मंच पर भी बैठा है और फ़र्श पर भी।

लाडली ने आलाप लिया और लल्लन जी की ओर हाथ उठाकर ग़जल छेड़ी—

ख़ुमारे-लुत्फ़ का एक इज़तराब होता है...

लखनौए डिप्टी ने दुहराया—ख़ुमारे-लुत्फ़ का एक इज़तराब होता है। वाह! वाह!

लाडली दोहराकर आगे बढ़ी :

बड़ा हसीन जवानी का ख़्वाब होता है!

वाह-वाह का शोर गूँज उठा। कइयों ने मिसरा उसके मुँह से ही छीन लिया। कई चीख़ पड़े—फिर इरशाद हो! वाह-वाह! क्या मिसरा है, बड़ा हसीन जवानी का ख़्वाब होता है!

लल्लन का चेहरा सुर्ख़ हुआ जा रहा था। लाडली उसी की ओर संकेत कर मिसरा बार-बार गाने लगी—बड़ा हसीन जवानी का ख़्वाब होता है...

उस वक़्त लाडली का चेहरा कोई देखता, जैसे अलमस्त जवानी झूम रही हो; उस बखत लाडली की आँखें कोई देखता, ख़ाबीदा पलकों के पीछे जैसे बहार मुस्करा रही हो। यह शेर और यह लाडली! जैसे हसीन साक़ी और छलकता हुआ मीना! सब पी रहे थे और झूम रहे थे। वाह! वाह!

बड़ी देर के बाद गाड़ी आगे बढ़ी। लाडली ने कहा—छोटे सरकार! हुज़ूर एक शेर और सरकार की ख़िदमत में पेश है :

नक़ाबपोश कहीं आफ़ताब होता है...

लखनौए डिप्टी ने आँखें मूँदकर दुहराया—नक़ाबपोश कहीं आफ़ताब होता है! वाह-वाह! नक़ाबपोश कहीं...

कई बार मिसरा दोहराकर लाडली आगे बढ़ी :

जमाले-दोस्त ख़ुद अपना नक़ाब होता है...

क़यामत बरपा हो गयी। सब चीख़ पड़े—जमाले-दोस्त...—लखनौआ डिप्टी हाथ से पागल की तरह माथा पीटने लगा।

इल्ताफ़ हुसेन चिल्लाया—डिप्टी साहब को हाल आ रहा है!...वाह-वाह? मारफ़त! समझनेवाले की मौत है!

डिप्टी पागल की तरह फेटने लगा—जमाले-दोस्त ख़ुद अपना नक़ाब होता है...जमाले-दोस्त...जमाले दोस्त—फिर उसने जेब से एक दस रुपये का नोट निकालकर क़ुरबान कर दिया। और कहा—फिर कहो! फिर कहो! वाह-वाह! जमाले-दोस्त...

लाडली ने शेर दोहराया। कई बार दोहराया। लेकिन डिप्टी को जैसे हर बार उसमें कोई नयी चीज़ मिलती। वह बार-बार कह रहा था—एक बार और, एक बार और! वाह-वाह! सल्तनत लुटा देनेवाला यह शेर है, जमाले दोस्त...

आख़िर जब सब परेशान हो गये, तो कलक्टर बोला—डिप्टी साहब, भई, मान गये! तुम हो असल नवाबी ख़ानदान के! अब ज़रा महफ़िल का भी ख़्याल करो। हमें तो बख़्शो!

—कलक्टर साहब!—क़रीब-क़रीब रोकर डिप्टी बोला—मार डाला इस शेर ने! मैं तो फ़ना हो गया! वाह, लाडली, वाह!

कलक्टर ने लाडली से कहा—भई, यह सही है कि आज के शाहेवक़्त छोटे सरकार हैं। दो अशआर तुमने उन्हें सुनाये। अब हमें भी तो एकाध सुनाओ। हमने आख़िर क्या गुनाह किया है? बुज़ुर्ग होना अगर कोई गुनाह है, तो वल्लाह, इस पर हमारा कोई बस नहीं। क्यों, बड़े सरकार?

—बिलकुल बजा फ़रमाते हैं हुज़ूर! -बड़े सरकार बोले।

लाडली ने रुख़ बदलकर आदाब किया और सब बुज़ुर्गों की ओर हाथ घुमाकर यह मिसरा पेश किया :

उठा के फेंक गुनाहों को बहरे-रहमत में...

लखनौआ डिप्टी फिर हाय-तोबा मचानेवाला ही था कि कलक्टर ने झिड़का -अम्या, शेर तो सुनने दो!

—बहुत ख़ूब, हुज़ूर, बहुत ख़ूब! सुनिये, यह शेर हमारा सुना हुआ है। बहुत ख़ूब है, हुज़ूर, बहुत ख़ूब! सुनिये, उठा के फेंक...

—अब बस करो, शेर सुनो!—कलक्टर ने डाँटा।

मिसरा दुहराकर लाडली ने शेर पूरा किया :

कहीं फ़रिश्तों से इसका हिसाब होता है...

अबकी कलक्टर का दौर था। वह दो दस-दस के नोट फेंककर चीख़ा—बिलकुल ठीक, बिलकुल ठीक!...कहीं फ़रिश्तों से इसका हिसाब होता है!

लाडली फिर लल्लन जी की ओर मुड़ी, तो छोटेलाल बोला—यह क्या बात है, कहीं कुछ...

एक ठहाका लगा। लाडली मुस्करायी। लल्लन जी का सिर झुक गया।

बड़े सरकार बोले—भई, वक़्त-वक़्त की बात है, कल अपना ज़माना था, आज उनका ज़माना है!

—बहुत ख़ूब! —सब चीख़ पड़े।

लाडली ने कहा —छोटे सरकार, यह शेर ख़ास तौर पर आपके लिए है :

शबाब का है ज़माना कुछ एहतियात फ़रमायें..

—बड़े मौक़े का सेर आ रहा है। क्या नेक हिदायत है! शबाब का है ज़माना कुछ एहतियात फ़रमायें!—यह लखनौआ डिप्टी ही था।

लल्लन जी पानी-पानी हो रहा था।

लाडली मिसरे को कई बार दोहराकर आगे बढ़ी—

मेरे हुज़ूर...

मेरे हुज़ूर...

मेरे हुज़ूर...ज़रा तवज़्जह दीजिये!

मेरे हुज़ूर...ज़रा ग़ौर फ़र्मायें!

और लाडली ने पूरा शेर कहा :

शबाब का है ज़माना कुछ एहतियात फ़रमयें
मेरे हुज़ूर यह मौसम ख़राब होता है...

वाह-वाह से आसमान लरज़ गया।

—क्या शेर है! फिर कहो, बार-बार कहो! उस वक़्त तक कहो, जब तक कि इसका हरफ़-हरफ़ छोटे सरकार के दिल में नक़्श न हो जाय। वाह-वाह...यह मौसम ख़राब होता है...

लल्लन जी उठने को हुआ, तो कलक्टर ने उसकी बाँह पकड़कर बैठा लिया।

यह शेर कई बार गाकर लाडली ने एकाध शेर और सुनाये और फिर बड़े सरकार की ओर मुख़ातिब हुई—यह आख़िरी शेर बड़े सरकार के लिए ख़ास तौर पर सुना रही हूँ :

गुज़र गया जो ज़माना गुज़र गया लाडो

—अच्छा, तो यह आपने ही कही है? वाह, ख़ूब कही है! मैं भी कहूँ...—लखनौआ डिप्टी काहे को माने।

लाडली अक्सर अपना नाम ग़ज़लों में चस्पा कर देती थी। उसने डिप्टी को आदाब किया और पूरा शेर गाया :

गुज़र गया जो ज़माना गुज़र गया लाडो
जो वक़्त आज है वो क्यों ख़राब होता है...

—क्या लतीफ़ इशारे हैं! सुबहान अल्लाह!

बड़े सरकार ने एक सौ का नोट बढ़ाया। लाडली ने लेकर आदाब किया।

थोड़ी देर के लिए महफ़िल थम गयी। तबलची से रूमाल लेकर लाडली मुँह पोंछने लगी।

दूसरे दिन वैद्य जी ने कसर निकाल ली।

वैद्य जी को रात के तमाशे से इतना दुख हुआ कि उन्होंने खाना तक नहीं खाया। जब मुजरा शुरू हो गया, तो वह चुपके-से खिसक गये। पुजारी जी ने बहुत रोका कि भोजन तो करते जाइये, लेकिन वह न रुके। सीधे घर आकर सहन में पड़े तख़त पर निखहरे पड़ गये। वैद्याइन ने उनके इस तरह चुपचाप पड़ जाने पर बहुत पूछा, लेकिन उन्होंने कोई जवाब नहीं दिया। सौदागर थाल लेकर आया, और उसने वैद्याइन से बताया कि जाने काहे बिना खाये ही वैद्य जी चले आये। वैद्याइन ने उन्हें उठाकर खिलाने की बहुत कोशिश की, लेकिन वह न उठे, कह दिया, तबीयत ख़राब है।

वैद्याइन को बड़ा आश्चर्य हुआ, इतना अच्छा भोजन और वैद्य जी न खायँ। वह वैद्य जी की कमज़ोरी जानती थीं। उन्होंने एक-एक चीज़ का बखान शुरू किया, लेकिन वैद्य जी ने कहा—हमें सब मालूम है, हमीं ने तो सब बनवाया है। लेकिन मैं खाऊँगा नहीं, सब मेरे लिये ज़हर है!

—ऐसा क्या हुआ?

—अब यह मत पूछो। मैं खाऊँगा नहीं, तुम्हें खाना हो, तो खाकर सोओ।

—कुछ मालूम भी तो हो!

—तुम्हारे जाननेलायक़ कुछ नहीं है। इस समय मुझसे कुछ न पूछो। थका हूँ, आराम करने दो। परेशान करोगी, तो और कहीं जाकर पड़ा रहूँगा।

वैद्याइन जानती थीं कि वह ऐसा कर सकते हैं, सो मन मारकर वह बोलीं—बिस्तर भी नहीं लगाना का?

—नहीं! तुम जाव!—कहकर वैद्य जी ने करवट बदल ली।

सुबह तक वैद्य जी मनस्ताप से जलते रहे। इतने ज़लील वह कभी भी न हुए थे। बड़े सरकार की मर्ज़ी पर ज़िन्दगी-भर वह नाचे थे। आत्मसम्मान या स्वाभिमान का कोई सवाल ही न था। ताबेदार की अपनी मर्ज़ी क्या? लेकिन बात बात है। बड़े सरकार ने ही तो नाच कराने को कहा था। जवार के इतने लोग टूटे थे नाच देखने को। बार-बार वैद्य जी ने लोगों को दिलासा दिया था कि अब शुरू ही होनेवाला है। और अन्त में क्या हुआ। वैद्य जी को बड़ा दुःख था, सुबह किसी को कैसे मुँह दिखायेंगे? जो भी मिलेगा, ताना देगा, वैद्य जी, रात ख़ूब नाच दिखवाया न! अब कौन उनकी बात मानेगा? आज तक कभी ऐसा न हुआ कि लोगों के सामने वैद्य जी झूठे हुए हों। वैद्य जी की बात पर सब विश्वास करते थे। अब कौन करेगा? इतने लोगों

के बीच झूठा बनना पड़ा।...यही करना था, तो पहले ही कह देते। काहे को तम्बू खड़ा किया जाता, काहे को नाच-नाच का शोर मचाया जाता? उन्हें सबसे ज़्यादा दुख इस बात का था कि बड़े सरकार ने भी ख़्याल न किया।

उनके जी में आ रहा था कि कल से सभी सम्बन्ध विच्छेद कर लें। शायद अब वह ज़माना ख़तम हो गया, अब बड़े सरकार में भी वह बात न रही। पहले बड़े सरकार हर जलसे के वक़्त रिआया का बहुत ख़्याल करते थे। कहते थे, जंगल में मोर नाचा तो क्या नाचा? लोगों को भी तो मालूम हो कि बड़े सरकार के यहाँ कोई ख़ुशी-ग़मी हुई है। लेकिन आज...

और वैद्य जी को कल की चिन्ता हो गयी। कल की पूरी ज़िम्मेदारी उन्हीं पर थी। गाँव-गाँव के कंगलों को उन्होंने कहलवाया है। हज़ारों आयेंगे, कहीं कुछ हो गया, तो? बड़े सरकार का क्या ठिकाना? मिज़ाज़ यों ही ख़राब है। हे शंकर, हे शंकर! पत रखना!

फिर अचानक इस तरह चले आने का वैद्य जी को अफ़सोस हुआ। थालों मिठाइयाँ और नमकीनें बची थीं। उन्होंने सोचा था कि जितने लोग नाच देखने आये थे, सभी को दो-दो, चार-चार मिठाइयाँ बँटवा देंगे। गरमी का दिन है, लोग मिठाई खाकर इनारे पर पानी पी लेंगे। लेकिन दिमाग़ ख़राब हुआ, तो वह यह भी भूल गये। अब मन कचोट रहा था कि पुजारी और सौदागर मिलकर सब सामान तीन-पाँच कर देंगे। एक बार तो जी में आया कि वह चलें और सब सामान ठीक से रखवा दें। कल कंगलों के खाने पर परसवा देंगे। लेकिन फिर जाने क्या आया कि बोले—जाय जहन्नुम में! हमीं ने क्या सब बातों का ठेका ले रखा है!

यह सोचकर कि निचाटे में स्नान-पूजा कर आयें, वह मुँह-अँधेरे ही धोती, लोटा और फुलडाली लेकर पोखरे की ओर चल पड़े। सुबह-ही-सुबह किसी से भेंट हो, ऐसा वह नहीं चाहते थे।

घाट पर पहुँचे, तो देखा, कुछ लोग टाट पर सो रहे हैं। पास ही गोइठे की आग से धुआँ निकल रहा था और चिलम पर हुक्का उठँगा दिया गया था। सिरहाने की तरफ़ नज़र गयी, तो अचानक वैद्य जी की आँखें चमक उठीं। खोल में पड़ी सारंगी और धोती में बँधी तबले की जोड़ी और एक गठरी से झाँकते लौंडे की पोशाक देखकर वह समझ गये कि ये नाचनेवाले हैं। फिर झुककर उन्होंने लौंडों के चेहरे देखे। दो लौंडे थे, बड़े ही ख़ूबसूरत, बड़े-बड़े बाल उनके कन्धों पर बिखरे थे, गालों और ठुड्डी के तिल मलगजी रोशनी में भी साफ़ दिखायी दे रहे थे। वैद्य जी ने ख़ुश होकर सोचा, ये आज रात को खाली हों, तो क्यों न इन्हें रोक लिया जाय और लोगों को नाच दिखा दिया जाय।

इतने में एक किनारे सोया हुआ एक बूढ़ा खाँसिकर बोला—के हऽ,ए भाई?

वैद्य जी उसके पास जाकर बैठ गये. बोले—कोई चोर-चमार नहीं हैं, इस गाँव के राजवैद्य हैं। तुम लोग नाचनेवाले हो?

—जी, सरकार,—बूढ़ा उठकर बैठ गया और वैद्यराज की नंगी देह पर जनेऊ देखकर बोला—पाँव लागों, महराज।

—शंकर जी भला करें! कहाँ से आना हो रहा है?

आँखों को हथेली से रगड़कर बूढ़ा बोला—मैरवा से आवतानी जा। काल्ह बिदाई में बड़ा बेर हो गइल। इहाँ पहुँचत-पहुँचत बेरात हो गइल। से इहवें ठहर जाय के पड़ल।

—और जाना कहाँ है?

—दुबे के छपरा।

—दुबे के छपरा तो यहाँ से बीस कोस पड़ेगा।

—जी सरकार, आजु दिन भर आ रात-भर चलके पहुँच जाइब जा। काल्ह रात के उहाँ नाचे के बा।

—किसकी बारात है?

—उहाँ के एगो बबुआन के हऽ।

—कौन नाच नाचते तुम लोग?

—असली भिखारी ठाकुर के बिदेसिया नाटक बारहो भाग।

—अच्छा! और तुम लोगों का गिरोह कहाँ का है?

—छपरा के।

—वाह!...पूछ रहा था इसलिए कि यहाँ सबसे बड़े ज़मींदार के यहाँ आजकल एक जलसा है। कल दीवानख़ाने में ज़िले की सबसे मशहूर पतुरिया का मुजरा हुआ था। आज तुम लोग रुक जाते, तो तुम लोगों का भी नाच हो जाता। छपरा के किसी गिरोह का नाच अभी तक इस गाँव में नहीं हुआ है।

—हमनी का कइसे रुक सकीलेंजा? इज़्ज़त के मामिला ठहरल। बीस कोस अभी चले के बा!

—वहाँ ठीक समय पर पहुँचाने का जिम्मा हमारा। सुबह क़स्बे से ज़िले को मोटर जाती है और ज़िले से दोपहर को बैरिया को। बैरिया से डेढ़ कोस है दुबे का छपरा। ठीक समय पर आराम से तुम लोग पहुँच जाओगे। दिन का सीधा लो, रात का सीधा लो, पूरा किराया लो, और दस-बीस रुपया और ऊपर से मिल जायगा। बोलो।

—का कहीं। रउआँ तबले नहाईं-धोईं। हमनीका तनी आपस में राय-बात कर लीं! बाक़ी मालूम मुसकिले पड़ता।

—मुश्किल कुछ नहीं है। ठीक समय पर आराम से तुम लोग पहुँच जाओगे।

—अच्छा, देखीं।

वैद्य जी को अब कोई जल्दी न थी और न किसी से भेंट हो जाने की शर्म।

दिन निकल आया। काफ़ी आदमी इकट्ठा हो गये। सबने कहा—सुना, तो नाचनेवाले राज़ी हो गये। वैद्य जी की ख़ुशी का ठिकाना न रहा। बोले—रात लोग निराश होकर लौट गये थे, उन्हें बहुत बुरा लगा था। आज सब गुस्सा उतारना है। आरे, पतुरिया का नाच भी कोई नाच में नाच है, लौंडों का नाच देखो, वह भी बिदेसिया नाटक!

कोई बोला—पतुरिया का खाके लौंडों का मुक़ाबिला करेगी? कमर हिलाने तक की तो तमीज नहीं, चार-भाँवर घूमी और हँफर-हँफर हाँफने लगी।

वैद्य जी दीवानख़ाने पहुँचे, तो मैदान साफ़ हो गया था। सब विदा हो चुके थे। चारों ओर भायँ-भायँ कर रहा था। पता लगा कि बड़े सरकार अभी सो रहे हैं। वैद्य जी कंगलों के भोज की तैयारी में जुट गये।

घड़ी-दो-घड़ी दिन जाते-जाते कंगलों का कारवाँ पहुँचने लगा और फाटक के बाहर अपना डेरा-डण्डा जमाने लगा। जिस पगडण्डी पर नज़र डालो, एक कारवाँ चला आ रहा है। लगातार उनका ताँता लगा रहा, जैसे कोई अन्त ही न हो, जैसे सारा देश ही टूटा पड़ रहा हो। हमारे देश में कंगलों की संख्या भी कोई गिन सकता है! अन्न की गन्ध उन्हें कुत्तों की तरह जाने कहाँ-कहाँ से खींचे लिये आ रही थी।

ज्यों-ज्यों भीड़ बढ़ती गयी, वैद्य जी की बाछें खिलती गयीं। वह बार-बार फाटक के बाहर आकर देख जाते। एक मेला ही लग गया था। सब तरह के लोग, सब जाति के लोग। किस जाति में कंगले नहीं हैं, या कंगलों की भी क्या कोई जाति होती है। सब रूप-रंग, सब उम्रों के, सब वर्णनों के नर-नारी, बालक-वृद्ध इकट्ठा थे। हाँ, नहीं था, तो कोई साफ़ या साबित कपड़ा। ऐसे भी थे, जिनकी ओर देखने का साहस नहीं होता, मन तिलमिला उठता, रोंगटे खड़े हो जाते, आँखें बन्द हो जातीं, कै आने लगती। ऐसे भी थे, जिनकी ओर देखते ही रहने को जी करता, मन न अघाता, दुःख होता कि यह हीरा, यह फूल कहाँ पड़ा है! भगवान की लीला अपने सभी रूपों में यहाँ विद्यमान थी, वीभत्स-से-वीभत्स, सुन्दर-से-सुन्दर, लेकिन एक चीज़ थी, जिसने सभी को एक पाँत में ला बैठाया था।

दोपहर होते-होते शोर उठने लगा। न जाने कितने दिनों, महीनों, बरसों, ज़िन्दगियों के वे भूखे थे। ऊपर क्रुद्ध सूर्य और नीचे जलती धरती, आँतों से लपटें निकल रही थीं। बच्चे चीख़ रहे थे, बूढ़े बेहोश हो रहे थे और जवान शोर मचा रहे थे—जल्दी खाना दो! इस घाम में बैठाकर कब तक मारोगे?

इस शोर, इस चीख़, इस बिलबिलाहट में ही वैद्य जी को जैसे एक मज़ा मिल रहा हो। वैद्य जी ऐसे खिलानेवालों में थे, जिन्हें मज़ा तब आता है, जब खानेवाला इतना भूखा हो कि उन्हीं को खा जाने पर उतारू हो जाय। किसी मालिक को अपने पालतू भूखे जानवर को खिलाते समय आपने देखा है? उसके हाथ के टुकड़ों पर जानवर को हबकते हुए आपने देखा है, जब टुकड़े के साथ वह हाथ भी हबक लेना चाहता है?

खाने के लिए पाँतें बैठने लगीं, तो जात-पाँत आ खड़ी हुई। जी हाँ, खाना ऐसी चीज़ ही है। अछूतों में भी छूत-अछूत का भेद यह खाना डाल देता है। जब तक भूखे हैं, सभी एक पाँत में खड़े हैं, बैठे हैं, चल रहे हैं, सोये हैं, दुख-सुख में शामिल हैं, लेकिन जैसे ही खाना आया, पाँत बँट जाती है। कई पाँतों में झगड़ा शुरू हो गया—यह हमारी पाँत में कैसे बैठ गया, वह डोम है, हम चमार हैं!—और परसनेवाले ख़ुश हैं! आज उनकी जात पूछनेवाला कोई नहीं, सब भिड़ा दिये गये हैं।

पूरे सहन में पचासों पाँतें लगी हैं। सब खा रहे हैं। एक-एक मिनट में पत्तल साफ़!...और लाओ! इधर लाओ!—शोर उठ रहा है। जैसे लूट मची है, जितना लूट सको! फिर जाने कब यह अवसर मिले, मिले, न मिले। पचासों आदमी परस रहे हैं।

हमारा देश कितना भूखा है। तमाशबीन इधर-उधर खड़े खाने का तमाशा देख रहे हैं, भूखी मानवता का तमाशा, जो खाने के सामने किसी भी ज़लालत को ज़लालत नहीं समझती। पत्तल में जो भी आ पड़ता है, वही साफ़। यह चिन्ता नहीं कि भात के साथ दाल होनी चाहिए, और दाल-भात के साथ तरकारी। जो आता है, तुरन्त पेट में पहुँचा दिया जाता है, ख़न्दक भरने में यह कौन चिन्ता करता है कि क्या डाला जा रहा है, कूड़ा-करकट, ईंट-पत्थर भी क्या, मक़सद जैसे भी भर देना ही तो होता है।

बड़े सरकार दीवानख़ाने के बाहर ओसारे में टहल रहे हैं। कभी-कभी नज़र उठाकर वह तमाशा देख लेते हैं। ऐसे अवसर उनकी ज़िन्दगी में कई बार आये हैं, आये हैं क्या, लाये गये हैं। ऐसे अवसरों का महत्त्व उनकी ज़िन्दगी में बहुत बड़ा रहा है। ये वह अद्‌भुत क्षण होते हैं, जब बड़े सरकार अपने को बहुत ऊँचाई पर खड़े पाते हैं। इससे कितना सन्तोष मिलता है, कितनी आत्मिक और नैतिक शक्ति उन्हें प्राप्त होती है, कितनी ख़ुशी होती है, इसका कोई मुक़ाबिला बेचारे वैद्य जी की ख़ुशी से नहीं हो सकता। असल में इसके हक़दार अन्नदाता बड़े सरकार ही हैं, वैद्य जी को तो महज ग़लतफ़हमी है।

शाम को गैसों की रोशनी से जगमग शामियाने में नाच शुरू हुआ। इतने बड़े, इतने शानदार शामियाने में नाचने का अवसर उन-जैसे साधारण नाचनेवालों को कहाँ

मिलता है। बेचारों ने अपना भाग्य सराहा, जो यह मान मिला और वैद्य जी के प्रति कृतज्ञता से इतने भर उठे कि उन्होंने मन-ही-मन यह निश्चय किया कि जान लड़ाकर नाचेंगे।

बिदेसिया का नाम सुनकर आज कल से दसगुनी भीड़ हुई थी। सारा बाग़ भर गया था। पहले तो डर के मारे लोग फ़र्श पर बैठ नहीं रहे थे, शामियाने के चारों ओर खड़े थे, लेकिन जब वैद्य जी ने कहा कि आज का नाच सिर्फ़ तुम लोगों के लिए है और बड़ों में कोई भी आनेवाला नहीं, तो ठाठ से लोग बैठ गये और वैद्य जी की तारीफ़ करने लगे। वैद्य जी ने यह सब देखा-सुना, तो उन्हें वह ख़ुशी हुई, जो ज़िन्दगी में कभी भी नहीं हुई थी। आज के समारोह के सचमुच वह राजा थे। और उनके मन में बैठा कोई बार-बार यह कह रहा था कि ऐसा अवसर यह पहला ही नहीं, अन्तिम है, फिर नहीं आने का।

कोई मंच नहीं, नेपथ्य नहीं, पर्दा नहीं, दृश्य नहीं। समाजी तबला-सारंगी, जोड़ी लिये एक ओर खड़े हैं। उनकी बग़ल में सभी अभिनेता तैयार बैठे हैं। मामूली-से-मामूली पुरानी-धुरानी पोशाक, फिर भी स्वाँग की कुछ इज़्ज़त तो उन्होंने रखी ही है, उन्हें देखकर कोई भी पहचान सकता है कि यह धोती, कुरता, सदरी पहने और मुरैठा बाँधे और हाथ में छड़ी लिये और चश्मा लगाये बिदेसिया है। यह साधारण गृहिणी के कपड़े पहने, उदास बैठी, उसकी प्यारी (पत्नी) है। यह लाठी में गठरी लट्काये हुए जो है, बटोही है। यह शोख़ पेशवाज़ पहने रण्डी है। और यह देवर है। लौंडे ही प्यारी और रण्डी बने हुए हैं। समाजी ही सूत्रधार, दिग्दर्शक, नैरेटर और प्राम्प्टर हैं।

वन्दना के बाद समाजियों ने एक स्वर में घोषणा की—

नाटक करौं बिदेसियानामा।
रसिकजनों को है सुखधामा।।
याते बढ़े प्यारी से प्रेमा।
पत्नी करै पतिब्रत नेमा।।

अब बिदेसिया और प्यारी सामने आये। बिदेसिया बोला—

मन हमार परदेस जायके चाहत अब ही प्यारी।
जल्दी से तैयार करहु किछु रसता के बटसारी।।
फिरती बेर तोहरे पहिरन के कीनब बंगला सारी।
कहैं भिखारी ख़ुश रहऽ घर में मत करऽ सोच हमारी।।
हो प्यारी, मति करऽ सोच हमारी।।

प्यारी बोली—

हाय नाथ तोंहि सौंपि दीन्ह मोर भाई, बाप, महतारी।
सत के बन्धन तोड़ि के स्वामी जी मति करहु बरियारी।

हमें-तुम्हें सतबन्ध बिधाता जोड़ी रचेउ बिचारी।
कहैं भिखारी कुसल करिहैं नित गनपत गौरी पुरारी।।
हो स्वामी जी, गनपत गौरी पुरारी।।

—हे स्वामी जी, सुनतानीं। रउरा जाय के नाव लेत नु बानी; तऽहमार मन भादों का नाव अइसन डगमग-डगमग डोलत बाटे!

समाजी एक स्वर में चीख़ पड़े —आरे, तनी डोल के बतावऽ, कइसे डगमग-डगमग डोलत बाटे!

और प्यारी ने जो मन-रूपी नाव के डोलने का अभिनय किया, तो दर्शक लहालोट हो गये। प्रशंसा के शोर से मण्डप गूँज उठा।...

बिदेसिया धोखा देकर चला गया। प्यारी विलाप करने लगी—

कइके गइलें बलमुआँ निरासा।
कइके...
गवना कराइ सैंया घर बइठवले,
गइलें बिदेस हमें कइके बेकासा।
कइके...
सैंया के सुख हम कुछउ न जनलीं,
बिचही बिधाता लगवलें तमासा।
कइके...

और समाजी चीख़ पड़े—आरे, कइसन बेकासा हाखेला हो, तनी रचि के बतावऽ!

और बेकासा की मूरत बनी प्यारी को लोगों ने देखा, तो कलेजा थाम लिया।

विलाप जारी रहा—

चारों ओरि चितवति बीतत रात
उन बिन कतहुँ ना लउके अँजोर।
कहत भिखारी अब जियल कठिन बा
नयना ढरके ला लोर
जब से विदेस गइलें साजन मोर।।

और समाजी चीख़ पड़े—आरे, कइसे ढरके ला लोर हो, तनी ढरका के दिखावऽ!

और प्यारी ने आँखों से बहते आँसुओं को अभिनय में उतारा, तो कितनों की पलकें गीली हो गयीं।

विलाप जारी रहा, करुण रस की वर्षा होती रही—

गवना कराइ सैंया घर बइठइलें से,
अपने गइलें परदेस रे बिदेसिया।

बदमिया के लिए यह एक समझ में न आनेवाली बात थी। उसे बड़ा ताज़्जुब हुआ। यह कैसी बात है? यह कैसे मुमकिन है? साँप का बच्चा सँपोला होता है। भेड़िये की माँद में यह गाय का बछड़ा कहाँ से आ गया? उसे विश्वास न हुआ।...कोई और बात है। कोई गहरी बात है। वह सोचने लगी, कहीं ऐसा तो नहीं कि छोटे सरकार मुझे इस घर से निकाल देना चाहते हैं। सुनरी के साथ उनके लग-लगाव की बात खाली मुझे ही मालूम है। मुझे निकालकर अकेला घर छकेला मारना चाहते हों। मुँदरी फुआ से यहाँ कौन नहीं डरता? सोचते हों, कहीं लगा न दूँ।...

तभी सुनरी आ गयी थी और बदमिया ने अचानक ही अपना कलेजा ठण्डा करने को एक परपंच रच लिया था।

दूसरे ही दिन बदमिया खुल गयी, वह हँस-हँसकर लल्लन जी से बात करने लगी और छिपा-छिपा मज़ाक भी। एक ऐसे सुन्दर नौज़वान के पास खड़ा रहना ही जैसे उसके लिए बड़े भाग्य की बात हो। उसने कहा—बियाह को तो कहते हैं, लेकिन कौन मुझसे करेगा?

लल्लन जी ने कहा—क्यों, तुझसे बियाह करने को तो हज़ारों तैयार हो जायँ। तू ज़रा किसी नौज़वान से बात तो चला।

—ख़ूब कही बात चलाने की! यहाँ तो एक नौज़वान की सूरत देखने को तरस गये। छोटे सरकार, आपको मालूम नहीं कि मुझ पर कितनी कड़ी पाबन्दी है। हवेली से निकली, तो दीवानख़ाने। और कहीं आने-जाने का हुकुम नहीं। मैं तो किसी दूसरे मरद से बात करने तक को तरस गयी। मैं बिलकुल पिंजड़े में बन्द हूँ।

—मुँदरी को साँट, वह कोई तरकीब निकाल देगी।

—पहले वह अपनी सुनरी के लिए तो करे।

—सुनरी के बारे में भी मैंने उससे कहा है। वह फ़िक्र में है।

सुनकर बदमिया अवाक् हो गयी। तो सच ही छोटे सरकार सच बोलते हैं? और कोई बात नहीं है?

और लल्लन जी ने सूटकेस से निकालकर दो सौ के नोट उसके हाथ में थमाते हुए कहा—रख ले, मौक़े पर काम देगा। कुछ गहने भी तो तेरे पास हैं। रहता, तो और मदद करता। मुँदरी से भी मैं तेरे बारे में कहूँगा। वह ज़रूर कोई इन्तज़ाम करेगी। क्या औरत है वो!

बदमिया ख़ामोश हो गयी, जैसे इसके आगे कुछ कहने को रह ही न गया हो। वह एकटक कई क्षणों तक लल्लन जी की ओर देखती रही, जैसे बदले हुए इन्सान को पहचान न पा रही हो। फिर अचानक उसकी आँखों में आँसू आ गये। वह भरे गले से बोली —आप कितने अच्छे हैं!

लल्लन जी हँस पड़ा। बोला —मैं बड़ा बदमाश हूँ, तू जानती है।

—सोचती थी, लेकिन अब सोचना भी पाप है। कौन कहेगा कि आप बड़े सरकार-जैसे बाप के बेटे हैं!

लल्लन क्षण-भर को अप्रतिभ हो गया। बदमिया उसका मुँह ताकती रह गयी। ऐसी बात कहने की हिम्मत उसे कैसे हुई? एक अच्छे इन्सान से शायद किसी को डर नहीं लगता।

लल्लन ने कहा —अच्छा, अब तू जा।

और लल्लन ने एक दिन भी, एक बार भी सुनरी को न बुलाया। मोहब्बत की मारी सुनरी, उस पर सौतिया डाह। बेचारी सूखकर काँटा हो गयी। बदमिया देखती और दुख करती, लेकिन उसके पास न जाती। उसे अपने पर क्षोभ होता कि क्यों उसने ऐसा किया। सुनरी-जैसी जीव का जलाने को होती है! बेचारी पगली!

जब सहा न गया, तो एक दिन उसने लल्लन जी से कहा—सुनरी से एक बार मिलेंगे भी नहीं? बेचारी घुलकर माँड़ हो रही है। आपसे वह कितनी मोहब्बत करने लगी थी!

चौंककर लल्लन बोला—तुझसे उसने कुछ कहा है क्या?

—औरत की बात औरत से नहीं छिपती। हममें तो बड़ा गहरा सहलापा हो गया था। लेकिन इधर बोलती भी नहीं।

—क्यों?

—मैंने ही उसे ग़लतफ़हमी में डालकर जला दिया है। सोचती है, छोटे सरकार का मन मैंने फेर दिया है।

—तूने ऐसा क्यों किया? तुझे मालूम है...

—औरत का दिल। मुझे बड़ा दुख हो रहा है अब। लेकिन उसके पास जाने की हिम्मत नहीं होती। मुँह ही नहीं रहा। आप एक बार उससे मिल लीजिये। समझा दीजिये। नहीं मर जायगी।—और बदमिया रो पड़ी—मैंने बड़ा गुनाह किया है, कहीं कुछ हो गया, तो मुँह दिखानेलायक़ न रहूँगी! बड़ी चुप्पी है। घुल-घुलकर मर जायगी, मुँह न खोलेगी! आप एक बार उसे बुला लीजिये।

—तुमसे बड़ा गुनहगार मैं हूँ!...उसे ज़रा भी समझ नहीं थी कि...सुनरी की उन मासूम आँखों को भूलना आसान नहीं।...शेर-भालू को मारने में कोई दुख नहीं होता, लेकिन ख़ूबसूरत पंछी को मारकर ऐसा कोई आदमी नहीं, जो एक क्षण को दुखी न हो जाय। सुनरी एक पंछी ही तो है। कितनी आसानी से मेरे जाल में आ गयी।

—हम लौंडी कर ही का सकती हैं? हमें फँसाने के लिए आप-जैसे लोगों को जाल की का ज़रूरत है? हम तो वैसे ही फँसी-फँसायी हैं।...जो हो गया,

लेना चाहता था। लौंडी की किसी बात का ख़्याल करना, न करना, सब बराबर होता है, लेकिन लल्लन का मन न मानता था। वह आजकल प्रायश्चित्त की मन:स्थिति में था, जहाँ तक सम्भव हो, वह अपने एक-एक दाग को धो डालना चाहता था।

उसके मन में आया कि वह बदमिया से सीधे माफ़ी माँग ले, लेकिन मुँह से बात न निकली। वह बोला—बहुत नाराज़ है न?

बदमिया कई बार कुछ विशेष क्षणों में बड़े सरकार से भी इसी तरह की बातें सुन चुकी थी। इस तरह की बातों का कोई मतलब नहीं होता, यह वह अच्छी तरह जानती थी। कपड़े वह समेट चुकी थी। उठने लगी, तो लल्लन जी बोले—बोलती क्यों नहीं?

बदमिया के मन में आया कि रो दे। यह खेलवाड़ देखते-देखते उसका मन पक गया था। मालिक का मन, कभी प्यार करे, कभी दुतकार दे। वह कुत्ता होती, तो कितना अच्छा होता! इन बातों का कोई ज्ञान तो न होता। भगवान ने उसे आदमी क्यों बनाया?

लल्लन जी ने हाथ बढ़ाकर उसके कन्धे पर रख दिया। बदमिया की हिस मर चुकी थी, स्पर्श का कोई प्रभाव अब नहीं होता। यों लल्लन जी के हाथ में कोई सन्देश भी न था। वह बोला—मेरी ख़ातिर वह बात मन से निकाल देना। सचमुच मुझे अफ़सोस है। कह दे, निकाल दिया।

अब बदमिया को बोलना ही पड़ा। हुक्म वह कैसे टाल सकती थी? कहा—छोटे सरकार ने ठीक ही किया था। दोस मेरा ही था।

—नहीं, तेरा दोस नहीं था। इस घर की जो चलन है, उसे देखते, तूने जो कुछ किया, वह ठीक ही था। तू किस हालत में यहाँ पड़ी है, मैं अब समझ रहा हूँ। —लल्लन जी बिलकुल पिघलकर बोला—तू जवान है, ख़ूबसूरत है, किसी से शादी क्यों नहीं कर लेती? क्यों इस तरह ज़िन्दगी ख़राब कर रही है?

—मैं लौंडी हूँ, ग़ुलाम हूँ, मेरे चाहने से कुछ नहीं हो सकता।

—मेरे चाहने से तो कुछ हो न सकता है न?

—मैं कैसे ना कहूँ। आप छोटे सरकार हैं और मैं लौंडी बड़े सरकार की हूँ।

—तू भाग क्यों नहीं जाती किसी के साथ? मैं तुझे कुछ रुपये दूँगा। तू कोशिश करके आज़ाद हो जा।

ये कैसी बातें हैं! बदमिया ने आँखें उठाकर देखा।

लल्लन जी ने कहा—सच कहता हूँ! मैंने एक ज़ालिम की तरह तुझे ज़लील किया था। अब मैं तेरी मदद करना चाहता हूँ। सोचकर मुझे बताना। जा, कपड़े नीचे डालकर आ और बिस्तर ठीक कर दे।

पड़ा-पड़ा टाल्स्टाय का 'अन्ना क्रेनिना' पढ़ रहा था। शकुन्तला ने उसे यह उपन्यास दिया था और कहा था कि उसका यह सबसे अधिक प्रिय उपन्यास है। अन्ना उसकी आदर्श है, अन्ना पढ़कर लल्लन जी शकुन्तला को समझना चाहता था। वह जल्द-से-जल्द यह उपन्यास पढ़ डालना चाहता था, लेकिन इधर जलसे और माँ को लेकर ऐसा उलझा रहा कि फ़ुरसत ही न मिलती थी।

बदमिया उसके सिरहाने खड़ी पंखा झल रही थी। बड़े सरकार की ओर से बदमिया को आजकल छुट्टी थी। वह हवेली में इधर लल्लन के आने के बाद एक दिन भी न आये थे और न उन्होंने बदमिया को ही दीवानख़ाने में बुलाया था। उस घटना के बाद बदमिया को दूर तक यह उम्मीद न थी कि छोटे सरकार उसे अब कभी अपनी ख़िदमत में बुलायेंगे। इसीलिए मुंदरी ने जब उसे छोटे सरकार का परवाना दिया, तो वह दहल गयी। उसे मालूम न था कि अब कौन-सा अपमान बाक़ी रह गया है। वह डरी हुई दरवाज़े पर जा सिर झुकाकर अपराधी की तरह खड़ी हुई, दिल धड़क रहा था कि छोटे सरकार की मीठी आवाज़ सुनायी दी—अन्दर आ, वहाँ क्यों खड़ी है?

इस अचानक के अनपेक्षित स्वागत से बदमिया का कलेजा धक से कर गया। अंगारे के बदले उसके आँचल में जैसे फूल आ गिरा हो। वह दो क़दम आगे बढ़ गयी, उसी तरह सिर झुकाये हुए।

छोटे सरकार ने कहा—ये कपड़े समेटकर धोबी के यहाँ भेजवा दे और बिस्तर की चादर और ग़िलाफ़ बदल दे!

इस आज्ञा में भी अनपेक्षित कोमलता थी। बदमिया मन-ही-मन कुछ गुनती कपड़े समेटने लगी।

छोटे सरकार ने कहा—बदमिया, उस दिन का हमें अफ़सोस है।

मालिक लौंडी से अफ़सोस ज़ाहिर करे, यह जितना अजीब है, उतना ही ख़तरनाक और अर्थपूर्ण। वह काम करती रही और गुनती रही।

सच पूछा जाय, तो लल्लन जी ने उसे ही जान-बूझकर बुलाया था। इधर हज़ारों बातें उसके दिल को कोंचती रहती थीं, उनमें एक सुनरी की बात भी थी और एक बदमिया की भी। उसका मन कह रहा था कि बदमिया का उस तरह अपमान कर उसने एक बहुत बड़ा ज़ुल्म उस पर किया है। इसका उसे बहुत अफ़सोस हो रहा था। नाहक़ बेचारी को पानी-पानी कर दिया। उसके मन में कई बार यह बात उठी थी कि उससे माफ़ी माँग ले।...और भोली सुनरी के प्रति तो वह लज्जा अनुभव कर रहा था। उससे भी वह एक बार बात करना चाहता था, लेकिन सुनरी की निरीह आँखों की याद जब आती थी, तो उसकी समझ में न आता था कि उससे वह कैसे बातें कर सकेगा, उन निरीह आँखों का मुक़ाबिला करना अब उसे बहुत मुश्किल लग रहा था। इसलिए पहले वह बदमिया से निपट

बदमिया तुनककर बोली—कोई बुलायेगा, तो जाना ही पड़ेगा!

बदमिया ने पहले ही सुनरी के मन की बात भाँप ली थी और उसे एक प्रकार की ख़ुशी हुई थी। एक बार इसी सुनरी के कारण बदमिया को जो घोर अपमान सहना पड़ा था, वह इतना-सब होने पर भी भूली न थी। अब जो उसने देखा कि सुनरी के मन में उसके प्रति एक भ्रम पैदा हो गया है, तो वह उसे बनाये ही रखना चाहती थी। इससे उसके क़लेजे को ठण्डक पहुँचती थी।

उसकी ऐसी बात सुनकर सुनरी तो हतप्रभ हो गयी। उसे बदमिया से अब ऐसी उम्मीद न थी। वह सोचती थी कि अब वह सखी हो गयी है और कोई भी बात उससे न छिपायेगी। उसी की राय पर उसने अपना पाँव पीछे हटाया था और अब देखती है कि वह उसकी जगह लेने पर उतारू है और वह भी उसे जलाकर। भोली सुनरी बदमिया के जाल में आसानी से फँस गयी। मुँह लाल करके बोली—तो इसीलिए तूने मुझसे कहा था कि...

—किसी के कहने में कौन है?—बदमिया ने व्यंग्य-बाण छोड़ा—तू का मुझसे राय लेके छोटे सरकार के पास जाती थी?

सुनरी तिलमिला उठी। बोली—मैं राय देनेवाली कौन होती हूँ! लेकिन तुझे कुछ तो सरम होनी चाहिए!

—काहे की सरम?—बदमिया ने आग पर घी छोड़ा—सरम नाम की कोई चीज इस घर में रह गयी है का? तू बड़ी हयादार बनती है, तो चुपचाप काहे नहीं बैठती, काहे को दूसरे पर जलती है?

सुनरी के होश उड़ गये। मारे गुस्से के काँपने लगी। लेकिन इसके आगे कुछ कह न सकी। इतना ही बोली—जा, तुझसे मैं नहीं बोलूँगी!

—बला से!—बदमिया झमककर वहाँ से उठ गयी।

सुनरी बड़ी देर तक चुपचाप रोती रही। फिर उसने एक निश्चय किया, जो हो, अपनी आँखों के सामने वह यह-सब न चलने देगी।

और तभी से वह छोटे सरकार के पास एक बार जाने की सोचने लगी। उसके पहले के व्यवहार याद कर उसे हिम्मत बँधती, लेकिन बदमिया की बातों का ख़्याल आते ही हिम्मत टूट जाती, कहीं बदमिया ही की तरह उसे भी कुछ छोटे सरकार ने कह दिया, तो? लेकिन न भी जाय, तो कैसे? सौत छाती पर मूँग दले, सुनरी-जैसी निरीह लड़की के लिए भी बरदाश्त से बाहर था। इसी हैस-बैस में हफ़्ता गुज़र गया। क़ल छोटे सरकार चले जायेंगे। मन की बात मन में ही रह गयी, तो निस्तार कहाँ? बदमिया चुड़ैल जलाकर राख कर देगी।

दिन का एक बजा था। खान-पीना हो चुका था। नौकरानियाँ कमर सीधी कर रही थीं। रानी जी सो गयी थीं। मुँदरी उन्हें पंखा झल रही थी। लल्लन बिस्तर पर

थोड़ी देर बाद तबलची लल्लन जी के सामने हाथ जोड़कर खड़ा हो बोला—हुजूर, हमनी का, गँवार-गुरबा हवींजा। हमनी के नाटक का। हुकुम होखे तऽ नाच दिखाईंजा।

लल्लन जी ने कहा —नहीं, यही चलने दो।

तबलची हाथ से ज़मीन छूकर बोला —जो हुकुम।

दृश्य बदल चुका था। मंच पर रण्डी, बिदेसिया और बटोही थे। बटोही बिदेसिया को डाँट-फटकार सुना रहा था, लल्लन जी को लग रहा था कि कोई उसे ही डाँट-फटकार रहा है—

बहुत दिनन से तू कुमति कमइलऽ
सुमति के सुपथ चलइबऽ कि ना?
कहत भिखारी तू कहला के लाज राखऽ
पुरखन के नइया बढ़इबऽ कि ना?...

(१५)

एक हफ़्ता बीत गया।

सुनरी के ये दिन बड़ी बेकली से कटे। एक पल को भी चैन न रहा। बारिश की रात में जैसे रोशनीवाला घर पतंगों से भर जाता है, वैसे ही सुनरी के मन में तरह-तरह के व्याकुल करनेवाले विचार भर गये थे और हरदम भनभना रहे थे। सुनरी को पहले डर लगा था कि कहीं छोटे सरकार बुलायेंगे, तो वह क्या करेगी। बदमिया की बात उसके मन में जम गयी थी और उसने मन-ही-मन मनाया भी था कि वह घड़ी न आये, जब उसे छोटे सरकार के सामने जाना पड़े, यद्यपि उसे पूरा विश्वास था कि छोटे सरकार बुलायेंगे ज़रूर। लेकिन जब छोटे सरकार ने सचमुच ही उसे नहीं पुकारा, और एक-एक दिन करके हफ़्ता बीत गया और अब छोटे सरकार के जाने का दिन आ गया, तो सुनरी को अचानक ऐसा लगा, जैसे उसके हाथ का तोता उड़ गया। उसे शक हुआ कि कहीं बदमिया ने ही तो कुछ लगा-बुझा नहीं दिया। बदमिया को कई बार छोटे सरकार बुला चुके थे। उसके लौटने पर कई बार सुनरी ने पूछा था, कुछ मेरे बारे में कहते थे? लेकिन बदमिया ने कुछ न बताया था, कह दिया था, नहीं तो। सुनरी को इस पर विश्वास नहीं होता था, यह कैसे हो सकता है? ज़रूर बदमिया उसे अँधेरे में रखकर अपना उल्लू सीधा करना चाहती है।

एक दिन यों ही बदमिया पर बिगड़ गयी। बोली —बदामो बहन, मुझे तो तू मना कर रही थी, अब देखती हूँ...

उसके बारे में सोचना बेकार है। आप एक बार उससे ज़रूर मिल लीजिये। कुछ तो तसल्ली हो जायगी।

—मैं भी यही सोच रहा हूँ।

लेकिन वह बुला न सका। देखते-देखते वक़्त गुज़र गया। विदा का दिन आ गया। बदमिया रोज़ तक़ाज़ा करती, आपने उसे बुलवाया नहीं। और लल्लन कह देता, आज बुलाऊँगा। लेकिन बुला न पाता। बड़े का छोटे के सामने अपना क़सूर मानना कितना मुश्किल होता है! बाज़ कबूतर से फ़रियाद करे, ऐसा कभी सुना गया है! लेकिन लल्लन सुनरी के लिए एक दर्द महसूस करता है। वह दर्द उतना ही गहरा है, जितनी सुनरी मासूम है। काश, सुनरी उतनी मासूम न होती, लल्लन बार-बार सोचता, मासूम को सताना कितना दर्दनाक होता है! बेज़बान के दर्द को नापने का साधन इस संसार में कोई है? लल्लन जी ने जाने कितनी लड़कियों के साथ यह खेल खेला था, लेकिन और किसी के लिए इतना पश्चात्ताप उसे नहीं था। यह सब वह याद करता, तो उसे बहुत अफ़सोस होता। ओह, वह कितना कमीना था! वह शकुन्तला के प्रति कृतज्ञ होता कि उसने उसे इन्सान बना दिया, नहीं तो वह भी बड़े सरकार की ही तरह एक जानवर बनकर रह जाता। ऐश और ऐश! कितनी लड़कियों की ज़िन्दगी का ख़ून! थु:!

लल्लन की उम्र अभी आपरेशनेबुल थी। एक आपरेशन ने ही उसकी ज़िन्दगी बदलकर रख दिया। शुक्र है ख़ुदा का!

कई बार उसने सोचा कि टाल जाय। आख़िर वह क्या कहेगा सुनरी से? उसकी शादी के बारे में वह मुँदरी से कह ही चुका है, रुपया भी दे दिया है। उसकी शादी हो जायगी। वह सब-कुछ भूल जायगी।...लेकिन फिर उसे लगता कि न भूले, तो? शकुन्तला को क्या वह कभी भूल सकता है? और उसने तय किया कि जाते वक़्त जल्दी-जल्दी में उससे मिल लेगा और दो बातें कर लेगा।

सुनरी ने बहुत देर तक इन्तज़ार किया कि बदमिया किसी तरह दो छन को निकले, तो वह जाय। लेकिन बदमिया न निकली। लल्लन जी एकाग्र हो पढ़ रहा था और बदमिया एकाग्र हो पंखा झल रही थी।

बहुत देर इन्तज़ार करने के बाद सुनरी ने जब देखा कि समय निकला जा रहा है और थोड़ी देर बाद हवेली फिर जाग उठेगी और चारों ओर आवाजाही शुरू हो जायगी तो हिम्मत करके, सब लाज-हया त्यागकर वह चल पड़ी।

दरवाज़ा भिड़ा हुआ था। उसने काँपती हुई आँखों से झाँककर देखा इस उम्मीद में कि...लेकिन वैसा कुछ मिला नहीं। दो छन ठिठकी वह सोचने लगी।

दिल धक-धक कर रहा था। कण्ठ सूख रहा था। पाँव थरथरा रहे थे और जाने कैसे अनायास उसे खाँसी आ गयी।

दोनों चौंके। यह खाँसी पहचानी हुई थी। सुनरी बोलती कम, खाँसती ज़्यादा है, जैसे बोल रास्ता न पा खाँसी बन जाता है। लल्लन जी ने कहा—यह सुनरी की खाँसी है?

—मालूम तो देता है। देखूँ?

लल्लन उठकर बैठ गया। उसकी भी क़रीब-क़रीब वही हालत हुई, जो सुनरी की थी। बोला—हाँ।

बदमिया ने दरवाज़ा खोला और सुनरी को देखकर मन-ही-मन हुलसकर, कतराकर बाहर निकल गयी।

लल्लन ने सामने दरवाज़े के बाहर सुनरी को खड़ी देखकर कहा—आ, सुनरी।

सुनरी के पाँव नहीं उठ रहे थे। रुलाई फूट रही थी। जी में आता था कि लौट जाय। वह काहे आयी? बदमिया इस तरह रास्ता साफ़ छोड़कर काहे चली गयी? उसने काहे नहीं बदला लिया? काहे नहीं छोटे सरकार ने हमें भी बदमिया की तरह ही बेहुरमत किया?

—आ, सुनरी। मैं तो तुझे बुलाने ही वाला था।

सुनरी की आँखों से टप-टप आँसू चूने लगे। गुस्सा क्या होता है, मान क्या होता है, कमबख़्त सुनरी को क्या मालूम? और मालूम भी होता, तो क्या कर पाती छोटे सरकार के सामने! लाख भोली हो, सुनरी इतना तो जानती थी। रोने की बात दूसरी है, बड़ों के सामने छोटों के रोने से बड़ों का मान बढ़ता है। इसीलिए रोने का हक़ नहीं छीना गया।

—आ, अन्दर आ न!

इसमें हुक्म की बू साफ़ आ गयी। छोटे सरकार की आदत एक ही बात को कई बार कहने की अभी नहीं है, सो उस परिस्थिति में भी स्वर का बदलना अस्वाभाविक नहीं था।

सुनरी के काँपते पाँव बढ़े। अन्दर आकर खड़ा नहीं रहा गया, तो फ़र्श पर बैठ गयी।

—तिपाई पर बैठ न!

सुनरी नहीं उठी। सिर झुका लिया। आँसू बह रहे थे।

थोड़ी देर तक ख़ामोशी छायी रही।

लल्लन जी बोला—मुझे बड़ा अफ़सोस है, सुनरी।

सुनरी चुपचाप रोती रही।

—मैंने तुझे धोखे में रखा। तुझसे झूठ बोला कि...

सुनरी रोती रही।

—मुझे बड़ा अफ़सोस है, सुनरी, तूने इतना भी न समझा...

सुनरी रोती रही।

—मैं चाहता, तो तुझे वैसे ही रख लेता, जैसे कि बड़े सरकार इतनों को पाले हुए हैं...

सुनरी रोती रही।

—सुनरी, मैं तेरी ज़िन्दगी बरबाद कर देता, देखती है न यहाँ।

सुनरी रोती रही।

—सुनरी, मैं हैवान था, बदमाश थ...

सुनरी रोती रही।

—मुझे माफ़ कर दे, सुनरी। तेरे साथ मैंने बड़ा अन्याय किया है।...

सुनरी की रुलाई के तार बँध गये।

—तू बड़ी भोली, बड़ी ख़ूबसूरत, बड़ी प्यारी लड़की है, तुझे बरबाद करके भी मुझे ज़रूर दुख होता...

सुनरी सिसकने लगी।

—सुना कि तूने वह सब सच मान लिया। नहीं, सुनरी, बदमिया ने जो तुझे बताया था, वही सच है। वह यहाँ का रंग-ढंग समझती है। मेरे लिये यह एक खेल था।...

सुनरी सिसकती रही।

—मैंने मुँदरी से तेरी शादी के बारे में कहा है। वह तेरी शादी करा देगी। तू जितनी जल्दी यह हवेली छोड़ दे, अच्छा। मैं रहता, तो ख़ुद तेरी शादी करा देता, तुझे कुछ देता भी। फिर भी मैं हमेशा तेरा ख़याल रखूँगा। तुझे दुखी न देख सकूँगा।

सुनरी सिसकती रही।

—और बदमिया बुरी नहीं है। उसकी हालत में रहनेवाली कोई भी लड़की पागल हो सकती है। वह तेरी हमदर्द है। तू उससे मिल-जुलकर रहना। मुँदरी से उसकी शादी के बारे में भी कहा है। बेचारी की बाक़ी ज़िन्दगी सुधर जाय।

सुनरी सिसकती रही।

—चुप कर, सुनरी।—लल्लन जी ने हाथ बढ़ाकर उसके सिर पर रख दिया।

सुनरी की रुलाई ज़ोर से फूट पड़ी।

—कहीं कोई तुझे इस तरह रोते देख ले, तो अच्छा न होगा। चुप कर—और लल्लन ने सूटकेस खोलकर एक कंघी, एक आईना, दो चोटियाँ, एक दर्जन क्लिप, दो रूमाल, दो साड़ियाँ और ब्लाउज़ के कुछ रंग-बिरंगे टुकड़े निकालकर उसकी ओर बढ़ाकर कहा—ये सामान मैं एक समय तुझे फँसाने के लिए लानेवाला था, लेकिन आज इन्हें एक...लल्लन जी के मुँह से 'भाई' शब्द नहीं निकला।

थोड़ी देर बाद फिर बोला—चुप कर, सुनरी।

बच्चे को चुप कराना कोई आसान काम है!

सुनरी ने घूँघट खींचा, उठी और एकदम बाहर निकल गयी। लल्लन जी पुकारता रह गया—यह सामान तो लेती जा, सुनरी...

सुनरी अपनी कोठरी में आ कटे पेड़ की तरह भहराकर खटोले पर गिर पड़ी। वह इस डर से चली आयी थी कि वह थोड़ी देर और वहाँ रुकी, तो ग़श खाकर गिर पड़ेगी। इस समय उसके दिल, दिमाग़ और आँखों में अन्धकार-ही-अन्धकार छाया था, जैसे सब-कुछ खाली हो गया हो, और अन्धकार ने खाली जगहों को भर दिया हो। न रुदन, न व्यथा, न सोच, न समझ। काश, वह न गयी होती, छोटे सरकार के मुँह से ही ये बातें न सुनती! एक ग़लतफ़हमी वह पाले रहती। कुछ तो रहता। अब तो कुछ न रहा, कुछ न रहा।

बदमिया उसके लौटने का इन्तज़ार कर रही थी। इतनी जल्दी उसे आते देखकर उसे ताज़्जुब हुआ। वह जानती थी कि लौटने पर उसे उसकी ज़रूरत पड़ेगी। वह उसके दरवाज़े पर आ खड़ी हुई।

भगवान ने औरतों को चाहे जैसा भी बनाया हो, उन्हें जो भी दिया हो, किन्तु इतना तो है कि उसने उन्हें यह सद्‌बुद्धि दी है कि आपसी लड़ाई-झगड़े का कोई महत्त्व नहीं। वक़्त पर लड़ लो, रूठ लो, बिगाड़ कर लो, लेकिन फिर वक़्त पर सब भूलकर मिलो, हँसो, बोलो, सुख-दुख में शामिल होओ!

बदमिया खटोले पर बैठकर बोली—सुनरी।

सुनरी ने घायल हिरनी की तरह आँखें खोलीं और बदमिया से लिपट गयी। बदमिया ने भी पूरे ज़ोर से उसे अंक में दबा लिया।

एक सहारा मिला। अन्धकार में दरारें पड़ीं और सुनरी फूट-फूटकर रोने लगी।

थोड़ी देर बाद बोली—तूने सच ही कहा था, बदामो बहन।

—हाँ। लेकिन यह भी सच है कि छोटे सरकार ने तुझे धोखा नहीं दिया, बरबाद नहीं किया। वर्ना तुझ-जैसी ख़ूबसूरत लड़की को सामने पाकर तो कोई भी मर्द खा जाय। छोटे सरकार बहुत बदल गये हैं। मामूली आदमी नहीं रह गये हैं। मैं तो जानूँ, देवता बन गये हैं।

—मैं ई सब का जानूँ। यही करना था, तो काहे उन्होंने...मैं धोखा खा गयी, बदामो बहन, धोखा खा गयी! वह चाहते तो का मुझे रख भी नहीं लेते?

—और तेरी जिनगी हमारी ही तरह बरबाद कर देते। पागल!

—मेरी जिनगी बरबाद नहीं होती, मुझे उसी में सुख मिलता।

—ठेंगा मिलता? हैं न सब इतर्न, कौन सुखी है?

—मेरी बात और है, बदामो बहन! छोटे सरकार के बिना मैं ज़िन्दा नहीं रह सकती! बहुत टटोला है अपने दिल को! तू नहीं जानती।

—तुझसे जियादा जानती हूँ! बेकार की बक-बक मत कर! तुझे कुछ नहीं मालूम। जरा-सी कमजोरी के कारन तू अपनी जिनगी बरबाद करना चाहती है? आज तू यह सब नहीं समझ सकती, कभी समझेगी। अन्धी मत बन, मेरा कहा मान, और दिल से वह सब बेकार की बातें निकाल दे!

—छोटे सरकार को लड़ाई पर न जाना होता, तो...

—तो तुझे गले का हार बना लेते!...मुँदरी फुआ क़ो भनक भी लग गयी, तो कच्चे चबा जायगी!—बदमिया ने धमकाया। फिर बोली—छोटे सरकार ने तुझे भरस्ट नहीं किया, भगवान की क्रिरिपा है। नहीं तो सारी जिनगी अपनी किसमत को रोती!

तभी छोटे सरकार ने बदमिया को पुकारा।

लल्लन जा रहा है।

आज सबसे दुखी रानी जी हैं और सबसे चकित बड़े सरकार।

बड़े सरकार को स्वप्न में भी यह आशा न थी कि रानी जी लल्लन को लड़ाई पर जाने देंगी। नयी परिस्थिति की जानकारी से यह बात और भी दृढ़ हो गयी थी। उन्होंने अपनी ओर से जान-बूझकर ही एक शब्द भी लल्लन के जाने-आने के बारे में न कहा था। बीमारी का बहाना बनाकर वह इधर रात-दिन दीवानख़ाने में ही पड़े रहे। दरबार भी न लगा। हवेली में वह एक बार भी न गये। यों भी लल्लन से वह बहुत कम बातें करते थे, महज़ कुछ रस्मीं बातें हुआ करती थीं। इस बार उसका भी मौक़ा उन्होंने न दिया। लल्लन ही दिन में एक बार सुबह दीवानख़ाने जा उनका हाल-चाल पूछ आता और कोई बात न होती। बड़े सरकार

ही उसे जल्दी-से-जल्दी टाल देते। बड़े सरकार की इस उदासी को लोग समझते कि इकलौते लड़के के बिछुड़ने का सदमा है। जाने लड़ाई में क्या हो।

वह जानते थे कि लल्लन का जाना टल नहीं सकता। बिना किसी की राय-बात किये वह यों ही जाने को तैयार नहीं हुआ है। लेकिन यह भी समझते थे कि रानी जी अपने इकलौते लाड़ले को किसी भी तरह न जाने देंगी। वही तो उनकी ज़िन्दगी का सहारा है। वह चुपचाप इन्तज़ार करते रहे कि देखें, क्या होता है। उनके जी में कई बार आया था कि मुँदरी को बुलाकर सुराग़ लें, लेकिन मुँदरी से जितना उन्हें गुस्सा था, उससे कहीं ज़्यादा शर्म थी। वह आफ़त की परकाला कहीं कुछ बकने लगे, तो उसका मुँह कौन रोकेगा? गुस्से में अन्धा हो, वह कुछ कर बैठे, तो एक और आफ़त खड़ी हो जायगी। अब वह ज़माना न रहा, कि जो हो, गला-पचा देंगे। रानी जी को मनाने की जो योजना उन्होंने बनायी थी, वह धरी-की-धरी रह गयी।

पीलवान को हाथी तैयार करने का हुक्म दे लल्लन सुबह-ही-सुबह बड़े सरकार से विदा और बटसारी लेने पहुँचे, तो चकित होकर बड़े सरकार ने कहा—सचमुच जा रहे हो?

—क्यों? इसमें कोई शक है क्या?

—माता जी मान गयीं?

—हाँ! उनका आशीर्वाद मुझे मिल गया है।

—ताज़्ज़ुब है, कैसे मान गयीं। तुम्हारे लड़ाई में जाने की ख़बर पाते ही उनकी जो हालत हुई थी, उससे तो विश्वास नहीं होता कि उन्होंने तुम्हें इजाज़त दे दी हो। आख़िर तुमने कैसे मना लिया?

—माता जी को मनाना मेरे लिये कुछ मुश्किल नहीं है। पढ़ने के लिए भी मुझे वह दूर कहाँ जाने देनेवाली थीं।

—वह और बात थी, यह और है। लड़ाई का ख़तरा वह उठाने के लिए तैयार हो गयीं, मेरी समझ में तो नहीं आता। मुझे डर है कि तुम्हारे जाते ही वह...

—वैसा कुछ नहीं होगा। मैंने उन्हें अच्छी तरह समझा-बुझा दिया है और उनसे आश्वासन भी ले लिया है। यों कौन माँ है, जिसका कलेजा अपने बेटे को लड़ाई में भेजते नहीं फटता!...आप रुपये दिलवा दीजिये।

बड़े सरकार ने तकिये के नीचे से चाभियों का गुच्छा निकालकर उसके हाथ में देते हुए कहा—जितने की ज़रूरत हो, सेफ़ खोलकर ले लो। चाभी मुझे देते जाना।

लल्लन जी मुस्कराकर उठ खड़ा हुआ।

रानी जी ने इजाज़त दे दी थी, आश्वासन भी, लेकिन उनके दिल पर जो बीत रही थी, वही जानती थीं। रानी जी को मनाना कोई आसान काम न था। यह उनका

कलेजा निकाल लेने के बराबर था। लेकिन बेटे और मुँदरी के सम्मिलित मोर्चे के सामने उन्हें हथियार डालना ही पड़ा।

मुँदरी बहुत पोल्हा-पोल्हाकर उन्हें रास्ते पर लायी। वह जानती थी कि रानी जी के लिए सबसे प्यारी चीज़ लल्लन जी की जान है। उसने टुकड़े-टुकड़े में पूरे पाँच दिनों में रानी जी के मन में यह बात बैठायी कि छोटे सरकार यहाँ रहे, तो उनक़ी जान को ख़तरा है। यह ख़तरा रानी जी के मन में भी सदा से बैठा था। जब मुँदरी ने वही बात फोर के चिखाया, तो रानी जी न मानतीं, तो कैसे? आख़िर जब लोहा धीरे-धीरे गरम हो गया, तो मुँदरी ने हथौड़ा चलाया—रानी जी, आप सब-कुछ जानकर भी अनजान काहे बनती हैं? बात जब तक छिपी रह सकती थी, रही। अब आप ज़रा धियान से छोटे सरकार को देखें! जिन्होंने एक बार भी रंजन बाबू को देखा होगा, वो छोटे सरकार को देखें, तो अचरज में पड़ जायँ। वही नाक-नक्सा, वही चेहरा-मोहरा, बिलकुल एक ही साँचे में ढले-से। मैं तो जानूँ, बड़े सरकार ताड़ गये हैं. उनकी यह बीमारी असल में वही है और अगर बात यही है, तो आप समझ सकती हैं कि बड़े सरकार का कर सकते हैं। वह छोटे सरकार की जान के गाहक बन जायेंगे। आस्तीन में जान-बूझकर कोई साँप नहीं पालता। इसलिए मैं तो यही बेहतर समझती हूँ कि छोटे सरकार को बड़े सरकार से अलग ही रखा जाय।

रानी जी का चेहरा भय से पीला पड़ गया। उन्होंने मन-ही-मन ग़ौर किया। फिर सूखे गले से बोलीं—तेरी बात ठीक ही लगती है, मुँदरी। लेकिन इसके लिए क्या ज़रूरी है कि मेरा बेटा लड़ाई पर जाय।

—लड़ाई पर जाय, या कहाँ, यह तो मैं नहीं जानती। मैं जो जानती हूँ, वो ये कि छोटे सरकार को बड़े सरकार के सामने नहीं रहना चाहिए। आँखों के सामने सहना मुसकिल होता है। आग बराबर जलती रहती है। आड़े-ओलते की बात दूसरी है, आदमी सबुर कर लेता है।

—यह कैसी बदक़िस्मती है, मुँदरी। इस तरह तो मेरा लाल कभी भी मेरे साथ नहीं रह सकता। मैं तो सोचती थी कि अब वह मेरी आँखों के सामने रहेगा, मैं उसे देखकर बाक़ी ज़िन्दगी चैन से काट दूँगी। रानी जी रो पड़ीं।

—ऐसी बात नहीं है, रानी जी। छोटे सरकार कहते थे कि कोई सिलसिला लगते ही वह आपको भी ले जायेंगे और अपने साथ रखेंगे।

—सच? आँसू मुस्करा उठे।

—हाँ, रानी जी! मुझसे तो उन्होंने कई बार कहा।

—लेकिन उसने मुझसे तो एक बार भी न कहा।

—आपसे कैसे कहते? डरते हैं कि जाने आपको कैसा लगे।

—इसमें डरने की क्या बात है? उसके साथ तो मैं नरक में भी सुखी रहूँगी। लेकिन बड़े सरकार मुझे जाने देंगे।

—इसका जिम्मा मेरा! मैं देखूँगी कि वो कैसे नहीं जाने देते? आप वह बखत तो आने दीजिये, छोटे सरकार को पाँवों पर खड़े तो होने दीजिये।

—थोड़ी देर की ख़ामोशी के बाद रानी जी ने कहा—तो वह कोई और काम क्यों नहीं कर लेता? लड़ाई में जाने की क्या ज़रूरत है? उसे कहीं कुछ हो गया, तो...

—ऐसी बात मुँह से न निकालिये। भगवान छोटे सरकार की रक्षा करें। आप छोटे सरकार से कहिये। वो आपकी बात न टालेंगे।

—ज़रा उसे बुला तो।

लल्लन जी बेहद परेशान था कि जाने माता जी मानेंगी कि नहीं। मुँदरी ने उससे वादा किया था, उसे मुँदरी के वादे और ताक़त पर पूरा विश्वास भी था कि वह अपना कहा पूरा करेगी। उससे ज़्यादा कौन जानता है। माता जी को और माता जी भी उससे ज़्यादा किसे जानती-मानती हैं! फिर भी लल्लन जी को लगता था कि यह बात माता जी हरगिज़ न मानेंगी। जान-बूझकर कौन माँ अपने बेटे को मौत के मुँह में ढकेलेगी, वह भी मेरी माता जी-जैसी माँ, जिनका सर्वस्व मैं ही हूँ। उसकी जान बड़ी मुश्किल में पड़ी थी। वह रोज़ मुँदरी से पूछता, क्या हुआ? और मुँदरी कह देती, हो जायगा, ख़ातिर रखिये। मुँदरी यों ही वादा नहीं करती। लल्लन की समझ में न आता था कि यह कैसे करेगी।

मुँदरी ने आकर लल्लन को सब-कुछ बताया। कहा—इतना तो मैं करा दिया। आगे अब आप समझ-बूझ लीजिये। जाना आपका तो हो गया, कहाँ जायेंगे, यह आप तै करा लीजिये। हाँ, एक बात का खियाल रखें, कि आप उनसे यह बात ज़रूर कहें, आप जल्दी ही उन्हें अपने साथ रखने के लिए ले जायेंगे। आपकी ओर से यह बात मैंने उनसे कह दी है।

—लेकिन मुँदरी।—हाथ मलते हुए लल्लन जी ने कहा—असली बात तो रह ही गयी। मुझे जाना लड़ाई में ही है।

—यह तो दुम की बात है। इतना भी आप नहीं कर सकते?

—यह दुम नहीं, मुँदरी, यही तो असली बात है!

—तो उसकी भी तरक़ीब है। आप दिल्ली, कलकत्ता, बम्बई कहीं भी कहकर जाइये और...

—यह क्या ठीक होगा, माता जी को जब पता लगेगा...

—उसका ज़िम्मा मेरा। आप बेफ़िकिर रहिये। जब तक मुँदरी है, रानी जी नहीं मरेंगी।...लेकिन एक बात है, आप हमें ले चलेंगे न? इस हवेली से जान तो छूटे...

—हाँ, हाँ, वह कोई बड़ी बात नहीं।...मैंने भी कुछ सोचा है। लेकिन मुँदरी यह कसर भी तू ही...

—जाइये, ज़रा उनसे बात तो कीजिये। आपको बुला रही हैं।

लल्लन जी कैसे क्या बात करेगा, उसकी समझ में न आ रहा था। परेशानी-परेशानी में ही उसे सूझी कि क्यों न वह असली बात ही कह दे। माता जी भुक्तभोगी हैं, उसे निराश न करेंगी। झूठ बोलने की बात अब उसे अच्छी न लगती थी। सच्चाई की शक्ति ही और है! कौन जाने, माता जी को इससे ख़ुशी ही हो, उन्हें एक सहारा मिल जाय।

जाकर वह बोला—माता जी, आप जहाँ कहेंगी, वहीं मैं जाऊँगा। लेकिन एक बात मैं आपको बताना चाहता था।

उदास रानी जी उत्सुक हो बोलीं—क्या?

—कई दिन से सोच रहा था, लेकिन बता न सका। शर्म भी आती है और डर भी लगता है। अभी तक यह किसी को मालूम नहीं।

—बता तभी तो!—रानी जी और भी उत्सुक हुईं—भला मुझसे क्या डर? और कोई बेटा अपनी माँ से भी शरमाता है!

—बात ही कुछ ऐसी है, माता जी! लेकिन आपसे तो एक-न-एक दिन बताना ही पड़ेगा। बिना आपकी आज्ञा लिये...

रानी जी की आँखें चमक उठीं। पलकें झपकाती हुई उन्होंने लल्लन जी का शर्माया हुआ मुखड़ा देखा। फिर ख़ुशी से चीख़ पड़ीं— बेटा, कहीं...

लल्लन उनके मुख पर हाथ रखकर बोला—धीरे से बोलिये, माता जी, कहीं कोई सुन ले।

हुलसकर रानी जी बोलीं—सच, रे? तो तू...

लल्लन जी ने अपना मुँह उनकी गोदी में छिपा लिया—जाओ, माता जी!

रानी जी की आँखों में ख़ुशी का पानी और पूरे चेहरे पर ख़ुशी का ख़ून छलक आया। रोम-रोम हर्ष-विह्वल! वह लल्लन जी का माथा चूमकर मुस्कराती आवाज़ में बोलीं—तूने अभी तक मुझे नहीं बताया, कौन है, रे?

—मैं नहीं बताऊँगा। बड़ी शर्म लगती है, माता जी!—और उसने आँचल अपनी आँखों पर रख लिया।

—शर्म की क्या बात, बेटे, मैं तो कब से मना रही थी। अब मेरी एक ही तो साध रह गयी है! कौन है, रे? क्या नाम है उसका? तेरे साथ पढ़ती थी?

गोदी में ही लल्लन जी ने सिर हिलाया।

—जल्दी मुझे सब बता, बेटा। ओह, तू नहीं जानता, कि इस वक़्त मेरी क्या हालत है!—और रानी जी की आवाज़ घुट गयी। शरीर निर्जीव-सा होकर लुढ़कने लगा।

लल्लन जी चीख़ पड़ा—माता जी।

रानी जी विक्षिप्त हो गयीं। दौरा पड़ गया। लल्लन जी ने व्यग्र होकर मँदरी को पुकारा।

ख़ुशी और ग़म की चरम सीमाएँ एक ही जगह मिलती हैं क्या?

मुँदरी दौड़ी-दौड़ी आयी और देखकर लल्लन जी की ओर देखा। लल्लन ने व्याकुलता से एक अपराधी की तरह सिर हिलाया।

होश में आयीं, तो वही ख़ुशी की दमक। उन्होंने दूध पीकर मुँदरी से कहा—मुझे अपने बेटे से कुछ बातें करनी है। तू जा।

मुँदरी चली गयी।

तो सहमा-सहमा लल्लन बोला—माता जी, मुझे माफ़ कर दें।

उसके चेहरे पर हाथ फेरती रानी जी बोलीं—नहीं, बेटे, मुझे ऐसा हो जाता है। तू फ़िक्र न कर। मुझे सब बता। आज मैं बहुत ख़ुश हूँ।

लल्लन जी ने बताया—उसका नाम शकुन्तला है। बड़े बाप की बेटी है। चाँद की तरह ख़ूबसूरत! माता जी, तुम देखोगी, तो निहाल हो जाओगी, तुम्हारे लिये कैसी लाखों में एक बहूरानी चुनी है। और... और...

—और क्या?

—हम एक-दूसरे से मुहब्बत करते हैं।...

—यह भी क्या कहने की बात है! तेरा चेहरा, तेरी आँखें क्या यह नहीं बता देतीं? मुझे बड़ी ख़ुशी है बेटे। तू जल्दी ब्याह कर। जल्दी मुझे बहूरानी का मुँह दिखा। किसी से पूछने की ज़रूरत नहीं।

—लेकिन एक बात है, माता जी—लल्लन जी ने सिर झुका लिया।

कोई बात नहीं, तू बड़े सरकार की बिलकुल चिन्ता न कर। तू जा और ब्याह कर और जहाँ चाहे रह। यहाँ आने की कोई ज़रूरत नहीं। तुझे जितने रुपयों की ज़रूरत होगी, मैं दूँगी। और हाँ, मुझे भी ले चलेगा न?

—यह भी क्या कहने की बात है, माता जी? आपको ले चलूँगा और मुँदरी को भी और सुनरी को भी। लेकिन बात मैं और कह रहा था, माता जी!

—क्या?

—शकुन्तला की यह साध है कि उसका पति कैप्टेन हो...

—ऐसा क्या...

—बस, बात की बात है। मैंने उससे वादा किया है कि मैं ज़रूर कैप्टेन बनूँगा।

—लेकिन लड़ाई, ख़तरा...उसे यह क्या...

—वह तो रोक रही थी, माता जी! लेकिन एक साध, जिसे ज़िन्दगी-भर उसने पाली है...मैं पूरी करना चाहता हूँ, माता जी। कोई भी बेशक़ीमत चीज़ बिना ख़तरा उठाये कहाँ मिलती है, माता जी!...फिर मुहब्बत करनेवाला तो अमर होता

है। मुझे ज़र्रा बराबर भी डर नहीं। शकुन्तला की मुहब्बत और आपके आशीर्वाद मेरी रक्षा करेंगे! आप आज्ञा दीजिये। इसी पर मेरी ज़िन्दगी मुनहसिर है। आप तो जानती हैं...लल्लन जी ने जीभ काट ली।

—मैं जानती हूँ, बेटा, जानती हूँ।—रानी जी बोलीं—मैं तुझे नहीं रोक सकती। भगवान तेरी रक्षा करेंगे।

लल्लन जी ने माता जी के दोनों पाँवों को चुम्बनों से भर दिया। फिर उनसे लिपटकर बोला—माता जी, सिर्फ़ एक साल की बात है। लड़ाई के ज़माने में बड़ी जल्दी-जल्दी तरक़्क़ी मिलती है। मैं कैप्टेन होकर आऊँगा, शकुन्तला के साथ ब्याह करूँगा, फिर हम सब एक साथ रहेंगे। माता जी, मेरे चले जाने से आप दु:खी तो न होंगी?

—नहीं, बेटे, मैं तेरे लिये भगवान से रोज़ प्रार्थना करूँगी। तू किसी बात की चिन्ता न कर।

—माता जी, इस बात को अभी किसी से...

—मैं बच्ची नहीं हूँ, बेटे। मैं ख़ूब समझती हूँ।...भगवान तेरी मनोकामना पूरी करें...और रानी जी की पलकों पर ममता की शबनम काँपने लगी।

●●●